## Das Buch

Grafschaft Rossewitz, Anfang des 17. Jahrhunderts: Seit dem schweren Brandunfall vor vielen Jahren verstummen die Gerüchte um Christiana von Rossewitz nicht mehr. Für den Heiratsmarkt untauglich und durch eine Gesichtsmaske immer wieder dem Aberglauben und der Böswilligkeit der Menschen ausgesetzt, lebt die Tochter des Grafen zurückgezogen im Schloss und kümmert sich aufopferungsvoll um ihre kranke Mutter. Als die Gräfin stirbt und Christiana auch im Kloster keine Zuflucht findet, reist sie zu ihrer Tante auf die Insel Eden. Der sagenumwobene Ort überwältigt sie durch seine Schönheit und hält ein Wunder für sie bereit: Sir Anthony Haven. Als der attraktive Mann mit den leuchtend blauen Augen Christiana seine Liebe gesteht, weiß sie, dass sie sich erst ihrer Vergangenheit stellen muss. Doch zu groß ist ihre Angst, jemandem zu vertrauen. Bis ein furchtbares Unglück das Leben des Mannes in Gefahr bringt, den sie liebt ...

## Die Autorin

Katie Lawrence wurde 1978 geboren und begann schon in früher Kindheit mit dem Schreiben. *Des Teufels Engel* ist der Debütroman der Autorin, die in Magdeburg lebt.

Katie Lawrence

# Des Teufels Engel

Roman

Ullstein

Besuchen Sie uns im Internet:
www.ullstein-taschenbuch.de

Die Autorin ist Mitglied bei DeLiA, der ersten Vereinigung
Deutschsprachiger Liebesromanautorinnen und -autoren:
www.delia-online.de

Umwelthinweis:
Dieses Buch wurde auf chlor- und säurefreiem Papier gedruckt.

Ungekürzte Ausgabe im Ullstein Taschenbuch
1. Auflage November 2005

Umschlaggestaltung: Büro Hamburg
Titelabbildung: Portrait der Marquise de la Ferte-Imbault, 1740,
Jean-Marc Nattier (1685 – 1766)/Tokyo Fuji Art Museum/
© Bridgeman Giraudon
Druck und Bindearbeiten: Ebner & Spiegel, Ulm
Printed in Germany
ISBN-13: 978-3-548-26335-9
ISBN-10: 3-548-26335-6

*Für Wiebke,*
*für die Träume noch immer von Bedeutung sind*

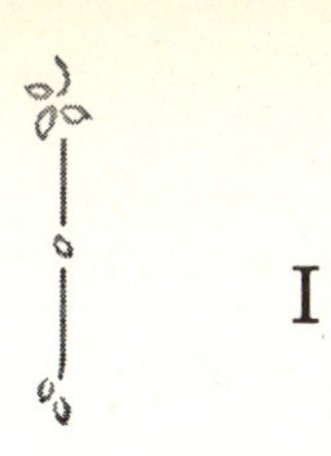

# I

APRIL IM JAHRE DES HERRN 1611
GRAFSCHAFT ROSSEWITZ, NAHE SWERIN

Warme Sonnenstrahlen berührten die Erde und ließen langsam die letzten Spuren des Regens der vergangenen Wochen verblassen. Die spiegelglatte Oberfläche des Sees, der inmitten saftig grüner Wiesen lag, schimmerte silbrig durch die üppig blühenden Zweige der Obstbäume hindurch. Hoch oben am strahlend blauen Himmel kreiste ein Adler und verschwand immer wieder in einer der winzigen Schäfchenwolken.

Es war ein Frühlingstag wie von Gott geschaffen, um zu genießen, zu feiern und einfach nur glücklich zu sein! Und alle waren sie gekommen: die Ritter und das Gesinde des Schlosses, die Pächter und die Dorfbewohner, die Alten und Gebrechlichen, die Kinder, und selbst ein paar Reisende hatten sich zu der wartenden Menge gesellt.

Zum zweiten Mal an diesem wundervollen Tag stiegen sechs in festliche Gewänder gehüllte Gestalten die Stufen hinauf, die mit weißen Blütenblättern bestreut waren. Nacheinander betraten sie das Gebäude auf dem kleinen Hügel und entzogen sich den neugierigen Blicken der vielen Menschen, die sich vor den eisernen Toren dicht zusammendrängten.

Im Inneren war es dunkel und feucht. Die Luft roch abgestanden, und ihre leicht süßliche Note vermischte sich auf nahezu unerträgliche Weise mit dem herben Duft der frischen Blumen. Kerzen in eisernen, grob geschwungenen Haltern an den kahlen Wänden warfen tanzende Schatten auf den Steinboden und erzeugten eine unheimliche Atmosphäre. Eine geisterhafte Stille beherrschte das Gewölbe und wurde nur von dem Mann in der dunklen Kutte unterbrochen, dessen ruhige Worte in einem düsteren Echo von der Decke zurückgeworfen wurden. Dies war gewiss kein Ort, wo man einen solch wunderbaren Tag verbringen sollte. Doch dafür war sie auch nicht geschaffen worden, die Familiengruft der Grafen von Rossewitz.

Während sich der Priester über den offenen Sarg auf dem Steintisch beugte und ungeachtet der feuchten Kälte die althergebrachten Worte des Bestattungsrituals murmelte, unterdrückte die junge, ganz in Schwarz gekleidete Frau, die als Letzte eingetreten war, mühsam ein Schaudern.

Christiana schlug ihren Schleier zurück und ließ ihren Blick ein letztes Mal über den mageren, in kostbare Spitze gehüllten Körper der Toten gleiten. Erinnerungen an die schöne, warmherzige Frau mit dem schwarzen Haar und den grünen Augen, die so gern im Obstgarten des Schlosses unter den blühenden Apfelbäumen saß, stiegen in ihr auf. Doch das Schicksal hatte Isabella, die mit ihrer Anmut stets alle Menschen in ihren Bann gezogen hatte, auf einen dornenübersäten Pfad geführt, der ihr nur endloses Leid und grausame Demütigungen einbrachte. Der erlösende Tod jedoch hatte die tiefen Spuren der langen, schweren Krankheit scheinbar weggezaubert. Ihr Gesicht wirkte friedlich, ja, beinahe glücklich, und verspottete die vergangenen Qualen, die Christiana nunmehr wie ein böser Traum erschienen.

»... in Ewigkeit. Amen.« Der Priester beendete sein letztes Gebet und wartete, bis die Anwesenden die Worte leise wiederholt hatten. Dann erst wandte er sich an den Grafen. »Hoheit, Ihr erlaubt?«

Hubertus von Rossewitz antwortete ihm mit einem hochmütigen, beinahe gelangweilten Kopfnicken, woraufhin der Gottesmann den zwei wartenden Männern ein Zeichen gab. Sie traten aus dem Schatten hervor und verschlossen schweigend den Holzsarg. Dann hoben sie ihn hoch und trugen ihn zu dem steinernen Sarkophag an der Ostwand der Gruft. Doch noch bevor sie ihn hinuntergelassen hatten, drehte sich der Graf bereits um und lief nun mit schnellen Schritten, die hohl zwischen den grauen Wänden widerhallten, auf die schweren Flügeltüren zu.

Mit einem erleichterten Seufzer folgten ihm sein einziger Sohn und ganzer Stolz, Dominik Johannes, und seine Töchter Marianna, Elisabeta und Katharina.

Christiana blieb allein zurück.

Während sie die Kutschen mit dem Grafen und seiner Familie in raschem Tempo davonfahren hörte, näherte sie sich zögernd Isabellas Grab. Sie küsste den Apfelblütenzweig, den sie während der Zeremonie mit beiden Händen fest umklammert hatte, und legte ihn auf den Sarg.

»Du fehlst mir«, flüsterte sie und strich mit zitternden Fingern über das glatte Holz, als hoffte sie, ein letztes Mal Isabellas tröstliche Wärme spüren zu können. Eine Träne tropfte auf den Zweig, und Christiana fühlte, wie sich die Hand des Priesters sanft auf ihren Arm legte.

»Sie ist jetzt bei Gott, mein Kind.«

Obwohl diese Worte des Trostes ihren Schmerz und ihre Trauer kaum zu mindern vermochten, hob Christiana den Kopf und schenkte dem alten Mann ein tapferes Lächeln. Dann zog sie ihren Schleier wieder vor das Gesicht und trat einen Schritt zurück.

Sie wollte hier ausharren und bei Isabella bleiben, bis der kunstvoll gestaltete Steinsarg mit einer dicken Marmorplatte verschlossen wurde und all die fremden Menschen gegangen waren. Doch konnte sie schweigend mit ansehen, wie Isabellas Körper für immer der Weg aus diesem feuchten Gefängnis versperrt wurde? Und würde sie die Blicke der Männer ertragen, deren Zahl inzwischen auf zehn angewachsen war, da sie nur so den schweren Stein aufzuheben vermochten? War sie stark genug, ihr furchtsames Gemurmel einfach zu überhören, wo sie doch schon jetzt all ihre Kraft aufbringen musste, um mit dem kläglichen Rest ihrer Würde Haltung zu bewahren? Nein, dazu war sie nicht mehr imstande, nicht an diesem unglückseligen Tag.

Sie trat noch einen Schritt zurück, dann gab sie sich geschlagen und verließ fluchtartig die letzte Ruhestätte ihrer Ahnen – und von nun an auch die ihrer geliebten Mutter.

Als ihre verhüllte Gestalt aus der Dunkelheit der Krypta in den Sonnenschein hinaustrat, ging ein Raunen durch die Menge. Überrascht blieb Christiana auf der Schwelle stehen. Gefangen im Netz aus lähmenden Gefühlen und trostlosen Gedanken, hatte sie vollkommen vergessen, wie viele Menschen gekommen waren, um das Ableben der Gräfin von Rossewitz zu betrauern. Und sie hatte fast vergessen, was es hieß, Christiana von Rossewitz zu sein. Doch die unzähligen Augenpaare, die sich sogleich auf sie richteten und sie mit unverhohlener Abscheu anstarrten, brachten die Erinnerung im selben Augenblick zurück.

Und dann begann das grausame Spiel, das stets stattfand, wenn sie sich außerhalb des Schlosses zeigte: Einige der alten Frauen senkten schnell den Blick und bekreuzigten sich eilig. Aufgeregt flüsterten sie mit ihren Nachbarn. »De Lüd seggen, sei lett na ehr Mudder, awer ik heff sei seihn, bi halwe Nacht un mi ward grugelig.[1]« – »Kiek ehr nie nich inne Ogen, sünst lääfst nich mihr lang![2]« – »Sei is de Düwel![3]«

Christiana tat so, als würde sie die verletzenden Worte der einfachen Leute gar nicht hören, doch sie drangen dennoch an ihre Ohren. Und plötzlich hatte sie den Eindruck, die Menschen kämen immer näher und näher, raubten ihr die Luft zum Atmen, erdrückten sie. Nervös tastete sie nach ihrem schützenden Schleier und zupfte ihn mit bebenden Fingern zurecht.

»Acht nich auf die Schietbüxen, Mädchen.« Berta, ihre alte Amme, erschien plötzlich wie ein Engel, gesandt von Gott, und baute sich schützend vor ihr auf. Dann wandte sie sich der Menge zu und strafte die Umstehenden mit einem vernichtenden Blick aus ihren weisen Augen.

»Lat' mien Diern bloots taufräden![4]«, rief sie laut. Augenblicklich tat sich eine Gasse vor den beiden Frauen auf, und

---

1 Die Leute sagen, sie kommt ganz nach ihrer Mutter, aber ich habe sie in der Dämmerung gesehen, und mir wurde ganz anders.
2 Schau ihr nicht in die Augen, sonst lebst du nicht mehr lange!
3 Sie ist der Teufel!
4 Lasst mein Mädchen bloß in Ruhe!

die Alte führte Christiana mit großen Schritten zum Schloss hinauf.

Als sie endlich in der Eingangshalle ankamen, drückte Christiana ihrer Amme als Zeichen der Dankbarkeit wortlos die Hand. Dann lief sie, so schnell sie konnte, die Stufen zu ihrem Turmzimmer empor, verschloss die Tür mit dem schweren Holzriegel und ließ sich auf ihr Bett fallen.

Ihre Mutter, ihre Vertraute und Freundin war tot! Nie wieder würden sie sich gegenseitig in die Augen blicken und wissen, was die andere dachte. Nie wieder würden sie zusammen lachen. Nie wieder würde sie ihrer Mutter mit einem verschwörerischen Flüstern ihre innigsten Wünsche und Hoffnungen und ihre dunkelsten Geheimnisse anvertrauen können. All das hatte Isabella für immer mit in ihr Grab genommen.

Wie sollte Christiana ohne sie, den einzigen Sinn ihres Daseins, weiterleben?

Warum nur hatte der Graf das getan? Warum hatte dieser Furcht einflößende, grobe Mann Isabella zugrunde gerichtet? Und warum hatte sie, die doch wusste, was im Gemach ihrer Mutter vor sich ging, es einfach geschehen lassen?

Von ihrem Kummer und der Last ihrer eigenen Schuld überwältigt, versank Christiana im Strudel ihrer schmerzhaften Erinnerungen.

Alles hatte vor mehr als sechs Jahren damit begonnen, dass sich der dreijährige Martin, damals der jüngste Spross der Familie, beim Spielen mit Christiana zu nah an den großen See heranwagte. Dort wurde er von einer verirrten Kugel aus einer Waffe der Männer getroffen, die an jenem Morgen mit dem Grafen auf Entenjagd gegangen waren. Nur kurze Zeit später erkrankte der Kleine an Wundfieber, von dem er sich nicht wieder erholte.

Christianas Mutter, die bislang vom Schicksal mit gesunden, kräftigen Nachkommen verwöhnt worden war, konnte den Tod ihres Sohnes nicht verwinden und zog sich fortan vollkommen in sich selbst zurück. Sie verlor schlichtweg ihren Lebenswillen und saß tagelang schweigend in ihren Gemächern. Nur selten gelang es Christiana, ihre Mutter aus ihrem selbst gewählten Gefängnis hervorzulocken, doch in diesen kostbaren Momenten kam etwas von der alten Isabella zum Vorschein, die Christiana über alles liebte.

»Sobald die Gräfin einen neuen Erben unter dem Herzen trägt, wird sie wieder genesen«, prophezeite der Leibarzt des Grafen.

Doch wie sehr hatte er sich getäuscht!

Ein Jahr darauf gebar Isabella eine Tochter, die bereits tot zur Welt kam. Die schwere Geburt und die tiefe Verzweiflung über den Tod des Kindes hatten Christianas Mutter so sehr geschwächt, dass sie von nun an kaum mehr das Bett verließ. Jegliche Krankheiten suchten sie heim und ließen sie nicht zur Ruhe kommen. Der gepeinigte Körper verweigerte immer häufiger die Nahrung, und die trauernde Seele verschloss sich mehr als je zuvor. Isabellas rosige Haut wurde dünn und rissig, und sie alterte vor Christianas Augen innerhalb weniger Monate so sehr wie Frauen ihres Standes in der Hälfte ihres Lebens. Bald wog ihr feingliedriger Körper nur noch halb so viel wie früher, und jede Bewegung war mit Schmerzen verbunden. Als sie einmal versehentlich gegen einen Bettpfosten schlug, brach sie sich sogar den Arm, denn selbst ihre Knochen waren schwach geworden.

Die zahlreichen Ärzte, Chirurgen, Heiler und Quacksalber, die der Graf kommen ließ, waren machtlos. Sie ritzten Isabellas Arme auf, um »das Schlechte«, wie sie es in ihrer schwer verständlichen Sprache nannten, mit ihrem Blut herauszuschwemmen, sie flößten ihr übel riechende Wundertränke ein und gaben Christiana die absurdesten Anweisungen zur Behandlung der Kranken. Doch der Gräfin ging es immer schlechter. Alles, was Christiana tun konnte, war, ihr Wissen über Heilpflanzen anzuwenden, um ihr wenigstens die Schmerzen zu nehmen. Selbst ihre Lehrmeisterin, die alte Kräuterfrau aus dem Wald, war Isabellas Krankheit nicht gewachsen. »Es ist nicht ihr Körper, sondern ihre Seele«, hatte sie ihr eines Abends erklärt.

In ihrer Verzweiflung wandte sich Christiana schließlich mit den inbrünstigsten Gebeten, deren sie fähig war, an Gott. Doch sie bekam niemals eine Antwort oder auch nur ein Zeichen, und sie erwartete auch keins seiner Wunder, denn sie hatte das Maß seiner Mildtätigkeit für den Rest ihres Lebens längst erschöpft.

Der Graf hingegen ließ sich trotz seiner zahlreichen Mätressen und des jämmerlichen Zustands seiner Frau nicht davon abhalten, nachts immer wieder in ihr Bett zu steigen, was zur Folge hatte, dass Isabella sechs weitere Male guter Hoffnung war! Aber ihr ausgemergelter Körper verkraftete die Anstrengungen nicht. Nach einer weiteren Totgeburt verlor sie fünf Kinder bereits in den ersten Monaten der Schwangerschaft.

Die Leute im Dorf sprachen hinter vorgehaltener Hand schon von einem Fluch, der auf den Herren vom Schloss lag, und sobald ein Mitglied der Familie in ihre Nähe kam, bekreuzigten sie sich ängstlich. Nicht wenige von ihnen glaubten, Christiana habe sich aus Niedertracht einer teuflischen Macht verschrieben, die das Glück des Grafengeschlechts gestohlen hatte, aber sie waren zu ängstlich, um sie anzuzeigen. Und so blieb es bei den boshaften Gerüchten und düsteren Vermutungen.

Doch ein paar Monate zuvor betrat Christiana wie jeden Morgen das Gemach ihrer Mutter und sah sie seit langem zum ersten Mal wieder aufrecht im Bett sitzen.

»Christiana!«, rief Isabella erfreut und streckte ihr die dünnen Arme entgegen. »Ich erwarte wieder ein Kind! Und ich weiß, dass diesmal alles gut gehen wird.«

»O nein! Hat er dich etwa wieder nicht in Ruhe gelassen?« Christiana kämpfte mit aller Macht gegen ihre Wut an, doch ihr Herz gewann gegen ihren Verstand, und so übermannte sie das tugendlose Gefühl, und Christiana begann, aufgebracht im Zimmer umherzulaufen. Wie konnte ihr Vater nur bei seiner schwer kranken Frau die Erfüllung der ehelichen Pflichten einfordern? Er war fast so Ekel erregend wie sein über alles geliebter Sohn! »Er ist also wie immer in dein Bett gekrochen! Dieser alte Huren–«

*»Christiana!«*, wies Isabella sie scharf zurecht und straffte so entschlossen ihre Schultern, wie sie es seit Jahren nicht mehr getan hatte. »Wag es nicht, so von deinem Vater zu sprechen! Und wo hast du überhaupt diese Marktfrauenausdrücke her?«

»Mama, ich habe einfach Angst um dich! Du bist so krank …« Christiana blieb vor dem großen Bett stehen, beugte sich zu der abgemagerten Gestalt hinunter und strich ihr liebevoll eine Strähne ihres stumpfen Haars aus dem Gesicht. »Berta hat gesagt, dass du eine weitere Geburt nicht überleben wirst.«

»Ach, das ist doch nur dummes Bauerngeschwätz!« Isabella tat die Befürchtungen ihrer Tochter mit einer sorglosen Handbewegung ab.

»Mama, bitte! Du darfst kein Kind mehr bekommen. Ich werde die Alte aus dem Wald bitten –«

»Nein, mein Kind«, unterbrach Isabella sie mit fester Stimme. Sie nahm Christianas Hand und sah sie eindringlich an. »Jetzt wird alles gut, vertrau mir.«

Dann setzte sie ihr schönstes Lächeln auf und erklärte Christiana, dass sie nun ein Bad nehmen wolle.

Sie musste es gewusst haben! Sie musste gewusst haben, dass sie die Geburt ihres vierzehnten Kindes nicht überleben würde. Aber sie hatte ganz gewiss nicht gewusst, dass ihr Sohn zwar lebend zur Welt kommen, sie aber nur um ein paar Augenblicke überleben würde.

Die Bestattung des kleinen Ludwig hatte bereits in den frühen Morgenstunden stattgefunden, denn Hubertus von Rossewitz wollte das dumme Geschwätz der Leute unterbinden. Doch Christianas Mutter war zu bekannt und beliebt gewesen, als dass man das Ritual in aller Heimlichkeit hätte vollziehen können, wie es der Graf ursprünglich geplant hatte.

Das war so bezeichnend für ihren ehrenwerten Vater!

Christianas Trauer verwandelte sich plötzlich in die wohl bekannte Wut gegen den Grafen, doch ihre innere Stimme ermahnte sie, dass sie weder das Recht auf ein solches Gefühl noch die Zeit dafür hatte. Es war besser, ihre Kräfte zu schonen, denn es gab jetzt wichtigere Sachen zu überdenken. Obwohl ihr Kummer sie zuweilen überwältigte und sie alles um sich herum nur durch einen undurchdringlichen Nebel wahrnahm, spürte sie doch seit ein paar Stunden, tief verborgen in ihrem Inneren, ein langsam aufkeimendes Gefühl der Freude, des Glücks.

Es war vorbei. Es war endlich vorbei, und dafür dankte sie Gott von ganzem Herzen.

Ihre Mutter musste nun nicht mehr leiden und die Annäherungen ihres gefühlskalten Gatten ertragen, und jetzt konnte Christiana das Schloss mit reinem Gewissen verlassen.

Beinahe sieben Jahre zuvor hatte sie schon einmal den Schleier nehmen und dem Orden ihrer Tante beitreten wollen, doch die Krankheit ihrer Mutter hatte ihre Pläne zunichte gemacht. Ihr Vater hatte trotz allen Bittens und Flehens seiner Gemahlin darauf bestanden, dass Christiana als älteste und noch dazu unverheiratete Tochter die Pflege ihrer Mutter übernahm.

Ihre Aufgabe hier war nun beendet, und bald würde sie in Sicherheit sein und das Leben führen können, das sie sich seit ihrem sechzehnten Lebensjahr gewünscht hatte. Und dann wäre sie endlich frei! Frei von ihrem selbstherrlichen Vater und seinem grausamen Sohn und auch frei von der schwer auf ihr lastenden Verantwortung für ihre Schwestern.

Sie war der Maskerade so überdrüssig! Sie wollte sich keinen Tag länger verstellen!

Ein leises Klopfen riss Christiana aus ihren Gedanken, und sie fuhr erschrocken vom Bett hoch.

»Ja?«

Die gedämpfte Stimme von Franziskus, dem Diener ihres Vaters, drang von draußen in ihr Gemach. »Verzeiht die Störung, aber der Herr Graf bittet Euch, Seine Hoheit im Studierzimmer aufzusuchen.«

»Ich komme.«

Während sich Christiana vom Bett erhob, zog sie vorsichtig die schlichten Haarnadeln, mit denen sie ihren schwarzen, taillenlangen Schleier an dem weißen Stoff befestigt hatte, heraus und legte jenen auf den Stuhl am Fenster. Dann öffnete sie die mit Eisenbeschlägen verzierte Truhe am Fußende ihres Bettes und holte das kostbare Kästchen hervor, das mit blauem Samt ausgeschlagen war. Darin lag der kleine silberne Handspiegel, den ihre Mutter ihr zum fünfzehnten Geburtstag, dem Tag ihrer Verlobung, geschenkt hatte.

Für eine Weile musterte sie ihr Spiegelbild und flüsterte ihm dann zu: »Christiana von Rossewitz, deine Tage sind gezählt!«

»Tritt ein!«, antwortete Hubertus, der vierte Graf von Rossewitz, mürrisch auf das Klopfen. Er hob kurz den Kopf und blickte zur Tür, durch die seine Tochter nun das Studierzimmer betrat.

»Ihr wolltet mich sprechen, Vater?«

»Setz dich!« Mit einer ungeduldigen Handbewegung zeigte er auf den Stuhl, der gegenüber dem großen, polierten Eichentisch stand, und wandte sich dann wieder seinen Papieren zu. Christiana ging zu dem Stuhl hinüber und ließ sich dort nieder. Erwartungsvoll blickte sie ihren Vater an.

Trotz seiner sechsundvierzig Jahre war er noch immer ein großer, kräftiger Mann mit dichtem, wenn auch leicht ergrautem Haar. Die kleinen hellblauen Augen standen in starkem Kontrast zu seiner sonnengebräunten Haut, ließen seinen kühlen, äußerst berechnenden Verstand jedoch kaum erahnen. Der hellbraune, modisch gestutzte Bart brachte sein markantes Kinn und die große Nase noch stärker zur Geltung und verlieh seinem Gesicht jenen gnadenlosen Ausdruck, den so viele Menschen zu fürchten gelernt hatten. Seine Kleidung war makellos, wie es sich für den Herrn solch großer und ertragreicher Ländereien schickte, er verzichtete jedoch auf jegliches schmückende Beiwerk, das ihm beim Reiten oder beim Schwertkampf in die Quere kommen könnte.

Christiana vermochte sich nicht daran zu erinnern, dass er jemals krank oder ernsthaft verletzt gewesen war. Er besaß die beneidenswerte Fähigkeit, den besten seiner Ritter mit Geschick und Kraft im Schwertkampf zu besiegen, er konnte das schwierigste Pferd mit purer Willenskraft und seiner unvergleichlichen Körperbeherrschung zwingen, ihn als Herrn anzuerkennen, und selbst seine zahlreichen Erfolge auf dem Schlachtfeld waren noch immer in aller Munde.

»Such deinen nutzlosen Tand zusammen, du wirst morgen abreisen«, stieß er plötzlich hervor, ohne seinen Blick auch nur für einen Moment von seinen Papieren abzuwenden.

Christianas Herz begann, aufgeregt zu klopfen. Dass es so schnell gehen würde, hatte sie nicht zu hoffen gewagt.

»Du wirst morgen früh zur fünften Stunde nach Swerin gebracht. Dort nimmst du die Kutsche nach Süden und fährst bis zu einem Dorf in der Nähe von Genova. Maria und Thomas werden dich begleiten.«

»Swerin?«, fragte Christiana erschrocken. Diese Stadt lag im Südwesten, der Orden ihrer Tante jedoch im Nordosten. »Aber Vater, ich dachte –«

Hubertus stieß leise ein warnendes Grollen aus. »Du wirst deine Tante in Eden pflegen«, sagte er in einem Ton, der keine Widerrede duldete, und fügte verächtlich hinzu: »Warum sie sich mit dir wertlosem Ding abgeben will, ist mir ein Rätsel!«

Christiana war sprachlos vor Entsetzen. Ihr ersehntes neues Leben schien wie Sand durch ihre Finger zu rinnen, und sie war zum Gehorsam verurteilt! Warum konnte sich nicht wenigstens einmal alles so fügen, wie sie es sich in unendlich vielen schlaflosen Nächten erdacht hatte? Warum konnte sie nicht endlich auch etwas Glück haben? War das die Strafe Gottes für das tugendlose Leben, das sie führte?

Ja, sie war oft erfüllt von Wut und Zorn und manchmal sogar von Hass gegenüber ihrem Vater und ihrem Bruder, aber sie gab sich doch wirklich alle erdenkliche Mühe, diesen Gefühlen keine Beachtung zu schenken. Sie war stets gehorsam, erfüllte ihre zahlreichen Pflichten ohne ein Wort des Unmutes und gab sich mit allem zufrieden, was ihr der Herr in seiner unendlichen Weisheit zugedacht hatte. Und sie setzte alles daran, ihr Versprechen an ihn einzulösen.

Ihre täglichen Gebete waren erfüllt von tiefer Dankbarkeit, und nur zweimal in ihrem ganzen Leben hatte sie Gott um etwas gebeten. Nun wollte sie in ein Kloster gehen, um aus tiefstem Herzen seine Braut zu werden. Warum bestrafte er sie dafür? Hatte sie ihn trotz all ihrer Anstrengungen so sehr beschämt und enttäuscht?

»Jetzt, da die Gräfin tot ist, braucht dich hier niemand mehr«, unterbrach der Graf ihre Gedanken.

Fassungslos über die gefühllose Art, mit der er über den Tod seiner Frau sprach, stockte Christiana der Atem. Doch durch die jahrelange Erfahrung mit den boshaften Seiten des Charakters ihres Vaters erlangte schnell die mühsam erlernte Beherrschung die Oberhand über ihr aufgewühltes Gemüt.

»Wie Ihr wünscht, Hoheit«, erwiderte sie kühl.

Der Graf schaute überrascht auf, und ihre Blicke trafen sich.

Er wusste sofort, dass das ein Fehler gewesen war. Er fürchtete sich nicht vor Königen, Marodeuren, Wegelagerern, Piraten, seinen zahlreichen Feinden oder Kriegsgegnern. Aber schon der bloße Anblick der wissenden grünen Augen seiner ältesten Tochter jagte ihm einen kalten Schauer über den Rücken.

Er hatte diese Unterredung hinausgezögert, hatte ernsthaft in Erwägung gezogen, Christiana seinen Befehl durch einen Diener überbringen zu lassen. Doch ein Graf von Rossewitz wurde nicht als Feigling geboren! Unter seinen Vorfahren hatte es nie einen Feigling gegeben, und er wollte ganz gewiss nicht der erste sein. Zumindest in dieser Sache würde er nicht mit der Tradition brechen und die Ehre seines Geschlechts beschmutzen. Aber dieses lächerliche Aufbegehren war sinnlos, denn genau das war bereits geschehen.

So gern er auch die Schuld dafür seiner nutzlosen Gattin zuweisen wollte, wusste er doch, dass seine Ahnen *ihn* für all die Schmach verantwortlich machten, denn was zählte schon ein Weib? Er allein hatte es zugelassen, und vor ihm saß der einzige lebende Beweis für sein Versagen. Für seine Unfähigkeit, seine Unwürdigkeit.

Gott, wie er dieses Kind hasste! Zu seiner eigenen Schande musste er sich eingestehen, dass er sie mied, soweit es nur ging. Er hatte sie seit ihrem sechzehnten Geburtstag dazu verdammt, fortan sämtliche Mahlzeiten in ihrem Gemach einzunehmen, sich so wenig wie möglich zu zeigen und – falls sie sich doch einmal außerhalb ihres kleinen Reiches aufhalten sollte – einen Schleier zu tragen, der ihre ihn verhöhnende Fratze versteckte.

Aber sie wusste es, diese Hexe! Und sie tat alles, um ihn in den Wahnsinn zu treiben.

Sie ging absichtlich ohne Schleier umher und behauptete dann unschuldig, er habe sich, ohne dass sie es bemerkt hatte, gelöst und sei wohl hinuntergefallen, genauso wie sie es jetzt tun würde, hätte er nur den Mut, sie zu fragen.

Bevor Isabella krank geworden war, wollte Hubertus nicht begreifen, was für ein Kind seine Gemahlin herangezogen hatte. Er hatte es nie gewagt, dieses wertlose Mädchen genauer zu betrachten, denn er wollte es aus seinen Gedanken und Träumen, die es seit seiner Geburt ohnehin beherrschte, verbannen. Aber dann geschah das Unglück, und kurz darauf bekam sein zweiter Sohn, an dessen Namen er sich noch nicht einmal mehr erinnern konnte, das Fieber und starb. Von einem Tag auf den anderen verwandelte sich dieses ungehorsame Frauenzimmer, das er geheiratet hatte, von einem recht ansehnlichen Weibsbild in eine seelenlose Hülle, an der der Gestank der Hirnlosen haftete.

Aus Gewohnheit hatte er eine Entscheidung getroffen, die ihm die Kosten einer zusätzlichen Magd ersparte, und so beging er den Fehler, Christiana wider besseres Wissen im Schloss zu behalten. Er hatte geglaubt, dass dies eine einfache Lösung für ein kurzweiliges Problem sei, doch er hatte sich getäuscht. Seine Frau wurde nicht gesund, und wenige Monate später hatte sich die Brut des Teufels in Gestalt seiner Tochter dermaßen unentbehrlich gemacht, dass er sie beim besten Willen nicht mehr fortschicken konnte.

Damals hatte Hubertus nicht zum ersten Mal und – wie er heute wusste – auch nicht zum letzten Mal in seinem Leben bereut, während ihrer Geburt auf einem dieser unnützen Feldzüge gewesen zu sein, betrogen und für immer der Möglichkeit beraubt, seine Verfehlung zu verbergen und das Kind auf der Stelle zu töten. Nach seiner Heimkehr war es bereits zu spät, denn man hatte es in Erwartung seines Zorns längst fortgeschafft und selbst nach Drohungen und harten Bestrafungen erst wieder ins Schloss geholt, nachdem ein weiteres Kind geboren worden war. Doch das kleine Mädchen, das ihn mit großen Augen voller Reinheit ansah und in dessen Anwesenheit er doch die Falschheit spürte, ließ seinen Schlacht erprobten Körper vor Angst erzittern. Es vergällte ihm fortan jeden Gedanken an seine Vergangenheit, auf die er nie wieder mit Stolz zurückblicken konnte, seine Gegenwart, in der er Tag für Tag gnadenlos mit ihrem Anblick gestraft wurde, und seine Zukunft, die wie eine Gewitterwolke, von den finsteren Kräften des Wechselbalgs heraufbeschworen, über ihm schwebte, um in einem Moment der Unachtsamkeit sein Leben in Schutt und Asche zu legen – so wie es ihr dreimal beinahe gelungen war.

Dreimal, denn nur so oft hatte er seinen ganzen Mut zusammengenommen, um sie zu töten.

Es waren hervorragend ausgeklügelte Pläne, doch das Mädchen schien stets von einer dunklen Macht beschützt zu werden. Beim ersten Mal – sie war gerade zwei Wochen lang im Schloss und zeigte mit ihren fast zwei Jahren nicht die Spur von Angst vor Pferden – lockte er sie unter dem Vorwand, sein Streitross ungestört betrachten und berühren zu dürfen, in den Stall, wo sich zur Mittagszeit kein

Knecht aufhielt. Auf ihren wackligen Beinen stapfte sie freudig davon, und in den folgenden Minuten malte sich der Graf voller Genugtuung aus, wie die Hufe seines Hengstes ihren winzigen Körper zermalmten. Doch das Glück war ihm nicht hold. Anstelle seiner Tochter musste einer seiner besten Ritter dran glauben. Der Mann hatte beobachtet, wie die Kleine in den Stall lief, und war ihr in seiner Dummheit gefolgt, und als er sich schützend über sie warf, wurde er von den kräftigen Tritten des Pferdes erschlagen. Er war der tüchtigste Mann gewesen, den Hubertus je hatte, und sein Verlust kostete ihn ein halbes Jahr später um ein Haar einen bedeutsamen Sieg auf dem Schlachtfeld.

Beim zweiten Mal – die Erinnerung daran rief heute noch Übelkeit in ihm hervor – hatte er es mit einem langsam wirkenden Gift versucht, um Christianas Sterben zu der Qual werden zu lassen, die sie durch ihre bloße Existenz in sein Leben gebracht hatte. Sie war gerade vier, da nutzte er eine günstige Gelegenheit und zwang eine Kinderfrau, eine seiner zahlreichen Mätressen, Christiana das Pulver unter ihr Essen zu mischen. Doch dieses auf ewig verfluchte Miststück verwechselte die Teller, und nach zwei Bissen von seinem Mahl sank sein Sohn und einziger Erbe bewusstlos zu Boden. Sechs Wochen lang war er nicht fähig, sich zu bewegen, doch man konnte ihn schließlich retten. Danach war der Junge nie mehr wie zuvor, wofür die Dienerin durch Hubertus' Schwert zur Strafe zuerst die Hände, dann die Füße und zum Schluss ihren Kopf verlor und hoffentlich für alle Zeit in der Hölle schmorte.

Dieser verheerende Versuch verschaffte dem Grafen die Gewissheit, dass das Böse seine schützende Hand über jenes Wesen hielt, das seine Frau »Tochter« nannte. Sein leidenschaftliches Verlangen nach Christianas Tod gefror für zwölf schier endlose Jahre zu Eis, und er entdeckte seine Fähigkeit, die Augen vor allem zu verschließen, was dieses Kind betraf.

Nachdem jedoch ihre von langer Hand geplante Vermählung – seit einer Ewigkeit der erste Hoffnungsschimmer am

Horizont – vollkommen missglückte, wagte er in seiner unvorstellbaren Verzweiflung einen dritten Versuch. Jene machte ihn sogar blind dafür, dass sich mit Christianas baldigem Eintritt in ein Kloster längst ein Weg gefunden hatte, sie loszuwerden. Auch diesmal sollte es wieder einen Leichnam zu begraben geben, doch es war nicht Christiana, sondern ihr kleiner Bruder, sein zweiter Erbe. An jenem Tag gab er es auf, selbst für ihr Verschwinden oder ihren Tod zu sorgen oder auch nur nachzuhelfen, und hoffte einfach auf ein Wunder.

Und jetzt war es endlich so weit! Wäre der Brief seines Schwagers nicht eingetroffen, hätte er seine Tochter lieber gestern als heute eigenhändig zum Tor des Klosters geschafft und dabei zugesehen, wie sie für immer hinter den hohen Mauern verschwand. Doch er wusste, dass nur der Tod ihn aus ihren Klauen befreien konnte.

Einem Kloster müsste er für Christianas Aufnahme außerdem eine stattliche Mitgift zahlen, die ihm nichts weiter einbringen würde außer der Gewissheit, sie nie mehr wiedersehen zu müssen. Doch ganz bestimmt würde sie ihm auch aus der Ferne das Leben zur Hölle machen. Auf einer langen, beschwerlichen Reise hingegen konnte man überfallen, ausgeraubt oder sogar getötet werden, was in diesen gefährlichen Zeiten vielen schutzlosen Reisenden geschah. Und er hatte dafür gesorgt, dass Christiana den Wegelagerern hilflos ausgeliefert war. Kein bewaffneter Reiter würde sie begleiten und auch kein Diener, der sich und seine Herrschaft verteidigen konnte.

Sie würde niemals in Eden ankommen, so viel war sicher! Aber wenn doch …

Nervös schob Hubertus die Papiere auf seinem Tisch hin und her und räusperte sich schließlich, um sein Unbehagen zu verbergen.

»Du kannst geh–«, begann er, wobei seine Stimme selbst in Christianas Ohren zaghaft und vielleicht sogar ein wenig furchtsam geklungen haben musste. Wütend über sich selbst räusperte er sich erneut, dann schrie er in barschem Befehlston: »Fort mit dir! Auf der Stelle!«

Das Rascheln von Stoff verriet ihm, dass sie sich erhoben hatte.

»Und auch wenn das der letzte Abend in deinem Leben auf Schloss Rossewitz ist – lass dir ja nicht einfallen, zum Leichenschmaus in den Festsaal zu kommen!«

Doch bevor er den Satz beendet hatte, fiel die Tür mit einem dumpfen Geräusch ins Schloss.

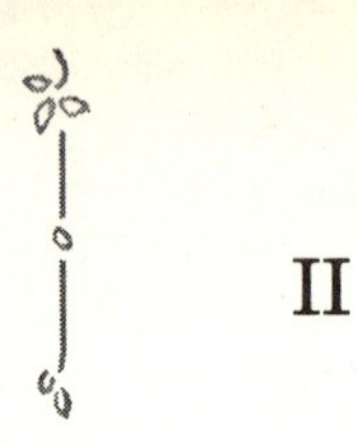

# II

»Wat heff ik wullt?[5]« Maria schob sich einen Finger zwischen die paar Zähne, die ihr noch geblieben waren, und begann, nervös an dem stumpfen Nagel zu kauen. Suchend schaute sie sich im Gemach ihrer Herrin um.

Christiana wandte sich von den wenigen persönlichen Habseligkeiten ab, die sie auf ihrem Bett ausgebreitet hatte, und bedachte ihre Zofe mit einem mitleidigen Blick. Die Alte war in ihrer Verwirrung in die Sprache des gemeinen Volkes verfallen, obwohl der Graf dies zutiefst verachtete und es dem Gesinde in Gegenwart seiner Nachkommen strengsten untersagt hatte. »Maria, du wirst eines Tages noch vergessen zu atmen.«

»Dann wird mich de leiwe Herrgott[6] endlich zu sich hol'n.« In wohliger Vorfreude seufzte die alte Frau, ohne zu bemerken, dass sich noch immer einige Worte ihrer Muttersprache eingeschlichen hatten.

»Bist du sicher, dass du nicht nach unten kommst?«, fragte Christiana. Voller Verzweiflung kreisten ihre Gedanken unentwegt um die unerwarteten Wendungen in ihrem Leben, und so war die gemeine Frage ihr einfach entschlüpft. »Soweit ich weiß, bist du letzten Sonntag in der Kirche eingeschlafen und hast so laut geschnarcht, dass der Pfarrer seine Predigt unterbrechen musste.«

Maria riss die Augen weit auf und rief erschrocken: »Wenn man de Düwel an de Wand maalt, steiht hei all in de Husdör![7]«

---

[5] Was wollte ich?

[6] der liebe Herrgott

[7] Wenn man den Teufel an die Wand malt, steht er schon in der Haustür!

»Ach Maria, wenn das so wäre, würde ich schon längst in der Hölle schmoren, und das kann auch nicht schlimmer sein als das hier«, erwiderte Christiana undankbar, doch als sie sich ihrer gotteslästerlichen Worte bewusst wurde, lief sie rot an und senkte beschämt die Augen. Hoffentlich tanzte der Teufel für diese unverfrorene Bemerkung nicht irgendwann einmal auf ihrem Grab!

Ihre Zofe, der der betretene Ausdruck in Christianas Gesicht entgangen war, schnappte empört nach Luft und öffnete den Mund, um sie wie in ihrer Kindheit zurechtzuweisen. Doch ehe sie den Gedanken aussprechen konnte, hatte sie ihn auch schon wieder vergessen.

»Wat heff ik wullt?«, murmelte sie stattdessen vor sich hin.

Christiana ging schmunzelnd zu der großen Reisetruhe, die zwei Stallburschen in die Mitte des Raumes gestellt hatten, und legte vorsichtig das Kästchen mit ihrem kostbaren Spiegel hinein, den sie sorgsam in etliche Lagen Wollstoff gewickelt hatte. »Du wolltest meine Sachen packen«, half sie der vergesslichen Alten auf die Sprünge.

»Ach ja, ach ja …« Mit flinken Fingern legte Maria ein Kleidungsstück nach dem anderen zusammen und verstaute sie alle geschickt in der hölzernen Truhe.

Da Christiana ihr nicht im Weg stehen wollte, ging sie zum Fenster hinüber. Ihr betrübter Blick wanderte langsam über den großen Besitz ihres Vaters, um sich jede Kleinigkeit für immer einzuprägen: die Bäume am Rande der üppigen Wälder in der Ferne, die weitläufigen Wiesen, die kleinen Buchten an den schilfbedeckten Ufern der Seen, die Hütten im nahe gelegenen Dorf, die Bauern, die gemeinsam mit ihren Familien die Felder pflügten und auf die kommende Aussaat vorbereiteten, und selbst die Tiere, die auf den Weiden friedlich im Sonnenschein grasten. Erst ganz zum Schluss wagte sie es, den Apfelhain zu betrachten. Wenn sie erst einmal bei ihrem Onkel und dessen hilfsbedürftiger Frau lebte, würde sie sich am meisten nach diesem Ort sehnen. Wenn ihr Verstand sie wieder einmal dazu verführte, den Sinn ihres Lebens infrage zu stellen, konnte ihr

Herz hierher zurückkehren, denn hier verschmolzen all ihre schönsten Erinnerungen mit ihren tiefsten Gefühlen. Auf diesem unscheinbaren Fleckchen Erde hatte sie die glücklichen Tage ihrer Kindheit verbracht, umgeben von ihren jüngeren Geschwistern und wohl behütet von ihrer Amme und ihrer über alles geliebten Mutter. Ganz gleich, wie Gottes Plan für sie aussah: Diese Erinnerungen konnte ihr niemand nehmen, und sie würde sie bis an ihr Lebensende wie einen kostbaren Schatz hüten.

Doch an diesem Abend nach Einbruch der Dämmerung würde sie zum letzten Mal über die Wiesen reiten, zum letzten Mal am Ufer eines der Seen Rast machen, um sich mit dem klaren, kalten Wasser zu erfrischen, zum letzten Mal durch den Apfelhain spazieren und dann endgültig Abschied von ihrer Mutter nehmen.

»Maria, was hat deine Schwester dazu gesagt, dass du Schloss Rossewitz verlassen musst?«, wandte sich Christiana schließlich an ihre Zofe. Sie wusste, dass Maria und Berta seit der Geburt der letzteren niemals auch nur einen Tag voneinander getrennt gewesen waren.

»Jeden Dach in soebenzig Johren heff ik sei seihn. Wi hemm de Ollen, twei Bröder, fief Süsters, twei Kinner, mien Kerl un ehrer twei unner de Erd gebracht[8]«, plapperte die Alte mit einem Schmunzeln munter drauf los; als sie nun jedoch bemerkte, dass sie in dem verbotenen Dialekt sprach, verstummte sie sofort.

Es wäre ihr gewiss schon viel eher aufgefallen – wenn sie sich nicht mit der ältesten Tochter der verstorbenen Gräfin unterhalten hätte. Die anderen Kinder des Grafen verstanden kaum ein Wort, Christiana hingegen hatte schon früh die Sprache der einfachen Leute gelernt.

»Ein paar Wochen ohne mich werden Berta jedenfalls nicht schaden«, fuhr sie nach einer Weile fort, wobei sie genau darauf achtete, sich klar und deutlich auszudrücken.

---

[8] Jeden Tag in siebzig Jahren habe ich sie gesehen. Wir haben unsere Eltern, zwei Brüder, fünf Schwestern, zwei Kinder, meinen Mann und ihre zwei unter die Erde gebracht.

Christiana fuhr überrascht herum. »Ein paar Wochen? Aber du sollst doch mit mir nach Eden kommen!«

Ihre Zofe blickte von ihrer Beschäftigung auf und runzelte die Stirn, was offensichtlich bedeutete, dass sie nachdachte. Fasziniert beobachtete Christiana das Mienenspiel in dem faltigen Gesicht der alten Frau und hoffte inbrünstig, dass sich Maria bei dieser großen Anstrengung nicht verletzte.

»Der Graf hat mir den Befehl erteilt, Euer Hoheit bis nach Casalino zu begleiten. Dort werdet Ihr von den Bediensteten Eures Onkels abgeholt, und ich soll sofort hierher zurückkehren.«

Christiana schaute sie einen Moment lang verständnislos an, dann jedoch begriff sie, was ihr Vater plante. Sie hätte von Anfang an wissen müssen, dass der Graf auf eine zwar vergessliche, aber besonders tüchtige Zofe nicht einfach so verzichten würde – zumal er ja noch drei andere Töchter hatte, die ihre Dienste benötigten.

»Und Thomas?«, fragte sie leise.

»De olt Klaukschieter[9]«, bemerkte Maria mit einem zufriedenen Grinsen. Es war kein Geheimnis, dass sie den altersschwachen Diener nicht ausstehen konnte, da er ihr jahrelang nachgestiegen war. »Der wird bei Euch bleiben.«

»Seine Hoheit hat also beschlossen, dass er mit mir gleich auch noch seinen nutzlosesten Diener aus dem Weg schafft. Wie klug von ihm!«, sagte Christiana mehr zu sich selbst und schaute in Gedanken versunken erneut zum Fenster hinaus.

Es gab also noch etwas, das sie vor ihrer Abreise erledigen musste.

»Maria, wo ist mein hellbraunes Kleid?«, erkundigte sie sich betont beiläufig.

Verwirrt drehte sich ihre Zofe herum.

Sie spielte mit ihrem Leben. Während sie den langen, hell erleuchteten Gang entlanghumpelte, der zum großen Fal-

[9] Der alte Klugscheißer

kensaal des Schlosses führte, war sie sich der Gefahr durchaus bewusst, in die sie sich begab. Doch die törichte Stimme in ihrem Inneren sagte ihr, dass sie es einfach tun musste.

Sechs schier endlose Jahre lang hatte sie als gehorsame Tochter alles getan, was ihr Vater befahl. Sie war gezwungen gewesen, das Elend ihrer Mutter stumm mit anzusehen, doch nun war der Tag gekommen, an dem sie ihren eigenen Anordnungen Folge leisten musste. Dies war die einzige und letzte Chance, und die würde sie um jeden Preis ergreifen. Nur ein einziges Mal wollte sie ihren wenig tugendhaften Gelüsten freien Lauf lassen und Gottes Gebote absichtlich missachten, doch den Mut dazu konnte sie nur jetzt aufbringen. Nur in diesem Augenblick, in dem die Trauer die Tür zu der dunklen Kammer in ihrem Herzen, hinter der seit vielen Jahren die lähmende Angst wohnte, fest verschlossen hielt. In diesem Augenblick, in dem sie zum ersten Mal verstand, dass der Tod sie von der schweren Verantwortung für das Leben ihrer Mutter entbunden hatte.

Sie wollte nicht einen Gedanken daran verschwenden, welche Sünde sie begehen würde, hatte sie doch dem HERRN vor langer Zeit versprochen, ein Leben zu führen, auf das er mit Stolz herunterblicken konnte. Aber in ihrem Inneren war ihr bewusst, welch teuflische Kraft sie vorantrieb: Rache!

Sie betete, dass Gott nur für einen Moment nicht zusah, nur für *diesen* einen Moment. Doch sie machte sich auch keine Illusionen darüber, dass sie ihn jemals hinters Licht führen konnte. Und trotzdem war sie davon überzeugt, dass er Gnade walten ließe, auch wenn sie vermutlich niemals so klug sein würde, es zu erkennen. Vielleicht war diese schicksalhafte Fügung ja sogar sein Wille, sein Zeichen für sie? Doch was es auch immer sein mochte: Sie legte ihr Leben vertrauensvoll in seine gütigen Hände – wie schon einmal zuvor.

Das fröhliche Gelächter der zahlreichen Gäste, die zum Leichenschmaus gekommen waren, drang aus der Ferne zu ihr, und sie überdachte noch ein letztes Mal ihr Vorhaben.

Auf welche Weise konnte sie die meiste Aufmerksamkeit erlangen? Wenn sie den Weg durch die schweren goldverzierten Haupttüren benutzte, lief sie direkt in die Menge, und ihr Vater würde sie noch vor allen anderen entdecken. Aber wenn sie die große Treppe herunterkäme, säße er mit dem Rücken zu ihr und hätte nicht den Hauch einer Möglichkeit, sie ohne großes Aufsehen aus dem Festsaal schaffen zu lassen. Also über die Treppe!

Sie wechselte die Richtung und nutzte die nächstbeste Gelegenheit, um in den ersten Stock zu gelangen. Zielstrebig lief sie durch die grauen Säulengänge auf die große Treppe zu, vorbei an Dienern und Mägden, die sich voller Abscheu an die kalten Wände pressten und sie aus angsterfüllten Augen anstarrten.

An der obersten Stufe angekommen, holte sie noch einmal tief Luft und konzentrierte sich auf die letzte, äußerst riskante Tat, die sie in diesem Haus vollbringen würde.

»Vergib mir, Vater«, flüsterte sie und bekreuzigte sich eilig.

Dann schleppte sie sich schwerfällig die Steintreppe hinunter, ließ ihre Schultern nach vorn fallen, beugte ihren Kopf stark nach rechts und setzte jenen Gesichtsausdruck auf, den sie zuvor stundenlang vor dem Spiegel geübt hatte.

Hubertus Graf von Rossewitz saß auf seinem hölzernen Thron an der erhöhten herrschaftlichen Tafel und ließ seinen Blick zufrieden über das riesige Festgelage zu Ehren seiner toten Gemahlin wandern. Mehr als zehn Dutzend Menschen saßen im prunkvollen Falkensaal und genossen die berühmten Köstlichkeiten der Schlossküche. Für die Zerstreuung der Gäste war ebenfalls bestens gesorgt: Drei Spielmänner sangen abwechselnd um die Wette, einige Schausteller unterhielten die Gäste mit ihren Kunststücken, und der bucklige Narr, den sich der Graf zum Vergnügen hielt, schlug munter Purzelbäume und brachte die Leute mit seinen scharfzüngigen Scherzen zum Johlen.

Zur Rechten des Grafen saß sein Sohn Dominik Johannes, der gerade einer Magd in den prallen Hintern kniff und lüstern grinste.

Ganz der Vater, dachte Hubertus mit stolzgeschwellter Brust.

Zu seiner Linken saß Marco von Reibensheim, einer seiner besten Männer und Vetter der jungen Adligen, die in Kürze seine zweite Gemahlin werden würde. Der breitschultrige Mann mit der kräftigsten Schwerthand, die er je gesehen hatte, stopfte sich gerade ein halbes Huhn in den Mund und ließ das Fett an seinem kantigen Kinn sorglos hinunterlaufen. Dann steckte er sich nacheinander genüsslich jeden Finger in den Mund und leckte ihn laut schmatzend ab. Seine schulterlangen braunen Haare hatte er mit einem Lederband im Nacken zusammengebunden, und als er nach der letzten Honigschweinerippe griff, die auf einer silbernen Platte mitten auf dem Tisch lag, rasselte sein Kettenhemd, mit dem er scheinbar zur Welt gekommen war. In seiner Gegenwart wurden die Mägde stets zu aufgeregt schnatternden Gänsen, doch er interessierte sich momentan mehr für die Genüsse, die auf dem Tisch standen, als für jene, die ringsum geschäftig die Teller und Weinkrüge auffüllten.

Weiter unten an der übervollen Tafel saß die wunderschöne fünfzehnjährige Tochter des Grafen, Marianna, deren goldblonde Locken zu einem atemberaubenden Gebilde auf ihrem Kopf aufgetürmt waren. Mit ihren braunen Augen und dem zierlichen Körper würde sie in einem Monat den blässlichen, aber reichen Sohn eines Grafen ins Ehebett locken, dessen Ländereien hoch oben im Nordwesten an die ihres Vaters grenzten.

Die Blicke der Männer in Mariannas Nähe klebten ausnahmslos in ihrem tiefen Ausschnitt. Ihr teures Kleid schmiegte sich auf Hubertus' Wunsch und entgegen der noch immer vorherrschenden spanisch-höfischen Mode sowie den kirchlichen Moralvorstellungen eng an ihre üppigen Rundungen, und Mariannas verführerische Bewegungen wurden weder durch einen steifen Reifrock noch durch eine riesige Mühlsteinkrause beeinträchtigt.

Sie war wirklich eine kostbare Ware, und Hubertus hatte alle Hände voll damit zu tun, dass sie erst in ihrer Hochzeitsnacht die Freuden des Bettes kennen lernte, denn das war eine der wichtigsten Bedingungen jenes Handels, den er mit seinem Nachbarn abgeschlossen hatte. Und genau diese Abmachung würde ihm eine Unmenge Gold einbringen.

Seine zwei jüngsten Töchter hatten neben ihrer Schwester Platz genommen. Auch sie waren mit ihren elf und zwölf Jahren und mit den züchtig gebändigten Lockenmähnen bereits eine wahre Augenweide. Doch ihre Körper waren noch nicht reif genug, um einen reichen Mann zu beeindrucken und zu verzaubern. Hubertus würde sich also mit ihrer Vermählung wohl oder übel noch zwei, drei Jahre gedulden müssen.

Mit seinem Sohn hingegen hatte der Graf weitaus größere Schwierigkeiten. Der gut aussehende junge Mann mit den braunen Haaren und den strahlend grünen Augen weigerte sich strikt, sich eine Frau zu suchen. Warum auch, bekam er doch alles, was sein Herz begehrte, auch ohne die Nachteile einer Gemahlin in Kauf nehmen zu müssen. Aber nun war er fast einundzwanzig, und als einziger Sohn des Grafen musste er allmählich an einen Erben denken.

Ein fremdartiges Lachen, das für einen kurzen Moment die Geräusche der gierigen Meute im Saal dämpfte, riss Hubertus aus seinen Gedanken. Einige der Gäste hoben den Kopf und blickten zur Treppe. Dem Pfarrer blieb prompt ein Stück Brot im Hals stecken, und während er verzweifelt nach Luft rang, hustete und spuckte er.

Das unheimliche Lachen ertönte erneut, diesmal lauter und viel näher.

Immer mehr Augenpaare wanderten zur großen Treppe, und ein unruhiges Murmeln rollte wie eine Welle durch den Saal. Die Spielleute brachen mitten im Lied ab, und selbst der Narr, der gerade zu einem erneuten Purzelbaum ansetzen wollte, hielt mitten in der Bewegung inne.

»Was zum Teufel ...« Hubertus wandte sich neugierig um und erstarrte bei dem Anblick, der sich ihm bot.

Seine älteste Tochter Christiana kam ohne Schleier die Treppe heruntergehumpelt und hielt auf ihn zu. Ihr rechter Fuß schleifte wie die Schleppe eines Kleides über den Boden, ihre linke, stark vernarbte Hand hatte sie zu einer Klaue gekrümmt, und den Kopf neigte sie auf groteske Weise zur Seite. Doch das Schlimmste war ihr Gesicht: Es spiegelte den Wahnsinn wider, dem sie offenbar verfallen war!

Ihre Augen rollten unkontrolliert in den tiefen, dunkel umrandeten Höhlen. Ihrem offenen Mund entwich ein schwachsinniges Lachen, das sie im nächsten Moment verschluckte. Sie würgte heftig, wobei ihr schaumiger Speichel aus den Mundwinkeln lief und auf ihr Kleid tropfte. Der hellbraune Stoff färbte sich so dunkel wie der große halb runde Fleck, der sich von der Hüfte bis zum Saum hinunterzog.

Seit wann kann sie ihre Körpersäfte nicht mehr bei sich behalten?, fragte sich Hubertus angewidert. Seine Tochter Marianna hingegen brachte ihr Entsetzen über den Aufzug ihrer Schwester mit einer gekonnten Ohnmacht zum Ausdruck.

Christianas Kleid war jedoch ohnehin nicht mehr zu retten, es war über und über mit getrocknetem Blut besudelt.

Mit einem Mal fiel es Hubertus wie Schuppen von den Augen: Es war das Kleid, das sie während der Geburt des kleinen Ludwigs getragen hatte!

Christiana überwand den Würgereiz und setzte ein dümmliches Grinsen auf. Dann blieb sie schließlich vor dem Grafen stehen.

»Ich wollte mich von Euch verabschieden, mein geliebter Vater«, rief sie laut in den Saal hinein. Sie spuckte die Worte geradezu aus, so als fiele es ihr schwer, ein paar Laute zu irgendeiner Form von Sprache zusammenzusetzen.

Hubertus' Gesicht lief rot an, und er rang bebend vor Wut um seine Fassung. »Was soll das?«, stieß er zwischen zusammengepressten Zähnen hervor.

»Was soll das?«, fragte Christiana fröhlich und rollte erneut mit den Augen.

»Geh sofort zurück in dein Gemach!«

»Geh sofort zurück in dein Gemach!«, wiederholte sie sogleich stumpfsinnig, diesmal lauter als zuvor.

Der Graf erhob sich langsam, und die Menge hielt den Atem an. Christiana zuckte nicht einmal mit der Wimper.

»Verlass auf der Stelle den Saal!«

Hubertus' leise Drohung hätte jeden seiner Ritter sofort dazu gebracht, seinem Befehl zu folgen, aber seine Tochter bedachte ihn nur mit einem Blick, der geistige Umnachtung vermuten ließ.

Der Graf war außer sich vor Zorn. Blitzschnell hob er die Hand und holte zu einer kräftigen Ohrfeige aus. Doch obwohl er ein kampferprobter Krieger war, verriet der Ausdruck in seinen Augen sein Vorhaben, und Christiana kam ihm zuvor. Begleitet von einem glücklichen, lauten Glucksen warf sie sich ihrem Vater an den Hals.

Einen Moment lang vollkommen überrumpelt traf Hubertus' Hand ins Leere, und er blickte sich verwirrt zu seinen Gästen um, die die Szene wie gelähmt beobachteten. Als er endlich wieder einen klaren Gedanken fassen konnte, versuchte er sofort, seine Tochter abzuschütteln, aber Christianas Umklammerung war stärker als eine Eisenkette.

»Mein lieber, lieber Vater«, wiederholte sie immer und immer wieder. Zwischendurch stieß sie ihr schwachsinniges Lachen aus, und der Graf spürte, wie ihr Ekel erregender Speichel sein kostbares Gewand durchnässte.

In diesem Moment lösten sich Dominik Johannes und Marco von Reibensheim endlich aus ihrer Erstarrung und kamen Hubertus zu Hilfe. Mit vereinten Kräften schafften sie es schließlich, ihn aus den Klauen seiner wahnsinnig gewordenen Tochter zu befreien.

»Bringt sie in ihr Gemach und bewacht sie!«, rief Hubertus zwei Rittern zu, die ebenfalls zu seiner Rettung herbeigeeilt waren.

Die kräftigen Männer packten die junge Frau grob an den Armen und zerrten ihren erschlafften Körper aus dem Saal hinaus und die Treppe hinauf.

Hubertus strich seine grüne Tunika mit dem goldenen Wappen des Grafengeschlechts von Rossewitz glatt und bedeutete den Spielmännern mit einem unwirschen Wink, ein neues Lied zu beginnen.

Die Musik setzte ein, und die Leute atmeten hörbar auf. Die bedrückende Stille verwandelte sich in lautes Gemurmel, was hier und dort von einem leisen Lachen durchbrochen wurde.

Und plötzlich kam sämtlichen Männern an der Tafel gleichzeitig in den Sinn, sich um die liebreizende Schwester der Verrückten zu kümmern, die noch immer auf dem Boden lag. Mit geschlossenen Augen und mehreren gut hörbaren, Mitleid erregenden Seufzern, die ihrem hübschen Schmollmund entschlüpften, wartete Marianna verärgert auf die ihr zustehende Aufmerksamkeit ihrer zahllosen Bewunderer.

Hubertus hingegen wandte dem Elend seiner Tochter den Rücken zu. Obwohl er vor unterdrückter Wut kaum atmen konnte, zwang er sich, mit ruhigen Schritten auf die Treppe zuzugehen. Dort angekommen, drehte er sich noch einmal um. Er ließ seinen Blick über die Menge in dem überfüllten Festsaal schweifen und nahm die verstohlenen Blicke wahr, mit denen die Leute ihn bedachten.

»Wie wirst du sie bestrafen, Vater?«, fragte Dominik Johannes leise, der ihm ohne Aufforderung nachgeeilt war.

Hubertus betrachtete ihn nachdenklich. In den Augen seines Sohnes lag ein seltsames Funkeln, seine Wangen waren gerötet, und die Erregung in seiner Stimme konnte man nicht überhören.

»Soll ich die Peitsche holen?«, erbot sich der junge Mann lächelnd.

»Nein! Alles, was ich brauche, finde ich bei ihr.«

Gemeinsam verließen die beiden Männer den Falkensaal und stiegen mit Unheil verkündenden Schritten die Wendeltreppe zu Christianas Zimmer hinauf.

»Verschwindet!«, befahl der Graf den zwei Rittern knapp, die vor der geschlossenen Tür Wache hielten.

Die Männer machten ihm sofort Platz und verschwanden dann eilig.

Hubertus öffnete die schwere Holztür und trat ein, dicht gefolgt von Dominik Johannes.

Christiana saß kerzengerade auf dem einzigen Stuhl am Fenster und wartete schweigend auf ihre Bestrafung.

Hubertus ging auf den großen, zugigen Kamin zu, in dem an diesem warmen Frühlingstag kein Feuer brannte. Er ergriff ein Scheit und wog es in der Hand. Dann tauschte er es gegen ein dickeres Stück Holz ein, von dem noch etliche Stümpfe achtlos abgehackter Zweige abstanden, und richtete dann seinen Blick auf seine Tochter.

Christiana erhob sich ohne Aufforderung und stellte sich mit dem Gesicht an die Wand neben dem Fenster. Der Graf drückte sie mit einer Hand gegen die kalten grauen Steine, holte aus und schlug zu.

Der Schmerz durchfuhr Christianas Körper von Kopf bis Fuß, und ihr wurde schwindlig. Doch sie biss hart auf ihre Unterlippe, und nur mit schier unmenschlicher Willenskraft gelang es ihr, aufrecht stehen zu bleiben.

Der zweite Schlag traf ihre Schulter. Mühsam unterdrückte sie den schmerzerfüllten Schrei, der sich zwischen ihren zusammengepressten Zähnen den Weg ins Freie zu bahnen drohte.

»Fester, Vater! Fester!«, kreischte Dominik Johannes aufgeregt, doch Christiana hörte ihn nicht mehr. Sie folgte dem Instinkt ihres Körpers, von dem sie aus Erfahrung wusste, dass er ihre einzige Chance zu überleben war.

Sie floh vor der hasserfüllten Wut, mit der ihr Vater sie für ihr törichtes Benehmen bestrafte, hinter die schützenden Mauern, die sie vor vielen Jahren errichtet hatte.

Als die Luft aus ihrer Lunge entwich und ihre Rippen nachgaben, fühlte sie keine Schmerzen mehr. Unbemerkt tränkte sich der befleckte Stoff ihres Kleides mit ihrem Schweiß und vermischte sich mit dem getrockneten Blut, einer stummen Mahnung der beiden Toten, die sie am Morgen begraben hatten.

Doch auch wenn dieser innere Rückzug sie vor dem Schlimmsten bewahrte, so musste ihr Körper eine schwere Niederlage gegen Hubertus' ungezügelten Zorn hinnehmen. Mit all seiner verbliebenen Kraft klammerte sich ihr unverletzter Arm verzweifelt an die groben Steine, ihre Hand jedoch war schweißnass und fand keinen Halt mehr. Langsam rutschte Christiana an der Wand hinunter, aber kurz bevor sie auf dem Boden aufschlug, packte der Graf ihren Arm, riss sie in die Höhe und stieß sie mit dem Rücken gegen die Wand.

Dominik Johannes feuerte seinen Vater wie von Sinnen an. Und während er mit leuchtenden Augen zusah, wie sich der Körper seiner Schwester vor Schmerz krümmte und sie nach Luft zu schnappen begann, hüpfte er vor Freude wie ein kleiner Junge von einem Fuß auf den anderen.

Ehe Hubertus mit dem Holzstück jedoch ein letztes Mal zuschlagen konnte, beging er einen Fehler: Für einen kurzen Augenblick zögerte er. Langsam hob Christiana ihren Kopf und schaute ihn an. Sie schaute ihn einfach nur an, mit diesen großen, grünen Augen, die denen ihrer Mutter so sehr glichen und doch vollkommen anders waren. Der wissende Blick in diesen Augen war die einzige Waffe, die Hubertus in weniger als einem Atemzug bezwingen konnte, denn er sprach deutlichere Worte, als Christiana in seiner Gegenwart jemals gewagt hätte.

*Töte mich, doch du wirst dich niemals von der Schande deines jämmerlichen Versagens reinwaschen können. Jeder Mann, jede Frau und jedes Kind im gesamten Heiligen Römischen Reich weiß, dass du nicht fähig warst, wie all deine Ahnen als Erstes einen Sohn zu zeugen!*

Erschrocken trat Hubertus einen Schritt zurück. Das Holzscheit fiel aus seiner Hand, tanzte über den Steinboden und blieb schließlich in der Mitte des Raumes liegen. Dominik Johannes stürzte sich darauf und lief dann auf seinen Vater zu.

»Lass mich weitermachen!«, rief er lachend und holte auch schon aus.

Aber der Graf packte seinen Arm und drückte ihn unsanft nach unten. »Es ist genug, Dominik!«

»Aber ich will ...«

Die Augen seines Vaters blitzten ihn warnend an. »Ich sagte, *es ist genug!*«

Einen kurzen Augenblick lang starrten sich die beiden Männer an wie Krieger, die sich auf einem Schlachtfeld gegenüberstehen, dann warf Dominik Johannes das Holzscheit in den Kamin und rannte wutschnaubend hinaus.

Hubertus wandte sich wieder seiner Tochter zu, die wie betäubt an der Wand kauerte.

»Ganz gleich, was geschieht, du wirst morgen für immer aus meinem Schloss verschwinden!«

Mit diesem Satz drehte er sich um und verließ das Turmzimmer.

Er sah nicht mehr, wie ein Zucken Christianas Körper erfasste und das Leben in ihn zurückkehrte.

»Irgendwann werden wir uns wiedersehen, *geliebter Vater*«, brachte Christiana keuchend hervor. Sie konnte nicht sehen, dass der Graf auf der Treppe mitten in der Bewegung verharrte, als er ihre unheilvollen Worte hörte. Der Zorn über die Schmach, die er, ein gefürchteter, bei Hofe überaus geschätzter Krieger, um dessen Gunst die mächtigsten Männer des Reiches buhlten, vor seinen zahlreichen Gästen durch dieses verfluchte Frauenzimmer erleiden musste, hatte ihn seine Furcht vor ihren geheimnisvollen Kräften für einen kurzen Augenblick vergessen lassen. Doch nun überkam ihn eine düstere Vorahnung: Sollten sich ihre Blicke jemals wieder treffen, würde einer von ihnen diese Begegnung mit dem Leben bezahlen.

Christiana lauschte seinen unsicheren Schritten, die sich schließlich entfernten. Und dann endlich ließ sie sich in das dunkle Nichts fallen, das schon lange versuchte, die Kontrolle über ihre Sinne zu erlangen: genau seit dem Moment, als die Schmerzen, die sie so lange wie nötig verbannt hatte, plötzlich wieder über sie hereingebrochen waren.

»Kindchen, Kindchen! Das war 'ne dumme Idee, 'ne wahrlich dumme Idee!«

Christiana hörte die Stimme in der Ferne unaufhörlich schimpfen und hob den Arm, um sie zu verscheuchen, doch er gehorchte ihr nicht.

»Sie wacht auf«, sagte eine andere, sehr raue Stimme.

»Mach die Augen auf, Kindchen!«

Etwas Nasses landete auf ihrer Stirn und fuhr über ihre Schläfen bis zu ihren Wangen herunter.

»Du musst aufwachen!«

Widerwillig öffnete Christiana die Augen und erblickte ein verschwommenes Gesicht, das sich über sie beugte.

»Berta?«, krächzte sie und befeuchtete ihre aufgesprungenen Lippen mit der Zunge. Sie schmeckte Blut.

Bertas Gesicht verschwand, und an ihrer Stelle erschien die runzlige Grimasse der alten Kräuterfrau aus dem Wald. Sie zog Christianas Lider mit ihren schwieligen Fingern in die Höhe und musterte ihre Augen.

»Sie wird es überleben«, erklärte sie gelassen.

Christiana wollte tief Luft holen, doch ein stechender Schmerz ließ sie zusammenzucken. Sie presste die rechte Hand auf ihre Rippen und spürte den dicken Verband, mit dem auch ihr linker Arm am Körper festgebunden war.

»Er hat dir vier Rippen und deine Schulter gebrochen. Du wirst darauf achten müssen, dass du dich in den nächsten Tagen so wenig wie möglich bewegst. Aber du bist jung, und die Knochen werden schnell wieder zusammenwachsen«, sagte die Alte viel zu vergnügt für Christianas Geschmack. »Und iss erst mal nur Brot, sonst bringst du alles wieder raus.«

»Wie spät ist es?«, stieß Christiana stöhnend hervor und versuchte, sich vorsichtig aufzurichten, um den brennenden Schmerz der zahllosen Wunden auf ihrem Rücken zu lindern.

»In einer halben Stunde musst du aufbrechen«, antwortete Berta. Wie immer erriet sie mit ihrem Scharfsinn, was in Wirklichkeit hinter Christianas Frage steckte.

»O Gott! Schnell! Helft mir beim Anziehen!«

Fünfzehn Minuten und etliche Ohnmachten später hatten die Frauen Christiana in das Gewand gehüllt, in dessen Saum Isabellas heimliches Vermächtnis eingenäht war: ein kleines Vermögen in Gold und Silber, das sie unbemerkt über Jahre hinweg beiseite geschafft hatte, in der Hoffnung, eines Tages ihren Kindern damit behilflich zu sein. Vorsichtig ließ sich Christiana von Berta zur Tür führen.

»Hast du nicht was vergessen?«, fragte die Alte aus dem Wald und wedelte mit einem Stück weißem Stoff triumphierend vor ihrer Nase herum.

Berta schnappte mit ihrer freien Hand danach, und Christiana, die einer weiteren Ohnmacht nahe war, fühlte den kühlen Stoff über ihren Kopf gleiten. Dann befestigte Berta den Schleier mit zwei silbernen Nadeln und schob ihren Schützling schließlich zur Tür hinaus.

Langsam stiegen sie die Stufen der Wendeltreppe hinunter und überquerten auf dem Weg zu den Ställen den schwach beleuchteten Hof.

Die neue schwarze Reisekutsche mit dem goldenen Wappen der Grafen von Rossewitz wartete bereits auf sie. Zwei große Braune, die schnellsten Kutschpferde des Grafen, scharrten ungeduldig mit den Hufen. Thomas, der alte Diener, saß zusammengesunken auf dem Kutschbock, und als ihm der Kutscher, der die drei Frauen kommen hörte, den Ellenbogen in die Rippen stieß, fuhr er erschrocken aus seinem Schlaf hoch. Ächzend glitt er von seinem Sitz hinunter, bis seine Füße auf den Pflastersteinen Halt fanden, und verbeugte sich dann mit einer gut einstudierten Leidensmiene vor Christiana.

»Zu Euren Diensten, Hoheit.«

Christianas Erstaunen beim Anblick der kostbaren Kutsche und der wertvollen Tiere wich schnell der traurigen Erkenntnis, dass diese außergewöhnliche Gunstbezeugung des Grafen einen heimtückischen Hintergrund hatte: Er wollte sie so schnell wie möglich aus seinem Leben verbannen. Langsam ließ sie ihren Blick zu einem der Fenster im obersten Stock des Schlosses wandern, hinter dem sich ein Teil des herrschaftlichen Gemachs verbarg, doch es war dunkel.

Erschöpft beugte sie sich schließlich zu der Kräuterfrau hinunter und flüsterte ihr leise und in respektvollem Ton zu: »Ich verdanke Euch so vieles. Das kann ich nicht wieder gutmachen ...«

»Manche Menschen sind es wert, Mühen und Gefahren auf sich zu nehmen«, antwortete die Alte und bedachte sie mit einem faltigen Lächeln.

Dann öffnete Thomas schwungvoll die Kutschentür, und Christiana ließ sich schweigend hineinhelfen. Berta folgte ihr, stellte einen kleinen Korb mit Salbentiegeln der Kräuterfrau auf den Boden zu ihren Füßen und breitete eine dicke Wolldecke sorgfältig über Christianas schmerzenden Körper.

»Ich wünsche dir Glück, Kätzchen«, sagte sie mit wässrigen Augen und drückte kurz die Hand der jungen Frau.

»Danke ... für alles!«, erwiderte Christiana mit belegter Stimme. Ihre Amme hatte sie liebevoll mit dem Kosenamen ihrer Kindheit bedacht.

»Überleg genau, wem du dein Vertrauen schenkst, mein Kind. Es kann uns alle den Kopf kosten, wenn du dich irrst!«, warnte die alte Frau, wischte sich dann verstohlen eine Träne aus dem Auge und verließ schnell die kalte Kutsche.

Christiana konnte hören, wie sie und die Kräuterfrau ihrer Zofe, die sich inzwischen zu ihnen gesellt hatte, noch ein paar Anweisungen gaben, dann stieg Maria in die Kutsche, setzte sich auf den Platz ihr gegenüber und klopfte gegen das Dach. Mit einem Ruck setzte sich das Gefährt in Bewegung.

Christiana beugte sich mit schmerzverzerrtem Gesicht nach vorn und warf einen letzten Blick auf das Schloss, das rasch am Horizont verschwand.

Keiner hat sich von mir verabschiedet, nicht einmal die kleine Katharina, für die ich in den vergangenen sechs Jahren wie eine Mutter gewesen bin, dachte sie traurig.

Dann ließ sie sich zurück in den harten Sitz der Kutsche fallen und schloss die Augen.

Hinter einem Fenster im obersten Stock des Schlosses verharrte ein Mann reglos in der Dunkelheit des Herrschaftsgemachs. Ein Fluch entwich seinen Lippen so mühelos, als hätte er ihn immer und immer wieder aufgesagt.

»Der Teufel soll deine verdorbene Seele in sein flammendes Reich holen, auf dass du für immer die Qualen des Fegefeuers erleidest und der Name der Grafen von Rossewitz mit deinem Opferblut wieder reingewaschen wird!«

Hubertus starrte in die Finsternis, bis die Kutsche mit seiner ältesten Tochter, dem letzten verbliebenen Zeugnis des Ungehorsams seiner toten Gattin, vollständig von der Nacht verschluckt worden war.

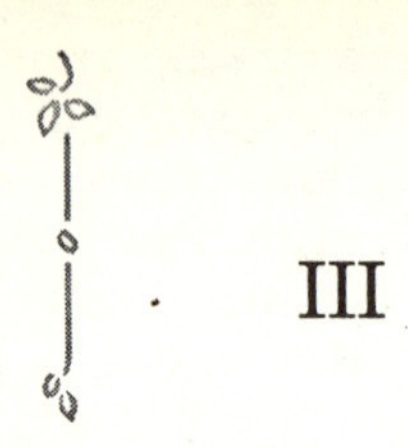

# III

Seit fünf endlosen Wochen war Christiana nun schon unterwegs.

Während sie in den ersten Tagen vor lauter Schmerzen kaum etwas wahrgenommen hatte und nur selten bei Bewusstsein gewesen war, wurde die Eintönigkeit der Reise nun, da ihre Wunden langsam verheilten, mit jedem ereignislosen Tag, der sich am darauf folgenden zu wiederholen schien, immer unerträglicher. Noch vor Sonnenaufgang stand sie auf, frühstückte in aller Eile, nahm dann ihren Platz neben den Mitreisenden in der engen, kalten Kutsche ein, um dann bis zum Einbruch der Dunkelheit über holprige Wege und Straßen zu fahren. Einzig die kurzen Aufenthalte in den Wirtsstuben am Wegesrand, wo die Reisenden ihren Hunger stillen konnten, brachten etwas Abwechslung, bis sie am Abend im nächsten Gasthaus abstiegen, schnell das Abendessen hinunterschlangen und völlig übermüdet ins Bett fielen.

An den Sonntagen setzten die Kutscher die Fahrt zu Christianas Freude nur ungern fort. Oft kam es auch vor, dass die Kutsche, mit der sie die nächste Strecke ihres Weges zurücklegen wollte, verspätet eintraf. Und so erhielt Christiana immer wieder die Gelegenheit, sich einen Tag lang von den Strapazen zu erholen und Buße für ihr schändliches Verhalten im Schloss ihres Vaters zu tun.

Die Unannehmlichkeiten der Reise wogen für Christiana jedoch doppelt schwer. Bei jedem Stein und in jeder Kurve, mit jedem Anziehen der Pferde und jedem Halt spürte sie Schmerzen in allen Gliedern. Zudem wagte es keiner der Mitreisenden, sich mit der jungen Frau in Trauerkleidung und dem für die derzeitige Mode viel zu langen schwarzen

Schleier, den sie ohne sonstigen Kopfputz trug, zu unterhalten. Eine ältere Dame hatte einmal den Versuch unternommen, sie auf ihren offensichtlich verletzten Arm anzusprechen, war jedoch von ihrem Gemahl sofort scharf zurechtgewiesen worden. Und so musste sich Christiana wohl oder übel damit begnügen, hin und wieder in einen unruhigen Schlaf zu fallen oder mit zusammengepressten Zähnen stundenlang die vorbeiziehende Landschaft zu betrachten.

Mehr als einmal hatte sie dabei bemerkt, wie sich zwischen den Bäumen am Straßenrand finstere Gestalten versteckt hielten, doch glücklicherweise waren sie bisher kein einziges Mal überfallen worden. Es war äußerst ungewöhnlich, auf einer solch langen Wegstrecke und in diesen unruhigen Zeiten nicht wenigstens einmal von Straßenräubern angegriffen zu werden, doch anscheinend war ihnen das Glück auch ohne bewaffnete Eskorte wohl gesinnt.

An diesem Tag jedoch sollte sich das Blatt wenden. Die Kutsche befuhr gerade einen Pass, der sie in die Alpen führen würde, als ein Rad brach. Bereits am frühen Nachmittag mussten die Reisenden in ein Gasthaus am Rande eines Dorfes einkehren, das am Fuße der Berge lag. Die Reparatur würde sicher bis in die späten Abendstunden dauern und zwang sie somit, ihre Weiterfahrt auf den nächsten Tag zu verschieben.

Doch wenn Christiana richtig gerechnet hatte und die Bergpässe frei waren, würden sie in weniger als zwei Wochen endlich in dem Gasthaus in Casalino, in der Nähe von Genova, eintreffen, wo sie auf die Kutsche ihres Onkels warten musste, die sie nach Eden bringen sollte.

In Gedanken schon bei der neuen Aufgabe, die in der Fremde auf sie wartete, saß Christiana auf dem sauberen Bett der kleinen gemieteten Kammer, in der sie diese Nacht verbringen würde. Sie versuchte, ihre verkrampften Muskeln zu entspannen und ihrem Körper ein wenig Ruhe zu gönnen.

Ihre Rippenbrüche waren trotz der beschwerlichen Reise vollständig verheilt, und vor einigen Tagen hatte sie den straff geschnürten Verband endlich abnehmen können.

Ohne fremde Hilfe vermochte sie ihn nur mit Mühe und unendlicher Geduld zu wechseln, indem sie ein Ende des Verbandes an einem Bettpfosten oder einem Schrank befestigte, das andere fest an ihre Brust presste und sich dann langsam um die eigene Mitte drehte.

Ihre Schulter jedoch bereitete ihr noch häufig starke Schmerzen, daher hatte sie lange vor der scheinbar unüberwindbaren Hürde gestanden, sich ganz allein an- und auszuziehen. Doch mit jedem neuen Tag wurde sie geschickter darin, die schmerzhaften Bewegungen zu vermeiden.

Mit der Zeit waren auch die zahlreichen blauschwarzen Flecken verblasst, mit denen ihr Körper von oben bis unten übersät gewesen war. Nun fühlte sie sich – abgesehen von der ständigen Erschöpfung durch die Strapazen der Reise und ihre aufwühlenden Gedanken, die fortwährend um ihre Mutter und ihre Schwestern kreisten – langsam besser.

Was ihr Körper jedoch von Tag zu Tag an Kraft gewann, verlor ihr Verstand in gleichem Maße. Und der Grund hierfür war niemand anderes als Maria!

Ständig beschwerte sich ihre Zofe über die Kälte, ihre schmerzenden Knochen, die unbequemen Sitze in den Kutschen, die derben Manieren der Kutscher, das schlechte Essen in den Gasthäusern, die schmutzigen, viel zu kleinen und ungemütlichen Unterkünfte für die Bediensteten, die meist nicht mehr als ein Viehstall waren – und immer wieder über Thomas.

Thomas, der Lüsterne, der sie angepackt hatte. Thomas, der Ruhelose, der sie nachts nicht schlafen ließ. Thomas, der ihr unanständige Geschichten erzählte. Thomas hier, Thomas da …

Dabei hatte er sich vor einiger Zeit einen üblen Husten zugezogen, der sich mit jedem Tag zu verschlechtern schien und dem selbst Christiana mit ihren weit reichenden Kenntnissen in der Heilkunde nicht beikommen konnte. Schon allein die Tatsache, dass er seine Herrin, der er misstraute und deren Zauberkünste er fürchtete, überhaupt um Hilfe gebeten hatte, zeugte davon, wie schlecht es ihm ging. Wie sollte der altersschwache Mann also all das tun, was

Maria ihm zur Last legte? In seinem Zustand konnte er kaum noch aufrecht sitzen, geschweige denn Maria nachsteigen!

Ein leises Klopfen riss Christiana aus ihren Gedanken.

»Ja, bitte?«, fragte sie.

»Die Suppe, Hoheit.«

»Tritt ein! Die Tür ist offen!«

Ein junges Mädchen, nicht älter als Elisabeta, trat ein, beäugte neugierig die schwarz gewandete Frau, die sogar in ihrer Kammer einen Schleier trug, und stellte dann das Tablett mit dem Essen und einem großen Krug Bier auf den schmalen Tisch vor dem Kamin.

»Danke ...«

»Klara«, antwortete das Mädchen und machte einen anmutigen Knicks. Dann richtete sie geschäftig die Mahlzeit für den adligen Gast her.

»Haben Euer Hoheit noch einen Wunsch?«

»Nein, danke«, entgegnete Christiana ohne aufzuschauen. Doch als das Mädchen bereits in der Tür stand, kam ihr plötzlich eine Idee.

»Klara?«

Die Kleine drehte sich zu ihr um und lächelte sie schüchtern an. Als sie sich jedoch ihres Fehlers bewusst wurde, senkte sie schnell den Blick.

»Wann geht die nächste Kutsche nach Norden?«

Das Mädchen überlegte kurz und erwiderte: »Sie müsste in vier Stunden hier entlangfahren, Hoheit.«

»Und wann kommt die darauf folgende?«

»In zwei Wochen, Hoheit.«

»Danke, Klara. Du kannst jetzt gehen«, gab Christiana gedankenverloren zurück. »Und schick bitte meine Zofe zu mir.«

Die Adligen besaßen ihre eigenen Kutschen, und die einfachen Menschen gingen meist zu Fuß oder beritten die staubigen Wege auf Eseln und klapprigen Pferden, weil sie die Kosten für einen Platz in einer Kutsche nicht aufbringen konnten. Daher war die Reisemöglichkeit mit Postkutschen in vielen Landstrichen des Reiches noch nicht sehr weit verbreitet. Und genau dieser Umstand würde Christiana in der bevorstehenden Unterhaltung mit Maria von Nutzen sein.

»Ich werde sie sogleich suchen gehen, Hoheit«, versprach die Kleine eifrig. Dann knickste sie nochmals und verschwand.

Einen Augenblick später klopfte es kurz, die Tür wurde geöffnet, und Maria trat ein.

»Ihr habt mich rufen lassen, Hoheit?«

»Maria, du wirst in die Kutsche steigen, die in vier Stunden geht, und zum Schloss zurückfahren«, begann Christiana ohne Umschweife.

»Aber das geht doch nicht!«, widersprach die Alte empört.

Christiana hob ihren Kopf und blickte ihre Zofe durch den Schleier hindurch an.

»Du wirst diese Kutsche nehmen, Maria!«, erklärte sie bestimmt und fügte dann etwas sanfter hinzu: »Wenn du dich erst von mir trennst, *nachdem* wir Casalino erreicht haben, und du die Kutsche verpasst – was angesichts unserer bisherigen Verspätung gewiss der Fall sein wird –, musst du mit Sicherheit ganze zwei Wochen lang auf die nächste Kutsche warten. Je eher du fährst, desto schneller bist du wieder zu Hau…« Die Worte blieben ihr im Hals stecken.

Das Schloss war nicht mehr ihr Zuhause. Nach dem Tod ihrer Mutter war sie dort nicht mehr willkommen, das hatte der Graf ihr deutlich zu verstehen gegeben.

»… in Rossewitz«, verbesserte sie sich rasch. »Und das wird der Graf auf jeden Fall gutheißen.«

»Aber Ihr braucht mich doch hier, Hoheit!«, gab die Alte kopfschüttelnd zurück.

»Wozu?«, fragte Christiana, erstaunt über die anmaßende Art, in der Maria plötzlich ihre Befehle infrage stellte. »Seit meinem sechzehnten Lebensjahr ziehe ich mich ohne die Hilfe einer Zofe an. Thomas kann das, was nötig ist, auch allein erledigen, und alles andere kann ein Mädchen aus einem der Gasthäuser übernehmen. Die Kutsche wird mich in weniger als zwei Wochen nach Casalino bringen, und dort werden mich die Bediensteten des Herzogs bereits erwarten.«

»Aber es ist unschicklich, ohne Begleitung zu reisen!«, erwiderte die Zofe störrisch.

Christiana starrte sie ungläubig an. »Selbst der Graf hat es nicht für nötig gehalten, mir den üblichen Schutz für meine Reise zu gewähren. Wer, glaubst du, fände es also unschicklich, wenn ich ohne Begleitung reise?« Sie hob ihren Schleier und lächelte die alte Frau an. »Maria, du weißt doch, dass der liebe Gott auf mich Acht geben wird, so wie er es immer getan hat, nicht wahr? Also sorge dich nicht um mich.«

Maria murmelte etwas, das wie »dieses verrückte Kind« klang, verfiel jedoch schnell in ein tiefes, missmutiges Brummen, das Christiana noch aus ihrer Kindheit kannte und ihr unwillkürlich ein Schmunzeln entlockte.

»Und ich bin ja nicht völlig allein. Thomas ist schließlich auch noch da«, warf sie beschwichtigend ein.

»Ach, dieser alte Dös–«, murrte Maria.

Christiana befürchtete einen erneuten Redeschwall über die Schwächen des Dieners und unterbrach sie hastig. »Du reist heute ab! Das ist ein Befehl, Maria!«

Unter vielen Tränen hatte sich Maria vier Stunden später von ihrer Herrin verabschiedet, die sie schon seit deren Geburt kannte. Nun saß sie sicher in der Reisekutsche und war auf dem Weg nach Rossewitz.

Christiana atmete erleichtert auf. Eine Sorge weniger, stellte sie zufrieden fest. Sie blickte der Kutsche nach, die allmählich am Horizont verschwand.

Es war eine gute Idee gewesen, Maria vorzeitig aus ihren Diensten zu entlassen. So würde sie den Rest der Reise und die letzten müßigen Tage vielleicht doch noch genießen können. Natürlich war es unschicklich, ohne Begleitung zu reisen, doch das ständige Gezeter ihrer Zofe hatte sie in ihrer ohnehin schon schlechten Verfassung schlichtweg mürbe gemacht. Aber nun erhielt sie die Ruhe, die sie brauchte, um sich ein paar Gedanken über ihre Zukunft zu machen.

Sie fühlte sich wie befreit und beschloss, dieses neuartige Gefühl bei einem kurzen Spaziergang über die Felder hinter dem Gasthaus auszukosten.

»Ich begleite Euch, Hoheit«, sagte ihr Diener sofort.

»Nein, Thomas. Ich möchte allein gehen«, antwortete sie und warf ihm einen mitfühlenden Blick zu. »Du brauchst dringend etwas Schlaf.«

Der alte Mann verbeugte sich und entfernte sich dann schniefend und hustend, froh, der anstrengenden Aufgabe entkommen zu sein.

Christiana sah sich um und schlug dann den ersten guten Weg ein, den sie entdeckte. Die Erde war trocken, aber nicht staubig. Die Sonne schien warm auf sie herab, und der leichte Wind erfrischte sie. Ein paar Vögel saßen in den Birken, die den Weg säumten, und zwitscherten munter.

Während Christiana in dieser bezaubernden Idylle wie gewöhnlich das Gespräch mit Gott suchte, folgte sie dem gewundenen Pfad, stets darauf achtend, das Gasthaus nicht aus den Augen zu verlieren, denn man konnte ja nie wissen, was einem in dieser fremden Gegend zustieß.

Ein Rascheln lenkte ihre Aufmerksamkeit auf einen Busch am Wegesrand. Sie blieb stehen und betrachtete ihn genauer. Die unteren Blätter bewegten sich, und eine winzige Feldmaus kam hervor. Sie überquerte vor Christiana den Weg, entdeckte dann den Eindringling und hielt inne. Unbeweglich wie eine Statue verharrte Christiana an ihrem Platz und beobachtete, wie sich die Maus auf die Hinterpfoten stellte und mit langen zitternden Barthaaren in ihre Richtung schnupperte. Kurz darauf drehte sich das Tier um und setzte seinen Weg unbeeindruckt fort.

Christiana lachte leise. Mäuse hatten in einem Haus selbstverständlich nichts zu suchen, aber auch sie waren Gottes Geschöpfe und draußen in der Natur wirklich niedlich anzusehen.

Gedankenverloren wandte sie ihr Gesicht dem Wind zu und sog genüsslich die frische Luft ein. Was würde sie dafür geben, sich eine Zeit lang ohne neue Verpflichtungen in dieser Gegend auszuruhen! Hatte sie sich nach all den Jahren der aufopferungsvollen Pflege ihrer Mutter, der Erziehung ihrer Schwestern und der schwierigen Aufsicht über den Haushalt des Schlosses nicht ein paar Tage des Müßiggangs verdient? Einfach nur den beginnenden Sommer genießen …

Plötzlich überkam Christiana ein beklemmendes Gefühl, und ein eiskalter Schauer lief über ihren Rücken. Es schien ihr, als ob … ja, als ob jemand sie beobachtete. Es war das gleiche Gefühl, das sie am Tag zuvor gehabt hatte, als sie am offenen Fenster ihres Zimmers im Gasthaus stand.

Sie schaute sich vorsichtig um, konnte aber niemanden entdecken. Einen Moment lang lauschte sie angestrengt, aber alles, was sie hörte, waren die üblichen Geräusche des Landes: der Gesang der Vögel, das Muhen einer Kuh in der Ferne und das sanfte Rauschen der Blätter im Wind.

Doch die leichte Brise, die sie einen Augenblick zuvor noch erfrischt hatte, ließ sie nun frösteln, und sie richtete ihre Augen unruhig gen Himmel. Erschrocken bemerkte sie, dass es Zeit war, den Rückweg anzutreten. Die Sonne färbte sich bereits rot, und ein kleiner Teil war schon am Horizont verschwunden. Mit einem letzten, unbehaglichen Blick auf die Büsche machte sie kehrt.

Sie passierte gerade die schmale Pforte, die den Kräutergarten der Gasthausküche vom Feld trennte, als Klara ihr aufgeregt entgegengelaufen kam.

»Hoheit, ich bitte Euch, kommt schnell!«

Christiana entgingen die geröteten Wangen des Kindes nicht, und ein ungutes Gefühl beschlich sie. Irgendetwas musste geschehen sein!

So schnell sie konnte, folgte sie dem Mädchen in den Stall auf der rechten Seite des Hofes.

Als sie eintrat, empfing sie lautes Gemurmel.

»Das is' der Schwarze Tod! Ganz bestimmt! Warum sonst geht seine Herrin so verschleiert?«, rief eine hohe Männerstimme aufgebracht.

»Ach, das is' doch dummes Geschwätz! Hast wieder mal zu viel von dem starken Bier gesoffen, du Esel!«, erwiderte ein anderer Mann.

»Genau!«, mischte sich ein Dritter ein. »Wenn's die Pest wär', würd' er ganz anders ausseh'n. Oder siehste bei dem Alten etwa Beulen und Geschwüre?«

Mehrere Männer, die, wie Christiana zu wissen glaubte, mit verschiedenen Arbeiten im Gasthaus ihr Brot verdienten, standen dicht zusammengedrängt in einer Ecke des Stalls und versperrten ihr die Sicht.

Klara schob sich einfach an ihnen vorbei, lief zu einer beleibten Frau Ende vierzig, die sich Christiana bei ihrer Ankunft als Hausherrin vorgestellt hatte, und flüsterte ihr etwas zu. Daraufhin wandte die Frau den Kopf und warf ihr einen Blick zu, den sie nicht zu deuten vermochte.

Sie musste selbst sehen, was passiert war, beschloss Christiana und humpelte auf die Männer zu. Schweigend teilte sich die Gruppe und ließ sie in ihre Mitte.

Als Christiana an den aufgetürmten Strohhaufen herantrat, verschlug es ihr die Sprache.

Thomas lag ausgestreckt auf dem Stroh, sein Gesicht war unnatürlich blass und wirkte eingefallen. Und seine trüben Augen wanderten nicht wie sonst unruhig umher, sondern starrten leer an die Decke.

»Er ist tot, Hoheit«, bemerkte die Wirtin überflüssigerweise. »Wir haben bereits den Pfarrer gerufen. Er wird bald da sein.«

Christiana bekämpfte den Drang, sich zu setzen, und drehte sich stattdessen zu der Frau um. »Sorgt für das Begräbnis. Ich werde für alle Kosten aufkommen.«

»Gewiss«, antwortete die Wirtsfrau. »Ihr könnt beruhigt die Kutsche nehmen. Wir werden alles zur Eurer Zufriedenheit erledigen.«

»Nein!«, erwiderte Christiana schärfer als beabsichtigt. Aus unerfindlichen Gründen empfand sie es als unverzeihlich, dem langjährigen Diener ihrer Familie hier in der Fremde nicht wenigstens die letzte Ehre zu erweisen. Und vor vielen Jahren hatte sie gelernt, ihrer Intuition zu vertrauen.

Gott hatte einen Plan für jeden von ihnen – davon war sie fest überzeugt. Und vielleicht sah der ihre vor, dass sie an diesem Ort eine Zeit lang verweilte.

»Ich bleibe und warte auf die nächste Kutsche«, erklärte sie ruhiger als zuvor.

Die Wirtin beäugte sie neugierig, antwortete dann jedoch: »Wie Ihr wünscht, Hoheit.«

Wie seltsam, dachte Christiana und verließ langsam den Stall. Noch vor wenigen Augenblicken hatte sie sich nichts sehnlicher gewünscht, als hier bleiben zu können. Jetzt war dieser Wunsch in Erfüllung gegangen, doch zu welchem Preis?

Vollkommen auf sich allein gestellt, erschienen Christiana die folgenden Tage endlos, und sie begann, an der Richtigkeit ihrer Entscheidung, die Reise zu unterbrechen, zu zweifeln.

Zwei Tage zuvor, als Thomas gestorben war, hatte sie einen Brief an ihren Onkel geschrieben, in dem sie ihm mitteilte, dass sie sich zu ihrem größten Bedauern um zwei Wochen verspäten würde. Dann hatte sie ihn versiegelt und dem Kutscher zusammen mit ein paar Münzen von dem knapp bemessenen Geld übergeben, das der Graf ihr durch Maria gegeben hatte. Danach hielt sie bis in die Nacht hinein nach einem Zeichen des Himmels Ausschau, das ihr den Weg zu ihrer Bestimmung weisen würde, doch die Suche blieb erfolglos.

Einen Tag später nahm sie an der Beerdigung ihres Dieners teil und fragte sich, ob es wohl an ihr lag, dass plötzlich die Menschen in ihrer nächsten Umgebung starben. Wie gut, dass sie Maria weggeschickt hatte, denn wer weiß, welches Schicksal ihre Zofe ereilt hätte, wenn sie länger geblieben wäre.

Den nächsten wolkenverhangenen Tag brachte sie ebenfalls mit aufmerksamen Augen und Ohren und weit geöffnetem Herzen zu, doch auch diesmal offenbarte sich Gott ihr nicht. Hatte ihr Gefühl sie getrogen? Oder hatte sie es schlichtweg missverstanden? Ungeduldig stellte sie sich diese Fragen wieder und wieder, obwohl sie wusste, dass das noch einer ihrer zahlreichen Fehler war, der sie beschämen sollte.

Doch als ob Gott ihre Wankelmütigkeit bemerkt hätte, bewies er ihr an diesem Morgen mit einem wundervollen, ungewöhnlich farbenprächtigen Sonnenaufgang wieder einmal, dass sie Vertrauen in ihn haben musste. Plötzlich waren all ihre trüben Gedanken verschwunden, und selbst die mahnenden Schmerzen in ihrer Schulter konnten ihr die gute Laune nicht verderben.

Voller Tatendrang hatte sie schließlich den Entschluss gefasst, zu Fuß den sonntäglichen Gottesdienst im Dorf zu besuchen.

Nun spazierte sie beschwingt zum Gasthaus zurück.

Sie genoss die friedliche Ruhe des Tages und die kühle Landluft, die die Müdigkeit vertrieb. Ab und zu blieb sie stehen, betrachtete eine Blume zwischen den Büschen am Wegesrand, deren Namen sie nicht kannte, und horchte auf das Gezwitscher eines Vogels. Sie beobachtete die vielen kleinen Insekten, die eifrig um die verlockende Blütenpracht des Frühlings surrten.

Das schöne Wetter munterte Christiana von Stunde zu Stunde mehr auf und erweckte in ihr die Vorfreude auf den Sommer, der wunderbar zu werden versprach.

Völlig unerwartet überkam sie jedoch wie so oft in den letzten Tagen das Gefühl, beobachtet zu werden. Nervös fuhr sie über die Ausbuchtung im Ärmel ihres schwarzen Kleides, wo sie, einer rätselhaften Vorahnung folgend, das kleine Messer versteckt hatte. Dann sah sie sich genau um.

Das obere Stockwerk des Gasthauses war bereits in Sicht, doch sie war noch zu weit entfernt, als dass jemand bemerken würde, wenn sie in Gefahr geriete. Ängstlich beschleunigte sie ihre Schritte.

Plötzlich nahm sie im Augenwinkel eine Bewegung wahr. Ohne innezuhalten wandte sie ihren Blick nach rechts, doch sie konnte noch immer nichts entdecken.

*Nur nicht stehen bleiben*, rief eine innere Stimme.

Sie hörte ein Rascheln, dann das kaum vernehmbare Geräusch von Schritten im Unterholz, direkt neben ihr …

Wie hatte sie nur so leichtsinnig sein können, die weite Strecke ohne Begleitung zurückzulegen, schoss es ihr durch den Kopf. Sie zog das Messer aus dem Ärmel und blieb stehen.

»Wer ist da?«, fragte sie lauter als nötig, doch sie bekam keine Antwort.

Jetzt hatte sie wirklich Angst. Unsagbar froh darüber, dass ihre klägliche Garderobe ausschließlich aus praktischen, wenn auch ihrem Stand entsprechend kostbaren und hervorragend gearbeiteten Kleidern bestand, die eine gewisse Bewegungsfreiheit zuließen, raffte sie ihre Röcke und begann zu laufen. Nicht auszudenken, welche Probleme ihr die steifen, Atemluft raubenden Käfige der spanischen Hofmode dabei bereitet hätten. Sie wäre längst verloren!

Nur noch den Hügel hinauf, dachte sie, dann würde sie schon die Pforte des Gasthauses erkennen können.

Die Schritte ihres Verfolgers verstummten so plötzlich, wie sie gekommen waren. Doch Christiana verlangsamte ihr Tempo erst, als sie das Haus erreichte.

Schwer atmend und zitternd vor Angst machte sie Halt und warf einen Blick zurück. Niemand war auf der Straße zu sehen, sie lag völlig verlassen da, und nichts deutete auf die Person, die sie verfolgt hatte.

Oder hatte sie sich das alles nur eingebildet?

Ihr fiel ihre Mutter ein, die während ihrer Krankheit Dinge gesehen hatte, die gar nicht da waren. Offenbarten sich etwa die ersten Anzeichen dafür, dass sie ebenfalls krank wurde?

»Oh, guten Morgen, Hoheit. Der Gottesdienst ist wohl schon vorüber?«

Christiana fuhr erschrocken herum und starrte in das pausbäckige Gesicht von Klara.

»Ja, ich …« Sie verstummte. Ihr Herz klopfte so laut, dass sie befürchtete, das Mädchen könnte es hören.

Doch Klara musterte sie mit der üblichen Neugierde und blickte dann wie gebannt auf ihre rechte Hand. Ihre hellblauen Augen weiteten sich ungläubig.

Christiana schaute verwirrt an sich hinunter und bemerkte das Messer in ihrer Hand, dessen Klinge in der Sonne bedrohlich aufblitzte.

»Ich glaube, ich wurde verfolgt«, erklärte sie lahm und ließ die Waffe rasch in einer Tasche ihres Umhangs verschwinden.

»Es kann gefährlich sein, ohne Begleitung auf unseren Straßen spazieren zu gehen«, erwiderte Klara altklug.

»Das nächste Mal werde ich jemanden von den Bediensteten bitten, mich zu begleiten«, entgegnete Christiana knapp.

Das Mädchen wurde sich offenbar ihres respektlosen Tons bewusst und fügte eilig hinzu: »Verzeiht, Hoheit. Ich wollte Euch nicht belei…«

»Schon gut«, unterbrach sie die Kleine ungehalten. Dann ließ sie sie einfach stehen und lief ins Haus.

Zum ersten Mal hatte er die Frau durch das Fenster eines Gasthauses gesehen, zu Fuß etwa eine Tagesreise von diesem Dorf entfernt. Und jetzt saß er hier im Halbdunkel der einsetzenden Dämmerung, versteckt hinter einem Busch im Garten, und starrte wieder einmal auf ihr hell erleuchtetes Fenster.

Er schloss die Augen, und der dichte Nebel in den finsteren Tiefen seiner Erinnerung verwandelte sich in ihre Silhouette, die umhüllt von einem sanften goldenen Schein durch ein funkelndes Lichtermeer auf ihn zuschwebte. Der Duft von süßen Äpfeln, der sie zu umgeben schien wie ein weiter Umhang, stieg ihm in die Nase und besänftigte das Durcheinander in seinem Kopf.

Für gewöhnlich mied er Menschen und ihre Häuser, aber irgendetwas hatte ihn von dem Moment an, als er sie erblickte, beinahe magisch angezogen. Es war wie der Drang zu essen, wenn man Hunger hatte, und zu schlafen, wenn man müde war.

Wie besessen war er ihrer Kutsche am nächsten Morgen gefolgt, hatte kaum eine Pause eingelegt, doch er wusste: So sehr er sich auch anstrengen mochte, zu Fuß hatte er nicht die geringste Chance, mit ihrem Reisetempo mitzuhalten. Und dann, zwei Tage zuvor, war es geschehen: Er hatte sich, vollkommen erschöpft, wie er war, schon beinahe damit abgefunden, sie für immer aus den Augen verloren zu haben, als sie plötzlich ein paar Fuß entfernt von seinem Nachtlager unter den großen Büschen vorbeispazierte.

Zuerst hielt er sie für eine Gestalt seiner Fantasie, doch dann fing sie an zu lachen, und dieses irdische Geräusch hatte ihn schließlich davon überzeugt, dass sie kein Trugbild war.

Seitdem schlich er ihr heimlich nach und beobachtete jeden ihrer Schritte.

Am Tag zuvor war sie auf einer Beerdigung gewesen. Danach hatte sie stundenlang reglos am Fenster gestanden und hinausgeschaut. Das nahm er zumindest an, denn ihr Gesicht hatte er noch nie gesehen, und ihr schwarzer Schleier ließ nicht einmal erahnen, was wirklich dahinter vorging.

Eigentlich war alles an ihr seltsam.

Am ersten Tag hatte er durch das offene Fenster beobachtet, wie sie in ihrer Kammer umherlief und ihr rechtes Bein schwerfällig nachzog. Auch als sie an ihm vorbeispaziert war, hatte sie stark gehumpelt. Aber heute, als sie ihn beinahe entdeckte, hatte sie entschlossen ihre Röcke gerafft und war so schnell davongelaufen, dass er völlig verwirrt zurückblieb.

Irgendetwas an ihr erregte sein Interesse, das hatte er sofort gespürt, doch was genau das war, konnte er sich nicht erklären.

Und warum war es so verdammt wichtig für ihn, einen Niemand ohne Zukunft und Vergangenheit, für jemanden, der sich um nichts auf der Welt mehr scherte, das herauszufinden?

Während er seinen Gedanken nachhing, entging ihm, dass die Lichter in ihrer Kammer erloschen und sich kurz darauf die Hintertür des Hauses öffnete.

Christiana betrat mit einer Laterne in der Hand den großen, mit einer hohen Mauer eingefassten Ziergarten, das Heiligtum und der ganze Stolz der Wirtin, und wandelte zwischen den bunten Frühlingsblumen und Sträuchern umher. Sie war den ganzen Nachmittag über aus lauter Furcht in ihrem Zimmer geblieben, doch dort hielt sie es nun keine Minute länger aus. Diese Warterei machte sie trübsinnig und mürbe, da sie einfach zu viel Zeit zum Nachdenken hatte.

*Vor ein paar Tagen hast du dir noch vorgestellt, wie schön es wäre, wenn Maria nicht so viel schnattern würde, damit du etwas Ruhe finden kannst. Nun hast du Ruhe, und es ist dir wieder nicht recht*, verhöhnte sie ihre innere Stimme.

Ein wenig Abwechslung würde mir eben gut tun, antwortete sie in Gedanken.

*Das hättest du dir überlegen müssen, bevor du Maria in die Kutsche gesetzt hast!*

Woher sollte ich denn wissen, dass Thomas noch am selben Tag von uns geht?

Als Christiana die Absonderlichkeit dieses Gesprächs bewusst wurde, blieb sie abrupt stehen. »Jetzt streite ich mich schon mit mir selbst«, murmelte sie verdutzt und begann leise zu lachen.

Ihr Lachen riss ihn aus seinen Gedanken. Er öffnete die Augen und stellte entsetzt fest, dass sie ihm viel zu nahe war. Jeden Moment musste sie ihn entdecken!

Behutsam zog er sich tiefer in die Büsche zurück – und trat auf einen Zweig.

Der verschleierte Kopf der Frau fuhr herum.

Ängstlich hielt er den Atem an.

»Ist da jemand?«, rief sie in die Dunkelheit der längst hereingebrochenen Nacht hinein, die der schwache Schein ihrer Laterne nicht zu erhellen vermochte. »Klara?«

Seine Muskeln verkrampften sich, und der Schmerz verzerrte sein Gesicht. Er spürte das Zittern, noch bevor es begann, und verfluchte in Gedanken seinen Körper, der ihn wie so oft im Stich ließ.

Christiana bemerkte, dass der Busch vor ihr bebte, und machte einen Schritt auf ihn zu. Mit einer Hand schob sie vorsichtig die Blätter auseinander. Mit der anderen leuchtete sie mit der schweren Laterne dorthin und blickte geradewegs in zwei schmale, dunkle Augen.

»Wer bist du? Und was machst du da?«, fragte sie laut, die Angst in ihrer Stimme mühsam unterdrückend. In Gedanken schätzte sie bereits die Entfernung zur Hintertür des Gasthauses ab.

Er versuchte, seine überanstrengten Muskeln zu entlasten, und richtete sich langsam auf. Christiana riss erschrocken die Augen auf, und ihr Mund öffnete sich zu einem Schrei, doch sie blieb stumm.

Der zitternde Junge, der ihr gegenüberstand, mochte kaum sein achtzehntes Lebensjahr erreicht haben. Seine Gestalt überragte sie um weniger als eine Handbreit, und seine schmutzige Kleidung hing in Fetzen an dem abgemagerten Körper, von dem ein Übelkeit erregender Geruch ausging. Er hatte sich eine Zipfelkapuze, geformt wie ein Gugel, tief ins Gesicht gezogen, sodass nur die Augen sichtbar waren. Doch durch den jahrelangen Umgang mit Kranken erkannte Christiana sogleich jenen stumpfen Ausdruck wieder, der in ihnen geschrieben stand.

Die Angst, die sie eben noch verspürt hatte, wich einem Gefühl des Mitleids, und anstatt wegzulaufen, fragte sie: »Hast du Hunger?«

Seine Augen wanderten zu einem Fenster im Gasthaus und wieder zu ihr, aber er antwortete nicht.

Ganz langsam, um ihn nicht zu verschrecken, holte Christiana ein Stück Brot aus der Tasche ihres Umhangs. Sie hatte es eigentlich für die Vögel eingesteckt, die sie jeden Morgen mit ihrem fröhlichen Gezwitscher begrüßten, und reichte es ihm. Wachsam wie ein wildes Tier, beäugte er es von allen Seiten und bedachte sie erneut mit einem misstrauischen Blick. Aufmunternd nickte sie ihm zu.

Doch genau in dem Moment, als er zögernd die Hand danach ausstreckte, wurde in einem der Zimmer des Gasthauses eine Kerze angezündet. Erschrocken wirbelte Christiana herum, doch der Lichtschein trübte für kurze Zeit ihre Sicht. Als sie sich dem Jungen wieder zuwandte, war er verschwunden, und nur das Rascheln der Büsche bezeugte, dass ein paar Augenblicke zuvor jemand hindurchgelaufen war.

So schnell sie konnte, lief Christiana zur Mauer des Gartens und versuchte, einen Blick darüber zu werfen, doch sie war einfach zu hoch. Suchend ließ sie ihre Augen an der Mauer entlanggleiten und entdeckte keine drei Schritte entfernt eine alte Holzkiste.

Sie sah sich um, doch niemand schien sie zu beobachten. Entschlossen schlug sie ihren Schleier zurück, stieg auf die Kiste, stellte die Laterne auf den Mauersims und spähte in die Dunkelheit.

Dort, auf der rechten Seite des Feldes bewegte sich etwas!

Angestrengt versuchte sie zu erkennen, ob es sich um die Umrisse eines Menschen handelte, doch es war zu spät: Der Schatten war von der Nacht verschluckt worden.

Sie hatte seine Spur bei den Büschen verloren, wo sie ein paar Tage zuvor entlangspaziert war.

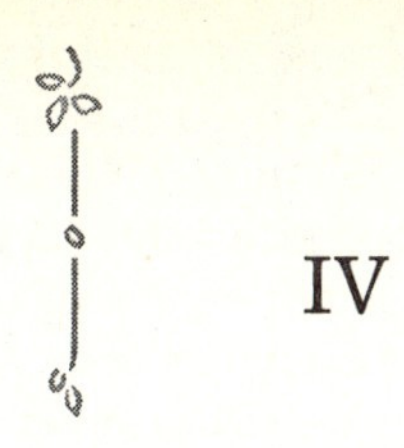

# IV

»Guten Morgen!«

Die Köchin, eine kleine Frau über fünfzig, deren langes graues Haar zu einem dicken Zopf geflochten war, sah erschrocken von ihrer täglichen Arbeit auf. Schnell knickste sie vor der jungen Frau, die die Küche betreten hatte.

»Guten Morgen, Hoheit!«

»Wie ist dein Name?«, fragte Christiana freundlich.

»Rosa, Hoheit«, antwortet die Köchin und knickste erneut.

»Rosa, ich brauche einen Laib Brot, ein Stück Käse und einen Krug Wein. Ach, und etwas von dem leckeren Gebäck, das ich gestern gegessen habe. Pack es mir bitte ein.«

Rasch suchte die ältere Frau die Sachen zusammen und wickelte sie in ein großes Tuch ein. Die geheimnisvolle Frau in Schwarz, die jetzt vor ihr stand, war in jedem Haus, jeder Schenke in dieser Gegend und sogar auf der Straße Anlass für aufgeregtes Gemurmel hinter vorgehaltener Hand. Die einen glaubten, sie sei der Hexerei fähig, die anderen vermuteten eine ansteckende Krankheit hinter ihrer Verkleidung, und wieder andere, wie der Pfarrer, hielten sie einfach für eine Frau, die tiefstes Leid erfahren hatte. Laut äußerte sich jedoch niemand über sie, denn viel zu groß war die Ehrfurcht der Leute vor dem Adel und ihre Angst vor einem Fluch, mit dem die Frau sie vielleicht ins Verderben stürzen könnte.

Rosa reichte der Fremden das Bündel und den Krug Wein und schaute ihr noch lange verwundert nach. Was hatte sie zu so früher Stunde bloß vor?

Christiana hatte eine Mission. Sie musste eine Aufgabe erfüllen.

Der Herr hatte sie hierher geführt, und sie glaubte fest daran, einen Abend zuvor dem Grund dafür begegnet zu sein: einem armen Geschöpf, dem sie mit ihren gottgegebenen Fähigkeiten und ihrer Erfahrung helfen konnte. Weshalb sich ihre Wege zu diesem Zeitpunkt und an diesem Ort gekreuzt hatten, würde sie gewiss nie erfahren, doch nichts auf der Welt geschah zufällig. Dem Jungen war es vielleicht vorbestimmt, ein besonderer Mensch zu werden oder irgendwann in seinem Leben etwas Wichtiges zu vollbringen, das das Schicksal vieler Menschen verändern würde. Und selbst wenn es ihm in die Wiege gelegt war, einfach nur ein guter Sohn, Bruder, Ehemann oder Vater zu sein – alles, was Gott geschehen ließ, hatte einen Sinn. Und so entschloss sie sich lange vor Sonnenaufgang dazu, den Jungen zu suchen.

Die ganze Nacht hindurch hatte sein Anblick sie verfolgt. Schon als kleines Mädchen hatte sie dem hilflosen Ausdruck in den Augen von Menschen und Tieren nicht widerstehen können. Einmal entdeckte sie im Wald ein kleines verletztes Reh und nahm es mit nach Hause, um es gesund zu pflegen. Doch der Graf fand es heraus und lachte bloß. Und schließlich benutzte er das Kitz als lebendige Zielscheibe für die Bogenübungen seines kleinen Sohnes, und Christiana war dazu verdammt, mit anzusehen, wie das arme Tier mit einem Dutzend Pfeilen im Leib elendig verendete. An jenem Tag lernte Christiana, ihre Schützlinge stets gut vor den Augen und Ohren ihres Vaters zu verstecken.

Bei einem ihrer leichtsinnigen Rettungsunternehmen war sie zum ersten Mal auf die Kräuterfrau aus dem Wald gestoßen. Zuerst fürchtete sie sich vor der wortkargen Alten, denn sie hatte das Schlossgesinde oft sagen hören, dass sie eine Hexe sei. Doch ein paar Augenblicke später war sie bereits fasziniert von deren Heilkünsten, sodass sie sie anflehte, heimlich bei ihr Unterricht nehmen zu dürfen.

Nur sehr widerwillig stimmte die schroffe Alte damals zu, doch in den folgenden Monaten verbrachte Christiana oft Stunden damit, ihr aufmerksam zuzuhören, mit ihr Kräuter zu sammeln und deren Wirkung auswendig zu lernen, und das verschaffte ihr den Respekt und sogar die Zuneigung ihrer kauzigen Lehrmeisterin.

Und genau diese Verbundenheit hatte ihr ein paar Jahre später einmal selbst das Leben gerettet …

Christiana schüttelte die traurigen Erinnerungen ab und lenkte ihre Schritte energisch in die Richtung, wo der Junge in der vergangenen Nacht verschwunden war. Es dauerte jedoch noch eine ganze Stunde, ehe sie, tief verborgen in den Büschen am Wegesrand, etwas ausmachte, das einem wirren Haufen Lumpen ähnelte.

Leise näherte sie sich dem Knäuel, stellte den Krug ab und legte ihr Bündel ins Gras, wo auch der Junge lag. Sie kniete neben ihm nieder und strich ihm mit ihrer behandschuhten Hand vorsichtig die Kapuze aus dem Gesicht.

Ein Schwarm dicker, im Sonnenlicht glänzender Fliegen erhob sich ärgerlich summend von seinem Körper, umkreiste ihn in ungeduldigen Bahnen, in der Hoffnung, seine schlafende Beute sogleich wieder in Besitz nehmen zu können, doch Christiana schenkte ihm keine Beachtung. Ihr entsetzter Blick ruhte auf dem schmutzigen Gesicht des Jungen.

Seine geschlossenen Augen lagen tief in den Höhlen, die vernarbten Wagen waren eingefallen, und obwohl seine Haut braun gebrannt war, wirkte sie dünn und fahl. Der Junge besaß weder Wimpern noch Augenbrauen, und seine Lippen waren aufgesprungen und verkrustet. Die dunklen, strähnigen Haare fielen ihm bis auf die Schultern und schienen ihm gleich büschelweise auszugehen. Der verbliebene Rest glich einem mottenzerfressenen Vorhang, der an einen Totenschädel geheftet war.

Christiana seufzte leise und zog ihm die Kapuze behutsam wieder über den Kopf.

Plötzlich schlug der Junge die Augen auf und starrte sie verwirrt an.

»Hab keine Angst, ich tu dir nichts!«, flüsterte Christiana und gab sich Mühe, ihre Stimme besonders sanft klingen zu lassen, so wie sie es immer tat, um einen Patienten zu beruhigen.

Im nächsten Augenblick erkannte er sie auch schon, richtete sich blitzschnell auf und wich erschrocken vor ihr zurück. Doch die Bewegung verursachte ihm offenbar starke Schmerzen, denn sein Gesicht verzerrte sich.

»Wo bist du verletzt?«, fragte Christiana. Wie so oft war sie in Windeseile in die Rolle der Heilerin geschlüpft und dachte an nichts anderes, als dem jungen Patienten zu helfen. Sie schlug ihren Umhang zurück und holte den Lederbeutel hervor, der an ihrem Gürtel befestigt war. Dann öffnete sie ihn, ohne ihren neuen Schützling aus den Augen zu lassen, und packte die kleinen Flaschen und Tiegel mit ihren Heiltränken und Kräutersalben aus.

An dem misstrauischen Blick, den der Junge sowohl ihr als auch dem Inhalt ihres Beutels zuwarf, erkannte sie jedoch, dass sie zu rasch vorgegangen war. Ehe sie sich seinen Verletzungen widmen konnte, musste sie ihm Zeit geben, sich an ihre verschleierte, in Schwarz gehüllte Erscheinung zu gewöhnen.

»Wie ist dein Name?«, fragte sie, bemüht, sein Vertrauen zu gewinnen.

Er presste die ausgebleichten Zipfel seines löchrigen Umhangs fest an seinen Körper und überlegte anscheinend, wie er reagieren sollte. Dann schüttelte er langsam den Kopf.

»Du willst ihn mir nicht sagen?«

Er hob zaghaft die Hand, zeigte auf seine Lippen und schüttelte erneut den Kopf.

Erstaunt zog Christiana eine Augenbraue hoch. »Du kannst nicht sprechen?«

Er nickte abermals.

»Aber du hast einen Namen?« Es war mehr eine Feststellung als eine Frage, doch der Junge schloss für einen kurzen Moment die Augen und zuckte dann mit den Schultern.

Einer plötzlichen Eingebung folgend fragte Christiana: »Wie findest du ›Thomas‹?«

Der Junge blickte sie verwirrt an.

»Ja, ich werde dich ›Thomas‹ nennen!« Zufrieden mit ihrem Einfall öffnete sie das Bündel, das die Köchin ihr gegeben hatte, und breitete das Essen auf dem Boden aus.

»Hast du Hunger, Thomas?«

Mit einem ungläubigen Ausdruck in den Augen beobachtete er, wie sie ein Messer aus ihrem Umhang hervorzauberte, das Brot und den Käse mit flinken Fingern in kleine Stücke zerteilte und zusammen mit den anderen Köstlichkeiten auf dem Stofftuch anrichtete. Dann folgte sein Blick ihrer Hand, die nach einem Stück Gebäck griff und es sich unter ihrem Schleier in den Mund schob.

»Das ist wirklich gut!«, erklärte sie genüsslich und hielt ihm lockend ein Stück Brot hin.

Zögernd kroch er näher und nahm es ihr vorsichtig aus der Hand.

Oft genug hatte Christiana zu Hause beobachtet, wie die Ritter und Soldaten nach ihren kräftezehrenden Übungen über das Essen herfielen wie ein Rudel ausgehungerter Wölfe über ihre Beute. Umso überraschter schaute sie daher nun zu, wie Thomas bedächtig von dem Brot abbiss, es lange kaute und dann hinunterschluckte.

Ermuntert durch ihr zustimmendes Nicken nahm er sich ein Stück nach dem anderen und ließ es in seinem Mund verschwinden. Nach einiger Zeit waren nur noch ein paar Krümel übrig, und Christiana beschloss, den nächsten Schritt zu wagen.

»Zeigst du mir jetzt deine Verletzungen?«, fragte sie sanft.

Thomas musterte sie eine Weile lang, nickte dann fast unmerklich und schlug seinen Umhang zurück. Christiana erhob sich, trat auf ihn zu und ließ sich dann vor ihm auf die Knie sinken. Behutsam ergriff sie seine linke Hand und schob den Ärmel seines zerrissenen Wollhemdes hoch.

Sein Arm sah bis auf die eitrige Wunde am Handgelenk und eine großflächige, aber bereits verheilte Brandnarbe unverletzt aus, doch als sie ihn bewegte, bemerkte sie, dass er beinahe vollständig steif war. Da Thomas mit der rechten Hand nach dem Essen gegriffen hatte, war ihr diese Einschränkung zuvor gar nicht aufgefallen. Vorsichtig tastete sie den Arm ab, konnte aber keinen Bruch feststellen. Dann besah sie sich die Wunde am Handgelenk genauer. Sie schien recht alt zu sein, war jedoch durch die Vereiterung immer wieder aufgeplatzt.

Während sie sich eingehend der Untersuchung seiner Verletzungen widmete, entging ihr keineswegs, dass Thomas ganz still hielt, obwohl sie vermutete, dass ihm beinahe jede Bewegung Schmerzen bereitete. Die sanfte Art, in der sie mit ihm sprach und ihn berührte, bewirkte anscheinend, dass er ein wenig Vertrauen zu ihr fasste, und darüber war sie erstaunt und erfreut zugleich.

Sie ließ seine Hand los und wiederholte ihre Untersuchung an seinem rechten Arm. Dann wandte sie sich seinem Kopf und schließlich seinen Beinen zu.

Nachdem sie sich einen ersten Eindruck vom Ausmaß seiner äußeren Wunden verschafft hatte, versuchte sie sich vorzustellen, was ihm geschehen sein mochte, doch sie fand keine vernünftige Erklärung. Unter den Schmutzschichten hatte sie so viele unterschiedliche Verletzungen entdeckt. Einige zeugten von schweren Misshandlungen, wahrscheinlich von seinem Herrn, etwa die mehr schlecht als recht verheilten Brüche an Armen und Beinen und die alten Narben, die anscheinend von Schlägen mit einer Peitsche herrührten. Andere Wunden hingegen ließen darauf schließen, dass er in einem Kerker eingesperrt gewesen und grausamer Folter unterzogen worden war, wie die vielen großen Brandwunden bewiesen, die besonders an den Fußsohlen starke Vernarbungen hinterlassen hatten. Ein Anzeichen dafür waren ebenso die zwei Finger, die kraftlos an seiner linken Hand hingen, die Daumen beider Hände, die eigenartig verformt waren, und die eiternden und übel riechenden Wunden, die an jedem seiner Hand- und Fußgelenke tiefe, kreisrunde Male bildeten. Sein verhärmtes Gesicht, die ausfallenden Haare und mehrere fehlende Zähne veranlassten Christiana zu der Annahme, dass er über lange Zeit nur äußerst karge Kost zu sich genommen hatte, wie es zumeist in Kerkern üblich war. Sie glaubte nicht, dass ganz allein der vergangene harte Winter dafür verantwortlich war.

Doch die mehrere Monate alte schwere Quetschung an seinem Hals, die wohl der Grund für seine Stummheit war, gab ihr trotz ihres reichen Erfahrungsschatzes Rätsel auf.

»Wenn ich dir helfen und deine Schmerzen lindern soll, muss ich deine Wunden erst reinigen«, erklärte sie ihm mit ruhiger Stimme und sah sich dann suchend um. »Gibt es hier einen Bach oder einen See?«

Thomas nickte kurz und deutete mit der Hand in eine bestimmte Richtung. Nachdem Christiana ihre Arzneien sicher im Lederbeutel verstaut und Thomas den Weinkrug ergriffen hatte, führte er sie über eine Wiese zu einem schmalen Pfad, der in einen kleinen Wald hineinführte.

Wenige Minuten später standen sie auf einer Lichtung, in deren Mitte ein kleiner See lag, der nicht einmal halb so groß war wie jene Gewässer, die man auf Rossewitz fand.

Am Ufer entdeckte Christiana eine geeignete, mit knöchelhohem Gras bewachsene Stelle, wo sie ihren Beutel niederlegte und Thomas bedeutete, den Krug abzustellen. Dann half sie ihm, den Umhang abzulegen und den Gugel über seinen Kopf zu ziehen. Als sie sich jedoch an seinem Hemd zu schaffen machte, zuckte er mehrmals zusammen. Verdutzt bemerkte sie, dass der fleckige Stoff an der Haut festklebte.

»Es hilft alles nichts, ich muss es abreißen«, sagte sie nach einer Weile.

Ohne Aufforderung hob Thomas die Arme so hoch er konnte und wartete geduldig. Von einer beunruhigenden Vorahnung alarmiert, nahm Christiana allen Mut zusammen, packte mit festem Griff den Saum des Hemdes und riss es dem Jungen mit einem Ruck über den Kopf.

Im nächsten Augenblick glitt Thomas bewusstlos zu Boden.

Mit einer blitzschnellen Bewegung fing sie seinen Kopf auf, damit er nicht mit dem Gesicht auf einem Stein aufschlug. Die Wucht des Aufpralls quetschte ihre Hand zwischen seinem Kopf und dem Stein ein, dessen scharfe Kanten ihren Handschuh aufschlitzten und sich tief in ihr Fleisch bohrten. Sie biss hart auf ihre Unterlippe, um den Schmerz zurückzudrängen, und legte Thomas' Kopf vorsichtig in das weiche Gras.

Erst jetzt kam sie dazu, einen Blick auf seinen Rücken zu werfen, und was sie dort sah, ließ sie entsetzt zurückweichen.

Kein Wunder, dass der Stoff an seinem Körper geklebt hatte! Sein ganzer Rücken war eine blutige Masse aus offenen, eiternden Wunden. Sie wusste nicht im Geringsten, wie sie den Verletzungen überhaupt Herr werden sollte, und der beißende, faulige Geruch verursachte ihr zudem heftige Übelkeit. Doch die Stimme ihres Verstandes ermahnte sie, nicht so zimperlich zu sein, sich auf ihren Patienten zu konzentrieren und endlich mit ihrer Arbeit zu beginnen. Das war schließlich nicht das erste Mal, dass sie jemanden behandelte!

Sie schlug energisch ihren Schleier zurück und prüfte zunächst, ob Thomas überhaupt noch atmete. Erleichtert stellte sie fest, das er noch am Leben war. Dann hob sie den Rock ihres einfachen schwarzen Gewandes, schnitt einen ihrer Leinenunterröcke ab und riss den Stoff in lange Streifen. Sie wusch sich schnell die Hände im See und wickelte ein Stück Stoff fest um ihre verletzte Hand. Ein anderes, größeres Stück tränkte sie mit dem kühlen Wasser des Sees und begann, damit Thomas' Rücken abzuwaschen. Sie war froh, dass er nicht bei Bewusstsein war, denn so sorgfältig, wie sie jede einzelne Wunde säuberte, hätte er die Schmerzen kaum ertragen können.

Nachdem sie endlich die dicke Schmutzschicht beseitigt hatte – wobei sie immer wieder die lästigen Fliegenschwärme vertreiben musste –, griff sie nach dem Weinkrug. In weiser Voraussicht hatte sie ein wenig von dem Getränk aufgespart und goss nun die Hälfte davon über seinen Rücken. Sie hatte gelernt, nicht, wie zur Verbesserung der Blutgerinnung üblich, Butter, Honig, Eiweiß oder Mehl zu benutzen, sondern einfach ein sauberes Stück Stoff fest auf die Wunde zu pressen, und so gelang es ihr nach einiger Zeit, die meisten Blutungen zu stillen.

Dann holte sie eine Nadel hervor, die sie stets mit ihren anderen Hilfsmitteln in einem speziell dafür angefertigten ledernen Etui bei sich trug. Sie tunkte sie kurz in den Wein, fädelte festes Garn ein und begann, die auseinander klaffenden Ränder der tiefsten Wunden mit engen Stichen zu nähen. Nachdem das geschafft war, beförderte sie ein Töpfchen mit einem Extrakt aus Kamille und anderen beruhigenden Heilkräutern aus ihrem Lederbeutel zutage und verrieb es sanft auf Thomas' Haut. Eine Weile lang ließ sie die Tinktur trocknen, dann entledigte sie sich ihres Mantels, breitete ihn auf dem Boden neben ihrem Patienten aus und drehte ihn vorsichtig auf den Rücken.

Die Haut spannte sich eng um den schmächtigen Brustkorb des Jungen, und jede Rippe zeichnete sich deutlich darunter ab. Auch hier erblickte Christiana etliche blutende Striemen, aber besonders rund um die Brustwarzen hatte Thomas überaus Furcht erregende Verletzungen. Es sah aus, als hätte jemand versucht, sie mit aller Gewalt abzureißen.

»Was, um Himmels willen, ist nur mit dir geschehen?«, murmelte sie, während sie sich daranmachte, die Wunden auf seiner Brust ebenfalls zu reinigen und sie anschließend vorsichtig zu verbinden.

Wenig später hatte sie auch die übrigen Verletzungen versorgt, die unter seiner Kleidung zum Vorschein gekommen waren, und sie sammelte ein paar trockene Zweige zusammen, um mit ihren Zündsteinen ein kleines Feuer zu entfachen. Für die tiefen Wunden an Thomas' Gelenken, die nicht aufhören wollten zu bluten, gab es nur eine Möglichkeit: Sie mussten ausgebrannt werden. Erst danach konnte Christiana sie verbinden. Die Gefahr für einen derart geschwächten Patienten, nach der Behandlung am Wundfieber zu sterben, war groß, doch sie musste es einfach wagen.

Sie nahm den Metallstab mit dem Holzgriff, den sie sich vom Schmied in Rossewitz nach ihren genauen Wünschen hatte anfertigen lassen, aus ihrem Etui und legte ihn mit der Spitze ins Feuer. Als er heiß genug war, setzte sie sich rittlings auf Thomas' Oberkörper und drückte den Stab tief in die Wunde an seiner rechten Hand. Der Junge stöhnte leise, und sein Körper bäumte sich vor Schmerzen auf, sodass Christiana ihre ganze Kraft aufwenden musste, um ihn festzuhalten.

Später wusste sie nicht mehr, wie oft sie diese Behandlung wiederholt hatte. Völlig entkräftet und mit schmerzender Schulter kauerte sie nun am Feuer und braute einen Sud aus frisch gesammelten Brennnesseln und Johanniskrautblättern, der die Heilung unterstützen sollte. Hin und wieder warf sie einen prüfenden Blick auf ihren Schützling, den sie sorgfältig in ihren schwarzen Umhang eingewickelt hatte. Er hatte bislang kein Fieber bekommen und schlief ruhig und fest.

Noch immer fassungslos schüttelte sie den Kopf. Es war ihr unbegreiflich, wie er mit solchen Verletzungen und den starken Schmerzen hatte überleben können.

Als der Sud kochte, nahm sie ihn vom Feuer und goss ihn in ihren Zinnbecher. Eine Weile lang ließ sie ihn abkühlen, dann ging sie zu Thomas hinüber und setzte sich neben ihn ins Gras.

»Thomas?«

Mit den Fingerspitzen, die aus ihrem blutigen Verband herausschauten, strich sie ihm leicht über seine eingefallene Wange.

»Thomas, hörst du mich?«, fragte sie leise.

Seine Lider begannen zu flattern. Gerade noch rechtzeitig bemerkte sie, dass sie ihren Schleier noch immer zurückgeschlagen hatte. Hastig zog sie ihn nach vorn, und genau in dem Moment, als er die Augen öffnete und schmerzerfüllt zu ihr aufsah, fiel er vor ihr Gesicht.

»Nein, nicht bewegen! Ich weiß, es brennt ganz fürchterlich, aber das Mittel hilft«, erklärte sie, um ihn daran zu hindern, sich aufzurichten. »Vertrau mir«, fügte sie beschwörend hinzu.

Sie rückte ein Stück näher, und unter dem sanften Druck ihrer Hand legte er seinen Kopf in ihren Schoß.

»Trink das!«, forderte sie ihn auf und beugte sich über ihn.

Sie führte den Becher an seine Lippen und flößte ihm einen kleinen Schluck des heilsamen Tees ein.

»Du musst alles trinken!«

Gehorsam leerte er den Becher und ließ seinen Kopf ermattet zurück in ihren Schoß sinken.

Erst jetzt, nachdem sie alles für ihn getan hatte, was in ihrer Macht stand, wanderte Christianas Blick hinauf zur Sonne, die über den Wipfeln der Bäume schon längst damit begonnen hatte, den Weg vom Himmel zurück auf die Erde einzuschlagen. Es musste inzwischen also Nachmittag sein. Allmählich sollte sie sich auf den Rückweg machen.

»Ich werde jetzt gehen«, sagte sie und strich unablässig über die alten Narben auf seiner Wange, eine Berührung, die ihn sichtlich beruhigte. »Aber vor Sonnenuntergang komme ich noch einmal, um nach dir zu sehen und dir etwas zu essen zu bringen.«

Sie hob seinen Kopf von ihrem Schoß und bettete ihn behutsam ins weiche Gras.

»Du liegst hier in der Uferböschung gut geschützt. Wenn du dich etwas erholt hast, werde ich dich zu deinem Lager in den Büschen am Weg begleiten. Und dann schauen wir weiter.«

Christiana löschte zur Vorsicht das Feuer – man wusste nie, wen der Schein eines Feuers anlockte – und verstaute die übrig gebliebenen Arzneien in ihrem Lederbeutel. Dann drehte sie sich um und schaute noch ein letztes Mal zu dem Jungen hinüber. Obwohl er offensichtlich noch immer unter starken Schmerzen litt, meinte Christiana, einen dankbaren Ausdruck in seinen Augen zu erkennen. Doch der heilsame Schlaf übermannte ihn zu schnell, als dass sie sich dessen sicher sein konnte.

Christiana blieb noch einen Moment lang stehen und betrachtete die schmächtige Gestalt, und plötzlich fiel ihr auf, dass sie in der Aufregung die ganze Zeit über in ihrer Muttersprache, einem Dialekt aus dem hohen Norden, mit dem Jungen gesprochen hatte. Obwohl sie kein reines, klares Deutsch benutzt hatte, wie bei Klara und den anderen, schien er ihren Anweisungen mühelos folgen zu können. Verdutzt überlegte sie, ob er wohl ein Landsmann war. Wer sonst konnte ihre für Fremde schwer nachvollziehbare Aussprache verstehen?

Vielleicht würde sie es eines Tages erfahren.

Es mochte kaum eine Stunde vergangen sein, als sie in einem Umhang über einem sauberen Kleid und mit einem dicken Bündel unter dem Arm die Lichtung erreichte, wo sie ihren Schützling schlafend zurückgelassen hatte. Doch sie bemerkte sofort, dass er nicht mehr da war. Zutiefst beunruhigt lief sie hin und her, schaute unter jeden Busch, hinter jeden Baum und ließ sich schließlich atemlos und entmutigt ins Gras am Ufer des Sees fallen.

Was war passiert? Wo konnte der Junge bloß sein? Seine schmutzige Kleidung hatte sie gleich ins Feuer geworfen, und nun lief er also lediglich mit ihrem Umhang bekleidet herum. Wie sollte er die kühle Nacht überstehen?

Oder war er am Ende doch entdeckt worden?

Hastig sprang sie wieder auf die Füße. Sie lief den Pfad zurück, den sie gekommen war, und hielt fieberhaft nach dem Jungen Ausschau. Die Bäume lichteten sich, und Christiana konnte schon beinahe die Stelle am Rande des Feldwegs sehen, wo sie Thomas am Morgen entdeckt hatte, als sie plötzlich ein seltsames Geräusch vernahm, das so gar nicht zu der friedlichen Betriebsamkeit der Waldbewohner passen wollte.

Es klang, als schleife jemand etwas Schweres durch das Unterholz.

Einen Körper?

Christiana erstarrte mitten in ihrer Bewegung, ihr Herz begann zu rasen, und die Angst schnürte ihr die Kehle zu. Trotzdem zwang sie sich zur Ruhe und konzentrierte sich mit aller Macht auf ihre Sinne, die mit den Düften und Lauten des Waldes bestens vertraut waren. Weder der Geruch von Blut noch der von toten Körpern drang ihr in die Nase, und jetzt, wo jenes störende Geräusch verklungen war, vernahmen ihre Ohren nur das muntere Zwitschern der Vögel in den Bäumen. Christiana spürte auch nicht die unerklärliche Spannung in der Luft, die bei Gefahr die feinen Härchen in ihrem Nacken aufrichtete.

Nahezu lautlos verließ sie den schmalen Pfad und trat in den Schatten einer dicken Eiche. Dies war kein dichter, dunkler Wald, die Sonne bahnte sich mit ihren kräftigen Strahlen beinahe überall einen Weg durch das Blätterdach, und so hatte Christiana trotz ihres Schleiers eine gute Sicht.

Suchend wanderten ihre Augen zwischen den Bäumen und Büschen hin und her, bis sie hinter einem Baumstumpf ein paar Schritte entfernt ein Stück schwarzen Stoff erspähte. Sie wartete einen Augenblick lang, doch nichts rührte sich. Leise schlich sie zu der Stelle hinüber und warf einen Blick hinter den morschen Stamm.

Eingehüllt in ihren Mantel presste sich der Junge flach auf dem Boden.

»Thomas!«

Zitternd hob er den Kopf und schaute zu ihr hoch.

Mit dem nächsten Atemzug durchflutete sie unendliche Erleichterung, doch ebenso plötzlich verwandelte sich die Angst, die sie noch einen Moment zuvor empfunden hatte, in unbändige Wut. Wie wild fing sie an, mit der freien Hand zu gestikulieren, und fuhr ihn verärgert an: »Ich habe dir doch gesagt, dass du auf mich warten sollst! Was, wenn ich dich nicht gefunden hätte? Was hätte alles –«

Als sie den Ausdruck in seinen Augen bemerkte, brach sie abrupt ab. Wie oft hatte sie schon einen solchen Blick gesehen? Vollkommen gefasst und ruhig, in dem Wissen, was gleich geschehen würde. Genauso hatten die Diener ihres Vaters geschaut, bevor er sie auspeitschte.

Entsetzt ließ sie sich auf den Baumstumpf fallen und legte schweigend ihre Hand auf Thomas' zerzausten Schopf, um ihn zu beruhigen.

Wie hätte sie ihm auch erklären können, dass sich eine edle Dame wie sie um einen Jungen seines Standes ernsthafte Sorgen machte? Das gehörte sich einfach nicht! Aber sie hatte ihn zu ihrem Schützling erkoren, und ganz gleich, ob Mensch oder Tier, sie fühlte sich für all ihre Schützlinge verantwortlich!

Doch trotz ihrer guten Vorsätze hatte sie wieder einmal die Kontrolle über ihre Gefühle verloren und ihr Gelübde gebrochen, und wie so oft würde sie Buße tun müssen, um den Herrn für ihre Verfehlung um Vergebung zu bitten. Wenn sie schon nicht in der Lage war, ihn mit ihrem tugendhaften Leben zu erfreuen, konnte sie nur hoffen, seinen Wünschen wenigsten in Bezug auf den Jungen gerecht zu werden.

»Verzeih mir!«, flüsterte sie schließlich, nachdem sie sich etwas beruhigt hatte. Doch was dann geschah, bewegte sie zutiefst. Der Junge hob bei ihren Worten den Kopf und sah sie einen Moment lang vollends erstaunt an. Dann veränderte sich plötzlich sein Gesichtsausdruck. Seine Lippen verzogen sich zu einem zaghaften Lächeln, und aus seinen großen braunen Augen strahlte ihr eine solch tiefe Ergebenheit, ein unerschütterliches Vertrauen und zugleich eine rätselhafte Weisheit entgegen, wie Christiana es noch nie zuvor erlebt hatte.

So muss einer von Gottes Engeln aussehen, dachte sie berührt.

*Ein recht zerrupftes Exemplar!*, bemerkte die Stimme ihres Verstandes trocken. Doch Christiana ließ sich nicht beirren. Sie wusste, was ihr Herz beim Anblick des Jungen erfasst und ihre Seele erkannt hatte.

»Komm, Thomas, lass mich dir aufhelfen«, sagte sie nach einer Weile mit bebender Stimme und legte seinen Arm vorsichtig um ihre Schulter, um ihn hochzuziehen.

Dann führte sie ihn langsam zu seinem Lager zurück. Sie bereitete ihm ein bequemes Bett aus Blättern und Gras und machte sich schließlich am Knoten ihres Bündels zu schaffen, das sie mitgebracht hatte.

Unter dem Schweinebraten und dem Brot lagen ein Hemd, eine Hose, ein Zipfelgugel und der Umhang von ihrem alten Diener Thomas.

Dank der Übung der letzten Jahre schaffte sie es mit viel Mühe, den schlaffen Körper des Jungen in die neuen Kleider zu stecken und ihm das Essen einzuflößen. Einen Augenblick später sank er auch schon in einen tiefen Schlaf.

Christiana legte ihre Hand auf seine Stirn und prüfte, ob er nicht vielleicht doch Fieber bekommen hatte. Seine Haut fühlte sich kühl an, seine Atemzüge gingen regelmäßig, und aus seinem Gesicht war etwas von dem kränklichen Grau gewichen.

Sie griff nach dem Umhang, auf den sie Thomas am See gebettet hatte, und deckte ihn damit zu. Dann erhob sie sich leise und schaute nachdenklich auf ihren Patienten hinunter.

Sie hatte einen Plan, und sie konnte nur beten, dass er auch im Sinne des HERRN war, der den Jungen zu ihr geschickt hatte.

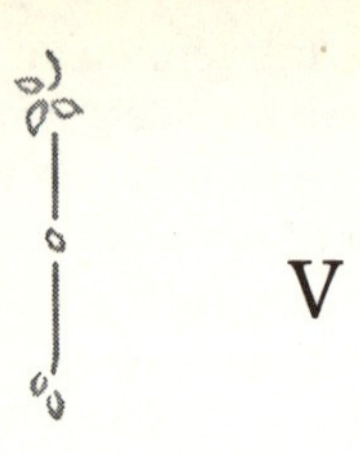

# V

Zu seinem großen Erstaunen kam sie nun schon seit mehr als einer Woche zu seinem Lager und verbrachte täglich mehrere Stunden mit ihm, die jedes Mal viel zu schnell vergingen.

Er genoss ihre gemeinsame Zeit, so ungewöhnlich es für ihn auch war, mit einer Frau ihres Standes zusammen zu sein. Nach wie vor fühlte er sich unwiderstehlich zu ihr hingezogen. Voller Dankbarkeit und in dem Bewusstsein, dass er seine Schuld bei ihr nie begleichen konnte, bemühte er sich redlich, sie nicht zu enttäuschen. Insgeheim hoffte er sogar, dass sie ihn nicht allein zurücklassen würde, er brauchte sie nur davon zu überzeugen, dass er nützlich für sie sein könnte. Doch letztlich musste er der bitteren Wahrheit ins Gesicht sehen: Sie würde ihm nur so lange ihre Gunst gewähren, bis sie weiterreisen musste oder spätestens bis zu dem Tag, an dem seine Wunden verheilt waren.

Und jener kam dank ihrer Fähigkeiten schneller, als er es für möglich gehalten hatte.

Jeden Tag wechselte sie die Verbände und berichtete ihm stolz von der rasch fortschreitenden Heilung. Die Fäden, mit denen sie seine tiefen Wunden genäht hatte, konnte sie mittlerweile entfernen. Sein magerer Körper hatte sich inzwischen für das Essen, das sie im Überfluss aus der Küche des Gasthauses mitbrachte, dankbar gezeigt und ein wenig Fleisch angesetzt. Auch das Zittern, das ihn immer wieder heimsuchte, war seltener geworden. Zwar heilten nicht alle seine Verletzungen so schnell, doch die Frau schien zufrieden.

Gewiss würde er unzählige Narben zurückbehalten, das konnte auch sie nicht verhindern, und manche Bewegungen bereiteten ihm wahrscheinlich sein Leben lang Schmerzen, aber damit konnte er sich abfinden. Er fühlte sich so gut wie lange nicht mehr. Und er war glücklich.

Wann war er das letzte Mal glücklich gewesen?

Am Morgen nach der Behandlung am Seeufer wachte er bei Sonnenaufgang mit entsetzlichen Schmerzen am ganzen Körper auf. Trotzdem war er entspannt und ausgeruht, denn zum ersten Mal seit viel zu langer Zeit hatte er die ganze Nacht durchgeschlafen. Der vorangegangene Tag jedoch lag hinter einem dichten Nebelschleier verborgen. Nur vage erinnerte er sich an ihre Hand, die sanft über sein Gesicht streichelte. Sie war warm und weich und hatte etwas unglaublich Beruhigendes, genau wie die Träume, in denen ihre verschleierte Gestalt die bedrohliche Dunkelheit durchbrach. Und dann war da noch dieser wundervolle Duft von Äpfeln …

Aber auch etwas anderes war ihm in Erinnerung geblieben. Sie hatte ihm einen Namen gegeben.

Thomas.

Tief in seinem Inneren wusste er, dass dies nicht der Name war, den er bei seiner Geburt erhalten hatte, aber jenen hatte er irgendwann vergessen. Und er war froh, dass sich überhaupt jemand die Mühe machte, ihm einen Namen zu geben.

*Sie* hatte sich die Mühe gemacht! Die geheimnisvolle Frau in Schwarz. Sein Schutzengel.

Von jenem Tag an kroch er jeden Morgen lange vor Einsetzen der Dämmerung aus seinem Versteck und blickte erwartungsvoll auf den schmalen Feldweg.

Und er wurde niemals enttäuscht!

Immer bei Sonnenaufgang sah er sie vom Gasthof aus auf ihn zuhumpeln, mit einem Bündel voller Leckereien in der einen Hand und einem Krug in der anderen, genau wie jetzt: Umhüllt vom rötlichen Schein der aufgehenden Sonne, lief sie den Pfad entlang, der zu ihm führte.

Christiana erblickte ihn schon von weitem. Er saß am Wegesrand und wartete auf sie. Oft schon hatte sie bemerkt, dass er ihr folgte, wenn sie zur Kirche ging oder etwas im Dorf zu erledigen hatte. Doch sie fühlte sich nicht mehr bedroht, und so gewährte sie ihm, was ihn offenbar glücklich machte. Von ihrem Schleier geschützt, lächelte sie, denn nicht zum ersten Mal verglich sie ihn in Gedanken mit einem Hund, der seinem Herrn treu überallhin folgte und geduldig darauf hoffte, dass er ihm kurz über sein Fell strich oder ihm einen Knochen zuwarf.

Die meisten seiner Wunden heilten gut, nur jene, die sie ausgebrannt hatte, behandelte sie mehrmals am Tag mit ihren Salben. Bald schon würde er ihre Hilfe nicht mehr brauchen. Jede Nacht verbrachte sie deshalb endlose Stunden damit, ihren Plan zu durchdenken. Was würde er wohl sagen, wenn sie ihm vorschlug, sie als Diener nach Eden zu begleiten?

*Natürlich wird er nichts sagen, er ist ja stumm*, meldete sich die Stimme in ihrem Kopf übermütig zu Wort.

Es war schon seltsam, die meiste Zeit des Tages mit einem Stummen zu verbringen, wenn man sein Leben lang von vielen lauten Menschen umgeben gewesen war. Aber Christiana hatte recht schnell bemerkt, dass Thomas neben den kleinen Gesten auch mit seinen Augen auf jede ihrer Fragen und Bemerkungen antwortete.

Wenn er überrascht war, etwa beim Anblick des Essens, blinzelte er, als hätte er etwas im Auge. Hatte er Schmerzen, verzog er zwar keine Miene, aber seine braunen Augen färbten sich fast schwarz. Und wenn er sich freute, tanzten kleine helle Funken in ihnen.

Viel zu oft jedoch zeigte sich jener leere Ausdruck, der ihn mit einem Lidschlag um Jahre altern ließ. Sie glaubte, dass er sich in diesen Momenten an seine Vergangenheit erinnerte, denn den entsetzlichen Spuren auf seinem Körper nach zu urteilen, waren das keineswegs schöne Erinnerungen.

»Guten Morgen, Thomas!«, rief sie ihm jetzt fröhlich zu.

Während er sich den Gugel vom Kopf zog, stand er auf und verbeugte sich.

»Wie geht es dir?«, fragte sie und musterte ihn wie immer eingehend von Kopf bis Fuß.

Er drehte sich einmal im Kreis und hob stolz seinen linken Arm.

Vor sechs Tagen hatte sie begonnen, ihn zusätzlich zu den schmerzlindernden Umschlägen an der steifen Stelle zu massieren und mit seinem Arm immer wieder bestimmte Bewegungen auszuführen, die sie von der Kräuterfrau gelernt hatte. Jetzt sah es so aus, als könne er ihn schon fast bis zur Hälfte beugen. Sie wusste, dass es kaum besser werden konnte, denn die Verletzung lag einfach schon zu lange zurück, doch selbst der kleine Erfolg schien Thomas sehr zu freuen.

»Dir geht es also gut?«

Er nickte, und ein flüchtiges Lächeln huschte über sein Gesicht, wobei in der oberen Zahnreihe die Lücke auf der rechten Seite für einen Moment aufblitzte.

»Dann lass uns erst einmal frühstücken. Ich habe dir heute Brot und Schinken mitgebracht«, erklärte sie und reichte ihm das Bündel.

Er nahm es entgegen und schob die Zweige der Büsche auseinander, damit sie, ohne sich zu zerkratzen, hindurchgehen konnte. Dann folgte er ihr, setzte sich in respektvollem Abstand auf den Boden und öffnete auf Christianas aufmunterndes Nicken hin das Päckchen. Sie hielt ihm ihr Messer hin, und er schnitt das Brot und den Schinken und richtete beides auf dem Tuch an, wie sie es ihm ein paar Tage zuvor gezeigt hatte.

Wie immer betrachtete Christiana dabei seine Hände und wunderte sich, wie er mit seinen gequetschten Daumen und den geschundenen Handgelenken so geschickt mit dem Messer umgehen konnte.

Zu Hause auf Rossewitz war sie einmal der Alten aus dem Wald zur Hand gegangen, die zu einem Mann gerufen wurde, der im Kerker gesessen hatte. Die Eisenschellen hatten kreisförmige Hautabschürfungen an den Gelenken des armen Mannes hinterlassen, und durch die Daumenschrauben, die der Foltermeister bei ihm angesetzt hatte, waren die Daumen dermaßen zerquetscht, dass den beiden Frauen nichts anderes übrig geblieben war, als sie abzuschneiden. Die Verletzungen, die Thomas' Hände und Füße aufwiesen, ähnelten denen des Mannes, doch wie er zu den kleinen Löchern, die sich wie ein Netz über seinen Rücken und die Rückseite der Beine erstreckten, und zu den merkwürdigen Wunden auf seiner Brust kam, war ihr ein Rätsel.

Aber in diesen unruhigen Zeiten wurden immer neue Foltermethoden entwickelt, von denen Christiana lieber gar nichts wissen wollte. Mittlerweile reichte ein Wort zur falschen Zeit am falschen Ort, und selbst der angesehenste Mann landete in einem modrigen Verlies und wurde mit Furcht erregenden Werkzeugen gefoltert.

Was mochte dieser Junge wohl getan haben?

Ein einziges Mal hatte sie mit dem Gedanken gespielt, ihn zu fragen, doch sie hatte sich dagegen entschieden, weil sie fürchtete, sein Vertrauen zu verlieren und damit seine Genesung zu gefährden. Es lag auf der Hand, dass er seine Strafe verbüßt hatte, denn wer konnte schon aus einem Kerker entkommen? Mit dieser Vermutung musste sie sich zufrieden geben. Auf keinen Fall wollte sie aus reiner Neugierde alte Wunden aufreißen. Sie kannte sich schließlich besser als jeder andere mit Narben der Vergangenheit aus, die lieber nicht angerührt wurden.

Eine Weile lang saß Christiana in Gedanken versunken im Gras und genoss die erste Mahlzeit des Tages, doch dann machte sich langsam Unruhe in ihr breit. Es ist an der Zeit, ihn zu fragen, dachte sie und holte tief Luft.

»Thomas, ich will dir einen Vorschlag machen«, begann sie mit ernster Stimme.

Seine Hand mit dem Stück Schinken, das er sich gerade in den Mund schieben wollte, verharrte mitten in der Bewegung, und in seine dunklen Augen, die sich auf ihren Schleier richteten, trat ein misstrauischer Ausdruck.

»Ich werde heute Nachmittag die Kutsche nehmen und zu meinem Onkel reisen.«

Der Schinken begann zu zittern.

»Und ich wünsche, dass du mich begleitest – als mein Diener.«

Der Schinken fiel zu Boden.

Durch den Schleier seinem Blick entzogen, ließ Christiana den Jungen nicht aus den Augen. Seine Lider flatterten wie die Flügel eines jungen Vogels bei seinen ersten Flugversuchen, dann hob er langsam die Hand und tippte mit dem Finger auf seine Brust.

»Ja«, antwortet sie auf seine stumme Frage. »Natürlich musst du noch vieles lernen. Aber ich denke, dass du schnell begreifen wirst, was du zu tun hast.« Sie musterte ihn einen Augenblick lang nachdenklich und fuhr dann fort: »Mein Diener ist an dem Tag, als ich hier ankam, gestorben. Ich brauche also jemanden, der sich um mein Gepäck kümmert, jemanden, der mit mir kommt. Es wäre äußerst unschicklich für eine Dame meines Standes, ganz ohne Begleitung zu reisen.« Sie führte dieselben Gründe an wie Maria einige Tage zuvor, aber sie war viel zu aufgeregt, als dass ihr diese Ironie aufgefallen wäre.

Seltsamerweise war sie nur deshalb so nervös, weil sie Angst hatte, Thomas könnte ablehnen. War ihr dieser magere Junge schon so sehr ans Herz gewachsen, dass sie sich nicht vorstellen konnte, ohne ihn abzureisen? Selbst als sie sich in Rossewitz von ihrer Amme verabschiedet hatte, war ihr nicht so zumute gewesen. Vielleicht lag es schlichtweg daran, dass sie sich für den Jungen verantwortlich fühlte. Hatte sie nicht immer dafür gesorgt, dass es ihren Schützlingen auch nach ihrer Genesung gut ging?

Nein, sie musste sich eingestehen, dass es einen vollkommen eigennützigen Grund für ihre Gefühle gab. Einmal mehr hatte sie eine gottlose Eigenschaft an sich entdeckt. Sie wollte einfach nicht allein in Eden ankommen! Sie wollte nicht ohne einen Vertrauten fremden Boden betreten!

»Nun?«, hakte sie vorsichtig nach.

Thomas bedachte sie mit einem Blick, der deutlicher war als alle Worte.

»Ich verstehe«, sagte sie und fügte dann leise hinzu: »Ich werde dir etwas von meiner Heilsalbe hier lassen, damit du jeden Tag deine Gelenke einreiben kannst. Dann werden sie bald verheilen, auch wenn ich mich nicht mehr darum –« Krampfhaft versuchte sie, den Kloß in ihrem Hals hinunterzuschlucken. »Auch wenn ich mich nicht mehr darum kümmern kann.«

Sie öffnete ihren Lederbeutel, holte ein Töpfchen hervor und stellte es vor sich ins Gras. Dann erhob sie sich, und bemüht, die Enttäuschung in ihrer Stimme zu unterdrücken, sagte sie: »Ich muss jetzt gehen. Ich habe noch viel zu erledigen.« Mit zitternder Hand richtete sie unbewusst den Schleier vor ihrem Gesicht. »Gott schütze dich, Thomas.« Damit drehte sie sich um und bahnte sich hastig einen Weg durch die Sträucher.

Den Tränen nahe eilte sie an Büschen und Bäumen vorbei, die sie mittlerweile so gut kannte wie ihre kleine Kammer im Gasthaus. Im Stillen schalt sie sich für ihre Naivität. Sie hatte geglaubt, sie hätte in ihrem Leben bereits jede Art von Ablehnung erfahren, doch der entsetzte Ausdruck in den Augen des Jungen hatte ihr einen tieferen Stich versetzt als alles, was ihr durch ihren Vater, ihre Geschwister und die Dorfbewohner je angetan worden war.

Sie war so einfältig gewesen zu glauben, dass er sich so allein fühlte wie sie! Sie hatte sich tatsächlich eingebildet, er hätte keinen Platz im Leben und würde sich über die Chance, die sie ihm bot, freuen! Wie konnte sie sich bloß so irren?

Plötzlich erklangen Schritte hinter ihr, und sie bemerkte verdutzt, dass sie vergessen hatte zu humpeln. Verärgert über ihre eigene Dummheit hatte sie einen Fehler begangen, der nicht nur *ihr* Leben in Gefahr brachte. Beunruhigt hielt sie inne und drehte sich um.

Thomas rannte mit tiefroten Wangen auf sie zu und kam abrupt vor ihr zum Stehen. Christiana musterte ihn und atmete erleichtert aus. Anscheinend hatte er ihren Ausrutscher nicht bemerkt. Das Einzige, was sie in seinen Augen lesen konnte, war Angst. *Angst?*

»Was ist mit dir?«, fragte sie verwirrt.

Er fiel vor ihr auf die Knie.

Erschrocken trat sie einen Schritt zurück und starrte auf das geneigte Haupt des vor Anstrengung keuchenden Jungen.

»Thomas?«

Langsam hob er seinen Kopf und sah sie an.

Nachdem die Frau in Schwarz ihm ihren Vorschlag unterbreitet hatte, fing alles um ihn herum an, sich wie wild zu drehen. Er hatte immer gewusst, dass der Tag des Abschieds früher oder später kommen würde, aber wie stets hatte er versucht, keinen Gedanken an die Zukunft zu verschwenden. Was machte es für einen Sinn zu träumen, wenn doch nichts davon wahr werden konnte?

Aber sie hatte ihn gefragt! Sie hatte ihn gefragt, ob er mit ihr kommt. *Ihn!*

Ihm war nicht entgangen, dass sie ahnte, woher die Wunden an seinen Handgelenken stammten. Auch wenn er sich nicht mehr an deren Entstehung erinnern konnte, hatte er doch selbst seine Schlüsse aus der Form der Verletzungen gezogen. Es war nicht zu leugnen, dass nur eiserne Fesseln so etwas verursachen konnten. Und trotzdem hatte sie ihn gebeten, sie zu begleiten! Wie war das möglich?

Und noch etwas Erstaunliches hatte sich ereignet. An jenem Tag am See machte er eine ganz neue Erfahrung. Zum ersten Mal fühlte er etwas!

Natürlich empfand er körperliche Schmerzen, aber seine Seele war stets ein kalter, dunkler Ort geblieben, tot und begraben unter den Trümmern der verblassten Erinnerung an seine Vergangenheit.

Und plötzlich war er jede Nacht mit der Angst eingeschlafen, dass sie am Morgen nicht wiederkommen könnte. Voller Furcht folgte er ihr deshalb ungeachtet seiner Schmerzen überallhin und ließ sie kaum einen Moment lang aus den Augen. Wenn sie schlief, hatte er manchmal sogar stundenlang im Garten vor ihrem Fenster gesessen und ihrem Atem gelauscht, nur um sicher zu sein, dass sie noch immer da war. Da er morgens jedoch nicht von ihr oder dem Gesinde des Gasthauses entdeckt werden wollte, schlich er immer wieder zurück zu seinem Lager und schlief ein paar Stunden, um dann in der Frühe darauf zu warten, dass ihr Fenster vom Licht einer Kerze erhellt wurde. Und dann begann er zu hoffen, dass sie wieder zu ihm kam. Doch von Tag zu Tag wurde die Angst größer, sie zu verlieren, denn er war überzeugt, dass die Zeit gegen ihn arbeitete.

Aber er hatte seinem Schutzengel Unrecht getan. Sie teilte ihm nicht nur mit, dass sie gehen würde, sie bat ihn sogar, mitzukommen! Welche wunderbaren Dinge könnten ihm noch widerfahren, wenn er in ihrer Nähe blieb?

Völlig benommen hatte er zugeschaut, wie sie in den Büschen verschwand. Doch dann plötzlich erwachte er aus seiner Erstarrung, und die Gedanken schossen ihm wie Blitze durch den Kopf.

Er hatte ihr doch noch gar nicht geantwortet! Warum lief sie jetzt davon? Hatte sie es sich etwa anders überlegt?

Diese Chance war vielleicht die letzte in seinem Leben. Er durfte sie nicht vertun!

In panischer Angst sprang er auf und rannte ihr hinterher.

»Was soll das Ganze?« Christianas Stimme verriet ihre Unsicherheit.

Er tippte sich mit dem Finger auf die Brust und zeigte dann auf sie.

»Du willst …« Fest entschlossen, der Stimme ihres Herzen dieses eine Mal nachzugeben, begann sie plötzlich auf etwas zu hoffen, dass sie noch einen Augenblick zuvor für unmöglich gehalten hatte. »Willst du … mit mir kommen?«

Er nickte so heftig, dass sie befürchtete, jeden Augenblick würde sein Kopf von seinem schmalen Hals abbrechen und auf den Boden fallen.

»Ich dachte, du …«

Thomas presste die Hände auf sein Herz und streckte sie ihr dann flehend entgegen.

Jetzt war es an ihr, ihn sprachlos anzustarren.

Nach einer Weile räusperte sie sich leise und beugte sich dann zu ihm hinunter, um mit ihren behandschuhten Fingern vorsichtig über seinen struppigen Kopf zu streichen.

»Aber wir sollten unbedingt etwas mit deinen Haaren machen!«

Als die verschleierte Dame in die Kutsche nach Genova stieg, schaute die dicke Wirtin mit kugelrunden Augen zu. Ihr neuer Diener, ein schwächlicher Junge mit dünnem, kurzem Haar, konnte nur mit größter Mühe und der Hilfe zweier Stallburschen die große Truhe hinten auf der Kutsche festschnüren. Seine adlige Herrin schaute dabei zu und gab ihm geduldig Anweisungen, die nahezu warmherzig klangen.

Doch woher kam dieser fremde Junge?

Mehr als einmal hatten die Bediensteten des Gasthauses die junge Frau kurz nach Sonnenaufgang aus der Hintertür schlüpfen und mit einem Bündel mit den besten Speisen aus der Küche im Gebüsch verschwinden sehen.

Was mochte sie getrieben haben?

Trotz der großen Neugierde im Dorf hatte sich jedoch niemand getraut, diese Frage laut zu stellen, denn wer besaß schon den Mut, sich über die Eigenarten des Adels öffentlich zu äußern?

Jetzt, zwei Wochen später, saß Christiana in der rumpelnden Kutsche, blickte hinaus in die lauwarme Abenddämmerung und lächelte zufrieden vor sich hin.

Thomas hatte sich in den vergangenen Tagen als gelehriger Schüler erwiesen. Wie von selbst war er in seine neue Rolle hineingewachsen, als wäre er dazu geboren.

Seine Bemühungen, ihre Anweisungen zu befolgen, hatten sie vom Gelingen ihres Plans überzeugt. Wenn sie Thomas ihrem Onkel als ihren Diener vorstellte, würde er keinerlei Verdacht schöpfen. Ihr Vater mochte den Namen in seinem Brief an den Onkel erwähnt haben, aber dass es sich um seinen ältesten und nutzlosesten Diener handelte, hatte er ganz gewiss nicht zugegeben.

Ächzend kam die Kutsche zum Stehen und riss sie aus ihren Gedanken.

»Casalino!«, rief jemand, und der Schlag wurde aufgerissen. Christiana schaute hinaus und erblickte Thomas, der ihr eine Hand reichte. Sie stieg aus und sah sich um.

Der Wirt des kleinen Gasthauses stand auf der Treppe und begrüßte die Reisenden mit einem berechnenden Lächeln. Hinter ihm traten vier kräftige Männer aus der Tür, die sich fast aufs Haar glichen, und musterten die Ankömmlinge mit kühlen Blicken. Einer der vier stieß seinen Nachbarn an und deutete mit dem Kinn in ihre Richtung.

»Thomas, lass meine Truhe abladen und auf ein Zimmer bringen, und –«

»Du hast nur eine Truhe?« Der größte der vier Männer war näher gekommen und sah sie mit unverhohlener Neugier aus seinen leuchtend blauen Augen an. Er überragte sie um mehr als einen Kopf, und sein Körper bestand aus dem größten Berg Muskeln, den sie je gesehen hatte. Sein kantiges Gesicht, das von hellbraunem Haar umrahmt war, unterstrich seine kraftvolle Erscheinung. Offensichtlich verbrachte er die meiste Zeit im Freien, denn seine Haut war tiefbraun.

Thomas stellte sich augenblicklich schützend vor sie und baute sich zu seiner vollen Größe auf, doch gegen den riesigen Mann wirkte der Junge wie der kleingewachsene Narr ihres Vaters.

»Ist schon gut«, flüsterte sie ihm leise zu und wandte sich dann an den Mann. »Mit wem habe ich das Vergnügen?«

»Ich bin John«, antwortete er mit einem starken englischen Akzent. »Meine Brüder und ich werden dich nach Eden bringen.«

Christiana war nicht entgangen, dass er die Unverfrorenheit besaß, sie schon zum zweiten Mal mit Du anzusprechen, doch eingeschüchtert von seiner Größe ging sie darüber hinweg. Vielleicht wusste er es auch nicht besser.

»Ah, welch ausgesuchte Höflichkeit«, kommentierte sie seinen Ausrutscher mit gespielter Gelassenheit. »Dann werde ich also morgen mit Euch kommen.«

»Wir brechen sofort auf«, gab er ungerührt zurück. »Wir haben schon zwei Wochen verloren.«

Hatte er ihr gerade einen Befehl erteilt? Angesichts der Dreistigkeit dieses Mannes erwachte Christianas Kampfgeist.

»Ich werde nirgendwohin aufbrechen, ohne mich ausgeruht und gestärkt zu haben. Du kannst dich in der Zeit um mein Gepäck kümmern. Bring es in meine Kammer!«, befahl sie mit einer Stimme, die keinen Widerspruch duldete. Sie bedeutete Thomas, ihr zu folgen, und ließ den verdutzten John mitsamt seinen drei grinsenden Brüdern im Hof stehen.

Während die Gattin des Wirtes sie in die Kammer führte, die für die Nacht für sie hergerichtet worden war, vernahm sie ein lautes Poltern auf der Treppe. John erschien mit hochrotem Gesicht in der Tür, setzte ihre Truhe mit einem lauten Knall ab und funkelte sie wütend an.

»Du kommst sofort mit!«, rief er so laut, dass jeder im Umkreis von einer Meile ihn hören musste. Ängstlich drückte sich die Wirtin an ihm vorbei und floh in den Gang.

Christiana warf dem Riesen einen belustigten Blick zu, der ihn gewiss noch wütender gemacht hätte, wäre er in der Lage gewesen, durch ihren Schleier hindurchzublicken. Ihr Verhalten musste ihn reichlich verwirrt haben, denn wenn er noch an diesem Tag abreisen wollte, warum hatte er dann ihr Gepäck nach oben geschafft?

»Jack, wir haben uns gründlich missverstanden«, begann sie geduldig, so als würde sie mit einem kleinen Kind sprechen.

»John!«, berichtigte er sie verärgert.

»Also gut, James –«

*»John!«*

Es bereitete ihr nahezu sündhaftes Vergnügen, den Mann aus der Fassung zu bringen. Mit seiner groben Art erinnerte er sie ein wenig an ihren Vater, doch ihr Instinkt sagte ihr, dass er im Grunde ein gutmütiger Kerl war. Ein kräftiger Bär, dem die Zähne und Krallen fehlen, dachte sie amüsiert.

»Ich bin seit heute früh unterwegs und daher recht müde. Ich möchte jetzt etwas essen und mich dann erholen. Und dein dreistes, in höchstem Maße beleidigendes Verhalten gegenüber jemandem meines Ranges wird mich in keiner Weise dazu bewegen, diese Kammer heute Abend noch zu verlassen. Morgen früh werde ich vielleicht bereit sein, mich von dir und deinen Brüdern nach Eden begleiten zu lassen – vorausgesetzt, du benimmst dich deinem Stand entsprechend. Und jetzt wünsche ich, nicht weiter von dir behelligt zu werden, Jim!« Damit schob sie ihn durch die Tür und schlug sie ihm vor der Nase zu.

Sein lautes Fluchen drang von draußen herein, und Christiana unterdrückte nur mühsam ihr Lachen.

»Ist die immer so?«, hörte sie ihn fragen. »Antworte, Junge! – Hörst du schlecht? Ich sagte, antworte mir!«

Christiana ahnte, wen er gerade mit seinem Gebrüll erschreckte, doch John würde bei Thomas lange auf eine Antwort warten müssen. Sie öffnete schnell die Tür und zog ihren Diener ins Zimmer. Dann ließ sie die Tür geräuschvoll gegen den Pfosten krachen und schob schließlich den Riegel vor.

»Mein neues Leben fängt ja gut an«, murmelte sie. Leise lachend streifte sie ihre Handschuhe ab. »Was hältst du von unserem neuen Weggefährten, Thomas?«

Der Junge verzog seinen Mund zu einem schiefen Lächeln, sodass seine Zahnlücke aufblitzte, und stellte das voll beladene Tablett, das er auf den Händen balancierte, auf dem winzigen Tisch unter dem Fenster ab.

»Danke, Thomas«, sagte sie, doch als er Anstalten machte, sich zurückzuziehen, fügte sie hinzu: »Bleib doch! Es ist genug für uns beide da. Und wer weiß, was John anstellt, wenn er dich noch einmal zu fassen kriegt.«

Thomas zögerte einen Moment lang, doch dann stellte er sich hinter einen der beiden Stühle am Tisch und wartete.

Zu spät bemerkte Christiana, dass sie sich selbst eine Falle gestellt hatte. Die ganzen Wochen über, die sie sich nun kannten, hatte sie es vermieden, sich ohne Schleier vor Thomas zu zeigen, doch durch den Zusammenprall mit dem raubeinigen John war sie nun einen Augenblick lang unvorsichtig gewesen.

Aber es gab kein Zurück mehr! Früher oder später würde er ohnehin das zu Gesicht bekommen, was sie zu verstecken versuchte. Warum also nicht jetzt?

Mit eiskalten Fingern schlug sie ihren Schleier zurück, drehte sich langsam zu dem Jungen um und hielt den Atem an.

Thomas musterte sie kurz, doch seine Miene verriet nicht im Geringsten, was er dachte. Dann richtete er seinen Blick wieder auf den Tisch.

Verblüfft starrte sie ihn an. Doch was hatte sie eigentlich erwartet?

Sie hatte angenommen, dass er so wie alle anderen reagieren würde, die sie zum ersten Mal sahen. In den Gesichtern der Menschen hatte sie in den Jahren vieles gelesen: Abscheu, Entsetzen, Angst und Verachtung. Und vor diesem ersten Moment fürchtete sie sich von Mal zu Mal mehr. Doch der Junge hatte sie wieder einmal überrascht.

Sie brauchte eine Weile, um die Übelkeit zu überwinden, die sie in Erwartung auf seine Reaktion überkommen hatte, doch dann trat sie zögernd näher und setzte sich.

Thomas ließ sich mit ihrer Erlaubnis auf dem zweiten Stuhl nieder. Er ergriff den großen Holzlöffel, füllte die einzige Schale mit der köstlich duftenden Suppe aus dem kleinen Topf und stellte sie vor Christiana ab. Dann teilte er das Brot und reichte ihr das größere Stück. Sie nahm es und schenkte ihm zögernd ein scheues Lächeln.

Er lächelte zurück.

Sie waren grün. Moosgrün.

Zum ersten Mal hatte er ihre Augen gesehen!

Er hatte immer geahnt, dass sie ihr Gesicht nicht verbarg, weil sie in Trauer war. Ja, er war sogar überzeugt davon, dass es einen anderen Grund gab, und jetzt hatte er Gewissheit.

Völlig berauscht von dem Vertrauen, das sie ihm entgegenbrachte, indem sie dieses Geheimnis mit ihm teilte, saß er ihr gegenüber und betrachtete sie verstohlen. Er sog ihre Erscheinung geradezu in sich auf und verstand plötzlich, weshalb sie seine Gedanken und Träume beherrscht hatte. Auf unerklärliche Weise musste er tief in seinem Inneren eine enge Verbundenheit mit ihr gespürt haben.

Sie war wie er! Auch sie hatte körperliches Leid erfahren.

Schon bevor sie ihren Schleier lüftete, hatte er an ihrer verkrampften Haltung gemerkt, dass nun etwas Außergewöhnliches geschehen würde. Und sein Instinkt hatte ihn nicht getrogen. Auf alles gefasst wartete er darauf, dass sie sich zu ihm umwandte. Ihre zitternden Hände und ihr unruhiger Blick verrieten ihre Angst, doch er starrte nur atemlos in ihre unglaublich grünen Augen.

Um sich ihres Vertrauens würdig zu erweisen, ließ er sich nicht anmerken, dass er innerlich zutiefst bewegt war. Doch aus Furcht, sie könnte dennoch seine Gefühle in seinen Augen lesen und missverstehen, senkte er schnell den Blick.

Sie beide brauchten eine Weile, um ihre Fassung wiederzugewinnen, aber jetzt saß seine Herrin sichtlich entspannter am Tisch und löffelte die Suppe. Ein breiter Schlitz in der eng anliegenden Maske, die ihren ganzen Kopf und den Hals bedeckte, gab ihren Mund frei. Die schmalen Lippen, aus denen vor ein paar Augenblicken jegliche Farbe gewichen war, leuchteten nun in einem zarten Rosa. Auch für die Augen und die Nasenspitze war eine Öffnung in das feine Material geschnitten worden. Die wunderschönen, strahlenden Augen hielt seine Herrin fest auf die Suppenschale gerichtet, sodass ihre langen schwarzen Wimpern Schatten auf den weißen Stoff warfen.

Plötzlich sah sie auf, und ihre Blicke trafen sich.

Sie musste die Gedanken in seinen Augen gelesen haben, denn sie schluckte hörbar.

Christiana rutschte nervös auf dem Stuhl hin und her und überlegte, ob sie Thomas noch weiter in ihr wohl gehütetes Geheimnis einweihen sollte.

Die Vertrautheit, die in den vergangenen Wochen zwischen ihnen entstanden war, siegte, und Christiana begann stockend zu erzählen: »Es war ... es war eine Kerze. In dem Jahr, als ich fünfzehn wurde, schrieb ich eines Abends im Sommer einen Brief. Ich war für einen Moment unachtsam und muss dabei irgendwie die Flamme der Kerze gestreift haben, die auf meinem Tisch stand.« Zum Beweis hob sie ihre linke Hand, auf deren Rücken wulstige Narben die helle Haut verunstalteten. »Und plötzlich stand alles in Flammen – mein Haar, mein Gesicht, mein Arm, mein Kleid ...«

Heimgesucht von den qualvollen Erinnerungen brach sie ab und schaute Thomas hilflos an.

In seinem offenen Blick spiegelte sich tiefe Traurigkeit wider. Aber noch etwas erkannte sie in seinen braunen Augen, das sie mehr denn je in dem Glauben bestärkte, ihm vertrauen zu können. War ihr nicht einmal der Gedanke gekommen, er sei einer von Gottes Engeln? Hatte sie womöglich Recht?

Erleichtert und gleichsam verwundert schloss Christiana die Augen und bemühte sich, gegen die brennenden Tränen anzukämpfen, die sich unweigerlich ihren Weg bahnten. Für einen kurzen Moment glaubte sie, seine raue, vernarbte Hand über ihrer zu spüren, sodass nur die winzigen Härchen auf ihrem Handrücken Kontakt mit der Haut seiner Handfläche hatten und seine tröstliche Wärme auf sie übertrugen. Doch dann durchbrach ein leises Klopfen die Stille des Raums, und der Zauber des Augenblicks verflog.

Mit Bedauern zog sie ihren Schleier wieder vor ihr Gesicht und nickte Thomas zu, der daraufhin langsam zur Tür ging und sie öffnete.

»Lady Christiana, ich möchte Euch bitten, mich anzuhören.«

*Lady Christiana ...* Diese Anrede konnte nur von einem der vier englischen Brüder stammen.

Christiana schaute zur Tür und erblickte einen jungen Mann, der sich tief verneigte.

»Tretet ein«, sagte sie mit leicht bebender Stimme und winkte ihn heran.

Während sie versuchte, die Kontrolle über ihre Gefühle wiederzuerlangen, musterte sie den Mann eingehend. Er war kleiner als sein Bruder und nicht so kräftig, aber seine ebenso blauen Augen verrieten einen wachen Verstand, dem John vermutlich nichts entgegenzusetzen hatte.

»Ich bin Sir Anthony Haven, Johns jüngster Bruder«, stellte er sich vor.

Christiana streckte ihre rechte Hand aus, und er schien einen Moment lang unsicher, ob er ihre Hand küssen sollte oder ob sie ihm nur den Stuhl anbot.

Sie erlöste ihn, indem sie sagte: »Bitte setzt Euch, Sir Anthony.«

»Vielen Dank«, entgegnete er höflich und nahm auf dem Stuhl Platz, auf dem kurz zuvor Thomas gesessen hatte.

»Mylady«, begann er etwas zaghaft, wobei er sich nervös durch die schulterlangen, hellbraunen Haare fuhr. »Zuerst möchte ich mich bei Euch für das unverzeihliche Verhalten meines Bruders entschuldigen. Er war äußerst unhöflich, aber ich versichere Euch: Er ist durch und durch gutmütig und anständig.«

Christiana nickte flüchtig, konnte sich jedoch hinter ihrem Schleier ein Lächeln nicht verkneifen. Immerhin war sie an seinem Ausbruch bei ihrer zweiten Begegnung nicht ganz unschuldig.

»Ich bin jedoch nicht nur aus diesem Grund zu Euch gekommen. Ich habe Euch aufgesucht, um Euch zu bitten, Euren Entschluss noch einmal zu überdenken«, fuhr Sir Anthony mit seiner wohlklingenden Stimme fort.

»Warum?«, fragte Christiana und bemerkte, dass Thomas den Mann von der Tür aus aufmerksam beobachtete, so als würde er jederzeit erwarten, dass er auf sie losging.

»Wie mein Bruder schon erwähnte,« – Sir Anthony verzog seinen schön geformten Mund zu einem entschuldigenden Grinsen – »wäre es von Vorteil, wenn wir so schnell wie möglich aufbrechen. Unser Schiff liegt nun schon über zwei Wochen an der Küste vor Anker, und in diesen unruhigen Zeiten ist das nicht ungefährlich.«

Ein Schiff? Nicht dass es Christiana beunruhigte, über das Meer zu segeln, aber sie hatte angenommen, dass sie nur noch ein oder zwei Tage vom Besitz ihres Onkels entfernt waren.

Erst jetzt wurde ihr bewusst, dass ihr Vater gar nicht erwähnt hatte, wo genau Eden eigentlich lag. Alles, was er ihr mitgeteilt hatte, war, dass sie in einem Gasthaus in Casalino auf die Diener ihres Onkels treffen würde, die sie sicher nach Eden bringen würden. Doch nie zuvor war jemand aus ihrer Familie dort gewesen.

Aus den zahlreichen Briefen, die ihre Mutter von ihrer zehn Jahre älteren Schwester erhalten hatte, wusste sie nur, dass Marlena nach dem frühen Tod ihres ersten Mannes einen Herzog geheiratet hatte und nun auf seinem Herrensitz lebte. Die Briefe, die Christiana im Auftrag ihrer kranken Mutter schrieb, waren stets an die Herzogin von Eden in Casalino adressiert gewesen. Die Erkenntnis, dass Eden offensichtlich nicht in dieser Gegend lag, vertrieb Christianas Müdigkeit und weckte ihre Neugierde.

»Wie lange brauchen wir denn mit dem Schiff, um nach Eden zu gelangen?«, erkundigte sie sich bei Sir Anthony.

Der junge Mann schien rasch die Entfernung und die Geschwindigkeit des Schiffes zu berechnen und antwortete dann: »Wenn der Wind günstig steht, etwa drei Wochen.«

Jesus Christus, drei Wochen! Befand sich dieser unbekannte Ort überhaupt noch auf Gottes Erde?

»Lady Christiana, ich bitte Euch inständig darum, noch heute mit uns abzureisen«, bat Sir Anthony erneut und fügte mit einem viel versprechenden Lächeln hinzu: »Je früher wir aufbrechen, desto eher sind wir zu Hause.«

Christiana beschlich das seltsame Gefühl, dass er ihr etwas verschwieg, und ließ ihn absichtlich länger als nötig auf ihre Antwort warten. Währenddessen forschte sie in seinem Gesicht nach dem wahren Grund für die Eile – leider ohne Erfolg. Doch sie wollte dem gut aussehenden, charmanten Mann mit den tadellosen Manieren die Bitte nicht abschlagen.

»In einer Stunde werde ich bereit sein, mit Euch zu gehen«, erwiderte sie schließlich.

Erleichtert erhob sich Sir Anthony und verneigte sich tief. »Meinen aufrichtigsten Dank, Mylady. Ich stehe fortan in Eurer Schuld.« Er richtete sich wieder auf und lächelte sie freundlich an. »Wünschen Mylady, in einer Kutsche zu reisen, oder soll ich ein Pferd für Euch satteln lassen?«

Bei dieser unerwarteten Frage entwich ihr ein kleiner Seufzer der Freude.

Gott allein wusste, wie sehr sie sich in der Enge der unbequemen Kutschen danach gesehnt hatte, endlich wieder hoch zu Ross über die Felder zu galoppieren. Und jetzt, da sich ihr Körper von den Misshandlungen des Grafen erholt hatte und sich ihr Geist der Herausforderung stellte, den Jungen auszubilden, spürte sie eine neue, unbändige Energie in sich.

»Ein Pferd! O Sir Anthony, das wäre wunderbar«, entfuhr es ihr. Doch angesichts des Funkelns in seinen Augen besann sie sich ihrer guten Erziehung und fügte mit beherrschter Stimme hinzu: »Ich ziehe es vor zu reiten.«

»Euer Wunsch ist mir Befehl, Mylady«, antwortete Sir Anthony galant. Dann warf er einen kurzen, abschätzenden Blick auf Thomas. »Wenn es Euch recht ist, schicke ich sofort jemanden herauf, der sich um den Transport Eurer Truhe kümmert, damit der langsame Karren einen Vorsprung bekommt. So Gott will, erreichen wir gleichzeitig das Schiff und verlieren keine Zeit mit nutzlosem Warten.«

»Tut, was Ihr für nötig erachtet, Sir Anthony.«

Mit einer leichten Handbewegung entließ sie ihn und wandte sich wieder ihrer Suppe zu. Doch sobald er durch die Tür verschwunden war, schaute sie ihm nachdenklich hinterher.

Irgendetwas stimmte hier nicht! Es war lediglich eine Ahnung, aber ihr Gespür für die Wahrheit hatte sie in der Vergangenheit nur ein einziges Mal getrogen.

»Thomas, ich fürchte, unser Abenteuer hat gerade erst begonnen«, sagte sie schließlich und machte sich daran, den Rest der bereits kalten Suppe zu vertilgen.

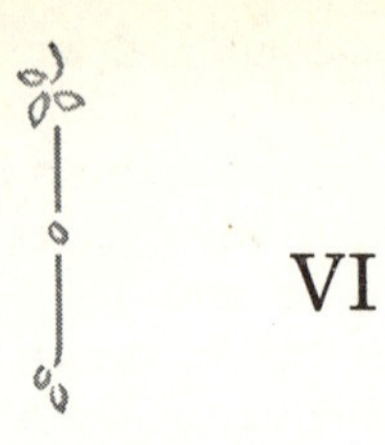

# VI

Eine kräftige Brise blähte die großen dreieckigen Lateinersegel des Schiffes auf und ließ den schlanken Körper der Karavelle schnell durch die hohen Wellen gleiten. Wie ein Gespenst aus den uralten Geschichten der Seefahrer zeichnete sich die schwarze Silhouette einer Frau scharf gegen den grauen Himmel ab.

Christiana stand mit wehenden Gewändern auf dem Achterdeck und versuchte, sich auf dem schwankenden Schiff aufrecht zu halten. Den Umhang hatte sie am Hals über ihrem Schleier befestigt, damit ihr Geheimnis auch weiterhin wohl behütet blieb. Sie beobachtete die Männer an Deck, und zum wiederholten Male fragte sie sich, wonach sie seit einer halben Stunde so aufgeregt Ausschau hielten. Angestrengt starrte sie in dieselbe Richtung wie die Seemänner, doch sie konnte beim besten Willen nichts erkennen. Ob es nun an ihrem Schleier oder an der dichten Nebelwand lag, die sich drohend vor dem Dreimaster erhob, vermochte sie nicht zu sagen.

»Gleich sind wir zu Hause, Mylady. Die Schönheit der Landschaft wird Euch den Atem rauben, Ihr werdet schon sehen.«

Erschrocken fuhr sie herum und erblickte Sir Anthony, der sich unbemerkt zu ihr gesellt hatte. Er grinste verschmitzt, und das unglaubliche Blau seiner Augen strahlte in diesem Moment sogar stärker als gewöhnlich. Seine Freude über die Rückkehr nach Eden stand ihm deutlich ins Gesicht geschrieben. Sie selbst jedoch empfand nur nackte Angst vor dem, was sie erwartete.

Bis auf die ersten achtzehn Monate, die sie als Kind in einem Kloster verbracht hatte, war sie in den zweiundzwanzig Jahren ihres Lebens nie zuvor lange von Rossewitz und ihrer Familie getrennt gewesen.

Schon kurz nachdem sie den Stammsitz ihrer Familie für immer verlassen hatte, wurde sie daher von schrecklichem Heimweh geplagt. Sie sehnte sich nach dem Apfelhain, dessen Bäume nun schon kleine Früchte trugen, und sie vermisste ihre Amme Berta, die alte Kräuterfrau, ja, selbst Maria. Doch vor allem fehlten ihr ihre Mutter und ihre kleinen Schwestern. Sie wusste, dass sie nicht gut genug darin gewesen war, ihnen neben all der anderen Arbeit, die die Aufsicht über einen großen Haushalt mit sich brachte, die Mutter zu ersetzen, doch sie hatte sich immer bemüht.

In den ersten Tagen nach dem Tod ihres Bruders weinte sie sich oft nachts in den Schlaf, weil sie den ganzen Tag über verzweifelt versucht hatte, alle Aufgaben zu meistern, die ihr durch die Unpässlichkeit der Gräfin stillschweigend aufgebürdet worden waren. Doch das Gesinde fürchtete sie wegen ihres Aussehens und den immer wieder aufkommenden Gerüchten über eine dunkle Macht, die von ihr Besitz ergriffen hatte. Ihre geliebte Mutter war in einer Welt gefangen, zu der sie keinen Zutritt fand, und ihre Schwestern brauchten trotz der Ammen und Zofen eine starke Hand, die sie vor Gefahren beschützte, und die Weisheit einer Mutter, um sie auf dem Pfad der Tugend zu leiten. Aber wie sollte sie das alles meistern – ein unerfahrenes, sechzehnjähriges Mädchen, selbst fast noch ein Kind und erst kürzlich von einem schweren Schicksalsschlag getroffen, der sie an ein nahezu unerfüllbares Versprechen band?

Zwei schier endlose Wochen lang drohte sie an dieser schweren Prüfung zu zerbrechen. Doch dann schaffte sie es, Frieden mit ihrem Schicksal zu schließen, und fügte sich in ihre neue Rolle.

Der Weg, den sie mit Gottes Hilfe und der Unterstützung ihrer engsten Vertrauten – der Amme Berta und der Kräuterfrau aus dem Wald – fand, führte zwar an einem gefährlichen Abgrund entlang, doch sie lernte schnell, mit der Gefahr zu leben, und mit jeder scheinbar unüberwindbaren Hürde wurde sie ein bisschen erwachsener.

Schnell hatte sie sich eine Handvoll tüchtiger Bediensteter herausgepickt, die sich von ihrem Aussehen nicht abschrecken ließen. Jene Männer und Frauen gaben fortan ihre Anweisungen an das Gesinde weiter, und binnen kurzer Zeit lief alles wieder in geregelten Bahnen, so wie es unter der Führung der Gräfin gewesen war.

Mit der Zeit gelang es Christiana, hin und wieder zu ihrer Mutter vorzudringen und sie sogar aus ihrem kleinen Reich herauszulocken. Doch ihren Schwestern konnte sie nie all die Liebe und Aufmerksamkeit schenken, die sie selbst als Kind von ihrer Mutter erhalten hatte, und sie schämte sich für ihr Versagen. Sie fühlte sich auch dafür verantwortlich, dass Marianna, die Zweitälteste, ihren Vater nahezu vergötterte und sich von ihm bis zur Willenlosigkeit beeinflussen ließ.

Eine Frau hatte zu gehorchen – getreu dieser Grundregel ihrer Erziehung hatte sie selbst stets versucht zu handeln, auch wenn ihre Fehlbarkeit so manches Mal Gottes Zorn auf sich gezogen haben musste. Der Gehorsam hatte jedoch seine Grenzen, denn eine Frau mit Würde und Stolz durfte niemals hörig sein.

Doch sie hatte es nicht geschafft, Marianna vor diesem Schicksal zu bewahren, und nun war es zu spät. Sie hatte all ihren Einfluss auf ihre Liebsten verloren.

Der Tod der Gräfin und des Babys waren nur die ersten Vorboten einer Veränderung, deren Folgen sie nun ins Gesicht sehen musste.

Gott allein wusste, dass sie in dem Kloster ihrer Tante besser aufgehoben gewesen wäre. Sie hätte in völliger Abgeschiedenheit endlich so leben können, wie sie es sich seit der schicksalhaften Nacht sieben Jahre zuvor, in der all ihre Zukunftsträume zerstört worden waren, gewünscht und dem HERRN versprochen hatte. Aber ihr Vater machte selbst diese letzte Zuflucht zunichte, indem er sie zu einer Fremden ans Ende der Welt schickte.

Doch warum sollte sie sich vor dem Unbekanten fürchten? Hatte sie nicht schon einmal vor den Scherben ihres Lebens gestanden und sie wieder zu einem zwar zerbrechlichen, aber dennoch kostbaren Gut zusammengefügt? Bestand in großen Veränderungen nicht auch die Möglichkeit zur Verbesserung? Vielleicht war es ja ihre Bestimmung, ihrer Tante beizustehen und ihr eigenes zerstörtes Leben für deren Glück zu opfern. Und wenn die Herzogin nur halb so liebenswert war wie ihre Schwester, dann musste sie doch froh sein, dieses Mitglied ihrer Familie endlich kennen lernen zu dürfen!

*Rede dir nur ein, dass es dir reicht, anderen eine Stütze zu sein!*, verspottete sie die Stimme ihres Verstandes. *Wir beide wissen doch, dass du dir noch immer das ersehnst, was alle haben können, nur du nicht: einen Mann, der dich achtet, und Kinder! Aber du vergisst bei deiner Träumerei, dass du immer eine Ausgestoßene sein wirst, egal, wohin es dich verschlägt!*

Christiana schüttelte den Kopf und zwang sich, keinen Gedanken mehr an die unwillkommene, aber unbestreitbare Tatsache zu verschwenden, dass die warnende Stimme Recht hatte. Mit aller Macht konzentrierte sie sich wieder auf das Geschehen auf dem Schiff. Doch als sie sich erneut dem Bug zuwandte, bemerkte sie, dass er mitsamt dem ersten Mast im Dunst verschwunden war. Entsetzt hielt sie die Luft an.

Sie verstand nichts von der Seefahrt, aber unter vollen Segeln in einen dichten Nebelvorhang zu fahren, zumal Land dahinter lag, erschien ihr mehr als gefährlich.

Bitte lass John wissen, was er tut!, betete sie stumm.

Das einzige Mal, das sie jemals zuvor ein Schiff betreten hatte, war an dem Tag gewesen, als sie dem Mann, den sie heiraten sollte, zum ersten Mal begegnete. Die stolze Galeone im Hafen von Stralsund lag sanft schaukelnd im Wasser, das in der Sonne wie Silber glitzerte. Christiana war so gespannt auf den jungen Mann, den der Graf für sie ausgewählt hatte, dass sie kaum etwas von dem köstlichen Mahl, das ihr und ihren Eltern in der Kajüte des Kapitäns bereitet worden war, essen mochte. Und dann stand er plötzlich in der Tür und übertraf all ihre Erwartungen!

Dieser strahlende Sommertag war so schön und zugleich so aufregend, dass sie sich nicht nur einmal wünschte, mit diesem gut aussehenden, dunkelhaarigen Mann mit seinen funkelnden Augen auf dem großen Dreimaster einfach davonzusegeln. Was konnte schöner sein, als mit einem schnellen Schiff und dem Mann, dem sie versprochen war – der einfach perfekt für sie schien –, die Meere zu befahren?

Doch keiner ihrer kindlich naiven Träume hatte sie auf die Erfahrungen vorbereitet, die sie auf der *Gloria*, dem Schiff ihres Onkels, erleben sollte …

Mehr als drei Wochen waren seit dem Tag vergangen, an dem sie zugestimmt hatte, mit den vier Engländern das Gasthaus in Casalino zu verlassen.

Erschöpft, aber guter Dinge hatten sie die Küste am Abend des nächsten Tages erreicht, nur wenige Minuten nach dem Karren mit ihrer Truhe, dessen Kutscher nur zum Wechseln der Pferde angehalten hatte. Es war ein harter Ritt gewesen, doch die Pferde waren ausgezeichnet und besaßen genügend Ausdauer, sodass sie bis auf die kurze Nachtruhe in einem kleinen, abgelegenen Wirtshaus nur wenige Male gezwungen waren, den Tieren eine ausgiebige Verschnaufpause zu gönnen. Für eine geübte Reiterin wie Christiana war es keine Herausforderung, mit dem halsbrecherischen Tempo der vier Brüder mitzuhalten, doch sie machte sich große Sorgen, ob Thomas mit seiner widerspenstigen Stute zurechtkommen würde. Mit Argusaugen hatte sie beobachtet, wie er sich vorsichtig dem nervösen Tier näherte und sich nach einigen flüchtigen Berührungen unsicher in den Sattel schwang. Das Pferd spürte wohl, dass es einen unerfahrenen Reiter trug, und stieg mehrere Male auf. Nach einem kurzen, aber erbitterten Kampf bekam Thomas die kräftige Braune jedoch unter Kontrolle. In den folgenden Stunden wurden die beiden sogar richtig gute Freunde, und es fiel Thomas daher sichtlich schwer, sich von dem Tier zu trennen.

Zärtlich tätschelte er ihm zum Abschied den Hals, und Christiana war beinahe versucht, den Kapitän zu bitten, das Pferd mitzunehmen. Aber als sie die Begrüßungsrufe vernahm, die der Wind von den Männern an Bord zum Strand hinübertrug, verwarf sie diesen Gedanken sofort wieder, denn der Kapitän der *Gloria* war niemand anderes als John, und einen weiteren Zusammenstoß mit diesem mürrischen Riesen wollte sie zumindest während der Reise vermeiden. Doch im Stillen nahm sie sich fest vor, ihrem Schützling zukünftig mit gelegentlichen Ausritten eine kleine Freude zu bereiten.

Kurze Zeit später setzten sie mit einem winzigen Ruderboot zum Schiff über. Zwei Männer trugen ihre Truhe und führten sie in eine kleine Kajüte, die sie fortan bewohnen sollte.

Der Raum war nur mit einem Bett, einem Stuhl und einem an der Wand befestigten Tisch ausgestattet, doch die Möbelstücke und Bilder, die goldenen Laternenhalter an den Wänden und das Geschirr, auf dem ihr das Abendessen serviert wurde, waren kostbarer als alles, was sie je auf Rossewitz gesehen hatte. Weiche, mit teuren, leuchtenden Stoffen bezogene Kissen und große, frisch gelüftete Pelzdecken waren sorgfältig auf dem Bett arrangiert. Offensichtlich hatte sich jemand große Mühe gegeben, ihr die Reise so angenehm wie möglich zu gestalten.

Sir Anthony klopfte nach einer Weile an ihre Tür und wollte wissen, ob er etwas für sie tun könne. Doch Christiana war mit ihrer Umgebung mehr als zufrieden, sodass sie ihn sogleich wieder fortgeschickte.

Nach dem köstlichen Mahl und ein paar erholsamen Augenblicken ganz für sich allein ging sie an Deck und stieg über eine breite Treppe zum Achterdeck hinauf, von dem aus John seinen Männern Befehle zuschrie, die sie nicht verstand.

Da sie schon so viel Zeit verloren hatten, machten die Seemänner das Schiff in aller Eile zum Auslaufen bereit, und mit der nächsten Brise begann ihre Reise.

Fasziniert beobachtete Christiana John, der sich hier auf dem Schiff plötzlich in einen stolzen und anscheinend überaus geachteten Kapitän verwandelte. Sie hielt sich ein Stück abseits und sah dabei zu, wie er das Schiff aus der kleinen Bucht auf das offene Meer hinausmanövrierte. Jeder Handgriff der Männer zeugte von jahrelanger Erfahrung, und in kürzester Zeit waren die Segel gesetzt, sodass der schlanke Dreimaster volle Fahrt Richtung Heimathafen machte.

Plötzlich tauchte Sir Anthony neben ihr auf. Ohne zu zögern bat sie ihn, ihr zu zeigen, wo die Mannschaft und Thomas schliefen, denn sie wollte sich unbedingt vergewissern, dass ihr Schützling auch gut untergebracht war. Obwohl Sir Anthony ihr versicherte, dass ihrem Diener ein angemessener Schlafplatz zugeteilt worden war, ließ sie sich nicht von ihrem ungewöhnlichen Vorhaben abbringen, und so begleitete der junge Mann sie in das Innere des Schiffs.

Wieder an Deck begann der Engländer später, ihr den Aufbau des Schiffes und die verschiedenen Vorzüge einer Karavelle zu erklären. Er führte sie über die verschiedenen Decks und wies sie auf die, wie er es nannte, Betakelung und die unterschiedlichen Knoten hin, mit denen die Seile, die von Segel und Mast nach unten führten, festgezurrt waren. Christiana genoss seine Gesellschaft und die geduldige Art, wie er ihre vielen Fragen beantwortete. Doch trotz des angenehmen Zeitvertreibs bemerkte sie ihren Schatten, der ihr von dem Moment an, als sie aus ihrer Kajüte getreten war, folgte.

Pflichtbewusst bewachte Thomas jeden ihrer Schritte. Mehrmals drehte sie sich zu ihm um und gab ihm eins der beinahe unmerklichen Zeichen, die sie benutzten, um sich auch ohne Worte zu verständigen.

Sie bedeutete ihm, dass er beruhigt gehen könne, dass ihr auf dem Schiff in Begleitung von Sir Anthony gewiss nichts geschehen würde, doch Thomas schüttelte jedes Mal störrisch den Kopf. Mit einem nachsichtigen Lächeln konzentrierte sie sich schließlich wieder auf Sir Anthony.

Als sie in jener ersten Nacht nach der üblichen halben Stunde, die sie kniend im stillen Einklang mit Gott verbrachte, in dem himmlisch weichen Bett lag, dachte sie lange über Sir Anthony nach. Er war ein hübscher, kluger Mann, der sich beinahe zu auffällig um ihr Wohlergehen sorgte und den ihr verhülltes Äußeres anscheinend kaum störte.

*Er hat noch nicht unter deinen Schleier gesehen!*, meldete sich die Stimme ihres Verstandes.

»Da ist nichts zu sehen!«

Die Stimme lachte.

»Ich weiß, ich kenne ihn noch nicht lange genug, aber ...« Christiana hielt für einen Moment inne. Sie musste sich eingestehen, dass sie den jungen Mann äußerst anziehend fand. Er strahlte eine große Selbstsicherheit aus, sodass es ihr nicht schwer fiel, sich vorzustellen, in seiner Nähe selbst ein Stückchen davon abzubekommen. Es ließ sie wieder hoffen und an das Glück glauben, das sie vor so langer Zeit verlassen hatte.

Natürlich würde sie niemals so leichtsinnig sein, zu diesem frühen Zeitpunkt eine wichtige Entscheidung zu treffen, die das Leben anderer und ihr eigenes betraf, doch der Gedanke, jemandem vertrauen zu können, von jemandem einfach so akzeptiert zu werden, war unendlich verlockend.

»Vielleicht kann Sir Anthony es verstehen. Vielleicht ... wenn ich ihm irgendwann alles erkläre und zeige ...«

*Vielleicht, vielleicht! Christiana, begreif endlich, dass du nicht darauf hoffen kannst! Du kannst niemandem vertrauen!*

»Aber es gibt jemanden, dem ich vertraue ... dem ich schon mehr erzählt habe, als ich es jemals zuvor wagte«, erwiderte Christiana verärgert. »Wenn er es akzeptieren kann, warum dann nicht auch Sir Anthony?«

*Thomas zählt nicht! Er ist noch ein Kind – und stumm. Er kann dir nicht gefährlich werden! Er denkt, er steht in deiner Schuld, weil du ihm geholfen hast, und das hält ihn davon ab, etwas von deinem Geheimnis zu verraten. Aber Sir Anthony ist ein Mann, der weder einen Grund noch eine Verpflichtung hat, dir gegenüber loyal zu sein. Hast du schon vergessen, wie solche Männer sind? Denk an deinen Vater und deinen Bruder! Und denk an Miguel!*

Miguel, der Mann, den sie hatte heiraten sollen ...

Christianas Augen füllten sich mit Tränen. Nein, sie würde nie vergessen, wie Männer waren, und sie würde nie wieder einem von ihnen wirklich vertrauen können!

Am nächsten Morgen konnte sie sich nicht mehr daran erinnern, wann der Schlaf sie trotz ihrer aufgewühlten Gefühle übermannt hatte, doch von dem Moment an, als sie ihre Augen aufschlug, blieb ihr auch gar keine Zeit mehr, sich darüber Gedanken zu machen. Das Schiff hob und senkte sich so stark, dass sie im Bett von einer Seite zur anderen geworfen wurde.

Nachdem sie zweimal vergeblich versucht hatte aufzustehen, kroch sie im Dunkeln auf allen Vieren zu dem kleinen Fenster, das sich in der hinteren Wand ihrer Kajüte befand. Sie zog sich an dem vorstehenden Rand hoch und warf einen Blick hinaus. Dort war alles so grau, dass man den Horizont nicht vom Meer unterscheiden konnte, und das Wasser der aufgepeitschten See klatschte mit voller Wucht gegen die schmale Scheibe. Im selben Moment verlor Christiana den Halt und wurde mit einem Ruck zu Boden geschleudert. Ihr Magen zog sich krampfhaft zusammen, doch um sich aufrichten zu können, musste sie auf die nächste Welle warten. Dann fischte sie nach dem Nachttopf, der unter dem Bett hin und her schlitterte, und übergab sich.

Schweißgebadet und durch die heftige Auf- und Abbewegung des Schiffes noch immer würgend, vernahm sie plötzlich ein lautes Klopfen.

»Es geht ... mir ... gut, Sir Anthony«, brachte sie mühsam hervor, doch das Klopfen erklang erneut, diesmal heftiger, so als schlüge jemand voller Wucht mit der Faust auf das Holz ein, um die Dringlichkeit seines Begehrens zu unterstreichen. Seufzend hob Christiana ihren Kopf und bedachte die Tür, die sie im Halbdunkel kaum ausmachen konnte, und den ungeduldigen Mann dahinter mit einem vernichtenden Blick. Konnte er sie in ihrem fürchterlichen Zustand nicht einfach in Ruhe lassen? Doch ihr Widerwille gegen seinen unpassenden Besuch schien ihn nicht zu erreichen, denn wieder verlangte er lautstark Einlass.

»Was in Gottes Namen wollt Ihr, Sir Anthony?«, rief sie verärgert, besann sich jedoch sogleich eines Besseren. Sie hatte dem jungen Engländer während einer kleinen Pause am Wegesrand etwas von sich und ihren heimlichen Lehrstunden bei der Kräuterfrau erzählt. Es war doch möglich, dass jemand bei diesem Sturm ernsthaft zu Schaden gekommen war und nun ihre Hilfe brauchte. Womöglich Thomas ... oder gar Sir Anthony selbst! Von einer seltsamen Unruhe erfasst, schickte sie sich an, trotz ihrer Übelkeit und der weichen Knie, die dieser Gedanke verursacht hatte, aufzustehen. Jetzt war kein Platz für verletzte Eitelkeit und Selbstmitleid, Eile war geboten!

Mit der nächsten Erschütterung des Schiffes gelang es ihr, sich aufs Bett zu setzen. Sie hüllte sich schnell in ihren Umhang und zog sich mit zitternden Fingern die Maske und den Schleier über den Kopf. Auf dem Weg zur Tür musste sie dem umherfliegenden Stuhl ausweichen, doch schließlich löste sie den Riegel. Genau in dem Moment erhob sich das Schiff wieder aus dem Wellental, und die schwere Tür schwang auf und prallte gegen ihren Arm. Erschrocken taumelte sie rückwärts, fiel erneut zu Boden und schlug mit dem Kopf hart auf der hölzernen Kante des Bettes auf. Für einen kurzen Augenblick wurde ihr schwarz vor Augen, doch als sich eine Hand unter ihren Kopf schob und ihr den Schleier vom Gesicht zog, kam sie wieder zu sich.

Thomas kniete neben ihr und versuchte vorsichtig, sie aufzurichten.

»Nachttopf ...«, krächzte sie atemlos und wurde wieder von dem Brechreiz übermannt.

Mit einer schnellen Bewegung ergriff Thomas das Gefäß und hielt es ihr vor das Gesicht.

Als sich Christianas Augen durch das heftige Würgen mit Tränen füllten, verschwammen seine Gesichtszüge und wurden zu einer grauen formlosen Masse.

Nach einer Weile beruhigte sich ihr Magen, und sie konnte Thomas endlich fragen, was denn geschehen sei. Doch es gab keinen Notfall und keinen Verletzten. Thomas hatte sich, übertrieben pflichtbewusst, wie er war, um ihr Wohlergehen gesorgt, und er war sichtlich bestürzt, dass sie sich seinetwegen verletzt hatte. Seine stummen Entschuldigungen wollten kein Ende nehmen, und in seinen Augen schimmerten Tränen, die Christiana sehr verwirrten. Noch nie hatte sie ihn so gesehen, nicht einmal damals, als er durch ihre Behandlung unter starken Schmerzen litt.

»Du kannst doch nichts dafür, Thomas«, erklärte sie ihm sanft. »Der Sturm ist schuld. Und bis auf einen kleinen blauen Fleck am Arm und eine winzige Beule am Kopf ist mir doch nichts geschehen.« Sie zwang sich zu einem Lächeln, obwohl ihr Magen schon wieder Purzelbäume schlug, und bemerkte erleichtert, wie er tapfer gegen die Tränen ankämpfte und seine Fassung allmählich wiedererlangte. Dann ließ sie sich von ihm ins Bett bringen.

Er packte den Stuhl, stellte ihn neben ihr Bett und setzte sich schnell, damit jener nicht mehr durch die Kajüte geschleudert wurde. Als sich Christiana kurze Zeit später erneut übergab, hielt er den Nachttopf in der einen Hand und stützte mit der anderen ihre Schulter.

Der Sturm dauerte zwei volle Tage, und Christiana ging es von Stunde zu Stunde schlechter. Der Junge saß Tag und Nacht geduldig an ihrem Bett und verließ die Kajüte nur, um den Topf zu leeren oder frisches Wasser und etwas zu essen zu holen. Immer wieder wischte er ihren Mund und ihre Hände mit einem nassen kalten Lappen ab. Er zwang sie, Brot, Stockfisch oder Schinken hinunterzuschlucken, und wenn ihr Magen rebellierte, hielt er ihr den Kopf.

Einmal unternahm er den Versuch, ihr die Maske behutsam vom Kopf zu ziehen, doch sie wehrte sich mit all ihrer noch verbliebenen Kraft. Von da an wagte er es nie mehr, sie von dem störenden Stück Stoff zu befreien. Stattdessen harrte er still bei ihr aus, um ihr jeden Wunsch von den Augen abzulesen. Mehrmals täglich tauchte Sir Anthony auf, doch Thomas versperrte ihm jedes Mal den Blick in die Kammer und verweigerte ihm mit einem energischen Kopfschütteln den Zutritt.

In den folgenden Tagen hatte Christiana kaum Gelegenheit, sich von dem ersten Sturm zu erholen, denn sie gerieten drei weitere Male in schwere See. Aber nach und nach ertrug sie das Auf und Ab des Schiffes besser, und beim letzten Unwetter ging sie sogar kurz an Deck, um die ungezügelte Kraft des Meeres mit eigenen Augen zu sehen.

Sie wagte sich, gestützt von Sir Anthonys kräftigem Arm und natürlich gefolgt von Thomas, auf das Achterdeck und beobachtete durch ihren Schleier hindurch die riesigen Wellen, die mit einem lauten Krachen auf das untere Deck schlugen und es für einen kurzen Moment vollkommen überfluteten.

Es war nicht von Bedeutung, dass sie danach bis auf die Haut durchnässt war, denn sie hatte das faszinierende Schauspiel der Kräfte der Natur zu ihrem eigenen Erstaunen durchaus genossen.

»Mylady, wenn Ihr so weitermacht, werdet Ihr noch ein echter Seemann!«

Mit diesen Worten verabschiedete sich Sir Anthony von ihr und entlockte ihr ein Lachen.

Doch jetzt, da sie auf den vorderen Teil der Karavelle starrte, der allmählich im Nebel versank, war sie sich nicht sicher, ob sie jemals wieder ein Schiff betreten, geschweige denn eine lange Reise mit einem solchen machen wollte. Sie hatte sich in den letzten Wochen so oft gewünscht, sie mögen endlich einen Hafen anlaufen, *irgendeinen* Hafen, dass es unmöglich war, die Wahrheit noch länger zu leugnen: Sie war für die Seefahrt nicht geschaffen.

Plötzlich zerriss der Nebelvorhang, und aus dem Nichts tauchte eine riesige Felswand vor ihnen auf. Entsetzt riss Christiana die Augen auf, sie klammerte sich an die Reling und betete, dass John rechtzeitig abdrehte und die alte Karavelle nicht zu ihrem Grab machte. Wie viele solcher Gebete hatte sie schon von diesem Schiff aus gen Himmel gesandt?

Doch der große Mann lächelte nur stumm vor sich hin, und die *Gloria* behielt beharrlich ihren Kurs bei.

Eine Grabesstille legte sich erstickend über das Schiff, die nur vom Ächzen der Masten und den Furcht erregenden Schreien der weißen Möwen durchbrochen wurde. Wie aasfressende Krähen kreisten die riesigen Vögel über ihnen.

Angesichts des immer näher kommenden Felsens krallten sich Christianas Fingernägel durch die Handschuhe hindurch in das Holz der Reling, und ihr Körper begann vor

Anspannung zu zittern. Sir Anthony trat näher und umschloss ihre verkrampften Hände mit seinen langen braunen Fingern. Sie waren warm, und Christiana spürte die Kraft, die von dem Mann ausging, aber es gelang ihm nicht, sie mit dieser tröstenden Geste zu besänftigen.

Doch dann spürte sie eine kurze, federleichte Berührung an ihrem Ellenbogen. Sie wandte ihren Kopf nach links und blickte in Thomas' besorgte Augen. Wie immer war er ihr gefolgt und stand nun schräg hinter ihr. Sie löste eine Hand aus Sir Anthonys festem Griff und gab vor, den Sitz ihres Schleiers zu überprüfen. Dann ließ sie sie sinken und bewegte kurz ihre Finger. Thomas verstand das Zeichen und machte fast unmerklich einen Schritt auf sie zu, sodass niemand sah, wie er ihre freie Hand ergriff.

Verzweifelt klammerte sich Christiana an seine schmale Hand. Sie wusste, dass dies eine höchst unschickliche Berührung war, und sie wäre zu jedem anderen Zeitpunkt niemals so weit gegangen, doch von allen Menschen auf der *Gloria* konnte er, der wie sie nicht wusste, was alles geschehen würde, als Einziger verstehen, welche Angst sie ausstand.

Obwohl sie Handschuhe trug, fühlte sie die Wärme seiner Haut. Sie atmete tief durch, und die Ruhe, die von dem Jungen ausging, breitete sich allmählich in ihrem Körper aus und mäßigte ihren rasenden Herzschlag. Ein paar Augenblicke später hörte sie auf zu zittern. Dankbar drückte sie die Hand des Jungen und ließ sie dann los. Sie blickte wieder auf den Felsen, der nun so nahe war, dass sie jede scharfe Kante des Kliffs mit bloßem Auge erkennen konnte. Ein Teil der Felswand wirkte besonders dunkel, und es hatte beinahe den Anschein, als ob er weiter entfernt lag als der übrige.

Christiana hielt den Atem an und richtete ihre Aufmerksamkeit auf John, der hinter dem großen, mit Gold beschlagenen Steuerrad stand. Kurz bevor das Schiff an der Felswand zerschellte, riss er das Steuer herum, und die *Gloria* änderte ihren Kurs mit der Wendigkeit einer Katze auf der Jagd.

Und dann sah sie es!

Wie durch einen fremdländischen Zauber, von dem sie in den Liedern der fahrenden Sänger im Schloss ihres Vaters gehört hatte, teilten sich die Felsen, und direkt vor ihnen lag eine atemberaubend schöne Bucht mit tiefblauem Wasser und weißen Stränden, soweit das Auge reichte.

Die *Gloria* segelte geschmeidig durch das Felsentor hindurch in das ruhige Wasser der Bucht, und John ließ sogleich die erschlafften Segel einholen.

Christiana zog ihre Hand unter Sir Anthonys Fingern hervor und sah sich sprachlos um.

In der Ferne erhoben sich mächtige Berge, deren schneebedeckte Spitzen im Schein der plötzlich durch die Wolkendecke dringenden Sonnenstrahlen wie geschliffene Edelsteine funkelten. Der Wald an den unteren Hängen war dicht und von einem leuchtenden Dunkelgrün. Ein paar Menschen standen winkend am Strand. Sie ließen Boote zu Wasser und machten sich gemächlich auf den Weg zum Schiff, um die Heimkehrer an Land zu holen. Ihre fröhlichen Rufe, die durch schrille Pfiffe und ausgelassenes Lachen der Seemänner erwidert wurden, hallten Christiana von den grauen Felsriesen entgegen. Ein lautes Rauschen ließ ihren Blick jedoch vom Strand zu den Klippen wandern, die sie gerade passiert hatten. Wo eben noch der Eingang zur Bucht zu sehen gewesen war, stand nun ein gewaltiges Riff, von dem ein tosender Wasserfall in die Tiefe stürzte und das Meer am Fuße des scharfkantigen Giganten zum Schäumen brachte.

»Anker werfen!«, schrie John, als die *Gloria* die Mitte der Bucht erreicht hatte, und Christiana löste sich von dem wundervollen Anblick.

Sie drehte sich zu Thomas um und erwiderte seinen ebenso erstaunten Gesichtsausdruck mit einem Nicken. Er schaute auf die Stelle ihres Schleiers, hinter der er ihre Augen vermutete, und ein rätselhaftes Lächeln erhellte für einen kurzen Augenblick seine Miene. Sie wollte ihn gerade fragen, was das zu bedeuteten hatte, als sie John auf sich zukommen sah. Schnell wandte sie sich dem Kapitän zu, der ihr offenbar etwas Wichtiges mitteilen wollte.

Als er vor ihr stehen blieb, verhallten seine polternden Schritte auf den dicken Holzplanken des Schiffes. Er verbeugte sich kurz, breitete dann seine massigen Arme aus, als wolle er die ganze Bucht umarmen, und lächelte sie mit einem befremdend freundlichen Ausdruck in den Augen an.

»Willkommen im Paradies!«

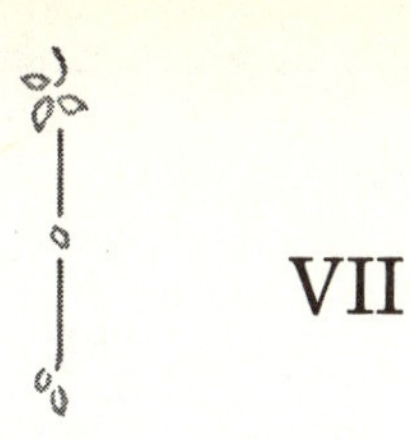

# VII

Der tiefe, vibrierende Ruf des Signalhorns hatte die Ankunft der *Gloria* bereits vor einer Stunde verkündet.

Die Bewohner der kleinen Stadt fanden sich allmählich auf dem breiten, gepflasterten Marktplatz mit dem riesigen hölzernen Podest in der Mitte ein und warteten gespannt auf das Eintreffen der Dame vom Festland. All ihre Hoffnungen waren auf die Frau gerichtet, die der Herzog nach Eden gerufen hatte. Sie würde – nein, sie *musste* es einfach schaffen, die Herzogin von ihrem trostlosen Zustand zu erlösen, in dem sie sich seit ihrem Reitunfall befand!

Diese junge Frau war die Antwort auf ihre verzweifelten Gebete.

»Sie hat sich viele Jahre lang um ihre kranke Mutter, die Schwester der Herzogin, gekümmert. Sie wird Lady Marlena bestimmt aus diesem verfluchten Gemach herauslocken«, erklärte die Frau des Schmieds der versammelten Menge, als ob sie mehr wüsste als alle anderen.

»Wie sie wohl aussehen mag?«, fragte ein junges, hübsches Mädchen und strich über den dicken blonden Zopf, der vor ihrer Brust bis auf den Oberschenkel hinunterhing.

»Man sagt, sie sein Ebenbild von Herzogin und ihrer Schwester Isabella«, erwiderte Eleana Karystos, eine der Ehrendamen der Herzogin geheimnisvoll. Sie hatte sich soeben zur Begrüßungszeremonie auf dem hölzernen Podest mitten auf dem Markplatz eingefunden. »Ein besonderes Schönheit, mit schwarzen Glanz in Haar und grüne Augen, die jeden Mann sofort vor sie auf Knie fallen lässt.«

Ein paar verheiratete Frauen drehten sich zu ihr um und bedachten sie mit einem Blick, der ihre Entschlossenheit zeigte, ihre Ehemänner mit allen Mitteln vor der drohenden Gefahr zu beschützen.

»Die Herzogin hat mir einmal erzählt, dass die junge Dame entstellt ist«, erwiderte Johanna, worauf sich alle Augenpaare neugierig auf sie richteten. »Ja! Sie soll kurz vor ihrer Hochzeit mit einem reichen Grafen einen Unfall gehabt haben, bei dem sie fürchterlich zugerichtet worden ist. Jetzt geht sie nur noch mit einem Schleier bedeckt aus dem Haus.«

Der drohende Ausdruck in den Augen der Ehefrauen, die eben noch bereit gewesen waren, um ihre Männer zu kämpfen, verwandelte sich in aufrichtiges Mitleid. Sie wussten alle, wie es sich anfühlte, vom Rest der Welt verstoßen zu sein.

»Dann wird sie umso besser zu uns passen. Sie wird unsere Art zu leben eher verstehen als eine unbekümmerte, schöne junge Frau«, entgegnete Philomena, die seit dem Unfall den Haushalt der Burg leitete. Wie zur Erinnerung an ihr eigenes Schicksal fuhr sie sich mit der Hand über die hässliche Narbe, die oberhalb ihrer rechten, leeren Augenhöhle begann und bis hinunter zu ihrem kantigen Kinn reichte.

»Sie kommen! Sie kommen!«, riefen zwei Jungen fröhlich im Chor, die sich mit ein paar anderen Kindern unbemerkt unter die wartende Menge geschlichen hatten, und liefen den Reitern aufgeregt entgegen.

Christiana zügelte ihr Pferd, und ihre weit aufgerissenen Augen zeigten ihr Erstaunen angesichts des Anblicks, der sich ihr bot. Der dichte Wald, durch den sie eine Stunde lang bergauf und bergab geritten waren, hatte sich plötzlich gelichtet und den Blick auf ein weites, sonnendurchflutetes Tal freigegeben, das von hohen Bergen umrahmt war. Noch nie hatte sie solch einen malerischen Ort gesehen!

Ein Fluss trennte die reich bewachsenen Felder und Weiden an den Hängen und am Fuße der Berge wie eine natürliche Grenze von der Stadt und schlängelte sich zwischen zwei großen Hügeln ins Hinterland. Die weißen Häuser der Stadt mit ihren leuchtend roten Dächern schmiegten sich anmutig in die grüne Talsenke. Alle Straßen waren gepflastert und führten in der Form eines Sterns zu einem großen, freien Platz in der Mitte, wo sich unzählige Menschen versammelt hatten. Die zwei breitesten Wege teilten die Stadt in vier gleich große Teile, die den Markplatz mit seinen kreisförmig angeordneten Gebäuden wie einen Ring umschlossen.

In jedem der Viertel beherrschte jeweils ein Gebäude das Bild. Im Osten am Fuße des Berges war es eine Kirche, deren viereckiger Glockenturm herrschaftlich in die Höhe ragte. Im gegenüberliegenden Teil stand ein mehrstöckiges Gebäude, dessen goldbedecktes Kuppeldach im Licht der Sonne funkelte. Seine vier schlanken Türme mit den spitzen Dächern wirkten wie die Stämme junger Birken, die sich dem Himmel entgegenstreckten. Das südlich gelegene Viertel war bestimmt von einem großen steinernen Bau im gotischen Stil, mit zwei viereckigen Türmen am Eingang und einem mit grauen Schindeln gedeckten Dach, aus dessen Mitte sich ein breiter achteckiger Turm erhob. Im letzten der vier Stadtteile lag ein Haus, das aus mehreren verschiedenen Flügeln bestand. Ihre Farbe und Bauart schienen nicht recht zusammenzupassen, einige waren in Rot und Gold gehalten und hatten spitze, geschwungene Dächer, die anderen dagegen wiesen rundliche, beinahe verspielte Formen auf.

Am Ende der langen Straße jedoch, auf der John und Christiana vorangeritten waren, erhob sich eine finstere Burg mit zwei vierstöckigen, runden Türmen aus dem grauen Fels des Berges und verschmolz mit ihm zu einer seltsamen, aber harmonischen Einheit.

Sir Anthony lenkte sein Pferd dicht an Christiana heran und beugte sich leicht zu ihr herüber.

»Eden ist nach dem jeweilig vorherrschenden Glauben aufgeteilt.« Er wies mit der Hand auf die Kirche. »Dort wohnen die Christen.« Dann zeigte er auf das Gebäude mit der goldenen Kuppel. »Das ist eine Moschee, die Kirche jener Menschen, die die Christen als Heiden auf ihren Kreuzzügen bekämpft haben.« Seine Hand wanderte zu dem Teil, in dessen Mitte das Haus mit dem achteckigen Turm stand. »Hier wohnen die Menschen mosaischen Glaubens, die auf den allerersten Kreuzzügen ebenfalls bekämpft wurden. – Und im letzten Stadtviertel wohnen all jene, die entweder einen Mann namens Buddha, gleich mehrere Götter oder gar keinen Gott verehren.«

»Eine Stadt, in der Menschen unterschiedlichen Glaubens friedlich nebeneinander wohnen? Das ist doch nicht möglich!«, stieß Christiana entsetzt aus. Noch nie hatte sie von einem derartigen Ort gehört. Wie konnten Christen und Heiden ohne aneinander zu geraten in *einem* Tal leben? Das musste doch unweigerlich in Sodom und Gomorrha enden.

»Auf Eden ist alles möglich«, erwiderte Sir Anthony mit einem geheimnisvollen Lächeln. »Ihr werdet es selbst erleben, Lady Christiana.«

»Papa! Papa, endlich bist du wieder da!« Die hohen Kinderstimmen rissen Christiana aus ihren wirren Gedanken. Zwei Jungen, der Größe nach zu urteilen etwa zehn oder elf Jahre alt, rannten auf John zu und hüpften wie wild um sein Pferd herum. Der große braune Hengst war das laute Geschrei und aufgeregte Gehüpfe anscheinend gewöhnt, denn er ließ sich nicht aus der Ruhe bringen, sondern neigte seinen mächtigen Kopf zu den Kindern hinunter und beschnupperte nach Futter suchend ihre Arme und Hände. John saß ab und packte seine Söhne am Kragen, um sie zur Ruhe zu bringen.

»Philip! Andy! Was ist denn das für ein Benehmen«, tadelte er sie laut, aber das Glänzen in seinen Augen verriet, dass er nicht wirklich böse auf sie war. »Was hat euch eure Mutter beigebracht?«

Die Jungen wandten sich Christiana zu und erstarrten. Wider Erwarten war sie von der Reaktion der Kinder überrascht. Unter all den Männern auf dem Schiff und am Strand hatte keiner sie angestarrt oder hinter ihrem Rücken getuschelt. Christiana war beinahe entfallen, wie ihre Erscheinung normalerweise auf Fremde wirkte. Doch jetzt wurde ihr schmerzlich bewusst, dass sie auf dem schwarzen

Zelter und in ihrem schwarzen Gewand für die Kinder wie ein Dämon aus ihren schlimmsten Albträumen aussehen musste.

Unbehaglich rutschte sie im Sattel hin und her, doch John bugsierte seine Kinder mit einem väterlichen Schubs kurzerhand zu ihr hinüber und bedeutete ihnen, sich zu verneigen. Beide Jungen legten eine Hand auf ihren linken Rippenbogen und verbeugten sich tief. »Willkommen auf Eden, Mylady.«

»Lady Christiana, das sind Philip und Andrew Haven, meine Söhne.« Der Stolz in Johns kraftvoller Stimme war nicht zu überhören.

Christiana sah auf die Köpfe der Kinder hinunter und sagte freundlich: »Es ist mir ein großes Vergnügen, eure Bekanntschaft zu machen. Wie alt bist du, Philip?«

Der größere Junge war sichtlich erleichtert, dass er trotz seines Fehlers ungestraft davonkam. Er blickte zu ihr auf und antwortete: »Ich bin sieben, Mylady. Mein Bruder ist fünf Jahre alt.«

Christiana schaute John ungläubig an. »Sie sind wahrlich groß für ihr Alter!«

John, der ihr seit ihrer Ankunft auf Eden mit dem unerwarteten Respekt eines Mannes niederen Standes gegenübertrat, grinste sie spitzbübisch an. »Alle Mitglieder der Havens sind recht groß, Mylady.«

Christiana dachte mit Bestürzung an die arme Frau, die diese Kinder zur Welt gebracht hatte. Sie war mehrmals bei der Geburt eines durchschnittlich großen Babys zugegen gewesen, und dabei hatten die Frauen vor Schmerzen fürchterlich geschrien. Wie konnte eine Frau nur die Kinder eines Haven gebären und es überleben?

*Mach dir darüber keine Gedanken. Du wirst sowieso nie in ihre Lage geraten!*

Christiana errötete heftig unter ihrem Schleier. Schon wieder hatte sie es zugelassen, dass ihre Gedanken zu einer Zukunft mit Sir Anthony gewandert waren. Seit sie ihn kennen gelernt hatte, war der liebenswürdige, höfliche Mann ihr förmlich unter die Haut gegangen. Trotz der vielen Einwände ihres Verstandes suchte sie seine Nähe, lachte über seine kleinen Scherze und ließ sich von ihm bereitwillig aufs Pferd helfen. Und wenn er ihr etwas erklärte, hing sie geradezu an seinen schönen vollen Lippen. Hatte sie sich etwa in Sir Anthony Haven verliebt? Fühlte sich so Liebe an?

Ihre Mutter hatte sie einmal davor gewarnt, vor ihren Gefühlen davonzulaufen, aber was blieb Christiana anderes übrig? Obwohl sie es sich in den letzten Tagen viel zu oft vorstellte, mit Sir Anthony eine Familie zu gründen, war es doch so unmöglich, wie Thomas zum Sprechen zu bringen! Niemals konnte das gelingen, das verbot schon allein ihr Standesunterschied.

»Mylady?«

Als Christiana die warmherzige Stimme neben sich vernahm, zuckte sie zusammen.

»Wie bitte?«, fragte sie verwirrt.

»Wir sollten nun weiterreiten, damit Ihr Euch vor dem Dinner ein wenig ausruhen könnt.«

»Ja, natürlich«, murmelte sie zustimmend. Doch sie wagte es nicht, Sir Anthony anzublicken, und so richtete sie ihre Augen stattdessen starr auf John, der mit seinen beiden Söhnen auf dem breiten Rücken des Hengstes bereits ein kleines Stück vorausgeritten war. Dann setzte sie ihren Zelter mit einem leichten Druck der Fersen in Bewegung.

Die beiden Frauen plapperten aufgeregt durcheinander und liefen in den Gemächern, die für die junge Dame vorbereitet worden waren, wie aufgescheuchte Hühner umher.

Christiana saß auf einem bequemen, weich gepolsterten Stuhl und musterte das bunte Treiben mit der unerschöpflichen Geduld eines weit gereisten Gastes.

Die ältere der beiden Edelfrauen war eine rundliche, hellblonde Frau mit einem üppigen Busen, den sie als Rammbock benutzte, um sich einen Weg durch die Menge der Mägde und Zofen zu bahnen, die Christianas Sachen auspackten, Kerzen in verschwenderischer Zahl entzündeten und den Badezuber mit heißem Wasser füllten. Sie hatte sich Christiana auf dem Marktplatz als Johanna, Freifrau von Waldenberg, vorgestellt und sie mit einem unergründlichen Blick aus ihren hellgrauen Augen bedacht.

Die andere Frau, eine schlanke, dunkelhaarige Schönheit, kaum älter als Christiana, hatte honigbraune Augen, die unablässig zwinkerten. Wegen ihres starken Akzents hatte Christiana dreimal nach ihrem Namen fragen müssen, bis Johanna ihn in verständlichem Deutsch wiederholte.

»Eleana Karystos, Prinzessin von Sikinos«, sagte sie mit einem schelmischen Grinsen. »Aber der Titel hat keine Bedeutung, denn Sikinos ist nur eine winzige Insel. Dort sind sämtliche Mädchen Prinzessinnen, weil sie alle denselben Vater haben.«

Verärgert verpasste Eleana ihr einen heftigen Stoß in die Rippen, woraufhin Johanna ihr Lachen hinter einem übertriebenen Hustenanfall zu verstecken versuchte.

Wäre Christiana nicht bereits von der Entdeckung völlig sprachlos gewesen, dass Menschen verschiedenen Glaubens in einer Stadt so friedlich zusammenwohnten, hätte dieses ungebührliche Verhalten der Damen auf einem öffentlichen Platz sie gewiss verstummen lassen.

Doch als sie ihren Blick wenig später über die freundlich dreinschauenden Stadtbewohner schweifen ließ, die sich auf dem Marktplatz versammelt hatten, stand sie kurz vor einer Ohnmacht.

Da standen Männer in bodenlangen Gewändern, deren Haut dunkelbraun, fast schwarz aussah, mit eigenartigen, punktförmigen Zeichnungen im Gesicht und einem Turm aus Stoff auf dem Kopf. Andere trugen dichte Bärte und längere Haare als die Frauen. Jene hatten zum Teil einen farbigen Punkt auf der Stirn, und ihre Hände waren mit seltsam verschlungenen Motiven bemalt. Andere waren klein und hatten merkwürdig schmale Augen, sodass es schwer zu erkennen war, ob sie nicht doch geschlossen waren. In der Menge entdeckte Christiana auch ungewöhnlich viele Männer und Frauen mit schweren Verletzungen. Es gab zahlreiche Einäugige, aber auch Blinde, Menschen mit tiefen Pockennarben, Kinder ohne Hände und Erwachsene, die sich auf Krücken stützten und nur ein Bein oder einen Arm hatten. Eine Vielzahl von Gesichtern war sogar von tiefen Brandnarben entstellt.

Sämtliche Stadtbewohner, die dort standen – wobei es sich zum größten Teil um Frauen, Kinder und alte Männer handelte –, waren jedoch einfach, aber überaus gut gekleidet, und bis auf die kleinsten Kinder trugen alle richtige Schuhe! An jedem Hals hingen dicke Ketten aus Gold, und besonders die jungen Mädchen trugen große glitzernde Ohrgehänge und breite, kostbare Armbänder, die bei jeder Bewegung ein leises Klirren von sich gaben.

Doch so freundlich die Menschen Christiana auch anfangs zulächelten, trat nach kurzer Zeit ein abschätzender, manchmal sogar fragender Ausdruck in ihre Gesichter, als ob sie sich etwas von ihr erhofften und nun bezweifelten, dass sie wirklich dazu in der Lage war.

Nicht zum ersten Mal an diesem Tag war Christiana froh darüber, sich hinter ihrem Schleier verstecken zu können, denn ob sie es zugeben wollte oder nicht: Diese fremden Menschen schüchterten sie ein, und ihre Erwartungen machten ihr Angst. Dieses unerklärliche Unbehagen lenkte sie sogar so sehr ab, dass sie sich kaum über die ungewöhnliche Begrüßung wunderte – auf einem öffentlichen Marktplatz und ohne hohe Würdenträger, die zweifellos am Hofe eines Herzogs zu finden waren, sondern lediglich durch zwei einfältige Ehrendamen der Herzogin.

Erleichtert ließ sie sich schließlich von Sir Anthony und John, der seine Söhne auf dem Platz zurückließ, zur Burg geleiten, wo sich die beiden höflich entschuldigten, um nach ihrer Familie zu sehen. Doch kurz bevor Sir Anthony sein Pferd wendete und über die heruntergelassene Zugbrücke in die Stadt galoppierte, beugte er sich einen Augenblick lang über ihre Hand und hauchte ihr einen Kuss auf den Handschuh.

Trotz all der widersprüchlichen Gefühle zauberte die Erinnerung daran ein zufriedenes Lächeln auf Christianas

Gesicht. Den beiden Frauen, die vor ihr standen, blieb es jedoch verborgen.

»Christiana, nach Eurem Bad würden wir gern mit Euch sprechen«, sagte Johanna. Das Gesinde hatte die Gemächer inzwischen verlassen, und nur die Ehrendamen, Thomas und Christianas neue Zofe Anna waren zurückgeblieben.

Christiana wandte Johanna das verschleierte Gesicht zu und fragte sich, ob es klug gewesen war, den beiden Frauen in der Aufregung zu erlauben, sie beim Vornamen zu nennen.

»Es geht um den Zustand Eurer Tante«, fügte die Freifrau hinzu.

»Geht es Ihrer Durchlaucht denn sehr schlecht?«, erkundigte sich Christiana besorgt.

»Nun ja, es ist nicht ihr Körper, der krank ist, sondern ihre Seele«, antwortete Johanna vage. »Aber wenn wir Euch jetzt alles erzählen, wird Euer Badewasser kalt, fürchte ich.« Sie machte eine entschuldigende Handbewegung und schob Eleana vor sich her durch die Tür. Dann drehte sie sich noch einmal um. »Badet und erholt Euch ein wenig von der Reise. Wir werden in der großen Halle auf Euch warten. Dann können wir gemeinsam zu Abend essen, und wir erklären Euch, warum Euer Onkel Euch zu uns geschickt hat.«

Mit einem aufmunternden Lächeln und einem verschwörerischen Augenzwinkern verschwand sie im Gang und ließ Christiana zurück.

Zögernd trat Anna an den Stuhl heran, auf dem die Nichte der Herzogin saß, und knickste tief.

»Hoheit?«

»Ja, Anna?«

»Welches Kleid möchten Eure Hoheit nach dem Bad anziehen?«, fragte das junge Mädchen mit dem feuerroten Haar. Die finstere Erscheinung ihrer neuen Herrin war ihr nicht geheuer.

»Leg mir mein schwarzes Samtkleid bereit. Danach kannst du gehen. Ich kleide mich selbst an«, antwortete Christiana freundlich.

Anna suchte rasch das Kleid heraus und breitete es vorsichtig über die Lehne des großen Sessels vor dem Kamin, in dem ein Feuer leise knisterte. Sie warf Thomas, der mit einem kleinen Bündel in der Hand in der Nähe der Tür stand, einen schüchternen Blick zu und lächelte zaghaft. Thomas erwiderte ihr Lächeln und ging dann an ihr vorbei zu seiner Herrin hinüber. Er verbeugte sich und reichte ihr das Bündel, das er gerade noch vor den Frauen in Sicherheit bringen konnte, die die Truhe ausgepackt hatten.

Christiana betrachtete das Päckchen und flüsterte erstaunt: »Das Geschenk meiner Mutter! Wie ...«

Thomas hob den Kopf, und sie erkannte an dem Funkeln in seinen Augen, wie stolz er war, sie damit überrascht zu haben.

»Danke, Thomas«, brachte sie atemlos hervor. Der silberne Spiegel in dem kleinen Holzkästchen, das sie in zwei ihrer Masken und unzählige weiche Stoffstücke eingewickelt hatte, war das Einzige, was ihr noch von ihrer Mutter geblieben war. Bevor sie einer Magd erlaubte, ihre Habseligkeiten anzurühren, holte sie ihn für gewöhnlich selbst aus der Truhe. Doch an diesem Tag war sie so verwirrt von den vielen neuen Eindrücken, dass sie das völlig vergessen hatte.

Hätte Thomas ihre Nachlässigkeit nicht rechtzeitig bemerkt, wäre sie gezwungen gewesen, ihr Geheimnis preiszugeben. Und dazu war sie noch nicht bereit.

Sie musterte den Jungen verwundert und fragte sich, woher er wusste, dass sich unter den dicken Stoffschichten etwas für sie unsagbar Kostbares verbarg. Sie hatte ihm doch nie von dem Spiegel und dem Platz, wo sie ihre Masken aufbewahrte, erzählt!

»Du kannst jetzt gehen«, murmelte sie.

Thomas verneigte sich erneut und verließ dann zusammen mit Anna den Raum. Doch auch als sich die Tür hinter ihnen schloss, wurde Christiana das unangenehme Gefühl nicht los, dass ihr Schützling sie schon viel besser kannte, als es gut für sie war.

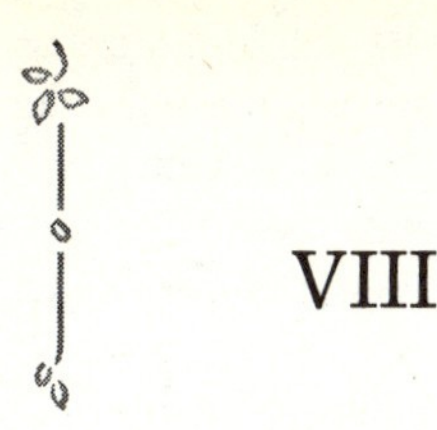

# VIII

»Christiana, bedenkt, dass sie nicht weiß, dass der Herzog nach Euch geschickt hat«, warnte Johanna. Sie führte Christiana durch ein scheinbar endloses Labyrinth dunkler Gänge zu den Gemächern der Herzogin.

»Wollt Ihr damit sagen, dass es bisher niemand gewagt hat, sie von meiner Ankunft zu unterrichten?«

Johanna blieb vor einer großen Tür stehen und schaute verlegen auf das voll beladene Tablett, das sie wie einen Schutzschild vor ihre Brust hielt.

Eleana und sie selbst hatten Christiana beim Abendessen von dem Reitunfall der Herzogin und dessen Folgen erzählt. Seit jenem unglücklichen Sturz waren ihre Beine gelähmt, und sie hatte sich vollkommen verändert. Die lebenslustige Frau von einst war zu einer zutiefst verbitterten und zu entsetzlichen Wutausbrüchen neigenden Tyrannin geworden.

»Sie ist … nun ja, sie ist seit dem Unfall ein wenig … launisch. Man weiß nie, was ihren Zorn heraufbeschwört. Gestern war die Suppe zu heiß, mit der ich sie gefüttert habe, heute war es –«

»Gefüttert? Sagtet Ihr nicht, sie könnte lediglich ihre Beine nicht bewegen?« Christiana warf der Frau einen verwirrten Blick zu, den ihr Schleier jedoch verbarg.

»Doch, schon«, stammelte Johanna und begann, mit ihrem Fuß kleine Kreise auf den Steinboden zu malen.

»Aber Ihr habt sie gefüttert, obwohl sie selbst essen kann?«, bohrte Christiana weiter.

»Es ist nur so … Sie weigert sich, selbst zu essen. Und wir können sie doch nicht verhungern lassen!«, rechtfertigte sich die Freifrau von Waldenberg.

»Nun gut, von heute an werde ich mich allein um meine Tante kümmern. Die Mägde sollen nur für die Sauberkeit in ihren Gemächern und für frische Wäsche sorgen.«

»Sie lässt gar keine Magd herein«, erwiderte Johanna kleinlaut. »Nur Eleana und mir ist es erlaubt, ihre Räume zu betreten.«

»Ihr habt selbst die niederen Arbeiten verrichtet?«, fragte Christiana entsetzt.

Johannas schnelle Atemzüge ließen die Flamme der Kerze auf dem Tablett einen wilden Tanz aufführen.

»Das wird sich ab sofort ändern!«, erklärte Christiana entschlossen und nahm der Ehrendame das Tablett aus der Hand. »Lasst mich für eine Weile mit ihr allein. Und egal, was passiert oder was ihr auch hört: Auf keinen Fall öffnet Ihr oder jemand anderes ohne meine Erlaubnis diese Tür! Habt Ihr mich verstanden?«

Johanna trat unbehaglich von einem Fuß auf den anderen. »Ihr kennt das Ausmaß ihrer Wut noch nicht. Ihr wird es nicht gefallen, eine Fremde in ihren Gemächern zu sehen.«

»Sie wird keine andere Wahl haben. Ich habe den weiten, anstrengenden Weg nicht umsonst zurückgelegt. Mein Onkel hat um meine Hilfe gebeten, und die wird er auch bekommen!«

Die ältere Frau warf Christiana einen bangen Blick zu. Langsam dämmerte ihr, warum der Herzog ihnen diese Dame gesandt hatte.

Auf den ersten Blick wirkte sie zwar wie eine wohlerzogene, ein wenig unsichere Adlige, die vom wahren Leben nichts verstand, doch der Schein trog. Das stolze, beinahe herrische Auftreten erinnerte Johanna sehr an die Herzogin, und sie zweifelte nicht daran, dass die junge Frau in Trauerkleidung ihrer Tante gewachsen war. Mit etwas Glück und viel Geduld könnte es ihr durchaus gelingen, sie aus ihrem trübsinnigen Dahindämmern zu befreien.

»Es ist nicht das erste Mal, dass ich es mit einem unbeherrschten Menschen zu tun habe«, versicherte ihr Christiana, die die Bedenken in Johannas Augen gelesen hatte.

»Und wenn der Herzogin nach Krieg dürstet, sollten wir Ihrer Durchlaucht den Wunsch auch erfüllen.«

Das kalte Lachen, das in Christianas Stimme zu hören war, ließ die Freifrau von Waldenberg mit neuem Respekt auf die junge Dame von Festland blicken. Denn eins hatte sie jetzt begriffen: Diese Frau sollte man besser nicht unterschätzen.

Marlena, Herzogin von Eden, lag in ihrem großen Bett und warf der verschleierten Gestalt, die gerade ihre Gemächer betreten hatte, einen vernichtenden Blick zu.

»Was hast du hier zu suchen? Wo ist Johanna, diese nichtsnutzige Person?«, fragte sie in einem Ton, der ihren Ärger nur allzu deutlich kundtat.

»Verzeiht, Durchlaucht, aber ich fürchte, Johanna kommt heute nicht«, antwortete eine sanfte weibliche Stimme. »Und morgen auch nicht. Sie wird gar nicht mehr kommen. Und ich bedaure, Euch mitteilen zu müssen, dass Eleana Euch ebenfalls nicht mehr besuchen wird. Ich hoffe, diese notwendigen Veränderungen finden nicht Eure Missbilligung, Durchlaucht. Sie erfolgen nur auf Wunsch Seiner Durchlaucht, dem Herzog von Eden, der sehr um Euer Wohlergehen besorgt ist.«

»Notwendige Veränderungen? Mein Wohlergehen? Was zum Teufel geht hier vor?«, schrie Marlena und fühlte, dass sie kurz vor einem ihrer heftigen Wutanfälle stand.

»Auf Befehl des Herzogs kümmere ich mich von heute an um Euch«, erklärte die Frau ruhig, stellte das Tablett mit dem Abendessen auf einen Tisch in der Mitte des Zimmers und setzte sich auf den Stuhl, der daneben stand.

Angestachelt von der Unverfrorenheit dieser Person brach Marlenas Wut schlagartig aus. »Johanna, Eleana, bewegt euren faulen Hintern sofort hierher! Eleana! Joha…«

»Wenn ich Euch kurz unterbrechen dürfte, Durchlaucht«, unterbrach das gesichtslose Wesen sie mit engelsgleicher Liebenswürdigkeit, in der, wenn sich Marlena nicht täuschte, ein leicht gelangweilter Ton mitschwang. »Dieses einer

Dame im höchsten Maße unschickliche Geschrei wird Euch kaum von Nutzen sein. Ich habe den beiden Damen untersagt, diese Gemächer ohne meine ausdrückliche Erlaubnis zu betreten.«

Ungläubig starrte die Herzogin die Frau an. Dieses einfältige Weibsbild hatte sie soeben getadelt! Das war doch wohl nicht zu fassen!

»Johanna, wenn du nicht sofort hier erscheinst, werde ich dich hängen lassen!«, rief sie erbost, doch die Tür blieb geschlossen, und die Frau in ihrem Gemach verharrte regungslos auf ihrem Stuhl.

»Eleana! Johanna!«

Marlenas kraftvolles Gebrüll schwoll zu einem hohen Kreischen an, das die scheußlichen Bilder und den Spiegel an der Wand zum Schaukeln brachte.

*»Ich werde euch alle eigenhändig vierteilen, wenn ihr nicht auf der Stelle meine Befehle ausführt!«*

Die Frau mit dem Schleier gab ein leises Geräusch von sich, so als würde sie versuchen, ein Lachen zurückzuhalten.

»Wer zur Hölle bist du?«, zischte die Herzogin wütend, denn sie hatte endlich begriffen, wie fruchtlos ihr ermüdendes Geschrei war.

»Ich bin die älteste Tochter Eurer Schwester Isabella. Mein Name ist Christiana.«

»Ah, die entstellte Hexe«, entgegnete Marlena boshaft. »Dachte ich mir doch gleich, dass mich diese grässliche Stimme an jemanden erinnert.«

»Meine Mutter sagte immer, ich würde wie ihre Schwester klingen«, erwiderte Christiana unbeeindruckt.

»Was fällt dir ein, du hässliche Göre! Du Scheusal …«

»Vielen Dank, Durchlaucht. Es ist mir ebenfalls eine große Ehre, Eure Bekanntschaft zu machen.«

Die Gelassenheit in der Stimme der jungen Frau brachte die Herzogin schier an den Rand des Wahnsinns.

»Ich warne dich, Mädchen«, fauchte Marlena. »Wenn du nicht sofort Johanna oder Eleana kommen lässt, wirst du jeden weiteren Tag deines nutzlosen Lebens bereuen. Ich werde …«

»Ihr werdet was?«, fragte Christiana nun aufrichtig amüsiert über die Frau, die seit mehr als einem halben Jahr die ganze Burg tyrannisierte.

Nur einen Moment lang hatte sie überlegt, was zu tun war, doch dann entschied sie sich für einen äußerst ungewöhnlichen Weg. Sie musste es irgendwie schaffen, die Herzogin so in Rage zu versetzen, bis Marlena schließlich mit aller Macht und ihrer Behinderung zum Trotz gegen sie ankämpfte. Nur auf diese Weise würde ihre Tante es wagen, sich gegen die Einschränkungen zu wehren, anstatt ihr Leben davon bestimmen zu lassen.

Marlena besaß zweifellos die Kraft dazu, aber Christiana musste stärkere Waffen einsetzten. Sie war wohl oder übel gezwungen, die respektvollen Umgangsformen, die ihr in der Kindheit eingeschärft worden waren, mit Füßen zu treten. »Wollt Ihr etwa aufstehen und mir hinterherlaufen? Verzeiht Durchlaucht, ich vergaß ... Ihr könnt ja gar nicht laufen!«

»Na warte, du verdammte Hexe! Dir werde ich schon noch zeigen, wozu ich fähig bin!« Die Herzogin tobte und fuchtelte wild mit den Armen.

»Oh, wie ich sehe, könnt Ihr Eure Arme bewegen. Und ich hatte mich schon darauf eingestellt, Euch füttern zu müssen.« Christiana seufzte gottergeben und zuckte leicht mit den Schultern. »Man kann eben nicht alles haben.«

*»Ich mich von dir füttern lassen?* Lieber binde ich mir die Hände auf den Rücken und lecke die Suppe vom Boden auf!«

»Das ist doch nicht nötig, Durchlaucht«, antwortete Christiana, darauf bedacht, ihr Lachen zu verbergen. Mit dem Tablett näherte sie sich dem Bett der Herzogin. »Ich werde Euer Mahl einfach vor Euch hinstellen. Dann könnt Ihr, wie es sich für eine Frau Eures Standes gehört, einen Löffel zu Hilfe nehmen.«

»Ha!«, stieß Marlena plötzlich hervor und fegte mit einer kräftigen Handbewegung das ganze Geschirr samt Inhalt vom Bett.

»Warum habt Ihr mir nicht gesagt, dass Ihr heute Abend nicht hungrig seid?«, fragte Christiana sanft. Sie hatte sich in Erwartung dieser Reaktion ein paar Schritte entfernt und trat nun wieder an das Bett heran. »Nun gut, vielleicht habt Ihr morgen mehr Appetit.«

Die Herzogin schaute verdutzt zu, wie Christiana – das Geschirr am Boden und den großen Suppenfleck auf ihrer Bettdecke keines Blicks würdigend – langsam zur Tür humpelte.

»Du machst das sofort sauber, du hinkende Missgeburt!«, schrie Marlena ihr nach.

Bei diesen harten Worten blieb Christiana stehen, schaute über die Schulter zurück und musterte ihre Tante stumm. Dann lief sie ohne das kleinste Anzeichen einer Behinderung auf die Tür zu, öffnete sie und spazierte gemächlich hindurch.

Mit einem leisen Klicken fiel die Tür ins Schloss.

Marlena starrte sprachlos auf das dunkle Holz und bemerkte erst Augenblicke später, dass Christianas helles Lachen vom Gang hereindrang und von den dunklen Wänden zurückgeworfen wurde.

»Nun?«, fragte Johanna neugierig, die in der Nähe der Tür auf Christiana gewartet hatte.

Das Geschrei der Herzogin und das seltsame Lachen ihrer Nichte hatte man im gesamten Westflügel der Burg gehört, doch die Anweisungen der jungen Frau waren eindeutig: Was auch immer geschieht, keiner betritt die Räume der Herzogin!

»Das wird noch eine harte Schlacht«, antwortete Christiana müde und fügte in Gedanken hinzu: Sie ist so stur wie ein alter Gaul.

»Kommt! Ich begleite Euch zu Euren Gemächern. Ihr müsst völlig erschöpft sein.«

Die Besorgnis in Johannas Stimme ließ Christiana überrascht aufblicken. Wann hatte sich jemand zum letzten Mal Gedanken um sie gemacht?

Sprachlos vor Erstaunen ließ sie sich von der Ehrendame durch die kalten Gänge führen.

»Johanna, wo habt Ihr eigentlich meinen Diener untergebracht?«, erkundigte sie sich nach einer Weile.

»Im Gesindeflügel. Dort, wo alle wohnen, die keine Familie in der Stadt oder ein eigenes Haus haben. Nur Eleanas und meine Zofe und Anna schlafen in einer Kammer in der Nähe unserer Gemächer, um sofort zur Stelle zu sein, falls wir etwas benötigen.«

»Wo genau liegen denn die Kammern der Bediensteten?«

»Im unteren Teil des Ostflügels.«

»Hm.«

Johanna musterte die junge Frau mit dem Schleier kurz und fragte dann beunruhigt: »Ist Euch das nicht recht?«

»Ich möchte den Jungen lieber in meiner Nähe untergebracht wissen. Sollten bei meinem Vorhaben, Ihrer Durchlaucht zu helfen, gewisse Unannehmlichkeiten eintreten, ist es unerlässlich, dass er mir sofort zur Hand gehen kann«, deutete Christiana vorsichtig an. »Gott bewahre, dass es dazu kommt, aber ich fürchte, dass sich mein erster Eindruck von ihrer Willenskraft bestätigt. Und dann werden auch wir Verluste bei diesem Feldzug hinnehmen müssen – wenn er heilsam sein soll.« Um ihrer Bitte noch mehr Nachdruck zu verleihen, blieb sie stehen und wandte der Frau ihr verschleiertes Gesicht zu. »Ihr dürft nicht vergessen: Wir befinden uns jetzt im Krieg mit der Herzogin, Johanna!«

Der Grund, den sie nannte, entsprach – Gott möge ihr vergeben – nicht ganz der Wahrheit. Gewiss brauchte sie den Jungen im Notfall, denn auf ihn konnte sie sich verlassen. Er hatte sich als erstaunlich gelehriger Schüler erwiesen und begriff anhand weniger Worte oder winziger Handzeichen ihre Anweisungen. Mit seiner Hilfe würde sich so manche heimtückische »Attacke« der Herzogin in einen Sieg zu ihren Gunsten verwandeln lassen. Doch darum ging es Christiana in Wirklichkeit nicht. Mit der Herzogin würde sie auch allein fertig, aber aus der Schlacht, die in ihrem Inneren tobte, konnte sie ganz allein nicht als Siegerin hervorgehen.

Vor allem seit dem Zwischenfall auf der *Gloria* sah sie in Thomas nicht nur ihren ergebenen Diener, sondern vielmehr eine Art Verbündeten im Kampf gegen ihre Angst. Sie fühlte sich sicherer, wenn er in ihrer Nähe war. Hier auf dieser verrückten Insel, in der düsteren Burg unter den vielen fremden Menschen hatte sie sich trotz Sir Anthonys und Johannas Bemühungen vom ersten Moment an seltsam verloren gefühlt. Sie fürchte, etwas preiszugeben, was ihr verboten war. Und deshalb brauchte sie einen festen Halt, einen Vertrauten, den nichts mit ihrer neuen Heimat verband, der sie jedoch an ihr altes Leben erinnerte, wie eine Mahnung ihrer Niederlagen.

»Wenn Ihr es wünscht, werde ich es natürlich sofort anordnen«, erwiderte Johanna ruhig, doch ihre Neugierde spiegelte sich in ihren Augen wider. Was hatte es wohl mit Christianas ungewöhnlicher Bitte auf sich? Warum wollte sie den stummen Jungen mit dem zerrupften Haar, der eher einer Vogelscheuche als dem Diener einer Grafentochter glich, unbedingt in ihrer Nähe haben? Einen Moment lang erwog sie, die geheimnisvolle junge Frau danach zu fragen, aber der Anstand und die Tatsache, dass sie sich erst wenige Stunden zuvor kennen gelernt hatten, hielten sie zurück. Sie würde es schon noch erfahren.

Aber vielleicht dachte sie sich auch zu viel bei diesem belanglosen Wunsch. Vermutlich fühlte sich Christiana in der fremden Umgebung und angesichts ihrer neuen Aufgabe einfach nur unwohl. Sicher war das der Grund! War es ihr nicht ebenso gegangen, als sie vor sechs Jahren nach Eden kam? Das Leben in dieser Stadt zu verstehen, überforderte schließlich jeden gewöhnlichen Menschen.

»… ich kann nichts tun. Sie wird sterben!«

»Gott steh uns bei!«

Bei den verzweifelten Worten, die offenbar aus der großen Halle kamen, hielten die beiden Frauen erschrocken inne. Doch Christiana löste sich schnell aus ihrer Erstarrung, denn sie erkannte aus Erfahrung eine Situation, in der ihre Hilfe vonnöten sein konnte. Sie ließ Johanna stehen und humpelte so schnell sie konnte die Stufen hinunter.

Ein Dutzend Frauen hatte sich in der Halle mit den prächtigen Gobelins an den Wänden und dem bunten Fußbodenmosaik eingefunden. In ihrer Mitte stand eine junge Frau mit einem kleinen Jungen an der Hand und weinte herzzerreißend. Eleana tätschelte ihr unbeholfen den Arm, doch die Frau ließ sich nicht beruhigen. Unter Schluchzen wiederholte sie ihre Worte immer und immer wieder.

»Was hat das zu bedeuten? Wer wird sterben?«, fragte Christiana laut, um das aufgeregte Gemurmel zu übertönen.

Die betroffenen Gesichter der Bediensteten wandten sich zu ihr um, und die einäugige Frau, die, wie Christiana erfahren hatte, alle anfallenden Arbeiten in der Burg dirigierte, antwortete leise: »Das ist Amina, die Witwe eines englischen Seemanns. Ihre Tochter Hannah ist vor einer Woche in den Fluss gefallen. Man hat sie erst einige Stunden später gefunden, und seitdem ist sie krank. Wir haben alles versucht, doch es ist uns nicht gelungen, das Fieber zu senken.«

»Habt ihr einen Arzt gerufen?«

»Nach der Seuche vor zwei Jahren, der zahlreiche weise Frauen, zwei Ärzte und ihre Schüler zum Opfern fielen, gab es nur noch einen alten Arzt«, antwortete Philomena betrübt. »Aber er ist vor zwei Monaten gestorben.«

»Was ist mit einem Apotheker oder Heiler?«

»Unser letzter Arzt war auch unser Apotheker. Und einen Heiler gibt es auf der Insel schon lange nicht mehr.«

»Wo ist das Kind jetzt?«

»In Aminas Haus. Mit dem Pferd sind es keine fünf Minuten von hier«, erwiderte eine der Frauen, die in der Küche arbeiteten.

Christiana ließ ihren Blick suchend über die Menge gleiten. Sie konnte Thomas nirgendwo entdecken, und so rief sie seinen Namen.

»Er steht direkt hinter Euch, Christiana«, rief Johanna vom Fuße der Treppe aus, da sie erst jetzt keuchend vor Anstrengung die Halle erreichte.

Christiana wirbelte herum und wäre beinahe mit dem Jungen zusammengestoßen. Sie hätte eigentlich wissen müssen, dass er hinter ihr stand.

»Mein Schatten«, murmelte sie so leise, dass niemand sie verstehen konnte.

»Philomena, lass sofort drei Pferde satteln. – Amina, hör auf zu weinen, vielleicht ist es noch nicht zu spät. Lauf schon mal hinaus und warte bei den Pferden auf mich. Der Junge kann hier bleiben. – Thomas, du kommst mit mir. Ich muss zuerst noch ein paar Dinge holen.«

Die Frauen blickten der Nichte der Herzogin verdutzt nach, die nun mit entschlossenen Schritten die Treppe hinaufhumpelte. Niemand hätte der zerbrechlich wirkenden jungen Frau, die noch kurz zuvor völlig verschüchtert durch die Stadt geritten war, zugetraut, eine Situation wie diese mit einer solchen Selbstverständlichkeit in die Hand zu nehmen.

»Ihr habt die Worte Ihrer Hoheit gehört!«, rief Philomena und klatschte laut in die Hände, um die fassungslose Menge in Bewegung zu setzen.

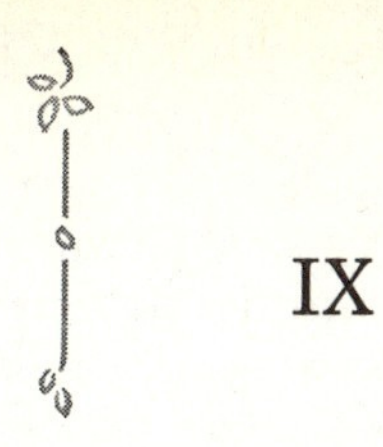

# IX

Seit Stunden kämpfte sie mit all ihren Mitteln verzweifelt um das Leben des kleinen Mädchens, doch nun konnte sie kaum noch die Augen offen halten. Sie war erschöpft, verschwitzt und hungrig.

Die Tür des Zimmers schwang quietschend auf, und Christiana hob ihren schmerzenden Kopf. Amina bewegte sich lautlos auf das schmale Bett unter dem verhängten Fenster zu und beugte sich über den kleinen Körper ihrer Tochter Hannah. Zärtlich fuhr ihre Hand dem Kind über die Stirn.

»Sie fühlt sich nicht mehr ganz so heiß an«, flüsterte sie erleichtert.

»Das kalte Bad, die Umschläge und die Kräuter scheinen endlich zu wirken«, erwiderte Christiana seufzend.

Das Kind stöhnte im Schlaf und versuchte, mit den Armen die Decke wegzuschieben. Amina zog sie wieder hoch und schenkte Christiana ein zaghaftes Lächeln.

»Ich weiß, dass ich die Schuld, in der ich stehe, niemals begleichen kann, aber ich möchte Euch bitten, meinen tief empfundenen Dank für Eure Hilfe anzunehmen. Ich besitze nicht sehr viel, aber Ihr könnt alles von mir haben, was Ihr nur wünscht, Mylady.« Christiana hatte bei ihrer Ankunft bemerkt, dass die Bewohner von Eden offenbar ausnahmslos Deutsch mit mehr oder minder schwerem Akzent sprachen, wenn die junge Frau ebenso wie die vier englischen Brüder Christiana jedoch respektvoll mit ihrem Titel anredeten, bedienten sie sich ihrer Muttersprache.

»Sei ganz beruhigt, Amina. Dein Dank wird mir genügen, wenn Hannah es überstanden hat. Jetzt ist es jedoch noch zu früh dafür. Noch haben wir nicht gewonnen«, entgegnete Christiana und fuhr sich mit der Hand über ihre schweißgetränkte Maske.

Irgendwann im Laufe der Nacht hatte die Frau in Schwarz ihren Schleier zurückgeschlagen, um im Kerzenschein besser sehen zu können. Amina hatte sie zunächst erschrocken angestarrt, doch als sie der adligen Dame dabei zuschaute, wie sie unermüdlich um das Leben ihrer Tochter kämpfte, war ihr Unbehagen schnell verflogen.

Die junge Frau vom Festland gönnte sich keine Pause. Wieder und wieder wechselte sie die Umschläge an den dünnen Beinen und wischte der Kleinen die Stirn. Sie füllte unzählige Töpfe und Schüsseln mit heißem, dampfendem Wasser, bereitete merkwürdig riechende Mixturen zu, um sie dem Kind behutsam einzuflößen, und rieb den geschwächten Körper mit Salben ein. Ihr Diener ging ihr bei allem hilfreich zur Hand, und Amina wurde Zeugin der oftmals wortlosen Verständigung der beiden.

Wäre ihre Angst um das Leben ihrer Tochter nicht so groß gewesen, hätte sie wahrscheinlich wie gebannt diese faszinierende Unterhaltung beobachtet.

»Mylady?«

»Ja?«

»Verzeiht meine Nachlässigkeit, aber ich habe ganz vergessen, warum ich gerade hereingekommen bin. Ich habe eine Nachricht für Euch.«

Ihre Hand glitt in die aufgenähte Tasche ihres einfachen braunen Kleides. Dann zog sie einen Brief hervor und reichte ihn der Grafentochter.

Christiana entfaltete das Stück Papier und begann zu lesen.

*Christiana, ich bitte Euch inständig, so bald wie möglich zurückzukehren.*

*Wir brauchen dringend Eure Hilfe!*

*Johanna*

»Ich muss gehen, Amina«, sagte Christiana und stand auf. Sie griff nach dem Schleier auf ihrem Rücken, und als sie Aminas ängstlichen Blick bemerkte, fügte sie beruhigend hinzu: »Keine Sorge. Ich komme bald wieder. Wechsle in der Zwischenzeit weiterhin die Tücher, wie ich es dir gezeigt habe, und gib Hannah ausreichend zu trinken.«

Sie zog den Schleier nach vorn und ließ ihn vor ihr Gesicht fallen. Dann ging sie um das Bett herum und blieb neben Amina stehen.

»Hab keine Angst. Ich lasse meinen Diener hier, damit er dir zur Hand gehen kann. Vertrau ihm. Er weiß, was zu tun ist.«

Sie legte zum Abschied ihre Hand auf Aminas Arm und drückte ihn ermutigend, dann öffnete sie die Tür und hielt nach Thomas Ausschau.

Er stand vor der Kochstelle des Hauses und erhitzte Wasser, mit dem sie den Raum des Mädchens in heißen Dampf hüllten, damit es die schlechten Körpersäfte ausschwitzte.

»Ich reite zurück zur Burg«, antwortete sie auf die stumme Frage in seinen Augen. »Du bleibst und hilfst Amina. Lass sie nicht allein, sie hat noch immer große Angst.«

Thomas neigte den Kopf zur Seite und legte beide Hände an seine rechte Wange.

»Nein, ich werde nicht schlafen. Es gibt etwas, worum ich mich unbedingt kümmern muss. Danach komme ich sofort hierher zurück.«

Er schüttelte den Kopf, zeigte mit einem Finger auf sie und wiederholte dann seine Geste.

»Thomas, ich habe keine Zeit zum Schlafen!«, erwiderte Christiana knapp und verließ eilig das Haus in Richtung Stall.

In wildem Galopp ritt sie zurück zur Burg und nahm gar nicht wahr, dass die Sonne schon hoch am Himmel stand. Das Einzige, was sie überhaupt bemerkte, war die ungewöhnliche Hitze, für die ihre lange schwarze Kleidung gänzlich ungeeignet war.

Als sie über die Zugbrücke in den großen gepflasterten Hof ritt, drang das fürchterliche Geschrei sogar bis zu ihrem vor Müdigkeit trägen Verstand durch.

»Christiana! Ich bin so froh, dass Ihr endlich da seid!«

Johanna kam mit glühend roten Wangen und einem gehetzten Ausdruck in den hellgrauen Augen die Stufen heruntergerannt und riss sie förmlich vom Pferd.

»Seit mehr als einer Stunde schreit sie unaufhörlich nach uns und will einfach keine Ruhe geben!«

»Und Ihr habt die Gemächer Ihrer Durchlaucht nicht betreten?«, fragte Christiana, die bereits in aller Eile die Treppen hinaufhumpelte.

Die Ehrendame schnappte sich im Vorbeigehen zwei brennende Kerzen, um den Weg zu beleuchten.

»Nein, natürlich nicht«, antwortete sie atemlos.

»Es war also noch keiner bei ihr?«

»Ihr habt es doch verboten!«, rief Johanna laut, um das ohrenbetäubende Geschrei der Herzogin zu übertönen, vor deren Tür sie nun angekommen waren.

»Wartet hier, ich bin gleich zurück.«

Christiana nahm ihr eine Kerze aus der Hand, öffnete die Tür und betrat das Gemach.

Der Raum lag im Dunkeln, denn die schweren Vorhänge schlossen jeden Sonnenstrahl aus, und die Kerzen auf dem Tisch waren schon längst erloschen. Der beißende Geruch geronnener Suppe und sämtlicher Ausscheidungen eines Menschen kroch ihr erbarmungslos in die Nase, und sie musste würgen. Doch sie riss sich zusammen und ging langsam auf das Bett zu, in dem die tobende Frau saß.

»Ich wünsche Euch einen guten Morgen, Durchlaucht«, rief sie mit einer Fröhlichkeit, die sie angesichts ihrer Erschöpfung schon längst nicht mehr empfand.

»Guten Morgen? *Guten Morgen?«*, schrie Marlena sie an und schlug mit der Faust wütend auf ihre Decke.

»Wie geht es Euch heute? Fühlt Ihr Euch besser?«, fragte Christiana ruhig, ohne das wilde Gebaren der Bettlägerigen zu beachten.

»Wie geht es Euch heute? Fühlt Ihr Euch besser?«, äffte die Herzogin sie nach und warf ihr einen vernichtenden Blick zu.

»Seid Ihr heute in der Verfassung, etwas zu essen?«

*»In der Verfassung zu essen?«*, kreischte Marlena. »Ich liege in einer Lache aus kalter Suppe und meinen eigenen Exkrementen, und du wagst es, mich zu fragen, ob ich etwas essen will?«

»Wünscht Ihr, dass ich die Laken wechsle und Euch wasche? Oder wollt Ihr zuerst etwas frische Luft schnappen?«

»Was fällt dir ein, dich über meinen erbärmlichen Zustand lustig zu machen!«

»Aber Euer Durchlaucht, nichts liegt mir ferner!«, entgegnete Christiana gespielt schockiert.

»Verschwinde sofort aus meinem Zimmer, *du Hexe!«*

»Wenn Ihr keinen Wunsch habt, warum verlangt Ihr dann nach mir?«, fragte Christiana ungerührt.

*»Dich* habe ich ganz gewiss nicht gerufen!«, erklärte Marlena mit Funken sprühenden Augen zornig. »Ich rief nach jedem, nur nicht nach dir, du Teufelsweib!«

»Dann dürft Ihr Euch nicht wundern, dass niemand kommt, Durchlaucht«, gab Christiana zuckersüß zurück. »Wie ich Euch bereits gestern erklärt habe, bin ich auf Wunsch Eures Gatten allein für Euer Wohlergehen zuständig. Die Dienerschaft beugt sich natürlich seinem Befehl, und deshalb hat sich auch niemand angesprochen gefühlt.«

»Verschwinde! Auf der Stelle!«

»Euer Wunsch ist mir Befehl, Durchlaucht.«

Christiana wollte ihrer Tante noch einen Moment Zeit geben, ihre Meinung zu ändern, doch als Marlena nicht reagierte, drehte sie sich gemächlich um und schlenderte zur Tür.

»Ich wünsche Euch einen angenehmen Tag, Durchlaucht«, rief sie der Herzogin über die Schulter zu und legte ihre Hand auf den eisernen Riegel der Tür.

»Du kannst mich doch hier nicht so zurücklassen, du Ausgeburt der Hölle!«

»Und was gedenkt Ihr dagegen zu tun, liebste Tante?«, fragte Christiana und gab sich keine Mühe, den amüsierten Klang ihrer Stimme zu verbergen. Dann verschwand sie durch die Tür, ohne auf eine Antwort zu warten.

Johanna empfing sie mit einem besorgten Ausdruck in den Augen im Gang.

»Seid Ihr sicher, dass Euer Weg der richtige ist?«, fragte sie verunsichert. Eine hilflose Frau sich selbst zu überlassen, erfüllte sie mit großem Unbehagen.

Doch statt ihr eine Antwort zu geben, fragte Christiana: »Hat sie jemals in ihrem Bett gesessen?«

»Nein, nie«, erwiderte Johanna erstaunt.

»Nun, ich denke, es *ist* der richtige Weg.«

Thomas ließ seinen Blick besorgt über die Gestalt wandern, die dem Kind von Zeit zu Zeit die Stirn mit einem kalten Lappen abtupfte.

Kurz nachdem Amina erfahren hatte, dass das Schlimmste vermutlich überstanden war, schlief die junge, besorgte Mutter vor Erschöpfung ein. Thomas' Herrin hingegen arbeitete rastlos weiter. Sie überwachte aufmerksam den unruhigen Schlaf der kleinen Hannah und kümmerte sich nebenbei wie jeden Tag um seine inzwischen gut verheilten Wunden. Nur hin und wieder kniete sie sich neben das Bett und verharrte in stillem Gebet.

Thomas sah ihr die Erschöpfung deutlich an und überlegte verzweifelt, wie er sie dazu bewegen konnte, endlich ein bisschen zu schlafen oder wenigstens etwas zu essen. Seit ihrer Rückkehr in den Mittagsstunden hatte er es mehrmals versucht, doch sie wollte davon nichts wissen.

»Ich werde schlafen, wenn Zeit dafür ist. Jetzt braucht mich das kleine Mädchen«, antwortete sie bestimmt. »Aber du solltest dir unbedingt etwas Ruhe gönnen, Thomas. Du bist seit gestern früh auf den Beinen, und ich will nicht, dass du dich in deinem geschwächten Zustand überanstrengst.«

Wäre er fähig, laut zu lachen, hätte er es gewiss getan. Sie war genauso lange auf den Beinen wie er und machte sich ausschließlich Sorgen um *seinen* geschwächten Zustand! Dabei war er in den Wochen ihrer Schiffsreise durch ihre tägliche Behandlung, die sie trotz ihrer schlechten Verfassung nie vergaß, fast vollständig genesen.

»Lady Christiana?«

Beim Klang der tiefen Männerstimme seufzte Thomas innerlich.

Nicht auch noch dieser Mann!

»Mylady, wo seid Ihr?«

Es war keineswegs so, dass er Sir Anthony nicht mochte, doch immer wenn dieser Mann in die Nähe seiner Herrin kam, blieb sie aufgewühlt und durcheinander zurück. Und das sollte ihr im Augenblick lieber erspart bleiben.

Christiana griff blitzschnell nach ihrem Schleier und warf ihn sich über den Kopf. Dann erhob sie sich eilig und humpelte aus dem Zimmer.

»Sir Anthony, seid still!«, zischte sie. »Nebenan liegt ein krankes Kind!«

»Man hat mir gesagt, dass Ihr in diesem Haus seid«, flüsterte er und musterte sie von Kopf bis Fuß. »Was tut Ihr hier?«

»Ich kümmere mich um das Mädchen. Immerhin wurde ich darin unterrichtet, Kranken beizustehen und zu helfen. Aber was in Gottes Namen tut Ihr hier?«

Sir Anthony grinste sie an und antwortete leise: »Ich wollte Euch sehen.«

»Das habt Ihr ja jetzt. Nun könnt Ihr wieder gehen«, erwiderte Christiana müde.

»Geht es Euch nicht gut, Mylady?«, fragte der junge Mann plötzlich besorgt. »Wie lange seid Ihr schon hier?«

Anstatt zu antworten, ging Christiana auf ihn zu und versuchte, ihn zur Tür hinauszuschieben. »Ihr müsst jetzt gehen.«

»Wie lange seid Ihr schon hier?«, wiederholte er beharrlich und bewegte sich nicht von der Stelle.

»Die ganze Nacht über.«

»Wie bitte?«

»Schscht. Seid doch still!«

»Ihr habt die ganze Nacht lang nicht geschlafen?«, flüsterte Sir Anthony.

»Ich konnte das Kind schließlich nicht sterben lassen!«, entgegnete sie entrüstet.

»Wo ist seine Mutter? Wo ist Amina?«

»Sie schläft.«

»So, sie schläft!« Sir Anthony schob Christiana mit einem Arm behutsam beiseite und stürmte dann mit großen Schritten in den Raum, in dem das kranke Mädchen lag. Dann rüttelte er Amina unsanft an der Schulter und fuhr sie verärgert an: »Was fällt dir ein? Wie kannst du es wagen zu schlafen, während sich Lady Christiana um *deine* Tochter kümmert?«

»Sir Anthony, das genügt! Verlasst auf der Stelle das Haus!«

»Aber Mylady ...« Die blauen Augen des großen Mannes nahmen einen erstaunten Ausdruck an.

*»Sofort!«*, fauchte Christiana ihn an. Sie hatte einfach keine Kraft mehr, nett und freundlich zu sein, wie es ihre Erziehung verlangte.

Erfreut sah sie, wie sich Thomas vor dem überraschten Sir Anthony aufbaute und ihn langsam Richtung Tür drängte.

»Ich bitte vielmals um Entschuldigung, Mylady«, ertönte nun die schläfrige Stimme von Amina. »Sir Anthony hat vollkommen Recht. Ihr solltet nicht an meiner Statt für mein Kind sorgen. Vergebt mir!«

»Amina, du hast doch die ganze Nacht hindurch genau wie ich am Bett deiner Tochter gesessen«, entgegnete Christiana sanft.

»Ich danke Euch vielmals für Euren Beistand! Gott allein weiß, dass ich Hannah ohne Eure Hilfe verloren hätte. Niemals werde ich wieder gutmachen können, was Ihr für mich und meine Tochter getan habt. Aber jetzt, da es ihr besser geht, wäre es unverzeihlich, Eure kostbare Zeit noch länger zu stehlen. Ihr müsst an Eure eigene Gesundheit denken!«

An ihre eigene Gesundheit denken? Das hatte schon lange niemand mehr zu ihr gesagt. Unsicher blickte sie von Amina zu Thomas und dann zu Sir Anthony. In allen drei Gesichtern spiegelte sich ernst gemeinte Sorge.

»Ein wenig Schlaf würde mir sicher gut tun«, gab sie sich schließlich geschlagen.

»Ich begleite Euch zur Burg zurück«, erbot sich Sir Anthony sogleich.

»Ich lasse jemanden kommen, um dir zur Hand zu gehen«, wandte sich Christiana an Amina. »Behandle Hannah weiter mit kalten Umschlägen. Und versprich mir, mich holen zu lassen, falls sich ihr Zustand verschlechtert!«

»Wie Ihr wünscht, Mylady«, erwiderte Amina mit einem dankbaren Lächeln.

Christiana ergriff zum Abschied ihre Hand und drückte sie kurz. Dann verließ sie mit Sir Anthony das Zimmer.

»Thomas?« Auf der Schwelle drehte sie sich noch einmal um. »Komm mit, du hast ebenfalls Schlaf nötig.«

Er nickte und folgte den beiden hinaus in den Stall.

Eigentlich hätte er erleichtert sein sollen, dass seine Herrin jetzt endlich ihre wohlverdiente Ruhe bekam, doch so hatte er sich das nicht vorgestellt!

Christiana bekam auch in dieser Nacht keinen Schlaf.

Als sie es endlich geschafft hatte, den überbesorgten Sir Anthony fortzuschicken, und sich auf den Weg in ihre Gemächer machte, fing Eleana sie auf dem Gang ab und bat sie, nach der Herzogin zu sehen. Doch das wollte sie sowieso noch tun, denn sie hatte ihre Tante trotz der vielen dringenderen Dinge nicht vergessen. Mittlerweile war es weit nach Mitternacht, und Christiana brauchte nicht mehr vorzutäuschen, dass sie humpelte. Ihre Schulter, ihr Rücken und ihre Füße schmerzten so sehr, dass sie von allein in einen schlurfenden Gang verfiel.

Am Vormittag hatte sie Johanna aufgetragen, mit den Bediensteten zu sprechen. Sie sollten unter allen Umständen den Westflügel meiden, damit sie die unerträglichen Schreie der Herzogin nicht in den Wahnsinn trieben. Doch nachdem sich jene offenbar heiser geschrien hatte, war es unheimlich still geworden, sodass Johanna und Eleana nach einer Weile begonnen hatten, sich ernsthafte Sorgen zu machen. Aber sie wagten es dennoch nicht, die Gemächer zu betreten, denn es war ihnen ausdrücklich untersagt worden.

Christiana, die sich den Weg zu den Räumlichkeiten ihrer Tante inzwischen eingeprägt hatte, lief mit einer Kerze in der Hand die Treppen zum dritten Stock empor und blieb vor der eisenbeschlagenen Holztür stehen. Sie holte einmal tief Luft und trat ein.

Der Gestank, der ihr entgegenschlug, war Ekel erregend. Doch Christiana war viel zu müde, um darauf zu achten. Sie hielt ihre Kerze hoch, um trotz ihres Schleiers und der Dunkelheit im Zimmer die Truhe zu finden, auf der sie am Tag zuvor einige Kerzen liegen gesehen hatte.

Sie fand sie schließlich, entzündete vier davon mit der Flamme ihrer eigenen Kerze und steckte sie in die kleinen Halterungen an der Wand. Dann schaute sie sich im Zimmer um.

Das große Bett aus dunklem Holz war leer!

Mit einem Mal hellwach, trat sie erschrocken näher und beleuchtete den alten, abgetretenen Teppich vor dem Bett. Keine zwei Schritte von ihr entfernt lag der reglose Körper ihrer Tante. Christiana stellte die Kerze auf den Boden und ließ sich neben der Herzogin auf die Knie fallen.

»Durchlaucht?«, fragte sie leise.

Ein Zucken durchfuhr die gekrümmte Gestalt, und sie begann leise zu wimmern.

»Es wird alles wieder gut«, flüsterte Christiana. Vorsichtig hob sie den Kopf ihrer Tante und bettete ihn in ihren Schoß. Sie strich der älteren Frau die wirren Haare aus dem Gesicht und befühlte ihre Stirn. Sie war eiskalt.

»Wer ...«

»Ich bin es, Durchlaucht. Eure Nichte Christiana.«

»Ich war so wütend«, krächzte die Herzogin. »Da bin ich aus dem Bett gefallen ... zu dumm ... habe stundenlang auf dem harten Boden ...«

»Schscht, nicht sprechen. Ich bringe alles wieder in Ordnung.«

Christiana zog eine Decke vom Bett und legte den Kopf ihrer Tante sanft darauf ab. Dann erhob sie sich, durchmaß mit großen Schritten den Raum, riss die Tür auf und steckte ihren Kopf hindurch.

»Johanna! Eleana!«

»Nicht sie ...«, hörte sie die Herzogin hinter sich flüstern.

Die beiden Frauen kamen einen Moment später mit besorgten Blicken die Treppe hochgelaufen.

»Einen Badezuber, heißes Wasser, frische Laken, Kissen und Decken, ein Nachtgewand, etwas zu essen, heißen Sud aus Fenchelsamen und mehr Kerzen. So schnell wie möglich!«

Die Ehrendamen nickten eifrig und verschwanden, um die gewünschten Sachen zu besorgen.

»Thomas!«

Ein Schatten löste sich von der dunklen Wand des Ganges.

»Heilige Maria, Mutter Gottes, hast du mich erschreckt!« Christiana fasste sich mit der Hand an die Brust. Ihr Herz raste. »Ich brauche deine Hilfe, aber hol bitte zuerst den Lederbeutel mit den Arzneien aus meinen Gemächern!«

Der Junge nickte und machte sich sofort auf den Weg. Es würde einige Minuten dauern, bis er zurück war, doch Christiana wollte keine Zeit mit Warten verschwenden. Sie lief zum Bett hinüber, und mit einem kräftigen Ruck riss sie die schmutzigen Laken samt Kissen und Decken herunter. Dann packte sie den stinkenden Haufen zu ihren Füßen mit beiden Händen, trug ihn hinaus und warf ihn auf den grauen Steinboden des Ganges.

Als sie wieder aufblickte, sah sie Thomas mit ihrem Lederbeutel auf sie zulaufen, in dem sie ihre Salben und Tinkturen aufbewahrte.

»Komm mit«, rief sie ihm zu und huschte zurück in das Gemach ihrer Tante.

»Durchlaucht, das ist mein Diener Thomas. Er wird mir helfen«, erklärte sie mit ruhiger Stimme, die sie sich in den Jahren der Krankheit ihrer Mutter angeeignet hatte.

»Du nimmst die Füße, ich die Schultern. Wir tragen sie zu dem Stuhl am Tisch«, wies sie den Jungen an. »Und los!«

Zusammen hoben sie den gelähmten Körper der Herzogin hoch und setzen sie vorsichtig auf den Stuhl.

»Ich halte sie fest, kümmere du dich um den Badezuber. Aber lass niemanden herein! Ich will nicht, dass jemand Ihre Durchlaucht so sieht.«

Der Junge nickte kurz und tat dann, was Christiana ihm aufgetragen hatte.

Eine halbe Stunde später saß die Herzogin in einem Badezuber mit lieblich duftendem heißen Wasser. Während Christiana sie mit einem weichen Lappen wusch, bezog Thomas das Bett mit den frischen Laken.

»Fühlt Ihr Euch besser?«, fragte Christiana leise.

»Mmh, wie ich das vermisst habe!«, antwortete Marlena seufzend.

»Was habt Ihr vermisst?«

»Zu baden.«

»Ihr habt seit Eurem Unfall nicht mehr gebadet, Durchlaucht?«

»Nein.«

Christiana runzelte die Stirn. Das war ja alles noch schlimmer, als sie befürchtet hatte. Sie schaute kurz zu Thomas hinüber, um sich zu vergewissern, ob er inzwischen fertig war.

»Thomas und ich werden Euch jetzt aus dem Zuber herausheben und auf den Stuhl dort setzen, damit ich Euch trockenreiben kann.«

»Warte noch einen Moment«, bat Marlena und schloss die Augen. Genüsslich hob sie ihre Schulter den sanft kreisenden Bewegungen des Lappens entgegen.

»Aber Eure Haut ist schon ganz schrumpelig«, gab ihre Nichte leicht amüsiert zurück. »Wenn Ihr noch länger drin bleibt, seht Ihr bald aus wie eine alte Frau.«

»Ich *bin* eine alte Frau!«, entgegnete Marlena mit einem Schmunzeln.

»Das ist nicht wahr! Meine Mutter war nur zehn Jahre jünger als Ihr, und sie war keineswegs alt. Die paar Jahre machen Euch noch lange nicht zu einer Greisin.«

»Aber manche Ereignisse lassen einen schneller altern, als man denkt«, erwiderte die Herzogin ernst.

Das wissen wir beide wohl so gut wie kaum ein anderer, dachte Christiana traurig. Doch sie schüttelte rasch die trüben Gedanken ab und konzentrierte sich wieder auf ihre Aufgabe.

»Seid Ihr jetzt bereit?«

»Na gut, wenn du darauf bestehst.«

Nachdem Christiana ein Tuch über Marlenas Körper ausgebreitet hatte, um ihr trotz der Gegenwart des Jungen einen letzten Rest Würde zuzugestehen, trat Thomas auf ihr Zeichen hin an die Wanne heran und half ihr, die Herzogin aus dem Wasser zu heben. Sobald die ältere Frau sicher auf dem Stuhl saß, wandte er sich jedoch gleich wieder um.

Christiana trocknete ihre Tante ab und rieb die wund gelegenen Stellen auf dem Rücken, die sie beim Waschen behutsam untersucht hatte, mit einer schmerzlindernden Salbe ein. Bevor sie den Jungen erneut um seine Hilfe bat, zog sie ihr ein frisches Nachtgewand an. Gemeinsam trugen sie die Herzogin zum Bett hinüber, wo Christiana sie schließlich gut zudeckte.

Ohne Aufforderung machte sich Thomas sogleich daran, den Badezuber zu entleeren, und auch alles andere, was seine Herrin nicht mehr benötigte, aus dem Zimmer zu schaffen. Auf Christianas Nicken hin schloss er die Tür hinter sich.

»Ein tüchtiger Junge. Aber äußerst schweigsam.«

Christiana drehte sich um, zog die schweren Samtvorhänge vor dem Fenster zurück und öffnete es, um frische Luft hereinzulassen. Die ersten Sonnenstrahlen suchten sich sofort ihren Weg in den finsteren Raum.

»Er ist stumm«, sagte sie leise und wandte sich vom Fenster ab.

Dann ging sie zurück zum Bett, zog einen Stuhl heran und ließ sich mit Marlenas Erlaubnis darauf nieder.

»Oh! Na ja, in seiner Stellung ist das nicht unbedingt das Schlechteste, nicht wahr?« Marlena warf einen Blick auf den Schleier vor Christianas Gesicht. »Willst du nicht endlich dieses alberne Stück Stoff ablegen?«

»Was darunter ist, sieht nicht besonders schön aus, Durchlaucht.«

»Ach, Unfug! Deine Mutter hat mir berichtet, was dir zugestoßen ist. Ich weiß, dass du eine weiße Maske trägst, also runter mit dem Ding!«

»Wie Ihr wünscht, Durchlaucht.« Christiana ließ eine Hand unter den Schleier gleiten und schlug ihn dann mit einer eleganten Bewegung zurück.

»Na also, das ist doch viel besser, Mädchen. Jetzt kann ich wenigstens deine Augen sehen. Es kam mir schon so vor, als würde ich mit einem gesichtslosen Gespenst reden.«

Christiana verzog ihren Mund zu einem kleinen Lächeln.

»Sieh an, sieh an, das Gespenst kann sogar lächeln!« Die Herzogin musterte aufmerksam das Gesicht ihrer Nichte, das zum größten Teil von der Maske bedeckt war. »Du wirkst müde.«

»Möchtet Ihr jetzt etwas essen?«, wich Christiana ihrer Frage aus, doch ihre Tante ließ sich nicht so einfach ablenken.

»Habe ich alter Drachen dir so viel Ärger gemacht?«

»Natürlich nicht, Durchlaucht!«, versicherte Christiana ihr ein wenig zu eifrig, fügte dann jedoch hinzu: »Die Sorge um ein kleines Mädchen hat mich die ganze Nacht lang wach gehalten. Aber jetzt geht es ihm ein wenig besser.«

»Welches Mädchen?«

»Hannah, die Tochter von ...«

»Amina«, beendete Marlena ihren Satz. »Ja, ich kenne die Kleine. Sie ist das hübscheste Kind in der ganzen Stadt. Was hat sie denn?«

»Sie ist wohl vor kurzem in den Fluss gefallen, und seitdem hat sie Fieber. Gestern Nacht wäre sie beinahe gestorben«, antwortete Christiana.

»Und du bist die ganze Zeit über bei ihr geblieben?«

»Ja, Durchlaucht.« Mühsam unterdrückte sie ein Gähnen.

»Dann stell mir mein Essen und eine Kerze hier auf den Tisch neben dem Bett und geh schlafen.«

Christiana warf der Herzogin einen fragenden Blick zu.

»Tu, was ich dir sage! Ich kann dir auch später noch das Leben schwer machen.« Sie zwinkerte ihrer Nichte verschmitzt zu und entließ sie mit einem lässigen Wink ihrer Hand.

Christiana schickte sich an, der Aufforderung zu folgen, doch bevor sie schließlich die Gemächer der Herzogin verließ, drehte sie sich noch einmal um, knickste tief und sagte: »Vielen Dank, Durchlaucht. Ich wünsche Euch einen geruhsamen Schlaf.«

»Ich dir auch, Christiana.«

Die junge Frau trat mit einer Kerze in der Hand auf den dunklen Gang hinaus und schloss leise die Tür hinter sich. Ihre Augen hatten einen überraschten Ausdruck angenommen, und ihr Mund verzog sich zu einem winzigen Lächeln.

Ihre Tante hatte sie tatsächlich beim Namen genannt! Die Schlacht schien gewonnen – und das in so kurzer Zeit! Am liebsten wäre Christiana vor Freude in die Luft gesprungen.

Doch plötzlich wurde ihr schwarz vor Augen, und in ihren Ohren begann es laut zu rauschen. Halt suchend lehnte sie sich an die groben Steine der Wand und versuchte mit tiefen Atemzügen, die nahende Ohnmacht zu bekämpfen. Die Kerze glitt ihr aus der zitternden Hand, fiel zu Boden und erlosch. Im Dunkeln tastete sie sich blind vorwärts, doch ihre Beine knickten plötzlich unter ihrem Körper ein. Langsam rutschte sie an der Wand nach unten.

Aus dem Nichts erschienen zwei Hände und fingen sie auf. Eine umfasste ihre Schultern, die andere schob sich unter ihre Beine, und sie spürte, wie sie hochgehoben wurde. Keinen Augenblick später bemerkte sie entsetzt, dass sie in ihrer Freude vergessen hatte, den Schleier vor ihr Gesicht zu ziehen. Doch der schmächtige Körper, der sie mit seiner Wärme schützend umfing, kam ihr seltsam vertraut vor.

»Thomas ...«

Mit einem müden Seufzen ließ sie ihren Kopf gegen die schmale Brust des Jungen sinken und gab sich dem tröstlichen Gefühl hin, das sie bei dem beruhigenden Geräusch seines Herzschlags erfasste. Vor ihm musste sie keine Angst haben. Bei ihm war ihr Geheimnis sicher!

Vorsichtig trug er sie zu ihren Gemächern, und es gelang ihm, die Tür zu öffnen, ohne sie abzusetzen. Dann brachte er sie in ihr Schlafzimmer, legte sie sanft auf das Bett und machte sich behutsam an ihren Schuhen zu schaffen.

Durch halb geschlossene Lider beobachtete Christiana, wie er sich über sie beugte und eine Decke über ihr ausbreitete. Dann richtete er seinen besorgten Blick auf ihre Augen, und ein kleines, aufmunterndes Lächeln huschte über sein Gesicht.

»Danke«, murmelte sie und schlief augenblicklich ein.

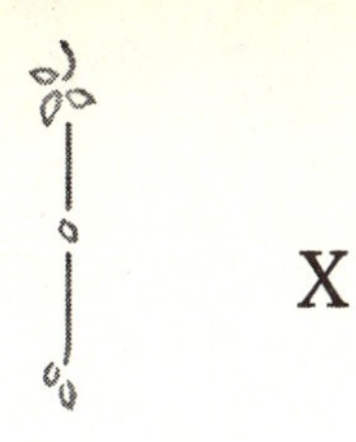

# X

*Sie fühlte, wie sich ihr Kleid mit dem eiskalten Wasser voll sog und sie immer weiter in die Tiefe zog. Ihre Gliedmaßen wurden schwer wie Felsbrocken, und sie spürte, wie das Leben langsam aus ihrem Körper entwich. Sie wollte nicht länger gegen die Dunkelheit ankämpfen.*

*Erschöpft gab sie auf und überließ sich ihrem Schicksal.*

*»Christiana!«*

*Der herzzerreißende Schrei durchbrach die todbringende Stille des Wassers, drang zu ihrem betäubten Verstand vor und befreite sie abrupt von den willkommenen Ketten ihrer Lethargie. Sie begann, wild mit den Beinen zu strampeln, und versuchte verzweifelt, an die Oberfläche zu gelangen, doch sie schaffte es nicht. Ihre Lunge schmerzte, und der wieder erwachte Drang zu atmen wurde so überwältigend, dass sie willenlos den Mund öffnete. Das Wasser strömte ihre Kehle hinab und erstickte ihren Hilfeschrei.*

*Sie starb.*

Christiana schreckte hoch und griff sich mit der Hand an den Hals. Ihr Atem ging schnell, ihr Gesicht unter der Maske war feucht und heiß, und ihr Herzschlag hallte laut in ihren Ohren wider. Verwirrt blickte sie sich um.

Es war dunkel, und bevor sie klar sehen konnte, blinzelte sie ein paar Mal. Sie war nicht umgeben von kaltem, alles durchdringendem Wasser, sondern lag in ihrem großen Bett mit dem Baldachin, umgeben von weichen Decken und daunengefüllten Kissen.

Es war nur ein Traum gewesen!

Erleichtert atmete sie auf und bemühte sich, gegen die verbliebene Angst anzukämpfen, die ihren ganzen Körper erzittern ließ. Alles war ihr so wirklich erschienen, dass sie für einen Moment tatsächlich geglaubt hatte, sie würde ertrinken ...

Gähnend zwang sie sich, die Beine über den Rand des Bettes zu schwingen und sich ausgiebig zu stecken, um die lähmende Schwere ihres schläfrigen Körpers zu vertreiben. Währenddessen versuchte sie mit aller Macht, die lebhafte Erinnerung an den beunruhigenden Traum zu verdrängen. Langsam ließ sie ihre kalten Füße zu Boden gleiten und erhob sich. Dann ging sie zu einem der beiden Fenster und zog die dicken Vorhänge zurück. Das helle Sonnenlicht, das sogleich ins Zimmer fiel, blendete sie, und sie griff nach dem Riegel, um das Fenster zu öffnen. Warme, frische Luft strömte herein und weckte ihre Lebensgeister. Sie gähnte noch einmal und lehnte sich vorsichtig ein Stück hinaus, darauf bedacht, von niemandem gesehen zu werden.

Von ihren Gemächern aus hatte man einen wundervollen Blick auf einen nahe gelegenen Berghang und ein paar darunter liegende Häuser. Die Spitze des Kirchturms schimmerte im Sonnenlicht, und ein Pfad, der sich den grünen Hang hinaufschlängelte, lud geradewegs zu einem ausgiebigen Ausritt ein.

Ein leises Klopfen an der Tür des angrenzenden Kaminzimmers ließ ihren Kopf herumschnellen.

Die Tür ist nicht verriegelt, schoss es ihr durch den Kopf. Bestürzt lief sie zurück zum Bett, und ihre Augen wanderten suchend über die Decke, bis sie den Schleier entdeckte, der sich in der Nacht von ihrem Kopf gelöst haben musste. Hastig griff sie danach, befestigte ihn an ihrer Maske und zog ihn vor ihr Gesicht. Dann verließ sie eilig den Raum und betrat das kleine Empfangszimmer.

»Ja?«

Die Tür öffnete sich, und Johanna trat lächelnd ein.

»Ich hörte Geräusche aus Euren Gemächern, und da dachte ich mir, dass Ihr aufgestanden seid. Habt Ihr gut geschlafen?«

»Ja, danke«, log Christiana.

Neugierig beäugte Johanna das befleckte, zerknitterte Kleid, in dem Christiana geschlafen hatte, und ihr Mund verzog sich zu einem Schmunzeln. »Die Herzogin hat Euch wohl noch lange in Anspruch genommen?«

Christiana folgte ihrem Blick und bemühte sich vergeblich, mit der Hand ein paar der Falten in dem schwarzen Stoff zu glätten. Sie hatte sich am Tag zuvor, als sie kurz zur Burg zurückgekehrt war, in aller Eile gewaschen und umgezogen, doch im Laufe der anstrengenden Nacht war auch dieses Kleid schmutzig worden.

»Ich denke, ich sollte jetzt ein Bad nehmen und frische Kleidung anlegen«, sagte sie, ohne auf Johannas Frage einzugehen.

»Verzeiht mir, Christiana«, setzte die Freifrau schnell hinzu, »ich wollte Euch nicht beleidigen! Also ... wir wissen es sehr zu schätzen, was Ihr für uns ... für die Herzogin tut. Stellt Euch vor, sie hat heute noch kein einziges Mal gerufen, dabei ist schon Nachmittag!«

»*Nachmittag?* Ich fürchte, dann bleibt mir keine Zeit mehr zu baden. Sie muss am Verhungern sein und ...«

»Sie hat bereits gegessen«, unterbrach sie Johanna.

»Wer ...«

»Euer Diener hat ihr das Frühstück und das Mittagessen gebracht«, antwortete die Ehrendame. Als sie merkte, wie Christiana förmlich erstarrte, fragte sie verwirrt: »Habt Ihr ihm denn nicht befohlen, sich um die Herzogin zu kümmern? Ich dachte ...« Sie brach ab und schaute die junge Frau fragend an.

Christiana wollte der Fremden gegenüber nicht zugeben, dass Thomas ohne ihre Anweisung gehandelt hatte. Besonders nicht, nachdem er ihr seine Fürsorglichkeit letzte Nacht einmal mehr unter Beweis gestellt hatte. Aber dass ihre Tante den Jungen ohne ein Wort des Unmutes hereingelassen hatte, überraschte sie so sehr, dass sie vergaß, Thomas' eigenmächtiges Handeln zu verteidigen.

»Sie hat seit Monaten nicht mehr so viel gegessen wie heute«, fügte Johanna nach einer Weile zaghaft hinzu. »Und sie hatte in den letzten Stunden keinen einzigen Wutanfall. Ihr habt wahrlich ein Wunder bewirkt!«

Christiana bemerkte an ihrem schmeichelnden Tonfall, wie neugierig sie war. Die Ehrendame war erpicht darauf zu erfahren, was genau hinter den verschlossenen Türen vor sich gegangen war, doch Christiana verspürte keinerlei Drang, Johanna darüber in Kenntnis zu setzen. Ebenso wenig wie Thomas' Angelegenheiten waren die ihrer Tante Gegenstand dieses Gespräches. Schließlich kannte sie Johanna erst seit kurzer Zeit und wusste sie noch nicht richtig einzuschätzen.

»Wir können nur hoffen, dass das so bleibt«, gab sie ausweichend zurück. »Wenn Ihr mich jetzt entschuldigen würdet, ich möchte mich umziehen.«

»Ich dachte schon, ich muss mich heute den ganzen Tag lang damit begnügen, mich mit mir selbst zu unterhalten!«, begrüßte die Herzogin Christiana schroff, die gebadet und in frischer Kleidung deren Gemächer betrat. »Ich sagte zwar gestern, dass es etwas für sich hat, wenn ein Diener stumm ist, aber nach einer Weile ist es entsetzlich langweilig, wenn man keine Antwort bekommt.«

Marlena saß, gestützt von unzähligen Kissen, aufrecht im Bett und musterte ihre Nichte mit einem durchdringenden Blick. Ihre von vielen kleinen Lachfältchen umgebenen Augen leuchteten im gleichen Grünton wie Christianas und die ihrer Mutter. Auch die langen Haare, die der Herzogin in dicken, leicht ergrauten Strähnen über die Schultern fielen, bezeugten die große Ähnlichkeit der Schwestern. Im Gegensatz zu Isabellas Gesicht fehlten Marlena jedoch die feinen, sehr weiblichen Züge. Ihre vollen Wangen, der breite Mund und die große Nase verliehen ihrem Gesicht etwas eher Robustes, doch trotz der tiefen Falten auf der Stirn und der krankheitsbedingten Blässe war sie nicht unattraktiv.

Die Herzogin war nicht so zierlich wie ihre jüngere Schwester und Christiana, und ihre Hände waren beinahe so groß wie die eines Mannes. Ihre stolze, nahezu arrogant wirkende Haltung zeugte von Strenge und Durchsetzungsvermögen, die kaum einen Zweifel daran ließen, dass sie den meisten trotz der körperlichen Einschränkung an Intelligenz und Kraft weit überlegen war.

Ungeachtet dessen konnte man jedoch noch immer einen Hauch jener übermütigen Lebensfreude wahrnehmen, die einst diesen angeschlagenen Körper bewohnt hatte.

»Es ist unverzeihlich, Durchlaucht, dass ich Euch vernachlässig habe«, entschuldigte sich Christiana eilig. Sie knickste kurz und schlug dann den Schleier zurück, damit ihre Tante wie in der Nacht zuvor ihr Gesicht sehen konnte.

»Ich hoffe, du hast schön geträumt, während ich hier rumgelegen und die Spinnweben an der Decke gezählt habe.«

Christiana, von der barsch geäußerten Anschuldigung plötzlich eingeschüchtert, sah verwirrt zur Decke hinauf. Erst als sie das Lachen vom Bett vernahm, erkannte sie, dass die Worte nicht ernst gemeint waren.

»Du weißt doch, was man sagt, nicht wahr?«, fragte ihre Tante, deren Lachen schließlich versiegt war. »Der Traum in der ersten Nacht unter einem neuen Dach geht in Erfüllung. Also, was hast du geträumt?«

Christiana warf ihr einen solch erschrockenen Blick zu, dass Marlena nur mit Mühe ein erneutes Lachen unterdrücken konnte.

»Los, raus mit der Sprache!«, forderte sie ihre Nichte auf.

Christiana wand sich unter den aufmerksamen Blicken der Herzogin und sagte dann leise: »Ich bin ertrunken.«

»Oh!« Marlena schaute sie einen Augenblick lang entsetzt an, dann prustete sie los. »Christiana, du darfst das doch nicht für bare Münze nehmen. Das ist doch nur dummer Aberglaube. Ich habe in der ersten Nacht hier geträumt, ich hätte zwei Köpfe und wäre die Königin eines Volkes, das wie Hunde auf vier Beinen läuft. Und wie du gesehen hast, sind die Menschen hier völlig normal.«

Völlig *normal?* Was verstand die Herzogin bloß unter »normal«? Alles, was sie seit ihrer Ankunft auf Eden gesehen und gehört hatte, konnte wahrlich nicht mit diesem Wort beschrieben werden!

Kopfschüttelnd zog sie auf den Wink ihrer Tante hin einen Stuhl nah an das Bett heran und setzte sich. Und zum ersten Mal seit ihrer Ankunft auf Eden hatte sie wirklich die Zeit, sich in den Gemächern der Herzogin genauer umzusehen.

Die großen romanischen Doppelfenster waren umrahmt von schweren, ausgeblichenen und zum Teil abgewetzten Vorhängen. Gegenüber dem riesigen Bett aus dunklem Eichenholz hingen zwei große Porträts von finster dreinblickenden Männern an der Wand. Der einfache Tisch in der Mitte des Raums wirkte im Tageslicht genau wie die übrigen Möbelstücke äußerst schäbig. Den Rahmen des angelaufenen Spiegels in der Nähe der Tür bedeckte eine dicke Staubschicht, und die großen Teppiche auf dem kalten Steinboden waren abgetreten und an den Enden ausgefranst. Nirgendwo waren persönliche Gegenstände wie etwa ein Kamm oder Dinge zu sehen, die adlige Frauen für ihre Körperpflege benutzten. Der Raum wirkte kalt und unbewohnt, und Christiana konnte sich beim besten Willen nicht vorstellen, dass ihre Tante die letzten dreißig Jahre hier verbracht hatte. Wie sie aus zahlreichen Briefen wusste, war die Herzogin in ihrer zweiten Ehe sehr glücklich, doch es schien undenkbar, dass sie sich in einer trostlosen Umgebung wie dieser wohl gefühlt hatte.

»Nach meinem Unfall wollte ich nicht mehr in meinen Gemächern bleiben.«

Christiana sah Marlena verdutzt an, die trotz ihrer kräftigen Statur in dem Ungetüm von Bett beinahe zerbrechlich wirkte.

»Du bist nicht besonders gut, wenn es darum geht, deine Gedanken zu verbergen«, antwortete Marlena auf ihre unausgesprochene Frage.

»Das hatte ich in den letzten Jahren auch nicht nötig. Die meiste Zeit über versteckte der Schleier, was ich dachte. Es ist erstaunlich, wie schnell man die einfachsten Dinge vergisst, sobald man nicht mehr auf sie angewiesen ist«, erwiderte Christiana gedankenverloren.

Die Herzogin bedachte sie mit einem nachdenklichen Blick. Sie wusste, dass das Schicksal kurz vor Christianas Hochzeit mit einem Spanier grausam zugeschlagen hatte.

»Hast du den Mann gemocht?«, fragte sie plötzlich und für Christiana völlig unerwartet.

»Welchen Mann?«

»Deinen Verlobten.«

In die Augen ihrer Nichte trat ein Ausdruck tiefsten Schmerzes.

»Ja ... ich habe ihn sehr gemocht«, antwortete Christiana stockend, und ihr Blick glitt zum Fenster hinüber.

»Und was hat er getan, nachdem du den Unfall hattest?«, fragte Marlena, obwohl sie die Antwort bereits zu kennen glaubte.

»Was jeder vernünftige Mann getan hätte, wenn seine Braut plötzlich ein Gesicht hat, dessen Anblick ihn entsetzt: Er hat die Verlobung sofort gelöst.«

Der seltsame Unterton in Christianas Stimme ließ die Herzogin aufhorchen. Sie hätte gedacht, dass ihre Nichte wütend, resigniert oder zumindest verletzt sei, weil sich der Mann, in den sie offenbar verliebt gewesen war, von ihr abgewandt hatte. Doch es schien sie kaum zu berühren, so als ob sie fest damit gerechnet oder es sogar gewollt hatte. Marlena vermutete, dass Christiana nach all den Jahren noch immer nicht über den Verlust hinwegkam und ihre Gefühle verleugnete.

Eine Welle des Mitleids erfasste ihren Körper bei dem Gedanken an das Leben ihrer Nichte, das noch vor ihr lag und dennoch schon beendet schien. Wie ungerecht Gott doch war, eine junge Frau durch einen tragischen Unfall einer glücklichen Zukunft zu berauben. Was hatte sie getan, um eine solche Strafe zu verdienen?

»Erzähl mir von Isabella«, bat sie nach einer Weile. Wenn sie nun schon bei den ernsten Themen angelangt waren, konnten sie genauso gut gleich alles auf einmal hinter sich bringen. »Wie ist sie gestorben?«

Christiana schluckte mehrmals, dann nahm sie all ihren Mut zusammen und schaute ihrer Tante wieder ins Gesicht. »Ihr möchtet wissen, wie sie …« Sie räusperte sich. »… wie sie gestorben ist?«

Marlena sah ihr fest in die Augen und nickte langsam.

Christiana senkte den Blick und starrte lange auf ihre rechte feingliedrige Hand in ihrem Schoß, mit der sie ihre vernarbte linke Hand wie so oft fest umschlossen hielt, um sie vor den Augen anderer zu verstecken. Dann begann sie, mit gebrochener Stimme zu erzählen.

»Tagelang regnete es. Meine Schwestern murrten, weil sie im Haus bleiben mussten, doch im Gegensatz zu ihnen fühlte sich Mama wunderbar. Sie war durch die Jahre ihrer Krankheit sehr geschwächt, aber das Kind, das sie unter dem Herzen trug, gab ihr ihren Lebenswillen zurück, und sie blühte geradezu auf. Ich hatte sie seit Martins Tod nicht mehr so glücklich gesehen. Aber meine alte Amme Berta warnte mich!«

Christiana schloss für einen Moment die Augen und fuhr sich unbewusst mit ihrer vernarbten Hand über die verhüllte Stirn. Die Herzogin bemerkte, wie die Tränen, die ihre Nichte offenbar bisher mühsam zurückgehalten hatte, den weißen Stoff ihrer Maske benetzten.

»Als ich am Abend zur ihr kam, um ihr einen Gutenachtkuss zu geben, bemerkte ich keine Anzeichen dafür, dass etwas mit ihr nicht stimmte. Während sie mir eine gute Nacht wünschte, streichelte sie liebevoll über ihren runden Bauch und lächelte zufrieden. Doch ich war noch nicht an der Tür, als ich plötzlich ihren Schrei vernahm. Ich fuhr erschrocken herum und sah, wie sie sich vor Schmerzen krümmte. Ich riss die Tür auf, rief Berta zu Hilfe und rannte zurück zum Bett. ›Wehen!‹, keuchte Mama atemlos, und ihr Gesicht verzerrte sich vor Schmerzen. Aber es war zwei Monate zu früh, und ich war verrückt vor Angst. Dann schlug ich die Decke zurück …« Sie brach ab und presste die Fingernägel ihrer rechten Hand so fest in die Handfläche der anderen, dass kleine Blutstropfen hervorquollen. Als sie das bemerkte, öffnete sie die Hand und starrte mit leeren Augen auf die dunkelroten, halbrunden Male.

»Sie lag in einer großen Blutlache, und mit jeder ihrer verkrampften Bewegungen floss ein neuer Schwall aus ihrem Schoß und durchtränkte die Laken. Berta kam kurz darauf hereingestürmt, und als sie das Blut sah, erstarrte sie vor Entsetzen. – Wir haben die ganze Nacht lang um ihr Leben gekämpft, doch so schnell, wie das Blut herausströmte, konnten wir nichts dagegen tun. Wir mussten hilflos zusehen, wie sie unter unseren Händen starb. Die Hebamme brachte das winzige Baby auf die Welt, und als der kleine Junge anfing zu wimmern, dachten wir zuerst, dass wenigstens er leben würde. Aber Ludwig starb wenig später kurz nach der Nottaufe.«

Marlena wischte sich verstohlen eine Träne aus dem Auge und seufzte leise. Sie hatte ihre Schwester sehr geliebt! Und obwohl ihr letztes Treffen Jahre zurücklag, schmerzte sie der Gedanke, dass die immer fröhliche, hübsche Isabella so schwer krank gewesen war und einen solch furchtbaren Tod erlitten hatte.

»Hat sie noch etwas gesagt, bevor sie … starb?«, fragte sie schließlich und durchbrach damit die unheimliche Stille, die die Luft im Raum zu dick zum Atmen erscheinen ließ.

Christiana lachte laut auf, doch es klang seltsam hohl. »Sie sagte: ›Ich liebe dich, Christiana. Mehr als die anderen, denn du bist die Tochter, die ich mir immer gewünscht habe, die mir am nächsten steht und die mir am ähnlichsten ist. Werde glücklich – für uns beide!‹ Nie zuvor hat sie zugegeben, mit ihrem Leben und mit Vater nicht zufrieden zu sein, aber kurz vor ihrem Tod gestand sie mir und sich selbst ein, was ich gespürt habe, seit ich denken kann.«

Auch die Herzogin hatte vom ersten Tag an gewusst, dass Hubertus Graf von Rossewitz nicht der richtige Mann für ihre kleine, lebenslustige Schwester war. Doch ein Mädchen aus reichem Hause und von adliger Abstammung besaß kein Recht, ihrem Vater in der Wahl des Ehemannes zu widersprechen. Das hatte sie selbst am eigenen Leib erfahren müssen.

Ihr erster Gatte – Gott sei auf ewig gedankt, dass er ihn zeitig zu sich gerufen hatte – war ein zwanzig Jahre älterer, fettleibiger Mann mit faulen Zähnen und übel riechenden Körperausdünstungen gewesen. Aber ihr Vater hielt ihn für standesgemäß und ließ sich zudem von dem Reichtum und den ausgedehnten Besitztümern in der Mark Brandenburg beeindrucken, sodass die Ehe ein paar Monate nach Marlenas siebzehntem Geburtstag in aller Eile geschlossen wurde. Keine sechs Monate später war sie Witwe, da sich ihr Gatte an einer Fischgräte verschluckt hatte und daran erstickt war.

Für eine Weile zog sie sich nach seinem Tod in ein Kloster zurück. Sie war jung und reich, und die Absicht ihres Vaters, sie so schnell wie möglich wieder zu vermählen, war nicht zu übersehen. Sie bemühte sich, die trauernde Witwe zu spielen, und es erschien ihrem Vater schließlich vernünftig, sie zumindest für eine angemessene Zeit vom Heiratsmarkt fern zu halten. Nach drei Monaten beschloss er jedoch, der Trauerzeit seiner ältesten Tochter ein Ende zu setzen, und begab sich mit großem Gefolge in einem prunkvollen Brautzug zum Kloster. Doch als er an das Tor klopfte und die Herausgabe Marlenas forderte, wurde er bitter enttäuscht. Die Nonnen teilten ihm überrascht mit, dass sich seine Tochter bereits zwei Tage zuvor mit einer Eskorte auf den Weg nach Hause gemacht hatte.

In Wirklichkeit stand Marlena jedoch gerade in einer kleinen Kirche ein paar Meilen weiter südlich und vermählte sich mit Sebastian, dem jetzigen Herzog von Eden, den sie auf einem Fest im Haus ihres verstorbenen Gatten kennen gelernt hatte.

Vom ersten Augenblick an hatten beide gespürt, dass sie füreinander bestimmt waren, und so bedurfte es bloß eines kurzen Briefes, in dem sie Sebastian vom Tod ihres Mannes und ihrem gegenwärtigen Aufenthaltsort berichtete. Zu allem Unglück befand er sich gerade auf einer längeren Reise, und es dauerte mehrere Wochen, bis er ihre Nachricht erhielt. Doch Marlena zweifelte keinen Augenblick lang daran, dass er sie im Kloster abholen würde. Noch heute konnte sie ihr Glück kaum fassen, dass er es rechtzeitig geschafft hatte, sie aus den Fängen ihres Vaters zu befreien.

Fortan hatte sie keinerlei Kontakt zu ihrer Familie, außer zu Isabella. Die beiden Schwestern schrieben sich heimlich, und einige Jahre später bekam Marlena einen Brief, in dem Isabella sie von ihrer bevorstehenden Hochzeit mit dem Grafen von Rossewitz in Kenntnis setzte. Marlena kannte Hubertus gut, denn er war ein entfernter Verwandter ihres ersten Gatten und deshalb bei ihnen ein und aus gegangen. Von vornherein hegte sie jedoch eine starke Abneigung gegen den gut aussehenden, unglaublich herrischen und oftmals sogar bösartigen Mann, und sie warnte Isabella eindringlich. Doch die Sechzehnjährige schlug alle Einwände in den Wind. Marlena schmiedete Pläne, wie sie ihre kleine Schwester vor einer unglücklichen Ehe bewahren konnte, doch sie waren ohnehin zum Scheitern verurteilt, denn Isabella hatte sich auf den ersten Blick unsterblich in Hubertus verliebt.

Erst Jahre danach zeigten sich in Isabellas überschwänglichen Briefen erste Anzeichen ihrer Unzufriedenheit, aber nun war es zu spät. Mittlerweile hatte sie zwei kleine Kinder, Christiana und Dominik Johannes, die sie abgöttisch liebte und nicht zurücklassen konnte. Doch zusammen mit den Kindern konnte sie ihrem Mann nicht entrinnen, also blieb sie …

Und nun war sie tot, ihre Kinder in den Klauen des strengen Vaters und Christiana einem Schicksal überlassen, das die junge, mutige Frau gewiss nicht verdiente.

So ungern Marlena es auch zugab: Ihre Nichte hatte sie schwer beeindruckt. Ihr war es nicht nur gelungen, Aminas todkranke Tochter zu retten, sondern sie hatte auch sie selbst wieder zum Leben erweckt.

Seit Monaten war sie im Sumpf des Selbstmitleids gefangen und drohte allmählich unterzugehen. Sie schrie jeden an, der sich ihr näherte, um sich selbst nicht mit ihrer eigenen Wut völlig zu zerstören. Die Menschen, die sich um sie sorgten, trat sie mit Füßen, nur um das Mitleid aus ihren Augen zu vertreiben. Und sie lehnte es strikt ab, ihre vielen Verpflichtungen auf Eden endlich wieder wahrzunehmen.

Doch diese schlanke schwarzgekleidete Gestalt durchschaute sie von der ersten Minute an. Nach den langen, einsamen Monaten in diesem scheußlichen Raum bedurfte es lediglich noch eines kleinen Anstoßes, und den hatte Christiana ihr gegeben. Ihre Nichte hatte den Zorn, den sie seit dem Reitunfall in sich trug, gegen ihr Selbstmitleid ins Feld geführt. Und sie hatte ihr gezeigt, dass es längst an der Zeit war, wieder die Zügel in die eigenen Hände zu nehmen.

»Ich bin froh, dass du hier bist, Christiana«, flüsterte Marlena, selbst erstaunt über die Worte, die aus ihrem Mund kamen.

Christiana sah sie durch den Tränenschleier an und schenkte ihr ein kleines, zaghaftes Lächeln.

Und dann tat Marlena etwas, das ihr ganz und gar nicht ähnlich sah: Sie legte ihre Hand tröstend auf die ihrer Nichte.

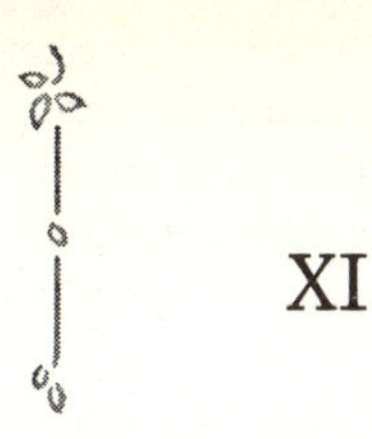

# XI

Sir Anthony schwang sich aus dem Sattel und überließ sein Pferd einem der herbeigeeilten Stallburschen. Er bahnte sich einen Weg durch die versammelte Menge auf dem Hof der Burg und lief mit großen Schritten die Treppe zum Haupteingang empor.

»Was ist hier los?«, fragte er mit donnernder Stimme, um das Gemurmel in der großen, überfüllten Halle zu übertönen.

»Oh, Anthony! Gut, dass du kommen!«, rief Eleana, die von einer Menschentraube umringt war, ihm zu. Sie schob die Leute unsanft aus dem Weg und kam zu ihm hinüber.

»Alle wollen zu Ihr Hoheit. Sie hören, was sie für Aminas Hannah getan und wollen Ihr Hilfe.«

»Sie wollen *alle* zu Lady Christiana?« Er ließ seinen Blick ungläubig über die Leute wandern. »Weiß sie davon?«

»Nein, sie sein bei Herzogin«, antwortete Eleana gereizt. Die Massen machten sie nervös. Seit Stunden bemühte sie sich, das Chaos unter Kontrolle zu bringen, doch sie war nicht besonders gut darin, anderen Befehle zu erteilen.

Sir Anthony kannte Eleanas Schwierigkeiten und fühlte sich sofort dazu berufen, die Situation auf seine Art zu regeln.

»Alle mal herhören!«, schrie er, um sich in dem Lärm Gehör zu verschaffen. Die Menschen drehten sich zu ihm um und schauten ihn neugierig an. »Lady Christiana ist seit gerade mal zwei Tagen hier, und ihr besitzt tatsächlich die Frechheit, die Burg zu belagern und somit die Ruhe der kranken Herzogin zu stören? Und selbst das genügt euch nicht. Jetzt erwartet ihr auch noch, dass sich Lady Christiana um euch kümmert, wo sie doch die schwierige Aufgabe hat, eurem Oberhaupt in diesen schlimmen Zeiten beizustehen?«, brachte Sir Anthony leidenschaftlich hervor. »Geht alle nach Hause! Unser Gast hat in dieser kurzen Zeit schon mehr als ein Wunder vollbracht, und das reicht fürs Erste. Morgen oder übermorgen werden vielleicht ein paar von euch zu Lady Christiana vorgelassen, aber ganz gewiss nicht heute!«

Ein Murren ging durch die Menge, und der Unmut über den Befehl war nicht zu überhören.

»Gebt ihr etwas Zeit, sich an uns zu gewöhnen und sich bei uns einzuleben. Und vergesst nicht, dass sie aus einem weitaus wichtigeren Grund hier ist als dem, sich euren Wehwehchen zu widmen!«

Die meisten schauten betroffen zu Boden, schließlich war ihnen allen bewusst, dass die Fremde einzig und allein wegen der Herzogin hierher gekommen war.

Langsam setzte sich die Menge in Bewegung und strömte durch die Tür ins Freie.

»Was hat denn dieser Festzug zu bedeuten?«

Sir Anthonys Kopf schnellte herum, denn er wusste sofort, wem die sanfte Stimme gehörte. Christiana humpelte mühsam die Treppe herunter und steuerte auf Eleana und ihn zu. Auf der obersten Stufe erschien Christianas seltsamer Diener, doch er blieb dort stehen und beobachtete aus sicherer Entfernung, wie seine Herrin durch die Halle schritt.

»Alle wollen zu Eure Hoheit«, antwortete Eleana nervös blinzelnd, und Sir Anthony verdrehte die Augen, denn er hatte eine leise Ahnung, wie Christiana auf diese unbedachte Bemerkung reagieren würde.

»Warum?«

»Wegen Heilkräfte.«

Sir Anthony bekämpfte den Drang, Eleana auf der Stelle den Hals umzudrehen.

»Warum gehen sie denn dann schon wieder?«, fragte Christiana überrascht.

»Ich habe sie weggeschickt, Mylady.«

»Was habt Ihr?« Christiana warf ihm einen Blick zu, den ihr Schleier verbarg. Doch hätte er ihn mitbekommen, hätte er sich gewiss gewünscht, ihm nicht ausgesetzt zu sein. »Wie könnt Ihr es wagen, das über meinen Kopf hinweg zu entscheiden, Sir Anthony? Ihr seid nicht mein Vater, und auch sonst habt Ihr keinerlei Befugnis, das zu tun!«

Als er die Schärfe in ihrer Stimme vernahm, zuckte er unwillkürlich zusammen. Wenn es um Christiana ging, schien er immer genau das Falsche zu tun. Nur zu deutlich konnte er sich an die Szene am Vortag erinnern, als sie ihm unmissverständlich klar gemacht hatte, dass er in Aminas Haus unerwünscht war. Selbst der schwächliche Junge, den sie als ihren Diener ausgab, hatte es daraufhin gewagt, sich ihm in den Weg zu stellen.

»Verzeiht, Lady Christiana, aber ich hatte nur die besten Absichten«, versicherte er ihr zerknirscht. »Ihr solltet Euch nach einem so schweren Tag wie dem gestrigen nicht überanstrengen, indem Ihr Euch um die unbedeutenden Gebrechen der Stadtbewohner kümmert.«

*»Sir Anthony«*, erwiderte sie in einem solch strengen Ton, dass er sich wie ein kleiner Junge vorkam, der von seiner Mutter getadelt wurde. »Erstens steht es Euch nicht zu, Euch über meine körperliche oder seelische Verfassung zu äußern. Zweitens bekleidet Ihr meines Wissens keine Stellung, die Euch das Recht zubilligt, darüber zu bestimmen, wie und womit ich meine Zeit verbringe. Drittens seid Ihr wohl kaum in der Lage einzuschätzen, wie unbedeutend die Gebrechen der Leute wirklich sind. Und viertens wäre ich Euch dankbar, wenn Ihr mir so viel Verstand zutraut, die Entscheidungen bezüglich meiner Angelegenheiten selbst zu treffen!«

»Ja, Mylady.«

Der betretene Ausdruck in Sir Anthonys blauen Augen brachte Christiana zum Lachen, doch es gelang ihr, sich nichts anmerken zu lassen. Stattdessen wandte sie sich an Eleana, die sie mit weit aufgerissenen Augen anstarrte und anscheinend völlig vergessen hatte, dass sie für gewöhnlich unaufhörlich zwinkerte.

»Meine Vorräte an Arzneien sind nahezu aufgebraucht. Gibt es hier einen Kräutergarten oder eine Lichtung im

Wald, wo ich mich einmal umsehen könnte? Ich muss wissen, ob auf dieser Insel etwas wächst, das ich verwenden kann.«

Eleana schloss ihren offen stehenden Mund mit einem hörbaren Geräusch und blickte sie verwirrt an. Die junge Frau in Schwarz hatte so schnell gesprochen, dass sie nur die Hälfte verstanden hatte, doch Sir Anthony kam ihr zu Hilfe.

»Es gibt einen Kräutergarten, aber der ist in letzter Zeit sehr vernachlässigt worden. Unser alter Arzt hat immer auf einer Lichtung nicht weit von hier Heilkräuter gesammelt. Wenn Ihr wünscht, könnte ich Euch die Stelle irgendwann einmal zeigen.«

»Wie wäre es jetzt sofort? Da Ihr all meine neuen Patienten fortgeschickt habt, möchte ich die Zeit nicht unnütz verstreichen lassen.«

Sir Anthonys Augen begannen zu strahlen.

»Natürlich, Lady Christiana. Ich lasse sofort ein Pferd für Euch satteln.« Er drehte sich auf dem Absatz um und war schon fast durch das riesige Eingangsportal der Halle verschwunden, da rief sie ihm hinterher: »Drei Pferde, Sir Anthony! Anna und Thomas werden uns begleiten.«

Es war wunderbar, neben Sir Anthony durch den herb duftenden Wald zu reiten. Die Luft war angenehm frisch, und ein leichter Wind drang durch ihr Kleid und kühlte ihre erhitzte Haut.

Anna und Thomas ritten ein paar Pferdelängen hinter ihnen, denn Sir Anthonys war es nicht geglückt, die beiden durch schnelles Tempo oder unerwartete Richtungswechsel abzuhängen.

Christiana sah sich nach Thomas um und wurde mit einem kleinen Lächeln bedacht.

Es war eine hervorragende Idee gewesen, ihn mitzunehmen. Im letzten Moment hatte sie sich an ihr Versprechen erinnert, ihm eine Gelegenheit zum Reiten zu verschaffen.

Außerdem empfand sie es plötzlich als unschicklich, ohne weibliche Begleitung mit einem Mann – mit *diesem* Mann – durch den Wald zu streifen, und deshalb hatte sie Anna rufen lassen.

Da sie sich allein ankleidete, das Frühstück in der Halle einnahm und auch sonst kaum Verwendung für eine Zofe hatte, schien das zurückhaltende Mädchen nicht recht zu wissen, was es überhaupt tun sollte. Bis jetzt hatte Christiana noch keine Zeit gefunden, sich nach einer besseren Beschäftigung für Anna umzusehen, doch es ließe sich ganz gewiss etwas finden. Vielleicht konnte das scheue Mädchen ihr und Thomas sogar bei der Behandlung der Kranken zur Hand gehen. Wenn sie an die vielen Menschen dachte, die in der Halle auf sie gewartet hatten, konnte sie ihre Hilfe bestimmt gebrauchen.

Aber alles zu seiner Zeit, beruhigte Christiana ihre fliegenden Gedanken. Zuerst musste sie das Mädchen besser kennen lernen und prüfen, ob es für eine solche Arbeit überhaupt taugte.

Als Weggefährtin für ihren Diener Thomas machte sich Anna jedoch recht gut, obwohl ihre äußerst schüchternen Versuche, sich mit ihm zu unterhalten, bislang nicht sonderlich erfolgreich waren. Aber Christiana hatte den Eindruck, dass Thomas das Mädchen mochte, und so konnte sie sich ganz auf ihre Aufgabe konzentrieren – und auf Sir Anthony.

Nachdem er eigenmächtig die Hilfe suchenden Menschen weggeschickt hatte, war sie wirklich wütend auf ihn gewesen. Aber dem reuevollen Ausdruck in seinen blauen Augen hatte er es zu verdanken, dass sie es nicht schaffte, lange böse auf ihn zu sein.

»Dort ist es, Mylady«, sagte er nun und zeigte mit dem Finger auf eine kleine Lichtung vor ihnen.

Christiana zügelte ihr Pferd und wollte gerade absteigen, da standen Sir Anthony und Thomas plötzlich neben ihrem Pferd und streckten ihr gleichzeitig ihre Hand entgegen. Sie schmunzelte über den Eifer des hübschen Engländers und ergriff dann seine Hand. Thomas kehrte pflichtbewusst zu

Anna zurück und bot ihr lächelnd seine Hilfe an. Christianas aufmerksamen Augen entging der verliebte Blick keineswegs, den ihre Zofe dem Jungen daraufhin zuwarf.

Sie passen wirklich gut zueinander, dachte sie und freute sich, dass ihr Schützling jemanden gefunden hatte, der sich offenbar sehr für ihn interessierte.

»Wonach genau halten wir denn Ausschau?«, wollte Sir Anthony wissen und blickte sich suchend um.

»Kamille, Brennnessel, Johanniskraut und alles, was man sonst noch verwenden kann, um es zu fiebersenkenden, wundheilenden oder schmerzlindernden Tränken und Salben zu verarbeiten«, antwortete sie. Erneut musste sie ein Lachen unterdrücken, das sich angesichts seines ernsthaften Gesichtsausdrucks in ihre Stimme schleichen wollte. »Zeigt mir einfach die Pflanzen, von denen Ihr glaubt, dass sie mir nützen, und ich werde Euch sagen, ob ich sie wirklich gebrauchen kann.«

Sie musterte kurz den Waldrand und humpelte dann auf die Lichtung zu, um sich in dem hohen Gras umzuschauen.

Eine Stunde später ging sie, den Arm voller wilder Pflanzen, beschwingt zu ihrer grasenden Stute zurück. Thomas nahm ihr die kostbare Last ab, und bevor Sir Anthony selbst aufsaß, half dieser ihr aufs Pferd.

Die ganze Zeit über hatte der Engländer sie mit seinen aufregenden, aber zutiefst verwirrenden Geschichten über Eden und seine Bewohner in seinen Bann geschlagen, sodass sie darüber fast den Anlass ihres Ausritts vergessen hatte.

Er hatte sie über die wichtigsten Gesetzte und gesellschaftlichen Regeln aufgeklärt, die hier niemand seltsam fand, die für sie jedoch unglaublich und so vollkommen anders als in ihrer Heimat waren.

Als Erstes hatte er ihr erzählt, das sich die Insel zwei Tagesreisen entfernt von der Westküste des osmanischen Reiches befand. Aufgrund der geringen Größe, der schwer zugänglichen Bucht – die einzige Möglichkeit, die Insel zu betreten – und dem Nebel, der ihre Steilküsten stets umgab, war sie jedoch von der übrigen Welt vollständig abgeschnitten. Vielleicht war das der Grund, dass auf Eden die Leute nicht alles so ernst nahmen wie auf dem Festland. Adelstitel und Ahnentafel bedeuteten erschreckend wenig in dieser bunt gemischten Gemeinschaft. Nur der Herzog und seine Frau und nun auch Christiana wurden von allen respektvoll mit ihrem Titel angesprochen. Es gab außerdem keine Leibeigenen. Alle Männer der Insel, ungeachtet ihres Geburtsrechts und ihrer Stellung, waren jedoch dazu verpflichtet, dem Herzog den Vasalleneid zu schwören.

Ferner berichtete ihr Sir Anthony, dass die Frauen die Stadt und alles rundherum beherrschten, denn die Männer fuhren nahezu alle zur See. Ihr Oberhaupt war die Herzogin, die sich ihrer Verantwortung jedoch in den letzten Monaten entzogen hatte. Zu ihrem Erstaunen erfuhr Christiana, dass es seit dem Unfall keinen Gerichtstag mehr gegeben hatte, bei dem die Herzogin gemeinhin die Strafen für Diebstahl oder andere Verbrechen festlegte und Streit zwischen den Einwohnern schlichtete.

Eine Frau, die Recht sprach, war nicht nur ungewöhnlich, sondern in Christianas Augen vollkommen unmöglich. So etwas hätte es in Rossewitz niemals gegeben!

Überrascht war sie auch über die Tatsache, dass auf Eden alle Mädchen und Jungen zur Schule gingen, um lesen und schreiben zu lernen. Sie wurden zwar getrennt unterrichtet und ab einem bestimmten Alter auf ihre jeweiligen traditionellen Aufgaben vorbereitet – die Mädchen wurden mit der Bewirtschaftung eines Haushalts und der Bestellung von Feldern vertraut gemacht, und die Jungen, gleich welchen Standes, wurden an den Waffen ausgebildet und in die Geheimnisse der Schifffahrt eingeführt –, doch allein die Vorstellung, dass allen Kinder diese Lehrstunden zuteil wurden, erstaunte Christiana über alle Maßen. Sie selbst hatte von ihrer Mutter schreiben und lesen gelernt, denn ihren Vater hatte es nie geschert, ob seine Tochter diese Fertigkeiten besaß oder nicht.

Kinder ab dem zweiten Lebensjahr wurden ebenfalls betreut, damit ihre Mütter entlastet waren. Unter der Aufsicht einiger Frauen, die sich mit dieser Aufgabe abwechselten, spielten sie hauptsächlich im Freien. Doch sie lernten auch zu reiten, übernahmen kleinere Arbeiten und wurden mit den Gesetzen von Eden bekannt gemacht.

Sir Anthony berichtete ihr außerdem, was es mit den Bewohnern und dem Gesinde der Burg auf sich hatte. Die Ehrendamen waren adlige Frauen, die der Herzogin als Gesellschafterinnen zur Verfügung standen, bis sie heirateten oder darum baten, aus ihren Diensten entlassen zu werden. Philomena hingegen gehörte – zusammen mit der obersten Köchin, dem Stallmeister, dem ersten Gärtner und einem alten Diener – zum fest angestellten Gesinde. Die Mägde und unteren Bediensteten waren Bewohner der Stadt, die einen einjährigen Dienst auf der Burg ableisteten. Sie erhielten lediglich ihre Verpflegung als Lohn für ihre Arbeit, denn mit ihren Diensten erwiesen sie der Herzogin und ihrem Mann als Herrscher von Eden ihren Respekt. Daher handelte es sich auch ausnahmslos um junge Frauen, Mädchen und Jungen, die noch keine eigene Familie hatten.

Edens Reichtum, der sogar Christiana schon aufgefallen war, beruhte auf der Seefahrt. Die Flotte bestand aus neun Schiffen. Die beiden größten befuhren jeweils ein ganzes Jahr lang oder auch länger die weit entfernten Meere, um Handel mit fremden Völkern zu treiben. Eins dieser beiden Schiffe wurde momentan von ihrem Onkel befehligt, der nun schon seit mehreren Monaten unterwegs war. Damit war auch das Rätsel um die Nachricht gelöst, die Christianas Vater erhalten hatte. Von Eden aus wäre der Brief niemals so schnell auf Rossewitz eingetroffen. Ihr Onkel musste also mit seinem Schiff gerade in einem Hafen ganz in der Nähe der Besitztümer ihres Vaters gelegen haben, sodass er vom Tod ihrer Mutter erfuhr und daraufhin den Grafen bat, seine Tochter nach Eden zu schicken.

Vier Schiffe, die nicht ganz so viel Ladung fassten wie die großen Viermaster, waren für mindestens acht Monate auf

See. Die drei kleinsten, zu denen auch die *Gloria* gehörte, befuhren die Handelsrouten in der näheren Umgebung und waren höchstens sieben Monate lang unterwegs.

Die restlichen Männer taten ihren Dienst in den Wachmannschaften rund um die Steilküsten und in der einzigen Bucht der Insel. Alle zwei Wochen wurden sie durch andere Männer und die älteren Jungen, die in der Stadt und auf dem Feld arbeiteten, abgelöst.

Nach der jährlichen Rückkehr des Flaggschiffs der Flotte, der viermastigen Fleute *Diana*, wechselten die Mannschaften der Schiffe und der Wache. So konnten die Männer, die ein Jahr lang fort gewesen waren, während der nächsten drei Jahre die kleinen oder mittleren Routen befahren oder die Wache übernehmen und so öfter bei ihrer Familie sein. Und dies schien auf Eden eine besonders große Bedeutung zu haben.

Für Christiana ließen sich diese seltsamen Abläufe nur mit einem Wort beschreiben: unglaublich! Eden und Rossewitz schienen durch weitaus mehr getrennt zu sein als durch die Entfernung. Das hier war eine andere Welt!

Wie sollte sie sich jemals auf dieser verrückten Insel eingewöhnen?

Als sie sich bereits eine Weile lang auf dem Heimweg befanden, zügelte Sir Anthony plötzlich sein Pferd und horchte angestrengt in den Wald hinein. Dann breitete sich ein Grinsen auf seinem Gesicht aus.

»Komm raus, du alter Seebär!«, rief er in den dichten Wald zu seiner Rechten hinein.

Die Büsche teilten sich, und ein mindestens achtzigjähriger Mann trat hervor. Seine Haltung war aufrecht, und er strahlte Stolz und Würde aus. Er trug altmodische, dunkle Kleidung, und sein zerfurchtes Gesicht war braun gebrannt.

Die Stute wurde durch die Bewegung unruhig, und Christiana beugte sich leicht nach vorn und klopfte ihr besänftigend auf den Hals.

»Lady Christiana, das ist Darius«, stellte Sir Anthony den alten Mann vor. »Darius, das ist Herzogin Marlenas Nichte, Lady Christiana von Rossewitz.«

Darius musterte sie mit versteinertem Gesicht, blickte dann zu Anna und Thomas und machte auf dem Absatz kehrt. Er war so schnell verschwunden, wie er erschienen war.

»Wer war das?«, fragte Christiana. Nachdem sie so viele unfassbare Geschichten gehört hatte, konnte sie selbst das seltsame Verhalten des Mannes nicht mehr überraschen. Doch sein Gesicht erinnerte sie an eins der Porträts in Marlenas Gemächern.

»Das ist der alte Captain. Bevor der Herzog ihn ablöste, war er das Oberhaupt von Eden.«

Ihn *ablöste?* Erbte man hier denn nicht den Titel des Herzogs? Und müsste Darius nicht tot sein, damit ihr Onkel in den Genuss seines Titels kam? Und warum hatte Sir Anthony ihn nicht mit »Herzog« vorgestellt? War Sebastian, Herzog von Eden, mit diesem Mann überhaupt verwandt?

Noch als sie schon längst im Hof der Burg angekommen waren, schwirrten Christiana diese Fragen im Kopf herum. Doch aus irgendeinem Grund traute sie sich nicht, sich bei Sir Anthony danach zu erkundigen. Außerdem hatte sie an diesem Tag mehr erfahren, als ihr Verstand bewältigen konnte.

Aber irgendwann würde sie schon noch hinter das Geheimnis von Eden kommen!

»Eine Bibliothek? Aber natürlich gibt es hier eine Bibliothek, Christiana.«

Johanna, die den ganzen Tag über mit unaufschiebbaren Aufgaben in der Stadt beschäftigt gewesen war und daher die Ereignisse des Nachmittags verpasst hatte, lächelte die junge Frau freundlich an.

»Folgt mir. Ich zeige sie Euch.«

»Ich glaube, Ihre Durchlaucht langweilt sich sehr. Ich möchte ihr ein Buch bringen, mit dem sie sich die Zeit vertreiben kann. Den ganzen Tag lang im Bett zu liegen, und dann noch in einem Raum, der so scheußlich ist, muss eine

Frau wie sie doch verrückt machen«, erklärte Christiana vorsichtig. Sie wollte die Ehrendame keinesfalls beleidigen, indem sie sich über die bisherige Pflege ihrer Tante schlecht äußerte. Johanna hatte sich die größte Mühe gegeben, das wusste sie, doch die Herzogin hatte mit ihrer Sturheit sämtliche Pläne, sie wieder in den Alltag auf Eden einzubinden, zunichte gemacht. »Da fällt mir ein, ich möchte Euch um einen Gefallen bitten.«

»Sagt mir nur alles, was Ihr wünscht, und ich werde tun, was in meiner Macht steht, um es zu ermöglichen«, erwiderte Johanna eifrig. Während sie Christiana durch die vielen verlassenen Gänge zur Bibliothek führte, konnte sie ihre Neugierde kaum verhehlen.

»Ich möchte, dass die alten Gemächer der Herzogin hergerichtet werden, sodass sie jederzeit in ihre gewohnte Umgebung zurückkehren kann – falls sie das verlangt.«

»Aber natürlich! Wir haben die ganze Zeit über alles in Ordnung gehalten. Nur die Decken müssten gelüftet werden, ansonsten ist alles bereit«, entgegnete die Ehrendame mit zufriedener Miene.

Es wäre wirklich ein großer Fortschritt, wenn die Herzogin endlich wieder ihre hellen, wundervoll eingerichteten Räume beziehen würde. Seit jenem schlimmen Tag, an dem ihr Lieblingspferd beim Sprung über ein Hindernis unglücklich gelandet und sie dabei aus dem Sattel geworfen worden war, hatte sie sich strikt geweigert, in die farbenfrohen Gemächer zurückzukehren. Selbst ihrem Mann, der seine Abreise wegen der Frühjahrsstürme auf hoher See bedauerlicherweise nur um vier Wochen hatte verschieben können, war es nicht gelungen, sie umzustimmen. Doch seit Christiana die Pflege übernommen hatte, schien es nur noch gute Nachrichten zu geben.

Obwohl es außer der jungen Frau und ihrem Diener noch immer niemandem gestattet war, das Zimmer zu betreten, waren die Veränderungen offensichtlich. Das Mahl der Herzogin wurde nicht mehr nahezu unangetastet in die Küche zurückgebracht, und es gab auch keine lauten Wutausbrüche wie zuvor. Und das leise Murmeln und gelegentliche Lachen, das Johanna und Eleana hörten, wenn sie an der Tür lauschend ihre Neugierde befriedigten, ließ darauf hoffen, dass sich die Herrin von Eden auf dem Weg der Besserung befand.

»Ich habe noch einen anderen Wunsch«, unterbrach Christiana die Gedankengänge der Freifrau von Waldenberg. »Ich möchte ein paar Räume in der Nähe der großen Halle benutzen, um mich dort um die Kranken zu kümmern.«

»Aber gewiss, Christiana. In dieser riesigen Burg ist mehr Platz, als man sich wünschen kann«, erwiderte die Ehrendame herzlich. Dann blieb sie plötzlich stehen und wies auf eine dicke, mit geschwungenen Eisenbeschlägen verzierte Tür. »Wir sind da. Dort befindet sich die Bibliothek.«

Johanna, die nicht viel für Bücher übrig hatte, gab Christiana eine der beiden Kerzen, die sie mitgebracht hatte, und löste einen großen Schlüssel von ihrem edelsteinbesetzten Schlüsselring.

»Früher saß die Herzogin oft stundenlang dort drin, aber nach ihrem Unfall wurde die Tür verschlossen.« Sie steckte den Schlüssel ins Schloss, drehte ihn aber nicht um.

»Bis zum Abendessen bleibt Euch noch genügend Zeit. Ihr könnt Euch also ausgiebig in der Bibliothek umsehen und ein Buch für die Herzogin auswählen. Ich bin sicher, Ihr werdet etwas finden.« Johanna trat einen Schritt zurück und machte Christiana Platz. »In der Zwischenzeit werde ich mich um die Räume kümmern, die ihr verlangt habt. Ich hole Euch dann wieder ab, damit Ihr Euch nicht verlauft.«

Sie lächelte der verschleierten Frau noch einmal zu und wandte sich um. Gemächlichen Schrittes ging sie den Gang hinunter und verschwand kurz darauf hinter der nächsten Ecke.

Christiana starrte einen Moment lang auf die noch immer verschlossene Tür, dann drehte sie sich um und hob ihre Kerze, um den Gang zu beleuchten.

»Möchtest du mit reinkommen?«, fragte sie in die Stille hinein.

Keine Bewegung. Kein Geräusch. Nichts.

»Du brauchst dich nicht zu verstecken, Thomas. Ich habe dich längst bemerkt.«

Aus einer der finsteren Nischen, die die grauen Steinwände durchbrachen, trat eine Gestalt hervor. Das Gesicht des Jungen erschien im gelben Schein der Kerzenflamme.

Christiana verzog ihren Mund zu einem Lächeln. Ihr Beschützerinstinkt ähnelte sehr dem des Jungen. Auch wenn sie ihn nicht sah, spürte sie, dass er jedem ihrer Schritte folgte. Sie sollte ihn eigentlich dafür tadeln, aber seine Anwesenheit hatte etwas Tröstliches. Sie gab ihr ein wenig Sicherheit in dieser noch immer fremden Umgebung.

»Ich wollte ohnehin mit dir sprechen«, sagte sie ernst und winkte ihn zu sich heran.

Er kam zögernd auf sie zu, und der wachsame Ausdruck seiner dunklen Augen verriet sein Unbehagen darüber, dass sie ihn entdeckt hatte.

Christiana schlug ihren Schleier zurück und schaute ihm geradewegs ins Gesicht.

»Ich wollte mich bei dir bedanken.«

Er blickte sie verwirrt an.

»Dafür, dass du mir gestern Nacht vor dem Gemach der Herzogin geholfen und dass du dich heute früh ohne meinen ausdrücklichen Befehl um sie gekümmert hast.«

Er verbeugte sich rasch, doch sie hatte bereits gesehen, dass ein überraschtes Lächeln über seine Züge gehuscht war.

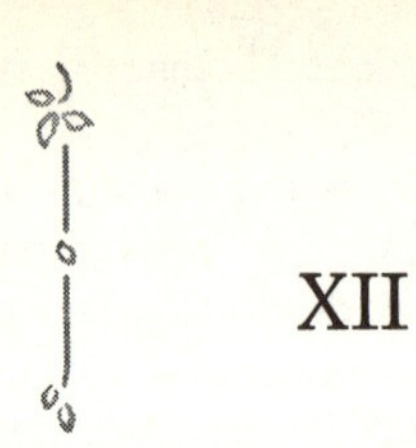

# XII

»... hat sie dem ollen George geraten, nicht mehr so viel zu fressen. Kannst du dir das vorstellen?« Die übermütige Stimme des Jungen drang aus dem Stall auf den Hof der Burg. »Seine Winde und Bauchschmerzen kommen davon, dass er den ganzen Tag lang die Kohlsuppe seiner schrumpligen Alten in sich reinstopft!«

»Und Jacques hat sie empfohlen, sich mehr als einmal im Jahr zu waschen, dann würde sein scheußlicher Ausschlag endlich verschwinden, und er würde vielleicht auch mal 'ne Frau abkriegen«, entgegnete ein anderer lachend.

»Die Krüpplige hat wirklich Mut, aber wenn man so abscheulich aussieht, dass man nur nachts ohne Schleier rausgehen kann, um den Mond anzuheulen, muss man den wohl haben!«

»Patrick, wenn das jemand hört!«, wies ihn der zweite Junge heftig zurecht. »Sie mag vielleicht nicht unbedingt die Schönste sein, aber wer auf dieser Insel kann das schon von sich behaupten?«

»Sie humpelt, also ist sie ein Krüppel. Und wer sein Gesicht nicht zeigt, kann doch nur so hässlich wie die Nacht sein!«

»Du bist ein blöder Esel!«, rief der zweite Junge und stürmte aufgebracht aus dem Stall. Er war ein Stiefbruder von Amina, und angesichts dessen, was die Lady für sie und ihre kleine Tochter getan hatte, würde er es nicht wagen, auch nur ein schlechtes Wort über sie zu verlieren.

Gerade lief er um die Ecke, da prallte er mit jemandem zusammen, der sein Pferd in den Stall führen wollte. Er stürzte zu Boden und fluchte heftig. Nachdem er sich wieder aufgerappelt hatte, schaute er auf und blickte in zwei schmale, vor Zorn blitzende Augen. Erschrocken machte er den Weg frei und sah der Gestalt hinterher, die mit dem Pferd am Zügel im Stall verschwand.

»Hey, was zum Teufel soll das?«, hörte er Patricks überraschten Ausruf, dann verstummte er plötzlich.

Dem Übelkeit erregenden Geräusch einer Faust, die erbarmungslos ihr Ziel im Gesicht eines anderen fand, folgte Patricks markerschütternder Schmerzensschrei. Der Junge zögerte nicht lange und rannte los.

Atemlos eilte er über den Hof der Burg, die Treppen hinauf und in die große überfüllte Halle, um Hilfe zu holen.

Sir Anthony stieß beinahe mit dem rotgesichtigen Jungen zusammen. Im letzten Augenblick ergriff er seinen Arm und bewahrte ihn davor, erneut zu Boden zu stürzen.

»Wo willst du denn so schnell hin, Henry?«, schnauzte er den Stallburschen verärgert an. Er hielt sich täglich viele Stunden in der Burg auf, doch Christiana ging ihm immer wieder geschickt aus dem Weg. Ihm war sogar der Gedanke gekommen, sich mit Absicht eine Verletzung zuzufügen, nur damit er ein Gespräch unter vier Augen mit ihr führen konnte. Aber selbst dann würde sie es sicher zu verhindern wissen.

»Er schlägt ihn tot!«, rief der Junge verstört.

»Wer schlägt wen tot?«

»Im Stall ...«

Sir Anthony ließ den Jungen los und hastete durch das große Hauptportal. Als er mit langen Schritten den Hof überquerte, trug der Wind ihm bereits die Geräusche eines Faustkampfes zu. Ein reiterloses Pferd trabte auf ihn zu, und er fing geübt die hängenden Zügel ein. Mit sanften Worten versuchte er, das nervöse Tier zu beruhigen, führte es schließlich zum nächstgelegenen Ring an der Mauer und machte es fest. Dann lief er eilig weiter.

»Was ist hier los?«, brüllte er ungeachtet der Tiere im Stall, die ohnehin schon angsterfüllt gegen die gemauerten Wände ihrer Boxen traten.

Christianas Diener saß rittlings auf dem sich windenden und stöhnenden Patrick und rammte ihm mit voller Wucht die Faust ins Gesicht. Der Kiefer des Stallburschen knirschte verdächtig, doch Thomas holte gnadenlos zu seinem nächsten Schlag aus.

Sir Anthony machte einen Satz nach vorn und packte Thomas, dessen Gugel vom Kopf gerutscht war, an den Haaren. Der Junge schlug in blinder Wut um sich, doch Sir Anthony legte seinen kräftigen Arm um den schmächtigen Körper. Er drängte ihn unbarmherzig gegen die Stallwand und hob ihn dann hoch, sodass Thomas' Füße in der Luft baumelten.

»Patrick, was ist los mit dir?«, fragte er Thomas' Opfer besorgt.

Der Junge wimmerte und krümmte sich vor Schmerzen.

»Kannst du aufstehen?«

Der Stallbursche öffnete vorsichtig die Augen und fuhr sich mit der Hand über sein blutverschmiertes Gesicht.

»Er kam rein ... und hat einfach schugeschlagen. Isch hab' gar nisch geschan!«, jammerte er und spuckte Blut.

Sir Anthony wandte seinen Blick Christianas Diener zu, der sich gegen seinen eisernen Griff heftig zur Wehr setzte.

»Was ist nur in dich gefahren?«, schrie er. »Warum hast du ihn verprügelt?«

Thomas warf ihm einen hasserfüllten Blick zu und versuchte erneut, sich zu befreien.

»Ich sollte dir so eine verpassen, dass du für die nächsten Tage nicht mehr sitzen kannst, du ...«

»Sir Anthony!«

Warum musste sie ausgerechnet jetzt auftauchen? Seufzend schloss Sir Anthony einen Moment lang die Augen und wandte sich dann widerwillig um.

Christiana stand in der weit geöffneten Stalltür. Das Sonnenlicht umhüllte ihren verschleierten Kopf wie ein Heiligenschein.

»Lasst auf der Stelle meinen Diener los!«

Sir Anthony senkte langsam den Arm und trat einen Schritt zurück. Der Junge bekam wieder Boden unter den Füßen und nutzte die Gelegenheit sofort, um sich wieder auf Patrick zu stürzen.

*»Thomas!«*

In der sonst so sanften Stimme Christianas schwang ein gefährlicher Unterton, der ihren Diener mitten in seiner Bewegung erstarren ließ. Plötzlich schoss Patricks Hand nach oben und traf Thomas' Auge mit einem harten Schlag.

Sir Anthony befürchtete, dass Thomas den Schlag sofort erwidern würde, und schnellte auf die beiden Streithähne zu, um das zu verhindern. Doch Thomas ließ den Schlag ohne mit der Wimper zu zucken über sich ergehen. Mit hängendem Kopf stand er auf und wartete reglos auf die Befehle seiner Herrin.

»Sir Anthony, würdet Ihr Patrick bitte beim Aufstehen behilflich sein? Bringt ihn in den Raum, den ich für die Behandlung der Kranken benutze.«

Sir Anthony warf ihr einen überraschten Blick zu. Ihre Stimme klang wieder vollkommen ruhig, allein ihre steife Haltung und die zu Fäusten geballten Hände verrieten ihre Wut.

»Wie Ihr wünscht, Mylady«, erwiderte er knapp.

Er half dem Stallburschen auf, packte ihn bei den schmalen Schultern und führte ihn an Christiana vorbei durch die Tür. Doch kurz bevor er auf den Hof hinaustrat, warf er Thomas über die Schulter hinweg einen beinahe mitleidigen Blick zu. Auf keinen Fall wollte er jetzt in seiner Haut stecken. Nicht, wenn diese willensstarke, junge Frau, die mit einem einzigen scharfen Wort den Jungen aufgehalten hatte, so verärgert war.

Ohne auf den pochenden Schmerz seines schnell anschwellenden Auges zu achten, wartete Thomas ängstlich auf das Donnerwetter, das gleich auf ihn niedergehen würde. Noch nie hatte er seine Herrin so wütend erlebt wie in dem Moment, als er sich auf den Jungen gestürzt hatte, um ihm seine verdiente Tracht Prügel zu verpassen. Dabei fühlte er sich vollkommen im Recht. Dieser ungehobelte Stallbursche hatte seine Herrin zutiefst beleidigt, doch das würde sie – zumindest von ihm – niemals erfahren. Sie musste ja nicht wissen, dass sich ein dummer Junge über sie lustig gemacht hatte.

»Thomas!«

Erschrocken fuhr er zusammen.

Christiana musterte ihren Diener, der den Kopf gebeugt hielt, und fragte sich, was er wohl erwartete. Dachte er etwa, sie würde ihn auspeitschen lassen? Oder sogar noch Schlimmeres? Vielleicht glaubte er, dass sie ihn wochenlang in ein feuchtes Burgverlies sperren und ihn hungern lassen würde.

Sie hatte in ihrem ganzen Leben noch nie jemanden mit körperlicher Züchtigung bestraft. Und sie würde bei Thomas erst recht nicht damit anfangen, der in seinem Leben offenbar schon genügend Strafen erhalten hatte. Was er auch für einen Grund gehabt haben mochte, auf den Stallburschen loszugehen – er war und blieb ihr Schützling, der ihr mehr als einmal beigestanden hatte, und das weit über seine Pflichten als Diener hinaus.

Sie würde ihm niemals etwas antun können. Doch sie war erleichtert, dass er offenbar anders darüber dachte. Er schien sie also doch nicht so gut zu kennen, wie sie geglaubt hatte.

»Thomas, ich möchte, dass du jetzt sofort in deine Kammer gehst«, sagte sie und bemühte sich, ihrer Stimme die nötige Strenge zu verleihen.

Es würde genügen, ihn eine Zeit lang warten zu lassen, damit er sich Gedanken darüber machte, wie er wohl für seine Tat bestraft wurde. Christiana hielt die Macht der eigenen Fantasie für die schlimmste Vergeltung. Wenn man nicht wusste, was man zu erwarten hatte, konnten langsam verstreichende Stunden zur Qual werden. Das hatte sie am eigenen Leib erfahren müssen. Und es würde auch ihm eine Lehre sein.

»Bleib dort, bis ich zu dir komme.« Mit diesen Worten drehte sie sich um und verließ humpelnd den Stall.

Zitternd saß Thomas auf dem Bett in seiner kleinen, spärlich eingerichteten Kammer und wartete.

Genau wie seine Herrin es beabsichtigt hatte, malte er sich die Strafe, die er bekommen würde, in den schlimmsten Farben aus.

Was würde sie tun?

Er hatte Angst, panische Angst. Davor, in ihrer Gunst gesunken zu sein und sie schwer enttäuscht zu haben. Und davor, seinen Schutzengel nun für immer zu verlieren. Jede noch so schwere Züchtigung würde er mit Freuden über sich ergehen lassen – wenn sie ihn nur nicht fortschickte, ihn mit Nichtachtung strafte oder sogar aus ihren Diensten entließ!

In ihrer Nähe zu sein, bedeutete ihm alles, das hatte sich seit jenem Tag nicht geändert, als er sie zum ersten Mal sah. Falls er das Vertrauen seiner Herrin verlor, wusste er nicht, was er mit seinem Leben anfangen sollte. Welchen Wert hätte es dann noch? Er mochte sich gar nicht vorstellen, wie sein Tag aussähe, wenn er nicht mehr jeden ihrer Schritte bewachen und den Duft von süßen Äpfeln aufsaugen könnte, der sie umgab, und wenn er nicht mehr mit ihr zusammenarbeiten dürfte.

Seit drei Wochen war sie nun täglich damit beschäftigt, sich um die Menschen der Stadt zu kümmern, und er ging ihr dabei dankbar zur Hand. Man hätte annehmen können, dass es mittlerweile kaum einen Bewohner gab, den sie noch nicht untersucht und behandelt hatte, doch jeden Morgen standen wieder unzählige vor der Tür und baten um Hilfe. Ihr Können hatte sich schnell herumgesprochen, und so war ihr Tag erfüllt von Arbeit, die sie kaum bewältigen konnte und die sie zusehends erschöpfte.

Von Sonnenaufgang – gleich nach der Frühmesse – bis zum Sonnenuntergang hörte sie sich die Sorgen und Nöte der Stadtbewohner an, behandelte ihre Wunden, Ausschläge und Geschwüre, verschaffte ihnen Linderung oder heilte sie, und manchmal begleitete sie sie bis in den Tod. In der Nacht braute sie ihre Tränke, bereitete Salben und Mixturen zu und las in den Büchern, die sie in der Bibliothek entdeckt hatte, um sich mit den Pflanzen dieser Insel vertraut zu machen. Doch immer wieder war sie gezwungen, ihre Arbeit zu unterbrechen, um sich um die Bedürfnisse ihrer Tante zu kümmern.

Ein paar Tage zuvor war es ihr endlich gelungen, die Herzogin zu überreden, wieder in ihre alten Gemächer zu ziehen. Doch nun verlangte Marlena, die ihrer Ehrendamen noch immer überdrüssig war, ständig mehr Aufmerksamkeit. Seine Herrin fand keine Zeit mehr, die Pflanzen für ihre Arzneien selbst zu sammeln, und so brachte sie ihm bei, zu welchen Zeiten man welche Kräuter erntete. Immer öfter schickte sie ihn allein in den Wald, um Nachschub zu besorgen.

Sie schien bemerkt zu haben, wie sehr er es genoss zu reiten, und überredete Angus, den o-beinigen Stallmeister, ihm jederzeit ein Pferd aus dem Reitstall der Herzogin zur Verfügung zu stellen. Mühelos hatte sie den brummigen kleinen Mann mit ihrer unvergleichlich sanften Stimme und ein paar wohlwollenden Worten bestochen.

Bei seinen zahlreichen Ausritten begegnete er immer wieder jenem Mann, den Sir Anthony als Darius vorgestellt hatte, und freundete sich schließlich mit dem mürrischen Kauz an. Einmal nahm Darius ihn mit zu seiner Hütte und zeigte ihm, womit er seine Zeit verbrachte.

Die seltsamen Gegenstände, die in der kleinen Holzhütte im Wald verstreut lagen, ließen ihn schnell zu der Überzeugung gelangen, dass der alte Captain ein Erfinder sein musste. Daraufhin malte er seine Idee, die ihm eines Tages urplötzlich in den Sinn gekommen war, in den gestampften Lehmboden der Hütte. Darius lief aufgeregt hin und her und dachte laut darüber nach, wie er so etwas bauen könnte.

Als er an diesem Nachmittag von der Lichtung zurückkam, wartete der alte Mann am Wegesrand auf ihn und berichtete ihm voller Stolz, dass es ihm endlich gelungen war. Er musste das Kunstwerk nur noch zur Burg transportieren.

Vielleicht würde diese Erfindung seine Herrin ein wenig entlasten – aber würde er überhaupt noch die Gelegenheit bekommen, sie ihr vorzuführen?

Das Geräusch unregelmäßiger Schritte auf dem Gang riss ihn aus seinen Gedanken. Sie wurden lauter, und als sie an seiner Tür angekommen waren, verstummten sie.

Es war so weit!

Starr vor Angst richtete er seinen Blick auf den eisernen Riegel.

Christiana öffnete die Tür zu Thomas' Kammer und trat ein. Sie hatte sich redlich bemüht, lange zu warten, doch ihre Sorge um den Jungen, den sie hinaufgeschickt hatte, ohne einen Blick auf seine Verletzungen zu werfen, brachte sie schließlich dazu, viel früher als geplant die Treppe zum dritten Stock hinaufzusteigen.

Sie hatte Patricks zahlreiche, bis auf den Kieferbruch und zwei ausgeschlagene Zähne nicht wirklich ernsthafte Blessuren behandelt und war dabei immer unruhiger geworden. Was, wenn Thomas ebensolche schmerzhaften Verletzungen hatte? Was, wenn seine Wunden viel schwerer und tiefer waren?

Nun stand sie beunruhigt in diesem winzigen Raum und hatte noch immer keine Ahnung, warum er auf den Stallburschen losgegangen war. Aus Patrick und Henry hatte sie kein einziges Wort herausbekommen, doch sie wusste, dass etwas Schwerwiegendes geschehen sein musste, sonst hätte sich ihr sanftmütiger Schützling nicht dazu verleiten lassen, einen ihm in jeder Weise unterlegenen Jungen zu schlagen.

Mit einem müden Seufzen schlug sie ihren Schleier zurück und löste ihren Lederbeutel vom Gürtel. Wenn sie Thomas versorgt hatte, warteten noch mindestens zehn weitere Patienten auf sie, denn ohne seine Hilfe war ihr die Arbeit erheblich langsamer von der Hand gegangen. Danach würde sie schnell irgendetwas hinunterschlingen, sich ein paar Stunden lang um ihre Tante kümmern, später einige Salben herstellen und – nach ihren täglichen Dankesgebeten – völlig erschöpft ins Bett fallen, um mit dem ersten Ruf des Muezzin, dem Gebetsrufer der Moschee, einen neuen Tag voller Arbeit zu beginnen.

»Nimm deinen Gugel ab und setz dich ans Fenster, damit ich mir im Licht der Sonne dein Gesicht ansehen kann«, richtete sie ihre ersten Worte seit dem Zwischenfall am Nachmittag an Thomas.

Er gehorchte. Während er sich die Kapuze vom Kopf zog, griff er nach dem Stuhl, stellte ihn ans Fenster und ließ sich darauf nieder.

Christiana strich mit ihren Fingerspitzen vorsichtig über das rot und blau verfärbte, zugeschwollene Auge und schüttelte den Kopf.

»Warum hast du ihn verprügelt, Thomas?«, fragte sie ihn mit ruhiger Stimme. Sie wollte ihn auf keinen Fall verschrecken, denn sie hatte schon beim Eintreten seine Angst gespürt, die gewiss von ihrer kleinen, aber wirksamen List herrührte.

Das gesunde Auge des Jungen schloss sich.

»Thomas, was hat Patrick getan? Hat es etwas mit Anna zu tun?«

Das Lid schnellte hoch, und ein braunes Auge starrte sie verdutzt an.

»Du weißt doch, dass sie dich sehr mag, nicht wahr?«

Er zog die Stirn in Falten und schüttelte den Kopf.

Christiana lachte leise über seine Unwissenheit. Der Junge würde noch viel über das andere Geschlecht und dessen raffinierte Tricks lernen müssen.

Doch plötzlich erstarb ihr Lachen, und ihre Augen nahmen einen bestürzten Ausdruck an. Sie fasste unter sein Kinn, um sein Gesicht noch ein wenig weiter ins Licht zu drehen.

»Jesus Christus!«, rief sie überrascht aus und trat einen Schritt zurück. Mit durchdringendem Blick musterte sie ihn eingehend, dann hob sie ihre Hand und fuhr mit ihren Fingern durch sein dunkles Haar.

»Wie konnte ich das nur übersehen?«, murmelte sie fassungslos und zog ihn näher heran, damit sie seinen Schopf genauer betrachten konnte.

Nach einer Weile legte sie ihm die Hand erneut unter das Kinn und hob seinen Kopf, sodass er ihr in die Augen sehen konnte. Dann ließ sie ihre Finger sanft über seine Wange zur Stirn hinaufwandern.

»Thomas, deine Augenbrauen!« Ihr freundliches Lächeln verwirrte ihn noch mehr als die Tatsache, dass Anna ihn mochte.

Als sie den fragenden Ausdruck in seinen Augen entdeckte, brach sie in helles Gelächter aus.

»Sie wachsen wieder«, brachte sie mühsam hervor. »Genau wie die Haare auf deinem Kopf. Die kahlen Stellen sind schon fast verschwunden. Und du bekommst ... du bekommst ...«

Eine erneute Lachsalve verhinderte, dass sie ihren Satz beendete.

Ihr herzliches Gelächter wirkte stets ansteckend, doch nun schaute Thomas verunsichert zu Boden. Sie hatte ihm noch immer nicht gesagt, welche Strafe er zu erwarten hatte. Und solange er nicht wusste, ob sich sein Schutzengel von ihm abwenden würde, stand ihm ganz und gar nicht der Sinn danach zu lachen!

Er wartete geduldig, bis sie sich wieder beruhigt hatte, und sah dann erneut zu ihr auf. Sie beugte ihr Gesicht zu seinem herunter und sagte dann schließlich mit einem verschwörerischen Augenzwinkern: »Thomas, du bekommst einen Bart! Der Junge, den ich unterwegs aufgelesen habe, wird langsam erwachsen!« Verwundert schüttelte sie den Kopf. »Wir arbeiten jeden Tag nebeneinander, und trotzdem habe ich es erst jetzt bemerkt. Das nächste Mal, wenn ich dich darum bitte, mir den Verbandsstoff aus dem Regal zu holen, werde ich dich nicht wieder erkennen, denn dann steht da ein Mann mit dichtem Haar, Augenbrauen, Wimpern und einem Vollbart!«

*Das nächste Mal, wenn ich dich darum bitte, mir den Verbandsstoff aus dem Regal zu holen ...*

Als ihn die gleiche übermütige Freude überkam, die in ihren grünen Augen funkelte, verzog sich sein Mund zu einem breiten Grinsen, das seine Zahnlücke zum Vorschein kommen ließ.

Er durfte bei ihr bleiben!

Er konnte sein Glück kaum fassen. Anstatt ihn zu bestrafen, rief sie nach Anna und ließ sich ein dickes Stück Fleisch aus der Küche bringen, mit dem er sein geschwollenes Auge kühlen konnte. Dann verordnete sie ihm für den restlichen Tag Ruhe und ging schließlich – noch immer über ihre Entdeckung lachend – hinunter, um sich den verbliebenen Patienten zu widmen.

Nachdem sie ein paar Stunden später wie üblich in den Gemächern der Herzogin verschwunden war, machte sich Thomas in aller Eile auf den Weg zu Darius, um die Erfindung abzuholen.

Es war gar nicht so einfach, den sperrigen, schweren Stuhl auf das Pferd zu hieven, aber mit der Hilfe des alten Mannes schaffte er es.

Zurück in der Burg, deren Zugbrücke glücklicherweise nie hochgezogen wurde, versteckte er den Stuhl im Schatten einer hohen Mauer und brachte das Pferd zurück in den Stall. Der Stallmeister wunderte sich nicht weiter über die späte Stunde, denn im Auftrag seiner Herrin war er schon so manche Nacht in den Wald geritten, um besondere Pflanzen zu suchen, die nur bei einem bestimmten Stand des Mondes ihre Wirkung entfalteten.

Jetzt schlich er leise, den Stuhl vor sich herschiebend, durch die dunklen Gänge zu dem Gemach seiner Herrin.

Durch den kleinen Spalt zwischen ihrer Tür und dem Steinboden schimmerte das schwache Licht einer Kerze. Sie war also noch nicht zu Bett gegangen!

Er klopfte leise an die Tür.

Ihre unverkennbaren Schritte kamen näher, und er hörte, wie der Riegel entfernt wurde. Knarrend öffnete sich die Tür.

»Thomas! Was machst du hier? Es ist schon Mitternacht!«, flüsterte sie.

Er trat einen Schritt zurück, damit sie den Stuhl sehen konnte, und wartete gespannt auf ihre Reaktion.

Auf dem Weg hierher hatte er versucht, sich vorzustellen, wie sie reagieren würde, doch er konnte sich nicht entscheiden. Würde sie erstaunt sein? Überrascht? Erfreut? Oder vielleicht sogar dankbar?

»Was ist das?«, fragte sie erstaunt und trat näher an den Stuhl heran. »Oh! Der Stuhl hat ja ... Moment mal ...«

Christiana humpelte in ihr Zimmer und holte eine Kerze, um den Stuhl besser betrachten zu können. Dann blickte sie kurz den Gang hinunter, um sich zu vergewissern, dass niemand sie beobachtete, und schlug ihren Schleier zurück.

»Gütiger Himmel, das ist ja völlig verrückt!« Sie sah ihn aus großen Augen an.

»Hast du das gebaut?«, fragte sie leise und fuhr mit der Hand vorsichtig über das weiche Polster.

Thomas schüttelte den Kopf. Er nahm eine stolze Haltung an, legte seinen Finger kurz auf den Mund und zeichnete sich ein paar Linien ins Gesicht. Dann machte auf dem Absatz kehrt.

»Darius?«, flüsterte sie überrascht. »Aber es war deine Idee?«

Er nickte, und sein gesundes Auge funkelte vergnügt.

»Das ist ja wunderbar!«, rief sie erfreut, hielt sich dann jedoch erschrocken den Mund zu und blickte nervös um die Ecke.

Nichts rührte sich.

»Bring ihn schnell hinein«, bat sie ihn schließlich leise.

Er schob den Stuhl durch ihre Tür und platzierte ihn neben dem Tisch vor dem leeren Kamin. Seine Herrin trat heran und ließ ihre Hand ehrfürchtig über die hohe Lehne gleiten, in deren Holz kleine zauberhafte Figuren geschnitzt waren. Dann setzte sie sich und schaute ihn freudestrahlend an. Aber in ihrem Blick lag noch etwas anderes, etwas, das Thomas den Atem anhalten ließ.

Sie war stolz auf ihn!

Noch an diesem Abend in seiner Kammer hätte er schwören können, dass ihn niemand jemals so ansehen würde! Dies war eins jener kleinen Wunder, die ihm immer wieder geschahen, seit er in ihren Diensten stand.

Ein leises Geräusch vom Gang ließ ihn aufhorchen.

»Du musst jetzt gehen, Thomas, sonst bemerkt Johanna noch etwas«, flüsterte sie ihm zu und erhob sich schnell. »So neugierig, wie sie ist, würde ich mich nicht wundern, wenn sie gleich aus ihren Gemächern geschlichen kommt.«

Er nickte verständnisvoll, verbeugte sich kurz und lief dann zur Tür.

»Thomas?«

Er blieb stehen und wandte sich zu ihr um.

»Danke!«

In ihren moosgrünen Augen konnte er ihre tief empfundene Dankbarkeit deutlich erkennen. Rasch trat er auf den Gang hinaus und zog die Tür leise hinter sich zu.

Einen Moment lang blieb er vor der geschlossenen Tür stehen, und ein strahlendes Lächeln breitete sich auf seinem braun gebrannten Gesicht aus.

Sie hatte genauso reagiert, wie er es sich insgeheim gewünscht hatte: erstaunt, überrascht, erfreut *und* dankbar!

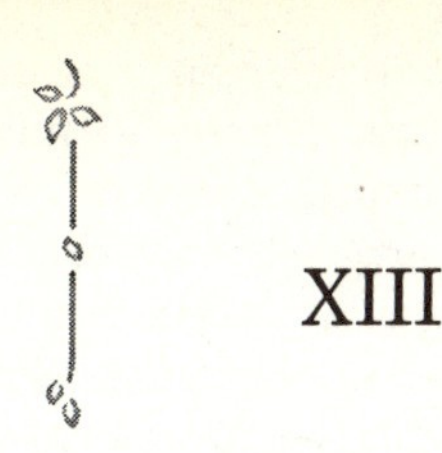

# XIII

»Was in Gottes Namen ist *das?*«

Die laute Stimme der Herzogin ließ Christiana zusammenzucken.

»Damit könnt Ihr Eure Gemächer verlassen, ohne dass Euch jemand tragen muss«, gab sie vorsichtig zurück.

Marlena saß von Kissen gestützt in ihrem großen Bett und beäugte misstrauisch den Stuhl. Er sah aus wie ein gewöhnlicher Stuhl, aber seine Beine standen auf einer rechteckigen Platte aus Holz, die von zwei Achsen gestützt wurde. Daran waren vier Räder wie die eines Schubkarrens befestigt.

»Ich soll mich auf dieses Ding setzen?«

»Es ist sehr bequem, Durchlaucht.«

Christiana ließ sich auf der weich gepolsterten, dunkelroten Sitzfläche nieder und stellte ihre Füße auf die Platte. Dann gab sie ihrem Diener, dessen Auge grün und blau verfärbt war, ein Zeichen. Er trat hinter den Stuhl, griff mit beiden Händen nach der dort angebrachten Holzstange und schob seine Herrin durch das Zimmer.

Die alten Gemächer der Herzogin waren wirklich viel gemütlicher als der finstere Raum, in dem sie sich monatelang versteckt gehalten hatte. Durch die vier hohen romanischen Doppelfenster, die in die Außenwand der Burg eingelassen waren, fiel helles Sonnenlicht in das herrschaftliche Schlafzimmer. Die goldfarbenen, bodenlangen Vorhänge blähten sich durch den Wind, der durch die geöffneten Fenster hineinwehte, wie die Segel eines Schiffes auf und glitzerten, sobald ein Lichtstrahl darauf fiel. Dicke, kostbare Teppiche bedeckten den kalten Steinboden, sodass es sich anfühlte, als würde man über weichen Waldboden laufen. Vor dem breiten, mit kleinen Tierfiguren verzierten Kaminsims aus hellem Marmor befand sich ein gewaltiger, dick gepolsterter Sessel, eine mit bunten Kissen übersäte Sitzbank sowie ein niedriger Tisch mit geschwungenen Beinen. Darauf stand eine Vase mit einem riesigen Wildblumenstrauß, den Christiana bei einem ihrer seltenen Ausritte selbst gepflückt hatte. Die Herzogin war von diesem Geschenk so angetan gewesen, dass sie nur sprachlos auf die bunte Pracht starren konnte.

Die Kissen, Decken und Laken auf dem großen Bett mit den vier Pfosten und dem hölzernen Himmel, in dem Marlena jetzt saß, waren aus indigofarbenem, mit Goldfäden besticktem Brokat gefertigt. Die Säume der schweren Vorhänge im gleichen Farbton zierten goldene Fransen, deren Enden den Boden berührten. Der samtene, blaue Stoff wurde mit jeweils einer gewundenen Goldkordel, an der zwei Quasten hingen, an den glatt geschliffenen Pfosten befestigt, um der Herzogin den Blick ins Zimmer zu ermöglichen. Auf einem schmalen orientalischen Tisch gegenüber dem Bett lehnte ein großer goldgerahmter Spiegel an der Wand, und dort lagen auch zahlreiche Bürsten und Kämme. Kleine Kästchen aus dunkelrotem Holz, in deren Deckel zarte Muster geschnitzt waren, standen wohl geordnet daneben sowie mehrere Töpfchen, aus denen ein blumiger Duft strömte.

Zwischen den farbenfrohen Landschaftsmalereien und kunstvollen Kapitänsbildern an der Wand hingen leicht geschwungene Kerzenhalter mit dicken weißen Kerzen, die für ausreichend Licht in den Abendstunden sorgten. Die hohe Decke des Raumes war mit dunklen, polierten Holzquadraten getäfelt, auf denen goldene Ornamente zu sehen waren, die wie das Muster einer aufwendigen Stickerei wirkten.

Drei Türen führten aus dem Zimmer hinaus. Durch die erste, links neben dem Spiegeltisch, gelangte man in das angrenzende, in Grün und Silber gehaltene Morgenzimmer der Herzogin. Die zweite, rechts neben dem Bett, führte in den Raum, wo ihre kostbaren Kleider aufbewahrt wurden, die aus praktischen Gründen nicht ganz der höfischen Mode entsprachen. Durch die letzte, mit Gold beschlagene Tür betrat man das Schlafgemach des Herzogs.

»Und damit Ihr nicht wegrollen könnt, hat Darius an den Armlehnen jeweils zwei starke Lederbänder befestigt, die man über die kleinen hervorstehenden Griffe an den hinteren Rädern legen muss.«

Christiana führte den Mechanismus zur Sicherung des Stuhls vor, indem sie die Schlaufen auf der rechten Seite packte und sie mühelos über jenes der zwölf kleinen Holzstücke schob, das aus ihrer sitzenden Position am leichtesten zu erreichen war. Dann wiederholte sie den Handgriff auf der anderen Seite und nickte Thomas zu, der sich daraufhin vergeblich bemühte, den Stuhl von der Stelle zu bewegen.

»Stellt Euch nur vor, wie überrascht alle sein werden, wenn Ihr damit in der Halle erscheint!«, fuhr Christiana begeistert fort.

Die Herzogin musterte das ungewöhnliche Gefährt noch immer argwöhnisch, doch der Gedanke, allen einen gehörigen Schrecken einzujagen, bereitete ihr diebische Freude.

Sie hatte es nie ausgesprochen, doch es gab einen Grund dafür, dass sie ihre Gemächer nie verließ: Sie empfand es als äußerst entwürdigend, von anderen herumgetragen zu werden. Sie war eine sehr stolze Frau, und deshalb wog diese Demütigung doppelt schwer. Sich in aufrechter Haltung auf einem Stuhl schieben zu lassen, erschien ihr dagegen nicht annähernd so erniedrigend.

Was würde sie darum geben, endlich wieder diese verfluchte Burg verlassen und der Langeweile entfliehen zu können!

»Nun, vielleicht ist es einen Versuch wert«, murmelte sie zögernd.

»Durchlaucht, das wäre wunderbar!«, rief ihre Nichte entzückt und sprang von dem Stuhl auf.

»Es muss ein Gerichtstag abgehalten werden. Das ist unumgänglich! Wenn wir noch länger warten, wird die ganze Stadt bald im Chaos versinken.«

Johanna stand in der Halle vor der Herrentafel und überlegte angestrengt, wie sie die wachsenden Streitigkeiten in den Griff bekommen konnte. Seit sechs Monaten hatte es keine Schlichtungen mehr gegeben, und allmählich wurden die Bewohner unruhig.

»Aber wer können das tun? Volk wird niemand außer Herzogin wollen!«, entgegnete Eleana nervös blinzelnd.

»Christiana scheinen alle zu mögen, und sie ist mit der Herzogin verwandt. Doch sie lebt noch nicht lange genug hier, und außerdem hat sie mehr zu tun, als sie bewältigen kann. Vielleicht akzeptieren sie Sir Anthony«, überlegte die ältere der beiden Frauen laut.

»Recht ist Sache von Frau von Oberhaupt von Eden!«, stieß die Prinzessin aufgebracht hervor, und ihre Lider sprangen so schnell auf und nieder, dass Johanna für einen Moment die Augen schloss, um den Schwindel zu bekämpfen, der sie nicht zum ersten Mal beim Anblick von Eleanas Zwinkern überkam.

»Ich weiß, Eleana, aber wenn Sir Anthony endlich heiratet, wird er den Herzog ablösen. Das weiß jeder in der Stadt. Sir Anthony ist unser einziger Ausweg, denn auch wenn wir es uns alle wünschen und Christiana bereits ein Wunder vollbracht hat, ist es noch zu früh, auf die Herzogin zu bauen.«

»Warum ist es zu früh, auf mich zu bauen?«

Die Köpfe der beiden Ehrendamen schnellten erschrocken herum, und sie starrten mit weit aufgerissenen Augen auf die Herzogin, die von ihrer Nichte gerade auf einem Stuhl mit Rädern in die Halle geschoben wurde.

Nachdem Christiana ihre Tante überredet hatte, einen Ausflug zu machen, legte sie ihr flink eins ihrer Lieblingsgewänder an, einen Rock aus dunkelrotem Samt und ein goldfarbenes, reich verziertes Mieder. Sie bürstete die langen Haare der Herzogin, bis sie glänzten, und steckte sie in einem mit Perlenschnüren verzierten Netz am Hinterkopf fest. Dann setzte sie Marlena mit Thomas' Hilfe auf den Stuhl und fuhr sie zur Treppe.

Christiana hatte es sich zur Gewohnheit gemacht, die Stunden während der großen Hitze in den Gemächern ihrer Tante zu verbringen oder die Kranken zu besuchen, die ans Bett gefesselt waren. So kamen die meisten Stadtbewohner, die ihre Hilfe suchten, entweder am frühen Morgen oder am späten Nachmittag zur Burg. Daher gelang es ihr und Thomas, die Herzogin unbemerkt die breite Treppe in die leere Halle hinunterzutragen.

»Durchlaucht!«, riefen Johanna und Eleana wie aus einem Mund und machten einen tiefen Knicks.

»Ich verlange eine Antwort!«

Johanna hob den Kopf und räusperte sich unbehaglich.

»Es geht um den Gerichtstag. In der Zeit Eures … äh … Eurer Unpässlichkeit hat niemand mehr Recht gesprochen. Es haben sich viele dringende Fälle angesammelt, und wir überlegten eben, was wir tun können, um dieses Problem zu Eurer Zufriedenheit zu lösen.«

Marlena bedachte sie mit einem strengen Blick. Die erschrockenen Gesichter der beiden Frauen bestärkten sie in dem Entschluss, endlich wieder ihre Verpflichtungen auf Eden zu erfüllen. Sie war es leid, in ihren Gemächern fern vom alltäglichen Treiben der Stadt auszuharren.

»Das soll von nun an nicht mehr eure Sorge sein! Ich werde morgen im Rathaus einen Gerichtstag abhalten«, entgegnete sie barsch. »Gebt in der Stadt bekannt, dass die Herzogin von Eden wieder wohlauf ist!«

Dann gab sie Christiana ein Zeichen, sie zu der kleinen Tür zu fahren, hinter der ihr vernachlässigter Garten lag.

»Und sie hat in einem Stuhl mit Rädern gesessen?«, fragte jemand mit unverkennbarem Erstaunen in der Stimme.

Christiana schmunzelte hinter der Tür ihres Arbeitszimmers.

»Ja, wenn ich es dir doch sage! Das hat mir Magdalena erzählt, deren Mann Isaak es von Fanny weiß, die mit Andora gesprochen hat. Und die hat es von Katharina, die es von Endira gehört hat, und die weiß es von Irina. Und der hat es Philomena erzählt, die mit Eleana geplaudert hat. Und die hat die Herzogin mit eigenen Augen gesehen!«

Christiana wandte Thomas ihr verschleiertes Gesicht zu und sah, wie er grinsend die Augen verdrehte.

»Das ist doch nicht möglich!«

»Doch!«

»Nein, das kann ich nicht glauben!«

»Aber es ist wahr!«

»Niemals!«

»Ich habe es doch auch gehört«, mischte sich nun eine dritte Stimme in das Gespräch ein.

»Das haben wir alles Lady Christiana zu verdanken. Wenn sie nicht gekommen wäre ...«

»Aber sie weiß noch nichts davon, dass wir alle P–«

»Schscht! Vielleicht kann sie uns hören!«, fuhr eine vierte Stimme gereizt dazwischen.

Christiana öffnete die Tür, und sofort verstummten die Frauen. Verlegen senkten sie die Köpfe.

»Shokriea, du kannst eintreten«, forderte Christiana noch immer schmunzelnd ihre nächste Patientin auf.

»Sehr wohl, Hoheit.«

Die junge Frau mit der fahlen Gesichtsfarbe und den dunklen Augenrändern, die an einer Säule gelehnt hatte, setzte sich mühsam in Bewegung. Seufzend schob sie ihren schweren, geschwollenen Bauch vor sich her. Sie wohnte in dem Viertel, wo die Moschee stand, und bedeckte ihr schönes Haar aufgrund ihres Glaubens mit einem einfachen Schleier. Christiana gab Thomas ein Zeichen, und er verließ sogleich den Raum.

Vor einiger Zeit hatte Christiana bemerkt, dass die Frauen aus diesem Stadtteil sie zwar um Rat fragten, sich jedoch nie in den Räumen der Burg behandeln ließen. Verwundert sprach sie einige von ihnen darauf an und brachte schnell in Erfahrung, dass ihr geistiger Führer es ihnen untersagte, sich in Gegenwart ihres Dieners untersuchen zu lassen.

Aus diesem Grund wartete der Junge in der Zeit, in der sie diese Frauen behandelte, nun für alle sichtbar vor der Tür.

»Setz dich«, forderte Christiana die hübsche Frau, an deren Handgelenken goldene Reifen im Sonnenlicht funkelten, mit bebender Stimme auf.

Nach fast vier Monaten, die seit dem Tod ihrer Mutter vergangen waren, fiel es ihr noch immer schwer, einer schwangeren Frau gegenüberzustehen.

»Wie geht es dir? Und ...« Sie räusperte sich und blätterte nervös in dem Buch, das die Aufzeichnungen über all ihre Patienten enthielt. »Und wie geht es dem Kind?«

»Dem geht es ausgezeichnet, denke ich«, antwortete Shokriea und strich mit einer Hand liebevoll über den gewölbten Bauch. »Sie bewegt sich in letzter Zeit sehr stark.«

»Du glaubst also, dass es ein Mädchen wird?«

»In meiner Familie gab es bisher immer nur Mädchen, und ich werde mit dieser Tradition bestimmt nicht brechen«, erklärte Shokriea im Brustton der Überzeugung. Dann spürte sie erneut ein starkes Ziehen im Bauch und seufzte tief.

Das Ziehen war die Ursache dafür, dass sie den ganzen Tag über noch keinen Bissen heruntergebracht hatte. Seit dem Morgen waren die Schmerzen immer stärker geworden. Sie erwartete ihr erstes Kind, und da sie die älteste von vier Töchtern eines zweifach verwitweten Seemanns war, wusste sie nicht, dass sie seit Stunden Wehen hatte.

»Warum bist du gekommen, Shokriea?«

»Seit heute Morgen tut mein Bauch weh. Die Schmerzen werden von Stunde zu Stunde schlimmer.«

»Kommen die Schmerzen in Wellen, und hast du dann das Gefühl, dass sich etwas in deinem Inneren zusammenzieht?«, fragte Christiana plötzlich alarmiert.

»Ja, woher ...« Shokriea brach ab, und ihr junges Gesicht verzerrte sich vor Schmerz. Im selben Augenblick ergoss sich das Wasser aus ihrem Leib mit einem leisen Plätschern über den Boden.

»Gott, der Gerechte!«, rief Christiana. Dann rannte sie auch schon zur Tür und riss sie auf.

*»Philomena!«*

Die einäugige Frau kam aus jenem Flügel der Burg gestürzt, in dem sich das riesige Küchenhaus befand, und warf ihr einen verwirrten Blick zu.

»Ruf eine Hebamme! Shokriea bekommt ihr Kind! Und dann bring mir heißes Wasser und saubere Leinentücher.«

Aufgeregtes Gemurmel wurde in der Halle laut, und Thomas lief ihr erschrocken entgegen. Sie packte ihn am Arm und zog ihn ins Zimmer. Dann schlug sie die Tür zu.

Thomas sah seine Herrin besorgt an. Er hatte die Angst in ihrer Stimme bemerkt, wusste jedoch nicht, wovor sie sich so sehr fürchtete.

»Thomas, wir bringen sie in die Kammer.«

Er beeilte sich, ihrem Befehl zu folgen, und umfasste Shokrieas Schultern. Christiana hob ihre Füße hoch, und gemeinsam trugen sie die junge Frau in den Nebenraum und legten sie vorsichtig auf das kleine Bett. Christiana hatte es für schwer kranke Patienten aufstellen lassen, die sie auch während der Nacht im Auge behalten wollte.

Nachdem Thomas auf ihre Anweisung hin zahlreiche Kerzen in der kleinen Kammer entzündet hatte, schickte sie ihn hinaus, damit er die erbetenen Dinge von Philomena entgegennahm. Dann begann sie, die Bänder an Shokrieas einfachem hellgrauen Leinenkleid zu lösen, schob ihr die Röcke bis über die Hüfte nach oben und spreizte ihre Beine.

Der Anblick, der sich ihr bot, erschreckte sie zutiefst, doch mit einiger Mühe gelang es ihr, die Furcht aus ihrer Stimme zu verbannen.

»Keine Angst, Shokriea. Es ist gleich vorbei. Ich kann schon den Kopf sehen.«

Thomas kam mit einem Bündel heller Tücher zurück und legte es neben Shokriea aufs Bett.

Christiana holte tief Luft und schloss für einen Moment die Augen. Das Baby würde in den nächsten Minuten kommen, und sie hatte weder eine Hebamme an ihrer Seite noch einen Gebärstuhl. Sie schickte ein Stoßgebet zum

Himmel, denn es gab nur eine Möglichkeit, wie das Baby zur Welt kommen konnte: Shokriea musste ihr Kind auf diesem Bett gebären, und Christiana und Thomas waren die Einzigen, die ihr beistehen konnten.

»Thomas, setz dich hinter sie auf das Bett und stütze ihren Rücken. Shokriea, du musst gleich mit aller Kraft pressen. Aber erst, wenn ich es sage!«

Die junge Frau warf ihr einen flehenden Blick zu und sah dann kopfschüttelnd zu Thomas hinüber. Doch Christiana konnte in diesem Augenblick keine Rücksicht auf Shokrieas Glauben nehmen. Nicht wenn das bedeutete, auf zwei helfende Hände verzichten zu müssen.

Es war ohnehin zu spät. Thomas hatte längst mehr gesehen, als ihm erlaubt war.

Dennoch bemühte sich Christiana, ihre Patientin zu beruhigen. »Er ist doch noch ein Junge. Und er berührt dich nur, um dir zu helfen. Außerdem sitzt er hinter dir und kann nicht sehen, was ihm verboten ist.« Und an Thomas gewandt fuhr sie fort: »Schließ die Augen!«

Shokriea wollte widersprechen, doch eine starke Wehe hielt sie davon ab. Schließlich nickte sie matt, und Thomas nahm seinen Platz hinter ihr ein.

Während Christiana in ihr Arbeitszimmer eilte, konzentrierte sie sich darauf, ruhiger zu atmen. Sie wusch sich die Hände und sandte noch mehr hastig gemurmelte Gebete zum Himmel. Dann betrat sie erneut die Kammer und setzte sich wieder aufs Bett. Sie schlug ihren Schleier zurück und legte eine Hand auf Shokrieas Bauch. Sie fühlte, dass die nächste Wehe bereits kurz bevorstand. Schnell winkelte sie die Beine der jungen Frau an, damit deren Füße Halt auf dem weichen Bett fanden.

Plötzlich wurde der Bauch von dem Kampf in seinem Inneren erschüttert, und Christiana wusste instinktiv, was jetzt zu tun war.

»Pressen!«, rief sie.

Shokriea sog scharf die Luft ein und tat, was Christiana verlangt hatte. Ihre Augen hielt sie fest verschlossen, und sie stieß zischend den Atem zwischen ihren zusammengepressten Zähnen aus. Das Kind bahnte sich nur mühsam einen Weg nach draußen. Als Christiana das Blut sah, das zusammen mit dem Baby aus dem Schoß schwappte, war sie einer Ohnmacht nahe. Ihr blieb jedoch keine Zeit, sich ihrer Angst hinzugeben. Der Kopf des Kindes war blau verfärbt!

»Warte, Shokriea! Hör auf zu pressen! Du kannst alles tun, nur nicht weiterpressen!«

»Ich kann nicht aufhören!«, keuchte die Gebärende zitternd.

»Du musst!«, schrie Christiana sie an.

Mit blutleeren Händen fuhr sie unter dem Kinn des Babys entlang und versuchte, es von der Nabelschnur zu befreien, die sich um den kleinen Hals gewickelt hatte. Shokriea schrie, und während sie den Drang zu pressen unterdrückte, krallte sie ihre verschwitzten Finger in die Laken. Mit geschlossenen Augen umklammerte Thomas ihren Körper und gab ihr all seine Kraft, damit sie den Kampf gegen die Natur aufnehmen konnte.

Währenddessen rutschten Christianas kalte Finger ab, doch sie gab nicht auf. Sie musste den Hals des Babys von der Schnur befreien, oder es würde ersticken! Beim zweiten Versuch bekam sie die Schleim verschmierte Verbindung zwischen Mutter und Kind zu fassen und zog sie über den Kopf des Säuglings.

»Jetzt pressen, Shokriea.«

Die junge Frau hatte nur auf die erlösenden Worte gewartet. Mit einem durchdringenden Schrei fing sie wieder an zu pressen. Christiana beugte sich vor und zog vorsichtig an der kleinen Schulter.

Plötzlich ging alles furchtbar schnell. Die Schulter kam frei, und dann glitt der Rest des Babys mit einem schmatzenden Geräusch heraus. Die schmale Brust wölbte sich mit dem ersten Atemzug, und das Kind begann laut zu schreien.

Christiana wickelte das Neugeborene in ein sauberes Tuch und legte es Shokriea vorsichtig auf den bebenden Körper.

»Dir wurde ein Sohn geschenkt«, sagte sie. In dem Moment flog die Tür auf, und die Hebamme stürzte herein, gefolgt von Philomena, die einen Kessel mit heißem Wasser trug.

Christiana wischte ihre blutverschmierten Finger an einem Stück Stoff ab, zog ihren Diener – der die Augen noch immer fest geschlossen hielt – hinter Shokriea hervor und überließ die stolze Mutter den fähigen Händen der Hebamme.

Erschöpft verließ sie die Kammer und schaffte es gerade noch bis zum Stuhl in ihrem Arbeitszimmer. Dann gaben ihre Knie nach.

Aufmerksam wie immer füllte Thomas sofort einen Becher mit Wein und reichte ihn ihr. Mit einem dankbaren Lächeln nahm sie ihn entgegen, und der besorgte Ausdruck seiner braunen Augen wich einem bewundernden Funkeln, das sie nicht so recht zu deuten wusste.

Verwirrt stellte sie den Becher ab, ohne einen Schluck getrunken zu haben, und fuhr sich schließlich mit der Hand über die Stirn, deren Hitze durch den Stoff ihrer Maske drang. Dann ließ sie ihren Gedanken freien Lauf.

Sie hatte gerade ein Kind auf die Welt gebracht! Sie hatte tatsächlich ein Kind *lebend* auf die Welt gebracht!

Fassungslos starrte sie auf ihre zitternden Hände, und dann traf es sie plötzlich wie ein Blitz.

Zum ersten Mal war es ihr geglückt, die lähmende Angst vor einer Geburt zu überwinden, die der entsetzliche Tod ihrer Mutter in ihr hervorgerufen hatte!

Von ihren Gefühlen überwältigt, fiel sie auf die Knie und begann zu beten.

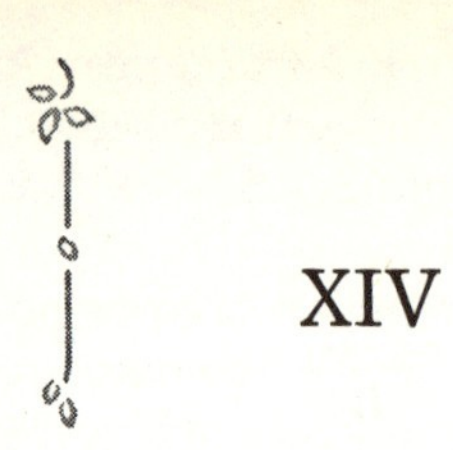

# XIV

Der August verging, und der September brach an. Es war Erntezeit auf Eden, und alle, die fähig waren zu arbeiten, fanden sich im riesigen Apfelbaumhain ein, um die reifen, rotbäckigen Früchte zu pflücken.

Die Frauen standen auf Leitern, die gegen die Stämme der weit ausladenden Bäume gelehnt waren, und arbeiteten seit den frühen Morgenstunden ohne Pause. Die jungen, kräftigen Männer trugen die vollen Körbe zu den wartenden Pferdefuhrwerken und leerten sie aus, um sie danach den Frauen zurückzubringen.

»Anthony, was ist eigentlich mit dir los? Seit Wochen sind deine Launen kaum zu ertragen.« Johns Frau Katie sah durch die Zweige eines Baumes auf den hellbraunen Schopf ihres Schwagers hinab. »Du warst doch sonst immer guter Dinge und hast dir von nichts und niemand den Tag verderben lassen. Jetzt sitzt du mit finsterer Miene in der Ecke oder verschwindest stundenlang, Gott weiß wohin.«

Anthony murmelte etwas Unverständliches vor sich hin und bückte sich, um einen am Boden liegenden Apfel in den Korb zu werfen.

»Selbst John hat mich gestern gefragt, ob ich wüsste, warum du dich so seltsam benimmst. Und wie du weißt, bemerkt er immer als Letzter, wenn mit jemandem etwas nicht stimmt.«

»Katie, würdest du bitte aufhören, mich diesem idiotischen Verhör zu unterziehen!«, stieß er ungehalten hervor und stürmte mit dem halbvollen Korb davon.

Katie sah ihm nach und schüttelte den Kopf. Sein Benehmen war wirklich unerträglich, und sie war froh, dass er nur noch gelegentlich bei ihnen vorbeischaute. Die Kinder waren durch die ständigen Zurückweisungen schon völlig verstört. Früher hatte er die wildesten Spiele angezettelt, doch sobald er sie jetzt nur aus der Ferne erblickte, ergriff er eilig die Flucht.

Der Wind wehte plötzlich lautes Geklapper von dem gewundenen Pfad herüber, der von der Stadt zum Apfelhain hinaufführte, und sie wandte sich um.

Ein von zwei kräftigen Braunen gezogener Wagen fuhr schaukelnd den Weg entlang.

Endlich! Die nächsten Stunden würden sie der Mittagshitze entfliehen können und im Schatten der Bäume genüsslich ihr warmes Mahl vertilgen.

Sie wischte sich den Schweiß von der Stirn, stieg vorsichtig die Leiter hinunter und lief zum nächsten Korb, um dort ihre voll beladene Pflücktasche auszuleeren, die vor ihrem Bauch hing.

»Essen!«, rief Philomena den Leuten vom Wagen aus zu, und als jener am Rand des Hains zum Stehen kam und sofort umringt wurde, sprang sie hinunter. Christiana ließ sich von einer körperlosen Hand helfen, das wacklige Gefährt ebenfalls zu verlassen.

Sie hatte wie die Frauen hier den ganzen Vormittag über gearbeitet. Am Morgen war sie zu drei bettlägerigen Kranken geritten und hatte sie mit Arzneien versorgt. Anschließend widmete sie sich denjenigen, die in der Burg auf sie warteten, und unterhielt sich kurz mit ihrer Tante, die seit dem Tag, als sie Thomas' Erfindung zum ersten Mal ausprobiert hatte, in Arbeit versank, die monatelang liegen geblieben war. Schließlich eilte Christiana in das große Küchenhaus der Burg, um den Rest des Vormittags bei der Zubereitung des Essens für die Apfelpflücker zu helfen.

In ihrer Heimat war es höchst unschicklich, dass sich eine Frau ihres Standes persönlich um die Verköstigung von Feldarbeitern kümmerte, aber da die meisten Männer auf See waren, wurde während der Erntezeit jede Hand gebraucht. Christiana hatte sich ohnehin noch nie vor Arbeit gescheut. Und was war auf Eden schon wie in ihrer Heimat? Es war eben alles eine Frage der Anpassung …

Die großen Töpfe mit den heißen, kräftigen Suppen wurden vom Wagen heruntergehievt, und Christiana ließ sich einen Korb mit frisch gebackenem Brot reichen, um ihn zu den aneinander gereihten Tischen zu tragen, die für das Mahl aufgebaut worden waren. Nach und nach wurden die köstlichen Sachen aufgetragen, und die erschöpften Frauen und Männer versammelten sich vor den Tischen, um ihre Schüsseln und Teller füllen zu lassen.

Christiana schnitt einen Brotlaib nach dem anderen auf und legte die Scheiben auf einen der Tische, damit sich jeder selbst bedienen konnte. Hin und wieder ließ sie ihren Blick über die hungrigen Gesichter der Menge schweifen und lächelte dem einen oder anderen freundlich zu.

Seit der Geburt des kleinen Mohammed, dem Sohn von Shokriea, war sie immer öfter Zeugin heimlicher Gespräche, die sich um sie drehten. Viele hatten sie bereits ohne Schleier gesehen, und die Nachricht, dass sie eine weiße Maske trug, hatte sich in Windeseile in der ganzen Stadt verbreitet.

Eine besonders forsche Frau wagte es sogar eines Tages, sie darauf anzusprechen.

»Hoheit, warum tragt Ihr noch immer den Schleier?«, erkundigte sie sich leise.

Sie stand am Bett ihres sterbenden Vaters, und Christiana konnte ihre Empörung über diese unerhörte Frage kaum verbergen. Doch die Frau versicherte ihr rasch, dass sie es nicht böse gemeint hatte.

»Ich wollte eigentlich nur sagen, dass jeder auf dieser Insel Euch sehr dankbar ist. Ihr habt so viel für uns und die Herzogin getan!« Sie räusperte sich unbehaglich und fuhr dann fort: »Und Ihr habt gewiss bemerkt, dass die Menschen auf Eden anders sind als auf dem Festland. Wir sind ein zusammengewürfelter Haufen von Ausgestoßenen und Vertriebenen. Jeder hat in seinem früheren Leben mindestens einen schweren Schicksalsschlag erlitten, doch hier gab man uns die Möglichkeit, von vorn anzufangen – und ganz ohne Angst zu leben.«

Völlig verwirrt besuchte Christiana am Abend ihre Tante, um sie um Rat zu fragen. Und Marlena wischte in ihrer unnachahmlichen Art sämtliche Bedenken ihrer Nichte einfach beiseite.

»Ich habe mich schon gewundert, dass es so lange dauert, bis dich jemand darauf hinweist. Es ist wirklich völlig überflüssig, sich hier hinter einem Schleier zu verstecken. Was immer du auch verbergen willst, findet bestimmt sein Spiegelbild in dem Gesicht mindestens eines Menschen auf Eden. Ich glaube, jeder fünfte auf dieser Insel hat mehr oder weniger schwere Brandwunden.«

Christiana warf ihr einen nachdenklichen Blick zu. Es stimmte, sie hatte wirklich schon mehrere Bewohner gesehen, die entsetzliche Brandnarben im Gesicht oder am Körper hatten.

»Aber wirkt die Maske nicht abstoßend?«

Marlena lächelte sie wissend an.

»Vielleicht reagieren die Leute im ersten Moment ein wenig erschrocken, aber wenn sie erst mal deine hübschen Augen gesehen haben, werden sie schnell über den Schock hinwegkommen.«

Letztendlich war es jedoch Sir Anthony, der Christiana davon überzeugte, ein Teil ihres Geheimnisses preiszugeben.

Eines Abends ritt er im selben Augenblick in den Hof der Burg, in dem sie aus dem Stall kam, wo sie gerade ein langes Gespräch mit Angus geführt hatte. Der Wind frischte plötzlich auf, fing den Saum ihres Schleiers ein und wehte ihn ihr aus dem Gesicht. Vor Schreck erstarrte sie. Sie ahnte nicht, dass Sir Anthony auf dem Schiff einmal just in dem Moment zum Achterdeck hinaufgeblickt hatte, als eine Böe den Schleier ihren Händen entriss und ein kleines Stück anhob. An jenem Tag hatte er zum ersten Mal gesehen, was sich unter dem schwarzen Stück Stoff verbarg.

Als er ihr jetzt gegenüberstand und in ihre grünen Augen schaute, breitete sich ein Strahlen auf seinem Gesicht aus, und der strenge, nahezu verbissene Zug um seinen Mund wich einem solch wundervollen Lächeln, dass Christianas Herzschlag einen Augenblick lang aussetzte.

Unsagbar erleichtert von seiner Reaktion traten ihr Tränen in die Augen.

Von dem Tag an trug sie keinen Schleier mehr vor ihrem Gesicht, sondern bedeckte lediglich ihren maskierten Hinterkopf, der sonst einen seltsamen Anblick bot.

»Darf ich Euch auch etwas von der Suppe auftun, Hoheit?«

Christiana blickte auf und sah, dass sich die Menge der hungrigen Menschen zerstreut hatte. Sie saßen zufrieden im Schatten der Bäume und aßen oder dösten träge vor sich hin.

»Nein, danke, Philomena. Ich nehme mir nur ein paar Früchte.«

Christiana griff nach einem Apfel und einer runden Frucht. »Die habe ich zwar schon oft auf den Märkten in meiner Heimat gesehen, aber noch nie gegessen.«

»Man nennt sie ›Orange‹, und sie ist sehr süß und saftig. Ihr müsst sie unbedingt probieren.«

»Ja, das werde ich tun.«

Christiana humpelte durch den Apfelhain, bis sie einen freien Platz unter einem Baum gefunden hatte. Dann ließ sie sich in seinem Schatten nieder und lehnte sich mit dem Rücken an den dicken Stamm. Sie schälte die Orange, wie sie es bei den anderen beobachtet hatte, und schob sich gleich drei Stücke auf einmal in den Mund. Genüsslich schloss sie die Augen.

»Lady Christiana?«

Widerwillig hob sie ihre Lider und blickte geradewegs in Sir Anthonys blaue Augen. Er hielt eine Schüssel und einen Löffel in der Hand.

»Darf ich mich zu Euch setzen?«, fragte er freundlich.

Sie sah sich verwirrt um und entdeckte, dass unter jedem Baum in ihrer Nähe bereits jemand saß.

»Natürlich, Sir Anthony«, erwiderte sie höflich und schob den Stoff ihres weiten, schwarzen Rocks zusammen, um ihm Platz zu machen.

»Vielen Dank.« Er ließ sich geschmeidig neben ihr nieder und löffelte langsam seine Suppe.

Da seine Nähe sie nervös machte, wandte Christiana ihren Blick von ihm ab und ließ ihn stattdessen ziellos über den Hain wandern. Ein paar Schritte entfernt entdeckte sie ihre Zofe, die zwischen den Bäumen entlangschlenderte.

Vor geraumer Zeit hatte sie ihre Idee verworfen, Annas Hilfe bei der Behandlung der Kranken in Anspruch zu nehmen, denn das ängstliche Mädchen stellte sich allzu tollpatschig an. Zusammen mit ihrer Tante beschloss sie, dass ihre Zofe neben ihren bisherigen Aufgaben fortan auch für das Wohlergehen der Herzogin sorgen sollte. So hatte sie nun die große Ehre, sich um das Oberhaupt von Eden zu kümmern, anstatt sich tagein, tagaus zu langweilen.

Annas rote, schulterlange Locken wippten durch ihren unbeschwerten Gang sanft auf und ab. Als sie jedoch abrupt stehen blieb, gerieten sie plötzlich wild durcheinander. Mit ihren Augen musterte Anna jemanden, der irgendwo im Schatten eines Baumes saß, und ein hoffnungsvolles Lächeln erschien auf ihrem Gesicht. Dann setzte sie sich wieder in Bewegung. Christiana löste ihren Blick von dem hübschen Mädchen und fand schließlich das Objekt dessen Begierde, auf das es geradewegs zuspazierte.

Ihr Diener saß mit geschlossenen Augen unter den tief hängenden Ästen des Apfelbaums. Ein Bein hatte er ausgestreckt, das andere angewinkelt und zu sich herangezogen. Sein Arm lag entspannt auf dem gebeugten Knie, aber trotzdem wirkte er wie immer wachsam.

Er trug eine dunkle weite Hose wie die meisten Männer auf Eden sowie ein grünes Hemd, dessen Ärmel er bis über die Ellenbogen hochgeschoben hatte.

Ungefähr zur selben Zeit, als sie es aufgegeben hatte, ihr Gesicht hinter dem Schleier zu verbergen, hatte er sich von seinem geliebten Gugel getrennt, sodass der Wind nun ungehindert mit ein paar Strähnen seines dichten dunkelbraunen Haars spielte. Ein leichter Schatten lag auf seinen vollen Wangen, und Christiana konnte in dem abgemagerten Jungen von einst bereits den Mann erkennen, zu dem er einmal heranwachsen würde. Mit seinen kräftigen Augenbrauen und den schwarzen Wimpern sah sein Gesicht trotz der Narben beinahe hübsch aus. Nur eine pfeilförmige weiße Stelle, die seine rechte Augenbraue in zwei Hälften teilte, zeugte noch davon, dass in seinem Gesicht vor einiger Zeit nicht ein einziges Haar zu finden gewesen war.

Obwohl Christiana wusste, dass er sich nur äußerst ungern von ihr entfernte, hatte sie ihn in den letzten beiden Tagen aufs Feld geschickt, um bei der Ernte zu helfen. Manchmal kam es ihr nicht richtig vor, dass er immerzu ihre Nähe suchte. Dieses seltsame Verhalten hatte zu viel Ähnlichkeit mit der unheilvollen Besessenheit, die sie damals dazu getrieben hatte, Miguel auf Schritt und Tritt zu folgen. Und dies hatte ihr als junges Mädchen schließlich viel Kummer und großen Schmerz eingebracht.

Thomas würde jedoch bald erwachsen sein, und sie hatte ein paar Tage zuvor den Entschluss gefasst, ihren Schützling in spätestens einem Jahr aus ihren Diensten zu entlassen, damit er sich ein eigenes Leben aufbauen konnte.

Es würde ihr schwer fallen, ihren Vertrauten und Beschützer gehen zu lassen, doch wenigstens er sollte die Chance bekommen, eine Familie zu gründen. Und so wie es aussah, war er seinem Glück schon ein ganzes Stück näher, als er dachte.

Anna ließ sich gerade behutsam neben ihm im Gras nieder, doch er bemerkte sie sofort und öffnete seine Augen. Sie warf ihm einen verliebten Blick zu, ließ eine Hand in der Tasche ihres Kleides verschwinden und holte schließlich eine Orange hervor. Lächelnd nahm er sie entgegen und machte das Zeichen für »Danke«. Dann begann er, die Frucht zu schälen. Er teilte sie in kleine Stücke, legte sie einzeln auf seine Handfläche und bot sie Anna an. Als sie sich ein Stück nahm, strichen ihre Finger für einen kurzen Moment über seine, dann schob sie es sich mit einer verführerischen Bewegung langsam in den Mund.

Die freundliche, beinahe zärtliche Art, mit der ihr Diener auf Annas verhaltene Annäherungsversuche reagierte, versetzte Christiana einen schmerzhaften Stich.

Warum missfiel ihr so sehr, was sie da sah? Sie sollte sich doch für Thomas freuen! Die zarten Bande, die die beiden dort unter dem Baum knüpften, waren doch genau das, was sie ihm wünschte. Aber aus irgendeinem Grund erfasste sie beim Anblick des Paares eine seltsame Unruhe, die ganz dicht unter der Oberfläche plötzlich zu brodeln begann. Es war als wäre sie … neidisch! Ja, sie war erfüllt von Neid!

»Ich werde morgen mit der *Gloria* in See stechen.«

Von der tiefen Stimme und dem Gehörten gleichermaßen erschrocken fuhr Christianas Kopf herum. Sie starrte Sir Anthony verwirrt an, doch sein Gesicht war auf das junge Pärchen gerichtet, das Christiana einen Augenblick zuvor ebenfalls beobachtet hatte.

Während sie in Gedanken versunken dasaß, hatte er seine Suppe aufgegessen und die Schüssel unbemerkt neben sich ins Gras gestellt.

»Morgen schon?« Bevor sie begriffen hatte, dass sie die entsetzten Worte laut aussprach, waren sie ihrem Mund schon längst entschlüpft.

Sir Anthony drehte ihr sein Gesicht zu, und ihre Blicke trafen sich. Das Glitzern in seinen Augen verriet, dass er ihre Frage ganz genau verstanden hatte. Es hatte keinen Sinn mehr zu leugnen.

»Es ist Zeit, wieder auf die Reise zu gehen. So leben wir auf Eden nun mal, und daran wird sich auch nichts ändern«, sagte er leise, und das Bedauern in seiner Stimme ließ Christiana aufhorchen.

Was mochte ihn nur bedrücken? Er war doch mit Haut und Haar ein Seemann. Und soweit sie wusste, hatte er weder Frau noch Kinder, die er vermissen könnte. Er lebte zusammen mit seinen zwei älteren Brüdern Richard und Charles, die ebenfalls unverheiratet waren, in einem kleinen Haus am Rande des christlichen Viertels.

»Könnt Ihr Euch vorstellen, solch ein Leben zu führen wie die Frauen hier, Lady Christiana? Oft lange Zeit getrennt von ihren Männern und ganz allein mit den Kindern?«

Christiana verstand den Sinn seiner Frage nicht und schaute ihn verwundert an. Warum interessierte ihn das? Es war nicht von Belang, da es ja doch keinen Mann gab, der sie so, wie es einer Ehefrau zustand, achten würde und den sie im Gegenzug dafür lieben könnte.

Sir Anthony musterte sie kurz und fragte dann: »Oder habt Ihr Sehnsucht nach Eurem Zuhause und wollt so schnell wie möglich zu Eurem Vater zurückkehren?«

Christiana sog scharf die Luft ein. »Nein, Sir Anthony. Falls ich Eden jemals verlasse – und ich weiß selbst noch nicht, ob ich das wirklich möchte –, kann ich nicht nach Rossewitz zurückgehen. Ich werde an das Tor eines Klosters in der Nähe von Stralsund klopfen und um Aufnahme bitten. Und da die Äbtissin meine Tante ist, würde ich dort mit offenen Armen empfangen und den Rest meines Lebens hinter den hohen Mauern des Stiftes verbringen. Das wurde bereits vor vielen Jahren beschlossen.«

Er sah sie überrascht an.

»Ihr wollt Nonne werden?«, fragte er, und das belustigte Funkeln seiner blauen Augen ärgerte sie.

»Auch wenn Ihr, Sir Anthony, es Euch nicht vorstellen könnt – das Leben mit Gott ist mir seit meinem sechzehnten Lebensjahr vorbestimmt!«

»Ihr möchtet also *wirklich* Nonne werden!«, wiederholte er ungläubig. »Wolltet Ihr denn nie heiraten? Und Kinder haben?«

»Ich glaube nicht, dass es Euch zusteht, mir eine solche Frage zu stellen«, entgegnete sie verstimmt. »Aber nein, seit meinem Unfall ist es mir nicht mehr in den Sinn gekommen, mein Leben wie gewöhnliche Frauen zu verbringen.«

*Lügnerin!*, riefen ihr Verstand und ihr Herz gleichzeitig. *Jedes Mal, wenn du ihn siehst, hast du deine Kinder vor Augen. Und wenn er dich anschaut so wie jetzt, mit diesen zauberhaften, blauen Augen, stehst du in Gedanken vor einem hübschen Haus und winkst deinem Ehemann zum Abschied zu, bevor er sich auf die Reise macht.*

Nein! Nein! Nein! So kann es niemals sein!, brachte Christiana die Stimmen in ihrem Kopf zum Schweigen. Dann atmete sie tief durch und richtete ihre Aufmerksamkeit wieder auf Sir Anthony. Viel schärfer als beabsichtigt sagte sie: »Und jetzt entschuldigt mich bitte, ich glaube, Philomena braucht meine Hilfe.«

»Ich werde Euch sehr vermissen, Christiana.«

Sie war im Begriff aufzustehen, doch dieses leise Geständnis ließ sie mitten in ihrer Bewegung erstarren.

»Wie bitte?«, brachte sie nahezu unhörbar hervor.

Sir Anthony schaute ihr tief in die Augen. »Ich sagte, ich werde Euch sehr vermissen.«

»Sir Anthony!«, rief sie aufgebracht, senkte dann jedoch ihre Stimme, denn einige Köpfe drehten sich bereits neugierig zu ihnen um. Aus dem Augenwinkel sah sie Thomas aufspringen, doch Anna hielt ihn am Arm zurück. »Wie könnt Ihr es wagen, Euch über mich lustig zu machen!«

»Ich mache mich keineswegs über Euch lustig, Lady Christiana. Ich meine, was ich sage!«

Christiana suchte in seinen Augen nach einem Anzeichen dafür, dass er die Unwahrheit sprach, aber er blickte sie offen und ehrlich an.

Christiana spürte, wie ihr die Röte ins Gesicht schoss. In ihrem Bauch führten Ameisen einen wilden Tanz auf, und die Bilder, die sie so oft in ihren Tagträumen gesehen hatte, schossen in Schwindel erregender Geschwindigkeit durch ihren Kopf. Doch sie bekämpfte die aufkeimende Hoffnung mit einer nahezu überirdischen Kraft, die ihr ihre trostlosen Erinnerungen verliehen.

»Sir Anthony, ich weiß nicht, was in Eurem Kopf vorgeht und Euch dazu bringt, so etwas in meiner Gegenwart laut auszusprechen. Aber ich möchte Euch inständig darum bitten, nie wieder ein Wort darüber zu verlieren!«

Der verzweifelte Ausdruck in ihren Augen und ihre flehende Stimme verfehlten ihre Wirkung nicht, und Sir Anthony senkte beschämt den Blick.

»Wie Ihr wünscht, Mylady«, murmelte er verlegen.

Eine Welle des Mitgefühls erfasste sie, und sie nahm kurzerhand den Apfel, der noch im Gras lag, und streckte ihn Sir Anthony entgegen.

»Frieden?«

Er schaute zu ihr auf, und der kleine Hoffnungsschimmer, der in seinen Augen aufblitzte, ließ Christiana ahnen, dass sie soeben einen verhängnisvollen Fehler begangen hatte.

»Frieden«, erwiderte er und nahm ihr den Apfel lächelnd aus der Hand.

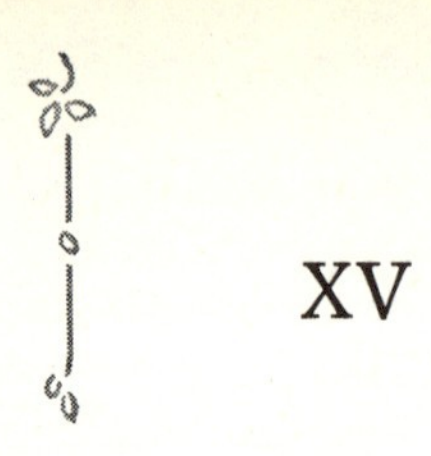

# XV

Der alte Anthony war wieder zurück.

Katie saß auf einer Bank auf der großen Festwiese und beobachtete, wie ihr Schwager mit ihren beiden Söhnen ausgelassen herumtollte. Als Andrew durch die Luft flog und einen Augenblick später von zwei kräftigen Händen wieder aufgefangen wurde, juchzte er vergnügt.

»Noch mal! Noch mal!«, rief er atemlos.

Anthony war vor einer Stunde hergekommen, um mit John die Einzelheiten ihrer Reise zu besprechen, und er schien völlig verwandelt. Er wirbelte Katie übermütig im Kreis herum, machte anzügliche Bemerkungen und lachte aus ganzem Herzen. John warf ihr einen fragenden Blick zu, doch sie zuckte nur mit den Schultern. Woher sollte sie wissen, was Anthonys Stimmungswechsel bewirkt hatte?

Sie hatte zufällig gesehen, wie er sich mit Lady Christiana unterhielt, doch nichts deutete daraufhin, dass dieses Gespräch gut verlaufen war. Ganz im Gegenteil, die junge Frau verließ den Apfelhain so plötzlich, dass Katie annahm, sie hätten sich gestritten.

Sie begriff sowieso nicht, weshalb sich Anthony so oft in deren Nähe aufhielt.

Er würde wahrscheinlich eines Tages die Nachfolge von Sebastian, dem jetzigen Oberhaupt von Eden, antreten, aber dazu musste er sich doch nicht dermaßen aufopfernd um dessen Nichte kümmern, eine vom Schicksal schwer gezeichnete Frau, die ihm nichts zu bieten hatte.

Plötzlich kam ihr ein Gedanke, der so abwegig und verrückt war, dass er schon fast wieder wahr zu sein schien. Hatte sich Anthony womöglich in die geheimnisvolle Frau mit der Maske verliebt? Das wäre zumindest eine gute Erklärung seiner starken Stimmungsschwankungen in der letzten Zeit.

Lady Christiana erweckte den Anschein, als sei sie mit ihrem derzeitigen Leben und ihren vielfältigen Aufgaben zufrieden. Sie war zweifellos klug genug, um sich darüber bewusst zu sein, dass es selbst hier auf Eden, wo die Menschen sie akzeptierten, wohl kaum einen Mann gab, der sich ernsthaft für eine Frau wie sie interessierte. Immerhin wusste niemand, was sie unter dem weißen Stoff verbarg. Und Männer, das hatte Katie in den zweiunddreißig Jahren ihres Lebens gelernt, mochten keine Frauen, die Geheimnisse hatten.

»Was macht ein Weib wie du denn hier so ganz allein? Solltest du deine Zeit nicht mit anderen, viel befriedigenderen Dingen verbringen, als hier rumzusitzen und zu grübeln?«

Zwei massige Arme schlangen sich von hinten um ihren schmalen Körper und zogen sie von der Bank hoch. Ihr Hals begann, an den Stellen zu kribbeln, wo warme Lippen mit kleinen Küssen ihre Haut bedeckten. Sie bog ihren Rücken dem breiten, muskelbedeckten Körper hinter ihr entgegen und seufzte zufrieden.

»O Jacques, doch nicht hier vor allen Leuten. Wir müssen vorsichtig sein. Wenn John das sieht ...«

Katie wurde herumgewirbelt und blickte in die blauen Augen ihres Gatten.

*»Jacques?«*, rief er ungläubig aus.

»Ach, John! Ich dachte du wärst ...«

»Jacques!«, beendete er ihren Satz und funkelte sie wütend an. *»Das* tust du also, wenn ich nicht da bin. Du treibst es mit dieser stinkenden Fischgräte!«

Bei Katies schallendem Gelächter wurde sein Gesichtsausdruck weich, und er küsste sie fest auf den Mund.

»Wenn du dir jemals einen Liebhaber suchst, werde ich erst ihn und dann dich töten«, murmelte er ganz nah an ihren Lippen.

Sie legte ihren Kopf in den Nacken und warf ihm einen unschuldigen Blick zu. »Du bist ja nie da, und eine Frau hat auch ihre Bedürfnisse ...«

Er drückte sie fest an sich. »Ich hasse es, dich zurücklassen zu müssen, Darling.«

»Ich weiß, John«, flüsterte sie und schmiegte sich in seine Umarmung.

Eine Weile lang standen sie einfach nur da, hielten sich fest umschlungen und dachten wehmütig an die kommenden langen Monate der Trennung.

»Sweetheart?«

»Mmh?«

»Glaubst du, dass Anthony verliebt ist?«

John schob sie ein Stück von sich weg, um ihr in die Augen sehen zu können. »Denkst du dabei an Lady Christiana?«

»Oh, dann ist es dir also auch aufgefallen?«, fragte sie und zog überrascht eine ihrer perfekt geformten Augenbrauen in die Höhe.

»Katie, ich bin bei weitem nicht so einfältig, wie du denkst.« Seine Finger strichen ihr zärtlich über die Wange. »Ja, ich glaube, mein kleiner Bruder ist verliebt.«

»Aber?«

»Aber vom ersten Tag an hat Lady Christianas Verhalten mehr als deutlich gezeigt, dass sie keinerlei Interesse an solchen Dingen hat. Vielleicht hat sie das Vertrauen zu Männern verloren. Der Einzige, den sie in ihrer Nähe duldet, ist der Junge, den sie als ihren Diener ausgibt.«

»Und wenn sie auch in Anthony verliebt ist?«, fragte Katie, von den Worten ihres Mannes keineswegs überzeugt. Wann hatte John schon jemals richtig gelegen, wenn es um die Gefühle anderer Menschen ging? Schließlich hatte sie ihm erst wütend ins Gesicht schreien müssen, dass sie ihn liebt, damit dieser kleine Dummkopf es bemerkte.

»Glaub mir, sie ist nicht in ihn verliebt!«

Jeder Bewohner von Eden war auf den Beinen, um das Ende der Apfelernte zu feiern. Die Kinder liefen in wilden Verfolgungsjagden kreuz und quer über die Wiese, sie kletterten in die zwei alten Eichen, die in der Mitte standen, wurden zu gefürchteten Seeräubern oder berühmten Entdeckern und kreischten vergnügt. Die Erwachsenen fanden sich zu kleinen Gruppen zusammen und plauderten entspannt über dies und das. Sie probierten die Köstlichkeiten, die auf den kleinen Feuerstellen rings um das große Freudenfeuer gebraten oder gekocht wurden, und tanzten zu der fröhlichen Musik, die ein paar Musikanten mit Trommeln, kleinen Harfen und Flöten erklingen ließen.

Christiana humpelte langsam über die große Wiese und sog die ausgelassene Stimmung geradezu in sich auf. Endlich fühlte sie sich wieder ein wenig besser als am Nachmittag.

Die Orange, die sie gegessen hatte, bevor Sir Anthony sich zu ihr gesellte, war ihr ganz und gar nicht bekommen. Erst geraume Zeit nach dem Verzehr bemerkte sie, dass ihr Gesicht plötzlich anschwoll und die Haut unter ihrer Maske fürchterlich zu jucken begann. Ihre Kehle wurde immer enger, sodass sie kaum noch Luft bekam, und ihr Herz raste. Doch sie wusste, dass sie nichts dagegen tun konnte, denn sie hatte das schon einmal erlebt.

Sorgsam bemüht, ihr Unwohlsein vor Sir Anthony zu verbergen, entschuldigte sie sich hastig bei ihm und stand schnell auf, um zu dem Wagen zu laufen, auf dem das Essen hergebracht worden war. Sie goss sich Bier in einen Becher und stürzte es hinunter, doch das Getränk verschaffte ihr keinerlei Linderung.

So schnell wie möglich kehrte sie zur Burg zurück. Sie eilte in ihre Gemächer, verriegelte die Tür und riss sich die Maske vom Kopf. Mit kaltem Wasser versuchte sie, den Juckreiz zu bekämpfen, doch auch das half nicht. Sie riskierte sogar einen Blick in den Spiegel, den sie von ihrer Mutter geschenkt bekommen hatte, um nachzuprüfen, ob ihr Gesicht so aussah, wie es sich anfühlte. Seit ihrem Unfall vermied sie es jedoch, länger als unbedingt nötig hineinzuschauen. Ihr Spiegelbild rief zu viele erschütternde Erinnerungen in ihr hervor, die lieber dort bleiben sollten, wo sie hingehörten: in die Vergangenheit. Erst recht an einem Tag wie diesem, an dem Sir Anthony ihr Herz, das sie seit so langer Zeit nicht mehr gespürt hatte, wieder zu neuem Leben erweckte. Nur ein paar kleine Worte von ihm genügten.

*Ich werde Euch sehr vermissen …*

Nein, sie musste stark bleiben! Sie durfte nicht zulassen, dass jemand die mühsam errichtete Mauer in ihrem Inneren durchbrach und sie erneut schutzlos der tödlichen Gefahr ausgesetzt war, die beim letzten Mal ihr Herz gebrochen und ihre Seele verstümmelt hatte. Ein weiteres Mal könnte sie den hohen Preis für ihre Träumerei nicht zahlen, würde sie die tiefen Wunden nicht überleben …

Sie sank auf die Knie und bat Gott um die Kraft, der Versuchung zu widerstehen.

Dann legte sie sich endlich auf ihr Bett, schloss die Augen, atmete ruhig ein und aus und hoffte, dass die Wirkung der fremden Frucht bald nachließ.

Sie kannte die Zeichen der Krankheit, die sie befallen hatte, denn sie war als Kind des Öfteren davon heimgesucht worden. Und sie wusste, dass es kein Mittel dagegen gab, außer ruhig zu bleiben und abzuwarten.

Irgendwann musste sie eingeschlafen sein, denn als sie ihre Augen wieder aufschlug, war das Muster, das das Sonnenlicht auf den dicken Teppich malte, bereits ein ganzes Stück weitergewandert. Schlaftrunken setzte sie sich auf und befühlte mit einer Hand vorsichtig ihr Gesicht. Es war noch immer geschwollen, doch das Jucken hatte sich gelegt, und ihr Hals war nicht mehr so eng. Beruhigt erhob sie sich, wusch sich und zog sich für das Fest um. Dann verließ sie ihr Gemach und eilte die Treppe zu ihrem Arbeitszimmer hinunter.

Vom ersten Tag ihrer neuen Tätigkeit an hatte sie Thomas angewiesen, sie sofort zu holen, wenn jemand unerwartet ihre Hilfe benötigte. Daher war sie vollkommen überrascht, als sie die zwei Frauen erspähte, die stumm vor ihrer Tür ausharrten.

Sie ging zu ihnen und bat sie, sich noch einen Moment lang zu gedulden. Dann verschwand sie rasch in ihrem kleinen Reich. Sie hatte bemerkt, dass ihr Diener im Schatten einer Nische vor ihren Gemächern auf sie wartete, und als er nun kurz nach ihr das Zimmer betrat, wandte sie sich um und bedeutete ihm, die Tür zu schließen.

»Warum hast du niemanden zu mir geschickt, um mich zu holen?«, fuhr sie ihn an. Die Ereignisse des Tages hatten bei ihr deutliche Spuren hinterlassen, und sie war leicht gereizt.

Thomas schaute sie aus seinen treuen Augen an und zeigte kurz mit dem Finger auf sie. Dann formte er mit seinen Händen das Zeichen für »schlafen«.

»Ja, ich habe geschlafen. Aber du weißt doch, dass ich sofort benachrichtigt werden will, wenn jemand meine Hilfe braucht«, gab sie etwas sanfter zurück. Schon jetzt bereute sie es, ihre schlechte Laune an einem Unschuldigen ausgelassen zu haben. Würde sie es denn nie schaffen, eine gute Christin zu sein? Betrübt beobachtete sie den Jungen, der mit schnellen Gesten buchstäblich auf sie einredete.

Thomas schüttelte heftig den Kopf und hob einen Finger an sein Auge. Anschließend zeigte er wieder auf sie und machte das Zeichen für »krank«, indem er eine Hand auf die Stirn legte, sie dann senkte und ausschüttelte.

»Du hast gesehen, dass es mir nicht gut geht?«, fragte sie, wieder einmal überrascht von seiner Gabe, in ihrem verhüllten Gesicht zu lesen.

Der Junge nickte zustimmend.

Christiana ließ sich müde auf den Stuhl sinken und stützte ihren Kopf auf ihre Hände.

»Ach Thomas, wenn du wüsstest, was heute alles geschehen ist ...«

Ihr Diener tippte leicht auf ihre Schulter, damit sie ihn ansah. Er hielt vier Finger in die Höhe, zeichnete danach die Umrisse einer großen, kräftigen Person in die Luft und stellte sich breitbeinig hin – womit er zweifellos Sir Anthony meinte. Dann ballte er seine Hand zur Faust, streckte nur den Zeigefinger aus und bewegte ihn hin und her. Dabei funkelten seine Augen bedrohlich.

»Nein, Sir Anthony hat nichts Böses getan«, murmelte sie. »Ganz im Gegenteil.«

Doch Thomas ließ sich nicht beruhigen. Bis sie schließlich aufbrachen, um das Fest zu besuchen, lief er mit düsterer Miene umher, und immer, wenn er sich unbeobachtet wähnte, warf er Christiana seltsame Blicke zu.

Sie tat, als würde sie seine Besorgnis nicht bemerken, doch jetzt, da sie im Schein der Feuer über die Wiese spazierte, war sie froh, seinen aufmerksamen Augen entkommen zu sein.

»Mylady?«

Erschrocken drehte sie sich um. Amina stand mit Hannah an der Hand vor ihr und lächelte sie freundlich an.

»Hannah möchte ihrem Schutzengel gern etwas schenken.«

Das kleine Mädchen machte einen Schritt auf sie zu und streckte ihr einen dünnen Arm entgegen. In ihrer schmutzigen Hand hielt sie ein paar mit den Wurzeln ausgerissene Wildblumen.

»Oh, sind die für mich?«, fragte Christiana überrascht.

Die Kleine strahlte über das ganze Gesicht.

»Danke, Hannah. Ich habe noch nie so zauberhafte Blumen bekommen.« Christiana nahm ihr das klebrige Sträußchen aus der Hand und beugte ihren Kopf, um an den blauen Blüten zu riechen.

Seit Hannah auf dem Weg der Besserung war, hatte Christiana sie auf ihrem Weg durch die Stadt oft besucht. Sie vertrieb ihr die Langeweile mit zahlreichen Märchen, die ihre Mutter ihr erzählt hatte, als sie selbst klein war. Es fühlte sich gut an, diese Erinnerungen an Isabella wieder aufleben zu lassen, Erinnerungen an die glücklichen Tage ihrer Kindheit, als sie noch glaubte, große Abenteuer wie die Prinzessinnen aus den Geschichten zu erleben und von einem mutigen Mann geliebt zu werden, ganz gleich, wie sie aussah oder was sie tat.

Aber das Leben war kein Märchen, und sie hatte schon lange aufgehört, daran zu glauben.

Bis vor ein paar Stunden …

»Und wie gut sie duften!«, rief sie voller Freude aus und lächelte das blonde Mädchen an.

Plötzlich machte sich Hannah von der Hand ihrer Mutter los, lief auf sie zu, schlang die Arme um ihren Hals und gab ihr einen schmatzenden Kuss auf die maskierte Wange. Dann rannte sie zurück zu Amina und zog sie schnell mit sich fort.

Christiana blickte den beiden in sprachlosem Erstaunen hinterher.

Sir Anthony beobachtete die Szene aus der Ferne. Der überraschte Ausdruck in Christianas grünen Augen machte ihn rasend vor Wut. Warum erstaunte es sie, dass sich ein Kind mit einer liebevollen Geste bei ihr bedankte? Mit welchen Unmenschen musste sie zusammengelebt haben, wenn dieser kleine Kuss sie so sehr aufwühlte?

Er ballte seine Hände zu Fäusten und verfluchte im Stillen alle Bewohner von Rossewitz.

Durch das umfangreiche Netzwerk von Spionen und Beobachtern, das der Herzog auf dem Festland aufgebaut hatte, waren ihm erschütternde Informationen zugetragen worden. Sie zeugten davon, dass Christianas Vater ein Mann war, dem es gefiel, Angst und Schrecken zu verbreiten. Er hatte seine älteste Tochter nie geliebt, und es war ihr selbst dann nicht gelungen, seine Achtung zu erlangen, als sie trotz ihrer Einschränkungen den Haushalt des Schlosses leitete, ganz allein ihre kranke Mutter versorgte und die Verantwortung für die Erziehung ihre Geschwister übernahm. Damals war sie kaum sechzehn Jahre alt gewesen!

Seit er Christiana kannte, wünschte er sich oft, dem Grafen von Rossewitz einmal persönlich gegenüberzustehen. Er würde diesem verachtenswerten Mann alles heimzahlen, was er seiner Tochter angetan hatte.

Vom ersten Augenblick an hatte ihn diese stille, geheimnisvolle Frau fasziniert, doch sobald er einen Versuch unternahm, ihr ein Stück näher zu kommen, zog sie sich noch mehr zurück. Anfangs nahm er an, dass sie sich allein wegen des Standesunterschieds von ihm fern hielt. Er hoffte, dass sie ihre Furcht vor unstandesgemäßen Verbindungen überwand, wenn sie auf Eden Zeugin jener Lebensweise würde, die daran keinen Anstoß nahm. Doch auch nach zahlreichen Wochen auf der Insel flüchtete sie sich immer wieder hinter diesen unsichtbaren Schutzwall ihrer Erziehung. Sie war stets freundlich, aber zurückhaltend, und Anthonys wachsende Zuneigung ihr gegenüber, die er ab und zu in Gesten, Blicken und wohl gewählten Worten offenbarte, schien sie entweder nicht zu bemerken oder schlichtweg zu ignorieren.

Er war sich seines Aussehens und seiner Wirkung auf Frauen durchaus bewusst, bis jetzt hatte er immer leichtes Spiel gehabt. Aber Christianas Ablehnung ließ ihn an seinen vergangenen Erfahrungen zweifeln.

Er begann, nach Ausreden zu suchen, um sich ihr abweisendes Verhalten zu erklären. Er erfand verrückte Eide, die sie abgelegt hatte und die sie nun daran hinderten, ihm ihre Gefühle zu offenbaren. Er dichtete ihr Verlöbnisse oder andere Versprechen an, die sie zwangen, entgegen ihren eigenen Empfindungen zu handeln. Doch all das war ihm keine Hilfe. Er verfing sich immer mehr im Netz seiner wirren Gedanken und stürzte schließlich in ein tiefes, dunkles Loch aus schwindendem Selbstbewusstsein und wachsenden Selbstzweifeln. Einmal kam ihm sogar die absurde Idee, Christiana unterhielte eine Liebesbeziehung mit dem Jungen, den sie als ihren Diener ausgab.

Er wusste durch die Kundschafter, die Christiana während ihrer gesamten Reise zu ihrem eigenen Schutz nicht aus den Augen gelassen hatten, dass ihr Diener in einem Gasthof gestorben war. Ein paar Tage später wurde sie in Begleitung eines fremden Jungen gesichtet, der keine Haare im Gesicht und Verletzungen am Körper hatte, die ihn als ehemaligen Gefangenen entlarvten.

Thomas mochte noch grün hinter den Ohren sein, aber in Anthonys Verzweiflung wurde jeder männliche Bewohner von Eden zu seinem Rivalen, der sein zwölftes Lebensjahr vollendet hatte und mehr Zeit mit Christiana verbrachte als er selbst. Er hatte die beiden aufmerksam beobachtet, aber bis auf die Vertrautheit und den Beschützerinstinkt, der das Handeln der beiden offenbar gleich stark prägte, fand er keinerlei Anzeichen für seine Vermutung.

Also blieben nur noch zwei Möglichkeiten: Entweder war das, was Christiana unter der Maske verbarg, so furchtbar, dass sie dem gewöhnlichen Lebensweg einer Frau längst abgeschworen hatte, oder er selbst bedeutete ihr einfach nichts. Und letztere Vorstellung machte ihn schier wahnsinnig.

Noch nie war er wirklich verliebt gewesen, und jetzt, da er glaubte, es zu sein, schien die Dame seines Herzens seine Gefühle nicht zu erwidern.

Diese Aussicht war mehr als enttäuschend. Lieber stellte er sich vor, dass sich Christiana aus Angst vor seiner Reaktion auf ihr entstelltes Gesicht so sehr distanzierte.

Aber heute Mittag hatte er endlich herausgefunden, dass sie sehr wohl etwas für ihn empfand! Vor lauter Glück hätte er sie am liebsten fest in den Arm genommen.

Er hatte keine Ahnung, wie er sich ihr gegenüber künftig verhalten sollte, aber eins wusste er ganz genau: Heute Nacht würde er ihr zeigen, was es heißt, geliebt zu werden!

Mit diesem Ziel ging er nun zu ihr hinüber.

»Wie gefällt Euch Euer erstes Fest auf Eden?«

»Sir Anthony!«, brachte sie erschrocken hervor. Sie war in Gedanken noch bei Hannahs Kuss, sodass sie ihn gar nicht bemerkt hatte.

»Wie schön ...« Sir Anthonys Lächeln machte sie nervös. »Äh ... Es ist schön. Das Fest, meine ich.«

»Darf ich Euch ein Stück begleiten?«

Christiana war noch immer völlig verdutzt und ließ es widerstandslos zu, dass er ihren Arm auf seinen legte und sie zu einem ruhigen, abgelegenen Platz führte.

»Wisst Ihr eigentlich, wie meine Brüder und ich auf diese Insel gekommen sind?«, fragte er. Dies war der erste Schritt zur Verwirklichung seines Vorhabens.

»Oh! Ihr seid nicht hier geboren?« Überraschung blitzte in ihren Augen auf.

»Nein, ich kam erst vor neunzehn Jahren hierher.« Er zeigte auf einen Baumstumpf am Rand der Wiese, und die beiden schlenderten gemächlich dorthin. Christiana setzte sich, und er ließ sich neben ihr im Gras nieder.

»Ich war sechs, als mein Vater, ein Ritter, bei einem Brand auf unserem kleinen Gut in der Nähe von London ums Leben kam.«

»Wie schrecklich!«, murmelte sie entsetzt.

»Meine Mutter, die sich im selben Zimmer wie mein Vater aufhielt, konnte sich retten, doch das Feuer hatte sie deutlich gezeichnet. Ihr Gesicht war kaum wieder zu erkennen, und ich erschrak, als ich sie zum ersten Mal nach dem Brand sah. Die Haut war beinahe vollkommen verbrannt, und ihre Züge waren dadurch schwer entstellt.«

Christiana rutschte unbehaglich auf dem Baumstumpf hin und her. Was wollte er ihr mit dieser schrecklichen Geschichte sagen?

»Wie auch immer, es war meine Mutter, und ich gewöhnte mich schnell an ihren Anblick. Damals habe ich gelernt, jemanden nicht nur wegen seines Äußeren zu lieben.«

»Sir Anthony, bitte ...«

Sie schien bereits zu ahnen, wohin diese Unterhaltung führen würde, und er gab ihr keine Gelegenheit, sich ihm noch einmal zu entziehen.

»Sie starb ein paar Monate später, ihre Verletzungen waren einfach zu schwer. Meine drei Brüder und ich kamen zu einer entfernten Verwandten.

Das Leben dort war sehr hart, und eines Nachts beobachtete ich, wie John – er war damals dreizehn – ein paar Sachen zusammenpackte. Er verabschiedete sich von uns und versprach, uns abzuholen, sobald er eine Möglichkeit fand, uns alle zu versorgen. Es dauerte über ein Jahr, und wir rechneten schon nicht mehr damit, dass er noch kommen würde. Da stand er plötzlich vor der Tür, um uns mitzunehmen. Meine Verwandten ließen uns erleichtert ziehen, denn sie besaßen kaum das Nötigste, um selbst zu überleben, und waren froh, die drei zusätzlichen Esser loszuwerden. John brachte uns dann zu einem Schiff, und gemeinsam segelten wir nach Eden.«

»Wie ist John nach Eden gelangt?«, fragte Christiana neugierig. Sie war unbemerkt in seine Falle getappt.

»Auf seinem Weg durch das Königreich hatte er Gerüchte über einen sehr reichen Kapitän gehört, die sein Interesse weckten. Er machte sich auf in den nächsten Hafen und fragte sich durch, bis ihm ein Betrunkener in einer Schenke verriet, wo der Mann zu finden sein könnte. Monatelang reiste er umher und stieß dann tatsächlich auf das Schiff des Kapitäns. Er heuerte auf dem Schiff an und erzählte dem Mann irgendwann seine Geschichte. Dem Kapitän, einem mitfühlenden, aber dennoch strengen Mann, gefiel der Junge, der für seine Geschwister nach einem besseren Platz zum Leben suchte, und erklärte sich bereit, uns vier auf seinem Landsitz aufzunehmen. Der Mann war Euer Onkel Sebastian, und er brachte uns schließlich nach Eden, wo sich unser Leben vollkommen veränderte.«

Christiana lächelte ihn an, doch dann erschien ein verwirrter Ausdruck in ihren grünen Augen.

»Wenn Ihr als Kind nach Eden gekommen seid, wie ist es dann möglich, dass Ihr ein Ritter seid und Eure Brüder nicht?«

Sir Anthony sah sie mit funkelnden Augen an. Sie interessierte sich offenbar wirklich für seine Lebensgeschichte!

»Mit vierzehn ging ich zurück nach England. Ich wollte mir beweisen, dass ich dort allein auf mich gestellt zurechtkomme. Doch nachdem ich Jahre später zum Ritter geschlagen wurde, erkannte ich, dass ich mich nach meiner wahren Heimat sehnte – nach Eden. Also ließ ich das Land, in dem ich geboren wurde, und alle Pflichten, die sich aus meinem neuen Titel ergaben, zurück und machte mich mit dem erstbesten Schiff von Sebastians Flotte, das ich erreichen konnte, auf den Weg nach Hause.«

»Nach Hause«, wiederholte Christiana und ließ sich die Worte durch den Kopf gehen. Es war seltsam, aber sie empfand Eden selbst schon beinahe als ihr Zuhause.

Auf Rossewitz hatte sie sich immer verstecken müssen. Eine Zeit lang fürchtete sie damals sogar, bestraft oder gar getötet zu werden, denn in ihrer Heimat schwebte eine Frau, die sich hinter Schleier und Maske versteckte und sich zudem mit Kräutern auskannte, in der großen Gefahr, als Hexe oder Ketzerin angeklagt zu werden. Sie hörte schreckliche Geschichten und war sich der tödlichen Folgen einer solchen Anschuldigung wohl bewusst. Deshalb sollte sie nach ihrem Unfall ja auch so schnell wie möglich in ein Kloster gehen. Dort wäre sie sicher – so hoffte sie zumindest.

Aber aus irgendeinem Grund hatte Gott beides verhindert: zum einen, dass sie einem grausamen Tod zum Opfer fiel, und zum anderen, dass sie ins Kloster ging.

Stattdessen bekam sie die Chance, ein neues Leben anzufangen. Und hier auf Eden war sie zufrieden, ja, beinahe glücklich.

Sie hatte Sir Anthony erzählt, dass sie noch nicht wüsste, ob sie Eden wieder verlassen würde, doch tief in ihrem Inneren war ihr klar, dass ein Kloster ihr niemals das bieten konnte, was sie hier besaß: Auf Eden wurde sie geschätzt, akzeptiert und gemocht. Und sie war frei!

»Lady Christiana, darf ich Euch um einen Gefallen bitten?«

Christiana sah fragend zu ihm auf. Obwohl er neben ihr im Gras saß, überragte er sie.

»Einen Gefallen?«

In seinen blauen Augen spiegelte sich der Schein des Feuers, und es fiel ihr schwer, den Ausdruck darin zu deuten.

»Würdet Ihr mir einen Wunsch erfüllen?«

Christiana behagte der zärtliche Ton in seiner tiefen Stimme nicht, er erinnerte sie an sein Geständnis am Mittag. Seine Fähigkeit, ihr allein durch Blicke die Atemluft zu stehlen, beunruhigte sie und ließ sie zudem um ihre Willenskraft fürchten, die sie doch so dringend brauchte, um ihn abzuweisen.

»Wie lautet Euer Wunsch, Sir Anthony?«, fragte sie vorsichtig.

»Ich weiß, Ihr wollt nicht, dass ich Euch sage, was ich für Euch –«

»Nein, da habt Ihr Recht. Das möchte ich nicht hören!«

»Bitte lasst mich einen Augenblick gewähren, nur einen winzigen Augenblick lang.« Die Verzweiflung in seiner Stimme ließ Christiana verstummen. »Ich hätte gern etwas von Euch, das mich in den langen einsamen Monaten meiner Reise an Euch erinnert. Ihr seid mir wichtig, und ich –«

»Sir Anthony! Habe ich Euch nicht gebeten, kein Wort mehr darüber zu verlieren?«, erwiderte sie ungehalten und sprang auf. Aber er war ebenso schnell auf den Beinen und hielt sie am Arm fest, um sie daran zu hindern, erneut vor ihm davonzulaufen. Sie erstarrte bei seiner Berührung, und er nutzte diesen kurzen Moment aus. Er ließ seine warme Hand an ihrem Arm hinabgleiten, ergriff ihre vernarbten Finger und küsste sie mit einer Zärtlichkeit, die Christiana vollends die Sprache verschlug.

»Bitte, Christiana ...«, flüsterte er heiser und zog sie langsam zu sich heran. »Warum wehrst du dich gegen deine Gefühle? Weißt du denn nicht, was für eine unglaubliche Frau du bist? Du hast mir den Kopf verdreht! Den ganzen Tag über denke ich an dich, und nachts träume ich von dir.«

Seine rechte Hand strich sanft über ihren Rücken, mit der anderen hielt er ihren Kopf fest an seine Brust gedrückt. Dann beugte er sich zu ihr hinunter, um seine Wange auf ihren Kopf zu legen.

»Anthony, bitte nicht!«

Christiana hörte ihr eigenes Flehen und erkannte, dass es sogar für ihn schwach klingen musste. Zu oft hatte sie von einem solchen Augenblick geträumt, von einem Augenblick, in dem ein Mann, der wirklich etwas für sie empfand, sie fest umschlungen hielt und all das aussprach, was sie nie zu hoffen gewagt hatte. Ihr Herz raste. Seines pochte genauso wild in seiner Brust, und sie hatte den Eindruck, als kämpfte es gegen die harten Barrieren, die ihr Verstand rund um ihr Herz errichtet hatte. Und offenbar würde es dieses Duell gewinnen.

»Anthony, du weißt nicht, was damals passiert ist –«

»Ich will es auch gar nicht wissen«, unterbrach er sie. »Aber ich weiß, dass ich mich in dich verliebt habe. – Ich habe dir doch erzählt, dass ich schon einmal eine Frau geliebt habe, die entstellt war. Und glaube mir: Nichts kann schlimmer sein als das, was ich damals gesehen habe.«

»Aber das war deine *Mutter!*«

Er beugte sich ein wenig zurück, legte seine Hand unter ihr Kinn und zwang sie, ihn anzusehen.

»Christiana, wirst du mir meinen Wunsch erfüllen und mir etwas schenken, das ich mitnehmen kann?«

Krampfhaft überlegte sie, was sie ihm geben konnte, doch ihr Kopf war vollkommen leer. Verstört starrte sie auf das Sträußchen von Hannah, das in ihrer Hand zwischen ihren beiden warmen Körpern eingeklemmt war. Nein, davon konnte sie sich auf keinen Fall trennen!

»Wirst du es tun?«

Sie brachte kein Wort heraus, zu sehr verwirrten sie diese blauen, leuchtenden Augen, die Nähe seines Körpers und die seltsamen Gefühle, die er in ihr hervorrief und die sie schwindelig machten. Stattdessen nickte sie.

Ein wundervolles Lächeln legte sich auf sein Gesicht, dann neigte er langsam seinen Kopf zu ihr herunter.

Noch bevor sie wusste, was er vorhatte, fühlte sie seinen warmen Atem, dann legten sich seine Lippen sanft auf ihren Mund.

Erschrocken riss sie sich los.

»Ich ... ich kann das nicht!«, flüsterte sie mit Tränen in den Augen. »Verzeih mir.«

Dann drehte sie sich um und humpelte eilig davon.

Anthony sah ihr schmunzelnd hinterher.

Er hatte bekommen, was er wollte. Sie hatte ihm ein Geschenk gemacht, das ihn auf seiner Reise an sie erinnern würde.

Einen Kuss!

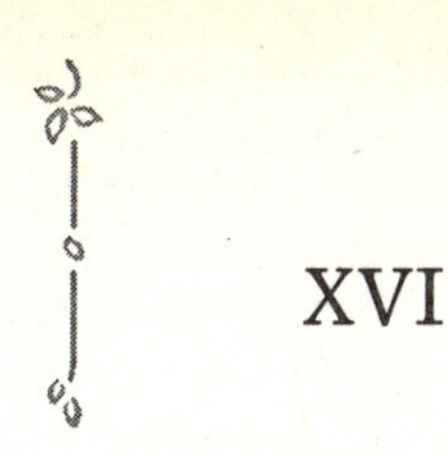

# XVI

»Durchlaucht?«

Eine weiche Hand strich vorsichtig über ihre Wange, dann schabte irgendetwas über eine Holzfläche. Marlena öffnete widerwillig die Augen und schaute sich verwirrt um.

»Durchlaucht, Ihr seid eingeschlafen«, sagte ihre Nichte leise. »Soll ich Euch zu Bett bringen?«

Die Herzogin hob erschöpft den Kopf von den Papieren, über denen sie eingeschlafen war, und nickte benommen.

Christiana fasste sie sanft bei der Schulter und zog sie nach hinten, damit sie sich anlehnte. Dann entfernte sie die Lederbänder von den Rädern und schob den Stuhl in das Schlafgemach zum Bett. Sie bückte sich, streifte ihrer Tante zuerst die bestickten Seidenschuhe von den Füßen und bat sie dann, sich nach vorn zu beugen, damit sie die Verschlüsse am Rücken des bestickten Oberteils lösen und sie entkleiden konnte. Während sich Christiana mit flinken Fingern an den Bändern der Röcke zu schaffen machte, legten sich Marlenas Arme um ihren Hals, und die junge Frau hob sie aus dem Stuhl. Dabei schob sie ihr den schweren Rock aus rotem Seidendamast und die drei farbenfrohen Unterröcke über die Hüfte. Sie setzte Marlena vorsichtig aufs Bett und ließ einen Rock nach dem anderen raschelnd an ihren Beine hinabgleiten, bis nur noch der Unterrock aus Leinen übrig blieb. Nachdem Christiana ihr das Nachtgewand über den Kopf gezogen hatte, hob sie sie erneut hoch, um den weißen, spitzenbesetzten Stoff nach unten fallen zu lassen. Erschöpft sank die Herzogin schließlich in die Kissen.

»Ihr müsst mit der Kerze vorsichtiger sein. Wenn sie so dicht an Eurem Kopf steht, könnt Ihr sie im Schlaf umwerfen, und dann …«

Christiana verstummte und richtete ihre Augen einen kurzen Moment lang auf ihre linke vernarbe Hand.

Schweigend beobachtete Marlena, wie ihre Nichte ihre gefühllosen Beine auf das Bett legte und eine Decke über ihrem Körper ausbreitete.

»Was ist los mit dir? Du siehst verwirrt aus.«

Die junge Frau wandte sich rasch ab und legte das kostbare Gewand über den Sessel vor dem Kamin.

»Christiana, schau mich an!«

Ihre Nichte drehte sich um, vermied es jedoch, ihr in die Augen zu sehen.

»Du bist zwar schon besser darin geworden, deine Gefühle zu verstecken, doch ich merke trotzdem, dass etwas nicht stimmt.«

»Durchlaucht, bitte …«, murmelte Christiana.

»Durchlaucht, Durchlaucht! Warum hörst du nicht endlich mit dem überhöflichen Getue auf und nennst mich bei meinem Namen?« Sie hatte schon mehrmals versucht, ihre Nichte dazu zu bringen, aber Christiana lehnte jedes Mal höflich ab. Doch jetzt schien der Zeitpunkt günstig, sie zu überlisten. »Und wag es ja nicht, mich ›Tante‹ zu nennen. Das klingt so albern, und ich kann Albernheiten nicht ausstehen!«

»Natürlich, Durchl… Mar… Marlena«, stammelte die junge Frau.

»Schon besser«, gab die Herzogin zufrieden zurück und klopfte auf ihre Decke. »Und nun setz dich zu mir und sag mir, was passiert ist!«

Christiana ließ sich neben ihrer Tante auf dem breiten Bett nieder und blickte sie traurig an.

»Er hat mich …« Ihre Stimme versagte, und Tränen traten in ihre schönen Augen.

»Was hat er?«

»Er hat mich geküsst!«

»Dein Diener?« Marlenas Miene verriet ihre Überraschung. Sie hatte nicht damit gerechnet, dass er es wagen würde, ihrer Nichte seine Gefühle zu offenbaren.

*»Thomas?«* Christiana riss entsetzt die Augen auf. »Gott im Himmel! Warum sollte *Thomas* mich küssen?«

»Weil er in dich verliebt ist?«, entgegnete ihre Tante mit hochgezogenen Augenbrauen. Als sie zum ersten Mal beobachtet hatte, wie liebevoll die beiden miteinander umgingen, war ihr diese Vermutung sofort durch den Kopf gegangen. Hatte sie sich vielleicht getäuscht? Auch wenn sie es nicht zugeben wollte, sie wurde langsam alt, und ihre Augen waren nicht mehr die besten. Ihre Menschenkenntnis hingegen funktionierte noch wunderbar …

»Durchlaucht … ich meine, Marlena, der Junge ist doch nicht in *mich* verliebt! Zwischen ihm und Anna scheint sich etwas zu entwickeln, aber doch nicht zwischen ihm und mir!«, erwiderte Christiana entrüstet. Wie kam ihre Tante denn nur auf eine solch verrückte Idee?

»Ich dachte, ihr wärt *beide* ineinander verliebt!« Marlena musterte ihre Nichte genauer. In ihren Augen konnte sie wie in einem Buch lesen, und sie sah nichts, was ihren Verdacht bestätigte. Zumindest Christiana schien keine Gefühle für ihren Diener zu hegen. Sie war jedoch ganz sicher, dass er ihrer Nichte in mehr als nur einer Hinsicht ergeben war. »Ich dachte nur … Weißt du eigentlich, dass du oft versonnen lächelst, wenn er in deiner Nähe ist? Und er, nun ja, er lässt dich keinen Moment lang aus den Augen. Außerdem versteht ihr euch ohne Worte besser als alle, die miteinander sprechen … Diese starke Bindung ist sehr ungewöhnlich, und da nahm ich an –«

»Er ist doch noch fast ein Kind!«, stieß Christiana empört hervor. »Und noch dazu mein Schützling. Wir haben Vertrauen zueinander gefasst, weil wir beide auf uns allein gestellt waren. Ich habe ihm geholfen, wieder gesund zu werden, und er hat mir nach meiner Abreise von Rossewitz die Kraft gegeben, mich meinem Leben hier auf Eden zu stellen, mehr nicht«, erklärte sie und schüttelte belustigt den Kopf. »Du glaubst, dass er seit langer Zeit in den Diensten meines Vaters steht, aber in Wahrheit habe ich ihn am Wegesrand aufgelesen.« Die Erinnerung an den entsetzlich zugerichteten, verängstigten Jungen stieg in ihr auf und stahl das Lächeln aus ihren Augen. »Du hättest ihn sehen sollen! Er war in einem furchtbaren Zustand, hatte Wunden am ganzen Körper und war völlig abgemagert. Er tat mir unendlich Leid, und da habe ich ihn einfach an Stelle von Thomas, meinem alten Diener, mitgenommen, der unterwegs gestorben war. Und ich habe es nicht einen einzigen Augenblick lang bereut. Ich hoffe, du bist mir nicht böse, dass ich dich angelogen habe.«

»Nein, keineswegs«, beruhigte Marlena ihre Nichte. Es gab keinen Grund, ihr zu sagen, dass sie das bereits durch Anthony erfahren hatte.

»Aber wenn nicht Thomas dich geküsst hat, wer dann?«

»Sir Anthony!«

»Oh!« Ihre Tante starrte sie verdutzt an. Dann war also etwas dran an den Gerüchten! Der junge Mann fühlte sich tatsächlich zu ihrer Nichte hingezogen.

»Und hat es dir gefallen?«

»Durch ... Marlena!«

»Schau mich nicht so entsetzt an. Das ist doch eine ganz einfache Frage, oder? Also, hat es dir gefallen oder nicht?«

Christiana senkte verlegen den Blick. »Ja, ich glaube schon.«

»Aber?«

»Aber das ist doch unmöglich! Ich kann ihn nicht ... Er ist doch ... Er kann sich einfach nicht in mich ...« Christiana hielt inne und verschränkte fröstelnd die Arme vor der Brust. »Er ist ein einfacher Ritter und ich die Tochter eines Grafen.«

»Du weißt doch, dass solche Dinge hier auf Eden wenig Bedeutung haben. Wenn du ihn magst, dann genieß seine Aufmerksamkeiten und verschwende diese schöne Zeit nicht mit trüben Gedanken«, unterbrach Marlena sie schnell. Sie kannte die Ansichten ihrer Nichte, als sie selbst hierher kam, hatte sie schließlich ähnlich gedacht.

Doch sie bemerkte sehr wohl die Unsicherheit in Christianas Stimme. Der Standesunterschied schien nicht allein der Grund für ihre Zurückhaltung zu sein. Marlena konnte ohnehin nicht glauben, dass ihre Nichte noch immer so viel Anstoß an diesen Dingen nahm. Dafür hatte sich Christiana in der kurzen Zeit viel zu schnell an das Leben auf Eden angepasst, und dafür hatte sie zu oft gesehen, wie glücklich solche »unschicklichen« Verbindungen sein konnten.

»Es ist noch so neu für mich.« Christiana sah ihre Tante nachdenklich an. »Er hat mir heute Mittag gestanden, dass er mich auf seiner Reise vermissen wird. Und vorhin hat er mir gebeichtet, dass er in mich verliebt ist. In *mich!* Er hat mich sogar schon gefragt, ob ich mir ein Leben vorstellen könnte, wie es die Frauen auf Eden führen.«

»Er hat also ernste Absichten. Das ist doch wunderbar!«, rief Marlena erfreut aus.

»Das ist alles nicht so einfach.« Christiana schloss für einen Moment die Augen. »Ich bin nicht sicher, was ich fühle. Das alles ist schon so lange her ... Und er weiß so wenig von mir und meinem bisherigen Leben, meinen Träumen, meinen Geheimnissen – er kennt mich überhaupt nicht!«

»Aber das beweist doch nur, dass er dich wirklich liebt!«, entgegnete Marlena. Sie verstand nicht, warum all das für ihre Nichte solch eine Tragödie war. »Es ist ihm egal, was du unter der Maske verbirgst. – Wenn du ihn heiratest, wirst du eines Tages meine Stelle hier auf Eden einnehmen. Anthony wurde von den Bewohnern von Eden ausgewählt, weil er der tatkräftigste und klügste junge Mann auf dieser Insel ist. John ist nur Kapitän, und er hat außerdem große Schwierigkeiten, seinen Ärger über alltägliche Dinge im Zaum zu halten. Anthony dagegen besitzt neben seinen Kenntnissen über die Seefahrt auch noch Geschick, Ausdauer, Kraft, Geduld und einen unermesslichen Reichtum an neuen Ideen. Er kann mit jeder Situation umgehen, ob an Land oder auf See. Und er kann gut verhandeln. Aber bevor er meinen Mann ablöst, muss er sich mit einer Frau vermählen, die die Menschen als Oberhaupt akzeptieren und die in der Lage ist, alle Entscheidungen auf Eden allein zu treffen. Wir alle warten schon so lange darauf, dass sich Anthony eine Frau sucht. Und wenn er dich will – eine bessere Wahl kann er kaum treffen!«

Doch Christiana ließ sich nicht so leicht überzeugen. Der Kuss hatte sie durcheinander gebracht. Er war schön und aufregend gewesen, doch tief in ihrem Inneren sträubte sich etwas mit aller Macht dagegen, zu glauben, dass sich ein Mann wie Anthony – gesund, kräftig und voller Leben – wirklich für sie interessierte. Die verlockenden Träume von einer Zukunft mit ihm waren nur eine Seite in einem Buch, doch die unbarmherzige Wirklichkeit füllte den Rest.

»Wenn dich der Gedanke an seine Reaktion auf dein Gesicht so sehr beunruhigt«, begann Marlena zaghaft, »dann kannst du es mir doch zeigen, und ich sage dir, ob es wirklich so schlimm ist, wie du denkst.« Sie überlegte schon seit geraumer Zeit, ihre Nichte darum zu bitten, aber bislang hatte sie sich stets zurückgehalten. Sie wollte die junge Frau auf keinen Fall bedrängen. Doch diese Unterhaltung bot ihr *die* Gelegenheit!

Christianas Augen weiteten sich vor Angst, und sie sprang hastig vom Bett auf.

»Nein!«, stieß sie heftig hervor.

»Bitte, Christiana, lass es mich sehen.«

Der Blick ihrer Nichte glich dem eines gejagten Tieres.

»Bitte!«

Christiana fuhr sich mit der Hand über die Maske und begann, aufgewühlt im Zimmer hin und her zu laufen.

»Bitte, Christiana«, wiederholte Marlena noch einmal.

Plötzlich blieb die junge Frau stehen und sah sie aus stumpfen Augen an. In ihnen schimmerten Tränen der Enttäuschung. Ihre Lippen, aus denen jegliche Farbe gewichen war, bebten, und sie brachte heiser hervor: »Wie Ihr wünscht.«

Dann wandte sie sich um und lief zur Tür hinaus.

Marlena schaute ihr betrübt nach. Hatte sie sich zu weit vorgewagt? Sollte sie die Vergangenheit lieber ruhen lassen? Aber ihre Neugierde war einfach zu groß.

Und dann gab es da noch die eine Frage, die sie der unergründlichen Tochter ihrer kleinen Schwester schon seit langer Zeit stellen wollte: Warum humpelte sie vor aller Augen, wenn sie doch in unbedachten Momenten, so wie eben, mit federleichtem Schritt das Zimmer verließ?

Christiana beugte sich über die Schüssel und übergab sich zum dritten Mal an diesem Morgen.

Die Unterhaltung mit ihrer Tante hatte sie so sehr entsetzt, dass sie die ganze Nacht über wach gelegen hatte. Bei Sonnenaufgang rebellierte ihr Magen dann zum ersten Mal gegen die übermächtige Angst, die tief in ihrem Inneren saß und sie einfach nicht zur Ruhe kommen ließ. Gedanken schossen wie Blitze durch ihren Kopf, aber sie fand keine Lösung für das Problem, das sich so unerwartet in ihr Leben geschlichen hatte.

Wie konnte sie ihrer Tante nur versichern, dass sie ihr noch zeigen würde, was sie seit mehr als sieben Jahren vor jedem verbarg?

»O Gott, warum hat sie mich nur darum gebeten? Warum tut sie mir das an?«

Sie fühlte sich verraten. Sie war so vorsichtig gewesen und hatte geglaubt, dass hier auf Eden alles anders werden würde. Doch sie hatte sich getäuscht! Niemand war wirklich an ihr persönlich interessiert, sondern nur an ihrem Geheimnis.

*Aber da ist immer noch Anthony*, erinnerte sie eine leise Stimme.

Anthony ... Christiana begann, am ganzen Körper zu zittern.

Sie hatte Johanna an diesem Morgen gebeten, alle Kranken wegzuschicken, sofern es sich nicht um einen Notfall handelte. Doch es war sowieso niemand gekommen, da alle Bewohner der Stadt die Besatzung der *Gloria* gemäß einer alten Tradition zur Bucht begleiten, wo das Schiff vor Anker lag.

Christiana traute sich nicht, ebenfalls dorthin zu reiten. Sie war viel zu verstört und aufgewühlt, um Anthony unter die Augen zu treten. Und da der schützende Schleier ihr Gesicht nicht länger verhüllte, war sie nicht sicher, ob sie ihre Bestürzung verstecken konnte.

*Er hat dich nicht gebeten, dein Gesicht zu zeigen. Er hat dir gesagt, dass er in dich verliebt ist – obwohl er ahnt, was unter deiner Maske ist.*

»Er ahnt es, aber er weiß es nicht!«

*Was kann denn passieren, wenn du ihm dein Gesicht zeigst?*

»Er wird sich von mir abwenden!«

*Glaubst du das wirklich?*

»Natürlich! Wie sollte er sonst reagieren?«

*Du machst dir etwas vor, Christiana. Dein Gesicht sieht nun mal so aus, und das wird sich auch nicht ändern. Doch du bist keine Seherin, du weißt nicht, wie er sich verhalten wird!*

*Natürlich kannst du es bis zu deinem Tod vor allen verbergen, doch vor dir selbst kannst du es nicht verstecken. Es wird immer da sein und dein Leben Lügen strafen!*

»Ich weiß, ich weiß! Aber Berta hat mich immer davor gewarnt, jemandem leichtfertig zu vertrauen. Es ist zu gefährlich für mich. – Und wenn ich die Augen schließe, sehe ich ihn vor mir. Ich sehe den enttäuschten Blick in diesen wundervollen blauen Augen, und dafür möchte ich nicht der Grund sein. Es ist einfach zu spät. Die Zeit für Erklärungen ist lautlos verstrichen, und jetzt kann ich nicht mehr zurück. Eher gehe ich ins Kloster! Das hätte ich sofort tun sollen, sobald es Marlena besser ging. Ich hätte darauf bestehen sollen, dass sie mich zurückbringen – und das, bevor ich anfing, wieder zu hoffen! Alles in mir war abgestorben, jegliches Gefühl hatte ich verbannt. Und jetzt?«

Tränen der Verzweiflung liefen an ihren Wangen hinab.

*Es ist nicht wahr, dass du seit deinem Unfall nichts mehr gefühlt hast. Der Tod deiner Mutter und deines kleinen Bruders hat dich tief getroffen, und als du dem Jungen begegnet bist, empfandest du Mitleid. Und erinnere dich nur daran, wie reich du dafür belohnt wurdest: Du bist einem von Gottes Engeln begegnet!*

»Und ich bin sehr dankbar dafür. Aber die Gefühle von damals sind etwas ganz anderes, bei weitem nicht so stark wie die Angst und der Schmerz, den ich jetzt empfinde!«

*Weshalb zeigst du Marlena nicht dein Gesicht und wartest ab, was sie dazu sagt?*

»Ich kann nicht! Ich kann es einfach nicht! Ich bringe es nicht über mich, ihr einen solchen Schock zu versetzen!«

*Aber sie hat dich darum gebeten! Sie möchte es sehen, und sie ist kein Mensch, der so leicht zu schockieren ist.*

»Sie weiß nicht, was sie erwartet!«

Christiana lief zurück zu der Schüssel auf dem Waschstand und übergab sich erneut. Dann wischte sie sich den Mund ab und sank lautlos zu Boden.

»Was soll ich nur tun?«

Die Stimme ihres Verstandes gab plötzlich keine Antwort mehr.

Stattdessen vernahm sie ein leises Klopfen an der Tür. Bestimmt hatte sich ein Kranker eingefunden und wollte von ihr behandelt werden.

Sie spülte ihren Mund kurz mit frischem Wasser aus und riss die Fenster auf. Dann ergriff sie eine frische Maske und zog sie über ihren Kopf. Während sie ihren Schleier befestigte, lief sie zur Tür des Kaminzimmers und öffnete sie.

»Thomas, was ist passiert?«

Der Junge musterte sie mit einem seiner besorgten Blicke und schüttelte den Kopf.

»Kein Verletzter? Kein Kranker?«

Er wiederholte seine Geste.

»Was willst du dann?«

Er zog ein Stück Papier hinter seinem Rücken hervor und reichte es ihr.

Christiana nahm es entgegen und drehte sich langsam um. Ohne die Tür zu schließen humpelte sie auf den Stuhl vor dem Kamin zu und setzte sich. Dann entfaltete sie das Blatt und begann zu lesen.

*Liebste Christiana!*

*Ich hoffe, ich habe dich gestern nicht zu sehr erschreckt, aber ich sehnte mich so verzweifelt nach diesem Kuss, dass ich mich offenbar zu weit vorgewagt habe.*

*Wenn ich zurück bin, in etwa fünf oder sechs Monaten, können wir all diese Dinge langsamer angehen, ganz so, wie du es wünschst. Doch bis dahin bewahre ich dein Geschenk in meinem*

*Herzen. Diese süße Erinnerung wird mir die langen Monate des Alleinseins unsagbar erleichtern und meine Vorfreude auf dich ins Unermessliche steigern.*

*Ich kann verstehen, dass du heute nicht gekommen bist, um dich von mir zu verabschieden. Ich weiß, wie schwierig es für dich ist zu begreifen, dass ich dich liebe. Aber hab keine Angst! Auch nach meiner Rückkehr wird sich an meinen Gefühlen für dich nichts geändert haben.*

*In Liebe,*
*Anthony*

»Nach deiner Rückkehr wird sich alles verändert haben«, flüsterte sie heiser. Dann schloss sie die Augen und begann, lautlos zu weinen. Der Brief glitt aus ihrer gefühllosen Hand und segelte zu Boden.

Thomas war mittlerweile hereingekommen und schloss nun leise die Tür hinter sich. Er trat näher und sank vor ihr auf die Knie. Reglos verharrte er in dieser Position, bis Christiana die Augen wieder öffnete und ihn durch ihren Tränenschleier ansah.

In seinem Blick lag so viel Sorge und Traurigkeit, dass sie die Augen sofort wieder zukniff. Sie wollte sein Mitleid nicht, und er sollte auch nicht mitbekommen, wie verletzt und verraten sie sich fühlte.

»Lass mich allein, Thomas.«

Als er sich nicht rührte, schaute sie erneut zu ihm hinab.

»Bitte geh!«, flehte sie mit tränenerstickter Stimme. »Ich muss allein damit fertig werden.«

Plötzlich nahmen seine Augen jenen Ausdruck an, mit dem er sie in den ersten Tagen so oft angeschaut hatte – stumpf und leer. Doch sie bemerkte den Stich, den ihr dieser Anblick versetzte, erst, nachdem sich der Junge erhoben und sie allein gelassen hatte.

Entsetzt über ihre Selbstsucht eilte sie in ihr Schlafgemach, um sich erneut zu übergeben.

»Christiana! Ich habe nicht erwartet, dass du heute Abend zu mir kommst«, rief die Herzogin überrascht aus. »Es tut mir Leid, was ich gestern gesagt habe. Ich wollte dich nicht überrumpeln. Aber ich dachte –«

»Ihr habt mich gebeten, Euch mein Gesicht zu zeigen, Durchlaucht. Und ich bin gekommen, um Eurem Wunsch Folge zu leisten«, unterbrach Christiana ihre Tante kühl.

Marlena musterte ihre Nichte von Kopf bis Fuß. Ihre steife Haltung verriet ihre Entschlossenheit, doch sie bemerkte auch, dass sie leicht zitterte.

»Warum trägst du deinen Schleier?«, fragte sie leise. Dass Christiana sie wieder mit ihrem Titel ansprach, verletzte sie tiefer, als sie es für möglich gehalten hätte, und sie war einen Augenblick lang versucht, die ganze Angelegenheit auf sich beruhen zu lassen.

»Ich trage keine Maske, und ich wollte im Gang nicht gesehen werden«, antwortete ihre Nichte schwer atmend. »Aber bevor ich den Schleier hebe, möchte ich ein paar Kerzen löschen.«

Marlena ahnte, welche Überwindung es Christiana kostete, ihr Gesicht zu entblößen, und nickte zustimmend.

Ihre Nichte löschte alle Kerzen bis auf zwei, die auf dem Tischchen neben ihrem Bett standen.

»Ich werde nun meinen Schleier zurückschlagen und Euch einen kurzen Blick gewähren, aber ich komme nicht näher als bis zu diesem Punkt.«

Christiana trat an das Bettende, und Marlena stopfte sich noch ein Kissen in den Rücken, damit sie so aufrecht wie möglich saß.

»Seit Ihr bereit?«

»Ja«, antwortete die Herzogin leise und versuchte, sich innerlich für das zu wappnen, was sie gleich zu sehen bekommen würde.

Christiana fasste mit bebenden Fingern nach dem Saum des Schleiers und hob ihn über ihren Kopf.

Bei dem Anblick, der sich ihr bot, riss Marlena entsetzt die Augen auf. Sie hatte in den vergangenen Monaten viel Zeit damit verbracht, sich auszumalen, wie Christianas Gesicht aussehen mochte, aber was sie nun sah, übertraf all ihre grausigsten Vorstellungen.

Das Gesicht der jungen Frau war aufgedunsen, ihre dunkel umrandeten Augen lagen tief in ihren Höhlen. Zum Teil schien es, als gäbe es nur rohes Fleisch, ganz so, als hätte man sie gehäutet. An manchen Stellen war die Haut, die im schwachen Schein der Kerze unnatürlich feucht glänzte, wulstig vernarbt, an anderen mit dunklen Flecken übersät. In den Vertiefungen neben besonders dickem Narbengewebe traten dunkelblaue Adern unter der pergamentartigen Haut hervor, sodass es beinahe aussah, als würde Christiana ein Netz aus blauen Fäden über dem Gesicht tragen. Die wenigen Härchen ihrer Augenbrauen wirkten wie aufgeklebt und waren durchbrochen von unzähligen kleinen Blasen, die überall zu sehen waren. Eine besonders scheußliche Narbe, deren Ränder sich abzulösen schienen, begann an ihrem dunkelroten Hals und führte zum linken Ohr, an dem offenbar das Ohrläppchen fehlte, bis hinauf zu der hohen Stirn, auf der kein einziges Haar zu entdecken war. Den Rest ihres Kopfes bedeckte der Schleier.

Marlena atmete tief durch, um ihre Übelkeit zu bekämpfen. Sie hatte schon viele Brandnarben gesehen, aber dieser Anblick war damit nicht zu vergleichen. Das Gesicht ihrer Nichte sah aus wie eine Maske aus Fleischstücken, die wahllos auf einen Schädel geklebt waren.

»O Christiana, verzeih mir!«, flüsterte Marlena erschüttert. »Ich hatte ja keine Ahnung!«

»Habt Ihr genug gesehen, Durchlaucht?«, fragte die junge Frau keuchend.

»Verzeih mir!«, wiederholte Marlena den Tränen nahe, doch ihre Nichte zog rasch den Schleier vor ihr Gesicht und verließ ohne ein weiteres Wort den Raum.

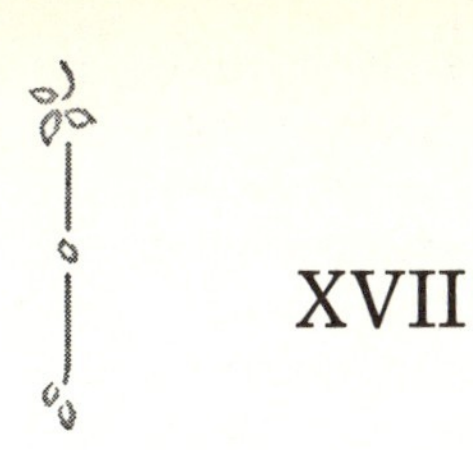

# XVII

Fünf Monate gingen ins Land, aus dem Sommer wurde Herbst, der Herbst machte dem Winter Platz, und nun waren auch dessen Tage gezählt.

Der Wechsel der Jahreszeiten vollzog sich wie seit Anbeginn der Zeit, genauso, wie das Leben stets von neuem begann und wieder endete und doch immer gleich blieb – überall auf Gottes Erde. So auch auf Eden. Doch eins hatte sich verändert. Christiana.

Wie gewohnt erledigte sie ihre täglichen Arbeiten gewissenhaft, doch sie lachte kaum noch, misstraute plötzlich allen, und manchmal meinte man in ihren grünen Augen einen Schmerz zu sehen, der dem eines Kindes glich, wenn es zum ersten Mal am eigenen Leib erfuhr, wie grausam das Leben sein konnte. Nahezu unbemerkt entzog sie sich dem bunten Treiben auf der Insel immer mehr. Sie besuchte weder das große Erntedankfest noch die Weihnachtsfeier, sie mied die religiösen Feste der verschiedenen Stadtviertel und auch das gemeinsame Bankett zum Jahreswechsel, das die Stadtbewohner mit viel Liebe ausrichteten.

Es hatte den Anschein, als ob ihr Geist wie die Farben eines alten Wandteppichs langsam verblasste, ihre Charakterstärke von der Insel selbst aufgezehrt wurde und ihr einstmals so auffallendes Äußeres zu verschwinden begann, gerade so wie bei einem alten Möbelstück, das immer am selben Platz steht und das man nach einiger Zeit nicht mehr wahrnimmt. Einzig bei ihrem täglichen Gang zur Kirche in der Morgendämmerung fiel den Bewohnern der Insel ihre schwarzgewandete Gestalt noch auf.

Anfangs bemerkte niemand außer ihrem Diener, wie sehr sie sich verändert hatte. Zu geschickt schob sie ihre Arbeit und die Trauer um ihre Mutter vor oder fand andere vollkommen einleuchtende Ausreden dafür, sich unter die Leute zu mischen. Doch nach und nach fiel den Menschen die seltsam traurige Verlassenheit auf, die sie wie ein Mantel umhüllte, und sie begannen, sie voller Sorge zu beobachten. Und eines Tages konnte Marlena es nicht länger mit ansehen und ließ den Jungen rufen, um mit ihm über seine Herrin zu sprechen.

In der ersten Zeit hatte sie Christianas ablehnendes Verhalten für eine verständliche Reaktion auf die Ereignisse jenes längst vergangenen Abends gehalten. Sie wollte ihrer Nichte Zeit geben, die Abreise Anthonys sowie die Tatsache, dass sie ihr Gesicht gesehen hatte, zu verarbeiten. Doch als die Wochen verstrichen und sich Christiana noch immer hartnäckig fern hielt, sah sie sich gezwungen, die Sache selbst in die Hand zu nehmen.

»Was macht sie den ganzen Tag, wenn sie sich nicht um die Kranken kümmert?«, fragte Marlena den Jungen, der erwachsen geworden war.

Er zuckte mit den Schultern.

»Du folgst ihr doch sonst überallhin!«

Mit den Händen erklärte Thomas ihr hilflos, dass sich seine Herrin ständig allein in ihren Gemächern einschloss.

»Sogar dir vertraut sie nicht mehr?«

Er schüttelte betrübt den Kopf.

»Dann ist es schlimmer, als ich befürchtet habe!«, rief die Herzogin verstört und schickte ihn mit einem missmutigen Wink fort.

Thomas war sich nicht sicher, was in diesem Gemach an jenem Abend geschehen war, aber er hatte eine Ahnung. Seine Herrin musste der Herzogin ihr Gesicht gezeigt haben! Warum sonst sollte sie mitten in der Nacht mit einem Schleier vor dem Gesicht ihr Zimmer verlassen? Und warum sonst mied sie ihre Tante nun so sehr?

Noch immer folgte er seiner Herrin auf Schritt und Tritt, bis sie schließlich früh am Abend, ohne der Herzogin einen

Besuch abzustatten, in ihren Gemächern verschwand. Doch sie verbannte selbst ihn immer mehr aus ihrem Leben, und er wusste sich langsam keinen Rat mehr.

Natürlich war sie freundlich und aufmerksam, erlaubte ihm, sie bei ihren Ausritten zu begleiten und ihr bei ihrer Arbeit zur Hand zu gehen, doch sie suchte immer häufiger die Einsamkeit, und das gefiel ihm überhaupt nicht.

Seit er ihr damals den Brief von Anthony gegeben hatte, gestattete sie ihm nicht mehr, mit in die Bibliothek zu kommen, und er traute sich auch nicht, sie darum zu bitten. In den Mittagsstunden schloss sie sich hin und wieder allein in ihren Räumen ein, zu denen sie ihm jetzt nur noch sehr selten Zutritt gewährte. Er musste hilflos mitanhören, wie sie hinter der Tür unruhig wie ein gefangenes Tier in seinem Käfig umherlief. Manchmal glaubte er, sie leise weinen zu hören, und es brach ihm fast das Herz.

Und dann, vor zwei Nächten – er hatte mal wieder schlecht geträumt und war, wie er es schon damals im Gasthaus getan hatte, zu ihren Gemächern gegangen, um ihre beruhigende Nähe zu suchen – machte er ganz zufällig eine Entdeckung, die ihm das Blut in den Adern gefrieren ließ.

Er hatte es sich in einer Nische im Gang vor ihrer Tür bequem gemacht und war eingeschlafen. Plötzlich weckte ihn ein leises Geräusch. Als er die Augen öffnete, sah er, wie seine Herrin, in einen warmen Umhang gehüllt, über den Gang zu ihrem Zimmer humpelte.

Er war sicher gewesen, dass sie im Bett lag, denn sie hatte die Kerzen gelöscht, und er war nach einer Stunde selbst in seine Kammer gegangen. Aber sie musste ihre Gemächer danach noch einmal verlassen haben.

Wie oft war sie schon nachts allein unterwegs gewesen, überlegte er voller Sorge. Eden war sicherer als jede andere Stadt, doch auch hier hatte es schon Morde und Vergewaltigungen gegeben. Ängstlich malte er sich aus, was ihr auf einem nächtlichen Ausflug alles passieren könnte, und bei dem Gedanken wurde ihm speiübel.

Er musste sie doch vor den Gefahren beschützen, das war schließlich seine Aufgabe!

Seit jener Nacht schlief er nicht mehr in seiner Kammer, sondern im Gang vor ihrer Tür.

Und seine Befürchtungen bewahrheiteten sich, denn letzte Nacht hatte sie es wieder getan. Eine Stunde nach Mitternacht huschte sie aus ihren Gemächern und schlich leise wie ein ruheloses Burggespenst durch die Gänge. Äußerst wachsam folgte er ihr, aber plötzlich war sie spurlos verschwunden, und ihm blieb nichts anderes übrig, als vor ihrer Tür auf ihre Rückkehr zu warten.

Doch in dieser Nacht schaffte er es, ihr bis in den Wald nachzulaufen.

Sie stahl sich unbeobachtet aus der Burg, indem sie sich immer im Schatten der Mauern hielt, und ging dann über die verlassene Zugbrücke, um kurz darauf im mondhellen Wald zu verschwinden. Aber trotz des Vollmonds und des Lichts der unzähligen Sterne verlor er die schwarze Gestalt nach einer knappen Stunde, während der sie ihn auf einem unsichtbaren Pfad bergan und bergab zwischen den blattlosen Gerippen des Laubwaldes hindurchgeführt hatte, wieder aus den Augen. Er war einfach zu sehr damit beschäftigt gewesen, sich den Weg einzuprägen.

Enttäuscht lehnte er sich gegen einen Baum und schloss die Augen. Er musste sich beruhigen, um sich auf seinen Instinkt konzentrieren zu können, der sonst stets wusste, wo sie sich gerade aufhielt.

Er wartete eine Weile lang, und plötzlich reagierte sein Geruchssinn. Ein leichter Duft von süßen Äpfeln stieg ihm in die Nase, und wie ein Jagdhund der Fährte eines verwundeten Tieres nachspürte, folgte er der Spur mit halb geschlossenen Lidern.

Der Geruch wurde intensiver, und er lief schneller.

Er stolperte, rappelte sich wieder auf und lief weiter, und dann hörte er es.

Das Rauschen eines Wasserfalls wurde immer lauter, und er lief genau darauf zu, fest davon überzeugt, sie dort zu finden.

Die Bäume lichteten sich, und seinen Augen enthüllte sich eine kleine mondbeschienene Lichtung. Und da war sie!

Seine Herrin saß zusammengesunken an der einzigen flachen Stelle am Ufer des Sees, in den der Wasserfall von einer hohen Felswand hinunterstürzte. Sie tauchte ihre Hände in das kühle Nass. Ihre weiße Maske lag neben ihr im Gras, doch sie trug ihren schwarzen hüftlangen Schleier. Er schimmerte im Licht des Mondes und umspielte, vom Wind bewegt, sanft ihre Schultern.

Plötzlich wandte sie ihren Kopf in seine Richtung.

Er wollte unbemerkt bleiben und sie dort, wo sie Zuflucht gesucht hatte, nicht stören, und so versteckte er sich blitzschnell hinter einem dicken Baumstamm. Doch als er es erneut wagte, einen Blick auf die Lichtung zu werfen, war sie verschwunden. Nur ihre Maske, die gespenstisch im Mondschein leuchtete, zerstreute seine Zweifel, sie einen Moment zuvor wirklich gesehen zu haben.

Für ein paar Augenblicke hielt er vorsichtig nach ihr Ausschau, entschloss sich dann jedoch, zur Burg zurückzukehren. Jetzt, da er wusste, wohin sie nachts verschwand, würde er keine Schwierigkeiten mehr haben, ihr zu folgen und sie zu beschützen.

Er sah sich ein letztes Mal um und machte sich dann auf den Rückweg.

Christiana stand im Schatten des Felsens und ließ ihre Augen über die Lichtung wandern. Auf einmal hatte sie das Gefühl beschlichen, dass sie beobachtet wurde, doch sie konnte niemanden entdecken.

Hatte der Junge sie etwa doch ausfindig gemacht? Hatte er sie vielleicht sogar ohne Maske gesehen?

Bei diesem entsetzlichen Gedanken begann sie zu zittern und schwor sich, beim nächsten Mal wachsamer zu sein. Es war wunderbar, die kühle Luft auf ihrer empfindlichen Haut zu spüren, doch der Preis dafür schien ihr plötzlich zu hoch. Sie wollte nicht, dass sie jemand so sah, auch nicht der Junge. Sie wollte ihm diesen Anblick ersparen, so wie sie auch sonst stets nur das Wohlergehen ihrer zahlreichen Schützlinge im Sinn hatte.

Da sie ihn mit ihrer Unruhe nicht belasten wollte, die sie aus Angst vor den immer wiederkehrenden Albträumen aus ihrer Vergangenheit in der Nacht nicht schlafen ließ, hatte sie sich einer einfachen List bedient, um ihre nächtlichen Ausflüge vor ihm geheim zu halten. Sie wusste, dass er jeden Abend im Gang vor ihrer Tür ausharrte und erst zu Bett ging, wenn er sie schlafend wähnte. Also löschte sie schon nach kurzer Zeit die Kerzen und wartete darauf, dass er verschwand.

Doch nach zwei Monaten dieser Heimlichtuerei wurde sie langsam nachlässig, denn jede Nacht drängten ihr Körper und ihr Geist sie immer früher dazu, in den Wald zu fliehen. Vielleicht hatte er inzwischen bemerkt, dass sie nachts nicht in ihrem Bett lag.

Sie ließ ihren Blick wieder über die Lichtung schweifen und dachte an den Tag zurück, als sie das Buch fand, das ihre Schritte an diesen abgeschiedenen Ort gelenkt hatte.

Es war jener Abend gewesen, als Johanna sie zum ersten Mal zur Bibliothek der Burg geführt hatte.

Für Bücher hegte sie schon immer eine besondere Leidenschaft, und die Tatsache, dass es auf Eden eine bemerkenswerte Sammlung gab, machte sie überglücklich. Mit Thomas an ihrer Seite drehte sie damals den großen Schlüssel im Schloss herum und öffnete die laut ächzende Holztür. Der Raum lag im Dunkeln, und sie konnte nicht erkennen, was sie dort erwartete, doch der vertraute Geruch von Papier, Leder und Staub zog sie geradezu magisch an.

Sie trat ein und entdeckte einen kleinen Tisch neben der Tür, auf dem eine weitere Kerze stand. Sie entzündete sie und reichte sie Thomas, damit er sich um die übrigen Kerzen in den Wandhaltern kümmern konnte. Der Junge lief durch den Raum, und nach und nach enthüllte sich ihren Augen eine unglaubliche Pracht.

Deckenhohe polierte Holzregale beherbergten Bücher verschiedener Größen, Sprachen und Inhalte. Einige waren in kostbares, goldgeprägtes Leder eingebunden, andere in farbenfrohe Seidenstoffe mit Stickereien, und wieder andere waren mit schlichten, dunklen Stoffen eingeschlagen, auf denen funkelnde Gold- und Silberlettern ihre Titel verkündeten.

Riesige Leitern lehnten an den Regalen, und Christiana humpelte ehrfürchtig von einem zum anderen und sog die ganze Herrlichkeit genüsslich in sich auf. Sie fühlte sich wie im Paradies!

Es gab gedruckte und von Mönchen vervielfältigte Bände, handgeschriebene Tagebücher, Schiffslogbücher, alte, brüchige Pergamentrollen, Seekarten, Ahnentafeln, Kindergeschichten und eine Vielzahl von Büchern über Heilmethoden und Pflanzenkunde.

Christianas Finger glitten zärtlich über die staubigen Reihen. Ab und zu hielt sie inne, nahm ein Buch behutsam heraus und schlug es auf.

Von dem Tag an verbrachte sie die wenigen freien Stunden, die ihr vergönnt waren, damit, die Inhalte der Bücher zu studieren und die wundervollen Bilder zu betrachten, die in reichen Farben und feinen Strichen auf die Seiten gezeichnet waren.

Bereits am ersten Abend stieß sie auf ein altes, verstaubtes Buch in lateinischer Sprache, das die Geschichte von Eden dokumentierte. Die Insel galt bei den alten Griechen als Heiligtum und wurde in späteren Jahren zu einem Mythos, da der Weg zu diesem kleinen Paradies mitten im Meer in Vergessenheit geraten war. Niemand kannte ihre Lage, denn die gesamte Küste der Insel und somit auch das Felsentor zur Bucht waren stets in dichten Nebel gehüllt.

Die Griechen, die sie »Traum der Aphrodite« nannten, glaubten, dass hier die Götter wohnten, und errichteten seinerzeit eine Tempelanlage, um sie zu ehren. Es gab ein paar ungenaue Beschreibungen und auch einige Zeichnungen, wo sie sich befand. Aber da Christiana nie die Zeit hatte, sich nach dem Tempel umzusehen, vergaß sie die Geschichte bald.

Da sie sich jedoch nach dem verhängnisvollen Abend mehr und mehr zurückzog, kam ihr das Buch wieder in den

Sinn, und sie holte es hervor. In den Nächten, da der Mond und die funkelnden Sterne genügend Licht abgaben, machte sie sich mit einer Laterne ungestört auf die Suche nach den Resten des Heiligtums.

Nachdem sie eines Nachts wieder stundenlang durch den schneebedeckten Winterwald gestreift war, stolperte sie und fiel der Länge nach hin. Doch als sie wieder aufstand, gab der Schnee dort, wo sie gelegen hatte, den Blick auf etwas frei, das sie sofort als ein Stück einer umgefallenen Säule erkannte. Aufgeregt sah sie sich in der näheren Umgebung um und entdeckte einige Schritte entfernt, versteckt zwischen den Bäumen mit ihren weit ausladenden Ästen, die Ruine des Tempels.

Halb verborgen unter einer Schicht frischen Schnees lagen quadratische Steinplatten, die von grünem weichem Moos bewachsen waren. Am Rand der rechteckigen Fläche standen überall mannshohe Überreste von mächtigen Säulen. Gewächse mit zierlichen Blättern, denen die Kälte anscheinend nichts anhaben konnte, wanden sich um sie herum. Vier weitere Säulen waren unbeschädigt und ragten wie dicke Stämme kräftiger Bäume hoch in den Nachthimmel hinauf. Auf ihren Kapitellen trugen sie ein Dreieck aus hellem Stein, von dem neben ein paar Eiszapfen rankende Pflanzen fast bis auf den Boden herunterhingen, die jetzt nach der Schneeschmelze mit roten Blüten übersät waren.

Anhand der Zeichnungen in dem Buch vermutete Christiana, dass es sich hier um den Eingang des Tempels handelte. Sieben breite bewachsene Steinstufen führten hinunter zu einer Lichtung, auf der einer der vielen Wasserfälle der Insel in einen kleinen See stürzte.

In jeder sternenklaren Nacht, die seit dieser Entdeckung vergangen war, eilte sie zunächst den Weg durch den Wald entlang, den sie nun auch ohne Laterne fand, und setzte sich dann ans Ufer des Sees, um im Einklang mit Gott zu sein und nachzudenken. Die überwucherte Anlage gab ihr das Gefühl, dass niemand zuvor jemals diesen Teil der Insel betreten hatte, und sie fühlte sich in den Stunden, die sie hier verweilte, seltsam entspannt, ein Gefühl, das sie selbst bei ihrer Arbeit nicht mehr empfand.

Hier fasste sie auch einen wichtigen Entschluss: Sie würde Anthony nach seiner Rückkehr sagen, dass sie niemals das sein konnte, was er sich wünschte.

Ohne es zu merken hatte sie an einer Weggabelung gestanden, doch an dem Tag, als sie Marlena ihr Gesicht zeigte, schlug sie den Weg ein, der sie von ihm wegführte.

Sie traf diese schwere Entscheidung, die ihr weiteres Leben so sehr beeinflussen würde, keineswegs leichtfertig, aber sowohl ihr Herz als auch ihr Verstand sagten ihr, dass es richtig war. Und genau aus diesem Grund würde sie sich von Anthony nicht mehr umstimmen lassen.

Sie wollte ihr Leben ohne ihn an ihrer Seite verbringen, und die vergangenen Monate hatten sie in ihrem Beschluss bestärkt.

Ohne seine Anwesenheit gelang es ihr, sich über ihre Gefühle für ihn klar zu werden. Betrübt musste sie erkennen, dass sie nicht wusste, was Liebe überhaupt bedeutete. Sie hatte noch nie einen Mann wirklich geliebt. In Miguel war sie heftig verliebt gewesen, sie hatte ihn geradezu vergöttert, doch schon bevor er sich von ihr abwandte, hatte dieses Gefühl angefangen zu verblassen.

Als sie Anthony begegnete, war sie nicht mehr das naive junge Mädchen. Ihre Empfindungen für ihn waren reifer, wohl überlegt – und stärker. In den Geschichten der fahrenden Sänger hatte sie jedoch von einer wahren, echten Liebe gehört, die jedes Hindernis überwinden konnte. Und sie wusste, dass das Geheimnis, das sie mit sich trug, eine unüberwindbare Barriere zwischen ihnen bleiben würde. Die Liebe, die in den Liedern besungen wurde, bestand aus einem tiefen, unerschütterlichen Vertrauen zwischen Mann und Frau, der Gewissheit, dem anderen alles sagen, alles offenbaren zu können. Doch Christiana war sich sicher, dass ihr Vertrauen zu Anthony niemals so groß sein könnte. Zu tief hatte sich ihre Angst in den vergangenen Jahren in ihr Inneres hineingefressen.

Irgendwann würde sie Anthony eine Last sein, denn sie sahen das Leben einfach zu verschieden. Sie vermochte ihm nicht zu geben, was er verdiente, denn sie konnte mit ihm nicht mithalten.

Er war selbstsicher, lebenslustig und liebte jegliche Art des Abenteuers. Sie hatte Angst vor allem, liebte ihre Arbeit und die Ruhe in den einsamen Stunden, die sie lesend in der Bibliothek verbrachte.

Er war frei – sie für ihr ganzes Leben an ein Versprechen gebunden.

Er war jung und sein Herz unversehrt. Sie fühlte sich oft alt, und ihr Herz hatte man in tausend Stücke gerissen.

Er war rein und unschuldig. Ihre Hände waren mit Blut besudelt, und ihre Seele trug die hässlichen Male der Sünde.

Er war nicht wie sie – und würde es niemals sein.

Als sie in dieser Nacht durch die schwach erleuchteten Gänge zurück zu ihren Gemächern humpelte, spürte sie plötzlich die Gegenwart des Jungen.

Leise schlich sie an der Nische in der Wand vorbei, wo er mit geschlossenen Augen saß, und bemühte sich, beim Öffnen der Tür kein Geräusch zu machen. Doch bevor sie eintrat, wandte sie sich noch einmal zu ihm um.

Sein Kopf war leicht nach vorn gesunken, und er lehnte mit der Schulter an der kalten Wand. Er trug ein langärmliges Hemd aus rauem Stoff, eine dicke Hose und seine groben Lederstiefel.

Warum war er nur so leicht bekleidet? Sie hatte doch mehr als genug warme Sachen für ihn nähen lassen. Wenn er für sie in dieser Jahreszeit Heilpflanzen sammelte, sollte er schließlich gut vor der Kälte geschützt sein. Und was hatte er sich nur dabei gedacht, hier zu schlafen?

Die letzten Wintertage auf Eden waren mild, die Nächte hingegen noch sehr kalt. Wenn er die ganze Nacht in dieser Nische verbrachte, würde er womöglich erfrieren.

Christiana löste die einfache Spange ihres dicken Wollumhangs, die ihn am Hals zusammenhielt, und zog ihn von ihrer Schulter. Vorsichtig, um Thomas nicht aufzuwecken, breitete sie den dunklen Stoff sorgfältig über seinen Körper.

Er bewegte sich im Schlaf und kuschelte sich tiefer in den warmen Umhang.

Christiana musterte ihn lächelnd. Sie hatte ihn einmal mit einem Hund verglichen, der neben seinem Herrn geduldig auf dessen kleine Aufmerksamkeiten wartet. Damals glaubte sie, dass der Junge dieses Verhalten irgendwann ablegen würde, doch in all den Monaten hatte sich nichts geändert.

Obwohl sie ihn in letzter Zeit oft zurückgewiesen hatte – wenn sie sich umdrehte, war ihr Schützling doch immer in ihrer Nähe, wenn sie erschöpft war, schenkte er ihr ein aufmunterndes Lächeln, und wenn sie sich unsicher fühlte, blieb er an ihrer Seite. Sie hatte in ihm einen aufmerksamen Freund gefunden, der ihr an den Augen ansah, was sie bewegte. Wer hätte gedacht, dass dieser schmächtige Junge ihr so ans Herz wachsen würde?

Ihre Gedanken wanderten zu dem Geschenk, das sie ihm an dem Tag geben wollte, an dem sie sich genau ein Jahr kannten. Sie stellte sich vor, wie er wohl reagieren würde, wenn er das Pferd sah.

Sein eigenes Pferd!

Sie wusste ja, dass er es über alles liebte zu reiten, und als sie eines Tages in den Stall kam, um mit Angus etwas zu besprechen, fiel ihr das kleine Fohlen sofort ins Auge. Es war so mager, dass seine Rippen deutlich hervortraten und es sich kaum auf den Beinen halten konnte. Aber seine braunen Augen schauten sie neugierig an, und sie musste unwillkürlich an Thomas denken.

»Wessen Fohlen ist das?«, fragte sie Angus.

»Es gehört Isaak, dem alten Bäcker, doch er wollte es nicht mehr«, antwortete der Stallmeister. »Ich habe es nur aufgenommen, damit es seine letzten Tage auf dieser Welt in Ruhe und mit gutem Futter verbringen kann.«

Sie wusste, dass der raubeinige Angus butterweich wurde, sobald es um Pferde ging.

»Darf ich es haben?«

Angus starrte sie mit offenem Mund an.

»Ich bezahle auch dafür«, fügte sie rasch hinzu.

»Wenn Ihr es wirklich wollt, gehört es Euch, Mylady.«

»Vielen Dank, Angus«, erwiderte Christiana erfreut und ging auf das schwache Fohlen zu, um es zu streicheln. Als es an ihrer Hand schnupperte, blähten sich seine samtenen Nüstern auf. Der kleine Kerl stupste sie mit seinem weichen Maul an, und sie lachte leise.

»Hat er schon einen Namen?«, fragte sie, und ihre Hand strich sanft über das struppige, dunkelbraune Fell.

»Er heißt Shadow.«

Christianas Kopf schnellte hoch, und sie blickte Angus überrascht an.

*»Shadow?«*

Der alte Mann nickte.

Das englische Wort für »Schatten«! Ihr Instinkt hatte sie nicht getrogen. Ein Fohlen mit dem Namen »Shadow« war das perfekte Geschenk für ihren Diener, jenen Jungen, den sie seit langer Zeit selbst für ihren Schatten hielt.

Bei dieser Erinnerung begann Christiana zu schmunzeln. Es würde zwar noch eine Weile dauern, bis er das Tier reiten konnte, doch sie hoffte, dass es ihm gefallen würde, es selbst auszubilden. Sie konnte den Tag kaum erwarten, wenn sie Thomas das Pferd schenken würde, das dank Angus' Hilfe inzwischen groß und kräftig geworden war.

»Gute Nacht, Thomas«, flüsterte sie nun der schlafenden Gestalt in der Nische zu. Leise drehte sie sich um und humpelte in ihre Gemächer.

Sobald sich die Tür hinter ihr schloss, öffnete ihr Diener die Augen. Er hatte keinen Moment lang geschlafen. Wie konnte er auch, solange der Engel, der seinem Leben wieder einen Sinn gegeben hatte, nachts nicht sicher in seinem Bett lag?

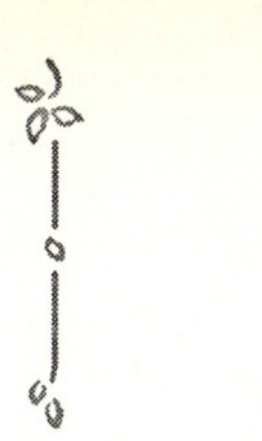

# XVIII

»Christiana! Christiana!« Die Tür zum Arbeitszimmer flog auf, und Eleana stürmte mit wehenden Röcken herein. Christiana warf der hübschen Frau, deren schwerfälligen Akzent sie mittlerweile lieb gewonnen hatte, einen fragenden Blick zu. Sie hatte zwar vor einiger Zeit den seltsamen Ton eines Signalhorns gehört, wusste jedoch nicht, was es damit auf sich hatte.

»Zwei Schiff sein gekommen!«, rief die junge Prinzessin atemlos und blinzelte unaufhörlich. »Erstes davon ist *Gloria*. Sie kehren zurück!«

Obwohl Christiana in den letzten Monaten bemüht gewesen war, sich aus den Angelegenheiten der Bewohner von Eden so gut es eben ging herauszuhalten, hatte Eleana ihr vor einiger Zeit anvertraut, dass sie sich in Richard, den zweitjüngsten der vier englischen Brüder, verliebt hatte.

Ihr war es äußerst unangenehm, dass offenbar niemandem auf Eden entgangen war, dass Anthony vor seiner Abreise häufig ihre Nähe gesucht, ja, sie sogar geküsst hatte. Eleana hielt sie aus diesem Grund für eine Verbündete und Leidensgenossin und beichtete ihr irgendwann, was Christiana ohnehin längst wusste. Und jetzt, da die *Gloria* wieder zurück war, konnte Eleana ihre übermütige Freude, Richard endlich wiederzusehen, nicht verbergen.

»Wann werden sie hier sein?«, fragte Christiana leise, die ihre eigene Nervosität nur mühsam unter Kontrolle hielt. So sehr sie sich auch für Eleana freute, hatte sie sich doch seit Monaten vor dem Tag gefürchtet, an dem sie Anthony wieder gegenüberstehen würde.

»In ein Stunden«, brachte Eleana lachend hervor. Sie wirbelte herum und eilte dann mit rauschenden Seidenröcken zur Tür hinaus.

»Eine Stunde«, murmelte Christiana und wischte sich die Hände an einem Tuch ab. Da sie für diesen Tag bereits all ihre Patienten versorgt hatte, wollte sie nun damit beginnen, ihren Vorrat an Heilsalben aufzufüllen.

Thomas sah von der Schüssel auf, in der er die getrockneten Blätter einer Brennnessel zerkleinert hatte, und betrachtete sie aufmerksam, doch seine Herrin nahm nichts mehr um sie herum wahr.

»Die Zeit für die Wahrheit ist also gekommen«, murmelte sie gedankenverloren und verließ das Zimmer.

Die Stadt erstrahlte im warmen, goldenen Licht der unzähligen Fackeln, die zur Begrüßung der Ankömmlinge die Wege säumten.

Gefolgt von ihrem Diener ritt Christiana durch die hell erleuchteten Straßen der Stadt, deren Häuser mit dem Banner des Herzogs von Eden geschmückt waren, einer blauen Fahne mit einem Schiff, auf dessen Segel ein filigranes »E« in einem Ring aus Efeuranken gestickt war. Langsam näherten sie sich dem Marktplatz.

Von Johanna hatte Christiana erfahren, dass dort für die Mannschaft des eingelaufenen Schiffes ein erstes kleines Begrüßungsfest stattfand, dem am Wochenende weitere folgen sollten. Da ihr einfach keine Ausrede einfallen wollte und sich selbst ihre Tante zu dem hölzernen Podest bringen ließ, um die Männer willkommen zu heißen, hatte sie sich schweren Herzen entschlossen, ebenfalls an der Zeremonie teilzunehmen.

Sie war sehr aufgeregt, doch trotz der unumgänglichen Aussprache mit Anthony freute sie sich auf das Wiedersehen mit ihm. Sie strich über den Rock ihres dunkelgrünen, hochgeschlossenen Wollkleides, schlang dann fröstelnd den

Umhang fester um ihren Körper und überprüfte mit bebenden Fingern den Sitz ihrer Maske.

Neun Monate nach dem Tod ihrer Mutter hatte sie ihre schwarze Kleidung endlich abgelegt. In der folgenden Zeit der Halbtrauer durfte sie wieder alle dunklen Farben wie Grün, Braun oder ein dunkles Blau tragen. Nur ihr schwarzer Schleier zeugte davon, wie sehr sie noch immer unter dem schweren Verlust ihrer Mutter litt.

Christiana zügelte ihre Stute in der Nähe des zweistöckigen Rathauses, das direkt am Marktplatz stand, und ließ sich von Thomas aus dem Sattel helfen. Sie wartete, bis er die beiden Pferde angebunden hatte, und gemeinsam betraten sie den gepflasterten Platz.

Sie hatte die Stadt und ihre Bewohner noch nie derart herausgeputzt gesehen, und daher bahnte sie sich etwas verunsichert den Weg durch die Menge. Sie stieg die Stufen zum Podest mit den wehenden blauen Bannern empor. Dann drehte sie sich um und ließ ihren Blick über die versammelten Menschen schweifen.

Die Gesichter waren erwartungsvoll auf das Ende der Hauptstraße gerichtet, wo die Heimkommenden jeden Moment aus dem Wald reiten würden. Eine unheimliche Stille, die nur ab und zu von dem leisen, hellen Klang unsichtbarer Glöckchen durchbrochen wurde, lag über dem Platz, doch die Luft vibrierte von der nahezu körperlich spürbaren Anspannung, und Christiana beschlich das seltsame Gefühl, dass das Begrüßungsritual ganz anders verlaufen würde als jenes, das sie bei ihrer eigenen Ankunft erlebt hatte.

Sie musterte die Leute aufmerksam, um sich selbst zu beweisen, dass diese unerklärliche Vorahnung falsch war, doch das, was sie sah, beunruhigte sie noch mehr. Männer, Frauen und Kinder waren in dunkle Umhänge gehüllt, deren Kapuzen sie sich tief ins Gesicht gezogen hatten. Seltsam reglos und in unheilvolles Schweigen versunken starrten sie zum Waldrand hinüber. Hin und wieder drehte sich jemand zu ihr um und warf ihr einen hastigen Blick zu, den sie nicht zu deuten vermochte. Verwirrt schaute sie sich auf dem Podest um.

Marlena saß in ihrem Stuhl in der Mitte, flankiert von Eleana und Johanna. Alle drei Frauen trugen ebenfalls dunkle Umhänge mit Kapuzen.

Ihre Tante wandte ihr plötzlich das Gesicht zu und sah sie mit einem erschreckend fremden Blick an. Christiana senkte verwirrt den Kopf. Sie trat einen Schritt zurück und stieß jemanden an. Überrascht drehte sie sich um.

Hinter ihr stand Thomas, der die Stirn in Falten zog und sie beunruhigt musterte. Auch er schien zu spüren, dass etwas nahezu Bedrohliches in der Luft lag.

Plötzlich ging ein Raunen durch die Menge, und Christiana richtete ihre Augen wieder auf die Straße. John und ein Mann, den sie nicht kannte, erschienen am Waldrand und ritten langsam die Straße entlang. Hinter ihnen erschienen Anthony und seine zwei anderen Brüder, Charles und Richard. Die Prozession, die schweigend auf den Markplatz zusteuerte, wurde immer länger. Christiana entdeckte von Ochsen gezogene, schwer beladene Wagen und beeindruckend schöne Pferde, auf deren Rücken Männer mit stolzgeschwellter Brust ritten, die sie noch nie zuvor gesehen hatte. Sie erinnerten sie an ihren Vater und seine Soldaten, die nach einer siegreichen Schlacht heimkehrten. Christiana erkannte außerdem die vertrauten Gesichter einiger Männer, die zur Besatzung der *Gloria* gehörten.

Alle Seefahrer trugen die gleichen dunklen Umhänge mit Kapuzen wie die Bewohner von Eden, die auf sie warteten.

Dies schien irgendeine besondere Bedeutung zu haben, aber warum hatte ihr niemand davon erzählt?

John brachte sein Pferd am Rand des Marktplatzes zum Stehen und hob die Hand. Das leise Gemurmel der wartenden Menge verstummte. Er nahm ein Kästchen in die Hand, das zwischen ihm und dem Sattelknauf stand, und hielt es in die Höhe. Mit der anderen Hand ließ er den Deckel aufschnappen, und der Inhalt des Kästchens kam zum Vorschein: Gold und prächtige Edelsteine funkelten im Schein der Fackeln.

Der Kapitän der *Gloria* stieg von seinem Hengst, und sofort machte die Menge ihm Platz. Er schritt zwischen den Menschen zum Podest und erklomm die Stufen. Dann kniete er vor Marlena nieder und reichte ihr das Kästchen. Die Herzogin nahm es mit einem Lächeln entgegen, und plötzlich brach die Hölle los.

Die ohrenbetäubenden Schlachtrufe der Menge zerrissen die Stille und erhoben sich in den sternenklaren Nachthimmel. Die Menschen rissen sich die Umhänge von den Leibern und wirbelten sie über ihren Köpfen durch die Luft. Die Ankömmlinge waren auf der Stelle von tanzenden und jubelnden Menschen umringt und wurden von ihren nervös tänzelnden Pferden gezogen.

Zu Tode erschrocken taumelte Christiana rückwärts und stieß erneut gegen ihren Diener. Thomas fasste sie schnell an den Ellenbogen und bewahrte sie gerade noch vor einem Sturz, doch die unerwartete Berührung versetzte sie noch mehr in Panik, und sie machte sich verängstigt von ihm los. Mit weit aufgerissenen Augen, jedoch unfähig, die Bedeutung des Geschehens zu erfassen, starrte sie auf die tobende Menge.

Die bunten Gewänder, die unter den Umhängen zum Vorschein kamen, überwältigten ihre Sinne und lähmten ihren Verstand. Die Frauen trugen tief ausgeschnittene Kleider in leuchtenden Farben. Sie hatten goldbestickte Tücher mit kleinen Glöckchen um ihre Hüften geschlungen, und um ihren Hals lagen so viele Goldketten, dass Christiana verwirrt die Augen zukniff, um nicht geblendet zu werden. An ihren Hand- und Fußgelenken klirrten unzählige Reifen, und an den Ohren hingen schwere Gehänge aus glänzendem Gold. Die Männer hatten bunte Hemden, dunkle Hosen mit breiten Ledergürteln oder Schals an, und ihr Haar bedeckten farbenfrohe Kopftücher, die im Nacken verknotet waren. Beinahe jeder, den Christiana sah, trug einen goldenen Ohrring, und diejenigen, denen ein Auge fehlte, hatten die leere Höhle unter einer schwarzen Augenklappe versteckt. Sie tanzten grölend um die beladenen Wagen herum, dann hievten sie die Waren herunter und ließen sie über ihre Köpfe wandern. Ein Fass nach dem anderen, goldgefüllte Truhen und prallvolle Säcke fanden so ihren Weg zum Podest.

Christiana blickte entsetzt auf den Haufen, der sich zu ihren Füßen auftürmte. Doch dann entdeckte sie Anthony, der lächelnd auf sie zulief. Auch er trug ein Kopftuch.

In dem Augenblick gewann ihr Fluchtinstinkt die Oberhand. Blitzschnell drehte sie sich um, lief zum hinteren Ende des Podestes, suchte fieberhaft nach einer Öffnung in den wehenden Stoffbannern und sprang schließlich hinunter. Sie hörte die Absätze von Stiefeln hinter sich auf der gepflasterten Straße aufkommen, doch sie rannte ohne einen Blick zurück zu ihrem Pferd. In aller Eile löste sie die Zügel vom Eisenring in der Mauer des Hauses, wo Thomas das Tier festgebunden hatte, schlug sie über den Hals des Pferdes, schwang sich in den Sattel und stieß ihre Fersen heftig in die weichen Flanken. Die schwarze Stute wieherte und tänzelte einen Moment lang, dann bäumte sie sich auf und preschte schließlich in wildem Galopp davon.

Mit wehendem Schleier flüchtete Christiana aus der Stadt, dessen Geheimnis sich soeben gelüftet hatte.

Edens Bewohner waren keine Handelsreisenden, sie waren *Piraten!*

Erst als der Morgen dämmerte, wagte sich Christiana zurück zur Burg.

Sie war ziellos durch den Wald geritten, immer gefolgt von Thomas, und hatte sich vernichtende Auseinandersetzungen mit ihrem eigenen, gnadenlosen Verstand geliefert, der sie zwang, der unbarmherzigen Wahrheit ins Gesicht zu sehen. Als sie Gott um Vergebung bat, hatte sie all ihre Tränen verbraucht, und sie hatte sich den Kopf darüber zerbrochen, was sie nun tun sollte.

Doch was vermochte sie auf einer Insel wie Eden schon zu tun? Sie war auf ein Schiff angewiesen, um von hier zu fliehen, doch es gab kein Schiff, auf dem sie diesem Wahnsinn unbemerkt entkommen konnte. Vielleicht versteckte sie sich am besten im Wald. In seinen Tiefen fühlte sie sich geborgen, denn hier kannte sie sich aus, und seine Bewohner waren ihr so vertraut wie niemand sonst – bis auf den Jungen.

Möglicherweise würde er bei ihr bleiben und sie vor dem traurigen Schicksal einer Einsiedlerin bewahren, doch das war seine eigene Entscheidung. Sie konnte lernen, allein auf sich gestellt zu überleben – fernab von der Schuld und den Sünden der Stadt.

Aber wie in Gottes Namen hatte sie sich von den Menschen – diesen Wilden, diesen Barbaren – nur so täuschen lassen können? Wie kam es, dass sie die ganze Zeit über die vielen Anzeichen übersah?

Die Bewohner von Eden waren unglaublich reich. Ihnen gingen niemals die kostbaren Gewürze aus, an denen sie ohnehin nicht sparten. Es gab kein Wohnhaus, das nicht aus Stein war, kein einziges ohne echte Glasfenster, wertvolle Möbel und einen Stall, wo für jedes Familienmitglied mindestens ein gutes Pferd stand. Und nicht zuletzt trugen die Frauen und Männer teure, hervorragend gearbeitete Gewänder und Schuhe sowie unzählige Schmuckstücke.

Warum hatte sie diese auffälligen Unterschiede zum Festland nie hinterfragt? Warum hatte sie sich dem so Offensichtlichen mit aller Macht verschlossen? War sie von dem freien Leben auf Eden und der Freundlichkeit der Menschen so sehr geblendet gewesen?

Sie hatten ihr niederträchtiges Geheimnis wirklich gut verborgen. Außer an dem Tag von Shokrieas Niederkunft hatte nie jemand eine Andeutung gemacht, selbst Anthony nicht!

Voller Abscheu schlich Christiana nun durch die Gänge, öffnete die Tür zu ihren Gemächern und trat ein. Sie wollte die Kleider, mit denen sie nach Eden gekommen war, und den Spiegel, das einzige Andenken an ihre Mutter, holen und dann für immer in den Wäldern verschwinden.

Es war seltsam, dass sie bislang niemandem begegnet war, doch es war ihr nur recht. Sie wollte jetzt mit niemandem sprechen. Und schon gar nicht mochte sie darüber nachdenken, wie viele Sünden sie in den letzten Monaten begangen hatte, als sie sich von den gestohlenen Lebensmitteln ernährte und sich in erbeutete Stoffe kleidete.

Ein warmes Feuer prasselte in ihrem Kamin, und sie nahm eine Kerze von Tisch, um sie an den Flammen zu entzünden.

»Ich hätte dich vorwarnen sollen.«

Christiana fuhr erschrocken zusammen und ließ die Kerze fallen.

Marlena saß am Fenster und musterte sie aufmerksam mit ihren grünen Augen. Dann wanderte ihr Blick zu Thomas, der hinter Christiana den Raum betreten hatte.

»Geh in deine Kammer!«, forderte sie ihn auf. Thomas verneigte sich und wollte die Gemächer seiner Herrin gerade verlassen, doch dann vernahm er ihre Stimme.

»Er bleibt!«

Marlena schaute ihre Nichte eindringlich an.

»Christiana, ich will dir alles erklären«, entgegnete sie ruhig und wandte sich dann erneut an Thomas. »Lass uns allein.«

Der Junge machte folgsam einen weiteren Schritt auf die Tür zu.

»Er bleibt!« Die Schärfe in Christianas Stimme ließ ihn mitten in der Bewegung innehalten. Sie blickte ihn an und wiederholte sanfter: »Du bleibst.«

Es war Christiana vollkommen gleichgültig, dass sich ihre Tante offenbar über ihre Sturheit ärgerte. Auf keinen Fall wollte sie mit dieser Frau jetzt allein sein, die ihrer Mutter so sehr ähnelte. Sie traute ihren Gefühlen und auch ihrem Verstand einfach nicht mehr. Aber mit Thomas an ihrer Seite würde sie gewiss einen klaren Kopf bewahren und es nicht zulassen, von den Ausflüchten ihrer Tante übertölpelt zu werden.

»Er hat ebenso das Recht zu erfahren, was hier vor sich geht.«

»Das wird er auch,«, lenkte Marlena sanft ein, »aber nicht jetzt. Geh, Thomas!«

*»Ich sagte, er bleibt!«* Christiana versteifte sich und funkelte ihre Tante wütend an. »Wagt es nie wieder, *meinem* Diener Befehle zu erteilen!«

Thomas sah seine Herrin überrascht an. Sie drehte sich erneut zu ihm um, und das gefährliche Glitzern in ihren Augen verschwand. Lächelnd setzte sie sich auf einen dick gepolsterten Sessel und bedeutete ihm mit einem aufmunternden Nicken, ebenfalls Platz zu nehmen. Dann wandte sie sich wieder ihrer Tante zu, und das Lächeln erlosch.

»Ihr könnt beginnen, *Durchlaucht!«*

Als Christiana mit ironischem Unterton ihren Titel nannte, zog Marlena verwundert eine Augenbraue in die Höhe. Das würde schwerer werden, als sie gedacht hatte.

»Bestimmt erinnerst du dich daran, was ich dir einmal erzählt habe: dass ich meinen Mann Sebastian ohne Einwilligung meines Vaters geheiratet habe«, begann sie sehr behutsam. Sie war sich des Schocks bewusst, dem ihre Nichte in dieser Nacht ausgesetzt gewesen war. Aus einem unerfindlichen Grund hatte sie es nicht über sich gebracht, Christiana in das Geheimnis von Eden einzuweihen, erst recht nicht, nachdem sich die junge Frau nach jenem verfluchten Abend von ihr abgewandt hatte. Sie wollte das Risiko schlichtweg nicht eingehen, dass sie sich dadurch womöglich noch weiter von ihr entfernte. Zum ersten Mal in ihrem Leben war sie feige und redete sich ein, dass schon alles gut gehen würde. Aber sie ließ ihre Nichte ins offene Messer laufen, und nun musste es ihr unbedingt gelingen, Christiana alles verständlich zu machen. Die letzten Monate ohne die Gesellschaft der jungen Frau hatten ihr klar gemacht, wie sehr ihre Nichte ihr bereits ans Herz gewachsen war und wie sehr ihr die Gespräche und kleinen Aufmerksamkeiten fehlten.

»Dein Onkel war der jüngste von sieben Söhnen und somit der Letzte in der Erbfolge. Der Herrensitz der Familie lag in der Nähe der französischen Grenze, und jene war keineswegs so reich, wie ich angenommen hatte. Es war ein erbärmliches Stück Land, auf dem ein heruntergekommenes Haus stand. Sein Vater erklärte sich einverstanden, uns dort aufzunehmen, doch Sebastian wollte mir unbedingt das Leben bieten, das ich gewohnt war. Ich versuchte, ihn davon zu überzeugen, dass ich mit allem zufrieden war, wenn ich nur bei ihm sein konnte, aber es half nichts. Und so ließ er mich zurück, um sein Glück auf See zu machen. Drei Jahre lang waren wir getrennt voneinander, und ich vermisste ihn furchtbar. Eines Tages – ich hatte ungewöhnlich lange nichts mehr von ihm gehört und machte mir bereits große Sorgen – stand er plötzlich vor der Tür. Er fragte mich, ob ich ihn noch immer liebe und ihm vertraue, und als ich seine seltsamen Fragen voller Freude über seine Rückkehr bejahte, bat er mich, auf der Stelle alles einzupacken, was mir wichtig war, und mit ihm zu kommen. Dann brachte er mich zu einem Schiff, und wir segelten los. Auf der Reise erzählte er mir, was ihm in den drei Jahren widerfahren war.

Er hatte auf einem großen Handelsschiff angeheuert, doch da er nicht genug Geld besaß, schikanierte ihn der Kapitän, wo er nur konnte. Eines Tages meldete der Seemann im Ausguck ein anderes Schiff. Schneller, als der Besatzung lieb war, stellte sich heraus, dass es sich um Piraten handelte.

Sie waren viel besser ausgerüstet, und es verging kaum eine halbe Stunde, bis sie das Handelsschiff geentert hatten. Beinahe die gesamte Mannschaft kam bei dem aussichtlosen Kampf ums Leben, und mein Mann wurde gefangen genommen. Als die Seeräuber jedoch erfuhren, dass seine Familie kein Lösegeld für ihn bezahlen konnte, wollten sie auch ihn töten. Doch Sebastian war klug und verhandelte mit ihnen. Er hatte lange Zeit unter den selbstherrlichen Kapitänen der Handelsschiffe gelitten und zögerte keinen Augenblick lang, deren Routen zu verraten. Diese Kenntnisse waren den Piraten sein Leben wert.

Es dauerte nicht lange, und er wurde zur rechten Hand des Kapitäns. Kurz darauf liefen sie den Heimathafen Eden an. Sebastian gefiel das unkonventionelle Leben auf der Insel so sehr, dass er das Oberhaupt bat, in die Gemeinschaft aufgenommen zu werden. Der Wunsch wurde ihm gern erfüllt, denn er hatte sich bei den Kaperfahrten als äußerst nützlich erwiesen und war längst zu einem von ihnen geworden.«

Marlena hielt kurz inne und bedachte ihre Nichte mit einem Lächeln. »Und so kam ich schließlich auch nach Eden. Glaub mir, ich war genauso entsetzt wie du, Christiana, aber das wunderbare Leben, das ich auf dieser Insel führte, ließ mich anfangs über die Tatsache hinwegsehen, dass es durch Überfälle erst möglich wurde. Du hast ja selbst erfahren, wie diese Insel einen in ihren Bann schlägt und verzaubert. Alle, die hier Zuflucht gesucht haben, empfinden so.« Christiana warf ihr einen ungeduldigen Blick zu, und Marlena war klar, dass sich ihre kluge, gottesfürchtige Nichte damit nicht zufrieden gab. Um ihr keine Gelegenheit zum Nachdenken zu bieten, redete sie hastig weiter.

»Während wir uns hier auf Eden bemühten, uns eine Heimat nach unseren Wünschen zu schaffen, erbte mein Mann den Titel seines Vaters. Die Pest auf dem Festland hatte weder ihn noch seine Söhne, Sebastians Brüder verschont. Er wollte bereits schweren Herzens nach Hause zurückkehren, doch da starb Arianna, die Frau des alten Darius. Und Sebastian, der ein gelehriger Schüler und enger Freund des Captain war, wurde von Edens Bewohnern zu ihrem neuen Oberhaupt auserkoren.

Das ist nun zwanzig Jahre her. Aus reiner Sentimentalität trat Sebastian das Erbe seines Vaters an, aber niemand auf dem Festland weiß, wie er eigentlich aussieht. Dem siebten Sohn eines Herzogs schenkt niemand viel Beachtung. Sebastian lenkt aus der Ferne die Geschicke seines Gutes. Er hat Gerüchte in die Welt gesetzt, dass er von zarter Gesundheit sei. Und so kann er den lästigen Pflichten bei Hofe mit Geld entrinnen.

Auf Eden hat sich seither viel verändert. So wie es die Tradition will, wird aus Respekt vor dem Oberhaupt nur noch in seiner Heimatsprache gesprochen. Die Leute reden ihn und mich sogar mit unseren legitimen Titeln an. Es war anfangs nur ein Spaß, dass sie ihn den Herzog von Eden nannten, aber im Laufe der Jahre ist es irgendwie zur Gewohnheit geworden«, erklärte Marlena schmunzelnd.

Christiana sah jedoch nicht so aus, als wäre ihr nach Späßen zumute.

»Was dich sicher am meisten interessiert«, fuhr Marlena eilig fort, »sind die umfangreichen Veränderungen, die Sebastian eingeführt hat und mit denen ich ohne Gewissensbisse leben konnte. Er baute ein Netz aus Kundschaftern auf dem Festland auf, um die Kaperfahrten sicherer und die Gewinne einträglicher zu machen. Und er überfiel fortan nur noch Schiffe, deren Eigentümer den Verlust verkraften konnten – oder die er absichtlich ruinieren wollte, weil sie schlechte Menschen waren.« Marlena musterte ihre Nichte ernst. »Es hört sich vielleicht seltsam an, aber durch unsere Männer kommt niemand, der es nicht verdient, zu Schaden.«

Christiana warf ihrer Tante angesichts ihrer blasphemischen Worte einen bestürzten Blick zu. Wie konnten sie es wagen, an Gottes Stelle zu treten und Menschen zu bestrafen? Wer außer dem HERRN hatte das Recht zu entscheiden, ob ein Mensch schlecht war? Und wie konnte Marlena behaupten, dass niemand zu Schaden kam?

»Natürlich stirbt auch keiner beim Entern der Schiffe!«, entgegnete sie mit einem aufgesetzten Lächeln.

»Nun ja, das bleibt leider nicht aus«, gab Marlena zu. »Doch falls es wirklich einmal geschieht, lassen unsere Leute auf dem Festland den Familien heimlich eine kleine Summe in Gold zukommen. Aber für gewöhnlich verfahren unsere Männer mit äußerster Vorsicht. Sie entern, laden die Ware um und verschwinden wieder. Was sie nicht brauchen, verkaufen sie, alles andere bringen sie heim«, erklärte Marlena ihrer Nichte. »Und was du heute gesehen hast, ist eine alte Tradition, die die Menschen hier lieben. Die Zeremonie mag barbarisch anmuten, aber sie ist absolut harmlos. Die Leute bringen damit nur ihre Freude über die unversehrte Heimkehr der Seefahrer zum Ausdruck und feiern die Freiheit und das Leben, das sie auf dieser Insel führen. Deshalb sind sie jedoch keineswegs schlecht oder gar böse. Es ist nur ein liebenswürdiger Haufen Ausgestoßener, die eine zweite Chance bekommen haben und dankbar dafür sind.«

»Das ist also der Preis für das Leben auf dieser Insel«, murmelte Christiana erschüttert.

»Ja«, erwiderte Marlena leise. »Aber er ist nicht zu hoch. Viele Menschen, die vertrieben, verletzt und gequält wurden, können hier ein ganz neues Leben beginnen. Frag irgendeinen von ihnen, und du wirst erfahren, dass diese Insel ihre letzte Zuflucht war. Deshalb haben sie ihr den Namen Eden gegeben. Sie ist ihr ... sie ist unser Paradies. Auf Eden ist alles möglich.«

Diesen Satz hatte Christiana schon mehr als einmal gehört. Ihr selbst war Eden noch vor ein paar Monaten als Zufluchtsort erschienen. Doch das war, bevor ihre Tante sie so enttäuscht und sie das schreckliche Geheimnis dieses befleckten Paradieses entdeckt hatte. Jetzt war alles anders.

»Ich möchte, dass Ihr jetzt meine Gemächer verlasst, Durchlaucht«, sagte Christiana leise. Sie musste über Marlenas Worte nachdenken, um sich darüber klar zu werden, was sie nun tun sollte.

»Gut, ich lasse dich allein. Aber ich möchte, dass du eins weißt: Alle hier achten dich und mögen dich sehr gern. Falls du dich jedoch entscheidest zu gehen, werden wir dich nicht aufhalten.«

»Ich kann gehen?«, fragte Christiana misstrauisch. »Was, wenn ich das Geheimnis verrate?«

»Das wirst du nicht, da bin ich mir sicher. Du würdest nicht das Leben von so vielen Menschen zerstören, denn du hast ja bis jetzt alles dafür getan, um ihnen zu helfen«, erwiderte Marlena. Sie schien vollkommen überzeugt von ihrem Einwand.

Doch statt auf diese Bemerkung einzugehen, drehte sich Christiana zu ihrem Diener um und forderte ihn wortlos auf, ihre Tante aus dem Zimmer zu geleiten. Thomas erhob sich, ging auf die Herzogin zu und schob ihren Stuhl hinaus. Im Gang wandte er sich noch einmal um, doch seine Herrin stand vorm Fenster, durch das die ersten schwachen Sonnenstrahlen in den Raum fielen, und starrte nach draußen.

Leise schloss er die Tür.

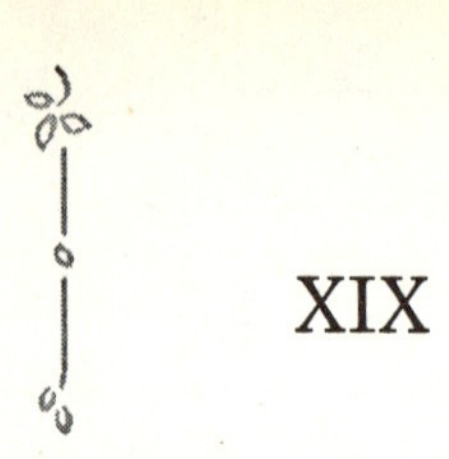

# XIX

An einem milden Sonntag gaben die Inselbewohner auf der Festwiese ein großes Willkommensmahl für die glorreichen Heimkehrer. Die ersten Blumen hatten sich längst ihren Weg durch die harte Erde gebahnt, und die Sonne schien – wie schon in den vergangenen Tagen – viel wärmer als zu dieser Jahreszeit üblich.

Christiana saß abseits der fröhlichen Menge auf einer aus einem alten Baumstamm geschnitzten, groben Bank und beobachtete die Kinder, die in den ausladenden Kronen der beiden alten, knorrigen Eichen in der Mitte der Wiese herumkletterten.

Eigentlich wollte sie gar nicht herkommen, aber seit dem Abend, als sie die Wahrheit über Eden erfuhr, riss der Strom von Menschen, die sie aufsuchten, nicht ab. Alle wollten sie überreden, an dem Fest teilzunehmen. Doch Christiana erschienen die Männer und Frauen, die sie zu kennen geglaubt hatte, plötzlich vollkommen fremd.

Die wenigsten ihrer Besucher benötigten wirklich ihre Hilfe, sie versuchten sie vielmehr davon zu überzeugen, dass sie auf Eden bleiben sollte. Aber Christiana hatte sich noch immer nicht zu einer endgültigen Entscheidung durchgerungen. Immer wieder sah sie die schockierenden Bilder des Abends vor sich, die sie einfach nicht verwinden konnte.

Ihre ganze Welt stand auf dem Kopf. Die Bitte ihrer Tante, ihr Gesicht zu zeigen, hatte sie tief verletzt. Und so hatte sie sich in sich selbst zurückgezogen. Doch die Enthüllung des Geheimnisses von Eden hatte sie mit einem Schlag völlig taub und gefühllos gemacht.

Da die Bewohner von Eden ihre Unentschlossenheit erahnten, begannen sie, ihr ihre entsetzlichen Lebensgeschichten zu erzählen, aber Christiana brachte kaum die Kraft auf, Mitgefühl zu empfinden. Sie sprachen von solch furchtbaren Dingen, die sie sich nicht einmal vorzustellen wagte. Allesamt hatten Grausamkeiten durchlitten und wie ein Wunder überlebt, obwohl viele ihrer Angehörigen ihr Leben gelassen hatten.

Doch all ihre Bemühungen, Christiana eine Entscheidung leichter zu machen, brachten nichts. Ihr Kopf war leer, ihr Verstand verstummt, und ihr Herz traute sich nur noch im alten Rhythmus zu schlagen. Eine Antwort jedoch erhielt sie nicht.

Aber war sie denn wirklich anders als die Menschen, die auf Eden Schutz gesucht hatten? Bei ihr hatte das Schicksal ebenfalls mehr als einmal grausam zugeschlagen und sie dazu verdammt, schweigend zu leiden.

Sie dachte an ihre Mutter, die sie jetzt mehr vermisste als je zuvor. Isabella hatte vor ihrer Krankheit immer einen Rat für sie gehabt, dem sie zwar nicht oft gefolgt war, der ihr jedoch stets einen Ausweg aus einer verworrenen Situation aufgezeigt hatte. Was würde Isabella an ihrer Stelle tun? Wäre sie gewillt, auf dieser ungewöhnlichen Insel ein neues Leben zu beginnen, fern von ihrer Familie, der sie ohnehin kaum etwas bedeutete, fernab ihrer Heimat, die sie schon fast vergessen hatte, und entgegen den Geboten Gottes? Oder würde sie sich dazu entschließen, ins Kloster zu gehen, die einzige Möglichkeit, die ihr sonst noch blieb?

Christiana hatte immer geglaubt, für ein Leben in einem Konvent bestens geeignet zu sein, doch die Insel der Piraten hatte sie mit ihrer teuflischen Anziehungskraft verführt, ihr ein schöneres, ungezwungeneres Leben gezeigt. Diese Freiheit aufzugeben, kostete sie womöglich das kleine bisschen Zufriedenheit, das sie hier kennen gelernt hatte und vielleicht sogar wieder finden konnte.

Der Brief ihres Onkels, der sie hierher geführt hatte, war ihr damals wie von Gott gesandt erschienen, genauso wie der Junge, in dem sie einen treuen Weggefährten gefunden hatte. Doch nun stellte sie all die wunderbaren Geschehnisse der letzten Monate infrage. Waren es wirklich Gottes

Pfade, denen sie gefolgt war? Oder hatte eine dunkle Macht sie in die Falle gelockt? War der Verrat ihrer Tante und der Inselbewohner nur eine Prüfung des HERRN? Oder versuchte er, sie damit auf den richtigen Weg zurückzuführen?

Was sollte sie tun? Für wen sollte sie sich entscheiden?

Für Eden?

Für das Kloster?

Wie konnte sie eine solch schwere Entscheidung treffen, obwohl sie ihren Instinkt verloren hatte? Sie konnte sich auf ihre Gefühle nicht mehr verlassen, denn ihr Herz schien zu Stein erstarrt. Doch sie vermochte allein auch keine Wahl zu treffen, sie brauchte Hilfe. Aber wen könnte sie fragen? Wem konnte sie noch trauen?

Wie als Antwort auf ihre vielen Fragen sah sie Thomas plötzlich auf sich zukommen. Sie winkte ihn heran und klopfte mit der Hand auf den Platz neben sich. Er setzte sich zu ihr auf die Bank, und sie wandte ihm das Gesicht zu.

»Möchtest du trotz allem hier auf Eden bleiben, Thomas?«, fragte sie ohne Umschweife.

Er sah sie an, zuckte kurz mit den Schultern und zeigte auf sie.

»Ich weiß nicht, was ich will«, gab sie leise zu. »Ich weiß überhaupt nichts mehr.«

Er schüttelte den Kopf, zeigte nochmals auf sie, machte dann mit zwei Fingern das Zeichen für »gehen«. Dann deutete er auf sich und wiederholte die Geste.

»Wo ich hingehe, willst auch du hingehen?«, fragte sie verwirrt.

Er nickte.

»Du kannst mir doch nicht für immer folgen! Willst du denn nicht irgendwann ein eigenes, freies Leben führen? Vielleicht sogar heiraten und eine Familie gründen?«

Er warf ihr einen treuen Blick zu und schüttelte den Kopf.

Christiana seufzte tief.

Jetzt war die Zeit also gekommen! Sie hatte diesen Gedanken immer wieder verdrängt, weil sie nicht allein sein wollte, weil ihr seine Gegenwart die Sicherheit gab, die sie brauchte, aber sie konnte den Jungen nicht länger für sich beanspruchen. Ihre zahlreichen Versuche, ihn nach seiner vollständigen Genesung für seine Dienste zu entlohnen, hatte er jedes Mal nahezu beleidigt abgewiesen. Er ließ es lediglich zu, dass sie ihn anständig einkleidete. Und nach etlichen Auseinandersetzungen hatte sie seine störrische Ablehnung schließlich akzeptiert.

Aber jetzt wurde ihr bewusst, dass das sehr selbstsüchtig gewesen war. Sie beschlich das unangenehme Gefühl, ihn zugunsten ihres eigenen Wohlbefindens ausgenutzt zu haben, und das konnte und wollte sie fortan nicht mehr. Sie musste ihn endlich loslassen, denn er hatte eine Chance verdient, sein Glück zu finden. Doch solange er noch an sie gebunden war, würde er diese Chance, die hier auf Eden für ihn so groß war wie nirgendwo sonst, nicht nutzen.

»Thomas, ich möchte dich aus meinen Diensten entlassen«, sagte sie schließlich mit fester Stimme, die ihre Unsicherheit überspielen sollte.

Die braunen Augen des Jungen weiteten sich und starrten sie ungläubig an.

»Du hast mir immer gut gedient, sogar mehr als gut. Doch nun musst du die Gelegenheit ergreifen, dir endlich deine eigenen Wünsche zu erfüllen«, erklärte Christiana ihre Entscheidung. »Ich weiß, dass du mir dankbar bist und dich mir gegenüber verpflichtet fühlst, aber du hast nie in meiner Schuld gestanden. Und selbst wenn – sie wäre längst beglichen.«

Er schluckte nervös, dann schüttelte er plötzlich wild den Kopf und gestikulierte so schnell, dass selbst Christiana, die darin geübt war, ihm nicht mehr folgen konnte. Sie hob ihre Hände, fing seine in der Luft ab und drückte sie sanft nach unten.

»Glaub mir, es ist besser für dich, frei zu sein. Hier auf Eden kannst du alles erreichen, was du dir erträumst!«

Während sein Gesichtsausdruck von Verwirrung zu Entsetzen und dann zu Enttäuschung wechselte, sah sie ihn beschwörend an. Er schloss die Augen und seufzte lautlos. Als er sie wieder öffnete, stand so tiefe Verzweiflung in ihnen geschrieben, dass Christiana ihre Hände von seinen löste und erschrocken vor ihm zurückwich.

Dieses starke Gefühl in seinen Augen machte ihr Angst und jagte ihr kalte Schauer über den Rücken.

Fast unmerklich schüttelte er den Kopf, doch für Christiana lag in dieser winzigen Geste eine so verzweifelte Bitte, die sie leichter ignorieren könnte, hätte er sie ihr ins Gesicht geschrien.

Erwies sich ihre Entscheidung, ihn gehen zu lassen, vielleicht als falsch? War er womöglich glücklich in ihren Diensten? Aber was war mit Anna? Bald schon beendete sie ihren Dienst und verließ die Burg. Gab sie sich damit zufrieden, dass Thomas nur ein Diener war? Würde sie es akzeptieren, dass er seiner Herrin wie ein Hund folgte?

Nein, gewiss nicht! Welche Frau würde das schon tun? Außerdem konnte er viel mehr erreichen, er hatte schließlich genug Geduld und Talent bewiesen. Alles, was ihn behinderte, war sie selbst.

»Es ist zu deinem Besten, Thomas«, wiederholte sie, mehr für sich selbst als für ihn. Aber ihre plötzlich aufkeimenden Zweifel ließen sich damit nicht verscheuchen.

Was, wenn sie sich irrte?

Doch es war bereits zu spät. Thomas erhob sich langsam, wandte sich mit hängendem Kopf von ihr ab und lief dann hastig davon.

Mit Tränen in den Augen sah sie ihm hinterher.

Ihn aus ihren Diensten zu entlassen, hieß zwar nicht, ihn nie mehr wiederzusehen, doch es bedeutete, dass sie ihren Vertrauten und Beschützer verlor. Er würde ihr nicht mehr überallhin folgen und ihr dieses sichere Gefühl geben. Die Ereignisse überrollten sie wie eine riesige Welle im tobenden Sturm, und der Zeitpunkt, ihren einzigen wirklichen Freund ziehen zu lassen, war denkbar schlecht gewählt. Aber früher oder später musste es sein, oder nicht?

Sie hatte sich vor diesem Moment mehr gefürchtet als vor allem anderen. Und jetzt, da es vorbei war, spürte sie, wie Empfindungen in ihr erwachten, die unter der Taubheit der letzten Tage vergraben gewesen waren. Als sich der

Junge immer weiter und immer schneller von ihr entfernte, fühlte sie ganz deutlich, wie etwas in ihrem Inneren zerbrach.

Der Junge?

Ungläubig folgte sie ihm mit den Augen. Er schien in den letzten Monaten ein Stück gewachsen zu sein, und sie betrachtete überrascht seinen muskulösen Rücken, der sich deutlich unter seinem dunkelblauen Hemd abzeichnete. Seine breiten Schultern bewegten sich bei jedem seiner festen, eiligen Schritte, und seine kräftigen, noch immer leicht gebräunten Arme, die unter den hochgeschobenen Ärmeln seines Hemdes hervorschauten, hingen lässig an den Seiten herab.

Das war kein Junge mehr, den sie da sah! Thomas war vor ihren Augen ein Mann geworden, und obwohl sie ihn nach der Prügelei im Stall hin und wieder aufmerksam betrachtet hatte, war ihr das nicht einmal aufgefallen! Zu sehr war sie mit sich selbst beschäftigt gewesen.

Diese verwirrende Erkenntnis erstaunte und beschämte sie gleichzeitig, und sie hielt ihre Augen fest auf ihn gerichtet.

Er lief auf den Rand des Waldes zu, der die Wiese an drei Seiten umgab, und blieb unter einem großen Baum stehen. Plötzlich kam Anna von hinten auf ihn zugelaufen und legte ihm sanft eine Hand auf den Rücken. Er drehte sich zu ihr um, und sie sagte etwas, das Christiana nicht verstand.

Thomas lehnte sich mit dem Rücken an den Stamm des Baumes und schloss die Augen. Anna trat dicht an ihn heran. Sie strich ihm mit der Hand zärtlich über die Wange, dann hob sie ihren Kopf und küsste ihn.

Christiana zuckte bei dem stechenden Schmerz, der ihren Körper durchfuhr, erschrocken zusammen. Sie wandte ihren Blick ab und atmete tief durch. Was würde sie nur für eine Nonne abgeben, wenn sie beim Anblick von Liebenden solch tiefen Neid empfand? Und was wäre sie für eine Furcht einflößende alte Jungfer, wenn sie auf Eden blieb und jedes Paar mit hasserfüllten Blicken bedachte, obwohl sie sich doch über deren Glück freuen sollte?

Dieses unerträgliche Gefühl würde ihr überallhin folgen und ihr das Leben – ob fromm oder nicht – zur Hölle machen.

»Christiana, geht es dir nicht gut?«

Verschämt wischte sie sich die Tränen aus den Augen und wandte sich dann zu Anthony um.

Seine blauen Augen musterten sie besorgt, und er setzte sich ohne zu fragen zu ihr auf die hölzerne Bank. Dann nahm er ihre Hand in seine und streichelte sie sanft.

»Ich weiß, dass wir dich neulich fürchterlich erschreckt haben«, begann er vorsichtig und suchte in ihren Augen nach einem Anzeichen dafür, was sie wohl jetzt über ihn und die Bewohner Edens dachte. »Aber ich glaubte, dass Marlena dir bereits erklärt hätte, womit wir unser tägliches Brot verdienen.«

»Verdienen!«, brachte Christiana verächtlich schnaubend hervor und entzog ihm ihre Hand. »In meiner Welt heißt das immer noch ›stehlen‹!«

»Wir tun nichts anderes als jeder Krieger, Christiana. Auch er nimmt sich das, was ihm nicht gehört. Doch wir wählen unsere Opfer vorher ganz genau aus«, verteidigte sich Anthony mit ruhiger Stimme. »Wir holen uns nur zurück, was sich Menschen wie dein Vater auf Kosten anderer erschlichen haben. Und glaub mir, jeder von uns musste in seinem früheren Leben für die Gier eines solchen Mannes bluten.«

Da war gewiss etwas Wahres dran, doch im Moment war sie einfach zu verstört, um es zuzugeben. Ihre Gedanken drehten sich nur um das, was ihr in den Nächten am Tempel klar geworden war und was sie Anthony nun endlich mitteilen musste.

Nach dem verhängnisvollen Abend hatte er ihr Zeit gegeben, sich mit der neuen Situation anzufreunden, und dafür war sie ihm sehr dankbar. Doch durch die Unterhaltung mit Thomas war die angenehme Mauer der Taubheit in ihrem Inneren eingestürzt, hinter der sie Schutz gesucht hatte, und nun war nicht nur das Gefühl der tiefen Verbundenheit mit ihrem Schützling an die Oberfläche gekommen, sondern auch die Empfindungen für Anthony.

Sie fand ihn noch immer sehr anziehend, obwohl das einstige Gefühl durch die Zeit ihrer Trennung viel schwächer geworden war. Doch jetzt, da sie ihn neben sich sitzen sah, so groß, stark und gut aussehend, sträubte sich überraschenderweise jede einzelne Faser ihres Körpers gegen diesen Mann.

Und auf einmal wusste sie, dass ihr Entschluss gegen eine Zukunft mit ihm richtig war. Sie hatte es sich die ganze Zeit über eingeredet und sich selbst davon zu überzeugen versucht, doch erst in diesem Moment erkannte sie, dass sie eine endgültige Entscheidung nur jetzt treffen konnte, da sie Anthony von Angesicht zu Angesicht gegenübersaß.

»Anthony, ich muss mit dir über das sprechen, was vor deiner Abreise zwischen uns geschehen ist.«

Sein Gesicht hellte sich kurz auf, doch als er den ernsten Ausdruck ihrer Augen sah, verschwand die Freude so schnell, wie sie gekommen war.

»Christiana, bitte entscheide nicht voreilig. Du stehst immer noch unter Schock«, sagte er rasch. Er wollte nicht hören, was er in ihren Augen bereits lesen konnte.

»Auch wenn ich noch nichts davon wüsste, würde meine Entscheidung nicht anders lauten«, erwiderte Christiana und schaute ihm fest in die Augen. »Wir sind einfach nicht füreinander bestimmt, Anthony.«

»Das ist nicht wahr! Du bist im Moment nur viel zu verwirrt, um klar zu sehen«, entgegnete er entrüstet. »Lass dir Zeit. Und in ein paar Wochen wirst du sehen, dass ich Recht habe.«

»Ich habe dich schon einmal darum gebeten, mir zuzutrauen, eigene Entscheidungen zu treffen«, gab Christiana leise zurück. »Ich habe wirklich lange darüber nachgedacht, und ich bin zu dem Schluss gekommen, dass wir viel zu verschieden sind. Ich glaube, dass deine Gefühle für mich echt sind, doch ich kann sie nicht erwidern.«

Er warf ihr einen ungläubigen Blick zu.

»Es ist wegen deines Gesichts, das du hinter der Maske verbirgst, nicht wahr? Du glaubst, ich kann nicht damit umgehen, dass die Frau, die ich liebe, entstellt ist. Du vertraust mir nicht …«

»Bitte nicht, Anthony«, flehte sie ihn an. Sie hatte sich an diesem Tag schon genug schwierigen Fragen gestellt und Entscheidungen getroffen, deren sie sich nicht sicher war. Und jetzt zu erleben, wie Anthony das eine, was sie ganz genau wusste, in Zweifel zog, gab ihr den Rest.

»Christiana, ich habe es dir schon gesagt: Ich weiß, wie es ist, jemanden zu lieben, der anders aussieht als alle anderen.«

»Ich glaube dir. Doch wenn ich nicht das empfinde, was du fühlst, wie kann ich dann mit dir zusammen sein?«

»Du wirst es lernen. Du wirst lernen, mir zu vertrauen, und du wirst lernen, deine Liebe zu mir zu akzeptieren«, rief er aufgebracht.

»Aber ich liebe dich nicht, Anthony«, entgegnete sie sanft.

»Das ist nicht dein Ernst! Ich sehe doch, wie du mich anschaust. Es ist nur deine verdammte Angst, dass ich es nicht ertrage, dir ins Gesicht zu sehen!«

Warum wollte er sie nicht verstehen? Warum machte er es ihr so schwer? Wut über seine ungerechtfertigten Anschuldigungen stieg in ihr auf. Sie hatte weiß Gott lange dazu gebraucht, den Mut zu finden, ernsthaft über eine Zukunft mit ihm nachzudenken. So einfach, wie er es sich vorstellte, war das eben nicht für sie. Und das hatte nur zum Teil mit ihrer Angst zu tun, wie er auf ihr Gesicht reagieren würde.

»Ich mag dich, da hast du Recht, und ich habe Angst, jemandem zu zeigen, was ich unter meiner Maske verberge, weil es eine …« Als sie sich dabei ertappte, dass sie beinahe etwas ausgesprochen hätte, das sie niemandem anvertrauen wollte, verstummte sie. Stattdessen legte sie eine Hand auf seine und sagte mit gedämpfter Stimme: »Verzeih mir, Anthony. Aber ich kann und werde dich nie so lieben, wie eine Frau ihren Mann hier auf Eden lieben sollte. Es ist besser, du suchst dir eine Frau, die das vermag. Ich bin nicht die Richtige für dich, und ich kann dir nichts anderes sagen, als dass es mir Leid tut. Das ist mein letztes Wort.«

Aus Angst, er würde erneut auf sie einreden, erhob sie sich kurzerhand und humpelte eilig davon. Anthony blieb verwirrt auf der Bank zurück. Es machte sie traurig, ihn abzuweisen, doch sie konnte ihre Gefühle nun mal nicht ändern. Und sie beide waren einfach zu verschieden.

In ihre trüben Gedanken versunken lief sie auf die zwei Bäume zu, in deren Kronen die Kinder spielten. Plötzlich verdunkelte sich der Himmel, und der Wind frischte auf. Dicke, schwarze Wolken schoben sich vor die Sonne, und es wurde deutlich kühler. Ein unheimliches Grollen brachte die Luft zum Schwingen, und die Frauen begannen aufgeregt, ihre Kinder zu sich zu rufen. Die Kleinen kletterten hastig von den beiden Bäumen und suchten in der beunruhigten Menge nach ihren Eltern. Christiana sah sich verwirrt in dem Tumult um und entdeckte in den Gesichtern der Menschen eine Angst, deren Ursache sie nicht verstand.

Es war doch nicht ungewöhnlich, dass es in der Nähe der Küste von einem Moment zum anderen anfing zu regnen.

Völlig unerwartet zerriss ein riesiger Blitz die Dunkelheit und schlug Funken sprühend in eine der Eichen unmittelbar vor ihr ein. Der Stamm teilte sich in der Mitte, und eine Hälfte fiel krachend zu Boden.

Erschrocken machte Christiana einen Satz zurück und starrte in die Flammen, die an dem aufragenden Stamm hochkrochen und die blattlose Krone in Sekundenschnelle in einen Feuerball verwandelten, der auf den zweiten Baum übergriff.

»Mama!«

Der Schrei des Jungen war noch nicht verhallt, da stürzte sie auch schon vorwärts, um das Kind zu retten, das auf einem Ast weit oben im Baumwipfel in der Falle saß. Doch kurz darauf stieß jemand sie grob zur Seite.

Sie stolperte und landete schließlich hart auf dem Boden. Verwirrt hob sie ihren Kopf und beobachtete mit weit aufgerissenen Augen, wie Thomas den zweiten Baum erreichte und sich auf den untersten Ast schwang, um nach dem Kind zu greifen.

Sie rappelte sich auf und lief wieder los, doch zwei kräftige Arme umschlangen sie von hinten und hielten sie zurück.

»Er hat ihn gleich, Christiana. Du musst dich nicht auch noch in Gefahr begeben«, rief Anthony ihr ins Ohr, um das Grollen des Donners zu übertönen.

Aber Christiana konnte nicht einfach nur zusehen. Zu sehr erinnerte sie die züngelnde Bedrohung an ihren Unfall und dessen Folgen. Bei dem Anblick des Feuers hätte sie zu Stein erstarren müssen, doch von einer übermächtigen Angst um das Leben des Kindes und das ihres Schützlings getrieben trat sie wild um sich. Sie wollte sich befreien, aber der eiserne Griff, der sie umfing, gab nicht nach.

Verängstigt richtete sie ihre Augen wieder auf Thomas. Er war bereits hoch oben in der Krone des Baumes und packte den Jungen, in dem Christiana jetzt Duncan, den kleinen Sohn von Amina, erkannte. Während Thomas versuchte, so schnell wie möglich den Rückzug anzutreten, klammerte sich der Kleine ängstlich an seinen Hals. Die tödlichen Flammen sprangen von Ast zu Ast und kamen dem Kind und seinem Retter gefährlich nahe. Einer der Männer tauchte unter dem Baum auf und forderte Thomas auf, den Jungen in seine Arme zu werfen. Der nickte kurz, löste dann Duncans dünne Ärmchen von seinem Hals und ließ den Jungen fallen. Der Mann fing das Kind sicher auf und lief mit ihm rasch davon.

Christiana atmete erleichtert auf, wagte es jedoch nicht, den Blick von Thomas abzuwenden. Aus dem Augenwinkel sah sie, dass sich Anna zu Anthony und ihr gesellt hatte. Einen Moment lang empfand sie Mitleid mit dem rothaarigen Mädchen, das zitternd neben ihnen stand und angsterfüllt die Finger in ihren Rock krallte. Doch als sie das laute Knacken vernahm, verschwand das Gefühl auf der Stelle.

Starr vor Angst musste sie zusehen, wie der Ast, an dem ihr Schützling hing, sich verbog und schließlich brach. Mit einem dumpfen Aufprall schlug Thomas' Körper am Fuße des Baumes auf. Einen Lidschlag später krachte der große, schwere Ast mit einem ohrenbetäubenden Geräusch zu Boden und begrub ihn unter sich.

Die Menschen verfolgten entsetzt das Geschehen. Doch erst der markerschütternde Schrei, der sich über das Getöse des Gewitters hinweg in den schwarzen Himmel erhob, sandte ihnen eisige Schauer über den Rücken.

Anna lief unruhig im Arbeitszimmer hin und her. Christiana hingegen saß reglos neben dem Bett, auf dem Thomas lag, und bewachte seinen Schlaf.

Vier Männer hatten den großen Ast anheben müssen, damit sie seinen leblosen Körper darunter hervorziehen und ihn unter ihrer Aufsicht und begleitet von Anna zurück zur Burg bringen konnten.

Schnell verdrängte Christiana ihre Angst um Thomas und begann sofort damit, ihn zu untersuchen, denn sie durfte keine Zeit verlieren.

Er hatte mehrere Brandwunden, einen verstauchten Fuß und eine ausgekugelte Schulter, doch die größte Sorge machte ihr die tiefe Verletzung an seinem Kopf. Der Ast hatte ihn an der Stirn genau unterhalb des Haaransatzes getroffen.

Die Schulter renkte sie mithilfe von Anthony wieder ein, den verstauchten Fuß schiente sie für die kommende Nacht, damit Thomas ihn ruhig hielt. Sie säuberte die restlichen Wunden und behandelte sie mit ihren Salben und Tinkturen. Doch der Körper ihres Schützlings reagierte mit heftigem Fieber auf die Verletzungen.

Christiana wandte sämtliche Methoden an, die sie jemals gelernt hatte, doch nichts zeigte Wirkung. Und je mehr Zeit verging, desto deutlicher wurde ihr bewusst, dass er die Nacht nicht überleben würde.

Nur aus diesem Grund hatte sie zugelassen, dass Anna ihre Arbeitsräume betrat. Sie brachte es einfach nicht übers Herz, das arme Mädchen von Thomas fern zu halten, schließlich war sie vor ein paar Stunden Zeugin eines Kusses zwischen ihnen geworden. Vielleicht würde ihre Anwesenheit ihm sogar helfen, seinen Kampf gegen das Fieber zu gewinnen. Zudem hatte sich ihre innere Stimme, die so lange stumm gewesen war, gemeldet. Sie riet ihr, Anna die Möglichkeit zu geben, in der Nähe des Mannes zu sein, den sie liebte – auch wenn die Anwesenheit des Mädchens sie selbst viele Nerven kostete.

Aus dem angrenzenden Raum vernahm sie plötzlich ein lautes Poltern, dann krachte etwas zu Boden und zerschellte.

Genug war genug! Christiana sprang von ihrem Stuhl auf, lief zur Tür und riss sie auf. Sie hatte sich wirklich bemüht, geduldig zu sein, aber dieses Mädchen stand nur im Weg herum, jammerte unaufhörlich oder stellte ihr Arbeitszimmer auf den Kopf.

»Anna, ich möchte, dass du gehst. Du kannst im Moment nichts für ihn tun«, flüsterte Christiana sanft, fügte jedoch in Gedanken hinzu: Bei dem Lärm, den du machst, findet er nie seine Ruhe!

Aus rot geweinten Augen sah Anna sie an. »Aber ich –«

»Ich lasse nach dir schicken, sobald sich etwas verändert«, unterbrach sie ihre Zofe leise. »Und nun leg dich schlafen.«

Anna warf ihr einen dankbaren Blick zu, der Christiana noch mehr verärgerte. Wie konnte sie einfach zu Bett gehen, obwohl ihr Geliebter im Sterben lag?

»Wie Ihr wünscht, Hoheit.«

Anna knickste kurz und entfernte sich dann schnell. Die schwere Tür fiel geräuschvoll hinter ihr ins Schloss. Christiana schüttelte wütend den Kopf und schlich dann zurück in den Raum, in dem Thomas mit dem Tode rang.

Sie tauchte einen Stofflappen in eine Schüssel mit kaltem Wasser und fuhr ihm damit vorsichtig über den Teil seiner schweißbedeckten Stirn, der nicht von dem Verband bedeckt war. Dann strich sie behutsam über seine glühenden Wangen und befeuchtete seine Lippen.

Nach einer Weile setzte sie sich wieder auf den Stuhl neben dem Bett und betrachtete Thomas' Gesicht. Wie sein

Körper hatte es sich direkt vor ihren Augen, die ihn Tag für Tag sahen, verändert, ohne dass sie es bemerkt hatte. Es wirkte älter und reifer, richtig erwachsen. Sein Kinn war kantig geworden, seine Wangenpartie stark ausgeprägt, und der schwarze Schatten eines Bartes verlieh ihm die Züge eines jungen Mannes. Doch die erhitzte Haut war trotz des Fiebers blass, und sie dachte an die Zeit zurück, als sie ihm das erste Mal begegnet war. Er hatte die vielen eiternden Verletzungen überlebt, und nun sollte er durch eine Wunde am Kopf und das dadurch hervorgerufene Fieber sterben? Das war nicht gerecht! Wie konnte Gott so etwas zulassen?

Sie schloss die Augen und begann stumm zu beten. *Nimm von mir, was du willst, aber lass ihn nicht sterben! Bitte, lass ihn nicht sterben! Das hat er nicht verdient.*

Aber wie damals, als sie für ihre Mutter gebetet hatte, wusste sie, dass sie nichts besaß, was sie dem HERRN anbieten konnte. Sie musste sich auf seine Güte und seine Weisheit verlassen. Er tat nur das Beste für Thomas, auch wenn das hieß, dass er ihn zu sich holte – was ihr das Herz brechen würde!

Thomas stöhnte im Schlaf und warf seinen Kopf unruhig auf den Kissen hin und her. Leise stand sie auf und beugte sich über ihn.

»Geh nicht, Thomas. Du musst dagegen ankämpfen!«, flüsterte sie trotz der Einsichten, die sie gerade gewonnen hatte. Erstaunt bemerkte sie, wie er sich bei ihren Worten entspannte.

Konnte er sie hören?

»Thomas?«, fragte sie, doch seine Augen blieben geschlossen. Sie begann, sanft seine Wange zu streicheln, denn die Berührung ihrer Hand hatte ihren schlafenden Schützling vor langer Zeit schon einmal beruhigt.

Während sie ihn aufmerksam betrachtete, tauchten plötzlich Bilder aus der Vergangenheit vor ihrem geistigen Auge auf. Sie sah, wie er auf der *Gloria* in der Zeit des Sturms neben ihrem Bett saß und den Nachttopf hielt und wie er mitten auf dem Weg zum Gasthaus auf die Knie fiel und ihr flehend die Hände entgegenstreckte, weil er unbedingt mit ihr kommen wollte. Sie spürte noch einmal, wie er sie vorsichtig hochhob, nachdem sie auf dem Gang vor den Gemächern der Herzogin zusammengebrochen war, und sah das Leuchten in dem braunen Auge, das nicht zugeschwollen war, als er ihr zum ersten Mal seine Erfindung zeigte. Und sie fühlte die Wärme seiner Hand, die ihr Sicherheit gab und ihr in dem Moment die Angst nahm, in dem die *Gloria* an den Klippen von Eden zu zerschellen drohte. Damals hatte auch Anthony ihre Hand gehalten, doch es war Thomas' Berührung gewesen, die ihr half, die Angst zu besiegen.

Er war einfach immer da gewesen, hatte sie beschützt und ihr geholfen. Sie wollte und konnte sich ein Leben ohne ihren Freund und Vertrauten nicht mehr vorstellen.

»Lass mich hier nicht allein, Thomas!«, bat sie ihn mit tränenerstickter Stimme.

Und dann dachte sie an den Neid, der jedes Mal in ihr aufstieg, wenn sie ihn mit Anna zusammen sah. Es war ein starkes, zerstörerisches Gefühl, das ihr sogar körperliche Schmerzen bereitete. Wenn sie jedoch mit Thomas allein war, schien es wie weggeblasen.

Doch weshalb richtete sich diese Empfindung allein gegen Anna? Sie beneidete die beiden doch im Grunde um ihre Zweisamkeit. Vielleicht hatte sie sich ja getäuscht, und dies war gar kein Neid. Doch wie konnte sie das wissen, schließlich hatte sie noch nie zuvor so empfunden. Aber wenn es tatsächlich kein Neid war, was fühlte sie dann?

In Gedanken versunken sah sie auf Thomas' narbiges Gesicht hinunter und strich ihm sanft eine schweißnasse Haarsträhne aus der Stirn. Dann fuhren ihre zittrigen Finger wieder über seine Wange, und plötzlich berührten sie etwas Weiches. Ihr Blick blieb an Thomas' schmalen, blassen Lippen hängen, die sich bei der Berührung ihres Daumens leicht geöffnet hatten. Während sein warmer Atem sanft über ihre Hand strich, zeichnete sie mit einer Fingerspitze behutsam den Umriss seines Mundes nach und schloss die Augen, um das unbekannte Gefühl zu genießen, das durch ihren Körper strömte und ihr Herz schneller schlagen ließ.

Sie hatte sich getäuscht! Sie war die ganze Zeit über vollkommen blind gewesen!

Es war kein Neid, sondern … brennende Eifersucht! Sie war eifersüchtig auf ihre Zofe, weil sie ihrem Schützling näher stand als sie selbst, obwohl sie den ganzen Tag in seiner Nähe verbrachte. Und weil Anna etwas bekommen hatte, von dem sie jetzt endlich wusste, dass sie es sich mehr wünschte als alles andere!

»Verlass mich nicht! Ich brauche dich hier. Thomas, ich …«

Sie konnte nicht laut aussprechen, was sie empfand, denn die Worte gingen in ihrem leisen Schluchzen unter. Doch in Gedanken vollendete sie den Satz.

… ich liebe dich!

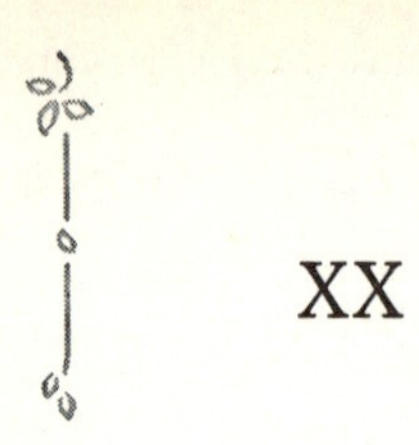

# XX

Langsam öffnete er die Augen. Sein Kopf schmerzte entsetzlich, und er wusste nicht, wo er sich befand. Das Letzte, woran er sich erinnern konnte, war, dass er den Jungen in die Arme eines Mannes geworfen hatte, der ihn sofort in Sicherheit brachte. Aber dann war da nur noch eine schwarze Leere in seinem Kopf.

Verwirrt blickte er sich um.

Er lag auf einem weichen Bett in einem abgedunkelten Zimmer. Auf dem Tisch zu seiner Rechten stand eine lautlos tropfende Kerze. Plötzlich erkannte er, dass er in der kleinen Kammer hinter dem Arbeitszimmer seiner Herrin lag.

Aber sie war nicht mehr seine Herrin! Sie hatte ihn aus ihren Diensten entlassen. Es traf ihn vollkommen unerwartet, denn er glaubte schon lange nicht mehr, dass sie ihn irgendwann allein lassen würde. Er wähnte sich die ganze Zeit über in trügerischer Sicherheit, doch nun hatte sie tatsächlich das getan, wovor er sich immer gefürchtet hatte. Sie verbannte ihn aus ihrem Leben! Sein Schutzengel hatte ihn verstoßen!

Enttäuscht schloss er die Augen, aber selbst hier in diesem Zimmer und mit geschlossenen Augen nahm er noch immer den Geruch von süßen Äpfeln wahr, den nur sie verströmte. Diese Sinnestäuschung musste der Nachklang seines wundervollen Traumes sein.

Er hatte geträumt, sie würde ihn umsorgen, ganz so wie in den unvergesslichen zwei Wochen nach ihrer ersten Begegnung. Er spürte ihre warme, weiche Hand auf seinem Gesicht, und das hatte ihn entspannt und mit einem unbeschreiblichen Gefühl der Geborgenheit erfüllt. Doch jetzt, da sie ihn verlassen hatte, würde er das niemals wieder erleben dürfen.

Ein leises Seufzen riss ihn aus seinen trostlosen Gedanken, und er drehte den Kopf zur Seite, um die Ursache des Geräuschs herauszufinden.

Die dunkle Silhouette eines Kopfes ruhte auf dem Rand seines Bettes, und er blinzelte verstört, um den Anblick, den er sich wünschte, durch den zu ersetzen, der Wirklichkeit war. Doch sooft er seine Augen auch zukniff und wieder aufschlug – die Gestalt mit dem schwarzen Schleier auf dem Kopf blieb unverändert.

Er musste vom Baum gefallen sein, und wenn sein Verstand solche Trugbilder erscheinen ließ, hatte er sich wohl schwerer verletzt, als er dachte.

Vorsichtig hob er die Hand, um die Illusion zu vertreiben, doch seine Finger berührten tatsächlich das geneigte Haupt, ohne dass es sich in Luft auflöste.

Sie war wirklich da!

Christianas Kopf schnellte hoch, und ihre grünen Augen blickten geradewegs in seine.

»Du lebst!«, flüsterte sie ehrfürchtig.

Dann schloss sie die Augen und öffnete sie wieder, um sich – wie Thomas einen Augenblick zuvor – davon zu überzeugen, dass sie nicht träumte.

Plötzlich war sie sich vollkommen sicher, und ein strahlendes Lächeln, wie er es noch nie zuvor gesehen hatte, breitete sich über ihren Mund aus und leuchtete ihm aus ihren moosgrünen Augen entgegen.

»Ich hatte solche Angst, dass du es nicht überlebst!«, brachte sie schließlich mühsam hervor, und die Freude in ihrem Gesicht erlosch. Dann sprang sie unvermittelt auf, und als er ihr mit den Augen zu folgen versuchte, schoss ein heftiger Schmerz durch seinen Kopf.

»Ich habe mir große Sorgen gemacht! In der ersten Nacht hätte ich dich beinahe verloren, und dann bist du drei Tage lang nicht aufgewacht, und ...« Sie brach ab und lief aufgeregt hin und her.

»Mach mir nie wieder solche Angst, hörst du! Ich will das nicht noch einmal durchmachen. Das war eine Dummheit, eine riesengroße Dummheit! Wie konntest du nur dein Leben aufs Spiel setzen? Hast du denn gar keinen Funken Verstand in deinem Dickschädel?«

Vollkommen verwirrt sah er sie an. Erst schenkte sie ihm ein Lächeln, durch dessen Zauber er ihr bis in die Hölle folgen würde, und im nächsten Augenblick wurde sie zu einer Furie, die geradewegs aus der Hölle zu kommen schien! Was regte sie nur so maßlos auf? Und warum rannte sie wie ein aufgescheuchtes Huhn durchs Zimmer und beschimpfte ihn lautstark?

Als sie an seinem Bett vorbeikam, streckte er den Arm aus, um ihr den Weg zu versperren, und bedachte sie mit einem fragenden Blick. In ihren Augen schimmerten Tränen, und nackte Angst spiegelte sich in ihnen wider.

Er wusste nicht, was sie so ängstigte, doch er wollte sie beschützen und trösten, so wie er es immer getan hatte. Er zog seine Hand zurück und bedeutete ihr, sich zu ihm zu setzen. Sie ließ sich auf der Bettkante nieder, doch sie schien sich kein bisschen zu beruhigen, im Gegenteil. Er spürte deutlich, wie ihre Nervosität immer mehr zunahm.

Außer an jenem Tag, als sie mit der *Gloria* auf Eden ankamen, hatte ihr seine Nähe stets ausgereicht. Er musste nicht auf sich aufmerksam machen oder sie berühren, damit sie wusste, dass er bei ihr war und ihr bedingungslos und treu zur Seite stand. Doch heute war es anders. Sie vermied jeden Blickkontakt mit ihm und strich immer wieder nervös über ihren grauen Wollrock. Er musterte sie eine Zeit lang aufmerksam und übertrat dann eine unausgesprochene Grenze zwischen ihnen.

Vom ersten Moment ihrer Begegnung an war er sich darüber im Klaren, dass sie Berührungen anderer Menschen – abgesehen von dem leichten Antippen ihrer Schulter, woraufhin sie ihn anschaute, um der Sprache seiner Hände zu folgen – nur ungern und sehr selten zuließ. Sie hatte keine Scheu, Kranke zu untersuchen, doch sie mochte es nicht, ohne ihre Erlaubnis angefasst zu werden. Damals auf der

*Gloria* hatte er erst ihre Hand ergriffen, nachdem sie ihn schweigend darum gebeten hatte. Beim Absteigen vom Pferd ließ sie sich nur dann helfen, wenn man ihr eine Hand reichte und sie selbst entscheiden konnte, ob sie sie ergriff oder nicht. Einmal war er Zeuge eines Zwischenfalls geworden, der ihn in seiner Überzeugung nur noch bestärkte. Ein übereifriger Stallbursche hatte sie am Ellenbogen gepackt, um ihr aus dem Sattel zu helfen, doch sie machte sich sogleich verärgert von ihm los und saß allein ab.

Dass er sie im Gang vor den Gemächern ihrer Tante auffing oder sie auf dem Schiff in ihrer Kajüte stützte, erlaubte sie nur deshalb, weil sie sich aus eigener Kraft nicht helfen konnte.

Doch jetzt, in diesem Moment, als sie so aufgewühlt und verängstigt auf seinem Bett saß, konnte er nicht anders. Langsam hob er seine Hand und legte sie dann sanft auf ihre, um sie beruhigend zu streicheln.

Anstatt ihn sofort in seine Schranken zu weisen, schloss sie die Augen und verschränkte ihre Finger mit seinen. Eine kleine Träne trat unter ihrem rechten Lid hervor, perlte von ihren schwarzen Wimpern ab und benetzte den Stoff ihrer Maske. Erstaunt, aber dennoch ermutigt von ihrer Reaktion zog er sie näher zu sich heran. Und dann beugte sie plötzlich mit einem leisen Seufzer ihren Kopf zu ihm hinunter und legte ihn vorsichtig auf seine Brust. Überrascht hielt er einen Moment lang den Atem an, dann löste er seine Hand aus ihrer verkrampften Umklammerung und strich besänftigend über ihren maskierten Kopf, an dem der schwarze Schleier befestigt war.

»O Gott, ich dachte, ich würde dich verlieren«, murmelte sie mit gedämpfter Stimme an seiner Brust.

Er verstand noch immer nicht, warum sie so nervös war. Als sie jedoch ihre bebenden Hände sanft auf seine Brust legte, breitete sich in seinem Körper ein solch überwältigendes Gefühl aus, dass er einfach die Augen schloss und tief ihren Duft einatmete.

Christiana kam nur langsam zur Ruhe, doch das rhythmische Geräusch seines Herzens versicherte ihr mit jedem kräftigen Schlag, dass er wirklich auf dem Weg der Besserung war. Erleichtert schmiegte sie sich an ihn und bekämpfte die Tränen der Angst, die die Erinnerung an die letzten Nächte und seine hilflose, sich in schweren Fieberkrämpfen windende Gestalt in ihr hervorgerufen hatte.

Nach einer Weile hörte er auf, ihren Kopf zu streicheln. Sein Arm rutschte langsam auf ihre Schultern hinab und blieb dort liegen. Sie hob ihren Kopf ein wenig und sah ihn an. Er hatte die Augen geschlossen und atmete entspannt. Die Erschöpfung hatte ihn übermannt. Er war eingeschlafen.

Sie legte ihren Kopf wieder auf seine Brust und genoss die Wärme seines Arms, der sie sanft umschlang.

»Ich weiß nicht, was ich ohne dich tun würde«, flüsterte sie gedankenverloren. »Wieso musste erst etwas so Furchtbares geschehen, bevor mir klar wurde, dass du es bist, den ich liebe?«

Der Körper unter ihr versteifte sich, und das Herz schlug plötzlich schneller.

Christiana fuhr erschrocken hoch und blickte in seine geöffneten braunen Augen. In seinem Blick lag eine Mischung aus Entsetzen und Misstrauen.

Er war gar nicht eingeschlafen! Und er hatte alles gehört!

Sie versuchte aufzustehen, um aus dem Zimmer zu fliehen, doch er packte ihren Arm und hielt sie mit erstaunlicher Kraft fest.

»Lass mich gehen, Thomas«, flehte sie verzweifelt und wand sich unter seinem eisernen Griff.

Warum hatte sie nur gesagt, dass sie ihn liebte? Selbst wenn er gerade eingeschlafen wäre, hätte er es noch hören können. Schließlich war er stumm und nicht taub!

Mit schmerzverzerrtem Gesicht hob er die Hand des Arms, den sie wegen seiner Schulterverletzung an seinem Brustkorb festgebunden hatte, und ließ seinen Zeigefinger in der Luft kreisen, das Zeichen für »wiederholen«.

Sie schüttelte heftig den Kopf. Schweigend bat sie ihn, sie nicht zu zwingen, das auszusprechen, was sie fühlte, doch er ließ nicht locker. Sein durchdringender Blick bohrte sich in ihre Augen, und er verlangte es erneut.

Verlegen senkte sie den Kopf. Es war zu spät, die Wahrheit jetzt noch zu leugnen.

»Ich sagte, ich liebe dich.«

Dann riss sie sich von ihm los und stürzte ohne einen Blick zurück aus dem Zimmer.

Seit drei Tagen wartete er auf sie, doch sie kam nicht. Jedes Mal, wenn sich die Tür öffnete, hoffte er, sie würde eintreten, aber immer wieder wurde er enttäuscht.

Sie schickte Philomena und Anna, damit sie ihn pflegten. Sie selbst jedoch blieb der Kammer fern. Sogar ihre Arbeit schien sie in einen anderen Teil der Burg verlegt zu haben, denn er hörte nie ein Geräusch aus dem angrenzenden Raum durch seine Tür dringen.

Es lag keineswegs an den beiden Frauen, dass er immer unzufriedener wurde, denn sie bemühten sich redlich um sein Wohlergehen. An der Art, wie Philomena und Anna seine Wunden versorgten, erkannte er, dass seine Herrin sie sehr ausführlich in der Behandlung unterwiesen haben musste, und es freute ihn, dass sie sich die Mühe gemacht hatte. Aber ihre offensichtliche Weigerung, sich selbst um ihn zu kümmern, machte ihn langsam verrückt. Er wollte niemanden außer seinem Schutzengel in der Nähe haben. Nur sie besaß die Macht, ihm die Ruhe und Geborgenheit zu geben, die er jetzt brauchte, so wie sie es schon einmal getan hatte.

Philomenas raue Herzlichkeit und Annas übertriebene Fürsorge waren einfach kein Ersatz für das, was er sich wünschte. Genau genommen erschien ihm das junge Mädchen von Stunde zu Stunde aufdringlicher, und ihre Anwesenheit begann an seinen Nerven zu zerren.

Als Anna ihn am Tag des Festes geküsst hatte, war er überrascht gewesen, hatte aber im selben Augenblick gewusst, dass es ein Fehler war. Ihm war aufgefallen, dass sie sich oft in seiner Nähe aufhielt, doch er hatte ihr Verhalten erst richtig gedeutet, als seine Herrin ihn nach der Prügelei im Stall darauf aufmerksam machte. Obwohl sie sich nicht so leicht abschütteln ließ, ging er Anna von dem Tag an absichtlich aus dem Weg. Und wenn sie sich doch einmal begegneten, achtete er stets darauf, Abstand zu ihr zu halten. Nachdem seine Herrin ihn jedoch aus ihren Diensten entlassen hatte, war er so verwirrt und verletzt gewesen, dass er zu spät merkte, was Anna im Schilde führte. Sie schmiegte sich auf einmal an ihn und kam mit ihrem Gesicht immer näher. Aber er empfand nichts als Sympathie für das Mädchen, und das versuchte er ihr nach dem Kuss auch deutlich zu machen.

Doch dann überschlugen sich plötzlich die Ereignisse. Er erblickte seine Herrin, die gerade auf die brennenden Eichen zustürzte, um den kleinen Jungen zu retten. In panischer Angst, ihr könnte etwas zustoßen, rannte er los. Und als er sie eingeholt hatte, schubste er sie zur Seite und eilte dem Jungen selbst zu Hilfe. Er musste seinen Engel doch beschützen, das hatte er sich schließlich geschworen!

Aber als er nach seinem Sturz aufwachte und sie in einem solch aufgewühlten Zustand vorfand, dachte er einen Moment lang, es wäre etwas Furchtbares geschehen, nachdem er das Bewusstsein verloren hatte. Ängstlich wartete er darauf, dass sie ihm erklärte, was sie so sehr bewegte. Das Geständnis, das seine Ohren dann jedoch vernahmen, traf ihn vollkommen unerwartet und schwerer als der herabstürzende Ast.

Ihm war schon vor langer Zeit klar geworden, dass er ihr gegenüber weit mehr empfand als nur Dankbarkeit, aber sooft er es sich auch wünschte, dass sie seine Gefühle erwiderte, konnte er doch nie einen Hinweis darauf entdecken.

Je aufmerksamer er sie beobachtete, desto häufiger wurde er Zeuge ihrer wachsenden Verbundenheit mit Anthony, und mit dem konnte er es niemals aufnehmen. Und so musste er hilflos zusehen, wie die Frau, die er mit jedem Tag mehr liebte, sich mit dem jungen Mann unterhielt, mit ihm scherzte und über die Festwiese spazierte. Aber er gab sich schließlich damit zufrieden. Er wünschte sich einfach nichts mehr, als dass sie glücklich wurde, selbst wenn seine Rolle dabei nur die des Dieners an ihrer Seite war. Aber er wollte wenigstens *das* haben, nur so hatte sein Dasein einen Sinn.

Doch als sie ihn zunehmend aus ihrem Leben ausschloss und ihn dann auch noch aus ihren Diensten entließ, hörte er von einem Augenblick zum nächsten einfach auf zu existieren.

Mit nur wenigen Worten brachte sie es fertig, sein Herz zu brechen und seine Welt zu zerstören ... und mit noch weniger Worten hauchte sie ihm nun wieder Leben ein und ließ seine Welt schöner und strahlender erscheinen als je zuvor.

Als er ihre Worte vernahm, glaubte er zu träumen und zwang sie deshalb dazu, sie zu wiederholen. Und das tat sie. Sie sagte ihm tatsächlich, dass sie ihn liebte! Er konnte sein Glück kaum fassen.

All seine Hoffnungen, die er so mühsam verdrängt hatte, flammten nun wieder auf. Die farbenprächtigen Bilder, die er in seinen schlaflosen Nächten erschaffen hatte, stürzten auf ihn ein, ebenso wie die Träume von einer Zukunft mit ihr, von ihrem Glück. Er würde sie auf Händen tragen!

Gelähmt vor Erstaunen hatte er sie einfach davonlaufen lassen, ohne ihr seine Gefühle zu offenbaren. Doch er war sich sicher, dass sie bald zurückkommen und ihm Gelegenheit geben würde, ihr endlich zeigen zu können, was er so lange vor ihr verheimlichen musste.

Aber genau das tat sie nicht. Sie mied ihn wie einen Mann mit einer ansteckenden, tödlichen Krankheit, und er wurde von Stunde zu Stunde nervöser.

Was, wenn sie es sich anders überlegt hatte? War sie womöglich in Anthonys Arme geflüchtet?

Er wusste, dass der Engländer in sie verliebt war, denn ihm waren die Blicke nicht entgangen, mit denen er seine Herrin – nein, seine Christiana ansah. Er hatte sogar ihren Kuss beobachtet, und das brachte ihn fast um den Verstand. Doch damals hatte er noch keine Hoffnung, ihr jemals wichtiger zu sein als der gut aussehende Mann mit den hellbraunen Haaren und den leuchtend blauen Augen, der eines Tages das Oberhaupt von Eden werden würde.

Aber jetzt war das anders, und er wollte keinen Augenblick länger in diesem verfluchten Bett liegen und vergeblich darauf warten, dass sie zu ihm kam. Er musste zu ihr! Er würde ihr klar machen, dass er ihre Gefühle erwiderte, und sein Glück mit beiden Händen festhalten.

Entschlossen schlug er die Decke zurück, schwang seine Beine aus dem Bett und stand auf. Sein Fuß schmerzte beim Auftreten, doch das konnte ihn nicht aufhalten.

Er griff nach seiner Hose, die über dem Stuhl hing, und zog sie behutsam an. Dann warf er sich das dicke Wollhemd über den Kopf und schlüpfte mit seinem freien Arm in den Ärmel.

Einen Moment lang bemühte er sich, die Nebelschwaden vor seinen Augen zu vertreiben, dann humpelte er zur Tür und öffnete sie.

Sie war nicht da! Er stand in ihrem Gemach und schaute ratlos durchs Fenster in die mondhelle Nacht hinaus. Wo konnte sie um diese späte Stunde noch sein? Hoffentlich ist sie nicht wieder zum Wasserfall gelaufen, dachte er besorgt. Eilig machte er sich auf den Weg, um ihr zu folgen.

Mehr als zwei Stunden kämpfte er sich mühsam durch den Wald, doch schließlich gelang es ihm, die Lichtung zu erreichen. Sein Fuß war angeschwollen, und seine Schulter bereitete ihm bei jeder Bewegung große Schmerzen. Sein Kopf dröhnte, und er fror, aber er spürte nichts von alledem. Seine Augen waren fest auf die Gestalt am Ufer des Sees gerichtet.

Wie an jenem Tag, als er ihr zum ersten Mal hierher gefolgt war, lag die weiße Maske im Gras und leuchtete im Schein des abnehmenden Mondes. In Gedanken versunken spazierte Christiana am felsigen Abgrund des Ufers entlang, doch ihr schwarzer Schleier verwehrte ihm den Blick auf ihr Gesicht.

Während seine Gedanken um die wundervolle Zukunft mit ihr kreisten, lehnte er sich gegen einen Baumstamm und beobachtete sie aus der Ferne. Er lächelte und hörte immer wieder die Worte, die drei Tage zuvor alles verändert hatten.

Ich sagte, ich liebe dich!

Plötzlich wirbelten ihre Arme unkontrolliert durch die Luft, und dann verschwand sie blitzschnell vor seinen Augen. Das Rauschen des Wasserfalls übertönte jedes Geräusch, doch er wusste auch so, dass sie ausgerutscht und in den See gefallen sein musste.

Ohne auf die stechenden Schmerzen in seinem Fuß zu achten, rannte er sofort los, doch als er am hügeligen Ufer ankam, war nichts von ihr zu sehen. Er wollte schreien, wollte ihren Namen rufen, doch auch wenn er dazu fähig gewesen wäre, hätte das Wasser, das laut vom Felsen herunterstürzte, seine Rufe ohnehin verschluckt. Verrückt vor Angst zog er sein Hemd über den Kopf, riss sich den Verband von der Schulter, sprang ins Wasser – und versank.

Es war eiskalt und hier in Ufernähe schon so tief, dass seine Füße den Boden nicht mehr erreichten. Mit den Beinen paddelnd bewegte er sich vorwärts und fuhr mit seinen Händen suchend durch das Wasser. Je länger Christiana jedoch verschwunden blieb, desto verzweifelter wurde er.

Plötzlich bekam seine Hand ein Stück Stoff zu fassen. So kräftig er konnte, zog er daran und bemühte sich, dabei den eigenen Kopf über Wasser zu halten. Er spürte, wie ihr Körper geschmeidig durch das Wasser nach oben glitt, dann teilten sich die kleinen Wellen, und ihr Kopf durchbrach endlich die silbern glitzernde Oberfläche des Sees. Sie schnappte laut nach Luft, und er schwamm, sie fest umklammernd, rückwärts zum Ufer. Er drückte sie nach oben, damit sie die Uferböschung erklimmen konnte, und kletterte dann mit letzter Kraft selbst hinaus.

Keuchend vor Anstrengung und Schmerzen kniete er sich neben sie und ließ seinen Blick über ihren schmalen Rücken wandern. Als ein heftiger Hustenanfall ihren Körper ergriff, bäumte sie sich auf. Ihr nasser, zerrissener Schleier glitt von ihrer Schulter und fiel nach vorn. Er versuchte, die erbärmlichen Reste wieder auf ihren Rücken zu legen, doch dass weiche Geflecht, das seine Hände berührten, war kein Stoff.

Es waren Haare! Dicke, feuchte Strähnen aus schwarzem, hüftlangem Haar!

Erschrocken zog er die Hände zurück. Bis zu diesem Moment hatte er nicht gewusst, dass sie überhaupt Haare hatte, denn sie trug stets ihre Maske. Er hatte sich auch nie wirklich Gedanken darüber gemacht. Er brauchte nur in ihre wunderschönen grünen Augen zu blicken, um zu wissen, dass er sie liebte. Doch diese seidig glänzende Masse überraschte ihn vollkommen.

Warum versteckte sie eine solche Pracht unter einer Maske, obwohl es doch ausreichte, wenn sie nur ihr Gesicht bedeckte?

Verwirrt und zitternd vor Kälte griff er nach seinem Hemd, das im Gras neben ihm lag, und zog es über. Dann wandte er sich wieder Christianas gekrümmter Gestalt zu.

Da sie noch immer hustete und Wasser spuckte, legte er ihr beruhigend die Hand auf den bebenden Rücken.

»Thomas?«, brachte sie atemlos hervor.

Er nickte, doch sie sah ihn noch immer nicht an, und so strich er ihr sanft über den Rücken, in der Hoffnung, sie würde das als Antwort auf ihre Frage verstehen.

»Gütiger Himmel, wenn du nicht gewesen wärst, wäre ich jetzt tot«, krächzte sie und schnappte erneut nach Luft. »Es war wie in meinem Traum. Meine Kleider haben sich mit Wasser voll gesogen und mich immer tiefer hinabgezogen. Doch dann hörte ich jemanden meinen Namen rufen, und kurze Zeit später griff eine Hand nach mir. Deine Hand!«

Sie musste verwirrt sein, denn sie konnte nicht gehört haben, dass er sie rief. Wie hätte er das tun können?

Aus Angst, sie könnte eine Verletzung am Kopf haben, wie die, die er vor kurzer Zeit selbst erlitten hatte, legte er eine Hand behutsam auf die ihm abgewandte Wange und drehte ihr Gesicht ins Licht, um nach der Wunde zu suchen.

Er hatte nicht mehr daran gedacht, dass sie keine Maske trug, doch als sie ihm ihr Gesicht zuwandte und der helle, kalte Schein des Mondes darauf fiel, wich er entsetzt zurück.

Sie warf ihm einen entschuldigenden Blick aus ihren grünen Augen zu, doch er starrte sie fassungslos an.

Dann sprang er auf und lief hastig davon.

Christiana saß zitternd vor Kälte im Gras und schaute Thomas traurig hinterher.

Der Schock stand ihm so deutlich ins Gesicht geschrieben, dass sie beinahe laut aufgelacht hätte. Doch ihr war keineswegs zum Lachen zumute.

Als sie ihm zum ersten Mal ihre unförmige, weiße Maske zeigte, verzog er keine Miene, aber jetzt, wo er ihr Gesicht sah, lief er bestürzt davon. Und sie konnte ihn verstehen. Die Maske und ihr Gesicht, das war nicht dasselbe. Niemand konnte auf einen solchen Anblick vorbereitet sein.

Doch so wollte sie ihn nicht gehen lassen! Sie musste ihn finden und ihm die ganze furchtbare Geschichte erzählen. Das war sie ihm schuldig.

Entschlossen stand sie auf, wrang ihren schweren, nassen Umhang und den Rock aus und machte sich dann auf die Suche nach dem Mann, den sie liebte.

Während sich die Gedanken in seinem Kopf überschlugen, irrte Thomas ziellos durch den Wald.

Was sollte er nur tun? Obgleich er ihr wahres Gesicht erblickt hatte, liebte er Christiana noch immer. Und er würde auch nicht aufhören, sie zu lieben, nur weil sie anders aussah, als er erwartet hatte. Doch vermochte er sich damit abzufinden? Konnte er ihr seine Liebe gestehen, obwohl ihr Anblick ihn so entsetzt hatte?

Verstört blieb er stehen und warf einen Blick zurück.

Würde sie es überhaupt verstehen, dass er weggelaufen war? Was, wenn nicht? Gewiss hatte er sie mit seiner Reaktion auf ihr Gesicht furchtbar enttäuscht!

Aber durfte er denn überhaupt daran glauben, dass sie die Wahrheit gesagt hatte? Liebte sie ihn wirklich? Ihn, der weit unter ihr stand? Er war ihr Diener – oder zumindest war er es einmal gewesen –, und sie war trotz allem noch immer die Tochter eines Grafen!

Nur allzu bereitwillig hatte er sich der Hoffnung hingegeben, mit ihr zusammen sein zu können, doch sie war nicht wie er. Sie war einfach nicht wie er!

Betrübt zog er sich den nassen Verband vom Kopf, der sich gelockert hatte und ihm immer wieder die Sicht nahm, und ließ ihn auf den Boden fallen.

»Thomas? Thomas, bitte warte!«

Ihr verzweifelter Ruf hallte geisterhaft durch den Wald. Dann tauchte sie plötzlich zwischen den Bäumen auf und lief ihm ohne zu zögern entgegen.

»Thomas, bitte lass mich dir erklären, wie es zu alldem gekommen ist.« Sie zeigte auf ihr unverhülltes Gesicht, und als sie seinen erschütterten Blick bemerkte, senkte sie verlegen den Kopf. Doch sie wollte ihn nicht eher gehen lassen, bis er die Geschichte ihres Lebens gehört hatte.

Unsicher schaute sie erneut zu ihm auf, strich sich eine kurze Strähne ihres schwarzen Haars aus dem Auge und machte zögernd einen Schritt auf ihn zu, immerzu bestrebt, ihr Gesicht nicht dem unbarmherzigen Licht des Mondes auszusetzen. Dann ergriff sie beherzt seine Hand und bat ihn schweigend mitzukommen.

Sie führte ihn durch den Wald zu ihrem Tempel. Nur hier würde sie die Kraft und die Ruhe finden, ihm von den entsetzlichen Ereignissen zu berichten, die ihr Leben zerstört hatten.

Aus einer Höhle unter einem Stein holte sie zwei dicke, in einen alten Umhang eingewickelte Decken hervor, die sie in einer Winternacht mitgebracht hatte, um sich trotz der eisigen Kälte ein paar Stunden am See aufhalten zu können. Eine davon reichte sie ihm und sagte leise: »Zieh deine nassen Sachen aus, sonst erkältest du dich.«

Dann verschwand sie hinter einer Säule, um selbst ihre nassen Kleider abzulegen. Als sie fertig war, kam sie in die andere Decke und den Umhang gehüllt zurück und begann, ein großes Feuer vor dem Eingang des Tempels zu machen, damit sie sich aufwärmen und ihre Gewänder trocknen konnten.

Sie setzte sich auf die unterste der sieben Stufen des Heiligtums, direkt vor das knisternde Feuer, und forderte ihn wortlos auf, es ihr nachzumachen. Nach kurzem Zögern setzte er sich zu ihr, achtete jedoch darauf, genügend Abstand zwischen ihnen zu lassen.

Ohne sie anzusehen nickte er schließlich, und sie fing an zu erzählen.

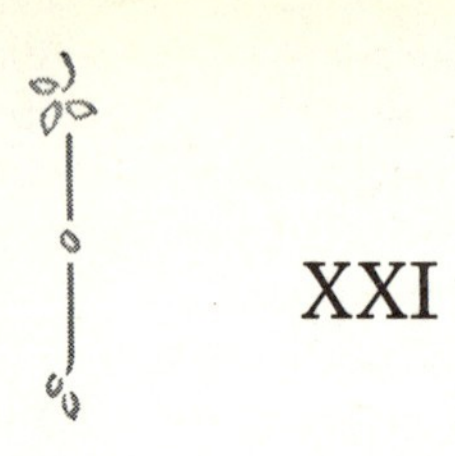

# XXI

IM JAHRE DES HERRN 1604,
MEHR ALS SIEBEN JAHRE ZUVOR
SCHLOSS ROSSEWITZ

»Mama, wie gefällt er dir?«

Isabella Gräfin von Rossewitz schaute lächelnd in das von langem, schwarzem Haar umrahmte Gesicht ihrer fünfzehnjährigen Tochter Christiana, die zu ihren Füßen saß.

»Er besitzt tadellose Manieren, ist reich und von angemessenem Stand. Eine bessere Partie kann eine Frau wohl kaum machen.«

»Ja, ja, aber wie gefällt er dir?«, fragte das Mädchen ungeduldig.

»Nun, er sieht recht gut aus«, antwortete sie auf die Frage, die ihre Tochter nun schon seit mehr als zwei Monaten immer wieder aufs Neue stellte.

»Er sieht recht gut aus?« Christiana warf ihrer Mutter einen fassungslosen Blick zu. »Er ist der schönste Mann, der mir jemals begegnet ist! Seine Augen leuchten wie die Sterne am Nachthimmel, und sein dunkles Haar schimmert im Kerzenschein wie die Seen im Mondlicht. Er hat das Gesicht eines Engels.«

Isabella schmunzelte über die schwärmerischen Äußerungen ihrer ältesten Tochter. Seit Christianas Verlobung an ihrem Geburtstag bekannt gegeben worden war, strahlte das Kind vor Glück. Isabella war sofort aufgefallen, wie sehr ihre Tochter von Miguel de Cerreda angetan war. Seit ihrem ersten Zusammentreffen warf sie dem jungen Mann schmachtende Blicke zu, folgte ihm auf Schritt und Tritt, und sobald er ihr eins seiner zärtlichen Komplimente machte, errötete sie heftig.

Ihr Mann hatte den einundzwanzigjährigen Miguel aus der Vielzahl von Bewerbern um die Hand seiner hübschen Tochter ausgewählt, und dies war seit langer Zeit die erste Entscheidung, der sie aus vollem Herzen zustimmte.

Viel zu schnell hatte die Gräfin nach ihrer eigenen Hochzeit lernen müssen, dass Ehegatten keineswegs so galant und liebevoll waren, wie sie vorgaben, wenn sie sich auf Brautschau befanden. Bevor sie Hubertus am Altar gegenüberstand, war sie ihm nur ein einziges Mal begegnet, und deshalb hatte sie nun darauf bestanden, dass der zukünftige Ehemann ihrer Tochter eine längere Zeit auf ihrem Herrensitz verbrachte. Christiana sollte nicht den gleichen Fehler begehen wie sie und sich von vornherein über den Charakter und die weniger guten Eigenschaften des jungen spanischen Grafen im Klaren sein. Isabella wollte verhindern, dass ihre Tochter so blind in eine Ehe stolperte wie sie selbst.

Doch je länger der junge Graf auf ihrem Schloss weilte, desto sicherer war sie, dass er Christiana ein Leben bieten konnte, das ihr versagt geblieben war, ein Leben voller Glück und Zufriedenheit.

»Glaubst du, er findet mich schön?«, fragte Christiana plötzlich verunsichert. Prüfend betrachtete sie ihr Gesicht in dem silbernen Handspiegel, den sie von ihrer Mutter am Tag ihrer Verlobung geschenkt bekommen hatte.

Isabella ließ ihre Augen lange auf ihrer Tochter ruhen. Die helle Haut des Mädchens war makellos und unterstrich die strahlend grüne Farbe ihrer klugen Augen, die von schwarzen, leicht geschwungenen Brauen umrahmt waren. Sie hatte lange, dichte Wimpern, die kleine Schatten warfen, und volle, rosige Wangen. Ihre Nase war gerade und zeigte an der Spitze ein wenig nach oben. Die roten Lippen waren leicht geöffnet und gaben den Blick auf ihre weißen, ebenmäßigen Zähne frei. Schwarze, knielange Haare schimmerten im Licht der Kerze wie die Flügel eines Raben und umschmeichelten den schlanken Hals und die schmalen Schultern.

Ihr Körper war durch die täglichen Ausritte und ausgedehnten Spaziergänge gertenschlank und besaß trotz ihres jugendlichen Alters jene weiblichen Rundungen, die Männer an Frauen besonders schätzten. Sie war nicht besonders groß, doch wenn sie leichtfüßig durch einen Raum schwebte, drehten sich alle Köpfe nach ihr um. Ihre Lebensfreude wirkte ansteckend, und sie strahlte eine scheinbar angeborene Eleganz aus, die Isabella selbst nie in diesem Maße besessen hatte.

Mit dem Stolz, den nur eine Mutter empfinden konnte, sagte sie: »Ich denke, es gibt keinen Mann, der dich nicht schön findet, Christiana.«

In neun Tagen würde sie Miguels Frau werden.

Christiana wälzte sich in ihrem großen Bett herum und versuchte vergeblich einzuschlafen. Sie konnte einfach nicht aufhören, an ihren zukünftigen Ehemann zu denken.

»Miguel. Miguel«, flüsterte sie verzückt in die nächtliche Stille ihres Schlafgemachs hinein.

Als sie Miguel das erste Mal begegnete, begann ihr Herz sofort heftig zu schlagen, und lauter kleine Tierchen führten in ihrem Bauch einen wilden Tanz auf.

Sowohl Miguels Reichtum als auch seine Abstammung waren eindrucksvoll, sodass Christianas Vater eine Verbindung mit dieser Familie durchaus in Betracht zog. Er ließ ein Porträt von ihr malen und schickte es dem Sohn seines alten Freundes, der gerade auf der Suche nach einer passenden Frau war. Es vergingen nur wenige Wochen, bis Hubertus einen Brief erhielt, in dem Miguel sein Interesse an Christiana bekundete. Und der Graf antwortete noch schneller und lud ihn nach Rossewitz ein.

Der Einladung folgend segelte der junge Mann aus seiner Heimat nach Stralsund und ging gleich nach seiner Ankunft im Hafen an Bord des Schiffes ihres Vaters, um sie kennen zu lernen.

Er schien von ihr beeindruckt zu sein, denn die beiden Männer begannen schon nach wenigen Stunden, die Bedingungen für die Vermählung auszuhandeln. Für gewöhnlich oblag das zwar den Vätern der Brautleute, doch der Freund des Grafen war bereits einige Jahre zuvor gestorben.

Nach vier Wochen wurden sie sich schließlich einig, und am Tag von Christianas fünfzehntem Geburtstag gab der Graf auf dem großen Fest ihre Verlobung bekannt. Er legte fest, dass die Hochzeit im Juni, drei Monate nach der Verlobung, stattfinden sollte.

Die folgenden Wochen verstrichen quälend langsam. Ungeduldig wartete Christiana auf den Tag, an dem sie Miguels Frau werden würde.

Doch nun war es endlich so weit.

Sie schlug die Decke zurück und sprang übermütig aus ihrem Bett. Wenn sie schon nicht schlief, konnte sie getrost ihren Hunger stillen, der sie nachts immer häufiger überfiel, da sie in Gegenwart von Miguel kaum einen Bissen herunterbrachte. Denn in dieser Zeit war sie viel zu sehr damit beschäftigt, ihn zu bewundern.

Sie kleidete sich rasch an und schlich aus dem Zimmer, damit ihre Zofe Maria, die nebenan lag, nicht wach wurde.

In Vorfreude auf die köstlichen Pasteten, die vom Abendmahl übrig geblieben sein mussten, lief sie im schwachen Schein der Kerzen im Gang die schmale Gesindetreppe hinunter, um den Schlafenden in der großen Halle aus dem Weg zu gehen, so wie es ihre Amme Berta ihr eingebläut hatte. Durch eine Seitentür betrat sie den riesigen Küchentrakt und suchte nach den Pasteten. In einer abgedeckten Schale fand sie die kunstfertig verzierten Teigtaschen und stopfte sich eine in den Mund. Vier weitere nahm sie in die Hand und begab sich dann auf den Weg zurück in ihre Gemächer.

Während sie lautlos über die dicken Teppiche lief, schob sie sich die Pasteten nacheinander genüsslich in den Mund. Als sie an den Räumen ihres vierzehnjährigen Bruders Dominik Johannes vorüberkam, bemerkte sie einen schwachen Lichtschein, der durch den Spalt unter der Tür in den Gang fiel.

Sie mochte ihren Bruder nicht, denn seit er laufen konnte, quälte er sie unablässig mit seinen grausamen Streichen und boshaften Scherzen, die seine Ähnlichkeit mit ihrem strengen, unbarmherzigen Vater unterstrich.

Neugierig, warum er so spät in der Nacht nicht schlief, trat sie näher und lauschte auf die Stimmen, die aus dem Gemach drangen.

»Du hast Glück, eine so schöne Schwester zu haben. Meine ist eine Missgeburt! Sie hat ein Gesicht wie eine Ziege, ein steifes Bein, das sie hinter sich herzieht, und sie ist so blöd wie ein Schaf. Jeder Mann hat sie bisher verschmäht, obwohl ihre Mitgift ungewöhnlich hoch war. Dieser Krüppel hat unsere tadellose Familienehre beschmutzt. Und das werde ich ihr nie verzeihen!«

Christiana entsetzten diese hasserfüllten Worte, die offensichtlich aus dem Mund ihres Verlobten kamen.

»Und was hast du mit ihr gemacht?« In der hohen Stimme ihres Bruders schwang jener widerwärtige Ton, mit dem er seine Freudenrufe ausstieß, wenn ihr Vater einen Diener wegen einer kleinen Unachtsamkeit hart bestrafte.

»Was man eben mit einem Ekel erregenden Scheusal macht«, antwortete Miguel mit einem so kalten Lachen, dass ihr alles Blut aus dem Gesicht wich. »Ich habe sie zu einem Haufen fischgesichtiger Nonnen ins ärmlichste Kloster geschickt, das ich finden konnte, damit sie dort verrottet! Aber vorher habe ich dafür gesorgt, dass sie es tief bedauert, ins Kloster gehen zu müssen.«

»Was hast du getan? Sag schon! Sag schon!«, rief Dominik Johannes aufgeregt.

»Ich habe ihr gezeigt, was ein Mann ist!«

Er musste angedeutet haben, was er meinte, denn Dominik Johannes begann plötzlich laut zu lachen. Ein boshaftes Lachen, von dem Christiana aus Erfahrung wusste, dass es nichts Gutes zu bedeuten hatte.

»Du hast es der Hure also gegeben!«

»Ja, allerdings«, stieß Miguel verächtlich hervor. »Und dann habe ich ihr noch ein kleines Geschenk gemacht, das sie stets an mich erinnern wird.«

»Was für ein Geschenk?«

Bei der erregten Frage ihres Bruders kam Christiana das abstoßende Bild eines Verrückten in den Sinn, den sie einmal gesehen hatte. Er hatte dümmlich gegrinst, und gelber Speichel war Blasen schlagend zwischen seinen Lippen hervorgequollen. Dann hatte er plötzlich angefangen zu schreien, so laut und markerschütternd wie ein gequältes Tier.

»Ich habe sie für das schamlose Verhalten, ihr eigenes Fleisch und Blut zu verführen, bestraft. Jetzt hat sie zwei steife Beine und kann gar nicht anders, als eine tugendhafte Nonne zu sein«, prahlte Miguel.

Christiana war sich nicht sicher, was er damit meinte, doch die Art, wie er über seine eigene bemitleidenswerte Schwester sprach, erschreckte sie zutiefst.

Wo war der wundervolle, höfliche Mann geblieben, den sie kannte und liebte? Hatte sie sich von seinem Engelsgesicht täuschen lassen?

»Du kannst dir nicht vorstellen, wie ich es gehasst habe, ihre schleifenden Schritte in meinem Schloss zu hören! Dieser Krüppel hat mich wahnsinnig gemacht, sodass ich es kaum noch ertragen konnte. Sie musste einfach verschwinden!«

Christiana presste die Hand auf den Mund, um ihren entsetzten Aufschrei zu unterdrücken. Dann lief sie blind vor Tränen durch den Gang zu ihren Gemächern. Sie riss die Tür auf, stürzte durch das erste Zimmer in ihr Schlafgemach, verriegelte die Tür und warf sich schluchzend aufs Bett.

Zum ersten Mal in ihrem Leben verheimlichte sie ihrer Mutter etwas. Sie sagte ihr kein Sterbenswörtchen davon, dass sie drei Nächte zuvor Zeugin einer abscheulichen Unterhaltung zwischen ihrem Bruder und ihrem Verlobten geworden war.

Doch Isabella kannte sie so gut wie kein anderes ihrer Kinder. Vom ersten Moment an schien sie zu wissen, dass es nicht die Angst vor der bevorstehenden Vermählung war, die ihre Tochter umtrieb, und beobachtete deshalb aufmerksam jeden ihrer Schritte. Maria hatte ihr gewiss berichtet, dass sie in jener Nacht völlig aufgelöst in ihre Gemächer gestürmt war. Aber glücklicherweise hatte sie die Tür verschlossen und ihre neugierige Zofe ausgesperrt.

Mehr als einmal hatte Isabella seitdem versucht, mit ihr zu sprechen, um herauszubekommen, warum sie so blass war und warum sie Miguel so offensichtlich aus dem Weg ging, wie sie zuvor seine Nähe gesucht hatte. Aber sie winkte nur ab, schenkte der Gräfin ein betont fröhliches Lächeln und versuchte, sich nichts anmerken zu lassen.

Sie war froh, an diesem Nachmittag den wachsamen Augen ihrer Mutter entkommen zu sein und sich mit ihrer wöchentlichen Lehrstunde bei der alten Kräuterfrau ablenken zu können. Doch auch ihre geliebten Besuche in der winzigen Hütte im Wald hatten auf einmal ihren Reiz verloren. Früher als üblich verabschiedete sie sich von der Alten und machte sich auf den Weg nach Hause.

Als sie nun durch den dichten Laubwald lief, wurde sie von einem heftigen Regenguss überrascht. Sie wusste, dass es in der Nähe eine alte Jagdhütte gab, und rannte, die Kapuze ihres grauen Umhangs mit einer Hand festhaltend, über den durchweichten Waldboden, um dort während des Wolkenbruchs Zuflucht zu suchen.

Der Eingang zur Hütte lag auf der entgegengesetzten Seite, und so öffnete sie die Tür zu dem halb verfallenen Stall, der vor vielen Jahren nachträglich an die Hütte angebaut worden war. Sie schloss die Tür, zog ihren Umhang aus und schüttelte die Regentropfen ab. Im schwachen Licht, das durch die Hohlräume zwischen den Brettern in den Stall fiel, suchte sie nach einem trockenen Platz, wo sie auf das Ende des Unwetters warten konnte.

Sie hatte sich gerade auf einen faulig riechenden Strohballen gesetzt, da vernahm sie trotz des lauten Prasselns der Regentropfen auf dem Dach ein seltsames, gedämpftes Geräusch. Die Härchen in ihrem Nacken stellten sich auf. Die Laute schienen aus dem Inneren der Hütte zu kommen, und so stand Christiana auf und näherte sich neugierig der Wand, die den Stall vom Haus trennte. Sie legte ihr Gesicht an das raue Holz und versuchte, durch ein kleines Astloch einen Blick in die Hütte zu werfen.

Die Flammen von zwei dicken, gelben Kerzen tauchten den staubigen Raum in warmes Licht. Das leise Wimmern, das hin und wieder erklang, schien aus irgendeiner dunklen Ecke zu kommen, doch was oder wer es verursachte, konnte sie nicht erkennen. Ihre Augen erblickten lediglich die beiden Männer, die am Tisch saßen und abwechselnd ein dunkel schimmerndes Getränk aus einem gläsernen Gefäß tranken. Ihre Gesichter lagen im Schatten, doch Christiana erkannte die Stimmen, die durch übermäßigen Weingenuss nur undeutliche Worte hervorbrachten.

»Lass uns endlich anfangen!«, grölte ihr Bruder.

»Geduld, Geduld, mein hungriger Freund. Lass sie die Vorfreude auskosten. Schließlich werden sie nie wieder so viel Spaß haben.«

Miguel nahm einen kräftigen Schluck Wein, stand dann auf und schlenderte langsam durch den Raum.

»Wir könnten euch etwas von dem Wein abgeben, aber dann wäre der ganze Spaß dahin«, wandte er sich mit heuchlerischem Bedauern in der Stimme an weitere Personen, die für Christiana jedoch unsichtbar waren. »Es wird euch besser gefallen, wenn eure Sinne klar sind.«

Unvermittelt bückte er sich, und als er sich wieder aufrichtete, tauchte im Lichtschein der Kerzen ein junger Mann mit angstverzerrtem Gesicht auf, dessen Kopf Miguels Hand an den blonden Haaren unbarmherzig in die Höhe zog. Kurz darauf ließ er ihn ohne Vorwarnung zurück auf den Boden sausen.

Als Christiana erneut das schmerzerfüllte Wimmern vernahm, fuhr sie entsetzt zusammen. Obwohl der Kerzenschein ihr nur für einen winzigen Moment enthüllt hatte, was sich im Schatten verbarg, waren ihr doch der Knebel im Mund des jungen Mannes und auch die Fesseln an seinen Händen nicht entgangen. Und Miguels schreckliche Worte ließen darauf schließen, dass er nicht das einzige Opfer im

Raum war. Ohne sich abzuwenden griff sie blind nach ihrem Umhang und wollte gerade aus dem Stall hinaus in die Hütte stürmen, um dem empörenden Treiben ein Ende zu setzen, da drehte sich Miguel um, und das Licht der Kerzen fiel auf sein Gesicht.

Zu Tode erschrocken hielt Christiana die Luft an. Noch nie hatte sie einen solchen Ausdruck im Gesicht eines Mannes gesehen. Miguels volle Lippen waren zu einem Strich zusammengepresst, und ein harter, umbarmherziger Zug umspielte sie. In den braunen, vom Wein glänzenden Augen, die sie unzählige Male mit einem zärtlichen Blick bedacht hatten, lag kalte Erregung und ein ungezügelter Hass, den Christiana nicht verstand. Seine Nasenflügel blähten sich bei jedem seiner schnellen Atemzüge, und auf seiner Stirn erschien eine steile Falte, die seinem schönen Gesicht etwas Animalisches, zutiefst Bedrohliches verlieh.

Christiana wich entsetzt zurück. Sie hatte geradewegs in das Antlitz des Bösen gesehen.

Ihr zukünftiger Gemahl war der Teufel!

»Es wird Zeit«, hörte sie ihn plötzlich sagen. »Wir wollen doch zum Abendessen zurück sein, nicht wahr?«

Das idiotische Lachen ihres Bruders war die einzige Antwort, die er bekam.

»Welches Exemplar dieser entzückenden Bauernbrut wird das Rennen machen, was glaubst du? Ich halte jede Wette!«

»Der Ältere natürlich. Der Zwerg ist doch wertlos.«

»Mein Freund, du hast offenbar keine Ahnung!«

Christiana war sich nicht sicher, was die beiden vorhatten, doch ihr Instinkt sagte ihr, dass sie keine Zeit verlieren durfte. Sie musste nach Rossewitz laufen und Hilfe holen!

Aber auch wenn sie rannte, würde sie mehr als eine halbe Stunde brauchen, um das Schloss zu erreichen und jemanden herzuschicken. Hoffentlich ist es dann noch nicht zu spät, dachte sie voller Angst. Sie warf sich ihren regennassen Umhang über die Schultern und lief auf die Tür zu.

Mit beiden Händen versuchte sie, sie aufzudrücken, doch sie bewegte sich nicht. Sie stemmte sich mit ihrem ganzen Gewicht gegen das Holz, aber es gab kein Stück nach. Verzweifelt versuchte sie herauszufinden, warum sich die Tür nicht öffnen ließ, doch sie konnte nicht wissen, dass nach ihrem Eintreten der dicke Balken, mit dem man den Stall von außen verschloss, in die eisernen Halterungen neben der Tür gefallen war.

In der Hoffnung, Miguel und ihr Bruder würden sie wegen des Unwetters und ihres eigenen lauten Gebarens nicht hören, warf sie sich immer wieder gegen die Tür, um dem widerwärtigen Gelächter und dem ängstlichen Wimmern zu entkommen, doch sie musste schließlich einsehen, dass sie in der Falle saß.

Sie konnte nicht fliehen, und sie konnte genauso wenig verhindern, was gerade geschah, ohne sich selbst in Gefahr zu bringen. Und nach Miguels Blick zu urteilen, war ihr Leben in dem Moment beendet, in dem sie auf sich aufmerksam machte.

»O HERR, tu etwas! Bitte tu doch etwas!«, flüsterte sie, doch es war vergeblich.

Völlig verängstigt kauerte sie sich in eine schmutzige Ecke, die am weitesten von der Wand zur Hütte entfernt war. Sie kniff ihre Augen zu und presste die Hände auf ihre Ohren, um die Geräusche der Schläge und die Ekel erregenden Worte daran zu hindern, in ihren Kopf einzudringen, doch es war zwecklos. Das kehlige Lachen wurde lauter und lauter und rief die vielen entsetzlichen Bilder aus den finstersten Ecken ihrer Erinnerung hervor. Schon des Öfteren war sie Zeugin von Prügelstrafen geworden, die ihr Bruder ohne Rücksicht auf das Alter des Opfers oder die Schwere seines Vergehens stets mit einem belustigten Funkeln in den Augen ausgeführt hatte. In den meisten Fällen endeten diese Züchtigungen sogar mit dem Tod des Betroffenen, und Christiana war nicht einfältig genug, um daran zu glauben, dass ausgerechnet dies hier eine Ausnahme war.

Bei diesem Gedanken begann sich Christianas Magen zu winden. Sie wandte ihren Kopf zur Seite und erbrach sich.

Plötzlich wurde es still nebenan, und sie kroch auf allen Vieren zu dem Astloch, um zu prüfen, ob die Männer die Hütte vielleicht schon verlassen hatten.

Vorsichtig wagte sie einen Blick in den angrenzenden Raum und hätte beinahe laut aufgeschrien. Sie konnte Miguel und Dominik Johannes von der Seite sehen. Sie standen sich gegenüber, und zwischen ihnen, in einem kleinen Kreis, den sie vermutlich mit Erde auf den Boden gemalt hatten, hockten zwei Jungen, die kaum älter waren als Christiana. Man hatte ihnen die Fesseln gelöst und die Knebel entfernt, und ihre Gesichter trugen die Verletzungen zahlreicher Schläge.

»Wer den anderen tötet, dem schenke ich das Leben!«, erklärte Miguel die Regeln des Spiels, das nun folgen sollte, und gab den Jungen jeweils einen Dolch in die Hand.

Die beiden blickten sich erschrocken an, und Christiana fiel zum ersten Mal die Ähnlichkeit in ihren Gesichtszügen auf. O mein Gott, das sind Franz und Wilhelm!, dachte sie voller Entsetzten. Jetzt erst hatte sie die beiden Waisen erkannt: Franz, der stille Sechzehnjährige, der auch bei der schwersten Arbeit immer ein freundliches Lächeln für sie übrig hatte, und Wilhelm, sein zwei Jahre älterer Bruder, der von den Leuten »Dummkopf« gerufen wurde, weil scheinbar nur sein Körper erwachsen werden wollte, nicht jedoch sein Verstand. Er war ein liebenswürdiger Riese, der voller Stolz die niedrigsten Aufgaben im Schloss ihres Vaters verrichtete und sich stets ganz besonders bemühte, das Feuer im Kamin ihres Gemachs niemals ausgehen zu lassen, denn er vergötterte sie geradezu. Ab und zu las sie ihm heimlich abenteuerliche Geschichten aus ihren Büchern vor, und voller Bewunderung hing er dann stets an ihren Lippen.

Sie mochte seine verspielte Art, auch wenn er mit manchen Aufgaben heillos überfordert war und deshalb für immer auf den Schutz und die Führung seines jüngeren Bruders angewiesen sein würde.

Von anderen Menschen wurde er jedoch mit Worten und Fausthieben gequält, weil er anders war. Aber der sanftmütige Wilhelm, der die Abneigung der Menschen nicht zu bemerken und die Welt so wenig zu verstehen schien, war zu Dingen fähig, die sich kein anderer getraut hätte. Einmal hatte er sich schützend vor Christiana gestellt und seine mutige Tat mit einer harten Bestrafung von ihrem Vater bezahlen müssen.

Erneut überkam Christiana der heftige Drang, sich zu übergeben, doch sie bekämpfte ihn tapfer, denn sie durfte sich nicht verraten. Stattdessen schloss sie erneut die Augen und versuchte, tief durchzuatmen. Gegen Miguel und ihren Bruder hatten Franz und Wilhelm nicht die geringste Chance. Sie besaßen zwar nun eine Waffe, doch gegen die Niedertracht, die die beiden Adligen antrieb, waren sie machtlos – so viel musste selbst Wilhelm begriffen haben. Es lag also an ihr, das Schlimmste zu verhindern. Aber sie konnte weder Hilfe holen noch selbst einschreiten. Was sollte sie bloß tun, um ihre Freunde zu retten? Was nur?

Lieber Gott, hilf ihnen! Mach dem grausamen Spiel ein Ende!, betete sie stumm. Es war das Einzige, was ihr in dieser ausweglosen Situation einfiel.

»Genug, ihr dummen Bauernkröten!«, vernahm sie plötzlich Miguels ärgerliche Stimme und gab sich der wahnwitzigen Hoffnung hin, dass nun alles vorbei war. Doch als sie ihre Augen wieder öffnete, wurde sie eines Besseren belehrt.

»Wer mich betrügt, wird meine Wut am eigenen Leib erfahren!«, rief er so laut, dass Christianas Zähne vor Schreck aufeinander schlugen. »Wagt es nicht noch einmal, mich um mein Vergnügen zu bringen, indem ihr nur halbherzig mitspielt! Wenn doch, werdet ihr beide auf eine sehr langsame und viel unerträglichere Weise aus dem Leben scheiden ...« Ein Grauen erregendes Lächeln verzerrte sein ebenmäßiges Gesicht zur abstoßenden Fratze des Leibhaftigen, doch Dominik Johannes sah ihn mit einer Hingabe an, als würde er einen Götzen verehren.

»Entscheidet euch«, erhob Miguel erneut seine samtene Stimme, die Christiana einmal die Sterne vom Himmel versprochen hatte. »Euer beider Leben oder ein ehrlicher Kampf, bei dem der Sieger überlebt!«

Franz starrte ihn entsetzt an. Es war keinesfalls ungewöhnlich, dass junge adlige Männer und Frauen ihre Späße mit Unfreien oder Menschen niederen Standes trieben oder sich gar an ihnen vergingen. Jede Mutter warnte ihre Kinder vor solchen Gefahren, sobald sie laufen konnten. Doch was diese beiden im Schilde führten, lag jenseits aller Warnungen ...

Und plötzlich wich das Entsetzen in Franz' schönen großen Augen einem Blick, den Christiana bislang nur bei Menschen gesehen hatte, die dem Tode nahe waren, und sie wusste, dass er nun begriffen hatte.

Mit Tränen in den Augen beobachtete sie, wie er seinem Bruder fast unmerklich zunickte und schließlich begann, ihn mit dem Dolch zu attackieren.

Auch Wilhelm schien wundersamerweise den Ernst der Lage verstanden zu haben und hieb jetzt ungeschickt auf seinen Bruder ein.

Miguel grinste zufrieden. Er packte Franz am Hemdkragen und zog ihn immer genau in dem Moment zurück, wenn dessen Dolch seinen Bruder tödlich zu treffen drohte. Mit abstoßenden Worten spornte er den Jungen an, und sein Atem ging schneller. In seinen Augen leuchtete der Wahnsinn auf, den er bis zu diesem Tage vor Christiana und ihrer Mutter geschickt versteckt hatte und dessen Anblick sie nun zu einer Säule aus Eis erstarren ließ und alles in ihr zum Stillstand brachte.

Doch die Zeit blieb nicht mit ihr stehen, und wie ein verzögertes Spiegelbild wiederholte Dominik Johannes sämtliche Bewegungen Miguels, und wie ein hohles Echo wiederholte er all seine Worte.

Und das Spiel ging weiter. Während Miguel die Wetteinsätze immer weiter in die Höhe trieb, verhinderte er mit einem unsanften Ruck an Franz' Hemd, dass sein abartiges Vergnügen ein vorzeitiges Ende fand.

Wie im Rausch ging der Junge auf seinen Bruder los, der sich kaum noch auf den Beinen halten konnte, so erschöpft war er von den Angriffen, deren Ausmaß er nicht wirklich zu verstehen schien.

Doch in einem winzigen Augenblick der Unachtsamkeit entglitt Miguel der Stoff des Hemdes, und Franz stürzte mit erhobenem Dolch auf Wilhelm zu. Mit einem dumpfen Geräusch prallten die beiden Körper aufeinander, verloren das Gleichgewicht und fielen schließlich gegen die Wand, hinter der die stumme Zeugin ihres Kampfes auf Leben und Tod kauerte.

Binnen eines Wimpernschlags zersprang Christianas Hülle aus Eis in tausend kleine Stücke, und ihr Körper erwachte zitternd. Durch das Astloch hindurch sah sie die Jungen, deren Körper fest ineinander verschlungen waren. Sie lagen auf den ausgetretenen Brettern ganz dicht vor ihr.

»Wilhelm«, flüsterte Franz beinahe unhörbar seinem Bruder zu. »Du musst jetzt ganz tapfer sein.«

Wilhelm begann leise zu wimmern.

»Du wirst leben, Wilhelm. Denk immer daran: Ich hab' dich lieb. Und sag Gräfin Isabella, dass unsere geliebte Christiana den spanischen Teufel nicht heiraten darf ...«, gab er röchelnd von sich, dann fielen seine Arme, die Wilhelm noch einen Atemzug zuvor fest umschlungen gehalten hatten, leblos zu Boden.

Christianas Herz brach.

Der Junge hatte eine Entscheidung getroffen. Er war mit all seiner Kraft in die Klinge seines Bruders gerannt. Von Anfang an hatte er sein eigenes Spiel gespielt, um seine Mörder zu täuschen, denn sie durften nicht erfahren, dass er sein Leben für das seines Bruders opferte – und dafür sorgte, dass das ihre nicht zerstört wurde!

*Und sag Gräfin Isabella, dass unsere geliebte Christiana den spanischen Teufel nicht heiraten darf ...*

»Es ist doch noch nicht vorbei, oder?«, hörte sie ihren Bruder nach einer Weile fragen. Sein Tonfall glich dem eines Kindes, das nicht das bekommen hatte, was es sich wünschte.

Auch Miguel war offenbar von den plötzlichen Ereignissen überrascht worden. Doch er schüttelte schnell seine Erstarrung ab und ging auf Wilhelm zu, der seinen Bruder schluchzend in den Armen hielt. Er riss ihn hoch und schubste ihn Dominik Johannes in die Arme. Dann warf er einen Blick auf Franz.

Der Dolch steckte bis zum edelsteinverzierten Schaft in seinem Körper, knapp unterhalb seines Herzens, wo Rinnsale von Blut aus der Wunde traten, die nur langsam versiegten. Sie färbten sein Hemd rot und hinterließen kleine Pfützen auf dem roh gezimmerten Boden.

»Dieses dumme Pack gönnt einem aber auch gar nichts!«, stieß Miguel verärgert hervor. »Es sieht ganz so aus, mein Freund, als müssten wir uns ein neues Spiel ausdenken, nur für uns drei.«

Christiana schüttelte wie betäubt den Kopf.

Der Junge war tot, das Ekel erregende »Spiel« war zu Ende. Jetzt mussten sie den armen Wilhelm doch freilassen! Das hatte Miguel dem Sieger doch versprochen!

Aber sie hatte ja keine Ahnung, wozu dieser Mann, der bald der ihre sein würde, fähig war.

Ohne die Leiche des Jungen eines zweiten Blickes zu würdigen, wandte er sich dessen Bruder zu, der reglos in Dominik Johannes' eisernem Griff verharrte.

»Du hast doch nicht wirklich geglaubt, dass du uns entkommst?«, fragte Miguel und zeigte mit einem seiner blutverschmierten Finger auf ihn.

Christianas Augen wanderten zum Gesicht ihres Bruders, und angesichts des Furcht erregenden Ausdrucks hielt sie fassungslos den Atem an.

Sie würden es nicht wagen, auch noch Wilhelm zu töten! Niemals! Das konnten sie nicht tun! Das durften sie nicht tun!

Doch sie hatte Luzifer und seinen Gehilfen unterschätzt …

Im selben Moment, in dem ihre kindliche Welt in Stücke gerissen wurde, wich alles Leben aus ihrem Körper. Unfähig, sich von dem entsetzlichen Treiben abzuwenden, wurde sie willenlos Zeugin dieser abscheulichen Szene. Doch ihr Kopf war leer, und ihre Seele hatte sich in die schützende, schwarze Tiefe ihres Inneren zurückgezogen. Wie ein gefühlloses, hohles Abbild ihrer Selbst hockte sie hinter der

Holzwand und begriff nicht mehr, was sich vor ihren toten Augen abspielte.

Sie nahm nicht mehr wahr, wie schließlich ein Dolch, geführt von Miguels Hand, Wilhelm das Leben nahm. Auch dass sie dabei zusah, wie der Teufel und sein Freund genüsslich den Rest des Weins tranken, dann die leblosen Körper ihrer Opfer vor die Tür schleiften und die Hütte lachend und einander stolz auf die Schulter klopfend verließen, erreichte ihren Verstand und ihr Herz erst viele Stunden später.

Doch dann würde sie – geplagt von Albträumen und Erinnerungen, von Schuld und Scham, von Entsetzen und Angst und verfolgt von Schmerzensschreien und Totenstille, von erlöschenden Augen und geflüsterten Abschiedsworten, die in einem Röcheln erstarben – eine lange Zeit Gerüchte um das rätselhafte Verschwinden von Franz und seinem Bruder Wilhelm hören. Bis ein Jäger Jahre später ein paar menschliche Überreste in einer Höhle im Wald fand und man sich im Dorf und im Schloss erzählte, dass die jungen Männer von einem Rudel Wölfe angefallen und getötet worden waren.

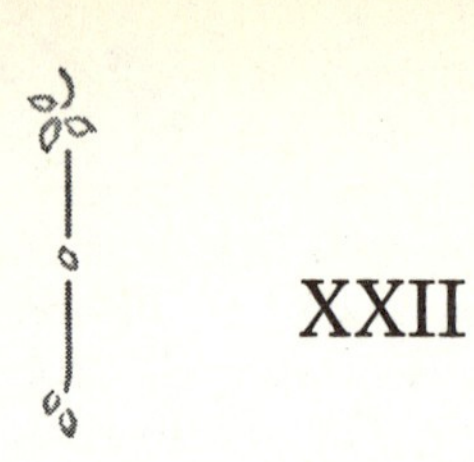

# XXII

Christiana starrte auf das leere Blatt vor ihr, doch sie brachte nicht die Kraft auf, den Brief zu schreiben. Sie wurde die Bilder und Geräusche in ihrem Kopf einfach nicht mehr los.

Immer wieder sah sie die angstgeweiteten Augen der beiden Jungen, hörte Wilhelms qualvolles Wimmern und Franz' schmerzerfülltes Stöhnen, sodass ihr Verstand es nicht fertig brachte, das in Worte zu fassen, worum sie ihre Tante, die Äbtissin, bitten wollte. Wie sollte sie ihr erklären, dass sie lieber in ein Kloster gehen wollte, als diesen Furcht erregenden, abgrundtief bösen Mann, diese Ausgeburt der Hölle zu heiraten?

Mit einem gequälten Seufzer legte sie ihr Gesicht auf den Tisch und ließ ihre Gedanken noch einmal zwei Stunden zurückwandern.

Nachdem sich der dichte Nebel in ihrem Kopf verzogen hatte, der sie in einem vollkommen reglosen Zustand verharren ließ, beinahe so wie ein erstarrter Leichnam, stand sie völlig verwirrt auf und ging zur Tür des Stalls. Sie unternahm mehrere klägliche Versuche, die Tür aufzumachen, doch wie zuvor gelang es ihr auch diesmal nicht. Allmählich jedoch erwachte ihr Körper zu neuem Leben und beschwor sie, sofort aus diesem Gefängnis zu fliehen.

Und dann begann plötzlich ihre innere Stimme, all ihr Entsetzen über das hinauszuschreien, was ihre Augen hatten sehen müssen, sodass das dröhnende Echo in ihrem Kopf sie langsam in den Wahnsinn trieb. In wilder Verzweiflung versuchte sie schließlich, die Wand neben der Tür einzutreten.

Es dauerte eine Ewigkeit, doch irgendwann gab das Holz nach, und Christiana kroch durch das Loch in die Dunkelheit der Nacht.

Sie traute sich nicht, dem Eingang der Hütte zu nahe zu kommen, denn sie wollte unter keinen Umständen die grausam zugerichteten, leblosen Körper ihrer Freunde nochmals zu Gesicht bekommen. Doch abgesehen von dieser einen Entscheidung, die in diesem Moment ihre ganze Welt zu beherrschen schien, war sie unfähig, auch nur einen klaren Gedanken zu fassen.

Ohne zu wissen, wohin sie gehen oder was sie tun sollte, irrte sie durch den Wald, der ihr auf einmal völlig fremd erschien, stolperte über Wurzeln, lief unbemerkt im Kreis, blieb mit dem Mantel in den Büschen hängen, die den Stoff entzweirissen, und schlug sich die Stirn an einem niedrig hängendem Ast blutig.

Und dann plötzlich, als ob sich durch den Schlag eine fest verschlossene Tür geöffnet hätte, hinter der sich ihr Verstand versteckt gehalten hatte, begann jener wieder zu funktionieren. Innerhalb eines Augenblicks begriff Christiana das ganze Ausmaß des Geschehens und wurde sich der Schuld bewusst, die nun für immer auf ihrem Gewissen lasten würde.

Sie hatte es zugelassen, dass diese beiden Jungen gequält und auf bestialische Weise ermordet wurden! Sie hatte schweigend mit angesehen, was Miguel und ihr Bruder taten! Sie war schuldig!

Allein wäre Dominik Johannes gewiss nie auf eine so Grauen erregende Idee gekommen. Er war kein Mensch, der allen voran in die Schlacht zog. Er war gemein und hinterhältig, aber lediglich dazu fähig, einem anderen zu folgen.

Miguel hingegen war ein Anführer. Und allein ihretwegen hatte er sich überhaupt auf Rossewitz eingenistet.

Sie war die Ursache allen Übels …

Wie konnte sie das nur jemals wieder gutmachen?

Konnte sie jemandem von dem Verbrechen erzählen? War es überhaupt richtig, das Schweigen zu brechen? Einem Priester gegenüber vielleicht? Aber was vermochte solch ein Mann gegen den Teufel auszurichten? Zumal der Graf, der auf seinem Besitz mit harter Hand regierte, niemals etwas auf seinen Sohn und seinen Schwiegersohn in spe kommen lassen würde.

Sollte sie es einem Beamten des Hofes erzählen? Aber wem? Und wer würde ihr, einem fünfzehnjährigen Mädchen, schon glauben?

Entsetzt musste sie feststellen, dass ihr die Hände gebunden waren. Sie sah keinen Weg, die beiden Mörder büßen zu lassen. Das lag ganz allein in Gottes Hand.

Sie jedoch war dazu verdammt, vor dem HERRN mit dieser Bestie in Menschengestalt vereint zu werden. War das etwa die Sühne für ihre Schuld?

Sie wusste ganz genau, dass es kein Entrinnen gab. Ihr Vater würde niemals erlauben, dass sie Miguel nicht zum Mann nahm. Selbst ihre Mutter konnte ihn darin nicht umstimmen. Und auch wenn sie selbst den Mut aufbrächte, dem Grafen von dem Verbrechen zu erzählen, würde er ihr keinerlei Beachtung und erst recht keinen Glauben schenken.

Aber sie musste verhindern, dass sie mit diesem Ausbund der Grausamkeit vermählt wurde! Jede noch so furchtbare Möglichkeit war besser, als ihre Zukunft mit diesem Dämon verbringen zu müssen!

Sollte sie ihrem Leben selbst ein Ende machen? Aber die Kirche sagte, dass man dann ewig in der Hölle schmorte. Und früher oder später würde sie dort wieder auf Miguel treffen, denn dieser Mann kam ganz gewiss nicht in den Himmel. Doch dann wäre sie wieder an dem Punkt angelangt, wo sie jetzt war …

Es musste einen anderen Ausweg geben!

Sie könnte einfach weglaufen. Doch sie hatte keine Ahnung, wie man ohne Geld in dieser Welt zurechtkam, noch dazu, da raubende und mordende Banden ihr Unwesen auf den Straßen und in den Wäldern des Reiches trieben. Allein auf sich gestellt würde sie keine Woche überleben.

Und es würde ihrer Mutter das Herz brechen, wenn sie einfach spurlos verschwand.

Es war also doch Gottes Wille, dass sie die Ehe mit dem Spanier einging und auf diese Weise ihre Schuld beglich.

Doch wie ein himmlisches Zeichen fiel ihr plötzlich das Kloster ihrer Tante ein.

Dort könnte sie sich verstecken, hätte ein Dach über dem Kopf und genug zu essen. Dort könnte sie ihr Leben dem HERRN weihen.

Sie scheute die harte Arbeit der Nonnen nicht und würde den teuren Duftwässern, kostbaren Kleidern und wertvollen Juwelen ohne mit der Wimper zu zucken entsagen, wenn das der Preis war, den sie für ein Leben ohne Miguel zahlen müsste.

Das war ein Ausweg. Das war *ihr* Ausweg!

Nachdem sie ihn endlich gefunden hatte, blieb sie stehen und sah sich um. Kurz darauf erkannte sie, wo sie war, sie raffte ihre Röcke und begann in Richtung Schloss zu laufen.

Genau sechs Tage blieben ihr noch, bis sie zum Altar schreiten musste. Sie würde ihrer Tante noch in dieser Nacht einen Brief schreiben und ihn mit einem Boten sofort zu ihr schicken. Dann wollte sie ihrer Mutter erzählen, was sie vorhatte, und sie um das Geld bitten, das die Gräfin innerhalb der letzten Jahre für Notzeiten gespart hatte. Davon würde sie die Mitgift bezahlen, die sie dem Kloster entrichten musste, und so schnell wie möglich aus dem Schloss fliehen, in dem sie ihr ganzes Leben verbracht hatte.

Doch jetzt, da sie in ihrem Schlafgemach saß, war sie sich nicht mehr sicher, ob das der richtige Weg war. Ihr Vater würde herausbekommen, wo sie Zuflucht gesucht hatte, und sie zurückholen, um sie schließlich doch mit Miguel zu verheiraten.

Mutlos hob sie den Kopf und starrte in die flackernde Kerzenflamme.

Sie hatte das Ganze völlig falsch angepackt! Nicht sie musste die Verlobung lösen, sondern Miguel! Er musste einen Grund bekommen, von der Vereinbarung mit ihrem Vater zurückzutreten, einen Grund, der ihn davon überzeugte, dass sie nicht die richtige Frau für ihn war.

Er wusste, dass sie adliger Abstammung war und eine anständige Mitgift erhielt. Daran konnte sie nichts ändern. Aber was war es noch gleich, das er an jenem Abend über seine Schwester sagte, als sie die beiden heimlich belauschte?

*Sie hat ... ein steifes Bein, das sie hinter sich herzieht ... Du kannst dir nicht vorstellen, wie ich es gehasst habe, ihre schleifenden Schritte in meinem Schloss zu hören! Dieser Krüppel hat mich wahnsinnig gemacht, sodass ich es kaum noch ertragen konnte ... Dieser Krüppel hat unsere tadellose Familienehre beschmutzt. Und das werde ich ihr nie verzeihen!*

Ein steifes Bein! Das konnte doch nicht so schwer sein!

Christiana stand auf und hob den schweren Rock ihres dicken Leinengewandes, dessen Ärmel aus einem dünnen Seidenstoff bestanden, um dem Kleid etwas von seiner praktischen Einfachheit zu nehmen. Dann kletterte sie mithilfe eines Stuhls auf den riesigen Holzschrank, der an der Wand stand, und sprang hinunter. Sie wiederholte es so oft, dass sie es nicht mehr zählen konnte, doch ihr Bein wollte einfach nicht brechen.

*Du hast Glück, eine so schöne Schwester zu haben. Meine ist eine Missgeburt ... Sie hat ein Gesicht wie eine Ziege,* hallte Miguels Stimme in ihrem Kopf wider.

Sie konnte wohl kaum ein Gesicht wie eine Ziege bekommen, aber sie konnte ihre Schönheit zerstören!

Entschlossen lief sie zum Tisch und schnappte sich das lange Messer, mit dem sie das Papier für den Brief zerteilt hatte.

Was würde Miguel davon halten, wenn seine Braut ein tief vernarbtes Gesicht hatte?

Lächelnd führte sie die scharfe Klinge an ihre Wange.

»Christiana!«

Das Mädchen wirbelte erschrocken herum.

»Gütiger Himmel, was tust du da? Was hast du mit dem Messer vor?« Als Christiana wieder einmal nicht zum Abendmahl in der großen Halle erschienen war, hatte Isabella wie immer eine Ausrede für ihre Tochter gefunden. Schon oft war es vorgekommen, dass das Kind die Zeit vergaß, wenn sie mit der Alten im Wald zusammen war.

Doch heute hatte sie sich Sorgen um sie gemacht. Christiana war in den letzten Tagen seltsam verwirrt gewesen, und ihr wollte es nicht gelingen, ihrer Tochter die Ursache für diese plötzliche Verwandlung zu entlocken. Als sie nun jedoch die Gemächer ihrer Erstgeborenen betrat, weil sie merkwürdige, dumpfe Geräusche aus ihren Räumen gehört hatte, war sie nahe daran, am Verstand ihres Kindes zu zweifeln. Sie sah das bleiche Gesicht des Mädchens, dessen Stirn eine blutverkrustete Schramme trug, nur von der Seite, aber als sie sich das Messer an ihre Wange drückte und dabei lächelte, erschrak Isabella schier zu Tode. Was ging in diesem Kind nur vor?

»Leg sofort das Messer weg!«, herrschte sie Christiana an.

Aus moosgrünen Augen, in denen die Tränen der Verzweiflung standen, starrte ihre Tochter sie schweigend an, doch langsam senkte sie ihre Hand. Dann schlossen sich ihre Lider, sie sank kapitulierend auf die Knie, und das Messer fiel mit einem leisen Klirren zu Boden.

»Herr, ich flehe dich an, erlöse mich von meinen Qualen«, bat Christiana mit heiserer Stimme, in der alles Leben erloschen war. »Bitte hilf mir in der Stunde meiner größten Not, und ich verspreche, sofern es dein Wille sein sollte, mein Leben von nun an so zu leben, wie du es wünschst!«

Sie hatte den Satz kaum ausgesprochen, da spürte sie plötzlich eine seltsame Hitze ihren Rücken emporkriechen, für die sie keine Erklärung hatte. Mit der linken Hand berührte sie ihre Schulter und fuhr bei dem Schmerz, der ihren Arm heraufschoss, erschrocken zusammen. Mit gerunzelter Stirn zog sie die Hand wieder nach vorn, hielt sie dicht vor ihr Gesicht und betrachtete sie verwirrt.

Ihr Arm stand lichterloh in Flammen!

»O mein Gott! Christiana, du hast Feuer gefangen!«

Geistesgegenwärtig stürzte Isabella auf ihre Tochter zu, packte sie am rechten Arm und warf sie mit aller Kraft zu Boden. Dann riss sie eine Decke vom Bett und ließ sie auf den brennenden Körper des Mädchens fallen. Sie drückte die Flammen aus, zog dann die Decke weg und drehte Christiana um.

Der linke Arm ihrer Tochter war schwer verbrannt. Der feine, dünne Stoff des Ärmels war fast bis zum Ellenbogen mit der Haut verschmolzen. Die langen, schwarzen Haare, die zuerst Feuer gefangen hatten, fielen in dicken Büscheln qualmend vom Kopf, und das Gesicht war eine rote Masse aus abgelösten Hautfetzen, verbranntem, stinkendem Fleisch und versengten Härchen.

Christiana öffnete die Augen und verzog ihre bis zur Unkenntlichkeit entstellten Lippen zu einem Lächeln.

»HERR im Himmel, ich danke dir!«

Isabella von Rossewitz saß am Krankenlager ihrer Tochter und beobachtete Berta und die Kräuterfrau, die die Brandwunden mit größter Vorsicht versorgten.

Seit nunmehr zwei Tagen lag Christiana ohne Bewusstsein in ihrem Bett. Sie musste entsetzliche Schmerzen haben, doch auf dem wunden Etwas, das einmal ihr Gesicht gewesen war, lag ein glückliches Lächeln.

Warum nur hatte sie sich gefreut, dass sie in Flammen stand? War sie vielleicht doch wahnsinnig geworden?

»Wo ist dieses unglückselige Frauenzimmer? Ich will sie sehen! Sofort!«, erklang die bedrohliche Stimme von Isabellas Gatten plötzlich im Zimmer nebenan.

»Sie liegt in ihrem Bett, Hoheit«, antwortete Maria ängstlich.

Der Graf stürmte herein und warf Isabella, die sich erschrocken zu ihm umwandte, einen Furcht einflößenden Blick zu. Sie hatte ihm gesagt, dass die Heilung seiner Tochter Zeit brauchte, doch so ungeduldig, wie er war, konnte er es nicht mehr abwarten, den Schaden endlich zu begutachten.

Seine Augen wanderten von ihr zu Christiana, und er zog seine Stirn in Falten.

»So wird er sie nicht mehr nehmen«, brachte er wütend hervor. »Hätte sie nicht bis nach der Hochzeit damit warten können?«

»Es war nicht ihr Fehler, Hoheit. Es war ein Unfall«, entgegnete Isabella, ihre Tochter wie immer vor ihrem Gatten in Schutz nehmend. »Sie hat sich umgedreht und ist zu dicht an die Kerze gekommen, die auf ihrem Tisch stand. Ihr Haar hat sofort Feuer gefangen.«

»Wenn er dieses hässliche Gesicht sieht, wird der arme Junge die Verlobung sofort lösen«, schrie der Graf sie erbost an.

»Da habt Ihr allerdings Recht.«

Isabellas Kopf fuhr herum. In der Tür stand Miguel und ließ seinen Blick mit unverhohlener Abscheu über Christianas reglosen Körper gleiten. Seine finster dreinblickenden Augen blieben an der Beinschiene hängen. Das Bein war an mehreren Stellen gebrochen, eine Folge des unglücklichen Sturzes, den Isabella mit ihrem verzweifelten Rettungsversuch herbeigeführt hatte.

»Ich habe um die Hand einer Schönheit angehalten, nicht um die eines gesichtslosen ... Dings!« Vor Ekel rümpfte er seine wohl geformte Nase. »Vermutlich wird das Bein steif bleiben, und ich will keinen Krüppel in der Familie!«, rief er angewidert. »Graf Hubertus, hiermit löse ich die Verlobung. Ihr könnt mich nicht zwingen, an einem Versprechen festzuhalten, das ich einer makellosen jungen Frau gegeben habe, die es nun nicht mehr gibt.«

Er drehte sich abrupt um und stolzierte hocherhobenen Hauptes durch die Tür.

»Wartet, Miguel!«, rief der Graf und folgte dem jungen Mann eilig hinaus. »Auch wenn diese hier nicht mehr für Euch infrage kommt, könnt Ihr eine meiner anderen Töchter haben – jede, die ihr wünscht!«

Isabella sah den beiden mit einem entsetzten Blick nach. Über das Verhalten ihres Mannes – so wahnwitzig es auch war, denn ihre anderen Töchter waren erst acht, fünf und vier Jahre alt – wunderte sie sich schon lange nicht mehr. Dafür kannte sie ihn schließlich viel zu gut. Aber anscheinend hatte sie sich bezüglich Miguels Charakter täuschen lassen. Sie nahm die ganze Zeit über an, er sei in tiefer Liebe zu ihrer Tochter entbrannt, denn er überhäufte sie bei jeder sich bietenden Gelegenheit mit schmeichelhaften Komplimenten. Seine ausgesuchte Höflichkeit ließ es nicht zu, dass er sich Christiana unsittlich näherte, doch wenn sie lächelnd durch den Saal schritt, erblickte Isabella mehr als einmal das unverhohlene Begehren in seinen Augen.

Aber nach Christianas Unfall veränderte sich sein Verhalten vollkommen. Er erkundigte sich in den zwei Tagen nicht einmal nach ihrem Befinden, geschweige denn, dass er seine Hoffnung auf ihre baldige Genesung kundtat. Und nun nahm er auch noch ohne mit der Wimper zu zucken sein Eheversprechen zurück, obwohl noch niemand sicher wusste, wie schwer die Schäden an Christianas Körper wirklich waren. Es war noch viel zu früh, den Mut zu verlieren.

Das Gesicht des Mädchens sah auf den ersten Blick wirklich grausam entstellt aus, aber die Alte aus dem Wald erklärte ihr, dass durchaus die Möglichkeit der vollständigen Heilung bestand, denn ihre Tochter war jung, gesund und in guter körperlicher Verfassung. Und Isabella vertraute auf die Fähigkeiten der Frau. Sie war schon oft dabei gewesen, wenn Christiana mit dem Wissen, das sie bei ihr erworben hatte, bei Kranken und Verletzten regelrechte Wunder bewirkte.

»Hoheit, sie schlägt die Augen auf«, flüsterte Berta und lächelte das Mädchen liebevoll an.

»Hat er die … Verlobung gelöst?« Christiana sah ihre Mutter aus stumpfen Augen unsicher an, die Flammen hatten offenbar auch ihre Sehkraft beeinträchtig. Ihr Kopf jedoch schien klar zu sein, denn sie sprach trotz ihres geschwollenen Mundes einigermaßen verständlich und ohne jedes Anzeichen von Verwirrung.

»Es tut mir Leid, Christiana.« Es war die einzige Antwort, die Isabella herausbringen konnte, denn sie wusste, wie viel ihrem Kind an dem jungen Mann lag.

»Er hat sie nicht … nicht gelöst?«, stieß Christiana entsetzt hervor, wobei sie immer wieder abbrach, um ihre Lippen oder besser das, was einmal ihre Lippen gewesen waren, mit der Zunge zu befeuchten.

»Doch, natürlich.«

»Vater unser, der du ... bist im Himmel, geheiligt ... werde dein Name ...«

Isabella sah ihre Tochter verwundert an, die mit einem freudigen Strahlen in den Augen die uralten Worte des Gebets flüsterte.

»Du bist nicht traurig, dass er die Verlobung gelöst hat?«, fragte sie schließlich verdutzt.

»Ich habe gehofft, dass ... er das tut«, entgegnete Christiana keuchend. Die Verletzungen ihres Gesichts und die Schmerzen, die sie jetzt langsam zu spüren begann, machten ihr das Sprechen schwer. »Deshalb wollte ich ... mir auch mein Gesicht ... zerschneiden. Ich wusste, dass ... dass er mich nie gehen lassen ... würde, wenn ich ihm keinen ... Grund dafür gebe. Es musste ... etwas sein, das ihn ... abstößt. Und was ihn ... was ihn am meisten abstößt, ist ... ein entstelltes Gesicht und ein steifes ... Bein.«

Das Mädchen versuchte, ihre Beine zu bewegen, und begann dann laut zu lachen. Das Lachen klang seltsam entrückt.

»Es scheint, als hätte ... ich beides erreicht!«

»Aber warum wolltest du nicht mehr seine Frau werden?«, fragte ihre Mutter beharrlich, die erneut am Verstand ihres Kindes zu zweifeln begann.

»Ich habe ihn gesehen ... Ich habe ... gesehen, was er und Dominik ... Johannes getan haben. Er hat uns alle ... mit seinen schmeichelnden Worten hinters Licht ... geführt, doch ich habe in sein wahres ... Gesicht geblickt. Er ist der Teufel!«

Und dann erzählte sie stockend und mit schmerzverzerrtem Gesicht, was sich an jenem Abend im Wald zugetragen hatte.

Christianas Heilung schritt langsam voran. Durch den komplizierten Bruch ihres Beins war sie noch nicht dazu in der Lage, sich ohne Humpeln fortzubewegen, und so verbrachte sie die Tage in ihren Gemächern. Doch mit jeder Woche, die verging, störte es sie weniger. Die wenigen Stunden, in denen sie nicht unablässig an das schreckliche Verbrechen und ihre schwere Schuld denken musste, füllte sie mit Dingen aus, die sie ein wenig ablenkten. Sie las, wozu sie zuvor fast nie die Zeit gefunden hatte, und sie lauschte den Worten der alten Kräuterfrau, die täglich zu ihr kam und ihr noch mehr ihres umfangreichen Wissens über Pflanzen vermittelte.

Miguel war zwei Tage nach Christianas Unfall abgereist, und ihr Vater hatte seitdem nicht wieder ihre Gemächer betreten. Jeden Tag aufs Neue genoss sie das überwältigende Gefühl der Erleichterung, das sich in dem Moment in ihr ausgebreitet hatte, als ihr bewusst wurde, dass sie einem Leben mit dem spanischen Dämon entronnen war.

Ihre Mutter, Berta und die Kräuterfrau hatten sprachlos vor Entsetzten ihrer Geschichte gelauscht und sie in ihrem Beschluss bestärkt, in ein Kloster zu gehen. Denn wenn der Graf bemerkte, dass ihr Gesicht bis auf eine schmale Narbe am Haaransatz beinahe wieder hergestellt war, würde er Miguel sofort zurückholen. Und ein zweites Mal würde sie ihm nicht entwischen können.

Nachdem sie mehrere Tag nach ihrem Erwachen aus der Bewusstlosigkeit endlich wieder mehr als nur Umrisse ausmachen konnte und einen Blick in den Spiegel warf, schien es ihr nun selbst wie ein Wunder, dass ihr Gesicht verheilt war. Das Feuer, das von ihrem Arm zum Gesicht gewandert war, hatte die Haut dank der schnellen Reaktion ihrer Mutter nur sehr oberflächlich verbrannt. Sie hatte sich mehrmals abgelöst, und jede neue Hautschicht war anfangs sehr straff und empfindlich gewesen, aber nach sechs Monaten erstrahlte sie in alter Frische und war fast noch schöner als zuvor.

Ihr Rücken war durch ihr langes, dichtes Haar und den dicken Stoff ihres warmen Gewandes geschützt gewesen und hatte kaum Blessuren davongetragen. Ihr linker Unterarm und ihre Hand hingegen würden für immer stark vernarbt bleiben, denn das Feuer hatte sich zu lange durch den dünnen Stoff hindurch in ihre Haut fressen können.

Ihre Haare hatten zum Glück nicht bis auf die Kopfhaut in Flammen gestanden, und so begannen sie wie ihre Augenbrauen und Wimpern langsam, aber stetig nachzuwachsen.

Diese schicksalhaften Zufälle, der Reflex ihrer Mutter und ihre wundersame Heilung, die nur die Kräuterfrau mit ihrer Weisheit und unendlichen Geduld fertig bringen konnte, ließen Christiana dem HERRN täglich in tiefer Demut danken. Von nun an wollte sie ihm ihr Leben vollends weihen, um sich seiner Güte würdig zu erweisen und die große Schuld, in der sie stand, zu begleichen. Seit dem Unfall bemühte sie sich auch, ihr Versprechen einzulösen, ein tugendhaftes Leben ganz nach seinen Wünschen zu führen.

Doch eines Tages stürmte Isabella mit einer schlechten Nachricht in das Gemach ihrer Tochter.

»Christiana, dein Vater will dich heute Abend sehen«, rief sie aufgebracht.

»Warum?«

»Ich habe ihm gesagt, du seist so entstellt, dass er dich nur noch in ein Kloster bringen kann, doch bevor er eine Entscheidung trifft, will er sich selbst davon überzeugen«, erklärte die Gräfin atemlos und ließ sich auf einen Stuhl neben dem Bett fallen. »Was sollen wir jetzt bloß tun? Ich hatte gehofft, er würde dich bald fortschicken. Er hat keinen Hehl daraus gemacht, dass es an der Zeit ist, dass du das Schloss verlässt. Aber ich habe nicht gedacht, dass er dich noch einmal sehen will!«

»Warum kann ich nicht einfach die Maske tragen, die Berta mir genäht hat?«, fragte Christiana.

Sobald die drei Frauen über Miguel Bescheid wussten, hatten sie gleich angefangen, Pläne zu schmieden. Niemandem, auch nicht Christianas Geschwistern oder ihrer Zofe Maria, wurde der Zutritt zu ihren Gemächern gewährt. Sie wollten erst abwarten, wie gut ihr Gesicht verheilen würde. Für den Weg ins Kloster hatte ihre alte Amme ihr eine unförmige, weiße Maske genäht, unter der sie ihr Gesicht und ihr Haar verstecken konnte. Und so hatten sie scheinbar alles gut vorbereitet. Aber nur scheinbar, denn keiner von ihnen hatte damit gerechnet, dass der Graf sie noch einmal zu sehen wünschte.

»Die Maske wird dir nichts nützen, denn er will dein Gesicht sehen!«, erklärte Isabella verzweifelt. »Ganz plötzlich scheint er nicht mehr sicher zu sein, ob er dich wirklich in ein Kloster stecken will. Ich denke, sein Sinneswandel kommt daher, dass er die Hoffnung einfach noch nicht aufgegeben hat, aus dir irgendeinen Nutzen zu ziehen. Eine Tochter zu vermählen, bringt wesentlich mehr Vorteile, als eine Nonne aus ihr zu machen.«

Christiana schaute sie bestürzt an. Wenn ihr Vater ihr Gesicht erblickte, würde er Miguel unverzüglich die Nachricht ihrer Genesung zukommen lassen. All die Schmerzen, die sie geduldig ertragen hatte, wären umsonst gewesen. Und sobald ihr Vater begriff, dass seine Frau ihn betrogen und zusammen mit Berta und der Kräuterfrau ein Lügengespinst gewoben hatte, um ihrer Tochter zu helfen, wären ihre Leben keine Münze mehr wert.

Sie musste alles tun, um das zu verhindern!

Angestrengt grübelte sie, dann erhellte ein kleines Lächeln ihr Gesicht.

»Mama, weißt du noch, wie ich aussah, als ich Tomaten gegessen hatte?«

Isabella warf ihrer Tochter einen verstörten Blick zu.

Christiana hatte die Früchte von klein an nicht vertragen. Ihr Gesicht schwoll dann immer an, die feinen Adern traten in einem kräftigen Blauton ungewöhnlich stark hervor, und ihr ganzes Gesicht und vor allem der Hals waren übersät von hässlichen roten Bläschen.

»Ich werde einfach heute Abend ein paar davon essen.«

»Du darfst sie nicht essen, Christiana! Erinnerst du dich nicht mehr daran, dass du beinahe erstickt wärst? Dein Hals war so angeschwollen, dass du kaum noch Luft bekommen hast!«, rief Isabella ängstlich.

»Ich sterbe lieber, als diesen Teufel zu heiraten«, erwiderte Christiana ernst und warf ihrer Mutter einen verzweifelten Blick zu. »Mama, ich flehe dich an! Die Alte aus dem Wald hat mir damals geholfen. Wir werden sie bitten, mir auch diesmal zur Seite zu stehen. Ich muss es riskieren, andernfalls bist du in Gefahr, und Berta und die Kräuterfrau sind es ebenfalls. Ich habe keine Wahl!«

»Es ist deine Entscheidung und dein Leben, das du aufs Spiel setzt, Liebling«, gab sich die Gräfin schließlich geschlagen. »Ich werde ein paar Tomaten holen lassen und nach der Kräuterfrau schicken.«

Sie musterte das entschlossene Gesicht ihrer Tochter und fügte dann mit neuem Mut hinzu: »Deine Augenbrauen und deine Haare können wir einfach abrasieren und nur ein paar Büschel auf dem Kopf stehen lassen. Und mit ein wenig Asche, dem Saft von roten Beeren und ein paar hauchdünnen Stücken verdorbenem Fleisch können wir dir vielleicht ein ganz neues Gesicht verpassen. Dann löschen wir alle Kerzen bis auf eine, damit dein Vater nicht genau erkennen kann, was in deinem Gesicht klebt.«

»Und der Gestank des Fleisches wird ihn davon abhalten, mir zu nahe zu kommen«, fügte Christiana mit einem Glitzern in den Augen hinzu.

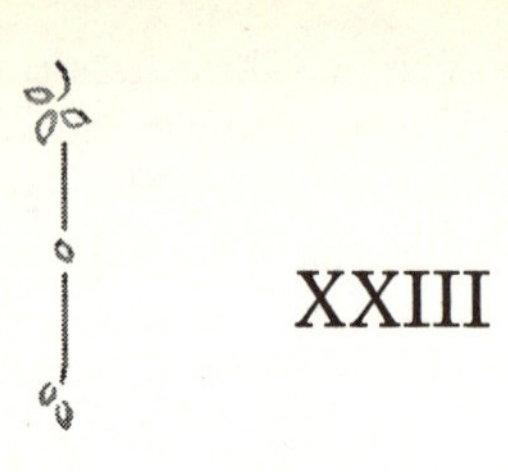

# XXIII

GEGENWART
EDEN

»Wir brauchten mehrere Stunden und unzählige Versuche, um mein Gesicht glaubhaft zu verunstalten, doch schließlich gelang es uns, meinen Vater zu täuschen. Ich habe ihn nie wieder so entsetzt und so angewidert gesehen wie an dem Abend, als er mein Gesicht sah!« Christiana schmunzelte, doch dann wurde ihr Gesichtsausdruck wieder ernst. »Wir glaubten, wir hätten es überstanden, aber eine Woche bevor ich ins Kloster abreisen sollte, wurde mein kleiner Bruder Martin von einem verirrten Schuss getroffen und starb kurze Zeit später. Mama konnte den Tod ihres jüngsten Sohnes nicht verwinden und wurde krank. Der Graf befahl mir zu bleiben und mich um sie zu kümmern, aber ich hätte sie in diesem Zustand ohnehin nie zurückgelassen.« Sie streckte die Hände aus, um ihre klammen Finger am Feuer zu wärmen. »Doch aus Wochen wurden Monate und aus Monaten Jahre, und Mama ging es nicht besser. Ich blieb und machte mich nützlich, aber ich musste meine Verkleidung aufrechterhalten, um sie, meine Amme und die Kräuterfrau nicht zu gefährden. Ihr Leben hing von mir ab. Jede von ihnen war sich darüber im Klaren, dass mein Vater, sollte er den Betrug jemals herausfinden, sie mit dem Tode bestrafen würde. Aber trotzdem haben sie mir damals geholfen. Ich war ihnen sehr dankbar und dachte stets sorgsam daran, die Maske zu tragen. Und auch sonst bewegte ich mich mit äußerster Vorsicht im Schloss, bis zu meinem letzten Abend auf Rossewitz.«

Sie hielt für einen Moment inne, zog ihre Beine noch dichter an ihren Körper heran und umschlang sie mit den Armen. Dann legte sie ihr Kinn auf die Knie und fuhr mit bebender Stimme fort: »Ich lebte sehr zurückgezogen, um keine unnötige Aufmerksamkeit auf mich zu lenken, aber es gab noch eine andere Gefahr, die mir drohte. Mein Bruder hielt die ganzen Jahre über durch Briefe die Verbindung zu Miguel aufrecht. Aus Angst, mein ehemaliger Verlobter würde trotz allem seine Meinung ändern und eines Tages zurückkehren, um mich doch noch zur Frau zu nehmen, tat ich das, was ihn am meisten abstieß: Ich behielt das Humpeln bei und täuschte allen ein steifes Bein vor, obwohl meine Knochen nach einem Jahr wieder gut zusammengewachsen waren.« Selbstvergessen begann sie, eine noch immer feuchte Strähne ihres schwarzen Haars, dessen Spitzen die Stufen berührten, um einen Finger zu wickeln. »Als meine Mutter dann vor fast einem Jahr bei der Geburt eines Kindes starb, schickte mich mein Vater nicht ins Kloster, sondern hierher«, beendete sie schließlich ihre Leidensgeschichte und wagte einen vorsichtigen Blick auf Thomas. Er saß reglos neben ihr und starrte in die rötlichen Flammen des Feuers, die die lange Narbe auf seiner Stirn deutlich hervortreten ließen.

»Ich wusste nicht, was mich auf Eden erwartete, und deshalb tat ich alles genauso, wie ich es auf Rossewitz getan hatte. Ich durfte mich niemandem zeigen, und ich durfte niemanden in mein Geheimnis einweihen, denn es stehen noch immer zwei Leben auf dem Spiel, die mir sehr am Herzen liegen. Ich konnte niemandem vertrauen, denn ich wusste nicht, ob mein Vater mit meinem Onkel und meiner Tante in Kontakt stand. Erst langsam begriff ich, dass auf Eden alles anders ist, doch als ich wirklich sicher war, dass mir keine Gefahr drohte, war es bereits zu spät. Ich hatte meiner Tante die gleiche Maskerade vorgespielt wie meinem Vater. Es war ganz leicht. Ich brauchte nur die Tomaten mit einer Orange zu tauschen, und schon schwoll mein Gesicht an. Jetzt schäme ich mich dafür, aber ich hatte diesen Weg nun einmal gewählt, und es gab für mich kein Zurück mehr. Später fand ich nicht den Mut, Marlena zu erzählen, dass ich sie betrogen hatte. Ich wollte sie nicht einem solchen Schock aussetzen, vor allem nicht jetzt, da sie sich von ihrem Unfall erholt hat. Und Anthony … nun, ich wollte es ihm nicht noch schwerer machen, meine Entscheidung gegen ihn zu akzeptieren. Ich weiß, es war feige von mir, aber lieber wollte ich mein Geheimnis mit ins Grab nehmen, als es zu verraten. Und wem schade ich damit außer mir selbst? Ich habe mich mit meinem Leben vor langer Zeit abgefunden und sah keinen Grund, es zu ändern, bis du …« Sie brach ab, denn sie wollte nicht laut aussprechen, dass sie sich längst nicht mehr mit diesem Leben zufrieden geben konnte. Nicht nachdem sie erkannt hatte, welche tiefen Gefühle sie für Thomas hegte.

Ihrer Tante und Anthony nicht die Wahrheit zu sagen, war leichter gewesen, als sie anfangs annahm. Sie waren ihr einfach nicht so wichtig wie er, und schließlich hatten auch sie etwas vor ihr verborgen. Doch Thomas anzulügen, der immer zu ihr gehalten hatte, dem sie vertraute und den sie liebte, wie sie jetzt endlich wusste, war etwas vollkommen anderes. Sie bedauerte es zutiefst, ihn nicht eingeweiht zu haben, aber wenn er erst glücklich und zufrieden mit Anna zusammenlebte, würde er ohnehin kaum noch etwas mit ihr zu tun haben.

»Du warst der Erste, dem ich mich seit langer Zeit wieder ein wenig geöffnet habe«, gab sie leise zu. »Du kannst dir nicht vorstellen, wie sehr du mich damals mit deiner unglaublich gefassten Reaktion auf den Anblick meiner Maske überrascht hast! Ich war so vieles gewöhnt: Ablehnung, Entsetzen, Angst. Aber dir schien mein Aussehen nichts auszumachen, und mir ist klar geworden, dass ich dir vertrauen kann. Und das tue ich auch jetzt noch.«

Bei diesen Worten sah er sie zum ersten Mal, seit sie begonnen hatte zu erzählen, an. In seinem Blick lag eine Frage, die sie auch ohne Worte und Zeichen verstand.

*Warum hast du mir dann nicht dein Gesicht gezeigt?*

»Ich hatte Angst, Thomas! Todesangst! Was hättest du getan, wenn du jahrelang täglich mit der Furcht leben musst, entdeckt zu werden? Wenn dich immer wieder die Gesichter der beiden unschuldigen Jungen in deinen Träumen heimsuchen, um dich an diesen einen Tag zu erinnern? Wenn du nie die Grausamkeiten vergessen kannst, die du gesehen hast?«, fragte sie verzweifelt. Sie wusste nicht, was jetzt in ihm vorging, aber sie hoffte, er würde wenigstens versuchen zu verstehen, warum sie so gehandelt hatte. »Außerdem habe ich in dir immer nur den Jungen gesehen, meinen Schützling. Bei dir konnte ich gefahrlos kleine Stückchen meines Geheimnisses preisgeben, aber ich war noch nicht bereit, über meinen Schatten zu springen, denn meine Furcht saß einfach zu tief. Und dann sah ich in dir plötzlich einen Mann! Du kannst dir nicht vorstellen, wie verwirrt ich war. Männer waren schließlich der Grund für all das Schlechte, was ich erlebt habe.«

In Thomas' Augen blitzte Verständnis auf, doch er schien noch immer unsicher zu sein. Es war ihr sehr wichtig, dass er sie verstand, doch sie hatte ihm nun alles gesagt, was sie sagen konnte. Wenn er es jetzt nicht begriff, würde er es niemals tun.

Vom Reden erschöpft, stand sie langsam auf und griff nach ihrem Gewand, das in der Zwischenzeit ein wenig getrocknet war. Dann ging sie zu den Säulen hinüber und kleidete sich in deren Schatten wieder an. Als sie zurückkam, saß Thomas noch immer auf dem Platz vor dem Feuer, doch auch er hatte sich mittlerweile angezogen.

Sie trat neben ihn und blickte auf seinen gebeugten Kopf hinunter.

»Verzeih mir, Thomas. Ich weiß, dass du enttäuscht bist, weil ich dir nicht genug vertraut habe. Doch erst jetzt ist mir wirklich bewusst, dass ich dir alles hätte sagen können und sollen, was mich schon so lange quält. Vor dir brauchte ich nie Angst zu haben.«

Gedankenverloren fuhr sie mit ihrer Hand sanft durch seine dunklen Haare.

Sie sah nicht, wie er bei ihrer zärtlichen Geste die Augen schloss, und sie wusste auch nicht, dass er in diesem Moment eine Entscheidung traf.

»Verzeih mir«, flüsterte sie ein letztes Mal. Dann drehte sie sich um und lief davon.

Sie war bereits von der Dunkelheit des Waldes umgeben, da ließ ein qualvoller Schrei sie inmitten ihrer Bewegung innehalten.

*»Christiana!«*

Wer rief da nach ihr? Hatte jemand Thomas und sie im Schutz der Dunkelheit beobachtet? Hatte jemand sie gesehen? Aber diese Stimme ...

Sie hatte die raue Stimme schon einmal vernommen. Als das kalte Wasser sie immer weiter in die Tiefe zog und sie ihr Bewusstsein beinahe verlor, drang sie plötzlich an ihr Ohr. In jenem Moment hörte sie die Stimme ihren Namen rufen und befreite sie damit von dem schwarzen Nebel, der sie zu verschlingen drohte. Sie brachte sie dazu, gegen die Kälte und die Dunkelheit anzukämpfen und ihr Leben nicht einfach so herzugeben.

Die geheimnisvolle Stimme rief sie mit der gleichen, alles durchdringenden Verzweiflung, die in ihrer Intensität ihre Sinne übermannte und ihr einen Schauer über den Rücken jagte.

Während ihr Herz einen Augenblick lang aufhörte zu schlagen, wandte sie sich langsam um.

Verborgen im Schatten zwischen den Bäumen kam eine Gestalt mit schleppenden Schritten auf sie zu. Mit jedem Atemzug wurde sie größer, wurden ihre bedrohlichen Umrisse klarer, doch Christiana wich nicht zurück, denn ihre Seele hatte die Stimme längst erkannt, auch wenn sich ihr Verstand weigerte, ihr zu glauben.

Der junge Mann blieb ein paar Schritte von ihr entfernt neben einem Baum stehen und warf ihr einen vorsichtigen Blick aus seinen braunen Augen zu. Als er nervös schluckte, sprang sein Adamsapfel wild auf und ab.

»Hoheit, Ihr habt ... habt mich nicht gefragt, warum ... warum ich heute Nacht hierher ... gekommen bin«, stieß Thomas seltsam steif hervor, gleich einem Kind, das zum ersten Mal sprach.

Christiana starrte auf seine Lippen.

Sie hatten sich bewegt!

Die heiseren, abgehackten Worte waren tatsächlich aus seinem Mund gekommen!

*Er* hatte nach ihr gerufen!

»Du kannst sprechen!«

Er sah sie ebenso erstaunt an wie sie ihn.

»Ich wusste nicht, dass du sprechen kannst!«, flüsterte sie fassungslos.

Er fuhr mit seiner Zunge über die Lippen und befeuchtete sie.

»Ich habe es auch ... auch nicht gewusst. Bis jetzt«, brachte er mühsam hervor. Die lange Zeit, die seine Stimme nicht mehr benutzt worden war, hatte ihre Spuren hinterlassen.

»Das ist ja wunderbar. O Thomas, das ist so wunderbar!«, rief sie mit einer Mischung aus Verwirrung und freudiger Überraschung und schenkte ihm schließlich ein strahlendes Lächeln.

Doch er konnte ihre Freude in diesem Moment nicht teilen, zu schwer lasteten die Ungewissheit und die Angst, sie zu verlieren, auf seinem Herzen. Sein ernster Blick heftete sich auf ihre leuchtenden Augen.

»Ihr habt mich ... nicht gefragt, warum ... warum ich Euch heute Nacht hierher gefolgt bin«, wiederholte er beharrlich mit seiner kratzigen, unglaublich tiefen Stimme, die die Nervenenden in Christianas Körper wie die Saiten eines Instruments zum Vibrieren brachte und tief in ihrem Inneren widerhallte.

Christiana schaute ihn verdutzt an. Warum bestand er so hartnäckig darauf, dass sie ihn danach fragte? Er konnte sprechen, das war im Augenblick doch das Wichtigste!

»Warum bist du mir gefolgt?«, fragte sie schließlich doch, um ihm den unerklärlichen Wunsch zu erfüllen. Dabei strich sie sich eine störrische, kinnlange Strähne ihres Haars aus dem Gesicht, die nach der Rasur für die Maskerade im Gemach ihrer Tante schon längst wieder nachgewachsen war.

»Weil ich Euch ... etwas sagen wollte.«

Er schluckte, und der Ausdruck in seinen Augen wurde plötzlich wieder unsicher.

»Was wolltest du mir denn sagen?«

»Ihr habt mir vor … vor drei Tagen etwas ge… gebeichtet und seid dann einfach … weggelaufen, ohne abzuwarten, was ich dazu … zu sagen habe.«

Als Christiana daran dachte, dass sie ihm in einem unbedachten Moment ihre Gefühle gestanden hatte, wurde sie tiefrot.

»Ihr habt gesagt, dass … dass Ihr mich liebt. Ist das wahr?«

Seine braunen Augen musterten sie aufmerksam.

»Thomas, ich …«

»Ist es wahr? Liebt Ihr mich?«, unterbrach er sie auf einmal ungeduldig.

Sie senkte verlegen den Blick.

»Ja, es ist wahr. Ich liebe dich«, gab sie leise zu, fuhr jedoch rasch fort: »Aber es soll ein Geheimnis zwischen uns bleiben. Du brauchst nie wieder daran zu denken, und du musst dir keine Sorgen um mich machen. Ich werde damit zurechtkommen, so wie ich immer mit allem zurechtgekommen bin.« Tapfer verdrängte sie die Tränen, die ihre Augen zu überfluten drohten. »Ich wünsche dir alles Glück dieser Erde. Du verdienst es, die Frau zu bekommen, die du liebst.«

»Aber wird sie mich auch wollen?«

Ein altbekannter Schmerz durchfuhr Christianas Körper, traf ihr Herz und ließ es schwer verwundet zurück, um quälend langsam in ihrer Brust zu verbluten.

»Ich fürchte, du brauchst Anna nur um ihre Hand zu bitten, und sie ist dein«, flüsterte sie so leise, dass es kaum zu verstehen war.

Doch er hatte ihre Worte gehört. »Warum sollte ich mich mit … mit Anna vermählen?«

Sie hob den Kopf und sah ihn verdutzt an.

»Weil du sie liebst!«

»Aber das tue ich nicht.«

Das belustigte Funkeln in seinen Augen verwirrte sie noch mehr.

»Aber das tust du nicht«, wiederholte sie stumpfsinnig.

»Nein.« Er lächelte sie an. »Ich liebe … eine Frau, aber die trägt nicht den Namen … Anna.«

Jetzt verstand sie gar nichts mehr. Sie hatte doch beobachtet, wie sich die beiden geküsst hatten! Welche Frau gab es denn noch in seinem Leben?

»Christiana, komm her.«

»Wie bitte?«

Die liebevolle Art, mit der er ihren Namen aussprach und sie plötzlich so vertraut anredete, erschreckte sie. Doch sie ließ auch ihr Herz schneller schlagen.

»Bitte, komm her zu mir.«

Ohne ihren unsicheren Blick von ihm abzuwenden, befolgte sie seine Aufforderung und machte einen Schritt auf ihn zu.

»Näher!«

Vollkommen im Bann seiner strahlenden Augen gehorchte ihm ihr Körper, und ihre Beine trugen sie einen weiteren Schritt auf ihn zu.

»Noch näher …«

Willenlos tat Christiana, worum er sie mit heiserer Stimme gebeten hatte, und stand nun so dicht vor ihm, dass nur eine Handbreit zwischen ihnen Platz war. Obwohl er sie nicht berührte, drang die Wärme seines Körpers durch ihre dicke, klamme Winterkleidung hindurch und verursachte ein aufregendes Prickeln auf ihrer Haut. Erwartungsvoll hielt sie den Atem an.

Verlockend langsam hob er seine Hände, umfasste zärtlich ihre Taille und zog sie zu sich heran. Überrascht von dem Sturm in ihrem Inneren, den seine Berührungen auslösten, ließ sie es schweigend geschehen. Sie hatte Angst, dass nur ein einziges Wort den Zauber brechen könnte, der sie beide gefangen hielt.

Sie blickte zu ihm auf und sah, wie er seinen Kopf zur ihr hinunterneigte, die Augen schloss und ihre Stirn mit der seinen berührte. Dann hörte sie, wie er tief einatmete, so als würde er an einer Blume riechen.

»Thomas, was –«

»Weißt du, wie lange … ich davon geträumt habe, die Frau, die ich … liebe, in meinen Armen zu halten?«

»Aber wieso … ich verstehe nicht«, stammelte sie verwirrt. »Warum umarmst du dann mich?«

Ihr Verstand verweigerte ihr den Dienst, und sie konnte ihn beim besten Willen nicht dazu bringen, seine Arbeit wieder aufzunehmen.

Thomas hob den Kopf und schaute ihr tief in die Augen.

»Weil du die Frau bist, die ich liebe.«

Ihr Mund öffnete sich, doch sie blieb stumm. Ihre wundervollen moosgrünen Augen starrten ihn ungläubig an.

»Ich liebe dich, Christiana«, wiederholte er so inbrünstig, dass sie langsam begann, seinen Worten Glauben zu schenken.

Und plötzlich beugte er sich erneut zu ihr hinab. Sein Gesicht kam immer näher, und dann küsste er sie.

Nichts hatte sie auf das aufregend prickelnde Gefühl vorbereitet, das durch ihren ganzen Körper schoss, sobald seine Lippen die ihren berührten, seine Hände an ihrem Rücken zärtlich auf und ab strichen und sie fest an seinen warmen Körper drückten, nicht die Geschichten ihrer Mutter oder ihrer Amme, nicht der Kuss von Anthony und auch nicht ihre Träume, die ihr manchmal so wirklich erschienen waren, dass sie völlig verwirrt aufwachte.

Es war wie der erste Sonnenstrahl des Morgens, der ihre Haut sanft berührte, wie ein warmer Sommerregen, dessen kleine Tropfen einen schillernden Regenbogen an den Himmel malten, und wie das heiße, duftende Wasser eines Bades, das ihren erschöpften Körper abends mit neuem Leben erfüllte.

Leise seufzend schlang sie ihre Arme um seinen Hals, fuhr mit ihren Händen seinen Nacken hinauf und vergrub ihre Finger in seinem dichten Haar.

Niemals würde sie diesen Augenblick vergessen, den Augenblick, in dem sie wusste, dass sie zum ersten Mal der wahren Liebe begegnet war, die die Sänger in ihren Liedern priesen, der die Schauspieler ihre Stücke widmeten und deren nie verblassende Erinnerung sogar den weisesten und ältesten Frauen ein Leuchten in die Augen und einen seligen, entrückten Ausdruck ins Gesicht zauberte.

Und jetzt, da sie von diesem Glück gekostet hatte, das sich mit überwältigender Kraft einen Weg durch ihren Schutzwall suchte und ihn, hinter dem sie all die Jahre über ihr Herz versteckt gehalten hatte, zum Einstürzen brachte, wollte sie es nie wieder loslassen – wollte sie *ihn* nie wieder loslassen ...

»Christiana, ich weiß, dass du die Tochter eines Grafen bist und ich nur ein Diener«, flüsterte Thomas. Nach einer kleinen, süßen Ewigkeit gab er ihren Mund nur widerwillig frei. »Doch ich möchte dir trotzdem eine Frage stellen.«

»Welche?«, fragte sie atemlos und strich mit einem verträumten Lächeln sanft über seine stoppelige Wange.

»Würdest du ... ich meine, willst du ... na ja, also ... möchtest du meine Frau werden?«

»Wie kannst du mich das nur fragen?«, antwortete sie überrascht.

Er sah sie verdutzt an. Hatte er sich getäuscht? Er war der festen Überzeugung gewesen, dass ihre Gefühle für ihn so stark waren, dass sie ihn hier auf Eden trotz des großen Standesunterschieds zum Mann nehmen würde. Nur deswegen hatte er ihr seine Liebe gestanden. Aber jetzt war er sich nicht mehr sicher. Immerhin war sie eine wunderschöne junge Frau und er ... nun, er war ein vom Leben deutlich gezeichneter Mann, der sich nicht einmal an seinen richtigen Namen erinnern konnte, der weit unter ihr stand und ihr niemals das bieten konnte, was sie verdiente.

»Hoheit ... ich dachte, Ihr würdet ... es in Betracht ziehen, mich trotz der scheinbar unüberwindbaren Kluft zwischen uns –«

»Thomas! Schscht!« Christiana legte ihm einen Finger auf die Lippen, um ihn zum Schweigen zu bringen. Ihre grünen Augen, in denen Tränen des Glücks schimmerten und die gleichzeitig vor Gefühlen ungeahnter Tiefe überzulaufen schienen, wanderten fast ehrfürchtig über jeden Zentimeter seines Gesichts. Dann erst suchten sie seinen irritierten Blick. »Ich meinte nicht, dass ich diese Frage für unschicklich halte, weil du mein Diener warst und eine Ehe zwischen uns unvorstellbar ist. Ich wollte vielmehr wissen, wie du mich das nur fragen kannst, da du die Antwort nach diesem Kuss doch schon längst kennen musst!«

»Ich verstehe nicht …«, murmelte er verwirrt und zugleich fasziniert von dem unverhüllten, nahezu gierigen Verlangen, das deutlich in ihren Augen geschrieben stand und das er niemals für möglich gehalten hatte.

»Ja!«, stieß sie lachend hervor. »Ja, ja, ja und noch mal ja! Ja, Thomas, ich will deine Frau werden!«

»Guten Morgen, Marlena!«

Christiana betrat die Gemächer ihrer Tante mit einem zauberhaften Lächeln auf den Lippen.

»Guten Morgen, Christiana«, erwiderte die Herzogin vollkommen überrascht. »Was ist denn mit dir geschehen?«

Christianas Augen funkelten sie geheimnisvoll an, doch sie antwortete nicht. Sie dachte an die letzte Nacht zurück, und das Gefühl, das von ihr Besitz ergriffen hatte, als Thomas sie geküsst hatte, bahnte sich erneut einen Weg durch ihren Körper und erfasste jede einzelne Faser.

Eng umschlungen waren sie und Thomas im Morgengrauen zur Burg zurückgekehrt. Den ganzen Weg über sprachen sie kein Wort, denn beide waren viel zu überwältigt von dem, was sich im Wald zwischen ihnen abgespielt hatte. Doch sie warfen sich immer wieder verliebte Blicke zu, die dem anderen versicherten, dass dies alles kein Traum war.

Christiana hatte ihre Maske wieder über den Kopf gezogen und den Schleier an dem weißen Stoff befestigt, denn sie waren sich allen Ängsten zum Trotz darüber einig, dass sie den Bewohnern von Eden einen ebenso großen Schock versetzen wollten, wie sie ihn am Abend der Rückkehr der Gloria erlitten hatten. Auch Thomas würde seinen Anteil daran haben, denn er wollte erst vor dem Altar sein Geheimnis lüften. In der Zwischenzeit würde sich Christiana damit begnügen müssen, Thomas ihr wahres Gesicht nur in aller Heimlichkeit zu zeigen, und Thomas damit, seine Stimme allein in Christianas Gegenwart erklingen zu lassen.

Als sie vor den Gemächern von Christiana ankamen, konnten sie sich kaum voneinander trennen.

»Vergiss nicht zu humpeln, Liebes«, raunte Thomas ihr grinsend zu und machte sich schließlich doch auf den Weg in seine Schlafkammer.

»Für einen Stummen hast du ein recht loses Mundwerk!«, rief sie ihm leise nach, um Johanna nicht zu wecken. Daraufhin drehte sich Thomas noch einmal zu ihr um, warf ihr eine Kusshand zu und hinkte davon.

»Marlena, du hattest Recht«, sagte Christiana nun.

»Womit?«, fragte die Herzogin verdutzt. Ihren Namen aus dem Mund ihrer Nichte zu hören und sie nach all den Monaten so glücklich zu sehen, machte sie mehr als neugierig.

»Thomas ist in mich verliebt!«

»Hat er es dir also endlich gezeigt! Ich wusste doch, dass ich mich nicht geirrt habe.« Marlena musterte die junge Frau aufmerksam. »Und du? Was fühlst du?«

Christiana schmunzelte. »Ich habe Ja gesagt.«

Diese Antwort verwirrte die Herzogin zutiefst. »Wozu hast du Ja gesagt?«

»Er hat mich gefragt, ob ich ihn liebe, und ich habe Ja gesagt.« Zu spät bemerkte Christiana, dass sie Thomas' Geheimnis verraten hatte, und sie hielt für einen kurzen Augenblick gespannt den Atem an. Doch ihrer Tante schien es gar nicht aufzufallen.

Marlena lächelte sie still an. Sie hatte von dem herzzerreißenden Schrei gehört, den ihre Nichte ausstieß, als ihr Diener bei dem Fest unter einem Ast begraben wurde. Nur eine Frau, die aufrichtig liebte, reagierte mit einer solchen Heftigkeit und Verzweiflung.

»Ich hab es doch gewusst! So vertraut und liebevoll, wie ihr miteinander umgegangen seid, musste doch mehr dahinter stecken!«

Christiana warf ihr einen herausfordernden Blick zu. »Ich habe auch seine zweite Frage mit Ja beantwortet.«

»Seine zweite Frage?«

»Er will, dass ich seine Frau werde.«

»Und du hast Ja gesagt?« Die Herzogin schaute sie mit weit aufgerissenen Augen an. »Dann hast du Anthony also doch nicht abgewiesen, weil er dir an Rang unterlegen ist.«

»Nein, ganz gewiss nicht. Es war einfach eine feige Ausrede. Eine Notlüge. Hier auf Eden wäre der Unterschied wohl nicht wirklich ein Problem gewesen. Aber obwohl ich ihm sagte, dass ich überzeugt bin, er sei nicht der Richtige, ließ er sich nicht abweisen«, gab Christiana zu. »Auch wenn es mir nicht bewusst war, muss ich die ganze Zeit auf ein Zeichen von Thomas gewartet haben. Mein Verstand hat es nicht begriffen, aber mein Herz war sich sicher.«

»Und jetzt habt ihr endlich zueinander gefunden. Ich freue mich für dich, Christiana. Für euch beide«, sagte ihre Tante mit einem warmen, aufrichtigen Lächeln.

»Danke.«

Christiana humpelte auf den rollenden Stuhl zu, in dem Marlena saß, schlang von hinten ihre Arme um sie und küsste sie auf das weiche Haar.

»Vielleicht wird es dich auch freuen zu hören, dass wir vorerst beschlossen haben, auf Eden zu bleiben.«

Seit der Rückkehr der *Gloria* hatte Christiana vergeblich nach einem Zeichen Gottes Ausschau gehalten, das ihr den Weg aus ihrer Verzweiflung wies. Doch erst seit letzter Nacht schien alles plötzlich einen Sinn zu ergeben: der Brief ihres Onkels, der sie nach Eden holte; die Entscheidung, ihre Zofe Maria früher als nötig fortzuschicken; der unerwartete Tod ihres alten Dieners und die Begegnung mit dem stummen, namenlosen Jungen, den sie aus Mitgefühl und auch aus Einsamkeit bat, mit ihr zu kommen; der Junge, der sich schnell als gelehriger Schüler erwies und zu ihrem Freund wurde, der ihr beistand und sie beschützte; ihre Ankunft auf Eden, dieser verrückten Insel, auf der sie lernte, was Freiheit bedeutete; Anthonys Annäherungsversuche, die ihr Herz wieder für Gefühle und ihren Verstand für Träume öffneten, die sie sich selbst so lange verboten hatte; die Bitte Marlenas, sie ohne Maske sehen zu dürfen, was sie zum Tempel führte, dem Ort, an dem sie die Entscheidung gegen Anthony traf; die Enthüllung des Geheimnisses von Eden, das sie über ihr Leben und ihre Zukunft nachdenken ließ; Thomas' Unfall, der ihr schmerzlich bewusst machte, dass sie schon längst so sehr liebte, wie sie es sich als junges Mädchen erträumt hatte; und schließlich ihr Geständnis, das Thomas zu ihrem Tempel sandte, um ihr das Leben zu retten und sie mit einer Stimme, die sie für immer verloren geglaubt hatte, bat, seine Frau zu werden.

All das waren Zeichen, nach denen sie gesucht hatte, und doch war sie zu blind gewesen, um sie zu erkennen! Zeichen, die immer nur in eine einzige Richtung gezeigt hatten: zu Thomas.

In dem Moment, da sie einwilligte, seine Frau zu werden, wählte sie den Pfad, den sie in Zukunft beschreiten wollte. Nur auf der Insel der Piraten hatten sie ein echte Chance, ein gemeinsames Leben zu beginnen. Und dafür war ihr kein Preis zu hoch. Jetzt nicht mehr!

Sie hoffte, dass sie all diese Geschehnisse richtig gedeutet hatte und es Gottes Wille war, dass sie so lange auf Eden verweilte, bis er ihr ein neues Zeichen sandte, das sie vielleicht von hier fortführen würde. Doch bis dahin wollte sie die glückliche Zeit, die er ihr mit diesem Mann schenkte – so kurz sie auch sein mochte – aus vollen Zügen genießen.

»Ihr bleibt? Das ist schön«, antwortete die Herzogin und tätschelte Christiana leicht die Hand, offenbar aus Unbehagen über deren unerwarteten Gefühlsausbruch.

»Aber Christiana, was ist mit deinem Gesicht?«, fragte sie plötzlich besorgt.

Ihre Nichte richtete ihre smaragdfarbenen Augen auf den Spiegel, vor dem Marlena saß, und warf ihr einen rätselhaften Blick zu.

»Er hat es gesehen und ist nun darüber hinweg – obwohl er erst vor mir davongelaufen ist.«

Marlena starrte sie überrascht an. Wenn er es in Kauf nahm, dass die Frau, die er heiraten wollte, so aussah wie ihre Nichte, musste dieser Thomas entweder ein völlig verrückter oder ein unglaublich mutiger Mann sein!

»Ich muss jetzt gehen, Marlena. Ich wollte dir die gute Nachricht als Erste überbringen. Aber nun wartet Arbeit auf mich«, rief Christiana ihr zu und verschwand auch schon durch die Tür. Dann tauchte ihr maskierter Kopf noch einmal im Türrahmen auf. »Arbeit und mein zukünftiger Gatte.«

Als Christiana kurz darauf in ihrem Arbeitszimmer saß und sich geduldig die Sorgen ihrer Patienten anhörte, hallte ihr fröhliches Lachen noch immer in Marlenas Ohren.

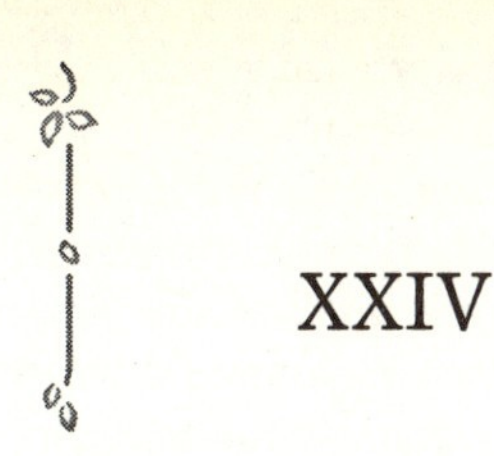

# XXIV

»Ich glaube, wir sind weit genug von der Stadt entfernt«, raunte Christiana Thomas ungeduldig zu. »Hier wird dich niemand hören.«

Sie konnte noch immer nicht ganz begreifen, dass er tatsächlich sprechen konnte. Als sie an diesem Morgen allein in ihrem Bett lag, dachte sie lange darüber nach, und ihr wurde bewusst, dass es schon zuvor ein paar Hinweise darauf gegeben hatte. Sie hatte ihnen nur keine Beachtung geschenkt.

Als Thomas bewusstlos war, hatte er mehr als einmal leise gestöhnt. Doch sie war so sehr mit ihrer Arbeit und dann mit ihren Gefühlen beschäftigt gewesen, dass ihr gar nicht in den Sinn kam, dass ein Stummer nicht stöhnen konnte.

Aber nun, da sie es wusste, sehnte sie sich danach, seine tiefe Stimme zu hören, die sie niemals dazu verleitet hätte, ihn für etwas anderes als einen erwachsenen Mann zu halten, wäre sie ihr nur schon früher zu Ohren gekommen.

Thomas warf ihr nun einen belustigten Blick zu, schwieg jedoch weiterhin.

Den ganzen Morgen über war sie aufgeregt in ihrem Arbeitszimmer auf und ab gelaufen, hatte die Bewohner von Eden, die zu ihr gekommen waren, freudestrahlend versorgt und hatte Thomas dann kurzerhand bei der erstbesten Gelegenheit zum Stall gelotst. Sie erklärte Johanna, dass sie sich auf die Suche nach ein paar neuen Pflanzen begeben würden, doch er wusste, dass sie nur mit ihm allein sein wollte, denn er verspürte das gleiche Bedürfnis.

Als sie am frühen Morgen aus ihrem Gemach trat, wartete er schon im Gang auf sie. In den wenigen Stunden, die sie getrennt gewesen waren, hatte er keinen Schlaf gefunden. Sein Verstand sagte ihm immer wieder, dass die letzte Nacht nur ein Traum gewesen sein konnte, und so harrte er ängstlich aus, bis sich die Tür zu ihren Gemächern öffnete. Doch sie kam heraus und richtete ihren Blick intuitiv auf die Nische, in der er sich versteckt hielt. Als sie ihn entdeckte, schlich sich dieses seltsame Funkeln in ihre Augen, das ihn schließlich davon überzeugte, keineswegs geträumt zu haben.

»Guten Morgen, Thomas«, flüsterte sie ihm schüchtern zu und näherte sich ihm. Die Nervosität in ihrer Stimme verriet ihm, dass sie die gleichen Befürchtungen gehabt hatte wie er.

Lächelnd humpelte er ihr entgegen, und im nächsten Augenblick flog sie auch schon in seine ausgebreiteten Arme. Er küsste sie rasch, um die Unsicherheit, die sie beide erfasst hatte, zu vertreiben. Doch als die Tür zu Johannas Gemächern knarrend aufschwang, löste er sich sofort von ihr.

Die Freifrau kam heraus und würdigte die beiden kaum eines Blickes, die nur ein paar Schritte entfernt von ihr dicht beieinander standen. Sie grüßte freundlich und ging eilig ihrer Wege, ohne sich noch einmal zu ihnen umzudrehen. Offensichtlich empfand sie den Anblick der beiden nicht als ungewöhnlich, denn schließlich war Christianas Diener seiner Herrin vom ersten Tag an kaum von der Seite gewichen. Sie wusste, dass die beiden einander sehr nahe standen, und nach dem Schock, den die junge Frau bei der Entdeckung des Geheimnisses von Eden erlitten hatte, war Johanna anscheinend froh, dass sie sich wenigstens von ihrem vertrauten Diener nicht vollkommen abgewendet hatte.

Doch in der Dunkelheit des Ganges entging ihr, dass Christianas Wangen glühten und ihre Augen kräftiger strahlten als sonst. Sie, die mit ihrer Neugierde sonst alles als Erste bemerkte, übersah die Anzeichen dafür, dass sich in der vergangenen Nacht Christianas und Thomas' ganze Welt verändert hatte.

Nach ein paar flüchtigen Zärtlichkeiten ging Christiana zusammen mit Thomas zu den Gemächern ihrer Tante. Sie ließ ihn jedoch vor der Tür warten, da sie mit Marlena allein sprechen wollte. Er war überrascht und glücklich zugleich, dass sie es keinen Moment lang geheim halten wollte, dass sie jetzt zu ihm gehörte, denn ein kleiner Teil von ihm zweifelte immer noch daran, dass sie es wirklich ernst meinte und ihn heiraten wollte.

Ein Kuss in der Dunkelheit war schön und gut, aber eine Ehe mit einem Diener einzugehen, war eine völlig andere Sache. Doch als sie lachend aus dem Zimmer ihrer Tante gestürmt kam und ihn übermütig umarmte, verflog seine Angst im Nu.

»Ich habe es ihr gesagt.«

Er schaute sie bloß fragend an, denn jedes Wort von ihm konnte gefährlich sein. Die Burg hatte viele Ohren ...

»Auch wenn sie nicht einverstanden gewesen wäre, hätte mich nichts davon abhalten können, den Mann, den ich liebe, zu heiraten!«

Hand in Hand liefen sie schließlich nach unten in die große Halle und arbeiteten den ganzen Vormittag über schweigend nebeneinander. Aber ihre heimlichen Blicke sagten mehr als tausend Worte.

Doch jetzt, da sie durch den Wald zur Lichtung ritten, konnte Christiana offenbar kaum erwarten, seine Stimme zu hören. Auch für ihn selbst war es unglaublich, dass er sprechen konnte. Er hatte nicht geahnt, dass er dazu fähig war. Und als Christiana zu ertrinken drohte, stand er zu sehr unter Schock, um zu bemerken, dass er ihren Namen nicht nur in Gedanken geschrien hatte. Nachdem sie ihm jedoch ihre Geschichte erzählt und dann die Flucht ergriffen hatte, konnte er sie nicht noch einmal gehen lassen, ohne ihr seine Gefühle zu offenbaren. Doch sie lief zu schnell, als dass er sie mit seinem angeschwollenen Fuß einholen konnte. Und so öffnete er voller Verzweiflung den Mund – und rief nach ihr.

Kurz zuvor war er sich nicht sicher gewesen, ob er ihren Worten noch immer glauben durfte. Er zweifelte daran, dass die Frau mit dem wunderschönen Gesicht ihn wirklich liebte. Doch dann strich sie mit ihrer Hand zärtlich über seinen Kopf. In dem Moment wusste er, dass er sie brauchte und dass er sie so sehr begehrte, wie er niemals zuvor jemanden begehrt hatte. Und so traf er schweren Herzens die Entscheidung, ihre Freundschaft zu riskieren, um sie gegen etwas Wertvolleres, viel Größeres einzutauschen, von dem er nicht mehr gehofft hatte, es jemals zu bekommen: die Liebe dieser Frau.

»Wenn du nicht sofort mit mir sprichst, werde ich es mir anders überlegen und dich doch nicht heiraten!«, rief sie plötzlich mit gespieltem Ärger.

»Willst du mich dann bis in alle Ewigkeit heimlich schmachtend beobachten?«, stieß er noch immer heiser hervor und schenkte ihr dann sein unwiderstehliches Lächeln, wobei seine Zahnlücke aufblitzte. Überrascht stellte er fest, dass die unbeschreiblichen Ereignisse der Nacht und dieses wunderbaren Morgens ihn sicherer werden ließen. Er traute sich, sie liebevoll zu necken, ohne zu befürchten, dass sie sich wieder von ihm abwandte. »Oder möchtest du vielleicht immer noch, dass ich Anna zur Frau nehme?«

»Untersteh dich! Wenn du Anna noch einmal anlächelst, werde ich dich vergiften!«

»Und wen willst du dann heiraten?«

»Anthony!«

Thomas sah sie von der Seite an.

»Was war da zwischen dir und ihm?«, fragte er plötzlich doch wieder verunsichert. Er verstand noch immer nicht, wie sie sich für ihn entscheiden konnte, obwohl sich ein solcher Mann für sie interessierte.

Christiana warf ihm einen ernsten Blick zu.

»Er sagte mir, dass er mich liebt, obgleich er nicht weiß, was ich unter der Maske verberge«, antwortete sie leise.

Thomas zügelte sein Pferd und stieg ab, denn sie hatten ihr Ziel erreicht. Dann humpelte er auf Christiana zu und hob sie sehr vorsichtig vom Pferd, um seine noch immer leicht schmerzende Schulter nicht zu stark zu belasten.

Als sie wieder Boden unter den Füßen hatte, fragte er: »Warum hast du dich dann gegen ihn entschieden?«

»Er war nicht der Richtige«, erwiderte sie. Anthony war zweifelsohne ein Mann, von dem jede Frau mit Verstand träumte. Doch sie, für die dieser Traum hätte in Erfüllung gehen können, träumte stattdessen seit dem Fest auf der Wiese von einem anderen, einem jungen, unscheinbaren Mann.

»Aber Sir Anthony liebt dich! Außerdem sieht er gut aus und wird eines Tages das Oberhaupt von Eden sein, wie ich gehört habe. Er kann dir alles bieten, was du haben willst.«

»Das stimmt nicht ganz.« Christiana schlang ihre Arme um seine Taille und legte vertrauensvoll ihren Kopf an seine Schulter. »Ich mag ihn sehr, doch als er mich küsste, fühlte es sich nicht so an wie …«

»Wie was?«, fragte er mit bebender Stimme. Sie im Arm zu halten, war noch immer so neu und aufregend für ihn, dass er sich kaum beherrschen konnte, sie fest an sich zu drücken.

Sie hob den Kopf und sah ihn mit einem vergnügten Funkeln in den Augen an. »Willst du etwa nach Komplimenten heischen?«

»Nach Komplimenten heischen?«, wiederholte er verwirrt. Er sollte sich besser darauf konzentrieren, was sie sagte, statt die Aufmerksamkeit auf jene Stellen seines Körpers zu richten, die unter ihrer Berührung zum Leben erwachten. »Ach so! Nein. Ich will nur wissen, warum du seine Hand ausgeschlagen hast, wo er doch perfekt zu dir passt«, entgegnete er und konnte seine Verwunderung nicht verhehlen.

»Erstens passt er nicht so gut zu mir, wie du glaubst. Wir sind im Grunde sehr verschieden. Und zweitens kann ich kaum gegen mein eigenes Herz entscheiden, wenn es mir sagt, dass dies falsch ist.« Mit den Fingerspitzen strich sie prüfend über die lange Narbe auf seiner Stirn, dann heftete sich ihr strahlender Blick mit einer nahezu schmerzhaften Offenheit auf seine Augen, sodass sein Herz anfing, wild zu klopfen. »In meinem ganzen früheren Leben auf Rossewitz hatte ich nie eine Wahl. Ich musste den Mann nehmen, den mein Vater ausgesucht hatte. Doch hier auf Eden hat man mir die Freiheit gegeben, auf meine Gefühle zu hören. Anthony gegenüber waren sie jedoch nicht so stark, wie ich anfangs glaubte. Aber das wurde mir erst klar, als er auf See war. Als ich Nacht für Nacht am Wasserfall saß und nachdachte, wurde mir bewusst, dass das nicht alles sein konnte, dass ich mir viel mehr erträumte. Sein Geständnis hat mich überrascht, und sein Kuss hat mich verwirrt, doch ich spürte, dass mir etwas fehlte. Aber als du mich küsstest, fühlte ich all das, was ich bei ihm vermisste.«

»Was ist bei mir anders gewesen als bei ihm?«, erkundigte sich Thomas neugierig.

Als sie in den Erinnerungen an seine Küsse schwelgte, die die Macht hatten, sie alles um sich herum vergessen zu lassen, überzog ihre Wangen ein Hauch von Rot. »Ich vertraue dir. Ich fühle mich in deiner Nähe sicher und geborgen, denn du hast es stets geschafft, mich zu beruhigen und mir meine Angst zu nehmen«, erwiderte sie aufrichtig, und während ihr Blick in die Ferne wanderte, begann sie, mit federleichten Berührungen seinen Rücken zu streicheln. »An dem Tag, als du von dem Ast getroffen wurdest, habe ich plötzlich gemerkt, dass das, was ich gesucht habe, die ganze Zeit über vor meiner Nase war.« Sie sah ihm wieder fest in die Augen und fragte dann mit belegter Stimme: »Erinnerst du dich noch an den Tag, als wir auf der *Gloria* in die Nebelwand fuhren?«

»Ja.«

»Anthony hat an diesem Tag meine Hand gehalten, doch ich hatte furchtbare Angst, und erst als ich deine warme Hand spürte, wusste ich, dass keine Gefahr drohte.«

Sie nahm seine linke Hand, strich mit ihren Fingerspitzen sanft über die tiefen Linien auf der Innenseite und küsste dann seine Handfläche.

Seine Haut fing unter ihren Lippen an zu kribbeln, und ein Feuerstrahl schoss seinen Arm empor, doch er sah sie nur gedankenverloren an. An jenem fernen Tag hatte er entdeckt, dass seine Gefühle für sie stärker waren, als sie sein durften.

Mit zittriger Stimme fuhr sie fort. »Du hast mir immer zur Seite gestanden, und ich habe es für selbstverständlich gehalten, dich in meiner Nähe zu wissen. Du kannst dir nicht vorstellen, wie entsetzt ich war, als ich befürchtete, dich zu verlieren.«

»Da hast du es also gemerkt.«

»Mein Herz muss es seit langer Zeit gewusst haben, sonst hätte es sich nicht gegen Anthony gesträubt«, bestätigte sie lächelnd.

»Warum hast du mich dann aus deinen Diensten entlassen?«, fragte er und wusste, dass sie in seinen Augen den Schmerz sehen konnte, den er damals während des Festes empfunden hatte und bei dem Gedanken daran auch jetzt nicht unterdrücken konnte.

»Da hatte ich es noch nicht begriffen – erst als ich um dein Leben kämpfte und Gott anflehte, dich nicht sterben zu lassen.«

»Deshalb warst du so aufgewühlt, als ich aufwachte!«

Christiana nickte. »Ich hatte tagelang an deinem Bett gesessen und gebetet. Und dann streichst du mir plötzlich über den Kopf. Ich dachte, ich träume, und als ich dann feststellte, dass du wirklich erwacht warst, überkam mich eine riesige Wut, dass du dein Leben einfach aufs Spiel gesetzt hast, sodass ich nicht anders konnte, als dich anzuschreien.« Sie küsste ihn leicht auf die Wange und murmelte: »Verzeih mir, dass ich so lange gebraucht habe.«

Er nahm sie in die Arme und drückte sie fest an sich.

»Ich habe nie zu hoffen gewagt, dass du meine Gefühle erwiderst«, flüsterte er ihr leise ins Ohr.

»Aber das tue ich. Ich habe nur viel zu spät begriffen, dass ich nicht neidisch auf Anna war, sondern eifersüchtig.«

Er lachte auf und schob Christiana ein Stück von sich fort, um sie anzusehen.

»Du warst eifersüchtig auf Anna?«, stieß er ungläubig hervor.

»Natürlich. Du warst immer freundlich zu ihr, und … du hast sie geküsst!«

»Sie hat mich geküsst«, berichtigte er sie zwinkernd. »Und bevor du es mir gesagt hast, ist mir nicht einmal aufgefallen, dass sie mich mag. Ich hatte schließlich nur Augen für dich!«

»Woher sollte ich das wissen?«, fragte Christiana schmunzelnd. »Alles was ich sah, war, wie liebevoll du mit ihr umgegangen bist. Als du bei der Apfelernte eine Orange mit ihr geteilt hast, bin ich fast verrückt geworden!«

Er zog sie wieder an sich.

»Im Gegensatz zu mir hattest du niemals Grund zur Eifersucht.«

»Dann warst du also eifersüchtig auf Anthony!«, brachte sie amüsiert hervor. »Wir passen wirklich gut zueinander. Statt auszusprechen, was wir fühlen, sitzen wir lieber schmollend in einer dunklen Ecke und beobachten den anderen aus sicherer Entfernung. Wir sind schon ein tolles Paar.«

»Ja, das sind wir«, stimmte er ihr lachend zu und schlang seine Arme noch fester um ihren zarten Körper.

»Liebling?«, fragte sie plötzlich wieder ernst.

*Liebling* ... wie schön das Wort klang, wenn sie es sagte und damit ihn meinte! »Ja?«

»Woher hast du die Verletzungen an den Handgelenken?«

Sie spürte, wie er sich bei ihrer Frage versteifte. Anscheinend hatte sie ihn damit vollkommen überrascht.

»Ich weiß es nicht. Alles, woran ich mich erinnern kann, ist, dass ich eine Zeit lang durchs Land gezogen bin. Ich weiß nicht mehr, woher ich kam oder wohin ich wollte. Und dann habe ich eines Tages eine Frau in Schwarz am Fenster eines Gasthauses gesehen. Irgendetwas hat mich zu ihr hingezogen, und von da an bin ich ihr gefolgt.«

Christiana löste sich aus seiner Umarmung.

»Sag, wie viele Frauen in Schwarz hast du eigentlich getroffen, bis ich dich aufgelesen habe?«, fragte sie und sah ihn mit einem Funkeln in den Augen an, das ihn zu warnen schien.

Schon wieder Eifersucht?, dachte er und sein Herz begann vor Freude auf und ab zu hüpfen. Mit einem unschuldigen Blick, der einen Engel neidisch machen würde, antwortete er: »Du mich? Ich bin dir gefolgt und habe mich von dir auflesen lassen!«

»So, du hast dich von mir auflesen lassen!«, rief sie lachend und schlug ihm spielerisch auf die Brust.

Er nahm sie grinsend in die Arme und küsste sie, sodass Christiana vollkommen vergaß, worüber sie noch einen Augenblick zuvor gelacht hatte.

Als sie in den Hof der Burg ritten, wartete Anthony vor dem großen Hauptportal auf sie. Thomas hörte, wie Christiana bei seinem Anblick seufzte, und sah sie besorgt an.

»Er weiß, dass ich ihn nicht liebe, aber er wird wissen wollen, warum ich mich plötzlich für dich entschieden habe«, flüsterte sie ihm zu und ließ sich von ihm aus dem Sattel helfen. Sie drückte kurz seine Hand und ging dann auf Anthony zu.

»Ich war gerade bei Marlena, und sie hat mir etwas erzählt, das ich kaum glauben konnte«, stieß er schroff hervor, ohne sie überhaupt zu begrüßen.

»Würdest du mich ein Stück begleiten, Anthony?«, fragte sie, wartete seine Antwort jedoch gar nicht erst ab.

Langsam humpelte sie auf das hohe, eiserne Tor des Gartens zu, den sie im letzten Sommer unter Marlenas Anweisungen von riesigen Unkrautranken befreit hatte. Anthony folgte ihr, und sie hörte seine energischen Schritte auf dem gepflasterten Hof, die von seiner Wut zeugten. Sie trat durch das Tor, lief einen schmalen Pfad hinunter und suchte sich eine steinerne Bank unter einem großen Baum aus, auf der sie sich schließlich niederließ. Als er sie erreichte, hob sie den Kopf und sah ihm gerade in die blauen Augen.

»Falls du gehört hast, dass ich mich verlobt habe, dann ist das die Wahrheit.«

Er schaute sie ungläubig an.

»Mit diesem ... diesem Kerl ... diesem Lump, den du als deinen Diener bezeichnest?«, fragte er wütend und baute sich vor ihr zu seiner vollen Größe auf, als ob sie das umstimmen könnte.

»Ich möchte nicht, dass du so von ihm sprichst«, erwiderte Christiana ruhig. »Er ist der Mann, den ich liebe und den ich heiraten werde.«

»Der Mann, den du liebst, bin ich!«, gab er grimmig zurück.

»Anthony, ich habe dir bereits am Tag des Festes gesagt, dass ich dich nicht liebe.«

»Aber du hast dich anders verhalten! Du hast mich verliebt angesehen, und du kannst nicht einfach behaupten, dass du meine Gefühle nicht erwiderst! Alle haben es gesehen!«, schnaubte er ärgerlich.

»Auch das habe ich dir bereits erklärt. Ich mag dich, und ich fühlte mich durch deine Aufmerksamkeit sehr geschmeichelt. Aber ich liebe Thomas«, erklärte sie mit fester Stimme.

Er warf ihr einen misstrauischen Blick zu. »Wenn es deine verfluchte Angst ist, die dich –«

»Meine Angst hat damit nichts zu tun, Anthony«, unterbrach sie ihn hastig. »Ich habe dir gesagt, dass ich für dich nicht genug empfinde, um deine Frau zu werden.«

»Aber für diese Vogelscheuche schon, oder wie? Du fühlst dich doch nur mit ihm verbunden, weil er dir so ähnlich ist.«

»Anthony, ich verbiete dir, so über ihn zu reden!«, rief sie aufgebracht und sprang verärgert von der Bank auf. »Nur weil ich deine Gefühle nicht erwidere, hast du kein Recht, dich derart zu vergessen und ihn oder mich zu beleidigen.«

»Verzeih mir, Christiana. Ich habe es nicht so gemeint«, murmelte er beschämt über seinen Ausbruch. »Aber du kannst wohl kaum erwarten, dass ich deine Entscheidung verstehe. Wie ist es nur möglich, dass du ihn mir vorziehst? Ich kann dir alles bieten, was du dir wünschst, und mich stört dein Aussehen nicht. Das habe ich dir bereits erklärt.«

Christiana lachte leise, doch es klang unnatürlich. »Genau das hat er mich gefragt. – Ich kann dir nur sagen, dass ich ihn von ganzem Herzen liebe«, sagte sie sanft und schaute ihn traurig an. »Du verdienst es nicht, eine Frau zu bekommen, die dich nicht so sehr liebt wie du sie. Wenn du dich mit weniger zufrieden gibst, stürzt du dich ins Unglück.«

»Aber du kannst lernen, mich zu lieben, da bin ich mir sicher«, entgegnete er beharrlich.

»Anthony, bitte tu dir das nicht an. Ich weiß, es ist schwer für dich, aber du kannst nicht im Ernst glauben, dass ich meine Gefühle verleugne und ihn für dich aufgebe. Ich wäre mir selbst untreu, und dafür würdest du mich nicht mehr mögen.«

Er holte tief Luft und blicke zu ihr hinunter. »Christiana, ich liebe dich, und ich würde mich mit allem zufrieden geben, wenn du dich nur für mich entscheidest.«

Christiana senkte betrübt den Kopf. Er machte es ihr wirklich schwer. »Meine Entscheidung ist gefallen, und ich werde sie nicht mehr rückgängig machen. Ich werde Thomas heiraten. Wenn ich dich verletzt habe, Anthony, kann ich dich nur um Vergebung bitten.«

Als sie ein merkwürdig ersticktes Geräusch vernahm, sah sie zu ihm auf. Er hatte die Augen in die Ferne gerichtet, doch sie bemerkte die Träne, die über seine Wangen lief.

Überrascht von der Heftigkeit seiner Reaktion nahm sie ihn in die Arme und strich besänftigend über die harten Muskeln seines steifen Rückens.

»Verzeih mir, Anthony«, flüsterte sie ihm zu. Er schlang seine kräftigen Arme mit einem unterdrückten Seufzer um ihren Körper, senkte seinen Kopf und drückte ihn an ihre Wange. »Ich wünschte, ich könnte dir etwas anderes sagen, aber ich kann es nun mal nicht.«

Die Art, wie er sich an sie klammerte, erinnerte sie an ein Kind, das sich bei seiner Mutter ausweinte. War es möglich, dass er bei ihr nur die Liebe seiner früh verstorbenen Mutter suchte? Oder dass er, enttäuscht über ihre Zurückweisung, an die Zeit erinnert wurde, als er seine Mutter verlor?

Sie murmelte ihm leise Worte zu und streichelte sanft und geduldig über seine hellbraunen Haare, damit er sich wieder beruhigte.

Plötzlich hörte sie ein Rascheln bei den Büschen am Eingang des Gartens. Sie drehte ihren Kopf und suchte nach der Ursache. Thomas kam über den schmalen Pfad auf sie zugelaufen, als er sie jedoch mit Anthony vor der Bank stehen sah, noch dazu in inniger Umarmung, blieb er unvermittelt stehen. Er starrte sie entsetzt an, dann machte er auf dem Absatz kehrt und lief davon.

»Verzeih mir, Anthony«, wiederholte sie und machte sich sachte von ihm los.

Anthony wischte sich die Tränenspuren aus dem Gesicht und blickte sie an. »Er ahnt nicht, wie viel Glück er hat«, raunte er ihr leise zu. »Wenn er dich nur ein einziges Mal schlecht behandelt, bekommt er es mit mir zu tun!«

Mit diesen Worten ließ er sie stehen und stürmte davon.

Christiana sah ihm nicht nach, denn sie hatte wichtigere Dinge im Kopf. Das Entsetzen und die Enttäuschung in Thomas' Augen hatten ihr einen Stich versetzt. Er hatte ihr gestanden, dass er auf Anthony eifersüchtig war, und sie konnte sich nur zu gut vorstellen, was er bei ihrem Anblick gedacht hatte.

Ich muss ihn finden und es ihm erklären, dachte sie und eilte auch schon den Weg zum Tor hinunter. An einer kleinen Weggabelung bog sie in einen Seitenpfad ein.

Sie lief nur wenige Schritte, da spürte sie auch schon seinen Blick. Aufmerksam ließ sie ihre Augen durch den Garten schweifen, und sie blieben an einem Aprikosenbaum hängen. Im Schatten unter den tief hängenden, aber noch nahezu blattlosen Ästen entdeckte sie Thomas' zusammengesunkene Gestalt. Ohne einen Moment zu zögern lief sie auf ihn zu.

»Ihr braucht mir nichts zu sagen, Hoheit. Ich habe es mit eigenen Augen gesehen.«

Beim Klang seiner tiefen Stimme begann ihr Herz, schneller zu schlagen, und ihre Mundwinkel hoben sich sofort zu einem Lächeln.

»Was brauche ich dir nicht mehr zu sagen?«

»Dass Ihr Euch für Sir Anthony entschieden habt, Hoheit«, antwortete er kühl, doch sie hörte den kleinen, leisen Unterton heraus, der verriet, wie verletzt er war.

»Aber das habe ich nicht.«

»Haltet mich nicht für dumm, Hoheit«, gab er warnend zurück. »Ich mag vielleicht nur ein Diener sein, doch auch ich habe Augen im Kopf ... und Gefühle.«

»Wenn du noch einmal Hoheit zu mir sagst, drehe ich dir den Hals um!«, rief Christiana aufgebracht und schob die Zweige beiseite, um in sein Versteck vorzudringen. Dann streckte sie die Hand nach ihm aus, doch er wich vor ihr zurück.

»Thomas, nach alldem, was ich dir erzählt habe und was wir letzte Nacht erlebt haben, kannst du doch nicht ernsthaft glauben, dass ich Anthony gegen dich eintauschen würde.«

»Ich habe gesehen, wie Ihr ihn umarmt habt. Was soll ich Eurer Meinung nach denn sonst glauben?« Die Enttäuschung in seiner Stimme war nicht zu überhören.

»Vertraust du mir?«, entgegnete sie, ohne auf seine Frage einzugehen.

Er musterte sie einen Moment lang, dann sagte er leise: »Ja.«

»Und du glaubst mir, dass ich dich liebe?«

Bevor er antwortete, schluckte er nervös.

»Als ich Euch mit ihm gesehen habe –«

»Glaubst du, dass ich dich liebe?«, unterbrach sie ihn.

Er schwieg.

»Du glaubst es also nicht«, erwiderte sie ruhig und trat so dicht an ihn heran, dass er nicht mehr vor ihr zurückweichen konnte, denn der Baumstamm versperrte ihm den einzigen Fluchtweg. »Gut. Dann muss ich es dir wohl beweisen.«

Sie legte ihre Hände auf seine Wangen, zog seinen Kopf zu sich heran und küsste ihn erst sanft, dann immer heftiger, um ihn herauszufordern. Sie ließ ihre Zunge verführerisch in seinen Mund gleiten, so wie sie es erst vor wenigen Stunden von ihm gelernt hatte, und bemerkte zufrieden seufzend, dass seine Hände plötzlich ihre Taille umschlangen. Sein anfänglicher Widerstand schmolz langsam dahin, und sein Mund antwortete zaghaft auf ihren Kuss.

»Glaubst du es jetzt?«, fragte sie nach einer Weile atemlos.

Er nickte stumm. Seine Wangen waren mit einer tiefen Röte überzogen.

Schämte er sich, dass er ihr nicht geglaubt hatte? Oder lag es an diesem unglaublichen Kuss? Und wo sie schon einmal bei den Fragen waren, die durch ihren Kopf geisterten: Was war eigentlich mit ihrem Mund los? Warum konnte sie in seiner Nähe gar nicht aufhören zu lächeln?

»Hör auf, an meinen Gefühlen für dich zu zweifeln, Liebling«, flüsterte sie schließlich noch immer lächelnd und schmiegte sich an ihn. »Ich liebe dich, und daran wird niemand etwas ändern!«

»Aber ich habe euch gesehen. Ich habe gesehen, wie ihr eng umschlungen dagestanden habt!«

»Anthony brauchte nur ein wenig Trost, denn er wollte einfach nicht verstehen, dass ich nicht ihn, sondern dich heiraten werde«, murmelte sie und bedeckte seinen Hals mit zärtlichen Küssen. »Und das werde ich, ganz gleich, was passiert. Mich wird nichts davon abhalten, vor Gott und der Welt den Schwur abzulegen, der mich bis an mein Lebensende an den Mann bindet, den mein Herz ausgewählt hat: dich, Thomas!«

»Christiana!« Die Tür zu ihrem Arbeitszimmer flog auf und krachte mit einem lauten Knall gegen die Wand. Völlig aufgelöst stürzten Eleana und Johanna herein.

»Ist es wahr? Ist das wirklich wahr?«, rief die Freifrau so laut, dass sich viele der wartenden Patienten umdrehten, um neugierig durch die Öffnung in das Zimmer zu schauen.

»Was?«, fragte Christiana. Sie stand auf und schloss leise die Tür.

»Das Ihr und Euer – Oh!« Johanna verstummte, denn erst jetzt sah sie Thomas neben Amina stehen, die ihren kleinen Sohn Duncan auf dem Arm hatte.

»Ja, es ist wahr«, antwortete Christiana auf die unvollständige Frage. »Thomas und ich werden in einem Monat heiraten.«

Während die Ehrendamen Christiana mit offenem Mund anstarrten, wanderte der überraschte Blick der jungen Mutter zwischen Thomas und der Nichte der Herzogin hin und her.

»Aber ... wir dachten, dass ... dass Ihr Anthony heiraten würdet«, brachte Johanna stammelnd hervor.

»Ich weiß nicht, wer Euch auf eine solche Idee gebracht hat, doch mein Mann wird Thomas heißen«, erwiderte Christiana ruhig.

»Aber alle haben geseht, das Kuss zwischen Anthony und Euch«, flüsterte Eleana und blinzelte nervös.

»Das mag sein, doch das ist schon lange her. Und ich habe nie gesagt, dass ich mich mit Anthony vermählen will«, entgegnete Christiana ungeduldig. »Und er ebenso wenig.«

»Ihr wollt also wirklich Euren ... äh, Thomas heiraten?«, hakte Johanna nach, ohne die Fassungslosigkeit in ihrer Stimme zu verbergen.

»Ja, das will ich, denn er ist der Mann, mit dem ich mein Leben verbringen möchte«, antwortete Christiana und lächelte ihren zukünftigen Ehemann liebevoll an. »Er ist ein freier Mann, und ich glaubte, auf Eden würde man sich nicht an Standesunterschieden stören. Doch anscheinend habe ich mich getäuscht.«

»Aber nein«, riefen Johanna und Eleana wie aus einem Mund.

»Es ist nur ... nun ja, wir waren überrascht zu erfahren, dass Ihr Anthony zurückweist und lieber Euren ... äh, Thomas heiratet«, erklärte die Freifrau verlegen.

»Ich wünsche Euch viel Glück, Mylady«, mischte sich Amina plötzlich ein. »Und dir natürlich auch, Thomas. Es ist doch wunderbar, wenn sich zwei Menschen lieben.«

Christiana schenkte der jungen Frau ein dankbares Lächeln.

»Wir wünschen Euch auch Glück, Christiana«, murmelte Johanna beschämt, und Eleana nickte zustimmend.

»Danke«, gab Christiana zurück, öffnete die Tür und schob die beiden Ehrendamen unsanft in die große Halle hinaus.

Amina folgte ihnen eilig mit ihrem Sohn auf dem Arm und schloss leise die Tür hinter sich.

»Ich denke, das Schlimmste ist damit überstanden«, flüsterte Christiana aufatmend.

Doch bevor sie den nächsten Patienten hereinrief, ging sie auf Thomas zu und stahl sich von ihm einen kleinen, flüchtigen Kuss.

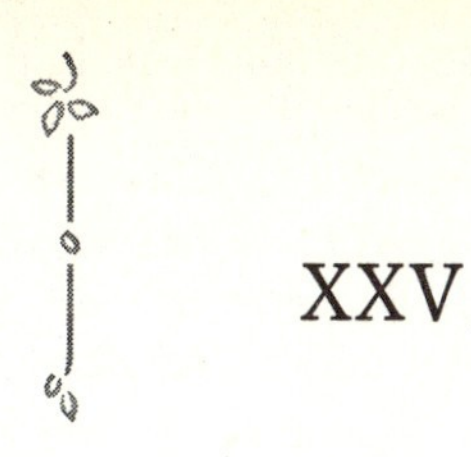

# XXV

Als der Bräutigam flankiert von John und Angus durch die überfüllten Straßen der sonnendurchfluteten, für das Fest herausgeputzten Stadt zur Kirche ritt, brauste der Jubel der Menge auf.

Thomas hatte Christiana seit dem gestrigen Abend nicht mehr gesehen und hatte die ganze Nacht lang kein Auge zugetan. Als er sein Pferd vor dem Eingang der Kirche zum Stehen brachte und abstieg, war er äußerst nervös. Er konnte es noch immer nicht glauben, dass diese wunderbare Frau in wenigen Stunden seine Gemahlin sein würde.

Der Pfarrer erwartete ihn am Eingang der Kirche und begrüßte ihn lächelnd. Thomas nickte freundlich und ließ sich von ihm in das Gotteshaus geleiten.

Christiana wohnte regelmäßig dem Gottesdienst bei und suchte auch sonst oft göttlichen Beistand in diesem Haus, doch er fühlte sich in Kirchen und Kapellen nicht wohl und umging es bis vor kurzem, einen Fuß hineinzusetzen. Es war neben ihrem Schlafgemach der einzige Ort, wohin er Christiana bis jetzt noch nicht gefolgt war.

Er wusste nicht, warum allein der Anblick eines Mannes in einem Talar ihm einen kalten Schauer nach dem anderen über den Rücken jagte und kleine Schweißtropfen auf seine Stirn treten ließ. Aber für Christiana besaß der Glaube eine große Bedeutung, und daher war es nun unausweichlich, die Kirche zu betreten und einem Gottesmann gegenüberzustehen. Dank seiner vorgetäuschten Stummheit hatte er es jedoch erfolgreich vermieden, die vor einer Vermählung übliche Beichte abzulegen. Der Pfarrer hatte ihm einfach in der winzigen Kapelle der Burg die Absolution erteilt, wo Christiana an besonders schweren Tagen zwischendurch für ein paar Minuten verweilte, um Kraft zu schöpfen.

Während er nun den langen, mit weißen Blütenblättern übersäten Weg zum Altar entlangschritt, nestelte er unbehaglich am Halsausschnitt seines Festgewandes, das ihm die besten Näherinnen von Eden für diesen besonderen Tag geschneidert hatten.

Die Holzbänke, die kleine Sträuße aus leuchtend grünen Blättern und weißen Blumen schmückten, waren bis auf den letzten Platz mit der gesamten christlichen Gemeinde von Eden gefüllt. Ihr begrüßendes Gemurmel hallte ihm in einem Echo von den hohen, von bunten Bleiglasfenstern durchbrochenen Wänden entgegen.

Die Menschen auf den Bänken trugen zur Feier des Tages ihre schönsten Gewänder und hielten weiße Kerzen in den Händen, die das dunkle Innere der Kirche in einem warmen Licht erstrahlen ließen. Von der Decke, die mit kunstvollen Darstellungen verschiedener biblischer Geschichten bemalt war, hingen vier schwere, goldene Kronleuchter mit unzähligen Kerzen herab. Deren rötliche Flammen flackerten im Luftzug, der durch die geöffnete Tür in das nach Weihrauch duftende Gebäude drang. Große Säulen mit reich verzierten Kapitellen stützten die steinernen Bögen, die sich an der Decke sternförmig kreuzten. Um sie herum wanden sich feinblättrige Ranken aus dunkelgrünem Efeu.

Verunsichert, ja, beinahe ängstlich, ließ Thomas seinen Blick nach vorn schweifen. Das riesige hölzerne Altarbild bestand aus drei Teilen mit insgesamt vierundzwanzig aufwendig geschnitzten Bildern, die die Lebensgeschichte des Gottessohns wiedergaben. Die beiden äußeren Flügel waren leicht angewinkelt und verführten den Betrachter regelrecht, die Augen auf die große Jesusfigur darüber zu richten, die mit einer Dornenkrone und einem Stück Stoff um die Hüften an einem großen Holzkreuz an der grauen Steinwand hing. Auf der linken Seite des Podestes aus Stein befand sich der Altar aus hellem Marmor, auf dem ein mehrarmiger Kerzenleuchter mit dicken, weißen Kerzen stand sowie eine in feines Leder eingeschlagene Bibel mit goldenen Lettern lag. Dahinter führte eine schmale Treppe zu der hölzernen, mit verschlungenen Goldornamenten verzierten Kanzel hinauf.

Der Pfarrer ließ den jungen Bräutigam, der von der Pracht des Gotteshauses vollkommen überwältigt zu sein schien, vor den mit dicken Teppichen bedeckten Stufen zum Altar zurück, um auch die Braut, die jeden Augenblick eintreffen konnte, am Eingang der Kirche zu empfangen.

Unruhig trat Thomas von einem Fuß auf den anderen, wandte dann seinen Kopf zur Seite und sah, dass sich Angus und John, seine Trauzeugen, neben ihm eingefunden hatten.

Plötzlich ging ein Raunen durch die Menge vor der Kirche und setzte sich im Inneren des Gotteshauses fort. Die Braut war angekommen!

Thomas drehte sich just in dem Moment um, als sich die Menschen von den Bänken erhoben, um den Brautzug zu begrüßen. Er richtete seine Augen erwartungsvoll auf die Ehrfurcht gebietende Prozession, die würdevoll den langen Weg zum Altar zurücklegte.

Er erblickte den Priester, der in seiner festlichen Robe mit hocherhobenem Kopf und einem feierlichen Ausdruck auf dem faltigen Gesicht den Gang entlangschritt, geführt von zwei Jungen mit kleinen Kerzen in den Händen. Sie liefen nun an ihm vorbei und erklommen die Stufen zum Altar. Ihnen folgte Herzogin Marlena, deren Stuhl von Johanna geschoben wurde. Dahinter erschien Eleana, die einen Strauß weißer Rosen in den Händen hielt. Die drei Frauen lächelten ihn aufmunternd an und gesellten sich zu ihm. Dann wandten sie sich der offenen Kirchentür zu, in der Christianas Gestalt erschien, umgeben von einem Kranz aus goldenen Sonnenstrahlen.

Die tiefen männlichen und hellen weiblichen Stimmen des Chors, der sich auf der Empore über dem Eingang aufgestellt hatte, begannen auf ein unsichtbares Zeichen von unten, leise zu summen, und setzten dann zu einem alten, bewegenden Kirchenlied an. Doch als die Wartenden den Brautführer erkannten, der nun an Christianas Seite trat, hob erstauntes Gemurmel an und verschluckte den Gesang beinahe vollständig.

Als seine Christiana am Arm von Darius langsam und ohne zu humpeln auf ihn zuschwebte, umgeben von einem magisch funkelnden Meer aus Lichtern, schlug Thomas' Herz laut und heftig gegen seine Rippen, und seine Knie wurden weich. Er hatte sie so oft in seinen Träumen genauso auf ihn zukommen sehen, dass er jetzt verwirrt blinzelte, um sich zu vergewissern, dass er wach war.

Ein Jahr und zwei Wochen nach dem Tod ihrer Mutter hatte sie ihre Trauerkleidung endgültig abgelegt und trug nun einen goldenen Schleier, auf dem ein schmaler Reif saß, dessen Edelsteine im Licht der Kerzen wie ein Regenbogen glitzerten. Ihr Rock war aus schwerem, grünem Samt, der der Farbe ihrer Augen glich. Bei jedem ihrer Schritte teilte er sich und gab den Blick auf den Unterrock aus goldenem, mit Blüten besticktem Brokat frei. Das Oberteil verbarg der taillenlange Schleier, einzig der Saum der langen Ärmel, den breite, goldfarbene Spitze zierte, war zu sehen. Christianas Hände verhüllten eng anliegende Handschuhe aus weißer Seide, und sie hielten einen kleinen Strauß aus elf weißen Rosen. Am Tag zuvor hatte sie ihm verraten, was es damit auf sich hatte: Es war die Anzahl der Monate, die sie sich kannten.

Als Christiana ihn erreicht hatte, nahm Darius ihre Hand von seinem Arm und übergab sie ihm. Thomas nahm das breite Grinsen auf dem Gesicht des alten Captains gar nicht wahr, der sich nun zu John und Angus gesellte, denn seine Augen waren allein auf die Frau an seiner Seite gerichtet.

»Geht es dir nicht gut, Thomas? Oder hast du Bedenken?«, fragte Christiana ihn genau in dem Augenblick leise, in dem der wundervolle Gesang verstummte.

Seit Christiana das Gotteshaus betreten hatte, ließ sie den Mann, der umhüllt vom warmen Schein der unzähligen Kerzen vor dem Altar reglos auf sie wartete, nicht einen Moment lang aus den Augen. Er trug kniehohe Lederstiefel, in denen die Beine seiner dunklen Hose steckten. Sein langärmliges Hemd aus rotem Samt, das ihm bis auf die

Oberschenkel fiel, war mit einem wundervollen Muster aus glitzernden Goldfäden bestickt. Ein breiter Gürtel aus weichem, braunem Leder zierte seine schmalen Hüften. Ein goldener Dolch ragte heraus, den er von Marlena geschenkt bekommen hatte und dessen edelsteinbesetzter Griff im Kerzenschein farbenprächtig funkelte. Auf seiner Brust lag die schwere goldene Kette, die seinen roten, pelzbesetzten Tasselmantel zusammenhielt. Entgegen der Mode auf dem Festland hatte er auf eine Kopfbedeckung verzichtet, die auf Eden ohnehin jeder verschmähte, sodass Christiana auch aus der Entfernung ganz deutlich die helle Narbe auf seiner Stirn sehen konnte, die von seinem Unfall herrührte.

Nachdem sie seine stattliche Erscheinung geradezu in sich aufgesogen hatte, wanderte Christianas verschleierter Blick jedoch zu seinen braunen Augen. Als sie das Blinzeln und den verwirrten, nahezu entsetzten Ausdruck in ihnen bemerkte, mit dem er sie anstarrte, wäre sie beinahe gestolpert. Mit jedem Schritt, den sie tat, wuchs ihre Angst, er würde sich im nächsten Augenblick umdrehen und davonlaufen.

Doch er regte sich nicht, und jetzt, da sie vor ihm stand und ihn mit unsicherer Stimme nach seinem Befinden fragte, lächelte er sie zärtlich an und strich mit seiner bebenden Hand leicht über ihre Finger.

Selbst wenn es möglich gewesen wäre – er hätte es in diesem Moment ohnehin nicht fertig gebracht, ihr zu sagen, dass ihr Anblick ihm schier den Atem verschlagen hatte, so unvorstellbar war es für ihn, dass dieser wunderschöne Engel gekommen war, um seine Frau zu werden. Doch seine Augen blieben keineswegs stumm, und Christiana atmete erleichtert auf.

Sie waren beide so sehr vom Zauber des Augenblicks gefangen, dass sie gar nicht bemerkten, wie der Pfarrer sie dezent hüstelnd zu der gepolsterten Bank hinaufwinkte, auf der sie während der Gebete und später für den Empfang seines Segens niederknien würden.

Der Gottesmann begann, sich laut zu räuspern, doch auch das führte nicht dazu, dass die Brautleute auf ihn aufmerksam wurden. Hilfe suchend wandte er sich der Herzogin zu, die das Paar mit verwunderter Miene beobachtete und dem Pfarrer dann mit einem nachsichtigen Lächeln zu verstehen gab, dass sie nicht gewillt war, einzuschreiten. Völlig verzweifelt näherte er sich dem Paar und raunte ihm zu, dass es nun seinen Platz einnehmen sollte – vergeblich.

Darius, der sich zusammen mit den beiden Trauzeugen und dem Rest der Kirchengemeinde köstlich über den rotnäsigen Priester amüsierte, bekam schließlich Mitleid mit ihm.

»Kinder«, sagte er grinsend, trat an das junge Paar heran und tippte dem Bräutigam auf die Schulter. »Die ganze Stadt hat sich nicht herausgeputzt, um zwei steinerne Statuen zu betrachten! Wir sind hier, um eurer Vermählung beizuwohnen, schon vergessen?«

Bei seinen Worten drehten sich die beiden um und sahen in die gespannten Gesichter der wartenden Menge. Während Christiana ein gehauchtes »Jesus Christus!« entschlüpfte, lief Thomas zu Darius' unbändigem Vergnügen knallrot an. Die beiden wandten sich dem Priester zu, der ihnen bedeutsam zunickte.

Bevor sie jedoch zusammen die Steinstufen emporstiegen, reichte Christiana Eleana ihren Rosenstrauß und beugte sich zu ihrer Tante hinunter.

»Verzeih mir«, flüsterte sie der Herzogin zu und ließ sich dann von Thomas zum Altar hinaufführen.

Marlena schaute ihr verwirrt hinterher.

Der Priester ließ seinen Blick feierlich über die Gemeinde schweifen, um sie zum Schweigen zu bringen, dann bedeutete er Christiana, ihren Schleier zu heben. Die Braut nahm die Hand vom Arm ihres Bräutigams und wandte ihm das Gesicht zu. Lächelnd fasste er mit beiden Händen den Saum des Schleiers und hob ihn ihr vorsichtig über den Kopf.

Ohne die beiden anzusehen öffnete der Pfarrer die große Bibel und begann: »Wir sind heute hier zusammengekommen, um diesen Mann und diese Fr…«

Mit einem entsetzten Ausdruck auf dem Gesicht brach er ab. Seine grauen Augen blickten ungläubig auf die junge Frau, die er trauen sollte, und seine Hände fingen an zu zittern. Verstört schloss er mehrmals die Augen, doch beim Öffnen erblickte er immer dasselbe Bild. Noch nie in seinem Leben hatte er eine so anziehende Frau gesehen. Er war auf ihre weiße Maske gefasst gewesen, die ihm vom Gottesdienst, von der Beichte und seinen Besuchen auf der Burg vertraut war, der Anblick des nahezu makellosen Gesichts, aus dem ihm die grünen Augen wie leuchtende Smaragde entgegenstrahlten, die ihn in ihren Bann zogen, traf ihn jedoch wie ein Blitz aus heiterem Himmel.

Die beiden Jungen neben ihm gafften die Braut mit offen stehenden Mündern an. Auch ihnen hatte der Anblick die Sprache verschlagen.

Der Gottesmann schluckte nervös und räusperte sich, doch seine Stimme wollte ihm nicht gehorchen. Verwirrt glitt sein Blick zu seiner Gemeinde, die ihn erstaunt ansah. Die Leute hatten ihren schlagfertigen, trinkfesten Pfarrer in all den Jahren noch niemals sprachlos erlebt.

Ein aufgeregtes Murmeln erscholl und drang bis nach draußen auf die Straße, wo sich die Menschen versammelt hatten, die einem anderen Glauben angehörten.

Niemand außer dem Priester und seinen beiden Helfern sah, was die drei so überrascht hatte, denn die Anwesenden konnten nur ein winziges Stück von Christianas Gesicht erspähen. Ihre Haut war jedoch fast so hell wie der Stoff ihrer Maske, und so kam auch keiner auf die Idee, dass sie sie nicht trug. Nur Darius wusste, was den Pfarrer so entsetzt hatte, und grinste ihn vergnügt zwinkernd an.

Kurz nach ihrer Verlobung hatte Thomas seine zukünftige Frau zur Hütte seines Freundes geführt, und es dauerte nicht lange, bis Christiana ebenfalls Vertrauen zu dem alten Mann fasste. Der Captain war zwar irgendwie seltsam, aber sehr freundlich und im Umgang mit Thomas so herzlich, dass sie ihn schnell in ihr Herz schloss.

Eines Tages, als sie eng umschlungen über die Lichtung spazierten, wo sie eigentlich nach wilden Heilpflanzen suchen wollten, fragte Thomas sie dann, ob er Darius in ihr Geheimnis einweihen durfte. Er hatte das Gefühl, seinen Freund zu betrügen, und Christiana beugte sich schließlich seinem Wunsch. Sie erklärte sich sogar dazu bereit, dem Alten einen Teil ihrer eigenen Geschichte zu erzählen. Als der alte Seebär ihr Gesicht erblickte und Thomas sprechen hörte, war er äußerst erstaunt. Doch die Gewissheit, den restlichen Bewohnern der Insel etwas vorauszuhaben, machte ihn zu einem stillschweigenden Verbündeten. Fröhlich stimmte er Thomas' Vorschlag zu, Christiana zum Altar zu führen und der Dritte im Gefolge des Bräutigams zu sein.

Die junge Frau ihrem zukünftigen Mann in der Kirche zu übergeben, wäre für viele Männer – John, Richard, Charles, Isaak, der alte Bäcker, und sogar Angus eingeschlossen – eine Ehre gewesen, doch Christiana hatte jedes Angebot dankend abgelehnt. Von Darius zum Altar geleitet zu werden, war der dritte Streich, den sie Edens Bewohnern spielen wollten, denn der alte Mann kam selten in die Stadt und schon gar nicht in die Kirche. Nach dem Tod seiner Frau und seiner daraus folgenden Ablösung als Oberhaupt von Eden hatte er sich wie ein Einsiedler in den Wald zurückgezogen.

Aber schon allein die verwirrten Blicke des Pfarrers und seiner beiden jungen Helfer zu betrachten, war es Darius wert gewesen, den weiten Weg in die Stadt zu machen.

Es dauerte eine halbe Ewigkeit, bis sich der Gottesmann wieder einigermaßen unter Kontrolle hatte, um die Zeremonie erneut zu beginnen. Und nach einer halben Stunde war es endlich so weit: Er sprach den Satz, auf den das Paar gewartet hatte.

»Christiana Henrietta Margarete von Rossewitz, wollt Ihr diesen Mann zu Eurem Gatten nehmen, ihn lieben und ehren, ihm mit Eurem Körper huldigen, in Gesundheit und Krankheit, in Armut und Reichtum, bis dass der Tod euch scheidet, so antwortet: Ja, mit Gottes Hilfe.«

Die Braut sah zu ihm auf und erwiderte mit fester Stimme: »Ja, mit Gottes Hilfe.«

Dann schenkte sie Thomas, der gespannt seinen Atem angehalten hatte, ein zauberhaftes Lächeln.

Der Pfarrer ließ seinen Blick zum Bräutigam wandern und wiederholte seine Worte, nur bat er ihn am Ende, seine Zustimmung mit einem Nicken zu bekunden.

Thomas drehte seinen Kopf zu Christiana und zwinkerte ihr verschwörerisch zu, und dann antwortete er mit seiner tiefen Stimme laut und deutlich: »Ja, mit Gottes Hilfe.«

Die Menge starrte überrascht auf den Rücken des jungen Mannes vor dem Altar. Der Pfarrer schüttelte ungläubig den Kopf und berührte seine Stirn, um zu prüfen, ob er womöglich an einem geheimnisvollen Fieber erkrankt war. Hatte er tatsächlich einen Stummen sprechen gehört? Wenn ja, dann musste der Messwein, dem er heute bereits reichlich zugesprochen hatte, Wunder bewirken.

»Er hat gesprochen!«

»Er ist gar nicht stumm!«

»Gütiger Himmel, er hat eine Stimme! Und was für eine!«

Christiana hörte das aufgeregte Getuschel, das wie eine Welle durch das Kirchenschiff rollte, und versuchte, ihr Lachen zu verbergen. Thomas drückte grinsend ihre Hand und wandte sich dann mit großen, braunen Augen wieder dem Pfarrer zu. Bei dem unschuldigen Blick, den er dem Gottesmann zuwarf, entfuhr Christiana ein leises Kichern.

Der Priester schüttelte erneut den Kopf und richtete seine Augen zur Decke. Während er die Bitte um Geduld und die offensichtlich notwendige Überprüfung seiner Augen und Ohren an Gott sandte, bewegte er lautlos seine Lippen. Dann setzte er die Zeremonie hastig fort. Er wollte diese verrückte Trauung so schnell wie möglich hinter sich bringen, um sich einen weiteren Becher des magischen Weines zu gönnen.

Keine zehn Minuten später trug Christiana ein Band aus kunstfertig durchbrochenem Gold an ihrem Ringfinger, das ein Goldschmied, ein sehr dankbarer Patient, nur für sie entworfen hatte. Schließlich sprach der Pfarrer den letzten Segen aus.

»Und nun, Thomas und Christiana, besiegelt euren Schwur vor Gott mit einem Kuss.«

Nervös erhob sich Christiana von der Bank, auf der sie gekniet hatte, und wurde von ihrem Gatten mit einem unwiderstehlichen Lächeln bedacht. Aus Thomas' leuchtenden Augen strahlte ihr die Liebe entgegen, die sie selbst für ihn empfand.

Er beugte seinen Kopf weit zu ihr hinunter und legte seine linke Hand auf ihre Wange, damit ihr Gesicht für die Menschen in der Kirche unsichtbar blieb. Dann umschlang sein anderer Arm ihre Taille, und seine Lippen legten sich sanft auf ihre.

Die anfeuernden, beinahe gotteslästernden Rufe der Männer sowie die unzähligen Seufzer der Frauen drangen an ihre Ohren.

Nach einer kleinen Ewigkeit, die Christiana jedoch viel zu kurz erschienen war, löste sich Thomas von ihr und streichelte mit seinem gequetschten Daumen zärtlich ihre Wange.

»Ich liebe dich«, hauchte er ganz nah an ihren Lippen, und bevor er sie endgültig freigab, küsste er sie nochmals.

Mit neuem Mut und einem überwältigenden Glücksgefühl, das tief in ihrem Bauch kleine Purzelbäume schlug und ihre Wangen glühen ließ, strich sie atemlos ihr schulterfreies, vorn geschnürtes Samtmieder glatt und richtete das mit feinen Goldfäden durchwirkte weiße Tuch, das den Ansatz ihrer Brüste und einen Teil ihrer Schultern bedeckte. Dann schob sie mit ihrem Fuß, der in schmalen, weißen Seidenschuhen steckte, die drei Ellen lange Samtschleppe ihres Rocks zur Seite, damit sie sich umdrehen konnte, ohne über den Stoff zu stolpern.

Thomas trat dicht an sie heran, ergriff ihre linke Hand, deren Narben der Handschuh verbarg, und legte sie auf seinen Arm. Er wartet, bis sie tief Luft geholt hatte und ihm mit einem leichten Nicken bedeutete, dass sie bereit war, den wartenden Menschen ihr Gesicht zu zeigen.

Dann neigte er sich zu ihr hinab und raunte ihr ins Ohr: »Keine Angst, mein bezaubernder Engel. Du siehst atemberaubend schön aus. Alle Männer werden mich um dich beneiden, aber jetzt bist du mein! Meine Frau!«

Ein überraschtes Lächeln huschte über ihr Gesicht, und sie errötete heftig, denn der Stolz in seinen Worten war nicht zu überhören.

»Du irrst dich, Liebling«, erwiderte sie schließlich, und als sie seinen verwirrten Gesichtsausdruck sah, lachte sie leise. »Nicht ich bin dein, sondern du bist mein!«

Sein Mund verzog sich zu einem jungenhaften Grinsen, und seine Augen strahlten sie überglücklich an.

»Bereit, ihnen alles heimzuzahlen?«

»Ja!«

Die christliche Gemeinde hatte sich erhoben, um dem frisch getrauten Ehepaar lautstark zuzujubeln, das die Kirche nun durch den Gang verlassen würde, doch als sich die beiden zu ihnen umwandten, kam kein einziger Laut aus den vielen geöffneten Mündern. Während ihre weit aufgerissenen Augen ausnahmslos an Christianas Gesicht klebten, tropfte das Wachs der Kerzen in ihren Händen unbemerkt auf ihre Haut und ihre Gewänder.

Johanna hatte die Herzogin nah an die Steinstufen herangefahren, damit sie ihrer Nichte und deren Gatten als Erste gratulieren konnte, doch Marlena starrte nur entsetzt auf das hübsche Gesicht der jungen Frau, das dem ihrer Schwester wie ein Spiegelbild ähnelte.

»Isabella«, stieß sie heiser hervor.

Eleana, die neben der Freifrau von Waldenberg stand, blinzelte kurz und sank dann bewusstlos in die Arme eines Mannes, der hinter ihr in der ersten Reihe stand. Johanna legte ihre Hand auf ihr Herz und wurde weiß wie die Blüten, die ihre aufwändige Frisur schmückten. John, der sich ebenfalls genähert hatte, bedachte Christiana mit einem vollkommen verwirrten Blick, und Angus war hinter ihm mitten in der Bewegung erstarrt.

»Ein Hoch auf das Brautpaar!«, rief Darius fröhlich und grinste die beiden mit schelmisch funkelnden Augen an. »Ein dreifaches Hoch auf das junge Paar!«

Es dauerte eine Ewigkeit, bis die Gemeinde den Schock so weit überwunden hatte, dass sie zuerst zögernd, dann immer herzlicher in die lauten Hochrufe von Darius einstimmte.

Christiana schritt am Arm von Thomas die Stufen vom Altar hinunter und beugte sich zu ihrer sprachlosen Tante hinab.

»Verzeih mir, Marlena«, flüsterte sie der Herzogin zu, in deren Augen Tränen schimmerten. Dann umarmte sie ihre Tante und küsste sie auf die Wange. Marlena fing mit der Hand eine seidigweiche Strähne von Christianas schwarzem Haar ein, die unter dem Schleier hervorlugte, und starrte sie ungläubig an.

»Wie ist das möglich? Ich habe doch gesehen –«, murmelte sie verwirrt.

»Ich werde es dir noch erklären«, unterbrach Christiana sie und löste die Haarsträhne sanft aus ihrer Hand. »Sobald wir einen Moment für uns haben, ja?«

Marlena nickte, ohne wirklich zu verstehen, und Christiana machte einen Schritt zur Seite, damit Thomas, der hinter ihr gestanden hatte, vortreten konnte. Er verbeugte sich tief vor der Herzogin.

»Ich danke Euch dafür, dass Ihr mich auf Eden aufgenommen und mir die kostbare Hand Eurer Nichte anvertraut habt.«

Einen Tag nachdem Marlena von Christiana in ihre Heiratspläne eingeweiht worden war, hatte Marlena ihn zu sich rufen lassen und ihn einem strengen Verhör unterzogen. Sie stellte unzählige Fragen, um herauszufinden, ob er es wirklich ernst mit ihrer Nichte meinte und ob er sich über die Schwierigkeiten einer solch ungleichen Ehe im Klaren war. Nach zwei Stunden hatte sie sich von der Echtheit seiner Gefühle und seinem guten Charakter überzeugt, und er bat sie mit seinen Gesten offiziell um Christianas Hand. Erfreut über seine guten Manieren, gestattete Marlena ihm lächelnd, ihre Nichte zu heiraten.

»Ich weiß Eure Großmut zu schätzen und werde auf meine Frau aufpassen und sie mit meinem Leben beschützen«, sagte Thomas nun feierlich und ergriff liebevoll Christianas Hand.

Seine Frau schenkte ihm ein strahlendes Lächeln, und während er sich noch einmal vor der Herzogin verbeugte, knickste Christiana vor ihr.

Johanna machte zaghaft einen Schritt auf das Brautpaar zu und lächelte Christiana schüchtern an, die sich keinen Atemzug später fest an den riesigen Busen der Freifrau gedrückt wiederfand. Schließlich gab die Ehrendame sie frei und schüttelte Thomas freundlich die Hand. Eleana, die inzwischen aus ihrer Ohnmacht erwacht war, trat nun ebenfalls heran. Sie blinzelte wie immer, und Christiana warf ihr einen aufmunternden Blick zu. Mit einem lauten Seufzen warf sich Eleana schließlich in ihre Arme.

»Ich wünschen Euch Glück, Christiana«, sagte sie unter Tränen. Dann drehte sie sich zu Thomas um und drückte schluchzend seine Hand.

»Schätzchen ...«

Christiana wandte sich um und wurde augenblicklich von zwei kräftigen Armen umschlungen.

»Du musst auf den Jungen Acht geben«, raunte Darius ihr ins Ohr. »Sei gut zu ihm, er hat Schlimmes durchgemacht. Und er wird dich eines Tages mehr brauchen, als du ahnst.«

Christiana löste sich aus der herzlichen Umarmung, um dem alten Captain in die Augen zu sehen. Wusste er etwas über Thomas' Vergangenheit, das sie nicht wusste? Aber Darius verstand die Frage, die in ihren Augen geschrieben stand, und schüttelte traurig den Kopf. Sie begriff, dass er sich lediglich Sorgen um ihren Mann machte, und küsste ihn dankbar auf die runzlige Wange. Der alte Mann errötete und senkte verlegen den Blick. Dann wandte er sich Thomas zu. Er drückte ihn kurz an sich und klopfte ihm dann väterlich auf die Schulter.

Nachdem Christiana mit Thomas an ihrer Seite die Glückwünsche von John und Angus entgegengenommen hatte, die ihren überraschten Blick kaum von ihrem Gesicht lösen konnten, legte sie ihrem Ehemann die Hand auf den Arm und ließ sich von ihm unter dem plötzlichen Beifall zur Kirchentür geleiten. An der letzten Säule erblickte sie Anthony, der sie aus schmalen Augen musterte. Es schmerzte sie, ihn so aufgebracht zu sehen, doch sie hatte sich nach langer Überlegung dazu entschlossen, auch ihn nicht vorzuwarnen, denn sie wollte ihm keinen Grund geben, sie mit seinen Liebesbezeugungen erneut zu bestürmen. Aber vielleicht war sie auch einfach nur zu feige gewesen ...

Als sie an ihm vorbeigingen, spürte sie, wie sich Thomas versteifte. Sie schaute ihn vorsichtig von der Seite an und bemerkte, dass er Anthony einen herausfordernden Blick zuwarf. Eine unbedachte Bewegung oder falsche Äußerung von ihm, und Thomas würde sich ohne Zweifel auf ihn stürzen.

Bemüht, das zu vermeiden, nickte sie Anthony kurz zu und zog ihren Mann schnell durch die offene Tür.

Die Neuigkeit, dass ihr Gesicht nicht entstellt war und Thomas sprechen konnte, hatte die wartende Menge vor der Kirche lange vor ihnen erreicht, und die Menschen drängten sich nun um das frisch vermählte Paar, um einen Blick auf die hübsche Braut zu erheischen und die Stimme des Bräutigams zu hören.

Weiße Blütenblätter regneten auf sie herab, und der Jubel der Bewohner von Eden, die sie zu ihren Pferden begleiteten, war ohrenbetäubend. Thomas half Christiana in den Sattel und stieg dann selbst auf.

»Lady Christiana! Thomas! Lady Christiana!«

Die hellen Kinderstimmen ließen Christianas Kopf herumschnellen.

Hannah und ihr kleiner Bruder Duncan bahnten sich auf allen Vieren kriechend einen Weg zwischen den Beinen der Menschen hindurch. Als die Kinder vor ihr auftauchten und sich erhoben, begann Christianas schwarze Stute nervös zu tänzeln. Aus Angst, das Pferd würde Hannah, die dicht an ihrer Seite stand, niedertrampeln, beugte sie sich hinunter, hob das Mädchen mit beiden Armen hoch und setzte es vor sich auf den breiten Rücken der Stute. Die aufgeschürften Knie des Kindes bluteten, und ihr gelbes Kleidchen war schmutzig und zerrissen, doch das störte die Kleine nicht weiter. Mit einem strahlenden Lachen drehte sie sich zu Christiana um und schlang ihre dünnen Arme um deren Hals.

Christiana hatte sie mit ihrer Mutter Amina auf einer der hinteren Bänke der Kirche sitzen sehen, und als sie mit Thomas den Gang entlanggeschritten war, hatte sie ihr kurz zugezwinkert.

»Ihr seid die schönste Braut, die ich je gesehen habe«, flüsterte das Mädchen ehrfürchtig und musterte Christianas Gesicht mit kugelrunden Augen. »Wie eine Fee aus dem Märchen.«

»Danke, Hannah«, erwiderte Christiana und lächelte das Kind liebevoll an. »Möchtest du mich vielleicht auf dem Weg zur Burg begleiten?«

»Ja!«, rief das Mädchen entzückt.

Christiana drehte sich zu ihrem Mann um und entdeckte überrascht, dass auch er nicht mehr allein auf seinem Pferd saß. Er hielt Duncan im Arm, dessen kurze Beinchen von der Flanke seines kräftigen Hengstes baumelten. Thomas musste gespürt haben, dass sie ihn ansah, denn er blickte sogleich zu ihr hinüber und lächelte sie an.

Seit er den Jungen aus der Feuerfalle im Baum gerettet hatte, betrachtete Duncan ihn als Helden. Christiana erinnerte sich noch gut daran, dass Amina während jener drei Tage, die Thomas bewusstlos gewesen war, stundenlang vor der Tür ihres Arbeitzimmers ausgeharrt hatte, um sich immer wieder nach seinem Befinden zu erkundigen. Als sie ihr berichtete, dass Thomas wieder zu sich gekommen war, fiel die junge Mutter überglücklich auf die Knie, um Gott zu danken, den auch sie in unzähligen Gebeten um sein Leben angefleht hatte.

Später erfuhr Christiana, dass sie sich bei Thomas mehrmals bedankt und ihm dabei sogar die Hände geküsst hatte. Ihre Geste bereitete ihm großes Unbehagen, doch als sie Duncan hereinholte, damit er sich ebenfalls bei ihm bedanken konnte, freute er sich sehr.

Thomas schloss den quirligen Jungen schnell in sein Herz und hatte ihn gern in seiner Nähe. In den Wochen nach ihrer Verlobung beobachtete Christiana die beiden oft beim ausgelassenen Herumtollen, und sie war fest davon überzeugt, dass ihr Zukünftiger einmal ein liebevoller Vater werden würde – ganz anders als ihr eigener Vater.

Als sie die beiden jetzt auf dem Pferd sitzen sah und Duncan ihren Mann aus großen Augen anschaute, konnte sie den Gedanken an ein eigenes Kind kaum noch verdrängen.

Plötzlich erinnerte sie sich an etwas, das Anthony zu ihr gesagt hatte, als sie Eden zum ersten Mal sah. »Auf Eden ist alles möglich. Ihr werdet es selbst erleben …«

Auf Eden ist wirklich alles möglich, dachte sie verwundert. Vor Jahren schon hatte sie es aufgegeben, sich dem Traum von einer Zukunft als Ehefrau und Mutter hinzugeben, doch jetzt war sie nicht nur mit dem Mann, den sie aus ganzem Herzen liebte, verheiratet, sondern auch einem eigenen Kind ein ganzes Stück näher als jemals zuvor.

Lächelnd ließ sie ihre Augen über Thomas' vernarbtes Gesicht wandern, und als er aufschaute und sich ihre Blicke erneut trafen, trat ein wissender Ausdruck in sein Gesicht.

Sie dachten gleich, und sie fühlten gleich. Und heute hatten sie ihre Seelen mit einem Gelöbnis vor Gott vereint. Von nun an gehörten sie für immer zusammen.

Als sie die Fersen in die Flanken ihrer geschmückten Pferde drückten und mit Hannah und Duncan im Arm zur Burg ritten, war ihr Glück für die Bewohner von Eden nicht zu übersehen.

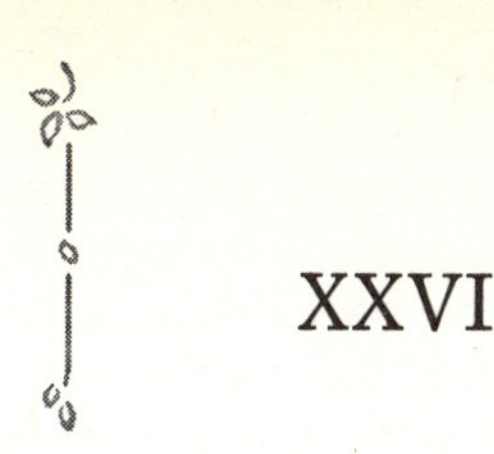

# XXVI

Die Gäste hatten sich in der geschmückten Halle eingefunden, um das Festmahl zu genießen, das zu Ehren des Brautpaares ausgerichtet worden war, und nun drängten die Leute darauf, endlich die Wahrheit zu erfahren. Sie wollten wissen, warum Christiana und Thomas ihnen das verheimlicht hatte, was ihre ungläubigen Augen gesehen und ihre Ohren voller Erstaunen vernommen hatten. Doch Christiana zog sich zuerst mit ihrer Tante und ihrem Gatten zurück, um der Herzogin die ganze Geschichte zu erzählen.

Marlena hörte unter Tränen zu, was ihrer Nichte widerfahren war. Schweigend saß sie in Christianas Arbeitszimmer und lauschte der schrecklichen Erzählung, die zugleich des Rätsels Lösung war.

Sie nahm es Christiana keineswegs übel, dass sie sie so hinters Licht geführt hatte, denn sie wusste aus eigener Erfahrung, was es hieß, ein Leben in Angst zu führen. Doch sie war wütend auf sich selbst. Durch ihr Verhalten hatte sich die junge Frau gezwungen gesehen, diese Maskerade mit ihr zu spielen. Ihre Nichte verhalf ihr zu einem neuen Leben, und sie dankte es ihr, indem sie sie mit ihrer unverzeihlichen Neugierde verletzte. Sie hätte ihr mehr Zeit geben müssen, sich mehr um sie kümmern und erst einmal ihr Vertrauen gewinnen sollen, bis sie von selbst ihr Geheimnis lüftete.

Als Christiana schließlich ihre Geschichte beendete, winkte sie sie zu sich und nahm sie fest in die Arme.

»Ich hoffe, dass du jetzt endlich den Wunsch deiner Mutter erfüllen kannst, Christiana«, flüsterte sie ihr ins Ohr.

Ihre Nichte löste sich aus ihrer Umarmung und schaute sie verwirrt an.

»›Werde glücklich – für uns beide!‹ Das waren doch ihre letzten Worte, nicht wahr?«

Die junge Frau nickte und schaute von ihrer Tante zu ihrem Mann, der während der ganzen Zeit beschützend hinter ihrem Stuhl gestanden und seine Hand beruhigend auf ihre Schulter gelegt hatte.

»Das bin ich schon«, antwortet sie. »Ich habe mein Glück gefunden – bei Thomas.«

Durch den Tränenschleier hindurch lächelte sie ihn an. Marlena war überrascht von dem, was sie in den Augen von Christianas Mann sah. Sie wusste aus ihrer »Unterhaltung« mit ihm, dass er Christiana wirklich liebte, doch das tiefe Gefühl, das jetzt in seinen Augen geschrieben stand, konnte man gar nicht in Worte fassen. Sie hatte nie zuvor so etwas gesehen, und obwohl sie ihren Mann über alles liebte, war sie sicher, dass die Liebe der beiden stärker war als alles, was sie jemals empfunden hatte.

Sie schienen von den Mächten des Himmels füreinander bestimmt und für all das Leid, das sie hatten durchmachen müssen, mit einer Liebe beschenkt worden zu sein, die so selten war wie jener schwarze Schatten, der mitten am Tag für wenige Augenblicke die Sonne vollständig verschluckte.

»Genug der traurigen Geschichten«, rief Malena plötzlich. »Es ist euer Hochzeitstag. Also lasst uns auch feiern!«

Es war weit nach Mitternacht, da begaben sich die Bewohner von Eden schließlich auf den Weg, um den Frischvermählten ein letztes Geschenk zu machen.

Christiana saß auf ihrer schwarzen Stute und ritt an Thomas' Seite in der Mitte des Brautzuges. Das Paar war umringt von Reitern, die zahllose Fackeln hielten, um ihnen den Weg durch den dunklen Wald zu weisen.

»Wohin bringen sie uns?«, fragte sie ihren Mann neugierig, doch er lächelte sie nur geheimnisvoll an. Er wollte ihr nichts von der Überraschung verraten, von der er wusste, dass sie sie überwältigen würde. Und er hatte sich schon seit Beginn der Feier darauf gefreut, ihr Gesicht zu sehen, wenn sie dieses Geschenk erhielt.

Zu dritt waren sie in die große Halle zurückgekehrt, die das Gesinde der Burg zwei Tage lang geputzt hatte, bis selbst die letzte dunkle Ecke erstrahlte. Die riesigen, mit weißen Tüchern bedeckten Festtafeln waren bis auf den letzten Platz besetzt und funkelten geradezu von dem kostbaren Gold- und Silbergeschirr, das den Kerzenschein der zahllosen Leuchter zurückwarf. Der ganze Saal war erfüllt vom Duft der verschiedenen Köstlichkeiten, die in der großen Küche der Burg gezaubert worden waren. Es gab leckere Pasteten, saftige Braten, zuckersüße Kuchen, kandiertes Obst, würzigen Wein und Bier in Hülle und Fülle.

Als der erste Hunger gestillt war, erhob sich das Brautpaar, um den Gästen gemeinsam seinen Dank auszusprechen.

»Warum habt Ihr uns nicht schon vorher Euer hübsches Gesicht gezeigt?«, rief Jacques, der sogar zur Feier des Tages gebadet hatte, und sprach damit allen aus dem Herzen.

Christiana ließ ihren Blick über die Menge schweifen und dann auf Anthony ruhen, der im Schatten einer Säule in der Nähe der Tür stand. Sein Platz an der Ehrentafel war die ganze Zeit über leer geblieben, und sie hatte sich mehrmals gefragt, ob sie ihn nicht suchen sollte, um mit ihm unter vier Augen zu sprechen. Aber sie vermutete, dass eine Unterhaltung mit ihr ihm in seiner derzeitigen Enttäuschung und Verärgerung keineswegs helfen würde. Sie konnte nur hoffen, dass die Bande ihrer Freundschaft nicht schon zerrissen waren. Gewiss fand er auf seiner nächsten Reise, die in ein paar Tagen begann, die Zeit, über alles nachzudenken. Und dann würde er vielleicht sogar verstehen, warum sie sich gegen ihn entschieden hatte.

»Ich weiß, dass ihr euch das alle fragt, und ich will versuchen, es euch zu erklären«, erwiderte Christiana nun, ließ Anthony jedoch nicht aus den Augen. »Meine Tante hat mir einmal erzählt, dass alle von euch einen schweren Schicksalsschlag erlitten und hier auf Eden ein neues Leben begonnen haben. Doch als ich hier eintraf, wusste ich nichts davon. Ich hatte meine Gründe, schwerwiegende Gründe, die mich dazu zwangen, in meiner Heimat mein Gesicht zu verstecken. Als ich auf Eden ankam, rechnete ich nicht damit, dass alles anders sein würde als auf dem Festland. Deshalb habe ich mein Leben genauso geführt wie in den vergangenen Jahren. Doch nach und nach erkannte ich, dass ihr anders seid. Ihr urteilt nicht so sehr nach dem Aussehen, sondern eher nach den Taten, die ein Mensch vollbringt.«

Vereinzelte Rufe stimmten ihr lauthals zu.

»Aber ich hatte Angst, und meine Maske war der einzige Schutz, den ich hatte. Ich konnte mein Geheimnis nicht lüften, denn das ist der Preis für das Leben zweier Menschen, die ich sehr gern habe.«

»Warum habt Ihr Euch dann trotzdem dazu entschlossen, uns Euer Gesicht zu zeigen?«, fragte Johanna, die neben der Herzogin saß, mit ihrer üblichen Neugierde.

»Weil ich nach dem Abend, als die *Gloria* zurückkehrte, wusste, dass ihr ein Geheimnis bewahren könnt!«, erklärte Christiana mit fester Stimme und ließ ihre Augen über ihre Gäste wandern.

»Aber das ist über einen Monat her! Warum habt Ihr uns nicht schon damals Euer wundervolles Gesicht offenbart? Und warum hat Thomas niemals zuvor gesprochen?«, rief Jacques und äußerte erneut die Fragen, die sich alle Anwesenden stellten.

Christiana zwinkerte Thomas, der neben ihr stand und ihre Hand hielt, kurz zu, dann antwortete sie mit ernstem Gesicht: »Wir wollten Rache!«

»Rache?«

»Warum?«

»Rache wofür?«

»Wer hat Euch etwas angetan, Lady Christiana? Sagt es uns, wir werden uns darum kümmern!«

Die verwirrten Zwischenrufe ließen Christiana schmunzeln. Sie wartete eine Weile lang, bis sich die Menge beruhigt hatte, und musterte ein paar Gesichter eindringlich. Die Frauen und Männer wanden sich unbehaglich unter ihren durchdringenden Blicken.

»Wir haben nur mit gleicher Münze heimgezahlt, was wir selbst erhalten haben. Ihr habt uns mit der Enthüllung, dass wir uns auf einer Insel von Piraten befinden, einen riesigen Schrecken eingejagt, und wir haben euch heute hoffentlich einen ebenso großen Schock versetzt wie ihr uns«, erklärte Christiana schließlich.

Die Stille in der Halle wich einem überraschten Gemurmel. Dann plötzlich begann die Menge den barbarischen Schlachtruf auszustoßen, mit dem sie in jener Nacht die Ankömmlinge begrüßt hatte.

»Ihr gehört wahrlich zu uns!«, rief Philomena. »Ihr denkt wie wir!«

»Das ist eines Piraten würdig, Lady Christiana!«, grölte John grinsend und prostete ihr mit einem Krug Bier von der Seite her zu.

Christiana nahm lachend ihren Kelch, hob ihn in die Höhe und rief laut: »Auf die Rache!«

»Auf die Rache!«, riefen ihre Gäste im Chor, wobei auch der Pfarrer keine Ausnahme machte.

Von dem Augenblick an war das Fest in vollem Gange, und eins musste man den Piraten lassen: Sie wussten, wie man feiert. Es wurde gegessen, getrunken, gesungen, gelacht und getanzt.

Christiana und Thomas liefen zwischen den Tischen hin und her und scherzten mit ihren Gästen, nahmen unzählige Kinder auf den Schoß und stießen mit deren Müttern und Vätern auf ihr Glück an.

Es war ein wundervoller Nachmittag, der schließlich zum Abend wurde und unbemerkt in die Nacht überging. Doch außer Anthony, der das Fest kurz nach Christianas Erklärung verlassen hatte, schien niemand müde zu werden. Sogar Anna, die nach der Bekanntgabe der Verlobung tagelang mit einem leidenden Gesichtsausdruck um Christiana und Thomas herumgeschlichen war, flirtete nun schüchtern mit einem jungen Mann.

Als die Kirchenglocke die vierte Stunde des neuen Tages ankündigte, gab Marlena ein Zeichen. Die Musik verstummte, und die Inselbewohner, von denen erstaunlich wenige wirklich betrunken waren, erhoben sich von ihren Stühlen.

»Meine Lieben, es ist Zeit für unser Geschenk!«

Christiana sah über die Tische hinweg zu ihrer Tante hinüber und warf ihr einen fragenden Blick zu, doch Marlena lächelte sie nur geheimnisvoll an.

Angus, der sie wie die meisten den ganzen Abend über immer wieder verwundert angestarrt hatte, trat neben sie. »Mylady, Euer Pferd ist gesattelt.«

»Mein Pferd?«, fragte Christiana überrascht. Thomas gesellte sich zu ihnen und nahm sie bei der Hand.

»Die Herzogin möchte sich von dir verabschieden. Sie kommt nicht mit.«

»Wohin?«

»Frag nicht mich«, wich er ihr lächelnd aus.

Christiana blieb nichts anders übrig, als sich von ihm zu ihrer Tante geleiten zu lassen.

»Ich bin müde, Christiana«, sagte Marlena. »Ich werde mich von Johanna und Eleana zu Bett bringen lassen.«

»Soll ich nachher noch einmal zu dir kommen?«, fragte Christiana besorgt, denn Marlenas Gesicht wirkte plötzlich erschöpft und alt. Die Ereignisse dieses Tages waren für sie anstrengender gewesen, als sie es für möglich gehalten hatte.

»Nein, das brauchst du nicht«, erwiderte sie mit einem Schmunzeln, dessen Bedeutung Christiana nicht verstand. »Ich wünsche dir eine gute Nacht, Christiana. Und dir auch, Thomas.« Ihre Tante schenkte Thomas ein herzliches Lächeln und zwinkerte ihm dann verschmitzt zu.

»Gute Nacht, Marlena«, entgegnete Christiana leise und küsste ihre Tante auf die Wange. »Danke für alles. Es war ein wunderbares Fest!«

»Gute Nacht, Durchlaucht.«

»Thomas, wie es einem Familienmitglied zusteht, solltest du mich bei meinem Namen nennen – jetzt, wo du mein Neffe geworden bist.«

Der junge Mann sah die Herzogin überrascht an und verbeugte sich dann tief vor ihr.

»Wie du wünschst, Marlena.«

»Ach, komm her, Junge«, stieß Marlena plötzlich hervor und breitete ihre Arme aus.

Thomas beugte sich zu ihr hinab und ließ sich von ihr umarmen. Dann trat er zurück und ergriff Christianas Hand, doch sie machte sich von ihm los, kniete sich vor den Stuhl und legte ihre Hände auf die der Herzogin.

»Ich bin so froh, dir begegnet zu sein«, flüsterte sie Marlena unter Tränen zu. »Als meine Mutter starb, dachte ich, ich wäre allein. Ich fühlte mich so verloren ... Aber jetzt habe ich dich und Thomas. Ich bin endlich nicht mehr einsam wie damals in Rossewitz.« Ihre Wangen glühten vor Freude, doch sie senkte plötzlich den Blick. »Es tut mir Leid, dass ich dich belogen habe, und ich hoffe, du kannst es mir eines Tages verzeihen. Und ich danke dir von Herzen, dass du meine Entscheidungen respektierst und meinen Mann in deine ... in unsere Familie aufnimmst. In diesem Punkt bist du meiner Mutter sehr ähnlich.«

»Geh jetzt, Kind. Alle warten schon auf dich«, murmelte Marlena mit belegter Stimme, denn der Vergleich mit Isabella bewegte sie zutiefst. Mit einem unwirschen Wink entließ sie ihre Nichte und deren Mann und wischte sich dann verstohlen eine Träne von der Wange.

Ich werde weich auf meine alten Tage, dachte sie und sah dem Paar hinterher, das eng umschlungen durch den Gang, den die Gäste gebildet hatten, die Halle verließ.

Christiana ließ sich im Burghof von Thomas in den Sattel ihrer Stute heben und richtete ihr kostbares Kleid, bei dessen zahllosen Anproben sie so viel Mühe gehabt hatte. Der Samt fiel in schweren Falten an der Seite hinab, und die lange Schleppe war wie eine Decke über das glänzende muskulöse Hinterteil des schwarzen Pferdes gebreitet.

Es war für die Schneiderinnen schwierig gewesen, dieses wundervolle Gewand nach ihren speziellen Wünschen anzufertigen, da wie bei ihrer restlichen Garderobe, die sie aus Rossewitz mitgebracht hatte, viele kleine Haken, Ösen und Knöpfe versteckt, aber in Reichweite ihrer Hände angebracht werden mussten, damit sie sich allein an- und auskleiden konnte. Auch das Abstecken des Stoffes stellte sich als äußerst mühselig heraus, denn Christiana musste darauf achten, dass keine der Näherinnen hinter ihr Geheimnis kam. Schließlich sollte vor der Trauung niemand wissen, dass ihr Körper gar nicht jene Makel besaß, die alle vermuteten.

Doch es war ihr gelungen, und die Menschen im Hof betrachteten nun noch immer überrascht die hübsche junge Frau, die wie eine Königin auf ihrem Pferd thronte. Und als sie daran dachten, wie geschickt Christiana sie hinters Licht geführt hatte, konnten sie sich ein zufriedenes Lächeln nicht verkneifen.

Die fremde Dame vom Festland, die sie alle so ungeduldig erwartet hatten, gab es nicht mehr. Jetzt war sie beinahe eine von ihnen. Sie hatte sich ihrer angenommen, hatte sie behandelt und bewiesen, dass man ihr trauen konnte.

Christiana wartete geduldig, bis Thomas und alle anderen, die sie begleiten wollten, ihre Pferde bestiegen hatten, und setzte sich dann mit ihrer Stute in Bewegung.

John, seine Frau Katie, Richard und Charles führten den Zug an. Ihnen folgten Darius und der Kapitän des zweiten Schiffes, das am selben Tag angekommen war wie die *Gloria.* Christiana und Thomas ritten, umringt von Amina, Shokriea und Hannah, deren Bruder hinter ihr auf dem kleinen Pony saß, über die Zugbrücke. Dann lenkten sie ihre Pferde nach rechts und folgten den anderen auf einem Pfad in den Wald.

Während sie eine halbe Stunde lang durch den mit Fackeln erhellten Laubwald ritten, sah sich Christiana immer wieder verdutzt um. Alles kam ihr seltsam bekannt vor, doch sie wusste, dass sie niemals zuvor hier entlanggeritten war. Plötzlich hob John seine Hand, und die Menschen brachten ihre Pferde zum Stehen. Angus lief zu Christiana und Thomas, und als sie absaßen, ergriff er die Zügel ihrer Pferde.

»Wo sind wir?«, fragte Christiana neugierig, doch statt zu antworten, zog ihr Mann sie sanft vorwärts.

Dann vernahm sie ein leises Geräusch, das sie aufhorchen ließ. Es war ein rhythmisches Rauschen, so als befänden sie sich in der Nähe eines Wasserfalls.

Die Bäume lichteten sich, und Christiana riss überrascht die Augen auf.

Sie standen auf einer Wiese direkt am Wasserfall, wo sie Nacht für Nacht Zuflucht gesucht hatte. Die Oberfläche des Sees schimmerte gelblich im Schein der Pechfackeln. Die Säulen des Tempels auf der gegenüberliegenden Seite des Sees erhoben sich wie die dicken Stämme mächtiger Eichen gen Himmel.

»Warum sind wir hier?«, wollte sie wissen und blieb verwirrt stehen.

Thomas hob den Arm und deutete nach vorn. Sie folgte seiner Hand mit den Augen und entdeckte einen Schatten am Waldrand, der die Lichtung säumte. John lief geradewegs auf ihn zu, und im Licht seiner Fackel nahm der Schatten die Formen eines Hauses an.

Die Menschen umringten das Brautpaar, zwei Frauen fassten sie bei den Händen und führten sie fröhlich lachend zu dem Haus.

Als sie John erreichten, streckte er Thomas seine Faust entgegen. Dann drehte er sie und öffnete seine Finger. Ein großer Schlüssel aus Gold lag funkelnd auf seiner breiten Handfläche.

»Christiana und Thomas, ich wurde auserwählt, euch unser Geschenk zu eurer Vermählung zu überreichen«, sagte er laut, und die Menschen begannen zu pfeifen und zu klatschen. »Dies ist der Schlüssel zu eurem Haus, das wir für euch gebaut haben.«

Während Thomas den Schlüssel entgegennahm, hielt Christiana überwältigt den Atem an.

»Auch im Namen meiner sprachlosen Frau«, rief er lachend und zwinkerte ihr vergnügt zu, »danke ich euch für dieses wunderbare Geschenk. Und ich danke euch für eure Freundlichkeit und für die Hilfe, die ihr uns habt zuteil werden lassen.«

»Lassen wir das Brautpaar nun allein! Wir haben sie heute schon zu lange von den wirklich wichtigen Dingen abgehalten«, rief John. Er lächelte Christiana vielsagend an und gab der Menge das Zeichen zum Aufbruch. Einige anstößige Rufe wurden laut, die den frisch Vermählten alle erdenklichen unanständigen Ratschläge für die bevorstehende Nacht gaben. Doch allmählich zogen sich die Hochzeitsgäste zurück und hinterließen vor dem Haus ein leuchtendes Meer aus Fackeln, die dem Brautpaar in der Dunkelheit genügend Licht spenden würden.

Angus trat leise neben die junge, vollkommen überraschte Braut.

»Eure drei Pferde habe ich im Stall untergebracht, Mylady.«

»Drei?«, fragte Christiana, die noch immer nicht begreifen konnte, dass die Bewohner von Eden ihnen an dieser Stelle ein eigenes Haus gebaut hatten.

»Eure Stute, der Hengst, den Euer Mann geritten hat, und Shadow«, erwiderte der Stallmeister geduldig.

»Oh, Shadow!«, rief Christiana überrascht und schenkte dem alten Mann ein dankbares Lächeln. »Danke, Angus.«

Er nickte ihr kurz zu und folgte dann den anderen.

Darius, Shokriea, Amina, Hannah und Duncan waren die Letzten, die noch bei dem Brautpaar standen.

Die beiden Frauen lächelten Christiana aufmunternd zu und ergriffen jeweils eine ihrer Hände.

»Möge Eure erste Nacht Früchte tragen«, flüsterte Shokriea, wobei Christiana heftig errötete.

»Er ist ein guter, tapferer Mann, Mylady«, sagte Amina. »Ich habe niemals zuvor einen glücklicheren Bräutigam gesehen. Und auch keine glücklichere Braut. Ihr beide seid offenbar aus dem gleichen Holz geschnitzt.«

Christiana erwiderte das Lächeln der Frauen und drückte ihre Hände. Dann machte sie sich von ihnen los.

»Lady Christiana, Duncan und ich haben auch noch ein Geschenk für Euch«, rief Hannah aufgeregt und hielt ihr mit leuchtenden Augen einen Beutel entgegen, der sich bewegte.

Christiana nahm ihn ihr aus den kleinen Händen und öffnete ihn. Sofort kam ein wuschliger brauner Kopf zum Vorschein, der leise winselte.

»Es ist ein Hundebaby.«

Christiana strich lachend über den runden Kopf des Hundes, der versuchte, ihre Hand zu lecken.

»Hannah, ich danke dir und auch dir, Duncan. Das ist das schönste von allen Geschenken, die wir heute bekommen haben«, sagte sie strahlend und zog die Kinder daraufhin fest an sich.

»Wir wünschen Euch ganz viel Glück, Mylady«, flüsterte Duncan ihr ins Ohr. Christiana gab die beiden wieder frei, und der kleine Junge lief auf Thomas zu und sah mit großen Augen zu ihm auf.

»Können wir trotzdem miteinander spielen, auch wenn du jetzt verheiratet bist?«, erkundigte er sich mit seinem hellen, dünnen Stimmchen unsicher.

Thomas beugte sich schmunzelnd zu ihm hinunter und nahm ihn auf den Arm.

»Aber natürlich, wir sind doch Freunde. Und Freunde spielen hin und wieder miteinander.«

»Das ist fein!«, rief der Junge freudestrahlend und schlang seine Ärmchen um Thomas' Hals.

»Komm endlich, Duncan, Mama wartet auf uns«, rief Hannah plötzlich.

Thomas ließ den Jungen hinunter, und seine Schwester nahm ihn bei der Hand. Zusammen liefen sie zu ihrer Mutter, die bereits am Waldrand, wo die Pferde standen, ungeduldig auf sie wartete.

»Mit dem Pferd ist es nur eine viertel Stunde bis zu meiner Hütte. Wenn ihr also jemals Hilfe braucht, läutet einfach die kleine Glocke, die ich am Stall angebracht habe, und ich bin in Windeseile bei euch.«

Darius sah von Thomas zu Christiana und lächelte sie an.

»Es war ein wunderbarer, aufregender Tag!«, sagte er zufrieden und entfernte sich dann fröhlich pfeifend.

»Vielen Dank, Darius!«, rief ihm das Brautpaar wie aus einem Munde hinterher und sah ihm nach, bis er im Wald verschwand.

»Hast du es gewusst?«, fragte Christiana nach einer Weile.

»Was gewusst?«, erwiderte ihr Mann mit unschuldigem Blick.

Christiana musterte aufmerksam sein Gesicht.

»Du hast es gewusst!«, rief sie lachend und schlang einen Arm um ihn. »Deshalb hast du mich die ganze Zeit über davon abgehalten, zum Tempel zu gehen.«

»Ich wollte ihnen die Überraschung nicht verderben. Sie hatten von Anfang an vor, ein Haus für uns zu bauen. Aber sie wussten nicht, wo. Also habe ich ihnen von diesem Platz erzählt.«

»Du Schuft!« Christiana machte sich von ihm los und sah ihn aus funkelnden Augen an.

»Es ist zu spät, es sich noch anders zu überlegen, Christiana«, erwiderte er plötzlich ernst. »Du bist jetzt meine Frau, und ich lasse dich nicht mehr gehen.«

Christiana strich mit ihrer Hand liebevoll über seine Wange und sah ihn dann ernst an. »Versprich mir, dass es von heute an keine Geheimnisse mehr zwischen uns gibt, Liebling!«

»Versprochen«, flüsterte er und küsste sie zärtlich.

Christiana lag verschwitzt und mit glühenden Wangen auf Thomas' nackter Brust und beobachtete durch das Fenster ihres neuen Schlafgemachs die Sonne, die über den Baumwipfeln aufstieg. In Gedanken an die vergangene Nacht seufzte sie wohlig und verschränkte ihre Finger mit denen ihres Mannes.

Nachdem ihre Gäste gegangen waren, hatten sie zuerst den Stall besichtigt. Er war nicht groß, aber die drei Pferde hatten ausreichend Platz. Erstaunt über den Anblick des dritten Pferdes hatte sich Thomas zu ihr umgedreht.

»Wem gehört denn dieses hübsche Tier?«

»Dir.«

»Mir?« Er sah sie verwirrt an.

»Eigentlich solltest du es erst im nächsten Monat bekommen, aber ich hielt es für das passende Geschenk für meinen frisch angetrauten Ehemann«, erwiderte sie erfreut über seinen überraschten Gesichtsausdruck und streichelte sanft das Fell des Hundebabys, das auf ihrem Arm schlief.

»Danke, Liebes. Das ist ein wundervolles Geschenk! Aber warum sollte ich es nächsten Monat bekommen?«

»Weil wir uns im Mai vor einem Jahr zum ersten Mal begegnet sind.« Sie legte ihm einen Arm um die schmale Taille und küsste ihn auf die Nasenspitze. »Als ich ihn das erste Mal entdeckte, erinnerte er mich sofort an dich. Er war schon ein halbes Jahr alt, aber er war mager und kränklich, sodass er aussah wie ein zwei Monate altes Fohlen. Angus hatte ihn in den Stall der Burg geholt, um ihm seine letzten Tage auf Erden zu versüßen. Ich wusste, wie gern du reitest und dass du dich über ein eigenes Pferd freuen würdest, also habe ich Angus gebeten, mir das Fohlen zu geben. Und mit seiner Hilfe gelang es mir, es wieder aufzupäppeln.«

»Ich habe nie bemerkt, dass du in den Stall gegangen bist, um dich um ein Pferd zu kümmern«, entgegnete Thomas. Während er seine Wange an ihre legte, musterte er das junge Tier aus der Entfernung.

»Das konntest du auch nicht«, gab Christiana leise zurück. »Ich wollte es vor dir verheimlichen und bin immer nur dann zu ihm gegangen, nachdem ich dich zur Lichtung geschickt hatte, damit du neue Pflanzen holst.«

»Noch ein Geheimnis?«, fragte er und drehte ihr grinsend sein braun gebranntes Gesicht zu.

»Das allerletzte. Von heute an schwöre ich der Geheimniskrämerei ab«, erwiderte sie und malte sich mit dem Finger ein Kreuz auf die Brust.

Sie hatte die letzten Worte lachend hervorgebracht, doch mit Thomas ging in diesem Moment eine seltsame Veränderung vor. Sein ganzer Körper versteifte sich, aus seinem Gesicht wich jegliche Farbe, und seine Augen nahmen den leeren Ausdruck an, den sie so sehr verabscheute.

»Liebling, was ist mit dir?«, fragte sie erschrocken und blickte ihn verunsichert an.

Er antwortete nicht, sondern starrte schweigend auf etwas, das nur er sehen konnte.

»Thomas?«, rief sie besorgt und griff nach seinen Schultern, um ihn zu schütteln. Der kleine Welpe auf ihrem Arm erwachte und winselte verängstigt. »Thomas, antworte mir!«

»Was?«, murmelte er verwirrt. Der abwesende Blick verschwand, und er schaute sie fragend an.

»Du schienst einen Moment lang nicht hier gewesen zu sein.«

Er schloss die Augen und fuhr sich mit der Hand übers Gesicht.

»Das, was du gesagt hast, hat mich an irgendetwas erinnert, aber ich weiß nicht, an was«, brachte er schließlich hervor. »Es ist immer ganz nah, aber ich bekomme es einfach nicht zu fassen.«

»Komm, lass uns ins Haus gehen.«

Christiana nahm seine Hand und zog ihn schnell aus dem Stall heraus. Sein seltsames Verhalten hatte ihr Angst gemacht, und sie wollte ihn nicht noch einmal in diesem Zustand sehen. Nicht an diesem wunderbaren Tag.

Langsam stiegen sie die drei Stufen zur Tür ihres neuen Hauses hinauf. Thomas steckte den Schlüssel, den er aus einer verborgenen Tasche seines Mantels hervorgeholt hatte, ins Schloss und drehte ihn um. Dann öffnete er die Tür und machte den Weg frei, damit seine Frau eintreten konnte.

Das Haus bestand aus fünf Zimmern, die mit den schönsten Möbeln eingerichtet waren, die sich Christiana vorstellen konnte. Von der Eingangstür gelangte man in einen großen, gemütlichen Raum mit einem Kamin, vor dem zwei gepolsterte Sessel, eine Sitzbank und ein kleiner, geflochtener Korb für den Hund standen. Ein großer Esstisch aus dunklem Holz, um den vier Stühle gruppiert waren, beherrschte den anderen Teil des Zimmers. Überall erblickte Christiana große, bunte Blumensträuße sowie weiße Blütenblätter, die auf dem Boden verstreut lagen. Im Kamin knisterte ein einladendes Feuer. Christiana setzte den erneut eingeschlafenen Welpen in den Korb und streichelte sanft den dicken Kopf mit den hängenden Ohren, dann schlenderte sie durch das Zimmer, nahm die Kerze, die jemand für sie auf den Tisch gestellt hatte, und entzündete sie an den Flammen.

Der Raum besaß fünf Türen. Eine davon war die Eingangstür, zwei weitere führten in kleine, geschmackvoll eingerichtete Zimmer, die offensichtlich für ihre Kinder vorgesehen waren. Durch die vierte betrat man eine geräumige Küche mit zwei Glasfenstern, die sonnengelbe Vorhänge aus fließendem Stoff säumten. Die letzte Tür war nur angelehnt, und als Christiana sie aufdrückte, weiteten sich ihre Augen vor Überraschung.

In dem großen Raum stand ein riesiges Bett mit einem Himmel aus dunkelblauem Samt. Die Überdecke, die aus demselben Stoff bestand, war zurückgeschlagen und gab den Blick auf die weiße Bettwäsche frei, die mit Silberfäden reich bestickt war. Auf den Truhen und kleinen Schränkchen an den Wänden standen unzählige brennende Kerzen, die den Raum in ein warmes Licht tauchten. Dunkelrote Blütenblätter lagen auf den weichen Teppichen und führten gleich einem Pfad zum Bett, auf dem rote Rosenblüten zu einem Herz angeordnet waren.

»Das ist wunderschön!«, flüsterte sie entzückt und stellte die Kerze, die sie in der Hand hielt, zu den vielen anderen auf dem niedrigen Schränkchen neben der Tür.

Thomas trat von hinten an sie heran und nahm ihr den edelsteinbesetzten Reif und den Schleier vom Kopf. Dann schob er ihre langen, offenen Haare über ihre linke Schulter und küsste ihren Nacken.

»Nicht so schön wie meine Frau.«

Christiana drehte sich zu ihm um und sah ihn unsicher an.

In den vergangenen Wochen hatte sie es ihm schwer gemacht, auch wenn er es sie nie spüren ließ. Doch sie bemerkte sehr wohl, wie er um seine Selbstbeherrschung kämpfte, um ihr den Wunsch zu erfüllen, der so wichtig für sie war.

Ihr tief verwurzelter Glaube, der sie in den letzten acht Jahren gestützt hatte, wenn nichts anderes mehr einen Sinn ergab, zudem das Verbrechen ihres Verlobten, das sie hilflos hatte mit ansehen müssen, ihr Versprechen, ein tugendhaftes Leben zu führen, und auch die Erinnerung an ihre arme Mutter und deren Qualen nach jenen Nächten, in denen der Graf ohne Rücksicht auf den Zustand seiner Frau seine Rechte eingefordert hatte, waren die Gründe dafür gewesen, Thomas um Geduld zu bitten. Seine Berührungen ließen sie keineswegs kalt, im Gegenteil, doch die Furcht blieb ... Die Furcht, einem Mann voll und ganz zu vertrauen, sich ihm auszuliefern, ohne Schutz, ohne Halt, so verletzlich wie nie zuvor – selbst wenn es der Mann war, den sie liebte.

Nachdem Thomas ihr seine Gefühle gestanden hatte, waren viele der schwer auf ihr lastenden Ängste, mit denen sie lange Zeit gelebt hatte und die schon längst ein Teil von ihr zu sein schienen, wie durch ein Wunder aus ihrem Herzen verschwunden. Doch die Abneigung gegen körperliche Nähe, die sie über Jahre hinweg wie die Messe in der Kirche zelebriert hatte und die sie immer wieder aufs Neue vor ihm zurückschrecken ließ, war nicht so leicht zu besiegen.

Manchmal, wenn sie ihn beobachtete, wie er nach einem leidenschaftlichen Kuss verzweifelt um Fassung rang und sie deshalb sanft, aber bestimmt von sich schob, schämte sie sich und zweifelte daran, ob sie diesen Mann überhaupt verdient hatte. Er war liebevoll, geduldig und warmherzig, und er sagte oder tat instinktiv immer genau das, was sie brauchte, um sich geborgen zu fühlen. Wie konnte er sie trotz ihrer vielen Fehler, trotz ihrer verstümmelten Seele, die ihm so viel abverlangte, nur lieben? Aber er tat es. Warum, vermochte sie nicht zu begreifen, aber sie konnte seine Gefühle ganz deutlich in seinen braunen Augen lesen.

»Ich weiß, dass du Angst hast«, raunte er ihr nun zu und nahm sie zärtlich in die Arme. »Aber versuch, mir zu vertrauen, Liebes.«

Als sie seine innige Bitte hörte, stiegen Tränen der Rührung in ihr auf, und sie begann, in seinen Armen zu zittern. Wie hatte sie nur so dumm sein können, sich vor etwas zu fürchten, wenn er bei ihr war?

Er schob sie ein Stück von sich, sodass sie ihm in die Augen sehen konnte. Dann gab er ihr ein Versprechen. »Ich liebe dich, Christiana, und ich werde dir niemals etwas antun. Ich hoffe, du glaubst mir.«

Sie wusste, auch ohne ihn anzusehen, dass er es ernst meinte, und deshalb liebte sie ihn in diesem Moment mehr als je zuvor. Er war ihr Beschützer, ihr Freund und ihr Ehemann. Unter Tränen nickte sie und lächelte ihn zaghaft an.

»Gut«, erwiderte er und ließ sie los. Dann trat er einen Schritt zurück.

»Was hast du vor?«, fragte sie mit unsicherer Stimme.

»Du hast mir einmal gesagt, dass man dir hier auf Eden die Freiheit gegeben hat, deinen eigenen Gefühlen zu folgen«, antwortete er. »Also folge ihnen!«

»Was?«

»Folge deinem Herzen, Christiana. Was möchtest du tun? Mit mir. Hier. Heute Nacht.«

Sie warf ihm einen verstörten Blick zu, dann wurde sie plötzlich rot. Er überließ ihr die Führung, damit sie ihre Angst aus eigener Kraft überwand. Er wollte, dass sie selbst begann, aber sie wusste nicht so recht, wie.

*Wie wäre es, wenn du einfach so anfängst wie bei deiner Arbeit?*, schaltete sich die Stimme ihres Verstandes ein. *Meine Güte, nun sei nicht so zimperlich! Zieh ihn einfach aus! Es ist ja nicht so, als würdest du zum ersten Mal einen nackten Mann erblicken. Selbst ihn hast du schon so, wie Gott ihn schuf, gesehen!*

Warum musste diese Stimme sie immer in den unpassendsten Augenblicken heimsuchen? »Natürlich habe ich ihn schon nackt gesehen!«, brachte sie zwischen zusammengepressten Zähnen verärgert hervor.

»Ja, das hast du. Da bist du eindeutig im Vorteil«, erwiderte Thomas mit einem Grinsen, das Christianas Gesicht noch dunkler färbte. »Für den Anfang wäre es doch nicht schlecht, mich zu entkleiden, oder? Schließlich bin ich dabei ja noch nie bei Bewusstsein gewesen.«

Christiana sah ihn einen Moment lang entsetzt an, dann fing sie an zu lachen. Er hatte Recht, er war beide Male ohnmächtig gewesen.

»Ich kann mit dir also machen, was ich will?«, fragte sie nach einer Weile. Durch das Lachen fühlte sie sich plötzlich seltsam entspannt.

»Ja. Ich werde kein Wort sagen und dich auch nicht berühren – wenn du es mir nicht vorher ausdrücklich gestattest. Es liegt allein bei dir. Ich tue, was du willst.«

»Versprochen?«

»Versprochen.«

»Dann schließ die Augen.« Erstaunen huschte über sein Gesicht, doch keinen Atemzug später schloss er die Augen. Leise machte Christiana einen Schritt auf ihn zu. Ohne seinen aufmerksamen Blick auf sich zu spüren, würde es ihr leichter fallen, das zu tun, was seit geraumer Zeit in ihrem Kopf herumspukte, wofür ihr bis jetzt jedoch der Mut gefehlt hatte.

Langsam streckte sie die Hand nach der breiten Kette aus, die seinen Mantel zusammenhielt. Sie öffnete den Verschluss und zog Thomas den schweren Stoff von den Schultern, dann ließ sie ihn langsam zu Boden gleiten. Kurze Zeit später folgten sein Dolch und schließlich auch sein Gürtel. Dann hielt sie einen Moment lang inne, um sein vernarbtes Gesicht zu betrachten. Auf seine leicht geöffneten Lippen legte sich sein unwiderstehliches Lächeln, als ob er genau wüsste, was sie gerade machte. Ihr Blick flog zu seinen Augen, doch sie waren noch immer geschlossen. Schummelte er?

Na warte!, dachte sie, legte blitzschnell ihre Hände auf seine Wangen, zog seinen Kopf zu sich herunter und küsste ihn mit all der Verführungskunst, die sie in den letzten Wochen erlernt hatte. Innerlich triumphierend sah sie, wie er völlig überrascht seine Augen öffnete, und sie spürte, wie sein Arm sofort ihre Taille umschlang.

»Du hast es versprochen!«, stieß sie leise warnend hervor. Der Arm ließ sie los, und die Augen schlossen sich wieder, doch es gelang ihm nicht ganz, die Herausforderung ihrer Lippen unbeantwortet zu lassen. Aus purem Übermut, der sie urplötzlich packte, brach sie den Kuss ab und lächelte über den kleinen enttäuschten Seufzer, den ihr Mann daraufhin ausstieß.

Dieses Spiel machte ihr zunehmend mehr Spaß. Langsam begann sie, ihre neue Macht zu begreifen und zu genießen – vielleicht sogar zu sehr.

»So hattest du dir das nicht vorgestellt, nicht wahr, Liebling?«, neckte sie ihn unbarmherzig und wandte sich bereits seinem prachtvoll bestickten Hemd zu.

Mutig schob sie ihre Finger unter den weichen Stoff und fühlte, wie sich seine Muskeln unter ihren Händen trotz des dünnen Unterhemdes, der letzte Barriere zwischen ihnen, anspannten.

»Nimm die Arme hoch!« Er gehorchte und ließ sich schweigend erst das eine und dann das andere Hemd über den Kopf ziehen.

Christiana ließ beide achtlos fallen, denn ihre Augen waren vom Anblick ihres Mannes vollkommen gefesselt. Der sanfte Schein der vielen Kerzen ließ so manche Narbe auf Thomas' leicht gebräunter Haut verblassen, doch sie kannte jede einzelne von ihnen, denn sie hatten sich vor langer Zeit tief in ihr Gedächtnis eingebrannt. Es schmerzte sie, sich auch nur vorzustellen, wodurch er solche Verletzungen davongetragen hatte, und sie würde alles dafür geben, es ungeschehen machen zu können. Doch das vermochte sie nicht. Stattdessen fuhr sie mit ihren Fingerspitzen zärtlich über einen der aufgeworfenen, hellen Striche, ein wütendes Zeugnis seiner in Vergessenheit geratenen Vergangenheit, fühlte das lebendige Pulsieren der warmen, unebenen Haut und berührte dann die nächste Narbe. Schon bald genügte ihr das nicht mehr, und sie begann, mit ihren Lippen den Händen zu folgen.

Thomas sog scharf die Luft ein, und sie spürte, wie sich sein Herzschlag beschleunigte, doch sie ließ sich Zeit, seine geheimnisumwobene Lebensgeschichte auf diese neue Art zu erkunden, denn sie war schließlich auch ein Teil von ihm. Nach und nach wanderte sie auf einem unsichtbaren Pfad über seinen Körper, der sie schließlich über seine Schultern zu seinem Rücken führte. Für einen kurzen Moment hielt sie erneut inne und ließ ihre Augen festhalten, was ihre Finger bald erfühlen und ihre Lippen liebkosen würden. Und plötzlich kam ihr eine verrückte Idee, die einen Sturm in ihrem Inneren verursachte. Sie wollte seine Haut auf ihrer spüren, ihn mit mehr als nur den Händen und Lippen berühren. Je länger sie sich das in Gedanken ausmalte, desto schneller schlug ihr Herz und desto ungeduldiger wurde sie.

Atemlos ließ sie ihre Hände über seine Rippen zu seinem Herzen wandern, schmiegte ihren Körper an den seinen und hauchte ihm ins Ohr: »Zieh deine Stiefel aus, Liebling.« Dann ließ sie ihn abrupt los.

Während er sich beeilte, ihrer Bitte nachzukommen, nutzte sie die Zeit, um unbemerkt ihr enges besticktes Samtmieder zu öffnen und es abzustreifen. Als sie sah, wie er sich leise fluchend mit seinem Schuhwerk abmühte, das nicht den Anschein machte, als würde es den Kampf so schnell aufgeben, verkniff sie sich mühsam ein Lachen, um seine Aufmerksamkeit nicht darauf zu lenken, was sie hinter seinem Rücken still und heimlich tat.

Mit bebenden Fingern löste sie die Bänder und versteckten Verschlüsse an ihren Röcken, dann ließ sie jene ganz vorsichtig und nahezu geräuschlos zu Boden gleiten. Nur mit einem hauchdünnen, mit seidenen Bändern verzierten Unterkleid stand sie in Kerzenlicht gebadet da, ein See aus grünem Samt und goldfarbenem Brokat zu ihren Füßen, doch ihr Mann ahnte nicht einmal, welche süßen Qualen auf ihn warteten, wenn erst ihre letzten Hüllen gefallen waren.

Kaum hatte er den zweiten Stiefel ausgezogen, spürte er, wie Christianas schmale, weiche Hände von seiner Taille zu seinem Bauchnabel wanderten. Doch anders als zuvor bahnten sie sich diesmal ohne zu zögern ihren Weg nach unten, bis sie zielsicher zu den Bändern seiner Hose gelangten.

Wie konnte er nur so verrückt sein, dieser Frau eine solche Macht über sich zu geben? Sie fürchtete sich zwar, aber sie war zugleich die mutigste Frau, die er kannte. Viel zu schnell hatte sie ihre Angst überwunden, und nun musste er dafür büßen, dass er ihre Kühnheit unterschätzt hatte. Er hatte sich bereits hoffnungslos in dem Netz verfangen, das dieser wunderschöne Engel mit seinen warmen Händen, seinen sanften Lippen und seinem betörenden Duft um ihn wob. Seit Christiana ihn geküsst hatte, floss sein Blut wie glühendes Metall durch seine Adern, dröhnte sein Herzschlag in seinen Ohren, vergaß er immer wieder zu atmen. Jede ihrer zarten Berührungen brachte ihn dem Wahnsinn näher, doch er musste sich beherrschen, koste es, was es wolle. Er durfte sein Versprechen unter keinen Umständen brechen. Es würde ihr Vertrauen zu ihm zerstören, seinen kostbarsten Besitz, um den er so hart gekämpft hatte. Er durfte sie nicht entt… *O mein Gott!*

Als sich ihr *nackter* Körper genüsslich an ihn schmiegte, vergaß er augenblicklich, was ihm gerade noch durch den Kopf gegangen war, und sein Herz setzte für einen Moment aus. Alles um ihn herum hörte auf zu existieren, er spürte nur noch ihren warmen, feuchten Atem auf seiner erhitzten Haut, und während sie Wirbel für Wirbel küssend an ihm hinunterglitt, fühlte er ihre weichen, vollen Brüste, deren harte Spitzen zwei brennende Pfade auf seinem Rücken hinterließen. Ihre Hände, die sich mit spielerischer Neugierde unter den Stoff seiner Hose wagten, streiften jene in qualvoller Langsamkeit über seine Hüften.

Ein tiefes Stöhnen entrang sich seiner Kehle, und er ballte die Hände krampfhaft zu Fäusten. Wenn sie ihn nicht im nächsten Moment von seinem Versprechen erlöste, würde es zu spät sein. Ihr sinnliches Spiel hatte ihn bereits viel zu sehr erregt, seine Willenskraft zu sehr erschöpft und seinem Verstand schon längst die Kontrolle über seinen Körper entzogen. Er wusste, dass sie ihn in ihrer Unschuld schon viel weiter getrieben hatte, als er ihr hätte erlauben dürfen. Ihm blieb nichts anderes übrig, als sie um Gnade anzuflehen.

»Christiana, ich kann nicht …«, flüsterte er heiser, um seiner Tortur ein Ende zu bereiten, doch kaum hatte er ihren Namen ausgesprochen, ließ sie völlig unerwartet von ihm ab.

Trostlose Kälte umhüllte ihn, peinigte seine brennende Haut, wo kurz zuvor ihr warmer Körper gewesen war, und erschütterte ihn bis in die Tiefen seiner Seele. Hatte er das zerbrechliche Vertrauen seiner Frau verloren? Hatte er es zerstört?

Doch plötzlich verspürte er einen Luftzug, der ihn besänftigend streichelte, und er schloss seine Augen, die er bei Christianas forschem Angriff erschrocken aufgerissen hatte. Fast geräuschlos bewegte sie sich durch den Raum, bis die Wärme, die ihr Körper ausstrahlte, und ihr unverkennbarer Duft ihm verrieten, dass sie dicht vor ihm stand. Er wusste, dass sie ihn betrachtete, denn er fühlte ihren Blick auf sich, der ein Prickeln auf seiner Haut hinterließ und ihn mehr erregte, als ihre Hände und Lippen es getan hatten.

Fasziniert sog Christiana den Anblick ihres Mannes im sanften Licht der Kerzen in sich auf. Sie kannte seinen Körper, wusste, welche Wunde welche Narbe hinterlassen hatte, bemerkte jede kleine Veränderung, die den Jungen von damals zu diesem Mann gemacht hatte, doch ihr kam es so vor, als betrachte sie ihn in diesem Moment zum ersten Mal: die wohl geformten Waden, die in seine kraftvollen Schenkel übergingen, das verräterische Zeugnis seiner Begierde, das zwischen ihnen emporragte, umgeben von einem weichen Flaum dunkler Haare, der flache Bauch, der sich mit jedem seiner schnellen Atemzüge hob und senkte, seine Brust, unter deren Muskeln sie sein Herz schlagen zu sehen glaubte, die sehnigen Arme, die in einer fließenden Linie zu seinen breiten Schultern führten und ihren Blick auf seinen Hals lenkten, unter dessen Haut eine kräftige Ader pulsierte.

Das Kribbeln in ihrem Bauch verstärkte sich, und sie verspürte immer heftiger den Drang, sich von ihm berühren, von ihm führen zu lassen.

Mit einer Hand strich sie zärtlich über seine Wange, bis sie sich auf seinen leicht geöffneten Mund legte. Während seine Zunge herausglitt und mit den Spitzen ihrer Finger spielte, streifte sein heißer Atem ihre Haut.

Sofort schoss ein Feuer ihren Arm herauf und traf sie mitten ins Herz, dann breitete es sich in rasender Geschwindigkeit in ihrem Körper aus und versetzte ihn in ungeahnten Aufruhr. Ein leises Stöhnen entwich ihrem Mund, und sie konnte ihren Körper kaum davon abhalten, sich an den ihres Mannes zu pressen. Doch bevor sie sich seinem Willen beugte, hatte sie noch eins zu tun: Sie musste Thomas von seinem Versprechen entbinden.

»Du bist dran, Liebling«, flüsterte sie mit belegter Stimme.

Er öffnete die Augen und bedachte sie mit einem feurigen Blick, der ihr schier den Atem raubte. Mit einer schnellen Bewegung entledigte er sich seiner restlichen Kleidung, nahm sie in die Arme und drückte sie fest an sich, sodass sie glaubte, ihre erhitzten Körper würden miteinander verschmelzen. Während sein Mund ihre Lippen mit ungezügeltem Verlangen in Besitz nahm, wanderten seine geschundenen Hände wie im Fieber über ihren Körper, bis hinunter zu ihrem Po. Instinktiv schlang sie ihre Beine um seine Hüften, legte die Arme um seinen Hals und ließ sich von ihm zum Bett tragen. Dort legte er sie ungeachtet des Herzens aus Rosenblüten sanft auf die weiche Matratze. Sein Mund löste sich von dem ihren, und während seine gequetschten Daumen die Innenseiten ihrer Schenkel verführerisch streichelten, umspielte seine Zunge erst die eine, dann die andere Brust. Plötzlich schloss sich sein Mund um die empfindliche Spitze, und sie sog geräuschvoll den Atem ein.

Wie von selbst bog sich ihr Körper seinen Liebkosungen hungrig entgegen, ihre Finger krallten sich in seine dunklen Haare, und ihre Augen schlossen sich. Ihr Inneres stand hoffnungslos in Flammen, und sie wusste nicht, was sie dagegen tun sollte, wie sie ohne ihn Erlösung von dem nahezu unerträglichen Verlangen finden sollte.

»Liebes, es wird wehtun«, hörte sie Thomas plötzlich murmeln.

»Ich weiß«, antwortete sie und hob impulsiv ihre Hüften. »Ich bin zwar schon eine alte Jungfer, die keine Ahnung davon hat, aber ich bin auch eine Heilerin, die jeden Tag etwas darüber hört.«

»Eine alte Jungfer, die keine Ahnung davon hat! In der Tat!« Er lachte leise, verharrte jedoch weiterhin über ihr. »Schau mich an, mein Engel.«

Sie öffnete die Augen und sah geradewegs in seine. Die großen, fast schwarzen Pupillen waren so klar, dass sie sich in ihnen spiegeln konnte. Gefesselt von ihrem eigenen sündhaften Anblick traf sie der Schmerz, den sein Eindringen verursachte, völlig überraschend. Doch so schnell er gekommen war, so schnell wich er einem ganz neuen Gefühl. Es kam ihr so vor, als sei sie plötzlich vollkommen. Sie nickte Thomas lächelnd zu, dem die Schweißperlen auf der Stirn standen, so hart kämpfte er um seine Beherrschung, und als er sich erst sehr behutsam und dann immer schneller in ihr zu bewegen begann, glaubte sie, zerspringen zu müssen.

Und das tat sie dann auch.

Selbst jetzt, eine Stunde nach diesem unglaublichen Erlebnis, spürte sie noch immer die Nachbeben der letzten Erschütterung, die ihren Körper in dem Moment erfasst hatte, als er sie bis an den Rand des Abgrundes trieb, sodass sie mit ausgebreiteten Armen wie ein Vogel in die Tiefe stürzte und voller Verwunderung feststellte, dass sie fliegen konnte.

Wo er das wohl gelernt hat, fragte sie sich misstrauisch, doch sie wollte sich von diesem Gedanken nicht die Laune verderben lassen. Stattdessen dachte sie daran, was ihr Mann heute für sie getan hatte. Er hatte sich mit schier unmenschlicher Willenskraft zurückgenommen und ihre Bedürfnisse weit über die seinen gestellt. Und genau deshalb machte nichts von alldem ihr mehr Angst. Zwischen ihnen gab es keine Gewalt oder Rücksichtslosigkeit, sondern nur Liebe, Wärme und Geborgenheit und das überwältigende Gefühl, mit dem einzigen Menschen zusammen zu sein, der einem mehr bedeutet als das eigene Leben.

»Liebling?«

»Mmh?«

»Habe ich dir schon gesagt, dass ich dich liebe?«

Thomas strich ihr liebvoll über das schwarze, weiche Haar, und sie schloss die Augen, berauscht von den wundervollen Empfindungen, die seine Berührung verursachte.

»In der letzten halben Stunde noch nicht«, antwortete er, und sie hörte förmlich, wie er lächelte.

Sie öffnete die Augen und küsste die warme Haut seiner spärlich behaarten, narbenübersäten Brust. Dann löste sie ihre Finger von den seinen und malte mit ihrem Zeigefinger gedankenverloren kleine Zeichen auf seinen Körper.

»Wofür?«, fragte er plötzlich.

»Wie bitte?«, erwiderte sie verwirrt und hob ihren Kopf, um ihn anzusehen.

»Wofür du mir dankst?«

Christiana warf ihm einen verdutzten Blick zu. Sie hatte ihm das Wort »Danke« auf den Bauch geschrieben.

»Ich wusste nicht, dass du lesen kannst!«, brachte sie verblüfft hervor. Jedes Mal, wenn sie zusammen in der Bibliothek gewesen waren, hatte er die Bücher kaum beachtet, sondern still in einer Ecke gesessen und sie mit wachsamen Augen beobachtet.

Er sah sie überrascht an und runzelte dann die Stirn.

»Ich auch nicht. Aber ich habe genau erkannt, was du mir auf die Haut geschrieben hast. Es ist wie mit meiner Stimme. Bevor ich nach dir rief, wusste ich nicht, dass ich eine habe. Ich muss es einfach mit all den anderen Dingen vergessen haben.«

Christiana schaute ihn traurig an. »Was ist dir bloß Schlimmes zugestoßen?«

Er sah sie mit einem unsicheren Blick an. »Vielleicht werde ich mich eines Tages daran erinnern.«

# XXVII

Vier Monate nach ihrer Hochzeit ertönte das Signalhorn der Wachen erneut und verkündete die Ankunft eines Schiffes.

Christiana hatte vor kurzem begonnen, Amina und Shokriea in der Behandlung der Patienten zu unterweisen, um später so mehr Zeit für sich und ihren Mann zu haben. Nun sah sie müde von ihrer Arbeit auf und warf ihren beiden Helferinnen einen fragenden Blick zu.

»Euer Onkel kehrt zurück!«, rief Amina aufgeregt.

»Woher weißt du das?«, fragte Christiana verdutzt.

»Für unser Flaggschiff gibt es ein ganz besonderes Signal. Zweimal kurz und einmal lang«, erklärte ihr die junge Frau.

»Wenn ihr wollt, könnt ihr nach Hause gehen. Ich schaffe den Rest allein«, sagte Christiana. Bei dem Gedanken, ihren ihr völlig fremden Onkel noch an diesem Tag kennen zu lernen, war ihr unbehaglich zumute, und sie versuchte, Zeit zu schinden.

Amina und Shokriea nickten ihr zu, wuschen sich die Hände und verließen dann das Arbeitszimmer. Christianas Mischlingshund Bändchen lief ihnen hinterher, blieb jedoch vor der zufallenden Tür sitzen und bellte sie verärgert an.

Die beiden Frauen wussten genau, dass Christiana es noch immer vermied, bei der Begrüßung der Heimkehrer dabei zu sein, denn sie mochte dieses seltsame Ritual einfach nicht. Sie würde ihren Onkel lieber in der gewohnten Umgebung der Burg empfangen, als ihm verkleidet auf dem Marktplatz gegenüberzutreten.

Einen Moment lang überlegte sie, ob sie nicht lieber nach Hause reiten sollte, um ihrem Onkel ganz aus dem Weg zu gehen, doch dies wäre eine unverzeihliche Beleidigung des

Herzogs, und die Aussicht, in ein leeres Haus zurückzukehren, erfüllte sie auch nicht gerade mit Freude.

Thomas war an diesem Morgen fortgeritten, da er gemeinsam mit einigen anderen Männern die Wachmannschaften ablösen wollte, die an den Steilküsten der Insel ihren Posten bezogen hatten.

Nachdem sie angefangen hatte, Amina und Shokriea ihr Wissen über Pflanzen zu vermitteln, sah er sich nach anderen Aufgaben um, denn das Arbeitszimmer war mit den drei Frauen bereits hoffnungslos überfüllt. Seit der Hochzeit war es für ihn nicht mehr lebenswichtig, jede Minute des Tages an Christianas Seite zu verbringen, denn er wusste, dass sie immer für ihn da war und er sie nun nicht mehr verlieren würde. Und so bat er Darius, ihn im Schwertkampf zu unterrichten, und in kürzester Zeit machte er so erstaunliche Fortschritte, dass er von dem Anführer der Wachmannschaften gefragt wurde, ob er sie nicht unterstützen wollte. Christiana gefiel diese Idee nicht besonders, denn sie wollte gern jede Nacht neben ihm einschlafen und jeden Morgen neben ihm aufwachen, doch sie mochte ihn auch nicht davon abhalten. Zu lange war er mit den Aufgaben eines Dieners und Helfers betraut gewesen, und sie sah ein, dass ihn diese Aufgabe weder ausfüllte noch befriedigte. Also ließ sie ihn schweren Herzens ziehen, damit er sich den Aufgaben stellte, die jeder Mann auf Eden verrichtete. Es schien ihm zunächst auch gut zu tun, aber als er ein paar Wochen zuvor nach Hause kam, begannen seine Albträume.

Voller Sorge schlief sie kaum eine Nacht mehr durch. Immer wieder wurde sie von seinen entsetzlichen Schreien wach, die sie schier zu Tode ängstigten. Doch wenn sie ihn aufweckte, konnte er sich an nichts mehr erinnern. Ihr blieb kaum etwas anderes übrig, als ihn in diesen Momenten festzuhalten und besänftigende Worte in sein Ohr zu murmeln.

Eines Nachts schlug er wie so oft wild um sich, doch diesmal verstand sie, was er rief. Aber sie hatte Angst, ihm davon zu erzählen. Sie wollte ihn nicht beunruhigen und schon gar nicht den verzweifelten Ausdruck sehen, der immer dann in seinen Augen erschien, wenn er vergeblich versuchte, sich zu erinnern.

Doch seine angsterfüllten Rufe hallten noch lange in ihren Ohren wider.

»Ich schwöre ab! Ich schwöre ab!«

Ihr war bis dahin nicht bekannt, dass er Latein beherrschte, aber er hatte die Worte laut und deutlich in dieser alten Sprache geschrien.

Sie konnte nur hoffen und auf Gott vertrauen, dass er sich eines Tages erinnern würde und seine schrecklichen Träume dann endlich ein Ende fanden.

Bändchen lief aufgeregt durchs Arbeitszimmer, blieb vor der schweren Holztür stehen und bellte fröhlich, doch seine Herrin bemerkte ihn nicht. Sie war eingeschlafen.

Als sich die Tür öffnete und ein Mann eintrat, winselte der braune, tollpatschige Hund mit den dicken Pfoten und dem weißen Fleck auf dem Bauch leise.

Der Herzog von Eden beugte sich zu dem Hund hinab, dessen Name seine seltsame Vorliebe für die Zierbänder an Christianas Gewändern widerspiegelte, und tätschelte ihm den Kopf.

Seine Augen wanderten zu der jungen Frau, deren Haupt auf dem Tisch ruhte. Sie hatte ihr Gesicht abgewandt, und der dicke, geflochtene Zopf ihres schwarzen Haars lag schwer auf ihrem schmalen Rücken.

Sebastian ließ von dem Hund ab, um sich leise seiner Nichte zu nähern, doch Bändchen sprang auf, lief zwischen seinen Beinen hindurch, stellte sich beschützend vor Christianas Stuhl und bellte den Fremden warnend an.

»Was ist, Bändchen?« Christiana hob ihren Kopf und sah schlaftrunken zu dem braunen Fellknäuel hinunter.

»Er denkt, ich will dir etwas tun«, antwortete der Herzog.

Christiana fuhr erschrocken zusammen und sprang im nächsten Augenblick von ihrem Stuhl auf, der bei ihrer plötzlichen Bewegung nach hinten kippte und krachend zu

Boden fiel. Während Bändchen den fremden Mann, der seine Herrin so erschreckt hatte, mit gefletschten Zähnen anknurrte, kräuselte sich das Fell über seiner lang gezogenen Schnauze.

»Aus!«, rief Christiana. Der Hund drehte sich zu ihr um und schaute sie aus treuen braunen Augen an. Dann lief er auf sie zu und streckte ihr den großen Kopf entgegen, damit sie ihn anerkennend streichelte, was sie immer tat, wenn er einem Befehl gehorcht hatte.

Christianas Hand fuhr ihm kurz über das Fell, währenddessen musterte sie den Mann, der sie überrascht anschaute.

Er war höchstens einen Kopf größer als sie, aber breitschultrig und muskulös. Sein wettergegerbtes Gesicht hatte viele Falten und wirkte alt, doch seine grauen Augen strahlten Intelligenz gepaart mit einer bemerkenswerten Lebensfreude aus, die seinen kantigen Zügen die Härte nahm. An seinem linken Ohrläppchen baumelte ein schwerer Goldreif, und in den Händen hielt er ein rotes Kopftuch, das er zweifellos bei seiner Ankunft auf dem Markt getragen hatte.

»Ich bin dein Onkel Sebastian«, durchbrach seine klare, warme Stimme die Stille.

»Willkommen, Durchlaucht«, erwiderte Christiana und machte einen tiefen Knicks.

»Nicht so förmlich, Christiana«, entgegnete er lächelnd. »Wir gehören schließlich zur selben Familie.«

Christiana bemerkte erstaunt, wie sich sein Gesicht durch das Lächeln veränderte. Seine Augen funkelten belustigt, winzige Fältchen erschienen an seinen Mundwinkeln, und zwei tiefe Grübchen zeigten sich in seinen Wangen, die ihn viel jünger wirken ließen.

»Ich hoffe, du hattest eine gute Reise«, sagte Christiana und trat unbehaglich von einem Fuß auf den anderen.

»Ja, aber meine Ankunft auf Eden war weitaus schöner.«

Seine Nichte warf ihm einen nervösen Blick zu.

»Es war nicht die Begrüßung, die mich so erfreute, sondern der Anblick meiner Frau«, fügte er grinsend hinzu. »Ich schätze, ich muss mich dafür bei dir bedanken.«

»Nein, das ist nicht mein Verdienst«, gab Christiana bescheiden zurück. »Ich habe Marlena nur den letzten Anstoß gegeben, ihr Leben wieder selbst in die Hand zu nehmen. Den Rest hat sie allein geschafft.«

»Aber wie ich erfahren habe, hat dein Diener zusammen mit Darius den Stuhl gebaut, der es ihr ermöglicht, mit ein wenig Hilfe ihre alten Aufgaben zu übernehmen.«

»Er ist nicht mein Diener, sondern mein Gemahl«, berichtigte Christiana ihn kühl. Falls er etwas gegen ihre Ehe einzuwenden hatte, würde er schnell feststellen müssen, dass er bei ihr gegen eine Wand aus Felsgestein lief. Für nichts und niemanden würde sie Thomas wieder hergeben!

»Das erinnert mich an meine nächste Pflicht«, erwiderte er gelassen, ihre offensichtliche Feindseligkeit ignorierend. »Ich möchte dich zu deiner Vermählung beglückwünschen. Als ich deinen Vater bat, dich zu uns nach Eden zu schicken, hoffte ich, deinem Leben wieder einen Sinn zu geben. Und offenbar ist das gelungen.«

Christiana warf ihm einen überraschten Blick zu.

»Warum hast du gedacht, dass mein Leben keinen Sinn mehr hat?«

Sebastians Gesichtsausdruck verriet deutlich seine Abneigung gegen ihren Vater. »Ich hörte Gerüchte, dass der Graf von Rossewitz seine älteste Tochter … na, sagen wir mal, nicht besonders gut behandelt, und als ich vom Tod deiner Mutter erfuhr, konnte ich mir vorstellen, dass du deinen Halt verloren hattest, denn laut Isabellas Briefen aus der Zeit vor ihrer Krankheit standet ihr euch sehr nahe. Also habe ich die Gelegenheit beim Schopfe gepackt und zwei Übel mit einem Schwertstreich besiegt. Ich übersandte Hubertus eine stattliche Summe in Gold und ließ dich von ihm nach Eden schicken, damit du fern von deinem Vater ein neues Leben mit einer neuen Aufgabe beginnen konntest. Und schließlich kam eine willensstarke, kluge Frau hierher, die die Kraft und das Durchsetzungsvermögen besaß, meine geliebte Gemahlin aus ihrem Dämmerzustand zu befreien.« Er musterte sie kurz. »Doch ich habe nicht damit gerechnet, dass ich eine solche Schönheit antreffen würde.

Die Gerüchte, die mir zugetragen wurden, besagten, dass Christiana von Rossewitz eine bedauernswerte, entstellte Frau sei.«

»Das ist eine lange Geschichte«, entgegnete Christiana abweisender als beabsichtigt.

»Du wirst deine Gründe gehabt haben, allen etwas vorzumachen«, gab Sebastian vorsichtig zurück. Seine Frau hatte ihm bislang nur einen Bruchteil von Christianas Vergangenheit erzählt, aber er wusste schon jetzt, dass die Welt seiner Nichte durch ein entsetzliches Verbrechen zerbrochen war. »Aber hab keine Angst. Dein Geheimnis ist bei uns sicher. Es wird die Insel nicht verlassen.«

»Ich weiß«, erwiderte Christiana, und zum ersten Mal lächelte sie ihren Onkel zaghaft an.

»Das ist schon besser«, sagte er mit einem belustigten Funkeln in den Augen.

»Wo ist Marlena?«, fragte Christiana plötzlich. Sie dachte erst jetzt daran, dass ihre Tante ja gemeinsam mit ihrem Mann vom Marktplatz zurückgekehrt sein musste. »Ich kann ihr bestimmt noch behilflich sein.«

»Keine Sorge. Bevor ich zu dir gekommen bin, habe ich meine Frau in ihr Schlafgemach gebracht. Sie ist bestens versorgt«, antwortete Sebastian schmunzelnd. Seine Nichte schien wahrhaftig so zu sein, wie Marlena es ihm beschrieben hatte: Sie fühlte sich einfach für alles und jeden verantwortlich. »Aber wenn du nicht zu müde bist, würde ich dich darum bitten, dir jemanden anzusehen, der mit uns nach Eden gekommen ist.«

»Ist er verletzt?«

»Nein. Aber irgendetwas stimmt nicht mit ihr.«

Christiana betrat mit Bändchen an ihrer Seite leise das Zimmer.

Sebastian hatte ihr auf dem Weg zu ihren alten Gemächern, wo die Frau untergebracht worden war, alles über sie erzählt, was er wusste.

Auf der Reise nach Eden war er vor einer Woche auf das Wrack eines kleinen Schiffes gestoßen. Eine Nacht zuvor hatte es einen schweren Sturm gegeben, bei dem das Schiff, das sie im Morgengrauen entdeckt hatten, offenbar gekentert war. Der Sturm hatte alle Aufbauten der Karavelle weggerissen und die Masten wie Getreidehalme umgeknickt. Das Wrack hatte sich durch das Gewicht der gebrochenen Masten und der zerfetzten Segel schwer backbord geneigt und schaukelte nun führerlos auf den Wellen hin und her.

Einige von Sebastians Männern ließen ein kleines Boot zu Wasser und ruderten zu dem zerstörten Schiffsrumpf hinüber, um an Bord nach Fracht zu suchen. Ein Mann kletterte vorsichtig in das Wrack und prüfte die Luken zu den Frachträumen. Doch in das Innere des Schiffes war bereits viel Wasser eingedrungen, und das machte die Bergung der Ladung zu gefährlich.

Als sich der Mann auf den Rückweg zum Boot machte, entdeckte er eine Frau, die sich an den geborstenen mittleren Mast klammerte. Er hangelte sich zu ihr hinüber, entfernte das Segeltuch, das sich um ihre Körpermitte geschlungen hatte, und sprach sie an, doch er bekam keine Antwort. Da das Schiff im Laufe der nächsten Stunden mit Sicherheit untergehen würde, löste er ihre verkrampften Arme von dem Mast und nahm sie huckepack. Er kletterte mithilfe der anderen Männer ins Boot zurück und setzte die Frau vorsichtig ab. Sie brachten sie auf ihr Schiff und machten eine kleine Kajüte für sie frei.

Die Frau schien keine Verletzungen zu haben, doch sie stand unter Schock. Sie aß und trank, was die Männer ihr anboten, doch sie konnten sie nicht dazu bewegen, mehr als ein paar leise deutsche Dankesworte zu sprechen.

Um sie nicht noch mehr zu verschrecken, ersparten die Piraten ihr das Begrüßungsritual und schafften sie über einige Umwege zur Burg.

Christiana hielt ihre Kerze hoch und sah sich in dem vertrauten Kaminzimmer um, konnte aber niemanden entdecken. Langsam ging sie zur Tür ihres alten Schlafgemachs und öffnete sie.

Der Mond schien hell durch die geöffneten Fenster, und sein kühler, silberner Schein fiel auf die Frau, die ihre Knie fest umklammerte und ihren Körper wie von Sinnen hin und her schaukelte. Ihr Blick war starr auf die dunkle Wand neben der Tür gerichtet.

»Sitz!« Christiana hob ihre Hand und bedeutete ihrem Hund, sich nicht von der Stelle zu bewegen. Dann näherte sie sich langsam dem Bett und stellte ihre Kerze auf dem kleinen Tisch unter dem Fenster ab.

Sie betrachtete die zusammengesunkene Gestalt, die zitternd auf dem Bett kauerte, und fühlte, wie eine Welle des Mitleids in ihr aufstieg. Was musste diese Frau durchgemacht haben? Die einzige Überlebende eines Schiffsunglücks und weit und breit keine Hilfe in Sicht. Wie lange mochte sie sich an diesen Mast geklammert haben?

»Guten Abend«, sprach sie die Frau leise an, um sie nicht zu erschrecken, und setzte sich zu ihr auf das Bett. »Ich bin Christiana.«

Die Frau schien sie nicht wahrzunehmen, doch ihr Körper hörte auf, sich zu bewegen.

»Habt Ihr Schmerzen?«, fragte Christiana und ließ ihre Augen aufmerksam über den gekrümmten Körper der Frau wandern. Doch Sebastian hatte Recht, sie schien zumindest äußerlich nicht verletzt zu sein.

»Ihr braucht keine Angst mehr zu haben. Hier seid Ihr in Sicherheit.«

Bändchen begann, leise zu winseln, und Christiana bemerkte, wie sich die Augen der Frau von der Wand lösten und den Hund verwirrt ansahen.

»Da sitzt ein Hund vor der Tür.«

Die Worte waren nur ein heiseres Flüstern, doch sie sprach klar und deutlich in einer Mundart, die der aus Christianas Heimat ähnelte.

»Ja«, erwiderte sie sanft. »Das ist Bändchen. Er gehört zu mir.«

Bei der Erwähnung seines Namens wedelte Bändchen erfreut mit dem flauschigen Schwanz.

»Das ist ein schöner Hund.«

»Und er hat ganz weiches Fell. Möchtet Ihr ihn streicheln?«

Die Frau nickte fast unmerklich, und Christiana winkte Bändchen heran. Der junge Hund, der nur darauf gewartet hatte, sprang auf und stürmte hechelnd auf seine Herrin zu. Dann legte er beide Pfoten auf das Bett und streckte der Fremden seine feuchte, schwarze Nase entgegen, um sie eingehend zu beschnüffeln.

Die Frau löste eine Hand von ihren Knien und streichelte seinen dicken Kopf. Erfreut über die Zuwendung hüpfte Bändchen plötzlich übermütig auf das Bett und leckte mit seiner rosa Zunge über ihr Gesicht.

»Aus!«, wies Christiana ihren Hund scharf zurecht und zog ihn mit beiden Händen zurück. Er ließ sich gern von Fremden streicheln, aber er hatte nie zuvor jemandem außer seinen engsten Vertrauten das Gesicht geleckt.

Als Christiana der Frau jedoch einen entschuldigenden Blick zuwarf, beobachtete sie überrascht, wie sich jene lächelnd das Gesicht mit dem Handrücken abwischte.

»Er ist recht ungestüm, nicht wahr?«

»Ja, das ist eine treffende Beschreibung.« Christiana lachte leise und strich liebevoll über das braune Fell ihres Begleiters. »Ihr solltet mal sehen, was er anstellt, wenn mein Mann von der Wache zurückkommt. Wenn er wie von einer Biene gestochen zu ihm rennt, um ihn aufgeregt bellend zu begrüßen, stolpert er fast über seine eigenen Pfoten.«

Zum ersten Mal richtete die Fremde ihre Augen auf sie. Ihre Züge waren weich und machten ihr Gesicht äußerst anziehend. Ein paar Strähnen ihres braunen Haars hatten sich aus dem einfachen Knoten im Nacken gelöst und fielen in sanften Wellen über ihre hohen Wangenknochen hinunter auf ihre schmalen Schultern. Ihr Kinn stand ein wenig vor und war beinahe so spitz wie ihre schmale Nase, die über den vollen Lippen saß. Ihre dunklen, geschwungenen Augenbrauen passten perfekt zu ihren langen, gebogenen Wimpern, die ihren hellen Augen eine starke Ausdruckskraft verliehen. Ihre Haut war gepflegt und nahezu faltenlos, was es schwer machte, ihr wahres Alter zu schätzen. Christiana mochte sich irren, aber sie hielt sie für eine Dame gehobenen Standes, die höchstens Mitte oder Ende dreißig war.

»Habt Ihr auch Kinder?«

Als Christiana die unerwartete Frage vernahm, zuckte sie unwillkürlich zusammen. Thomas und sie wünschten sich von Herzen ein Kind, doch bis jetzt hatte sie keinerlei Anzeichen einer Schwangerschaft an ihrem Körper entdecken können.

»Nein, aber mein Mann und ich sind auch erst seit vier Monaten miteinander verheiratet«, gab sie ausweichend zurück.

»Verzeiht meine Impertinenz. Ich wollte Euch nicht beleidigen«, erwiderte die Frau mit einem beschämten Gesichtsausdruck.

»Wollt Ihr mir nicht Euren Namen verraten?« Christiana lenkte rasch von dem Thema ab, das ihr großes Unbehagen bereitete.

»Julia. Mein Name ist Julia.«

»Ein schöner Name«, sagte Christiana lächelnd. »Ich glaube mich zu erinnern, einmal ein wundervolles Schauspiel gesehen zu haben, in dem die Heldin auch diesen Namen trug.«

»Romeo und Julia.«

»Ja, so hieß die Geschichte.«

»In gewisser Weise hat sie sogar Ähnlichkeit mit meinem Leben«, erwiderte Julia leise und sah Christiana traurig an. »Ich lernte meinen Mann auch als junges Mädchen kennen, und mein Vater sträubte sich gegen eine Verbindung mit ihm. Zwischen unseren Familien gab es eine alte Fehde. Aber wir haben schließlich doch geheiratet.«

»Wo ist Euer Mann jetzt?«, fragte Christiana neugierig.

»Er ist tot.«

»Gütiger Himmel! Vergebt mir!«, flüsterte sie und legte ihre Hand mitfühlend auf die der Frau. »War er auch auf dem Schiff?«

»Nein«, erwiderte Julia, und ihre Augen füllten sich mit Tränen. »Ich habe ihn vor einem Jahr das letzte Mal gesehen. Er war in den vergangenen sechs Jahren oft in Europa, denn er brachte seit einiger Zeit nicht mehr die Kraft und den Mut auf, bei mir zu bleiben. Es gab zu viele schmerzhafte Erinnerungen, die er nicht verkraftete.« Sie schluckte geräuschvoll und sprach dann weiter. »Vor ein paar Wochen erhielt ich eine Nachricht von ihm aus Sizilien, und so folgte ich ihm dorthin. Doch als ich dort ankam, war er bereits verstorben. Ich begrub seinen Leichnam in fremder Erde und machte mich schließlich auf den Heimweg, aber dann gerieten wir in einen Sturm, kamen vom Kurs ab und ...« Schluchzend brach sie ab.

»Es muss furchtbar für Euch gewesen sein«, flüsterte Christiana unter Tränen. Irgendetwas an dieser Frau war ihr vertraut und berührte ihr tiefstes Inneres, sodass sie deren Schmerz beinahe fühlen konnte. »Aber jetzt ist es vorbei, Julia.«

Sie beugte sich zu ihr hinüber, legte ihre Arme sanft um den bebenden Körper und murmelte ihr beruhigende Worte ins Ohr.

»Sein Tod traf mich nicht unerwartet. Er war schon seit langem nicht mehr er selbst. Die schlimmen Zeiten hatten ihn geschwächt und ihn schließlich krank gemacht, doch ich konnte ihm nicht helfen. Ich war ihm in den letzten Jahren keine gute Frau.«

»Ihr könnt sicher nichts dafür«, flüsterte Christiana.

Julia machte sich plötzlich los und schaute sie ernst an.

»Doch! Ich hätte ihm helfen müssen!«

»Warum habt ihr es dann nicht getan?«, hakte Christiana nach. Sie konnte sich nicht vorstellen, dass Julia den Mann, den sie offenbar liebte, grundlos vernachlässigt hatte.

»Ich war zu sehr mit meinem eigenen Schmerz beschäftigt, um ihm beizustehen.«

»Meint Ihr denn, er hat das nicht gewusst?«

Julia betrachtete die junge Frau verwirrt.

»Natürlich hat er es gewusst.«

»Hätte er Euch dann nicht auch beistehen müssen?«

Julia dachte einen Moment lang nach. Leise antwortete sie: »Ich denke, die Prüfung, die uns auferlegt wurde, hat uns beide so unerwartet und schwer getroffen, dass wir vollkommen überfordert waren. Wir hätten uns aneinander klammern und uns gegenseitig unterstützen sollen, doch stattdessen verriegelten wir beide die Tür zu unseren gebrochenen Herzen und ließen den anderen mit seinem Schmerz allein draußen stehen.«

Christiana drückte ihr verständnisvoll die Hände. »Wenn einem großes Unglück widerfährt und man selbst nicht mehr weiß, was man tun soll, passiert es nicht selten, dass man den Blick für die Gefühle anderer verliert.«

»Ihr scheint aus Erfahrung zu sprechen.«

Christiana lächelte die Frau traurig an. »Wäre ich nicht nach Eden gekommen, hätte ich den Schmerz sicher nicht so schnell überwinden können. Diese Insel und ihre Bewohner haben mir wieder den Mut gegeben, zu hoffen und zu träumen.« Schmunzelnd erinnerte sie sich daran, welche Sorgen sich die Menschen um sie gemacht hatten, als sie nach der Entdeckung des Geheimnisses vollkommen verschreckt war. »Und wäre ich Thomas, meinem Mann, nicht begegnet, hätten sich meine Hoffnungen und Träume niemals erfüllt. Er hat mir gezeigt, was bedingungsloses Vertrauen bedeutet und wie sich die Liebe anfühlt. Und er hat mir bewiesen, dass das Schicksal mich mit weit mehr bedacht hat, als nur mit einem Leben in Angst hinter selbst errichteten Mauern. Jetzt kommt es mir beinahe so vor, als wäre ich erst an dem Tag geboren, an dem wir uns zum ersten Mal begegneten.«

»Ihr liebt ihn sehr, nicht wahr?«, fragte Julia mit einem wehmütigen Lächeln.

»Ja«, gab Christiana zu. Verwirrt blickte sie die Fremde an. Wie kam es nur, dass sie ihr ohne zu zögern ihr Herz ausschüttete? »Es hat lange genug gedauert, bis ich das begriff, doch jetzt werde ich ihn nie wieder loslassen. Er bedeutet mir alles.«

Julia betrachtete sie überrascht durch ihren Tränenschleier hindurch. Christiana hatte mit einer solch tiefen

Hingabe gesprochen, dass sie sich fragte, ob sie überhaupt ahnte, wovon die junge Frau sprach. Und hatten ihre eigenen Augen jemals so intensiv geleuchtet, wenn das Gespräch auf ihren Gatten kam?

»Er muss ein bemerkenswerter Mann sein, wenn er eine hübsche und kluge Frau wie Euch dazu bringt, so tiefe Gefühle zu empfinden.«

»Ja, das ist er«, antwortete Christiana verträumt und fuhr dann lachend fort: »Ihn zu heiraten, war das Verrückteste und Beste, was ich je in meinem Leben getan habe.« Ihr plötzliches Lachen ließ Bändchen aufhorchen, der es sich auf dem Bett neben ihr bequem gemacht hatte.

»Du hast Recht, mein Freund«, flüsterte Christiana ihm zu und kraulte ihn hinter den Ohren. »Es ist Zeit zu gehen. Julia braucht ihren Schlaf.«

Christiana erhob sich, und Bändchen sprang schnell vom Bett, um ihr zu folgen. Dann drehte er sich noch einmal um und lief zurück zu der fremden Frau.

»Was machst du denn?«

Julias überraschter Ausruf ließ Christianas Kopf herumschnellen. Bei dem Anblick, der sich ihr bot, wusste sie nicht, ob sie lachen oder ihren Hund zurechtweisen sollte. Sie entschied sich für das Erste.

Julia hob den Kopf und sah verdutzt zu ihr hinüber.

»Was will er?«

Während Christiana ihren Hund beobachtete, der Julias Ärmel fest gepackt hielt und heftig daran zerrte, bemühte sie sich, ihr Lachen zu unterdrücken. Die Fremde bewegte sich nicht vom Fleck, und so verlor Bändchen das Gleichgewicht und fiel um. Verwirrt schaute er von seiner Herrin zu Julia und wieder zurück. Dann drehte er sich um, packte den Stoff von Julias Rock, der auf dem Bett ausgebreitet war, und wollte sie erneut dazu bringen, ihm zu folgen.

»Ich denke, er will, dass Ihr uns begleitet«, stieß Christiana prustend hervor und ging auf das Bett zu, um Julias Rock aus den Fängen ihres Hundes zu befreien. Doch Bändchen ließ sich nicht beirren. Er wich Christianas Händen mit einem Geschick aus, das sie ihm nicht zugetraut hätte, und machte sich sofort wieder an Julias Ärmel zu schaffen.

»Ich schätze, er wird keine Ruhe geben, bis er seinen Willen bekommt«, sagte sie schließlich und schaute Julia fragend an.

»Ihr wollt, dass ich mit Euch komme?«

»Wenn Ihr lieber hier bleiben wollt, kann ich das verstehen. Aber ich glaube, mein Hund hat Recht. Es wäre besser, wenn ich für alle Fälle in Eurer Nähe bin«, antwortete Christiana und strich Bändchen, der sein Vorhaben nun doch aufgegeben hatte, liebvoll über das Fell. »Also entweder übernachtet Ihr bei uns zu Hause, oder ich werde ein Zimmer nicht weit von Eurem für mich herrichten lassen.«

Julia musterte sie lange, dann sagte sie leise: »Ich hätte nie gewagt, Euch das zu sagen, aber da Ihr es nun schon einmal zur Sprache gebracht habt ... Ich habe Angst, hier allein zu sein. Die Menschen sind nett und kümmern sich wirklich rührend um mich, aber sie sind irgendwie so vollkommen anders als ...« Sie brach ab und warf Christiana einen vorsichtigen Blick zu.

»So ganz anders als *wir?«*

Julia nickte verlegen.

»Das sind sie wirklich«, murmelte Christiana und lächelte Julia dann aufmunternd zu. »Könnt Ihr reiten?«

»Ja.«

»Gut, dann werde ich Angus bitten, noch ein weiteres Pferd satteln zu lassen. Zu Fuß würden wir sonst eine kleine Ewigkeit brauchen.«

Bändchen äußerte seine Zustimmung mit einem lauten, fröhlichen Bellen.

»Denkt Ihr denn, Euer Gatte wäre damit einverstanden?«, warf Julia zaghaft ein.

Christiana holte tief Luft und seufzte laut.

»Er kommt erst in zwei Wochen wieder nach Hause. Aber keine Angst, unser Haus ist auch dann noch groß genug. Es wird sich gewiss ein Plätzchen für Euch finden lassen.«

Christiana zwinkerte Julia zu und drehte sich dann auf dem Absatz um. Als sie gerade an der Tür angelangt war, vernahm sie Julias sanfte Stimme.

»Christiana?«

»Ja?«

»Ich danke Euch.«

Die folgenden zwei Wochen vergingen wie im Fluge, und Christiana wartete in ihrem neuen Heim ungeduldig auf die Heimkehr ihres Mannes. Zum ersten Mal seit der Ankunft ihres Onkels hatte sie sich die Freiheit genommen, vor Sonnenuntergang nach Hause zu reiten.

In den vergangenen Tagen war sie kaum zur Ruhe gekommen. Es gab so viel zu tun, dass sie jede Nacht erschöpft in ihr Bett fiel, und sobald ihr Kopf das Kissen berührte, sank sie in einen tiefen, traumlosen Schlaf.

Mit nahezu unmenschlicher Geduld gelang es ihr, ihre Zeit zwischen ihren Schülerinnen und deren Kindern, ihren Patienten, Marlena, Sebastian, Julia und Bändchen aufzuteilen.

Die Seemänner vom Schiff ihres Onkels hatten alle möglichen Krankheiten und Verletzungen, die sie behandeln musste. Amina und Shokriea halfen ihr, so gut sie konnten, doch ihr Wissen und ihre Erfahrungen reichten noch nicht aus, sodass sie die Aufgaben unmöglich allein bewältigen konnten.

Marlena, die über die Rückkehr ihres Mannes völlig aus dem Häuschen war, hielt sie immer wieder von ihrer Arbeit ab, weil sie darauf bestand, dass Christiana Sebastian alles, was sie auf Eden erlebt hatte, persönlich berichtete.

Sie verbrachte lustige, aber auch traurige Stunden bei den beiden, in denen sie ihren Onkel und seine Ansichten sehr zu schätzen lernte. Er war wie ein Fels, der den riesigen heranrollenden Wellen des Meeres trotzig die Stirn bot. Die Bewohner von Eden hätten sich kein besseres Oberhaupt wünschen können.

Einmal deutete er an, dass ihm Nachrichten über ihren Vater und ihre Geschwister zu Ohren gekommen waren, doch Christiana hatte mit ihrem alten Leben abgeschlossen und bat ihn – auch wenn es ihr schwer fiel –, sie für sich zu behalten.

Julia gewöhnte sich nur langsam an das Leben auf der Insel, doch Christiana nahm sie oft mit in die Stadt, um ihr die Scheu vor den Menschen zu nehmen. Sie mochte die stille Frau sehr, und sie war dankbar dafür, dass sie sie bemutterte. Abends, wenn sie müde nach Hause kam, empfing Julia sie lächelnd, und immer stand ein warmes Essen auf den Tisch.

Nach der ersten Nacht waren sich die beiden Frauen schweigend einig geworden, dass sie die schmerzhaften Erinnerungen ihrer Vergangenheit fortan ruhen lassen wollten. Aber da sie sich in vielen Dingen sehr ähnlich waren, verging kaum eine Minute, ohne das sie sich angeregt unterhielten.

Christiana erzählte oft von Thomas und wie sie sich kennen und lieben gelernt hatten, und Julia berichtete ihr von ihrem beschaulichen Leben in England.

Wie sich herausstellte, hatte sich Christiana nur bezüglich ihres Alters geirrt. Julia war vierundvierzig und tatsächlich eine Dame von hohem Stand. Sie war in der Nähe von Lübeck aufgewachsen und mit sechzehn einem stattlichen Mann namens Alexander begegnet, der dort gerade einen Freund besuchte. Der Mann, mit dem sie seit ihrer Geburt verlobt war, hatte vor einigen Monaten sein Leben bei einem Überfall von Wegelagerern verloren, und so kamen sich die beiden jungen Leute schnell näher. Aber als Alexander ihren Vater, einen Herzog, um ihre Hand bat, lehnte der seinen Antrag sofort ab.

Julia ließ seine brüske Ablehnung keine Ruhe und fand schließlich heraus, dass ihr Vater in seiner Jugend ein Auge auf eine deutsche Schönheit geworfen hatte, doch ehe er die Möglichkeit bekam, ihr einen Antrag zu machen, kam ihm ein Engländer zuvor und heiratete die Frau. Und jener Engländer war ausgerechnet Alexanders Vater.

Das junge Paar wollte sich jedoch nicht damit abfinden, für die Feindschaft zwischen ihren Vätern mit ihrem eigenen Glück zu bezahlen, und so kämpften sie für ihre Liebe, die keine Zukunft zu haben schien. Doch nach zwei Jahren starb plötzlich Julias Vater, und der Weg für das Paar war endlich frei. Die beiden heirateten nach einer angemessenen Trauerzeit und verließen das Festland, um auf einem kleinen Gut zu leben, das Alexander gehörte. Er war der Erstgeborene eines Earls und erbte nach dessen Tod sieben Jahre später nicht nur den Titel, sondern auch den riesigen Herrensitz der Familie und die dazugehörenden, weitläufigen Ländereien in der Nähe der schottischen Grenze.

»Christiana, möchtest du noch etwas Suppe?«, fragte die Countess of Huntington.

»Sie ist wirklich köstlich, Julia, aber ich habe schon drei Schüsseln voll gegessen«, antwortete Christiana und strich sich bedeutungsvoll über den flachen Bauch. »Ich kann es immer noch nicht glauben, dass eine Frau von deinem Stand so gut kochen kann.«

»Das war schon immer meine geheime Leidenschaft. Ich habe mich als Kind lieber in unserem Küchenhaus aufgehalten, als sticken und tanzen zu lernen«, erklärte Julia vergnügt. »Aber gegen deine bemerkenswerte Geschichte ist mein kleiner Ausbruch aus den gesellschaftlichen Zwängen kaum erwähnenswert. Du bist diejenige von uns, die etwas Unglaubliches getan hat, nicht ich. Schließlich hast du deinen *Diener* geheiratet.«

»Gottes Wege sind unergründlich«, entgegnete Christiana amüsiert. Als sie ihr erzählt hatte, dass sie Thomas auf der Straße aufgelesen und ihn später einfach gebeten hatte, sie als ihr Diener nach Eden zu begleiten, war Julia fassungslos gewesen. Und wenn Christiana die Augen schloss, sah sie noch immer den entgeisterten Gesichtsausdruck ihrer neuen Freundin vor sich.

»Komm, lass uns das Geschirr wegbringen, dann können wir es uns in den Sesseln gemütlich machen und uns die Zeit mit lustigen Geschichten vertreiben, bis mein Mann nach Hause kommt«, sagte Christiana plötzlich nervös und erhob sich von ihrem Stuhl. Als sie daran dachte, dass sie Thomas bald wiedersehen würde, begann es in ihrem Bauch wild zu kribbeln.

Die beiden Frauen räumten den Tisch ab und setzten sich dann vor den leeren Kamin. Bändchen folgte ihnen und legte sich zu Christianas Füßen auf den Boden.

»Bist du sicher, dass ich hier bleiben kann?«, fragte Julia sie bereits zum fünften Mal an diesem Abend. »Ihr wollt doch gewiss allein sein.«

»Natürlich kannst du bleiben«, versicherte Christiana ihr lächelnd. »Ich möchte dir gern den Mann vorstellen, der mein ganzes Leben auf den Kopf gestellt hat, und ich bin mir sicher, dass er dich mögen wird.«

Julia schien nicht ganz überzeugt zu sein, doch sie schwieg.

Plötzlich schnellte Bändchens Kopf in die Höhe, kurz darauf war er auch schon auf den Beinen und rannte bellend zur Tür. Das dumpfe Geräusch von Pferdehufen, die über die Wiese galoppierten, näherte sich schnell, dann verstummte es.

»Er kommt!«, rief Christiana aufgeregt und sprang auf, um Thomas entgegenzulaufen.

»Christiana? Ich bin wieder da! Willst du deinen liebenden Gatten denn nicht begrüßen?« Die tiefe Stimme ihres Mannes brachte ihr Herz zum Klopfen.

»Ich bin schon auf dem Weg, Liebling!«

Sie riss die Tür auf und erblickte ihren Mann, der grinsend vor den Stufen stand, die zum Haus heraufführten. Bändchen quetschte sich durch den schmalen Spalt zwischen Christianas Beinen und dem Türrahmen hindurch, stürmte auf seinen Herrn zu und hüpfte fröhlich bellend um ihn herum. Thomas tätschelte kurz seinen Kopf, ließ seine freudestrahlende Frau jedoch nicht einen Moment lang aus den Augen.

»Komm her, meine bezaubernde Gemahlin, und lass dich umarmen.«

Sie flog in seine ausgebreiteten Arme, und er hob sie hoch und wirbelte sie lachend im Kreis herum.

»Ich habe dich so vermisst, Liebes«, murmelte er und küsste sie stürmisch auf den Mund.

»Ich dich auch.« Christiana fuhr mit ihren Fingern durch sein braunes Haar und sah ihn aus leuchtenden Augen an. »Du ahnst nicht, wie sehr du mir gefehlt hast. Ich musste zwei endlose Wochen lang in einem kalten Bett schlafen! Keine starken Arme, die mich beim Einschlafen festhielten, kein Körper neben mir, der mich wärmte, und kein Mann, der mich mit seinen verzauberten Händen an den Rand des Wahnsinns trieb.«

»Das will ich auch hoffen, Frau!« In Thomas' Augen trat ein gefährliches Funkeln.

»Soll das eine Warnung sein?«, neckte Christiana ihn.

»Das ist und bleibt eine Warnung, Christiana. Für immer«, erwiderte er ernst. »Wenn ich jemals einen Mann erwische, der es wagt, dich zu berühren, hat er sein Leben verwirkt.«

Christiana machte sich von ihm los und tat, als müsse sie dringend ins Haus gehen.

»Was tust du?«, fragte Thomas verwirrt.

»Ich wollte etwas zum Schreiben holen, um dir eine Liste zu machen«, antwortete sie unschuldig und hob die Hand, um mit ihrer Aufzählung zu beginnen. »Fangen wir einfach mit gestern an. Mal sehen … früh am Morgen hat mir der Schmied auf mein Pferd geholfen, dann war ich bei Isaak und habe mir ein warmes Stück Kuchen geben lassen. Wenn ich mich recht erinnere, hat er mir zum Abschied die Hand geküsst. Dann habe ich Angus im Stall der Burg die Zügel gegeben, wobei seine Finger meine streiften. Danach ging ich in die Burg, wo einer der Diener stolperte und fast auf mich drauffiel. Er hat nach mir gegriffen …«

Weiter kam sie nicht, denn Thomas war mit einem Schritt bei ihr, riss sie an sich und küsste sie so heftig, dass sie glaubte, auf der Stelle in Ohnmacht fallen zu müssen. Dieser Mann schaffte es doch tatsächlich, ihr mit einem einzigen Kuss die Sinne zu rauben. Seine warme Zunge, die in ihrem Mund ihr verrücktes Spiel trieb, ließ sie an nichts anderes mehr denken als an all die berauschenden Nächte, die sie miteinander geteilt hatten. Sie ließen ihr das Blut in die Wangen schießen und stimmten sie bereits auf die kommenden Genüsse der nächsten Tage ein. Seine Hände, die sie durch den Stoff ihres Kleides hindurch zu verbrennen schienen, wussten genau, wo sie hinwandern mussten, damit sie schwach wurde.

Aber ganz dunkel erinnerte sie sich daran, dass es noch etwas gab, von dem sie ihm erzählen sollte. Was war das doch gleich?

Gefangen von dem ungeahnten Ausmaß ihres eigenen Verlangens, das sie zwei vollständige Wochen lang hatte zügeln müssen, konnte sie beim besten Willen keinen klaren Gedanken fassen. Sie musste sich sofort von diesem Zauberer losmachen, oder sie würde wieder einmal an Ort und Stelle den sündhaften Versprechungen seines Körpers erliegen.

»Thomas«, stieß sie völlig benommen aus und beendete widerwillig den leidenschaftlichen Kuss. »Warte, ich muss …«

Er warf ihr einen feurigen Blick zu, der sie fast vergessen ließ, dass sie etwas sagen wollte.

»Hör auf, mich so anzusehen«, flüsterte sie nach einem tiefen, zittrigen Atemzug und bekam als Antwort ein unglaublich verlockendes Lächeln, dem selbst die frommste Frau kaum hätte widerstehen können.

Nachdenken, Christiana!, ermahnte sie sich. Sie senkte den Blick, um vom verheißungsvollen Versprechen in seinen Augen nicht erneut abgelenkt zu werden. *Was wolltest du ihm sagen? Es hatte etwas mit dem Haus zu tun. Es war im Haus … Julia!*

»O ja, natürlich! Julia!«, rief sie aus und sah wieder zu ihm auf. »Wir haben einen Gast, Liebling.«

»So?«, fragte er schmunzelnd, und während er sie noch immer fest im Arm hielt, spähte er neugierig ins Innere des Hauses.

Christiana küsste seine stoppelige Wange, dann wandte sie ihren Kopf Julia zu, die gerade aus der Tür getreten war, und erschrak.

*»Julia!«* Sie löste sich aus der Umarmung ihres Mannes und lief auf die Frau zu, aus deren Gesicht jegliche Farbe gewichen war. »Julia, was ist mit dir los?«

»Gott, der Gerechte!«, flüsterte die Countess entsetzt. Ihre hellblauen Augen waren starr auf Thomas gerichtet, und sie zitterte am ganzen Körper. Dann flatterten ihre Lider, und sie sank ohnmächtig in Christianas Arme.

Thomas eilte ihr sogleich zu Hilfe, nahm ihr den reglosen Körper aus den Armen, trug ihn hinein und legte ihn behutsam auf die gepolsterte Sitzbank. Er beugte sich zu Julia hinunter und strich ihr zärtlich eine braune Strähne ihres weichen Haars aus dem Gesicht.

Christiana beobachtete ihn verwirrt, und ein schmerzhafter Stich von Eifersucht durchbohrte ihr Herz wie die scharfe Klinge eines Dolches.

Als sie ihre Gefühle wieder unter Kontrolle hatte, fragte sie leise: »Kennst du sie?«

»Sie ist meine Mutter«, antwortete er ohne sie anzusehen. Seine vollkommen gefühllose Stimme klang so fremd, dass Bändchen neben ihm verstört zu winseln begann.

»O mein Gott, Thomas!«, rief Christiana fassungslos.

Er drehte ihr sein Gesicht zu und sah sie mit dem altbekannten leeren Blick an, der ihr das Blut in den Adern gefrieren ließ.

»Mein Name ist Benedict.«

# XXVIII

IM JAHRE DES HERRN 1606,
MEHR ALS SECHS JAHRE ZUVOR
IRGENDWO IN DEN BERGEN KASTILIENS

Nicolas schlurfte müde durch den Kreuzgang des Klosters, in dem er mit seinen vier Brüdern Unterschlupf für die Nacht gefunden hatte.

Sie hatten das Glück gehabt, noch einen Platz zu ergattern, denn es war Ende Frühling, und viele nutzten die ersten sonnigen Wochen nach dem Tauwetter und dem schweren Frühlingsregen, um nach den langen harten Wintermonaten die Berge zu verlassen. Sie wollten in den großen Städten Geld verdienen, Verwandte in den Ebenen besuchen oder einfach ihre Pilgerreisen auf den nun freien und trockenen Straßen fortsetzen.

Nicolas hatte gerade sein letztes Gebet für diesen Tag in der kleinen Abtei hinter sich gebracht und fühlte sich wie immer erleichtert. Er konnte den Alltag eines Wanderpredigers, der er noch immer war, kaum ertragen. Als er siebzehn Jahre zuvor seinem Orden beitrat, tat er dies nicht aus Liebe zu Gott. Nein, er tat es, weil die Kirche die größte Macht auf Erden besaß, und er war süchtig nach Macht.

Bevor er sich den Dominikanern anschloss, war er nur der fünfte von zwölf Söhnen eines Tuchhändlers. Er hatte keine Chance, es in seinem Leben jemals zu etwas zu bringen, doch er wusste: Er war zu Höherem berufen, und für einen Mönch dieses mächtigen Ordens öffneten sich unaufgefordert alle Türen.

Er begann zu studieren und bald darauf auch zu predigen, und es erfüllte ihn mit maßloser Genugtuung, wenn sich die Menschen nach seinen berüchtigten und vernichtenden Verkündigungen beschämt und entsetzt über das, was er ihnen unbarmherzig als Verführungen des Teufels in ihrem kleinen nutzlosen Leben aufgezeigt hatte, unter seinen anklagenden Blicken wanden.

Er empfand keinerlei Verlangen nach den Wonnen, die die Bibel nicht mal in der Ehe gestattete und denen doch so viele seiner Brüder verfallen waren. In Gegenwart des anderen und seines eigenen Geschlechts verspürte er überhaupt keine Lust. Er erhielt seine Befriedigung allein durch die Angst eines Menschen.

Er hatte schnell gelernt, seine Opfer in der Menge zu erkennen und sie, wenn er von Verfehlungen und Teufelswerk sprach, mit durchdringenden Blicken zu lähmen. Und er hatte gelernt, den Geruch der Angst auf eine Entfernung von fünfzehn Schritten wahrzunehmen, auch wenn die Person seinen aufmerksamen Augen noch verborgen war.

Keiner seiner engstirnigen Mitbrüder ahnte, dass er nicht war wie sie. Sie hielten ihn für einen etwas übereifrigen, hart studierenden Gelehrten, dem man vertrauen konnte, doch in Wahrheit hielt Nicolas sie alle zum Narren. Seine täglichen Gebete, die er niemals vergaß, waren so hohl wie ein abgestorbener Baumstamm, und sein demütiger, sanfter Gesichtsausdruck war lediglich eine perfekte Maske. Er glaubte weder an Gott noch an irgendein anderes überirdisches oder unterirdisches Wesen. Er glaubte an die Macht. An seine Macht!

Und wenn er endlich am Ziel seiner Reise ankam, war er mächtiger als je zuvor. Er würde Prior des Klosters San Antonio werden, das dem Orden aufgrund dessen chaotischer Misswirtschaft ein Dorn im Auge war. Nicolas' Fähigkeiten in der Verwaltung und Organisation, seine Loyalität und sein bedingungsloser Gehorsam – auch wenn die letzteren nur Schein waren – hatten seinen Mentor Jorge Francés überzeugt, dass er der richtige Mann für diese Aufgabe war. Und das war er zweifellos!

Er, der unscheinbare Mönch Nicolas, würde sich selbst und dieses erbärmliche Kloster zu großem Ruhm führen, der nur einem Mann von der Genialität eines Torquemada – ein Mann wie er selbst – gebührte. Und er würde endlich seinen verdienten Platz in den Büchern der Geschichte einnehmen, dessen war er sich sicher.

Nur eins fehlte ihm noch dazu: eine Gelegenheit, um seine neue Macht für alle sichtbar zu machen.

In Gedanken bei der Ausarbeitung eines Plans, lief er mit gesenktem Kopf zu der winzigen Zelle, die er sich mit seinen vier Ordensbrüdern teilen musste, und stieß mit einem Mann zusammen, der ihm entgegenkam.

»Vergebt mir, ich war unachtsam.«

Nicolas schaute auf und erblickte einen stattlichen jungen Mann, der ihn entschuldigend anlächelte.

»Es ist ja nichts passiert, mein Sohn. Geht nur Eurer Wege. Gott segne Euch.«

»Vielen Dank. Gott segne Euch ebenfalls«, erwiderte der Mann und verschwand hinter einer schmalen Tür, die in eins der Gastquartiere führte.

Nicolas sah ihm verdutzt hinterher. Irgendetwas an diesem Mann hatte ihn stutzig werden lassen. Er rief sich dessen Gesicht noch einmal ins Gedächtnis, und plötzlich wusste er, was es war. Seine Augen! Er hatte in ihnen etwas gesehen, das er nur zu gut kannte.

Besessenheit!

Ein seelenloser Geist erkannte immer seinesgleichen – auch wenn er es noch so gut verbarg, wie dieser Mann und er selbst.

Neugierig näherte er sich der Tür, durch die der junge Mann verschwunden war. Sie stand einen Spaltbreit offen und ließ eine männliche Stimme nach draußen dringen.

»Wir müssen sie anzeigen. Wenn uns unser Seelenheil lieb ist, haben wir keine andere Wahl«, sagte der Mann, dem Nicolas im Gang begegnet war.

»Seit sein Vater tot ist, ist Pablo ein mächtiger Gutsherr, es wird nicht einfach sein, die Geistlichen und Staatsbeamten, die ihn seit langem kennen und schätzen, von seiner Schuld zu überzeugen«, gab eine zweite Stimme nervös zurück.

»Willst du unsere unsterblichen Seelen etwa dem Teufel überlassen?«

»Natürlich nicht! Aber du darfst nicht vergessen, dass Pablo ein – wenn auch sehr weit entfernter – Verwandter des Königs ist. Er hat mächtige Freunde, Juan.«

Nicolas trat noch näher an die Tür heran.

»Ein Mitglied der Königsfamilie, das einer Sekte Ungläubiger angehört! Er ist ein Ketzer, und das weißt du!«, flüsterte Juan aufgebracht. »Und der Junge, der seit kurzer Zeit bei ihm lebt, du weißt schon, der Enkel von Pablos Stiefmutter, macht in aller Öffentlichkeit blasphemische Scherze. Ich war selbst dabei!«

»Aber wer wird uns glauben?«, fragte der zweite Mann unsicher.

»Guillermo, mein Freund, kein Mann der Kirche wird die Aussagen von uns als Zeugen des häretischen Verhaltens von Pablo und dem Jungen unbeachtet lassen. Wir mögen nicht so viel Macht haben wie er, aber wir sind Ehrenmänner, deren Wort in diesem Land von nicht unerheblichem Wert ist.«

Über Nicolas' Gesicht huschte ein unheilvolles Lächeln. Die Ausmerzung der Häresie war sein liebstes Betätigungsfeld, denn es war ein Akt, der die wahre Macht eines Geistlichen offenbarte. Die Angeklagten waren dem Kleriker, der Ankläger und Richter zugleich war, schutzlos ausgeliefert.

Einen öffentlichen Prozess gegen ein geschätztes Mitglied des Adels zu führen, würde ihm den Ruhm einbringen, den er anstrebte. Und als Prior eines Klosters und angesehenes Mitglied des Dominikanerordens, der viele Jahre zuvor vom Papst persönlich mit der Aufgabe der Vernichtung der Ketzer betraut worden war, würden ihm alle Türen für einen Aufsehen erregenden Inquisitionsprozess offen stehen. Alles, was er noch brauchte, war der Name des Mannes, über den die Männer sprachen.

»Auch ein Herzog von Avila darf unsere reine christliche Gemeinde nicht durch seine Abweichung vom wahren Glauben beschmutzen!«, sagte Juan wütend.

Nicolas' Lächeln wurde noch breiter. Nun hatte er alle Informationen, die er brauchte. Sein Mund formte sich zu einem geräuschlosen »Danke«, dann drehte er sich um und entfernte sich leise.

Der junge Mann, der mit dem Mönch auf dem Gang zusammengestoßen war, sah, wie der Schatten vor der Tür verschwand. In seinen braunen Augen leuchtete eine gefährliche Mischung aus ungezügeltem Hass und tiefer Genugtuung, und ein kaltes Lächeln glitt über sein makelloses Gesicht.

Auch er hatte seinen Gesinnungsgenossen erkannt …

DREI WOCHEN SPÄTER
SCHLOSS RUEDA, SPANIEN

»Benedict!« Pablo Rueda, Duque de Avila, rief laut nach dem Jungen, dessen Eltern ihn nach Spanien geschickt hatten, damit aus ihm ein Mann wurde.

»Benedict, wir wollen abreisen!«

Pablo sah über die Köpfe seiner Diener und Mägde, die sich zur Verabschiedung ihres Herrn ohne Ausnahme im Hof versammelt hatten, zu der prunkvollen Kutsche hinüber, in der seine Frau und seine beiden Söhne ungeduldig warteten.

»Ich komme!«, erklang die heisere Stimme seines Neffen.

Der Junge war schon fast achtzehn Jahre alt, doch sein Stimmbruch hatte erst jetzt begonnen.

Auch sonst war er recht unterentwickelt für sein Alter. Als Pablo ihn das erste Mal zu Gesicht bekam, war er klein, dünn, blass und schwächlich, und das lag zweifelsohne an dem nasskalten Klima und dem schlechten Essen in England, wo der arme Junge aufgewachsen war. Doch nach vier Monaten in Spanien hatte sein Körper beinahe alles nachgeholt, was er in den vergangenen Jahren versäumt hatte.

Er nahm zu, seine Haut bekam einen gesunden Schimmer, seine Muskeln nahmen deutlich Formen an, und er war sogar ein wenig gewachsen.

Benedict kam mit rotem Kopf aus den weitläufigen Stallgebäuden gelaufen und blieb grinsend vor Pablo stehen. Der Junge war fasziniert von allem, was mit Pferden zu tun hatte.

»Denk daran, du bist für alles verantwortlich, was in meiner Abwesenheit geschieht«, ermahnte der Herzog ihn eindringlich. »Mein Verwalter kümmert sich um sämtliche Angelegenheiten, aber du bist mein Stellvertreter und wirst mir nach meiner Rückkehr Rechenschaft über jede Münze, jede Forke Heu und jede Prise Salz ablegen müssen, die in der Zwischenzeit verbraucht wurde.«

»Keine Sorge, Pablo. Ich schaffe das schon«, gab der Junge lachend zurück. »Du und dein Vater waren gute Lehrmeister. Mir wird nicht die kleinste Brotkrume entgehen, die beim Essen auf dem Boden fällt.«

»Ich rate dir, deine Aufgaben sehr ernst zu nehmen, junger Mann!«

»Ja, das werde ich«, entgegnete Benedict mit einem so feierlichen Gesichtsausdruck, dass Pablo unwillkürlich schmunzelte.

»Da das geklärt ist, kann ich mich ja beruhigt auf die Reise machen.«

Pablo legte einen Arm um die schmalen Schultern des Jungen und ging mit ihm zur voll beladenen Kutsche, die seine Familie nach Bordeaux, zu den Eltern seiner Frau, bringen würde.

Sein Vater und seine Stiefmutter waren fünf Wochen zuvor auf dem Rückweg von Madrid, wo sie sich wie jedes Jahr für kurze Zeit von den Strapazen des Winters erholt hatten, bei einem tragischen Kutschenunglück ums Leben gekommen. Und seine Kinder brauchten nach den traurigen Ereignissen nun dringend ein wenig Abwechslung.

»Alles, was du benötigst, liegt in meinem Arbeitszimmer. Dort wirst du auch einen Brief finden, der vor einer halben Stunde ankam. Er ist von deiner Mutter.«

Benedict sah zu dem Herzog auf, und seine braunen Augen verrieten seine übermäßige Freude. Nicht nur dass der Junge klein und schmächtig war, er hatte auch noch eine viel zu starke Bindung zu seinen Eltern, insbesondere zu seiner Mutter.

Pablo schüttelte verständnislos den Kopf.

»Worauf wartest du?«, fragte er schließlich. »Verabschiede dich von deinen Vettern und deiner Tante.«

Benedict schaute durch die geöffnete Tür ins Innere der Kutsche und verbeugte sich lächelnd vor Pablos Frau.

»Ich wünsche eine gute Reise.«

Dann wandte er sich den beiden kleinen Jungen zu, fuhr mit seiner Hand über ihre Köpfe und zerzauste ihr schwarzes, kurzes Haar.

»Auf bald ihr beiden«, sagte er grinsend. Die zwei sahen ihn verärgert an. Sie waren erst neun und elf Jahre alt, aber sie hielten sich für viel zu erwachsen, um eine solche Geste geduldig über sich ergehen zu lassen.

Benedict warf ihnen einen entschuldigenden Blick zu und drehte sich dann zu Pablo um, der in der Zwischenzeit sein prächtiges Streitross bestiegen hatte.

Der Mann beugte sich zu ihm hinunter und hielt ihm die große braune Hand entgegen.

»In zwei Monaten sind wir wieder zurück«, sagte er und besiegelte die Übertragung der Verantwortung auf Benedict mit einem herzlichen Handschlag. »Wenn irgendetwas geschieht, schick uns eine Nachricht mit einem Eilboten.«

»Was soll hier schon passieren?«, fragte ihn der Junge gelangweilt. »In Spanien herrscht kein Krieg, das Dorf gehört zum Gut, der nächste Nachbar ist zwanzig Meilen entfernt, die nächste Stadt sogar vierzig Meilen, und kaum ein Fremder reist durch diesen verlassenen Landstrich.«

»Man kann nie wissen«, entgegnete Pablo und gab dann seiner bewaffneten Eskorte das Zeichen zum Aufbruch. »Lass dich nicht von der Stille in der Ebene täuschen, Benedict. Manchmal ist das nur die Ruhe vor dem Sturm. Ein so großes Anwesen unter Kontrolle zu halten, ist schwierig, und du musst immer mit allem rechnen.«

Der Junge winkte lächelnd ab und trat zurück, um von dem kräftigen grauen Hengst des Schlossherrn nicht niedergetrampelt zu werden.

»Viel Vergnügen«, raunte Pablo ihm noch zwinkernd zu und richtete seinen Blick kurz auf die pausbäckige Küchenmagd, die seinen Neffen ein paar Wochen zuvor unter ihre Fittiche genommen hatte, um ihn in die Geheimnisse zwischen Mann und Frau einzuführen.

Bei der anzüglichen Bemerkung wurde der Junge knallrot und senkte verlegen den Kopf. Pablo lenkte sein Pferd zufrieden grinsend an die Spitze des Zuges und ritt allen voran durch den riesigen, steinernen Torbogen.

Benedict sah ihnen wehmütig hinterher. Zu gern würde er selbst wieder auf die Reise gehen. Er war seit Monaten hier und hatte noch immer Sehnsucht nach seinem Zuhause.

Als sein Vater ihn eines Tages zu sich rief und ihn davon unterrichtete, dass er nach Spanien reisen sollte, setzte er sich heftig dagegen zur Wehr. Er war glücklich in seiner Heimat und verstand nicht, warum er so plötzlich fortgeschickt wurde. Doch was er auch versuchte, er konnte seinen Vater nicht umstimmen.

Dem Earl war die Entscheidung nicht leicht gefallen, denn er liebte seinen Sohn von ganzem Herzen. Aber seine Frau und er waren viele Jahre lang zu nachsichtig mit ihrem einzigen Kind gewesen, und er glaubte, dass die Zeit nun gekommen war, aus dem verhätschelten Jungen einen Mann zu machen. Benedict war von klein auf oft krank gewesen, sodass er wochenlang das Bett hüten musste. Er konnte nicht wie andere Kinder seines Alters an der frischen Luft spielen, sondern lag meist in seinen Gemächern und las zum Zeitvertreib zahllose Bücher. War er wieder einmal dem Tod entronnen, verwöhnte seine Mutter ihn noch mehr als zuvor. Und wenn er anstatt auf Bäume zu klettern und allerlei Unfug anzustellen lieber im Haus blieb und sich in seine Studien vertiefte, ließ sie ihm seinen Willen.

Der Earl musste schließlich einsehen, dass sich sein Sohn zu einem verweichlichten Jungen mit blasser Gesichtsfarbe entwickelt hatte, der zwar sehr intelligent und belesen war, vom wirklichen Leben jedoch keine Ahnung hatte. Benedicts Fähigkeiten beschränkten sich allein auf reine Theorie, und er bezog sie allesamt aus seinen Büchern. Seine Leidenschaft, fremde Sprachen zu erlernen, hätte ihm auf Reisen zugute kommen können, doch da er immer in Huntington Manor blieb, war sein Wissen nutzlos und lag brach.

Also hatte Alexander beschlossen, seinen Sohn zu seiner Mutter zu schicken, die nach dem Tod seines Vaters zum Entsetzen des englischen Königshofes – dem das sture Festhalten des Earls am katholischen Glauben ohnehin schon ein Dorn im Auge war – einen katholischen, spanischen Herzog geheiratet hatte. Ohne die Einmischung seiner überbesorgten Eltern und unter den strengen Augen des Herzogs würde Benedict lernen, was es hieß, der einzige Erbe zu sein, große Ländereien zu verwalten – und das Leben außerhalb der schützenden Mauern eines Herrensitzes zu genießen.

Der Wunsch des Earls hatte sich erfüllt, und Benedict entdeckte, dass es noch viel mehr gab als die Wahrheiten, die in Büchern standen. Seit seiner Ankunft auf Schloss Rueda hatte ihn niemand mehr verwöhnt. Hier durfte er nicht einfach zu Bett gehen, wenn er müde war. Er wurde vom ersten Tag an in alle wichtigen Entscheidungen eingebunden, musste mit Pablo, dem ältesten Sohn und Erben des Herzogs, die ausgedehnten Ländereien abreiten, um nach dem Rechten zu sehen, musste körperliche Arbeiten verrichten und die kleinen Streitigkeiten des Gesindes schlichten, um den Frieden im Haus wiederherzustellen.

Er hatte keinerlei Schwierigkeiten, die Menschen zu verstehen, denn bevor er hier eintraf, sprach er bereits fließend Spanisch. Seine Kenntnisse reichten weit über den mündlichen Sprachgebrauch hinaus, und so fiel es ihm nicht schwer, selbst amtliche Briefe mit verwirrenden Satzkonstruktionen zu lesen und zu beantworten. Doch er konnte sich nicht nur auf Spanisch verständigen, sondern ebenso gut auf Französisch, Latein und Deutsch, die erste Fremdsprache, die er als kleiner Junge von seiner Mutter erlernt hatte und die er so gut beherrschte, dass ihre Verwandten, die ihnen in England einen Besuch abstatteten, ihn als Landsmann ansahen.

Sogar die Ordensbrüder, die im Kloster am Fuße der Berge wohnten, waren dankbar, dass sie sich mit ihm in ihrer jeweiligen Muttersprache unterhalten konnten, denn sie waren eine wahllos zusammengewürfelte Gemeinschaft, deren Mitglieder aus allen Regionen Europas kamen.

»Mylord, ein Bote ist in Sicht.«

Die Stimme des Verwalters riss ihn aus seinen Gedanken, und er richtete seinen Blick auf den Reiter, der durch das Tor in den Hof galoppierte. Der Mann sprang aus dem Sattel, lief dann auf den Verwalter zu und blieb keuchend vor ihm stehen.

»Ich habe eine dringende Nachricht für den Schlossherrn.«

»Das bin ich«, antwortete Benedict.

Der Mann musterte verwirrt den Verwalter und dann den Jungen mit der heiseren Stimme.

»Seid ihr Pablo Rueda, Herzog von Avila?«

»Nein, aber ich trage für die Zeit seiner Abwesenheit die Verantwortung für das Schloss«, gab Benedict ungeduldig zurück. »Ich bin Viscount Grosmont, sein Neffe.«

»Verzeiht ... bitte verzeiht mir meine Unwissenheit. Ich bin nur ein Bote ... vergebt mir ...«

»Gib mir den Brief«, unterbrach der Junge das unterwürfige Stammeln.

Der Mann fuhr mit seiner Hand in seinen Lederbeutel, holte einen versiegelten Brief heraus und reichte ihn Benedict mit einer tiefen Verbeugung.

»Ich habe auch eine Nachricht für ...« Der Bote kramte erneut in seinem Beutel und förderte ein zweites Stück Papier zutage. »Für Benedict Ludston, Viscount ... Gros...« Mit einem erschrockenen Blick auf Benedict hielt der Mann inne.

Ohne ein Wort nahm der Junge ihm auch den zweiten Brief aus der Hand. »Mein Verwalter wird dich entlohnen. Dann geh in die Küche und stärke dich.«

»Meinen untertänigsten Dank, Mylord.«

Benedict nickte ihm zu, drehte sich dann um und machte sich auf den Weg in Pablos Arbeitszimmer.

Welche dringende Nachricht die Briefe auch enthalten mochten – zuerst würde er den seiner Mutter lesen.

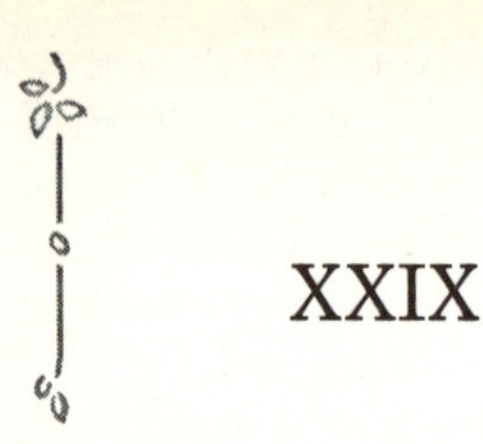

# XXIX

Benedict lief mit einem flauen Gefühl im Magen hinter dem Ordensbruder her, der ihn durch die unterirdischen Gewölbe des Klosters führte.

Der Mönch blieb plötzlich stehen und wies auf eine dicke Tür aus Eichenholz.

»Der Prior erwartet Euch«, sagte der Mann mit einem Ausdruck in den Augen, den der Junge nicht zu deuten vermochte, und öffnete ihm die Tür.

Als Benedict eintrat, begrüßte ihn eine eisige Kälte, und die Härchen in seinem Nacken stellten sich auf. Aber es waren nicht nur die tiefen Temperaturen, die in dem Raum mit der hohen Decke und dem riesigen, aber leeren Kamin herrschten. Es lag etwas nahezu Bedrohliches in der Luft, das ihn zutiefst beunruhigte.

Auf der rechten Seite des Raumes befand sich ein polierter Tisch mit geschwungenen, eisernen Füßen, hinter dem ein Mönch mit einer Feder in der Hand saß. Ein riesiger, ungepolsterter Stuhl aus dunklem Holz, der einem Thron glich, stand in der Mitte, und zwei einfache Stühle, auf denen Mönche in weißen Kutten Platz genommen hatten, waren links neben ihm aufgestellt.

Ein kleiner, untersetzter Mann, der mit dem Rücken zu Benedict gestanden hatte, drehte sich nun um, richtete seine Augen auf ihn und musterte ihn eine Weile lang aus der Entfernung.

»Viscount Grosmont?«, fragte er ohne jede Begrüßung.

»Ja, das bin ich.«

Der Mönch setzte sich auf den Furcht einflößenden Stuhl, legte seine fleischigen Hände mit den Handflächen aneinander und hob sie zu seinen Lippen.

»Wisst Ihr, warum Ihr hier seid?«

Die Briefe, die der Bote gebracht hatte, enthielten eine Vorladung für Pablo und ihn, doch der Grund, warum man ihn zum Prior des Klosters zitierte, wurde mit keiner Silbe erwähnt.

»Wenn Ihr der neue Prior des Kloster seid, folgte ich Eurer Aufforderung«, antwortete Benedict wahrheitsgemäß.

In die Augen des Mönches schlich sich für einen kurzen Moment ein Ausdruck tiefer Abscheu, doch er verschwand so schnell, wie er gekommen war.

»Ja, ich *bin* besagter Prior«, sagte er ruhig. Dann neigte er seinen Kopf, sodass die weiße Kappe auf seinem schütteren Haar sichtbar wurde.

»Sagt mir, Benedict Ludston, kennt ihr den Grund, der mich dazu veranlasste, Euch vorzuladen?«

Benedict blickte sich verwirrt zu den zwei Ordensbrüdern um, die er kannte, und versuchte vergeblich, in ihren starren Gesichtern zu lesen, was das alles zu bedeuten hatte. Da er nicht antwortete, warf ihm der kleine Mönch auf dem riesigen Stuhl einen durchdringenden Blick zu.

»Nun?«

»Nein, den kenne ich nicht«, erwiderte Benedict. »Aber ich würde ihn gern erfahren.«

Nicolas lächelte innerlich. Das Verhör begann nahezu buchstabengetreu so, wie sein großes Vorbild, der Dominikanermönch Bernard Gui, es in seinem *Handbuch des Inquisitors* beschrieben hatte, das er – wie andere Brüder ihre Bibel – immer mit sich herumtrug. Auch wegen dieses Mönches entschied er sich seinerzeit für den Dominikanerorden, denn jener war für ihn die Personifikation der Macht. Nicolas studierte sein Leben und machte sogar eine Pilgerreise zu einem der Klöster, denen Bernard Gui als Prior vorgestanden hatte, und zu der Kathedrale Saint-Etienne in Toulouse, wo der Kleriker viele Jahre lang gepredigt hatte und auf dessen Vorplatz zu Hochzeiten der Inquisition die Scheiterhaufen pausenlos aufgelodert waren.

»Uns ist zu Ohren gekommen, dass Ihr gotteslästerliche Witze erzählt und damit unsere christliche Gemeinschaft vergiftet.« Nicolas machte eine bedeutungsvolle Pause, dann sprach er weiter. »Ihr seid der Ketzerei angeklagt. Ihr sollt einen anderen Glauben haben als die heilige Kirche in Rom.«

Benedict wollte die ungeheuren Anschuldigungen schon aufgebracht zurückweisen, doch eine warnende Stimme in seinem Kopf hielt ihn zurück.

»Ich habe niemals einen solchen Scherz gemacht, und ich folge nur dem wahren Christenglauben«, entgegnete er stattdessen ruhig.

»Ihr glaubt *Euch* als wahren Christen«, brachte Nicolas bedrohlich leise hervor. »Nun, dann wären wir für Euch die Ketzer, die einem falschen Glauben angehören. Ich frage Euch: Ist für Euch ein anderer Glaube wahrer als der, den die Heilige Römische Kirche lehrt?«

»Unser Herrgott weiß, dass ich dem Glauben, den die Kirche in Rom uns lehrt, diene und gehorche. Nur dieser Glaube ist für mich der wahre Glaube.«

Nicolas lehnte sich in seinem Stuhl zurück und legte seine Hand auf das kalte metallene Kreuz, das an einer langen Kette vor seiner Brust hing.

»Aber es wäre doch denkbar, dass Mitglieder Eures Glaubens in Rom leben und Ihr diese ketzerische Gemeinschaft meint, wenn ihr von der Heiligen Römischen Kirche sprecht.«

Benedict behagten die spitzfindigen Wortspiele des Mönches nicht, doch er verbarg seine Missbilligung, denn er wusste um die Gefährlichkeit einer solchen Anschuldigung.

»Ich bin ein wahrer Christ, und ich glaube an alles, woran ein wahrer Christ glauben muss.«

»Ich kenne Eure Ausflüchte, und ich bin mir Eurer Schliche durchaus bewusst. Ihr bezeichnet nur die Anhänger Eurer Sekte als ›wahre Christen‹, und so seid ihr nicht gezwungen, die Unwahrheit zu sprechen und eine Sünde zu begehen. Aber beantwortet mir eine Frage offen und ehrlich: Glaubt Ihr an Jesus Christus und daran, dass er von der Jungfrau Maria geboren wurde, am Kreuz gestorben, auferstanden und in den Himmel gefahren ist?«

»Ja, daran glaube ich.«

»Glaubt Ihr an Gott, den Vater, den Sohn und den heiligen Geist?«

»Das tue ich«, antwortete Benedict, doch mit jugendlichem Leichtsinn fügte er hinzu: »Ganz so wie Ihr, nicht wahr?«

Entsetzen huschte über das sanfte Gesicht des Priors.

»Ja, das glaube ich aus tiefstem Herzen.«

Benedict hatte das Gefühl, dass der Mönch nicht die Wahrheit sprach. Seine Bestürzung wirkte unecht, und das merkwürdige Funkeln in seinen Augen wollte so gar nicht zu seinem demütigen, weichen Gesichtsausdruck passen.

»Das glaube ich auch.«

»Ich fragte nicht, ob Ihr glaubt, dass ich es glaube! Ich fragte, ob Ihr es glaubt!«

»Prior, ich kann nur wiederholen, dass ich dasselbe glaube wie Ihr!«

Nicolas starrte den Jungen argwöhnisch an.

»Gewiss glaubt auch Ihr daran, dass es Gott gibt. Doch Ihr könntet trotzdem unendlich viele andere Sachen glauben.«

»Ich versichere Euch, dass ich dem wahren Glauben, deren Lehren Ihr als Gesandter der Heiligen Römischen Kirche vertretet, folge und keinem anderen.«

»Ihr bezichtigt *mich* der Häresie?«, rief Nicolas aufgebracht. Seine drei Brüder schnappten schockiert nach Luft. Sie ahnten nicht, dass der Prior von Anbeginn des Verhörs auf diese Frage hingesteuert hatte. Er konnte nicht allein über den Jungen richten, denn das oblag zum einen Teil der Geistlichkeit in Rom und zum anderen den weltlichen Würdenträgern in Spanien. Aber eine solche Bemerkung würde auch die offensichtlichen Zweifel seiner Mitbrüder an der Schuld des Angeklagten zerstreuen und damit den Weg für eine Verurteilung durch die kirchliche und vor allem die weltliche Macht ebnen, die in Spanien die Inquisitionsprozesse an sich gerissen hatte.

Zufrieden nahm er den verdutzten Ausdruck wahr, der über das Gesicht des Jungen huschte. Er war klug und machte es ihm nicht einfach, doch er ahnte nicht, dass er in dem Netz, das Nicolas um ihn gesponnen hatte, bereits hoffnungslos gefangen war.

»Nein! Ich …« Benedict versagte im denkbar schlechtesten Moment die Stimme. Wenn die Mönche bis jetzt noch nicht von seiner Schuld überzeugt waren, würden sie das Stocken, in Wahrheit verursacht durch seinen Stimmbruch, für ein Zeichen seines schlechten Gewissens halten. »Ich sagte, dass wir beide demselben Glauben angehören, und da Ihr kein Ketzer seid, kann ich folglich auch keiner sein.«

Nicolas nickte seinen Mitbrüdern bedeutungsvoll zu. Er hatte ihnen prophezeit, dass der Junge eisern blieb, und genau das war sein Todesurteil. Die hartnäckige Behauptung seiner Unschuld war der Funke, der seinen Scheiterhaufen zum Brennen bringen würde.

»So sagt mir, würdet Ihr auf die Bibel schwören, dass Ihr an Jesus, den Sohn Gottes, seinen Tod am Kreuz und seine Auferstehung glaubt?«

»Wenn Ihr es wünscht, werde ich es schwören«, erwiderte Benedict feierlich.

»Ha!«, stieß Nicolas so laut und unerwartet hervor, dass der Junge erschrocken zusammenfuhr. »So bürdet Ihr mir also die Sünde eines falschen Eides auf! Aber lasst es Euch gesagt sein: Ich durchschaue Euch«, sagte er unheilvoll und richtete einen anklagenden Finger auf sein Opfer. »Euer Eid hätte keinen Wert, denn es gibt mehrere glaubhafte Zeugen, die dabei gewesen sind, als Ihr Euer ketzerisches Gedankengut verbreitet habt. Und auch wenn ihr jeden Eid auf dieser Welt schwört, könnt Ihr Euch Eurer Strafe nicht entziehen!«

»Wer sind denn Eure Zeugen?«

»Ich werde Euch die Identität der Männer gewiss nicht offenbaren. Aber Ihr könnt mir Eure Feinde nennen, und wir werden die Namen vergleichen und sie – falls es dieselben sind – von der Liste der Zeugen streichen.«

Benedict überlegte angestrengt. Wer mochte etwas gegen ihn im Schilde führen? Wer könnte ihn nur denunziert haben?

Aber diese Gedanken blieben erfolglos. Er war erst seit kurzem hier und hatte kaum jemanden außer den Bediensteten des Schlosses kennen gelernt. Und er konnte sich nicht vorstellen, dass einer von ihnen ihn bei dem Geistlichen angezeigt hatte. Vermutlich war Pablo derjenige, dem die Anschuldigungen galten, und er war nur durch Zufall in das Visier des Anklägers geraten.

»Ich bin mir keiner Feinde bewusst«, erklärte er schließlich.

Nicolas erhob sich, ging langsam auf den Jungen zu und sah ihn aus wässrig blauen Augen durchdringend an.

»Ich bin dieser mühseligen Unterhaltung überdrüssig. Benedict Ludston, Viscount Grosmont und Sohn des Earl of Huntington, sagt mir ohne Umschweife, warum der Duque de Avila, *Euer Onkel*, genau an dem Tag überstürzt sein Anwesen verlassen hat, als die Vorladung eintraf!«

Also doch Pablo!

»Er hat es nicht *überstürzt* verlassen. Die Reise war schon längere Zeit geplant. Er wollte sich und seiner Familie nach dem Tod seines Vater einfach nur ein wenig Erholung gönnen.«

»So ist er also nicht geflohen, weil er ein Ketzer ist und dem Verhör und seiner Strafe entgehen wollte?«

»Pablo Rueda hat nichts von seiner Vorladung gewusst. Sie ist erst *nach* seiner Abreise eingetroffen. Ihr könnt den Boten fragen. Zudem ist der Herzog von Avila kein Falschgläubiger«, stellte Benedict richtig.

»Er ist für *Euch* kein Falschgläubiger, weil er derselben häretischen Sekte angehört wie Ihr!«

»Nein, Herr Prior. Er gehört dem Glauben der Heiligen Römischen Kirche an, genau wie Ihr und ich.«

»Eure Ausflüchte und Verdrehungen der Worte eines wahren Christen wie mir können Euch nicht mehr retten«, entgegnete Nicolas, dann senkte er seine Stimme zu einem beschwichtigenden Flüstern. »Denkt an Euer Seelenheil. Wenn Ihr Euch zu Eurem Irrtum bekennt, kann Euch Gnade widerfahren.«

Benedict traute dem freundlichen, aufmunternden Lächeln und den besänftigenden Worten des Mönches keinen

Augenblick lang. Der Mann strahlte so viel Arroganz und Überlegenheit aus, dass allein dies schon einer Gotteslästerung gleich kam.

»Ich frage Euch nun, seid Ihr willens, dem Teufel abzuschwören und Jesus Christus als Euren Herrn anzunehmen?«

»Wie kann ich dem Teufel abschwören, wenn ich nicht mit ihm im Bunde bin und Jesus Christus bereits mein Heiland ist?«, fragte Benedict verwirrt.

»Es gibt genug unumstößliche Beweise dafür, dass Ihr mit dem Teufel im Bunde seid.« Nicolas seufzte laut, dann wandte er sich an die drei Mönche im Raum. »Brüder, ich denke, es ist an der Zeit. Wenn wir diesen Abtrünnigen nicht mit Worten bekehren können, müssen wir ihn den Fängen des Teufels auf andere Weise entreißen. Wir werden ihn zum Abschwören bringen, damit er wieder zum wahren Glauben findet und seine arme Seele gerettet ist.«

Jetzt bekam Benedict wirklich Angst. Er hatte von Anfang an geahnt, dass in dieser Vorladung eine Bedrohung lag, und hatte Pablo deshalb per Eilboten einen Brief zukommen lassen, in dem er seine Vermutung äußerte. Er konnte nur hoffen, dass sein Onkel die Gefahr ebenfalls erkannte und sich und seine Familie in Sicherheit brachte.

»Bereitet ihn für das peinliche Verhör vor«, sagte Nicolas schließlich und winkte den beiden Brüdern auf den Stühlen zu. Die Mönche erhoben sich, schlurften auf Benedict zu, ergriffen ihn bei den Armen und führten ihn aus dem Raum.

Nicolas sah ihnen hinterher, und ein gefährliches Lächeln legte sich auf sein sonst so sanftes Gesicht.

Für den Jungen gab es kein Entrinnen mehr. Er hatte zwar das Recht auf juristischen Beistand, doch dafür würde sich niemand finden, denn im Falle einer Verurteilung, die zweifelsfrei erfolgen würde, riskierte jeder, der ihm half, ebenfalls eine Anklage wegen Ketzerei.

Das Spiel hatte begonnen, und Nicolas hielt alle Fäden in der Hand!

Benedict lag gefesselt auf der Streckbank. Als der Foltermeister die Winde weiterdrehte und die Seile, die an seinen Hand- und Fußgelenken befestigt waren, seinen Körper auseinander zu reißen drohten, schrie er laut auf. Die metallenen Spitzen auf den zwei Rollen in der Mitte der Holzbank bohrten sich in seinen nackten Rücken und drangen tief in seine Haut ein.

»Seid Ihr nun bereit, dem Teufel abzuschwören?«, fragte der Prior, der neben ihm stand und ihn aus boshaft funkelnden Augen ansah.

»Wie kann ich …« Benedict versuchte zu antworten, doch sein Hals war rau von seinen Schmerzensschreien, und seine Stimme brach.

»Weiter!«, befahl Nicolas dem Mönch an der Winde.

Der Junge war wirklich zäh, und das freute ihn zutiefst. Er hatte Unzählige gesehen, die viel zu schnell zusammengebrochen waren und abgeschworen hatten, doch der englische Adlige bekannte seine Schuld mit keinem Wort. Nicolas roch seine Angst und sah seine Qualen, aber der Junge gab nicht klein bei, und er stellte zufrieden fest, dass er mit unglaublichem Glück das richtige Opferlamm gefunden hatte. Würde er an den HERRN glauben, hätte er diesen Zufall für eine göttliche Fügung gehalten.

Laut der Vorschriften der Kirche sollte das peinliche Verhör, eine äußerst freundliche Umschreibung für die Folter, maßvoll sein, doch dem Inquisitor war die Entscheidung überlassen, was *maßvoll* war. Eigentlich sollte es auch nur einmal angewendet werden, doch wenn der Angeklagte nicht gestand, konnte der Ankläger das Verhör für nicht beendet erklären und ihn wieder und wieder der Folter unterziehen.

Der Junge war nun schon sechs Tage lang bei ihnen und hatte noch immer kein Geständnis abgelegt. Sie hatten ihn ausgepeitscht, ihm einen Schlauch in den Hals geschoben und ihm durch einen Trichter kaltes Wasser in den Magen gefüllt, bis sein Bauch beinahe platzte. Sie banden seine Hände auf den Rücken, hängten ihn an seinen Fesseln auf, befestigten Gewichte an seinen Handgelenken und zogen ihn in die Höhe, um ihn dann wieder fallen zu lassen. Anschließend drückten sie brennende Fackeln auf seine Fußsohlen und andere Stellen seines Körpers und peinigten seine Brustwarzen mit heißen Zangen. Sie legten ihm Daumenschrauben an und banden ihn auf den Folterstuhl mit den riesigen Metalldornen. Ihr Einfallsreichtum kannte keine Grenzen, und Nicolas genoss den Anblick des Leids, das er verursachte.

Er war überrascht, dass dieser jämmerliche Körper eine solch außergewöhnliche Willenskraft beherbergte, und er war hin und her gerissen, ob er den Jungen für mutig oder einfach für dumm halten sollte. Er brauchte nur ein Wort zu sagen, und seine Qualen hätten endlich ein Ende, doch er beharrte auf seiner Unschuld.

Jeden Abend, nach Stunden in der Folterkammer, schleiften die Brüder seinen reglosen, geschundenen Körper zurück in den winzigen, feuchten Raum, in den sie ihn gesperrt hatten, doch sobald er zu Bewusstsein kam und erneut befragt wurde, ob er abschwöre, schüttelte er bloß mit schmerzverzerrtem Gesicht den Kopf.

Trotz der ausgeklügelten Foltermethoden, bei denen so mancher Angeklagter schon den Tod gefunden hatte, achtete Nicolas sorgsam darauf, dass der Junge am Leben blieb, denn er hatte noch viel mit ihm vor. Er war der Schlüssel zur Verwirklichung seines Traums vom Ruhm, und den konnte er nur erreichen, wenn er einen öffentlichen Prozess führte, der ihn überall bekannt machte.

Als er dem Foltermeister nun bedeutete, dass es genug war, verebbten die Schreie des Jungen. Nicolas drehte sich zu seinen vier Mitbrüdern um, die bei der Folter stets anwesend waren.

»Brüder, wir haben versagt!«, verkündete er mit betretener Miene. »Es ist uns nicht gelungen, eine verirrte Seele zur Umkehr zu bewegen. Schweren Herzens beende ich hiermit das Verhör.«

Erleichterung zeigte sich auf den Gesichtern der Mönche. Sie waren Männer mit schlichtem Gemüt, und die Folter des Jungen, den sie kannten und mochten, hatte ihnen stark zugesetzt. Doch der Gehorsam gegenüber einem höheren Würdenträger ihres Ordens war das oberste Gebot und zwang sie, sich dessen Anweisungen unterzuordnen.

Der Foltermeister band Benedict los, und Nicolas packte ihn an den Haaren und riss seinen Kopf unbarmherzig in die Höhe.

»Benedict Ludston, Ihr werdet bis zu Eurem Prozess im Kloster bleiben.«

Der junge Mann bahnte sich lächelnd einen Weg durch die Menschenmenge.

Sein Plan hatte funktioniert, und er würde heute Zeuge des Urteils werden, das die Geistlichen und Staatsbeamten auf dem Marktplatz fällen würden. Er bedauerte, dass der Mönch, den er wie eine Figur in einem Schachspiel benutzt hatte, zu spät gekommen war, um Pablo ebenfalls zu verhören. Doch er würde eine Möglichkeit finden, sich seinen Todfeind vom Hals zu schaffen, dessen war er sich sicher.

Das aufgeregte Gemurmel der Menge kündigte die Ankunft des Angeklagten an, und Juan richtete seinen Blick nach vorn.

Hölzerne Geländer trennten das gemeine Volk von den beiden Logen, in denen die zwei Kardinäle der römischen Inquisition saßen. Mehr als ein halbes Jahrhundert zuvor war diese von Papst Paul III. wegen der verleumderischen Schmähschriften der Reformatoren ins Leben gerufen worden. Außerdem hatten mehrere Bischöfe und Mönche, der Prior des Klosters und unzählige Juristen und andere Beamte dort Platz genommen.

Der Mönch, dem er in dem Kloster in den Bergen begegnet war, erhob sich und brachte die Menge mit einem Wink zum Schweigen. Er begann das Autodafé, das gefürchtete Ketzergericht, mit einer Messe, die nach einer halben Stunde schließlich mit der alles entscheidenden Frage an den Angeklagten endete.

»Viscount Grosmont, ich frage Euch zum letzten Mal: Seid Ihr willens, dem Teufel abzuschwören und Jesus Christus als Euren Herrn anzunehmen?«, erscholl seine Stimme.

»Werte Herren, ich bin kein Ketzer!«, brachte Benedict heiser hervor. Sein Körper schmerzte, die schweren, eisernen Fesseln raubten ihm jegliches Gefühl in seinen Gliedmaßen, und er musste von zwei Mönchen gestützt werden, da er auf seinen verbrannten Füßen nicht mehr allein stehen konnte. »Ich bin nicht im Bunde mit dem Teufel und habe niemals jene Verbrechen begangen, die mir vorgeworfen werden. Ich lege mein Leben vertrauensvoll in Gottes Hände. Er allein weiß, dass ich ein wahrer Christ bin.«

»Ihr wollt also nicht abschwören?«

»Wie kann ich das, wenn ich dem Teufel nicht hörig bin?«

Der Prior warf ihm einen mitleidigen Blick zu, doch während er sich hinsetzte, verwandelte sich das geheuchelte Mitgefühl auf seinem Gesicht für einen winzigen Moment in unverhohlene Vorfreude.

Die Gelehrten, Gottesmänner und Beamten steckten die Köpfe zur Beratung zusammen. Einige gestikulierten wild, andere nickten dazu oder schüttelten den Kopf, wieder andere, wie die zwei Kardinäle aus Rom, verharrten still und würdevoll auf ihren Plätzen.

Es schien eine Ewigkeit zu dauern, bis sie sich einig wurden, und Benedict fühlte, dass er einer Ohnmacht nahe war. Doch dann erhob sich sein Ankläger erneut.

Die Stirn des Priors legte sich in Falten, und der überhebliche Ausdruck war gänzlich aus seinen Zügen gewichen.

»Es ist erwiesen, dass Ihr ein Ketzer seid, und da Ihr hartnäckig Eure Unschuld beteuert, werdet Ihr verurteilt.«

Benedict hatte nichts anderes erwartet. In der letzten Woche, die er in seinem feuchten Verließ verbrachte, hatte er seinen Frieden mit Gott gemacht und war nun bereit zu sterben. Es würde eine Erlösung sein.

Viele Male war er in Versuchung geraten, sich schuldig zu bekennen, denn die Folter wurde von Tag zu Tag unerträglicher. Doch sein Gewissen ließ ihm keine Ruhe und zwang ihn gnadenlos, dem starken Verlangen, zu gestehen, was er nicht begangen hatte, auf keinen Fall nachzugeben. Er war ein gläubiger Mensch, und sein Vertrauen in Gott war so groß, dass er sicher war, dass er ihm beistehen und Gnade widerfahren lassen würde, in welcher Form auch immer – wenn er nur ehrlich blieb.

»Ihr werdet zu lebenslanger schwerer Kerkerhaft bei Wasser und Brot verurteilt!«

Die Bedeutung der Worte lähmte Benedicts Verstand, und er nahm nicht mehr wahr, dass die Menschen entsetzt den Atem anhielten.

Sie hatten sich den ganzen Nachmittag über auf dem Marktplatz wie auf einem riesigen Volksfest amüsiert. Es gab Musik, Schausteller und kleine Stände, an denen vielfältige Waren und unterschiedliche Köstlichkeiten feilgeboten wurden. Nahezu jeder hatte vergessen, aus welchem Grund er eigentlich hierher gekommen war, doch das Urteil erschreckte die Menschen zutiefst. Der junge Mann, den viele als freundlichen, lebensfrohen Herrn des Schlosses kannten, sollte fortan in einer dunklen, kalten Zelle dahinsiechen?

Wenn der neue Prior des Klosters die Macht besaß, ein Mitglied des englischen Hochadels in eine solche Lage zu bringen, was konnte er dann mit ihnen tun?

Ängstlich folgten ihre Blicken den Männern, die den Jungen fortschafften, um ihm für immer die Freiheit zu rauben und ihn in das Verlies zu sperren, das sein Grab werden würde. Nur einer in ihrer Mitte dachte anders darüber.

Juans hübscher Mund verzog sich zu einem boshaften Lächeln. Das Urteil war nicht so ausgefallen, wie er – und offensichtlich auch der Prior – gehofft hatte, doch lebenslange Haft war ebenso gut wie eine öffentliche Verbrennung. Nun würde es nur noch eine Frage der Zeit sein, bis auch Pablo seine gerechte Strafe bekam.

Der Samen des Verdachts der Häresie war gepflanzt, und er würde bald zu einer Schlingpflanze werden, die die de Avilas in den unausweichlichen Tod riss.

Und dann, erst dann würde sein großer Hunger nach Vergeltung gestillt sein.

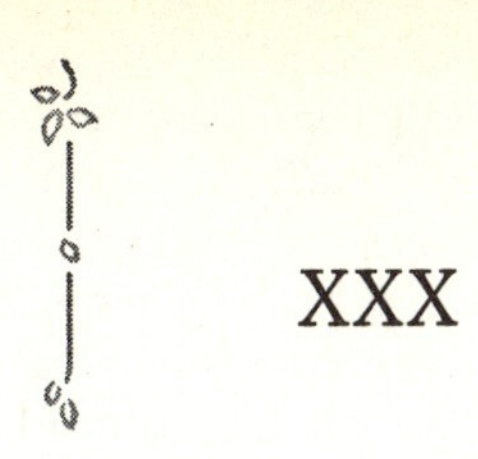

# XXX

GEGENWART
EDEN

»Ich verbrachte viereinhalb lange Jahre im Kerker.«

Als ihr Mann schließlich verstummte, liefen Christiana Tränen des Entsetzens über die Wangen.

Nachdem Julia wieder zu Bewusstsein gekommen war, wurde sie völlig hysterisch, und Christiana hatte keine andere Wahl, als ihr einen starken Beruhigungstrank zu verabreichen. Jetzt schlief sie in ihrem Bett in einem der beiden freien Zimmer.

Christiana und Benedict hingegen hatten sich schweigend auf die Stufen vor ihrem Haus gesetzt, und nach einer Weile begann er, von seiner Vergangenheit zu erzählen, an die er sich nun wieder vollkommen klar erinnern konnte.

»Wie hast du es geschafft zu überleben?«, fragte sie leise.

Benedict hatte sie die ganze Zeit über nicht ein Mal angesehen, und er vermied es auch jetzt. Mit gesenktem Kopf fuhr er fort.

»Es gab einen Mönch, Matthias, der mir das Essen brachte. Ein paar Monate nachdem sich die Aufregung um den Prozess gelegt hatte, schenkten mir die Brüder im Kloster kaum noch Beachtung, und es gelang ihm, Früchte, Gemüse und Fleisch reinzuschmuggeln, und das tat er dann die ganzen Jahre hindurch mehrmals in der Woche. Als ich ihn fragte, warum er sein Leben für mich riskiert, antwortete er mir, dass er dem Prior seit Jahren als Ordensbruder folge, doch in Wirklichkeit ein Katharer sei. Seine Glaubensgemeinschaft war von den Dominikanern Jahrhunderte zuvor, in den Anfängen der Inquisition, nahezu ausgerottet worden, aber einige hatten überlebt und weihten ihr Leben der Aufgabe, das Unrecht des mächtigen Ordens zu sühnen, indem sie deren Opfern halfen.« Benedict hielt einen Moment lang inne, und seine Stirn legte sich in Falten, so als hätte er bemerkt, dass er von der Antwort auf ihre Frage abgeschweift war. »Ohne ihn hätte mein Körper niemals so lange durchgehalten. Durch den Mangel an Bewegung war ich innerhalb kürzester Zeit nicht mehr fähig, mich allein auf den Beinen zu halten. Das eintönige karge Essen machte mich schwach, mir fielen die Haare aus, und ich verlor ein paar Zähne, doch Matthias brachte mich dazu, gegen den Verfall anzukämpfen. Und so wurde es zu meiner täglichen Routine, stundenlang die Steifheit in meinen Gelenken zu bekämpfen, und obwohl ich mich wegen der eisernen Fesseln nicht aufrecht hinstellen konnte, versuchte ich mich zu bewegen, damit sich meine Muskeln nicht vollends zurückbildeten. Aber mein Geist blieb irgendwann auf der Strecke. Wenn man jahrelang allein eingesperrt ist, verlernt man, seinen Verstand zu gebrauchen. Nicht wenige werden wahnsinnig ...«

Er brach erneut ab, um sich wieder auf die wichtigen Dinge zu konzentrieren, die er Christiana erzählen wollte. Jetzt, da er einmal begonnen hatte, ihr alles zu enthüllen, wollte er es auch zu Ende bringen, denn er wusste nicht, ob er jemals wieder den Mut aufbringen würde, über die furchtbaren Ereignisse von damals zu sprechen.

»Matthias war es auch, der mir erzählte, wie der Prior dazu gekommen war, uns zu verdächtigen. Er hatte ihn auf einer Reise begleitet und ihn in einem Kloster dabei beobachtet, wie er an der Tür eines der Quartiere lauschte. Es war nicht schwierig herauszubekommen, dass die Unterhaltung zweier Männer in diesem Zimmer der Grund dafür war, dass der Prior plötzlich darauf drängte, Pablo und mich vorzuladen. Matthias' geheime Nachforschungen ergaben, dass ein Mann namens Juan den Stein ins Rollen gebracht hatte. Wie er jedoch genau heißt und wer er ist, fand er leider nicht heraus.«

»Wie war es dir nur möglich, aus diesem entsetzlichen Gefängnis zu entkommen?«

Benedict rieb sich gedankenverloren die tief gezeichneten Handgelenke, und Christiana musste den Drang bekämpfen, ihn in die Arme zu nehmen und festzuhalten. Doch sie wagte nicht, ihn zu unterbrechen und abzulenken.

»Ich war in einem dunklen, kalten Turmverlies unter der Erde mit nur einem winzigen Fenster, zu hoch über mir, um es zu erreichen. Meine Hände und Füße waren mit Eisenschellen und schweren Ketten an der Mauer befestigt«, erzählte er mit tonloser Stimme. »Eines Nachts, ich wusste weder, wie viele Jahre seit dem Urteil verstrichen, noch welcher Tag oder welche Jahreszeit es war, denn ich hatte längst aufgehört, überhaupt etwas zu denken, vernahm ich laute Geräusche. Plötzlich wurde die Tür aufgerissen, und vier fremde Männer mit Fackeln kamen herein. Sie nahmen mir die Ketten ab, trugen mich die Treppen hinauf und brachten mich schließlich zu einer Hütte. Dort erfuhr ich Wochen später, dass sich die Menschen des Dorfes gegen den Prior und seine Brüder aufgelehnt hatten. Sie hatten das Kloster gestürmt und die Mönche im Schlaf mit Äxten und Stöcken erschlagen und mit Heugabeln erstochen.«

»Warum haben sie das getan?«, fragte Christiana überrascht.

»Der Prior hat nach meiner Verurteilung mit harter Hand regiert«, antwortete Benedict leise. »Alle, die ihm nicht gehorchten, wurden als Ketzer verurteilt oder gefoltert, bis sie zugaben, was er hören wollte. Aber seine Machtgier brach ihm das Genick. Er überspannte den Bogen, und nach all den Jahren wehrten sich die Menschen endlich auf die einzige Art, die ihnen möglich war. Erst Tage später erfuhr ich, dass der Prior sogar vor den Leichnamen meiner Großmutter und ihres Mannes nicht Halt gemacht hatte. Er bezichtigte sie ebenfalls der Ketzerei, holte sie aus ihren Gräbern, ließ sie durch das Dorf schleifen und dann vor allen Augen verbrennen.« Christiana entfuhr ein erstickter Schrei. »Es war nur der Anfang. Über die Jahre hinweg wurde er immer anmaßender, und so blieben ihre verwesten Körper nicht die einzigen, die geschändet wurden. Der gotteslästerliche Umgang mit ihren toten Verwandten und Freunden brachte die Dorfbewohner schließlich so sehr gegen ihn auf, dass sie ihre Angst überwanden und ihn bestraften.«

»Und was ist geschehen, nachdem du befreit worden warst?«

»Ich brauchte vier Wochen, um zu lernen, wieder einigermaßen aufrecht zu gehen und meinen Verstand zu gebrauchen. Das alte Ehepaar, zu dem mich die Männer gebracht hatten, kümmerte sich rührend um mich und versuchte, mir zu helfen, wo es nur ging. Ich fragte sie nach Pablo, um herauszubekommen, was ihm widerfahren war, doch sie konnten mir nur wenige Informationen geben. Er muss meinen Brief erhalten und verstanden haben, denn er kehrte nie zurück. Das war auch gut so, denn er wurde in seiner Abwesenheit ebenfalls als Ketzer verurteilt. Der spanische Hof unternahm nichts dagegen, denn in diesem verfluchten Land zählt das Wort eines Gottesmannes mehr als alle Blutsbande.

Der Prior ließ sogar das Schloss aus Wut über Pablos Verschwinden zwei Monate nach meiner Verurteilung niederbrennen und das gesamte Land beschlagnahmen. Es stehen nur noch Ruinen von dem einstigen Herrensitz, ich habe es selbst gesehen.« Benedict schlug sich plötzlich die Hände vors Gesicht, und Christiana ahnte, dass das nicht das Ende seiner Geschichte war. »Der nächtliche Angriff auf die Mönche blieb nicht lange unentdeckt. Sechs Wochen vergingen, und die Menschen wiegten sich in Sicherheit, doch dann fiel ein Reiterheer plötzlich in das Dorf ein. Es metzelte die Männer nieder, vergewaltigte die Frauen und jungen Mädchen und hängte oder köpfte sie anschließend. Die Soldaten ertränkten die Kinder wie junge Katzen und steckten dann das ganze Dorf in Brand. Ich beobachtete sie dabei und versuchte, mit dem Ehepaar, bei dem ich Unterschlupf gefunden hatte, in den Wald zu fliehen. Doch die Angreifer entdeckten uns. Sie jagten uns über ein Feld, bis sie uns schließlich nacheinander erwischten. Der alte Mann wurde von einem Soldaten mit dem Schwert regelrecht aufgespießt und starb auf der Stelle. Ein anderer stellte mich und streckte mich mit einem einzigen Tritt seines schweren Stiefels gegen meinen Hals nieder. Ich geriet unter die Hufe seines Pferdes, und kurz bevor ich das Bewusstsein verlor, sah ich, wie die Klinge eines Schwertes der Frau den Schädel spaltete. Als ich aufwachte, hatte ich meine Sprache und mein Gedächtnis verloren. Ich kroch instinktiv so weit weg, wie ich konnte, aber mit meinen Verletzungen kam ich nicht sehr weit. Irgendjemand las mich kurze Zeit später auf und behandelte meine gebrochenen Knochen, so gut es ging, doch die folgenden Wochen verbrachte ich in einem Dämmerzustand. Als ich wieder zu mir kam, bemerkte ich, dass ich in einer Höhle im Wald lag. Eine Feuerstelle befand sich direkt neben mir, doch sie war gewiss schon mehr als einen Tag lang nicht mehr benutzt worden. Wer immer mir damals geholfen hat, war weitergezogen und hatte mich dort zurückgelassen.«

Als Christiana daran dachte, wie knapp ihr Mann mehrmals dem Tod entronnen war, begann sie am ganzen Körper zu zittern.

»Thomas ...« Sie rückte näher an ihn heran und berührte vorsichtig seinen Arm. »Benedict, bitte schau mich an.«

Er ließ die Hände sinken und drehte ihr langsam das Gesicht zu. Als sie das Entsetzen und die Verzweiflung in seinen braunen Augen las, brach ihr das Herz. Behutsam zog sie seinen Kopf an ihre Brust.

»Es tut mir so Leid, Liebling«, flüsterte sie unter Tränen.

Einen Moment lang blieb sein Körper steif, dann schlang er seine Arme um sie und begann, lautlos zu weinen.

Sie streichelte seine nasse Wange und legte ihr Kinn auf sein Haar. »O Gott, es tut mir so unendlich Leid, dass du das durchmachen musstest!«

Es dauerte eine Ewigkeit, bis seine Tränen versiegten. Zu lange hatte er den Schmerz und die Angst tief in sich vergraben, und jetzt, da seine Erinnerung all die Gefühle von damals wieder an die Oberfläche brachte, konnte er sie nicht mehr unterdrücken.

Stunden später saßen sie noch immer so da, und Christiana betrachtete den roten Ball, der über den Baumwipfeln allmählich aufstieg. »Die Sonne geht auf, Benedict«, flüsterte sie ihm ins Ohr.

Das leise Rauschen des Wasserfalls verschmolz mit dem Gesang der Vögel, und ein leichter Wind brachte die Blätter zum Rascheln. Die ersten Sonnenstrahlen des neuen Tages tauchten die Lichtung in einen rotgoldenen Schein, brachen sich im Wasser des glitzernden Sees und ließen das Gras saftig grün leuchten.

»Glaubst du an das Schicksal?«, fragte Christiana leise. Sie schob ihre Hand unter sein Kinn und hob es hoch, sodass er sie ansehen musste. »Ich glaube, es war unsere Bestimmung, uns hier zu finden und gemeinsam die Schatten unserer Vergangenheit zu vertreiben. Jetzt steht nichts mehr zwischen uns, Benedict, keine Geheimnisse, keine Albträume und keine Angst. Und alles Böse, was uns in Zukunft heimsucht, kann uns nichts mehr anhaben, denn wir sind nicht mehr allein.«

Sie wischte ihm die Tränen von den Wangen und küsste ihn zärtlich.

Ein leises Stöhnen riss Christiana aus ihrem leichten Schlummer. Sie blickte zu dem schmalen Bett hinüber und sah, wie Julia langsam die Augen öffnete.

Christiana erhob sich von ihrem Stuhl, trat an das Bett heran und fragte: »Wie geht es dir?«

Die Countess schaute sie verwirrt an, hob dann ihre Hand und fuhr sich über ihre kühle Stirn.

»Was ist passiert?«

»Ich musste dir gestern Nacht ein Beruhigungsmittel geben. Nachdem du aus deiner Ohnmacht erwacht bist, warst du so furchtbar aufgeregt.«

»Ohnmacht? Ich kann mich gar nicht daran erinnern.«

»Es war ein anstrengender Abend für dich«, murmelte Christiana und lächelte sie aufmunternd an.

»Ach, Christiana!«, seufzte Julia und schloss die Augen. »Ich hatte einen ganz seltsamen Traum. Es ist entsetzlich, wenn der Verstand einem grausame Streiche spielt.«

Christiana setzte sich zu der Mutter ihres Mannes aufs Bett, nahm ihre Hand und drückte sie sanft. »Was hast du denn geträumt?«

Die Countess öffnete erneut die Augen und starrte sie einen Moment lang schweigend an. Dann drehte sie ihr Gesicht zur Seite, doch Christiana hatte die Tränen gesehen, die in ihren Augen standen.

»Ich habe geträumt, ich hätte meinen toten Sohn gesehen.«

»Benedict?«

»Ja – aber woher weißt du ...« Julias Kopf schnellte herum. In ihrem Blick lagen Trauer und Verzweiflung und zugleich ein winziger Hoffnungsschimmer. »Er war nicht wirklich hier – oder doch?«, fragte sie so leise, dass es kaum zu hören war.

Christiana nickte.

»Mein Benedict ... lebt?«

»Ja.«

»Allmächtiger!« Julia setzte sich so schnell auf, dass sie beinahe mit Christianas Kopf zusammengestoßen wäre. »Wo ist er? Wie geht es ihm? Wie kommt er hierher? Warum ist er nicht nach Hause gekommen?«

»Julia, bitte beruhige dich.«

»Wo ist er? Ich will ihn sehen! Ich will mit ihm reden, ihn umarmen, ihn küssen, ihn ... ihn einfach ... Wo ist er, Christiana? Sag mir sofort, wo er ist!«

Ihr verzweifeltes Flehen ging Christiana sehr nahe, doch zuerst musste sie an ihren Mann und an die Gesundheit ihrer Freundin denken.

»Er schläft jetzt endlich«, erwiderte sie ruhig und drückte Julias Schultern sanft, aber bestimmt zurück auf die Kissen. »Er hat mir heute Nacht alles erzählt, was ihm widerfahren ist.« Mühsam bekämpfte sie die Tränen, die der Gedanke an Benedicts jahrelange Qualen hervorgerufen hatte. »Ich weiß, dass du ihn unbedingt sehen willst, aber bitte lass ihn noch ein wenig schlafen. Das Ganze ist ihm sehr zu Herzen gegangen, und er war vollkommen erschöpft.«

»Ich habe so lange angenommen, er wäre tot, und dann steht er auf einmal in der Tür!«, flüsterte Julia fassungslos. »Ich kann es kaum glauben!«

Sie fuhr mit bebender Hand über ihr Gesicht und schüttelte ungläubig den Kopf. »Ich habe wirklich nicht geträumt?«

»Nein.«

»Es war tatsächlich mein Sohn?«

»Ja. Mein Gatte ist dein Sohn Benedict.«

»Mein Mann schrieb mir aus Sizilien, er hätte etwas entdeckt, doch ich wagte nach all den Jahren nicht mehr zu hoffen«, erklärte Julia bedrückt, doch plötzlich schaute sie Christiana zweifelnd an. »Du sagtest, dein Mann heißt Thomas.«

Christiana beugte sich über die Countess und wischte ihr behutsam die Tränen von den Wangen.

»Er hat vor langer Zeit sein Gedächtnis verloren«, erklärte sie vorsichtig. Die Gründe dafür verschwieg sie. Es war allein Benedicts Entscheidung, wie viel er seiner Mutter erzählen wollte und welche schrecklichen Dinge ihm nie wieder über die Lippen kommen würden. »Als ich ihn fand, kannte er seinen Namen nicht mehr. Ich habe ihn Thomas getauft, aber diese Geschichte kennst du ja schon.«

Erst in diesem Moment dämmerte es Julia. »Er war der Junge, den du aufgelesen hast, und er war dein … dein Diener!«

»Ja, das ist richtig.« Christiana schmunzelte. Ein Earl als Diener, das hätte ihr sogar die Anerkennung ihres Vaters eingebracht. »Aber er war auch mein Beschützer und Vertrauter. Und mein Freund.«

»Mein Gott, Christiana! Du hast ihm –«

»Es tut mir Leid«, unterbrach sie die Countess beschämt. »Hätte ich gewusst, dass er ein Earl ist, hätte ich doch nie –«

»Nein, nein, das war es nicht, was ich sagen wollte.«

Christiana sah ihre Schwiegermutter verwirrt an.

»Ich wollte sagen: Du hast ihm das Leben gerettet!«

Bescheiden schüttelte sie den Kopf, doch Julia setzte sich auf, schlang ihre Arme um sie und drückte sie ganz fest an sich. »Ich kann dir gar nicht sagen, wie dankbar ich dir bin!«

Christiana wurde rot und machte sich verlegen von ihr los.

»Ich wurde darin unterrichtet, kranken Menschen zu helfen, Julia.«

Die Countess strich ihr eine Strähne ihres schwarzen Haars aus dem Gesicht und lächelte sie unter Tränen an.

»Du hast mir erzählt, dass er furchtbar zugerichtet war, vollkommen abgemagert und verletzt. Welche Frau von deinem Stand hätte sich eines solchen Jungen angenommen?«, fragte sie. »Ich mag mir gar nicht vorstellen, was ihm noch hätte geschehen können, wenn er dir nicht begegnet wäre ...«

»Das muss Gottes Werk gewesen sein.« Christiana lachte plötzlich auf. »Er hat mir den Mann, der mir bestimmt ist, einfach vor die Füße geworfen und abgewartet, ob ich klug genug bin, ihn zu erkennen. Ich bin froh, dass er so geduldig ist, denn eins kannst du mir glauben: Ich habe ewig dafür gebraucht.«

Julia schmunzelte, doch dann warf sie Christiana einen nachdenklichen Blick zu.

»Christiana, du hast gesagt, dass er das Gedächtnis verloren hatte. Wodurch hat er es wiedererlangt?«

»Als er dich sah, kehrte seine Erinnerung zurück. Er hat dich sofort erkannt.«

»O mein Gott!« Julia schlug die Hände vor ihr Gesicht und begann zu schluchzen. »Was muss er nur alles durchgemacht haben! Die Anklage, die Verurteilung, der Kerker ... Was haben wir nur getan! Wie konnten wir ihn nur in dieses verfluchte Land schicken? Mein armer Junge! Wie soll ich das jemals wieder gutmachen?«

»Julia, es ist doch nicht deine Schuld«, wandte Christiana behutsam ein. »Niemand konnte das voraussehen.«

»Sechs Jahre. *Sechs Jahre,* Christiana!«, stieß die Countess anklagend hervor. »Er war keine achtzehn Jahre alt. Er muss durch die Hölle gegangen sein! Wie kann ich ihm nur jemals wieder unter die Augen treten?«

»Ich habe eine Idee«, begann Christiana nach einer Weile vorsichtig.

Julias Schluchzen verebbte, und sie richtete ihre geröteten Augen auf Christiana und musterte sie fragend.

»Was hältst du davon, wenn wir leise ins Zimmer schleichen und du einen Blick auf ihn wirfst, damit du dich davon überzeugen kannst, dass er es wirklich ist und dass es ihm gut geht?«

»Oh, das wäre wundervoll!«, rief Julia und sprang rasch aus dem Bett.

Christiana lächelte über ihren plötzlichen Stimmungswandel und führte sie zu dem Schlafgemach, das sie mit Benedict teilte. Leise öffnete sie die Tür und trat ein. Sie schaute ihren Mann einen Moment lang an, dann drehte sie sich zu Julia um und legte warnend einen Finger auf ihre Lippen.

Julia nickte, und Christiana trat zur Seite, damit Benedicts Mutter an ihr vorbeigehen konnte. Auf Zehenspitzen näherte sie sich dem Bett, in dem ihr Sohn lag, und schaute auf ihn hinunter.

Tränen des Glücks füllten ihre Augen und liefen ihre Wangen hinab. Sie streckte ihre Hand nach seinem Gesicht aus, berührte es jedoch nicht.

Benedicts Kopf ruhte noch immer auf einem der weichen Kissen, ganz so, wie Christiana ihn verlassen hatte, und er atmete entspannt.

Nachdem er sich etwas beruhigt hatte, waren sie zusammen ins Haus zurückgekehrt und hatten sich aufs Bett gelegt. Benedict vergrub seinen Kopf an Christianas Hals, und sie hielt ihn fest, bis er eingeschlafen war. Dann stand sie vorsichtig auf, um Bändchen für seinen morgendlichen Ausflug in den Wald aus dem Haus zu lassen und nach Julia zu sehen.

Als ob er die Anwesenheit seiner Mutter spürte, öffnete Benedict nun plötzlich die Augen.

»Mutter?«, fragte er schlaftrunken.

Julia schlug die Hand vor den Mund und begann, am ganzen Körper zu zittern.

Benedict musterte sie eine Weile lang schweigend, dann setzte er sich langsam auf und breitete zaghaft seine Arme aus. Doch Julia brauchte keine Aufforderung. Mit einem kleinen Aufschrei flog sie in seine Arme.

»Benedict, mein Schatz! Endlich habe ich dich wieder!«, flüsterte sie glücklich und begann, sein Gesicht mit Küssen zu bedecken.

Christiana beobachtete die innige Umarmung aus der Entfernung und fühlte sich plötzlich wie ein Eindringling. Leise verließ sie das Zimmer.

Während Christiana ihren letzten Patienten für diesen Tag aus ihrem Arbeitszimmer schob, schlug die Kirchturmglocke elf Mal. Seufzend schloss sie die Tür hinter ihm.

Bändchen, der ahnte, dass es nun endlich an der Zeit war, heimzukehren, erhob sich schwanzwedelnd von seiner Wolldecke in der Ecke und lief freudig winselnd auf sie zu. Christiana beugte sich zu ihm hinunter und kraulte ihn hinter den langen Schlappohren.

Sie hatte Amina und Shokriea schon bei Einbruch der Dunkelheit nach Hause geschickt, weil sie ihre besorgten Blicke nicht mehr ertragen konnte. Es war ihren beiden Schülerinnen nicht entgangen, dass sie schweigsamer war als sonst, aber sie hatten es nicht gewagt, sie nach dem Grund zu fragen.

Christiana hatte den ganzen Tag über versucht, sich auf ihre Arbeit zu konzentrieren, doch ihre Gedanken waren immer wieder zu ihrem Mann und seiner Mutter gewandert.

Wie würde ihr Leben nun weitergehen? Sie liebte Benedict, und sie wusste, dass auch er sie liebte, doch gehörten sie wirklich zusammen? Gab es für sie noch eine Zukunft? Er war ein Earl, und er hatte Verpflichtungen im englischen

Königreich, die er nicht einfach so vernachlässigen oder vollkommen ignorieren konnte. Aber wie sollte sie reagieren, wenn er zurückkehren wollte? Hatte sie den Mut, ihm zu folgen, Eden zu verlassen und auf fremdem Boden noch einmal neu anzufangen?

Eine andere Frage quälte sie jedoch viel mehr: War ihre Ehe jetzt überhaupt noch gültig? Und vielleicht gab es ja auch eine Frau in seiner Heimat, die ihm seit seiner frühesten Kindheit versprochen war. Durfte sie ihm im Weg stehen, wenn er sein altes Leben wieder aufnehmen wollte?

Ein leises Klopfen riss sie aus ihren trüben Gedanken, und sie trat einen Schritt von der Tür zurück.

»Herein!«

Die Tür öffnete sich, und Bändchen begann, aufgeregt zu bellen. Benedict trat ein und strich ihm kurz über den braunen Kopf, dann wandte er sich seiner Frau zu.

»Ich habe auf dich gewartet, Liebes. Warum kommst du nicht nach Hause?«

»Ich bin gerade erst mit der Arbeit fertig geworden«, antwortete Christiana wahrheitsgemäß, doch sie erkannte plötzlich, dass sie sich unbewusst mehr Zeit für ihre Patienten genommen hatte, weil sie sich davor fürchtete, heimzureiten. Sie hatte selbst noch keine Antworten auf ihre vielen Fragen gefunden und wollte sich nicht auch noch seinen oder Julias aussetzen.

»Was ist los mit dir?«, fragte er leise. Er hatte den ernsten Ausdruck in ihren Augen sofort bemerkt.

Christiana betrachtete ihn eine Weile lang schweigend, dann senkte sie den Blick.

»Wir sollten reden.«

»Stimmt etwas nicht?«

»Bitte schließ die Tür.«

Er tat, worum sie ihn gebeten hatte, drehte sich dann wieder zu ihr um und sah sie besorgt an.

»Was hast du auf dem Herzen, Liebes?«

Eigentlich hatte sie sich und ihm mehr Zeit zum Nachdenken geben wollen, doch als sie ihm nun gegenüberstand, konnte sie die Ungewissheit nicht länger ertragen.

Es war sicher besser, gleich zu wissen, wie ihre Zukunft aussah.

Mit einem kurzen, stummen Gebet und einem tiefen Atemzug bereitete sie sich innerlich auf die Unterhaltung vor, die ihr Herz brechen und ihr Leben für immer zerstören konnte.

»Wie soll es weitergehen, Thom… Benedict?«

Er warf ihr einen verstörten Blick zu. »Was meinst du mit ›weitergehen‹?«

»Zwischen uns, Benedict! Wie soll es zwischen uns weitergehen?«

»Hat sich denn etwas zwischen uns geändert?«

Christiana lachte gequält auf.

»Alles hat sich geändert! Du bist ein Earl und hast zahlreiche Verpflichtungen. Außerdem wird deine Mutter nicht hier bleiben wollen. Ich weiß, dass sie sich auf Eden nicht wohl fühlt. Und wenn sie geht, wirst du sicher auch gehen wollen.«

*»Falls* ich gehe, möchtest du mich dann nicht begleiten?«, fragte er leise.

»Darf ich das denn?« In ihrer Stimme schwang all die Unsicherheit und Angst mit, die sie seit Stunden quälte.

»Warum solltest du das nicht dürfen?«, erwiderte er überrascht. »Christiana, du bist meine Frau!«

»Bin ich das?«, gab sie zurück und verbannte die übermächtige Furcht davor, ihn zu verlieren, mühsam aus ihrer Stimme. »Bin ich noch immer deine Frau, jetzt, da du wieder weißt, wer du bist? Und was du zurückgelassen hast?«

Benedict zog verwirrt seine Stirn in Falten.

»Natürlich bist du meine Frau! Es sei denn …« Er hielt inne und musterte sie mit einem durchdringenden Blick. »Es sei denn, du willst nicht an unserer Ehe festhalten.«

»Vielleicht wäre das das Beste«, sagte sie vorsichtig.

Ein tiefes Gefühl huschte über sein vernarbtes Gesicht, doch ehe sie es mit Gewissheit deuten konnte, verschwand es. War es Entsetzen?

*Bitte, lieber Gott, lass es Entsetzen sein!,* schrie ihr Herz verzweifelt.

»Falls du unsere Heirat bereust, wäre es sicher das Beste.« Er ging auf sie zu und blieb so dicht vor ihr stehen, dass sie seinen Atem auf ihrem Gesicht spüren konnte. Seine braunen Augen wirkten plötzlich hart und unbarmherzig. »Bereust du es, mich geheiratet zu haben, Christiana?«

»Benedict …«

»Willst du, dass ich dich wieder freigebe?«

»Vielleicht sollten wir …«

»Bedeutet dir unsere Ehe denn gar nichts?«

»Bitte, ich –«

»Sind deine Gefühle für mich schon erkaltet?«

»Hör auf!«, flehte sie ihn an und schloss die Augen, um seinen prüfenden Blicken zu entgehen.

»Waren sie überhaupt jemals so stark, wie du mir und allen anderen weisgemacht hast?«, fragte er kalt.

Ihre Lider schnellten in die Höhe, und ihre grünen Augen funkelten ihn wütend an. »Wie kannst du es nur wagen!«

Erschrocken über den plötzlichen Ausbruch seiner Herrin kroch Bändchen unter den Tisch und beobachtete das Paar aus sicherer Entfernung.

»Liebst du mich, Christiana?«, fuhr Benedict beharrlich fort.

Was sollte sie ihm antworten? Wie konnte sie ihm nur klar machen, dass sie an seine Zukunft dachte und ihn frei entscheiden lassen wollte, ob er jetzt noch zu seinem Ehegelübde stehen wollte?

Plötzlich packte er sie bei den Armen und schüttelte sie unsanft. »Liebst du mich, Christiana?«

»Ich liebe dich so sehr, dass es wehtut!«, schrie sie ihm verzweifelt ins Gesicht und wischte sich ärgerlich die Tränen von den Wangen, die sie jetzt nicht mehr zurückhalten konnte.

Benedict stieß erleichtert den Atem aus und schlang seine Arme besitzergreifend um sie.

»Willst du, dass unsere Ehe annulliert wird?«, raunte er ihr ins Ohr.

»Nein, natürlich nicht«, brachte sie schniefend hervor und lehnte sich besiegt gegen seinen warmen Körper. Doch er schob sie ein Stück von sich fort, um ihr in die Augen zu blicken.

»Warum jagst du mir dann solch einen Schreck ein? Weißt du nicht, was du mir damit antust? Ich dachte schon, du willst mich nicht mehr!«

»Natürlich will ich dich noch! Ich werde dich immer wollen!«, stieß sie überrascht hervor, weil er laut aussprach, was ihr bezüglich seiner Gefühle für sie seit Stunden durch den Kopf ging. Sie legte ihre Wange an seine Schulter, schmiegte sich vertrauensvoll an ihn und murmelte leise: »Aber es hat sich so viel verändert, und ich bin vollkommen durcheinander. Alles, woran ich mich festhalten konnte, woran ich geglaubt habe, steht plötzlich auf dem Kopf.« Sie spürte, wie seine Hand zärtlich über ihr Haar strich. »Du sollst dich mir gegenüber nicht verpflichtet fühlen, nur weil du mir ein Versprechen gegeben hast. Damals konntest du dich nicht erinnern. Doch jetzt hast du dein Gedächtnis wieder, und vielleicht ... vielleicht gibt es in deiner Heimat eine Frau, der du versprochen bist. Wenn du dein altes, dir von Gott geschenktes Leben zurückerobern willst, kann ich mir doch nicht anmaßen, dir dabei im Weg zu stehen!«

Benedicts Körper erbebte in ihren Armen, und es kam ihr vor wie eine kleine Ewigkeit, bis er endlich sein Schweigen brach. »Christiana, Liebes, es gibt keine Frau, die auf mich wartet. Mein Versprechen, dich zu ehren und zu lieben, habe ich nicht leichtfertig gegeben. Auch wenn ich mich nicht an meine Herkunft erinnern konnte, wusste ich doch um die Bedeutung meines Gelöbnisses in der Kirche. Und selbst jetzt noch, im Bewusstsein meiner Vergangenheit, weiß ich, dass es die beste Entscheidung war, die ich jemals getroffen habe.« Er zog sie noch fester an sich und ließ seine Hände beruhigend über ihren schmalen Rücken gleiten. »Und wie kommst du nur auf den Gedanken, dass du meinem Leben im Weg stehst? Christiana, du *bist* mein Leben!«

Ihre Furcht und ihre Unsicherheit schmolzen durch seine liebevollen Worte dahin. Wie war es nur möglich, dass es ihm immer wieder mühelos gelang, das Richtige zu tun oder zu sagen?

»Was habe ich nur getan, dass Gott mir dich geschickt hat?«, flüsterte sie, aufs Neue überwältigt von den unbeschreiblichen Gefühlen, die nur er in ihr hervorrief. Sie nahm sich vor, dem HERRN an diesem Abend eine halbe Stunde länger als gewöhnlich dafür zu danken, dass er sie – warum auch immer – mit diesem Mann belohnt hatte.

»Christiana?«, holte Benedict sie wieder auf die Erde zurück

»Ja?«

»Glaubst du, dass unsere Ehe jetzt ungültig ist?«

Sie legte ihren Kopf leicht in den Nacken und schaute ihn ernst an.

»Ich weiß nicht. Wir sollten besser den Pfarrer fragen«, antwortete sie unsicher, fügte dann jedoch zaghaft hinzu: »Aber auch wenn sie es nicht ist, sollten wir uns zumindest in einer kleinen Zeremonie noch einmal trauen lassen. Ich möchte, dass er dich mit deinem wahren Namen vor Gott zu meinem Mann erklärt.«

»Oh, gut.«

*»Gut?«*, fragte sie, verwirrt von seiner seltsamen Antwort.

»Ja, das ist gut«, wiederholte er frech grinsend.

»Warum ist das *gut?*«

»Weil ich dann etwas nachholen kann, das ich damals vergessen habe.«

Er löste sich sanft von ihr, ließ seine warmen Finger verführerisch langsam an ihren Armen hinuntergleiten und ergriff ihre Hände. Überrascht beobachtete sie, wie er ihr einen sanften Kuss auf jede Hand hauchte. Während er sein Knie beugte und vor ihr auf den Boden sank, sah er wieder zu ihr auf und lächelte sie zärtlich an.

»Christiana Henrietta Margarete von Rossewitz, willst du mich, Benedict Alexander Martin Otto Ludston, Earl of Huntington, zum Mann nehmen?«

»Otto?«, stieß Christiana lachend hervor.

Benedict verzog seinen Mund zu einem entschuldigenden Grinsen und zuckte mit den Schultern.

»Ich *dich* zum Mann nehmen? Mmh, das ist eine schwierige Entscheidung. Lass mich überlegen …«

»Christiana!«, erklang seine tiefe Stimme warnend.

Sie warf ihm einen unschuldigen Blick zu und befreite ihre Finger aus seinem Griff. Dann ließ sie sich auf ihre Knie nieder und nahm sein Gesicht in beide Hände.

»Jederzeit und immer wieder«, flüsterte sie ganz nah an seinen Lippen und gab ihm einen Kuss, der ihr Versprechen besiegelte.

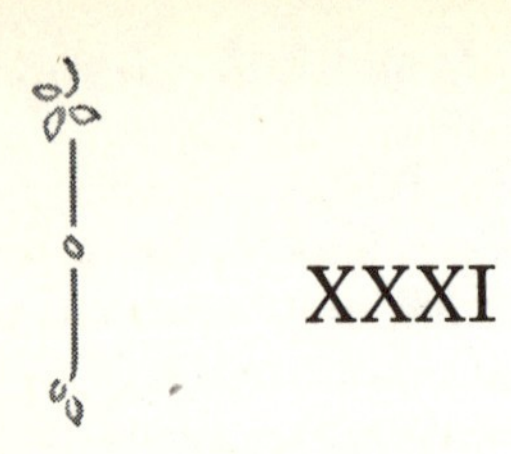

# XXXI

Benedict stieg die zwölf schmalen Stufen zum Achterdeck empor und richtete seine Augen auf die schlanke Gestalt, die der rotgoldene Schein der aufgehenden Sonne schmeichelnd umgab.

Christiana stand an der verzierten Holzreling der *Aphrodite*, eins der kleinsten Schiffe von Edens Flotte, und genoss das atemberaubende Schauspiel, das einen neuen Tag ankündigte. Sie trug ein dunkelblaues, eng anliegendes Kleid unter ihrem langen grauen Umhang und hielt ihr Gesicht der kühlen Brise entgegen. Ihre Wangen waren gerötet, sie lächelte, und ihre offenen Haare flatterten wie ein loses schwarzes Segel im Wind.

Benedict blieb stehen und betrachtete seine bezaubernde Frau, ohne auf sich aufmerksam zu machen. Gott, sie war so unglaublich schön. Und sie gehörte zu ihm!

Er war froh, dass es ihr nun wieder gut ging, denn es war ihr sehr schwer gefallen, Eden zu verlassen. Der Abschied von ihrer Tante und deren Ehrendamen, von Darius, Shokriea, Amina und deren Kindern, von den vier englischen Brüdern und all den anderen war ihr sehr zu Herzen gegangen. Anthony Lebwohl sagen zu müssen, war für Christiana jedoch besonders traurig gewesen. Nachdem er zwei Monate zuvor heimgekehrt war, hatten sie sich eine ganze Nacht lang ausgesprochen und ihre Freundschaft schließlich neu besiegelt.

Bereits zehn Monate waren seit jenem Abend vergangen, an dem Benedict wieder ein vollständiger Mensch geworden war. Es hatte ihn zutiefst erschreckt, dass Christiana am Abend darauf ihre Bedenken in Bezug auf ihre gemeinsame Zukunft äußerte. Seine wiedererlangte Erinnerung änderte für ihn nichts an der Tatsache, dass er sie liebte, doch die plötzliche Kälte, mit der sie ihm gegenübertrat, überraschte und verunsicherte ihn zutiefst. Verwirrt von ihrem seltsamen Verhalten, warf er ihr die Fragen an den Kopf, die seine größten Ängste widerspiegelten. Er war kurz davor, ihre ausweichenden Antworten als Zeichen ihrer Reue zu deuten, ganz so, als erwidere sie seine Gefühle längst nicht mehr und wäre nun hoffnungslos in einer Ehe mit ihm gefangen. Doch dann fiel die Mauer, die sie zwischen ihnen errichtet hatte, in sich zusammen, und sie gestand ihm endlich, was sie wirklich bewegte.

Danach unterhielten sie sich oft über ihre Zukunft und kamen zu dem Entschluss, die Insel, auf der sie ihr Glück gefunden hatten, zu verlassen.

Diese Entscheidung traf die Bewohner von Eden hart, aber niemand versuchte, sie umzustimmen. Die Leute wussten, dass Christiana und Benedict niemals vollends zu ihnen gehören würden. Selbst Marlena hatte damit gerechnet, dass ihre Nichte der Insel eines Tages den Rücken kehrte. Und durch die für alle erstaunliche Entdeckung von Benedicts wahrer Herkunft gab es für Christiana nun keinen Grund mehr, sich zu verstecken oder vor ihrer Vergangenheit zu fliehen. Ihr Ehemann war nicht zuletzt aufgrund seiner hohen gesellschaftlichen Stellung in der Lage, sie außerhalb der Gemeinschaft von Eden vor ihrem Vater und ihrem ehemaligen Verlobten zu beschützen.

Als Vorbereitung ihrer Abreise begann Christiana sofort damit, die Ausbildung ihrer Schülerinnen zu vertiefen, denn sie wollte Eden erst verlassen, wenn Amina und Shokriea auch wirklich fähig waren, allein alle Aufgaben zu bewältigen. Deshalb machte sie fortan umfangreiche Aufzeichnungen über die verschiedenen Krankheiten und Gebrechen sowie die entsprechenden Heilpflanzen, Tränke und Salben, mit denen man sie kurieren konnte.

Als sie schließlich davon überzeugt war, all ihr Wissen an die beiden jungen Frauen weitergegeben zu haben, bat sie Sebastian, der in diesem Jahr die kürzeste Handelsroute übernommen hatte, sie zu einer kleinen Bucht an der südfranzösischen Küste zu bringen, von wo aus sie auf dem Landweg in den Norden reisen wollten, um nach England überzusetzen.

Das Abschiedsfest zu ihren Ehren wurde eine lange fröhliche Nacht, die in einem tränenreichen Morgen in der Bucht von Eden endete und Christiana schwer zusetzte. Noch Tage später schlenderte sie gedankenverloren über das Schiffsdeck und starrte traurig auf das Meer.

Auch Benedict war die Entscheidung zu gehen nicht leicht gefallen, aber je öfter er darüber nachdachte, desto stärker wurde der Wunsch, mit seiner Frau an seiner Seite nach Hause in den Schoß seiner Familie zurückzukehren.

Wie Benedict von seiner Mutter erfuhr, war Pablo mit seiner Familie nach England geflohen, denn er hatte anhand seines Briefes tatsächlich die tödliche Gefahr erkannt, in der er schwebte. Es war ihm sogar gelungen, seinen jüngeren Bruder Taldo zu warnen, der kurze Zeit später ebenfalls in Huntington Manor eintraf. Nachdem sich alle in Sicherheit gebracht hatten, galt ihre größte Sorge Benedict, aber so sehr sie sich auch anstrengten, konnten sie doch nichts über seinen Verbleib in Erfahrung bringen.

Über geheime Kontakte und Freunde aus seiner Heimat gelangte Pablo irgendwann doch an Informationen über Benedict. Er setzte alles daran, seinem Neffen zu helfen, doch der gegen ihn bestehende Verdacht der Ketzerei und seine spätere Verurteilung banden ihm die Hände. Schließlich machte sich Benedicts Vater Alexander selbst auf die Reise nach Kastilien. Aber durch die angespannten Beziehungen zwischen England und Spanien, die von ihrer tief verwurzelten Rivalität herrührten, gab es für ihn keine Möglichkeit, etwas gegen die ungerechtfertigte Anschuldigung zu unternehmen. Seine Bittgesuche an die Geistlichkeit in England und Spanien sowie an den Papst in Rom, seinen Sohn von dem Verdacht reinzuwaschen, blieben erfolglos. Die halbherzigen Nachforschungen der kirchlichen Würdenträger ergaben jedoch, dass Benedict unglücklicherweise bereits in der Gefangenschaft verstorben war, was zweifellos auf eine infame Lüge von Nicolas zurückzuführen war.

Als die Nachricht von Tode Benedicts ein Jahr nach der Urteilsverkündung in Huntington Manor eintraf, veränderte sich das Leben seiner Eltern vollkommen. Nun war selbst ihr letzter Hoffnungsschimmer zunichte gemacht worden. Julia brach völlig zusammen und überstand die nächsten Monate nur mithilfe starker Beruhigungsmittel. Alexander hingegen gab sich die Schuld für den Tod seines einzigen Sohnes, denn er war es, der ihn nach Spanien geschickt hatte. Er übertrug Pablo und seinem Bruder die Verantwortung für seine Ländereien und begann, durch Europa zu reisen, um seinen Schmerz zu vergessen.

Keine vier Jahre später kamen Pablo zufällig Gerüchte zu Ohren, dass Benedict doch noch am Leben sei. Er ging ihnen nach und fand zunächst heraus, dass sich die Bewohner seiner Heimat mehr und mehr gegen den Prior des Klosters auflehnten. Aus Angst vor dem gefährlichen Mann hatten sie sich eine lange Zeit über still verhalten, doch nun wuchs der Unmut der Bevölkerung, und es sickerten zunehmend wichtige Informationen nach England durch, die die de Avilas und die Ludstons in helle Aufregung versetzten.

Alexander, dem auf einer seiner Reisen ebenfalls diese Gerüchte zugetragen worden waren, beschloss, sofort nach Spanien zu reisen, um ihren Wahrheitsgehalt zu überprüfen. Doch das Schicksal meinte es auch diesmal nicht gut mit ihm. Als er schließlich in Pablos Heimat eintraf, fand er ein zerstörtes Dorf mit einer Hand voll Überlebender vor.

Er zahlte ihnen ein kleines Vermögen, und sie erzählten ihm im Gegenzug von dem nächtlichen Aufstand gegen den Prior und sein Kloster und von dem Reiterheer, das das Dorf in Schutt und Asche gelegt hatte.

Man konnte sich an den abgemagerten, völlig entkräfteten Jungen erinnern, der aus einem dunklen Verlies des Klosters befreit worden war, doch niemand hatte ihn nach dem Überfall mehr gesehen oder konnte mit Gewissheit sagen, dass er tot war. Zu viele der Leichen, die das Höllenkommando zurückgelassen hatte, waren verbrannt oder bis zur Unkenntlichkeit verstümmelt.

Ein kleines Mädchen konnte sich daran erinnern, dass die toten Körper des Ehepaars, das den Gefangenen aufgenommen hatte, auf einem Feld gefunden worden waren. Deren Hütte war jedoch bis auf die Grundmauern niedergebrannt, und der junge Mann, der bei seiner Befreiung kaum laufen konnte, war sicher noch dort drin gewesen. In Alexander reifte schließlich die Überzeugung, dass sein Sohn – falls er es überhaupt gewesen war – zu den Opfern des Rachefeldzugs gehört hatte.

Wie konnte er auch ahnen, dass Benedict zu diesem Zeitpunkt nur eine Meile von den kläglichen Überresten des Dorfes entfernt in einer Höhle lag?

Die Nachricht von Alexanders Tod hatte Benedict tief getroffen, denn er liebte seinen Vater sehr und bedauerte es unendlich, dass der Earl seine Schuldgefühle mit in sein Grab nehmen musste. Er hatte weder ihn noch seine Mutter oder Pablo jemals dafür verantwortlich gemacht, was ihm widerfahren war. Und er wollte Gott am liebsten dafür verfluchen, dass er seinen Vater sterben ließ, ohne dass er erfahren hatte, dass sein Sohn noch lebte. Doch wenn all das Unglück und Leid seiner Familie der Preis für die Liebe der Frau hier oben auf dem Achterdeck war, dann war er bereit, ihn zu zahlen.

Die Vorstellung von Christiana als Wiedergutmachung ließ Benedict plötzlich etwas empfinden, von dem er geglaubt hatte, es sei in den Jahren seiner Haft verloren gegangen: Vergebung.

Überrascht von der Auferstehung seines tot geglaubten Vertrauens in Gott, löste er sich von den Gedanken an seine Vergangenheit und ging auf Christiana zu, seine Zukunft.

Leise trat er hinter sie, schlang seine Arme um ihre Taille und zog sie an sich.

»Guten Morgen, Liebes.«

Christiana schmiegte sich an ihn und legte ihre Wange an seine.

»Guten Morgen, Benedict.«

»Weißt du, was für ein Tag heute ist?«, raunte er ihr ins Ohr.

»Ich denke schon.«

»So?«, fragte er erstaunt.

»Liebling, ich schlafe mit deiner Mutter in einer Kajüte. Glaubst du, sie verheimlicht mir eine so bedeutsame Sache?«, brachte Christiana lachend hervor.

»Es ist also eine bedeutsame Sache für dich.«

Christiana hob eine Hand und strich sanft über seine Wange.

»Der fünfundzwanzigste Geburtstag meines Mannes sollte mir schon wichtig sein, oder nicht?«

»Aber du hast für Geburtstage nicht besonders viel übrig«, erwiderte er ernst.

Er wusste, dass sie ihrem eigenen keine Beachtung mehr schenkte, da er für immer mit ihrer Verlobung mit diesem Teufel verbunden war. Und daran wollte sie nie mehr erinnert werden.

»Das heißt nicht, dass ich deinen vergesse!«

Sie drehte sich in seinen Armen um und sah ihm tief in die Augen.

»Herzlichen Glückwunsch, Benedict«, flüsterte sie und hauchte ihm einen Kuss auf die Lippen.

»Mmh, das ist das schönste Geschenk, das ich jemals erhalten habe.«

Ihre Augen begannen plötzlich, geheimnisvoll zu funkeln, wobei das dunkle Grün intensiver leuchtete als je zuvor.

»Dann willst du gar nichts von deiner Geburtstagsüberraschung wissen?«

Benedict schaute seine Frau verdutzt an. Sie strahlte an diesem Tag eine solche innere Ruhe und Zufriedenheit aus, wie er es noch nie an ihr gesehen hatte. Sie schien völlig mit sich im Reinen, wirkte so stark und unendlich glücklich …

»Was für eine Überraschung?«, fragte er verunsichert.

Sie löste sich aus seiner Umarmung, ergriff seine Hände und schaute ihm tief in die Augen.

»Keine Angst, es ist ein schönes Geschenk.«

Er zog die Augenbraue mit der pfeilartigen Narbe in die Höhe und warf ihr einen fragenden Blick zu, doch anstatt sofort zu antworten, legte sie seine Hände behutsam auf ihren Bauch.

»Du wirst Vater.«

»Wie bitte?«

»Wir bekommen ein Kind«, sagte sie mit einem bezaubernden Lächeln.

»Das ist … O mein Gott! Das ist …«

»Wunderbar?«

»*Wunderbar?* Das ist unglaublich!«, rief er. Er riss sie an sich und wirbelte sie lachend im Kreis herum.

»Was ist unglaublich?«, fragte Sebastian, der sich dem Paar unbemerkt genähert hatte.

Christiana und Benedict, die sich plötzlich der vielen neugierigen Augen auf dem Schiff bewusst wurden, machten sich verlegen voneinander los.

»Ich werde Vater!«, stieß Benedict hervor.

Sebastians Mund verzog sich zu einem Grinsen, und er schlug dem jungen Earl freundschaftlich auf die Schulter.

»Christiana erwartet ein Kind!« Der Herzog fühlte sich sogleich berufen, der gesamten Mannschaft das sonderbare Verhalten des Paars lautstark zu erklären, worauf ein ohrenbetäubendes Jubelgeschrei auf dem Schiff erscholl. Dann wandte sich Sebastian wieder den beiden jungen Leuten zu. »Herzlichen Glückwunsch! Und wenn ich das mal sagen darf: Das wurde aber auch Zeit!«

Christiana errötete heftig und drückte ihr Gesicht an Benedicts Hals, um sich vor den schelmisch funkelnden Augen ihres Onkels zu verstecken. Ihr Mann legte ihr schützend den Arm um die Taille, nickte Sebastian zu und zog Christiana mit sich zur Treppe.

Als sie die Stufen erreicht hatten, fragte er sie leise: »Weiß es meine Mutter schon?«

»Ich habe es ihr noch nicht gesagt, denn du solltest der Erste sein, der es erfährt. Aber in den zwei Wochen, die wir nun auf See sind, konnte ich meine morgendliche Übelkeit nicht jeden Tag aufs Neue meinen Problemen bei Schiffsreisen zuschieben«, erwiderte sie mit leuchtend roten Wangen. »Ich glaube, sie ahnt es.«

»Du kannst dir gar nicht vorstellen, wie sehr ich mich darüber freue, dass du unser Kind unter dem Herzen trägst«, flüsterte er überwältigt. »Ich liebe dich, Christiana.«

Als er sie in den Arm nahm und vor aller Augen leidenschaftlich küsste, erklang erneuter Jubel. Doch plötzlich durchbrach ein gellender Schrei die Freudenrufe.

»Schiff in Sicht!«, rief der Mann vom Ausguck herunter und deutete mit seiner Hand in die Richtung, in der er die weißen Segel am Horizont ausgemacht hatte.

Benedict machte sich von seiner Frau los und sah kurz zu Sebastian hoch, der mit grimmigem Gesichtsausdruck hinter dem Steuerrad der *Aphrodite* stand.

»Geh in deine Kajüte, Christiana, und bleib dort, bis ich dich hole!«

»Nein! Ich lasse dich nicht allein!«, gab sie störrisch zurück. Sie wusste, was die Aufregung, die die Männer auf dem Schiff erfasst hatte, bedeutete. Sie bereiteten sich darauf vor, das fremde Schiff zu kapern.

»Christiana, bitte geh und beruhige meine Mutter!«, erwiderte Benedict ernst.

»Ich gehe nur, wenn du mitkommst!«

Er blickte sie eindringlich an, und seine Finger strichen ihr liebevoll über die Wange.

»Denk an unser Kind, Liebes. An Deck ist es für euch beide zu gefährlich.«

»Es ist nicht nur für uns beide gefährlich, Benedict«, entgegnete sie stur.

»Es ist die *Schöne Helena*! Sie steht auf der Liste«, hörte sie Sebastian, der das fremde Schiff durch ein Fernrohr betrachtet hatte, seinen Männern zurufen. »Alle Mann an Deck! Und macht ein unschuldiges Gesicht!«

Ängstlich griff Christiana nach dem Arm ihres Mannes und zog ihn zu den Kajüten. Sie hatte ein ungutes Gefühl, und sie wollte sich ihr Glück nicht noch einmal aus den Händen reißen lassen.

»Du darfst nicht hier bleiben! Ich flehe dich an, komm mit mir, Benedict.«

»Liebes, vertrau mir. Ich will meine Tochter doch nicht schon vor ihrer Geburt zu einer Halbwaisen machen«, beruhigte er sie, doch an ihren Augen konnte er erkennen, dass seine Worte sie kein bisschen überzeugten. »Gut, schließen wir einen Pakt«, sagte er schließlich. »Wenn du sofort in die Kajüte gehst und auf dich, unser Kind und meine Mutter Acht gibst, verspreche ich, mich im Hintergrund zu halten.«

»Wenn du jetzt dein Leben wegwirfst, werde ich deinen Sohn lehren, dich zu hassen!«, brachte sie wütend hervor, doch Benedict konnte sich nach diesem leidenschaftlich hervorgebrachten Satz ein Grinsen nicht verkneifen.

»Dafür liebe ich dich noch mehr«, raunte er ihr zu und küsste sie fest auf den Mund. »Und jetzt geh!«

Christiana machte sich nur widerwillig von ihm los, doch sie wusste, dass es nicht in ihrer Macht stand, ihn zurückzuhalten.

»Sei vorsichtig, Benedict«, ermahnte sie ihn. »Ich kann zwar viele Verletzungen heilen, aber nicht alle!«

»Ich kann mir nichts Besseres vorstellen, als von dir behandelt und umsorgt zu werden«, erwiderte er zwinkernd, worauf Christiana ihm einen schmerzhaften Stoß in seine Rippen verpasste.

»Wehe, du machst mich zur Witwe!«, warnte sie ihn mit Funken sprühenden Augen noch einmal. Doch es war sinnlos. Nach einem letzten schnellen Kuss schob er sie sanft durch die Tür zu den Kajüten und lief dann zu seinem Schlafplatz unter Deck, um seine Waffen zu holen.

Christiana saß mit Julia und Bändchen in ihrer Kajüte, aber die Kampfgeräusche, die unbarmherzig in das Innere des Schiffes drangen, machten sie von Augenblick zu Augenblick nervöser. Immer wieder begann sie, laut zu beten, um Julia abzulenken, doch die Angst um ihren Mann raubte ihr die Konzentration und ließ ihre seltsam hohl klingende Stimme rasch wieder verstummen.

»Julia, ich muss dich für einen Moment verlassen. Ich will nachsehen, ob ich irgendwie helfen kann.«

»Lass mich nicht allein«, flehte Benedicts Mutter, der sie erst vor kurzem behutsam beigebracht hatten, dass sie von Piraten umgeben waren. Doch Christiana ließ sich nicht von ihr aufhalten. Sie konnte und wollte die Ungewissheit keinen Moment länger ertragen.

»Hab keine Angst, ich bin so schnell wie möglich zurück. Außerdem ist Bändchen bei dir.«

Sie drückte kurz Julias Hand, strich dann ihrem Hund über den Kopf und verließ ohne ein weiteres Wort den Raum. Sie lief durch den kleinen Gang, nahm die wenigen Stufen mit einem großen Schritt und blieb schließlich vor der Tür stehen, die auf das Schiffsdeck führte. Vorsichtig öffnete sie sie und spähte durch den schmalen Spalt.

Ihr Schiff lag längsseits der fremden Galeone. An Deck des anderen Schiffes wütete ein erbitterter Kampf, Mann gegen Mann, bei dem die Piraten jedoch eindeutig die Oberhand hatten. Metall krachte mit tödlicher Präzision auf Metall, vereinzelt hallten Pistolenschüsse donnernd wider, und entsetzliche Schmerzensschreie erhoben sich in den blauen Himmel und verschmolzen mit dem Rauschen der Wellen, dem ächzenden Holz der Schiffe und dem pfeifenden Wind. In der Luft lag der Geruch von Blut und Tod.

Christiana betrat das Deck und ließ ihre Augen über die Männer schweifen, bis sie den braunen Schopf von Benedict im Sonnenlicht entdeckte. Mit gezogenem Schwert kämpfte er gegen einen Mann, der ihm an Größe weit überlegen war. Seine Augen hielt er zu schmalen Schlitzen zusammengekniffen, sein Mund glich einem dünnen Strich, und seine gespannten Muskeln traten bei jedem kraftvollen Schlag deutlich unter dem Hemd hervor. Er griff den Mann unerbittlich an, und es dauerte nicht lange, bis er ihn in eine Ecke am Heck des Schiffes gedrängt hatte, aus der es für den Gegner kein Entkommen gab.

Christiana hatte keine Ahnung von der Kunst des Schwertkampfes, doch die Art, wie der Fremde die kräftigen Hiebe ihres Gatten parierte, wirkte irgendwie schmutzig. Plötzlich holte Benedict aus, das Schwert des anderen Mannes flog durch die Luft und krachte weit entfernt von ihm auf die Holzplanken des Schiffes. Blitzschnell zückte der Fremde einen Dolch und ließ ihn auf seinen Feind niedersausen. Benedict wich ihm geschickt aus, doch die scharfe Klinge traf dennoch seinen rechten Oberarm. Augenblicklich tränkte sich der Ärmel seines weißen Hemdes mit Blut, und der Mann stieß ein grausames Lachen aus.

Christiana erstarrte.

Während sich ihre Augen weigerten zu erkennen, was ihr Verstand längst begriffen hatte, dröhnten Sebastians Worte wie Donnerschläge durch ihren Kopf, prallten gegen die Wände ihres Schädels und wiederholten sich in einem erbarmungslosen Echo.

*Es ist die Schöne Helena!*

Mit weit aufgerissenen Augen starrte sie auf den Mann, dem Benedict die Schwertspitze an die Kehle drückte. Sein Mund verzerrte sich zu einem bösartigen Lächeln, und er rief ihrem Mann etwas zu, das sie nicht verstehen konnte. Einen Lidschlag später machte er einen überraschenden Ausfallschritt und stürzte, den Dolch angriffsbereit in der Hand, erneut nach vorn. Doch bevor die gefährliche Waffe ein zweites Mal auch nur in die Nähe Benedicts kam, bohrte sich dessen Schwert tief in den Körper des Mannes und riss seinen Bauch auf, sodass seine Eingeweide unter einer dunkelroten Blutfontäne hervorquollen.

Der bedrohliche Ausdruck auf dem Gesicht des Mannes bröckelte wie der Lehm einer alten Mauer ab, und das Lächeln erstarb. Seine kalten Augen richteten sich überrascht auf seinen Todesengel. Dann wandte er sich wie von einer göttlichen Eingebung getrieben von Benedict ab und ließ seinen Blick über das Deck des Piratenschiffes gleiten, bis er an Christiana hängen blieb. Sein Mund öffnete sich, sein Kinn fiel auf seine Brust, und fassungsloses Entsetzen machte sich in seinem Gesicht breit. Dann tat er seinen letzten Atemzug, und sein Kopf sackte schließlich schlaff nach vorn. Benedict zog sein blutverschmiertes Schwert aus dem leblosen Körper seines Gegners, der sich bei der geschmeidigen Bewegung der Klinge noch einmal aufbäumte und dann kraftlos zu Boden sank.

*»Nein!«*

Eine junge Frau mit wehenden blonden Locken, die offenbar ein Kind unter dem Herzen trug, stolperte herbei, fiel vor dem Toten auf die Knie und schlang ihre Arme um ihn. Benedict warf sein Schwert zu Boden, legte ihr die Hände auf die Schultern und wollte sie fortziehen, doch die Frau schüttelte ihn ab.

Dann sprang sie plötzlich auf, lief auf die Reling zu und stieß sich den Dolch ins Herz, den die Hand des Toten noch immer umklammert gehalten hatte. Benedict rannte ihr hinterher, doch bevor er sie erreichte, stürzte sie tödlich verletzt kopfüber ins Wasser.

Christiana schlug die Hand vor ihren Mund. Vergeblich versuchte sie, den Schrei zu ersticken, der tief aus ihrem Herzen emporstieg. Benedicts Kopf schnellte herum, und ihre Blicke trafen sich. Entsetzt griff er nach einem Tau, schwang sich zu ihrem Schiff herüber und stürmte auf sie zu.

»Christiana! Gütiger Himmel, was machst du hier?«, rief er aufgewühlt. Er drückte ihren bebenden Körper an sich und versperrte ihr somit die Sicht auf die Galeone. »Du solltest doch unter Deck bleiben, bis ich dich hole! Dir und unserem Kind hätte Gott weiß was passieren können!«

»Die junge Frau …«

»Schscht, beruhige dich«, flüsterte er und strich ihr sanft die Haare aus dem bleichen Gesicht.

»Sie war meine Schwester!«

»Du irrst dich bestimmt. Ihr Anblick hat dich verwirrt …«

»Es war Marianna!«, stieß Christiana schluchzend hervor. »Benedict, das ist das Schiff meines Vaters. Ihm gehört die *Schöne Helena*. Es ist sein Schiff!«

»Was sagst du da?«

»Und der Mann, den du getötet hast, war …« Als sie versuchte, das Wort herauszubringen, das sie in Todesangst versetzte, stieg heftige Übelkeit in ihr auf. »… *Miguel!*«

Als sich die Besatzung der *Schönen Helena* wenig später den überlegenen Männern von Eden ergab, endete der Kampf. Die Mannschaft hatte es eigentlich gar nicht auf ein Gefecht angelegt. Sie waren von den Piraten und ihren Verwirrspielchen so sehr überrascht worden, dass sie nicht einen einzigen Schuss aus ihren teuren Kanonen hatten abgeben können. Doch ihr Kapitän und der spanische Graf hatten ihnen befohlen, sich den Seeräubern zu stellen.

Die Piraten luden mit eingespielten Handgriffen eilig die kostbare Fracht nebst Waffen um und gaben das Schiff schließlich frei, damit es in den nächsten Hafen segeln konnte. Dann setzten sie selbst die Segel und entfernten sich schnell vom Schauplatz des Überfalls.

Obwohl es auf den ersten Blick ganz anders aussah, gab es erstaunlich wenige Opfer zu beklagen. Drei Seemänner des gekaperten Schiffes waren tot und ein paar nur leicht verletzt, sodass sie ohne Zweifel überleben würden. Die Mannschaft des Herzogs hatte mehr Glück, lediglich zwei Männer waren schwer verwundet, und zehn trugen ein paar Schrammen und Kratzer davon. Christiana hatte alle Hände voll zu tun, um sie zu versorgen, und war dankbar für diese Ablenkung.

Nachdem sie schließlich auch den letzten Mann verbunden hatte, bat sie Julia, auf die Schwerverletzten zu achten, und machte sich dann auf den Weg in ihre Kajüte, wo ihr Mann auf sie wartete. Sie hatte sich mit einem kurzen Blick auf seine Wunde davon überzeugt, dass sie nicht sehr tief war, und musste sich von ihm nicht lange überreden lassen, zunächst alle anderen Männer zu behandeln und sich erst dann um ihn zu kümmern. Vorsichtshalber schüttete sie rasch einen Becher Rum über die Schnittwunde, um sie zu reinigen, und gab Benedict ein sauberes Tuch, das er sich auf den Arm pressen sollte, um die Blutung zu stillen.

Als sie nun eintrat, saß er auf einem Stuhl neben dem Bett und drückte das blutdurchtränkte Tuch noch immer fest gegen seine Wunde.

»Es hat aufgehört zu bluten«, sagte er und hob den Kopf.

»Lass mich mal sehen«, erwiderte sie kühl und nahm ihm das Stück Stoff aus der Hand.

Es war ein glatter Schnitt, der nur die oberen Hautschichten seines Arms verletzt hatte, doch sie würde nicht drum herum kommen, ihn zu nähen. Sie legte ihren Lederbeutel auf den Tisch, schüttete das heiße Wasser, das einer der Seemänner auf ihre Anweisung hin gebracht hatte, in eine Schüssel und wusch sich die Hände. Dann holte sie eine unbenutzte Nadel aus ihrem Beutel und hielt sie kurz in die Flamme der Kerze, die auf dem Tisch stand. Sie wischte sie an einem sauberen Tuch ab und fädelte ein Stück Garn ein. Danach benetzte sie ein frisches Stück Stoff mit Rum und bedeutete Thomas, einen kräftigen Schluck zu nehmen und so die Schmerzen zu bekämpfen.

»Wie konntest du nur, Benedict!«, brachte sie plötzlich anklagend hervor, säuberte die Wunde nochmals und stach dann die Nadel in sein Fleisch.

Ihr Mann sog scharf den Atem ein und schloss die Augen.

»Kannst du dir vorstellen, was ich für Ängste ausgestanden habe, als ich dich dort auf dem Schiff sah? In einem erbitterten Kampf mit einem Mann, der mir schon einmal alles genommen hat?«

»Ich sagte doch, dass ich auf mich aufpassen kann«, stieß er zwischen zusammengepressten Zähnen hervor.

»Ach, und warum muss ich dich jetzt wieder zusammenflicken?«, gab sie aufgebracht zurück.

»Es war nur ein kleiner Moment der Unachtsamkeit –«

»Einer, der dich das Leben hätte kosten können! Miguel ist ein sehr gefährlicher Mann!«, unterbrach sie ihn gereizt. Sie setzte den letzten Stich und verknotete dann die Enden des Fadens.

»Du kannst gut sticken«, sagte er grinsend und betrachtete seinen Arm.

»Mit ist gar nicht nach scherzen zumute, Benedict«, entgegnete Christiana ernst und legte ihm einen festen Verband an.

Sie hatte während ihrer anstrengenden Arbeit den entsetzlichen Tod ihrer Schwester, die schrecklichen Erinnerungen, die Miguels Anblick heraufbeschworen hatte, und die Gedanken an Benedicts Verletzung verdrängt, doch nun kamen sie ungehindert aus den dunklen Tiefen ihrer Seele an die Oberfläche und stürzten unbarmherzig auf sie ein.

»Christiana, setz dich einen Moment«, bat ihr Mann sie, denn ihm war keineswegs das plötzliche Zittern ihrer Hände entgangen.

Sie wollte sich gerade auf dem zweiten Stuhl niederlassen, da streckte er seine Hand nach ihr aus und zog sie auf seinen Schoß. Dann legte er einen Arm um ihre Schultern und schob mit der Hand ihre Beine über seine Oberschenkel. Beruhigend strich er ihr über den Rücken und küsste ihre Schläfe. Einen Moment lang schmiegten sie sich schweigend aneinander, doch dann drehte Christiana ihrem Mann plötzlich das Gesicht zu und sah ihn mit Tränen in den Augen an.

»Ich hatte wirklich Angst um dich, Benedict. Dieser grässliche Mann –«

»Ich weiß, Liebes«, sagte er rasch und wischte ihr behutsam die Tränen von den Wangen. »Aber jetzt ist es vorbei. Er ist tot.«

Sie legte ihre Wange wieder an seine Schulter und genoss die Wärme, die sein Körper ausstrahlte und die ihr Geborgenheit gab.

»Christiana, es gibt da etwas, das ich dir sagen muss«, durchbrach er schließlich die Stille.

»Was denn?«, fragte sie verunsichert, denn der seltsame Unterton in seiner tiefen Stimme verhieß gewiss nichts Gutes.

»Dein Onkel hat einen Gefangenen gemacht.«

Sie versteifte sich in seinen Armen und hob schließlich den Kopf, um ihn anzuschauen. »Ist er verletzt? Soll ich mich um ihn kümmern?«

»Nein, aber …« Er hielt inne und musterte sie stumm.

»Nun sag schon!«, rief sie ungeduldig. Sein Verhalten machte ihr Angst.

»Geht es dir und dem Kind auch wirklich gut?«, fragte er ausweichend.

»Ja, uns geht es bestens. Aber wenn du nicht bald mit der Sprache rausrückst, wird das vielleicht nicht so bleiben!«

»Also gut.« Benedict seufzte. »Der Gefangene ist dein Vater.«

Christiana hielt erschrocken den Atem an und krallte ihre Hände in Benedicts Hemd. Der Graf war also auch auf dem Schiff gewesen!

»Möchtest du ihn sehen?«, fragte Benedict leise und drückte sie noch fester an sich.

*Irgendwann werden wir uns wiedersehen, geliebter Vater!*

»Ich glaube schon«, flüsterte sie fröstelnd.

»Bist du ganz sicher, Liebes?«

Sie bog ihren Kopf zurück und sah ihm mit festem Blick in die Augen.

»Ja, aber nur unter einer Bedingung.«

»Unter welcher?«

»Dass du mich begleitest.«

»Natürlich begleite ich dich«, versicherte er ihr und zog sie wieder an sich. »Ich lasse dich doch nicht mit diesem Mann allein!«

»Aber vorher muss ich noch etwas aus meiner Truhe holen.«

Christiana hob das Kinn, straffte die Schultern, holte noch einmal tief Luft und nickte der Wache dann zu.

Mit einem verwirrten Ausdruck im Gesicht sperrte der Mann die Tür zu der winzigen Kammer neben den Frachträumen tief unten im Rumpf des Schiffes auf und ließ sie eintreten.

Zwei Kerzen erhellten das Innere des spärlich eingerichteten Raumes und ließen die Gestalt, die umrahmt von einem schwarzen Schatten auf dem schmalen Bett an der Wand saß, imposant erscheinen.

Christiana blieb in der Mitte der Kajüte stehen und musterte ihren Vater. Der Graf hatte sich innerhalb der zwei Jahre, in denen sie ihn nicht gesehen hatte, verändert. Sein leicht abgewandtes Gesicht wirkte alt und eingefallen. Tiefe Falten gruben sich neben seinem Mund, unter dem weißen, struppigen Überbleibsel seines einst stattlichen Bartes, in die lederartige Haut, und seine Haare waren vollständig ergraut.

Als Benedict ihr Zögern bemerkte, legte er ihr die Hand auf die Schulter. Sie zuckte unter der Berührung leicht zusammen, ließ den Gefangenen jedoch keinen Moment lang aus den Augen.

»Hoheit?«, begann sie und nahm überrascht wahr, dass ihre Stimme äußerst gelassen klang.

Der Kopf des Grafen fuhr herum, und er starrte sie erschrocken an.

»Du lebst noch? Zur Hölle mit dir!«, rief er entsetzt aus, besann sich dann jedoch eines Besseren und fragte kalt: »Was machst du hier?«

»Ich bin auf dem Weg nach England«, antwortete sie ruhig und machte einen Schritt auf ihn zu.

»Ist das nicht eine glückliche Fügung, dass wir uns hier wiedertreffen?«, sagte er spöttisch. »Gefangen auf einem Piratenschiff.«

»Ihr irrt Euch, Vater«, entgegnete Christiana mit einem kühlen Lächeln. »Nur *Ihr* seid ein Gefangener auf diesem Schiff.«

Hubertus warf ihr einen fragenden Blick zu.

»Seid Ihr dem Kapitän begegnet?«

Der Graf nickte leicht verwirrt.

»Sein Name ist Sebastian. Er ist der Herzog von Eden, Marlenas Mann, Euer Schwager und mein Onkel. Der, zu dem Ihr mich damals geschickt habt.«

Hubertus' Augen weiteten sich vor Verblüffung, doch er hatte sich sofort wieder unter Kontrolle.

»Du und dieser Mann habt also meine süße, unschuldige Marianna und meinen Erben auf dem Gewissen!«, beschuldigte er sie. Doch Christiana ließ sich davon nicht beeindrucken. Sie wusste aus eigener Erfahrung, dass er für seine Töchter keinerlei Gefühle aufbringen konnte, und seine Enkel interessierten ihn gewiss ebenso wenig – sofern es kein Jungen waren.

»Sie hat sich selbst das Leben genommen«, erwiderte sie leise.

»Damit sind also nur noch wir beide übrig«, stieß der Graf mit einem verbitterten Lachen hervor.

»Wie meint Ihr das?«

Mit hasserfülltem Blick berichtete er, dass ihre Schwester Katharina, seine zweite Frau und der Großteil des Gesindes einen Monat nach ihrer Abreise einer Seuche zum Opfer gefallen waren, die in ihrer Heimat grausam gewütet und selbst ihn geschwächt hatte. In dieser schweren Zeit waren so viele Menschen von einem Tag auf den anderen gestorben, dass er irgendwann den Überblick verloren hatte. Aus diesem Grund wusste er auch nichts über den Verbleib seiner vierten Tochter Elisabeta.

»Der einzige Lichtblick in dieser Zeit war meine Marianna. Sie hat es erstaunlich gut verkraftet, dass ihr Verlobter ebenfalls erkrankte und wenig später starb«, erklärte Hubertus bösartig grinsend. »Aber sie war sowieso zu Höherem bestimmt. Sie hat das geschafft, wozu du nicht in der Lage warst.«

»Und was genau war das?«, fragte Christiana, bestürzt über die Leichtigkeit, mit der er den Tod seiner Kinder abtat.

»Ihr ist es gelungen, Miguel für sich zu gewinnen.« Christiana sog scharf den Atem ein und starrte ihren Vater fassungslos an. Doch ihm entging ihre Reaktion, denn er senkte gedankenverloren den Kopf. »Sie haben vor knapp einem Jahr geheiratet.«

»Was ist mit Dominik Johannes geschehen?«

»Er hat sich die Syphilis eingefangen«, erwiderte der Graf mit dem ersten Anzeichen von Gefühl in der Stimme. »Er ist elendig verreckt!«

Hubertus sah auf und zeigte mit einem anklagenden Finger auf seine Tochter. »Und das ist alles deine Schuld, du Hexe! Seit dem Tag deiner Geburt ist mein Leben eine Qual. Doch ich dachte, dich aus dem Schloss zu vertreiben, würde alles verändern. Aber nach deiner Abreise suchte uns ein Unglück nach dem anderen heim! Du bist Schuld an dem Verderben, dem meine Familie zum Opfer fiel. Ich wünschte, du wärst nie geboren worden, du missgestaltete Kreatur des Teufels!«

Benedict sprang so plötzlich auf ihn zu, dass der Graf und Christiana gleichermaßen erschraken. Doch er nutzte die Verwirrung, packte Hubertus mit beiden Händen am Hals und riss ihn in die Höhe.

»Wag es nie wieder, Christiana zu beleidigen, alter Mann!«, zischte er mit einem gefährlichen Glitzern in den Augen. »Wenn dir dein Leben lieb ist, achtest du besser auf deine Worte!«

Christiana löste sich aus ihrer Erstarrung, ging auf die beiden Männer zu und legte ihrem Gatten beschwichtigend die Hand auf den Arm.

»Lass ihn los, Benedict. Er ist es nicht wert.«

Benedicts Atem ging schnell, und er war versucht, den röchelnden Grafen so lange zu würgen, bis er sich nicht mehr regte. Aber er hatte kein Recht, sich in die Angelegenheit seiner Frau einzumischen. Sie musste sich selbst von den Gespenstern ihrer Vergangenheit befreien.

Seine Hände lockerten ihren Griff um den Hals des Grafen, und Hubertus sank hustend auf das Bett zurück.

»Wer ... wer ist denn dieser ... Schwachkopf?«, krächzte er und rieb sich die schmerzenden, dunkelroten Male an seinem Hals.

»Das ist Benedict«, erwiderte Christiana mit fester Stimme. Benedicts unerwarteter Angriff hatte das Chaos in ihrem Kopf mit einem Schlag beseitigt. Plötzlich erkannte sie, dass ihr Vater nicht mehr der Mann war, den sie zeit ihres Lebens gefürchtet hatte. Er war nichts weiter als ein alter, besiegter Krieger, für den sie nicht einmal mehr Mitleid empfand.

»Benedict ist mein Ehemann«, fügte sie schließlich hinzu.

»Ha! Was für ein Narr, eine Missgeburt wie dich zu heiraten!«, rief Hubertus aus. »Hat der Esel jemals dein entstelltes Gesicht gesehen? Oder hast du diesen plumpen Bauerntölpel mit Gold bestochen, damit er über deine Ekel erregende Fratze hinwegsieht?«

Benedict machte erneut einen Schritt auf den Grafen zu, doch Christiana hielt ihn diesmal zurück. Dann näherte sie sich ihrem Vater und beugte sich zu ihm hinunter.

»Du tust mir Leid«, sagte sie voller Verachtung, die ihre Worte Lügen strafte. »Du bist so von dir selbst überzeugt, dass du dich in der trügerischen Sicherheit wiegst, dir könnte niemand an Einfallsreichtum überlegen sein. Und du bist so blind, dass du die Wahrheit nicht einmal dann erkennst, wenn sie dir ins Gesicht spuckt.«

Langsam wich sie vor ihm zurück und stellte sich neben Benedict, dessen Augen vor Wut blitzten.

»Darf ich dir meinen Gemahl vorstellen? Das ist der Earl of Huntington.«

Hubertus' Blick glitt ungläubig von seiner Tochter zu dem Mann, den sie als ihren Gatten bezeichnete.

»Das ist doch niemals ein Earl!«, brachte er verächtlich hervor. Als er jedoch die stolze Haltung und die Selbstsicherheit des Mannes gewahrte, die einem Abkömmling aus dem Hochadel in die Wiege gelegt oder ihm vom Tag seiner Geburt an anerzogen wurde, war er plötzlich unsicher. »Ein Earl? Wie ist das möglich?«, fragte er schließlich verdutzt.

Benedict legte schützend einen Arm um Christiana und bedachte ihren Vater mit einem eisigen Lächeln.

»Ist das dort Speichel in Eurem Gesicht, *Hoheit?*«, fragte er belustigt.

Ungezügelter Zorn verfärbte Hubertus' Gesicht plötzlich so rot wie die Tomaten, die Christiana einst benutzt hatte, um ihn zu täuschen.

»Ich verfluche euch!«, schrie der Graf aufgebracht und sprang hastig von seinem Bett auf. »Ich verfluche euch bis in alle Ewigkeit!«

Christiana machte sich von Benedict los und stellte sich so dicht vor ihren wutschnaubenden Vater, dass sie jede einzelne Falte um seine Augen sehen konnte.

»Und ich vergebe dir.« Sie löste den Schleier von ihrem Kopf und warf ihn achtlos auf den Boden. »Ich, Christiana von Rossewitz und nun Countess of Huntington, vergebe dir, auch im Namen deiner Frau Isabella, im Namen deiner Kinder Elisabeta, Martin, Katharina, Marianna und Ludwig, im Namen von Franz und Wilhelm, an deren grausamem Tod auch du Schuld trägst, und im Namen der anderen Menschen, die unter dir gelitten haben.«

Sie trat ein paar Schritte zurück, damit das Licht der Kerzen auf ihr Gesicht fiel. Dann hob sie die Hände und zog sich die Maske vom Kopf, die sie kurz vor ihrer Unterhaltung aufgesetzt hatte. Der weiße Stoff glitt langsam über ihr Gesicht und entblößte ihre helle Haut, die im Kerzenschein wie frischer Schnee leuchtete. Die Maske landete lautlos auf dem Boden, und Christianas lange, schwarze Haare fielen in dicken Strähnen über ihre Schultern.

Mit weit aufgerissenen Augen starrte Hubertus in das hübsche Gesicht seiner Tochter.

»O mein ... Gott!«, stammelte er entsetzt, griff sich mit einer Hand an sein Herz und stöhnte kurz auf. Dann sank er tot zu Boden.

Christiana kniete neben ihm nieder, legte seine Arme auf die reglose Brust und faltete seine Hände. Danach schloss sie mit den Fingern seine starren Augen und bekreuzigte sich.

»Möge wenigstens er deiner Seele gnädig sein, Vater.«

Eng umschlungen standen Benedict und Christiana an der Reling am Heck der *Aphrodite* und ließen ihre Augen über die Meereswellen gleiten, die ein paar Augenblicke zuvor den Leichnam des Grafen verschluckt und für immer in die Tiefe gezogen hatten. Dorthin, wohin ihm auch seine Seele folgen würde.

»Geht es dir gut, Liebes?«, fragte Benedict leise.

»Ja.«

»Du bist so still. Ist es der Tod deines Vaters, der dich beschäftigt?«

Christiana warf ihm einen trübseligen Blick zu und schüttelte den Kopf.

»Ich muss gestehen, dass ich nichts dabei empfunden habe«, sagte sie. »Aber ich bin sehr traurig, dass meine Schwestern tot sind. Sie waren fast wie meine Kinder.«

»Du wirst bald ein eigenes Kind haben«, erinnerte er sie mit sanfter Stimme.

»Ja, das ist wahr«, entgegnete sie mit einem zaghaften Lächeln und strich ihrem Mann zärtlich über die Wange, auf der das rötliche Licht der untergehenden Sonne lag. »Ich danke dir, Benedict.«

»Wofür?«

»Dafür, dass du an meiner Seite warst, als ich meinem Vater gegenübertrat. Als ich Rossewitz verließ, habe ich gespürt, dass wir uns noch einmal wiedersehen werden. Aber ich hätte nicht geglaubt, dass er diesmal *mich* fürchtet, und nicht umgekehrt.«

Sie legte ihren Arm auf die Reling und öffnete die Hand, in der sie die Maske hielt, die sie bei der Unterredung mit ihrem Vater getragen hatte.

»Das war die letzte«, flüsterte sie und folgte mit ihren Augen dem weißen Stoff, der wie eine Feder langsam auf das Wasser niedersegelte und auf den Schaumkronen hin und her tanzte, bis er endgültig unter den Wellen der wütenden See begraben wurde. Benedict zog seine Frau näher zu sich heran und streichelte sanft ihren Nacken.

»Auch ich habe heute ein Unrecht gesühnt«, sagte er plötzlich.

»Welches Unrecht?«, fragte sie verdutzt und drehte sich zu ihm um.

»Dieser Mann, den ich getötet habe …«

»Miguel«, half sie ihm weiter. Sie ahnte, worauf er hinauswollte. Er hatte ihn getötet und damit den Mord an den beiden Jungen gesühnt, die aufgrund der widerwärtigen Gelüste dieses Teufels hatten sterben müssen.

»Ja«, erwiderte Benedict leise. Als Christiana zu ihm aufsah, lag in seinen braunen Augen ein Schmerz, dessen Tiefe sie überraschte. Sie hätte wissen sollen, dass sie einen einfühlsamen Gatten hatte, den das furchtbare Schicksal ihrer Freunde genauso erschütterte wie sie selbst.

»Sein vollständiger Name lautete …«

»Miguel de Cerreda«, vervollständigte sie seinen Satz. Trotz seines Todes haftete seinem Namen noch immer ein Hauch des Unheils an, das er in seinem Leben verbreitet hatte.

»Miguel Rodrigo *Juan* de Cerreda«, sagte Benedict ruhig.

Fassungslos starrte sie ihn an. Dann schüttelte sie ungläubig den Kopf und flüsterte: *»Der* Juan?«

Benedict nickte langsam.

Entsetzen machte sich in ihr breit und vernebelte ihre Sinne. Der Mann, der ihr Leben zerstört hatte, sollte derselbe Mann sein, der auch die Schuld am Unglück ihres Mannes trug? Wie war das möglich? Wie konnte Gott es nur zulassen, dass ein einziger Mann so viel Leid über Menschen brachte, die ihm nie etwas getan hatten?

»Ich dachte, du wüsstest nichts über Juan. Wie kannst du dann sicher sein, dass er und Miguel ein und derselbe sind?«, fragte sie nach einer Weile, denn ihr Verstand hatte seine Arbeit wieder aufgenommen.

»Erinnerst du dich noch daran, dass ich Sebastian einen Brief übergab, als er vor acht Monaten zu einer Fahrt mit diesem Schiff aufbrach?«

»Ja, natürlich.«

»Es war, wie du sicher noch weißt, eine Nachricht an Pablo.« Bevor er weitersprach, betrachtete er sie einen Moment lang prüfend. Er wollte sich davon überzeugen, dass sie es ertragen konnte, den Rest der Geschichte zu hören. Sie schien sich tatsächlich ein wenig gefasst zu haben.

»Ich schrieb ihm nicht nur, dass ich am Leben bin und meine Mutter bei mir in Sicherheit ist. Da ich von Anfang an vermutete, dass die Vorladung eigentlich Pablo galt, fragte ich ihn, ob er jemanden namens Juan kennt. Dein

Onkel nutzte sein Netz an Kundschaftern, um die Nachricht nach England zu bringen, und als er nach Eden zurückkehrte, hatte er eine Antwort von Pablo bei sich.« Benedict nahm Christianas Hand und verschränkte ihre Finger mit den seinen. »Ich weiß, dass wir nichts voreinander verheimlichen wollten, doch du warst in der letzten Zeit so nervös wegen unserer Abreise und so erschöpft von all der zusätzlichen Arbeit. Da wollte ich dich nicht auch noch mit dem Inhalt des Briefes –«

»Schon gut, Liebling«, unterbrach Christiana ihn. »Ich weiß, was für einen fürsorglichen Mann ich geheiratet habe.« Sie schenkte ihm ein kleines Lächeln. »Aber bitte, erzähl doch weiter.«

Benedict hauchte einen Kuss auf ihre Hand, dann fuhr er fort: »Pablo schrieb, dass er sich sehr gut an einen solchen Mann erinnern konnte. In seiner Heimat gab es einen Grafen, dessen Sohn von allen nur *Juan* gerufen wurde. Der Graf war ein vergnügungssüchtiger und verantwortungsloser Mann, der übermäßig viel trank und ein Vermögen bei verruchten Wetten verlor. Juan, sein einziger Sohn, musste für die Fehler seines Vaters büßen. Denn wenn jener aus seinem Rausch erwachte und erkannte, dass er wieder Unmengen an Geld verspielt hatte, ließ er seine Wut jedes Mal an ihm aus. Er prügelte ihn und seine Schwester fast zu Tode, und als Juan alt genug war, begann er, sich vor ihm zu verstecken. Pablos Vater tat der kleine Junge Leid, und wenn der Graf wieder einmal einen seiner gefürchteten Zornesausbrüche bekam, nahm er ihn bei sich auf. Obwohl Pablo mehr als zehn Jahre älter als der Junge war, freundeten er und sein jüngerer Bruder Taldo sich trotzdem mit Juan an.« Benedicts Augen wanderten zum Horizont, wo der rote Ball der Sonne langsam verschwand. »Als Juan älter wurde, mussten sie jedoch feststellen, dass er seinem Vater sehr ähnlich war. Er begann zu trinken und zu spielen, hatte unzählige Frauengeschichten und setzte sein Leben in wahnsinnigen Mutproben aufs Spiel. Anfänglich dachten sie, sein rebellisches Verhalten wäre darauf zurückzuführen, dass er sich als junger Mann etwas beweisen wollte, doch nach einem grausamen Zwischenfall wurde ihnen bewusst, dass er die Bösartigkeit seines Vaters anscheinend geerbt hatte.« Ein harter Zug legte sich um Benedicts Mund. »Den beiden kam durch das Gesinde des Schlosses zu Ohren, dass Juan Tiere quälte. Immer wieder fand man verstümmelte Kadaver, aber als er sich dann an einer Magd vergriff, war das Maß voll. Der Herzog jagte ihn aus dem Schloss und befahl ihm, nie wiederzukommen. Wütend über die Zurückweisung begann Juan, Intrigen gegen die de Avilas zu spinnen. Aber sein Einfluss war zu gering, um echten Schaden anzurichten. Er war gerade sechzehn, da starb sein Vater vollkommen unerwartet. Es ging das Gerücht um, Juan habe mit dem Tod etwas zu tun, doch es konnte ihm nie nachgewiesen werden. In seiner neuen Stellung als Graf gelang es ihm irgendwie, das verlorene Vermögen seines Vaters zu ersetzen und sogar noch zu vergrößern. Doch das genügte ihm nicht. In ihm brodelte noch immer der alte Hass auf Pablos Familie, und als er dann in dem Kloster auf den Mönch traf, der, wie er in Erfahrung brachte, der zukünftige Prior des Klosters in seiner Heimat war, muss er erkannt haben, dass er nun die Chance erhielt, sich endlich an den de Avilas für das vermeintliche Unrecht zu rächen.«

»Und diese Gelegenheit ließ er nicht ungenutzt verstreichen«, fügte Christiana voller Abscheu hinzu. »Aber wie konntest du ihn erkennen, wenn er doch während deines Aufenthalts bei Pablo schon längst nicht mehr im Schloss willkommen war?«

»In den ersten Tagen nach meiner Ankunft in Spanien streifte ich durch das Schloss und erkundete die vielen Räume. Eines Tages stieß ich auf eine kleine Kammer, in der alte Möbel und Sachen, die nicht mehr gebraucht wurden, verstaut waren. Mein Blick fiel auf ein altes Gemälde, das ungeschützt an einer Wand lehnte. Ich drehte es um und sah das Porträt eines jungen Mannes. Pablo entdeckte mich kurze Zeit später, und als ich ihn nach dem Mann auf dem Bild fragte, antwortete er nur, dass das einmal ein Freund gewesen sei. In seinem Brief erwähnte er das Bild und erklärte mir, dass der Mann auf dem Gemälde Juan war. Mich hatte die kühle, beinahe bedrohliche Ausstrahlung des Mannes so sehr gefesselt, dass sich sein Gesicht tief in mein Gedächtnis einbrannte. Es ist nur mit all den anderen Erinnerungen verschüttet gewesen.«

»Und als du ihm auf dem Schiff gegenüberstandest, hast du ihn sofort erkannt?«

»Ja, aber ich wusste nicht, dass er der spanische Graf ist, den du unter dem Namen Miguel kanntest, denn Pablo hat seinen vollen Namen in seinem Brief nicht erwähnt«, antwortete Benedict leise. »Als ich Juan auf dem Schiff schließlich stellte, sagte er mir, dass auch er mich erkannt habe und enttäuscht darüber sei, dass ich noch lebe. Bevor er sich das letzte Mal auf mich stürzte, rief er mir zu, dass er, Miguel Rodrigo Juan de Cerreda, mich nun in die Hölle befördern würde, damit sich mein unausweichliches Schicksal erfüllte. Aber ich kam ihm zuvor.« Benedict warf Christiana einen betrübten Blick zu. »Mir kam sein Name bekannt vor, aber erst als du ihn Miguel nanntest, wurde mir bewusst, dass er der Mann ist, mit dem du verlobt warst.«

»Als er dich verletzte, hatte ich wahnsinnige Angst, Benedict«, flüsterte Christiana schaudernd. »Ich dachte, er würde es erneut schaffen, mein Leben zu zerstören!«

»Er ist tot, Christiana. Er wird nie wieder jemandem Leid zufügen.«

Sie nickte, verschränkte dann ihre Hände in seinem Nacken und zog seinen Kopf zu sich herunter.

»Und das habe ich nur dir zu verdanken, Liebling«, murmelte sie und strich mit ihren Lippen über sein Gesicht. »Du hast den Dämon unserer Vergangenheit besiegt, Benedict. Ich bin so stolz auf dich, mein Schutzengel.«

»Du glaubst, ich bin dein Schutzengel?«, fragte er überrascht, wobei seine Augen zu strahlen begannen und sich ein Mundwinkel zu einem schiefen Lächeln hob, das seine Zahnlücke entblößte.

»Ich *weiß,* dass du es bist!«

Gütiger Himmel! Und er hatte immer gedacht, sie wäre *seiner ...*

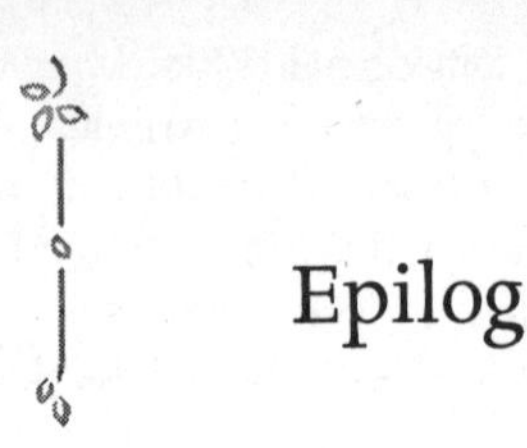

# Epilog

SECHS MONATE SPÄTER
HUNTINGTON MANOR

Im Schloss war es ruhig. Zu ruhig!

Benedicts Herz begann, wild zu pochen, und er sprang, von einer bösen Vorahnung getrieben, von seinem Stuhl auf.

»Was ist los mit dir?«, fragte Pablo verwirrt, der mit seiner Frau, seinem Bruder und seinen beiden schon fast erwachsenen Söhnen vor dem Kamin saß.

»Da stimmt was nicht!«, rief Benedict über die Schulter hinweg und stürzte aus dem Zimmer. Vier Stufen auf einmal nehmend rannte er die breite Treppe empor und blieb schließlich vor der schweren Tür stehen. Aufgeregtes Gemurmel und hektische Schritte drangen durch das dicke Holz auf den Gang hinaus, und dann ertönte ein entsetzliches Stöhnen.

Plötzlich zerriss ein durchdringender Schrei die unheimliche Stille auf Huntington Manor.

Die Tür zum Schlafzimmer seiner Frau flog auf, und die junge Zofe stürzte heraus. Als sie ihn sah, blieb sie erschrocken stehen.

»Mylord«, murmelte sie atemlos und sank, seinen Blick meidend, in einen tiefen Knicks. In den Händen hielt sie eine große Schüssel mit Wasser.

Doch es hatte eine seltsame dunkelrote Farbe.

Blut!

Der Schrei, das viele Blut ... Benedict erstarrte, und sein Herz hörte für einen Moment auf zu schlagen.

Christiana war tot! Wie hatte er das nur zulassen können?

Als sie ihm von dem Kind erzählte, das sie unter dem Herzen trug, platzte er beinahe vor Freude und Stolz.

Nachdem sie an der Küste Frankreichs angekommen waren und sich von Sebastian verabschiedet hatten, passten sie ihr Reisetempo Christianas Zustand an und erreichten ein paar Wochen später unbeschadet sein Zuhause.

Die Wiedersehensfreude seiner Familie war groß, und die Nachricht von Christianas Schwangerschaft machte die Überraschung perfekt. Benedict besorgte sich so schnell wie möglich eine Heiratslizenz, und er und Christiana ließen sich vom Dorfpfarrer in einer kleinen Zeremonie erneut trauen.

Jeden Tag dankte er Gott für sein Glück, doch je näher die Geburt rückte, desto nervöser wurde er. Er erinnerte sich an die Niederkunft Shokrieas und an die Geschichten, die Christiana ihm von den Geburten ihrer Mutter erzählt hatte, und bekam fürchterliche Angst. Was, wenn sie genau wie ihre Mutter im Kindbett starb?

Voller Panik holte er die angesehensten Ärzte und Heiler nach Huntington Manor und beauftragte die beste Hebamme in ganz England, ihr bei der Geburt beizustehen. Irgendwann kam ihm die Kräuterfrau, die Christiana oft erwähnt hatte, in den Sinn. Er brauchte Monate, um sie ausfindig zu machen, und dann ließ er sie sofort auf sein Schloss bringen. Aber all das hatte nichts genutzt. Seine Frau war tot!

Der Fluch des Grafen hatte sein erstes Opfer gefordert.

Zögernd trat Benedict durch die Tür und ließ seine Augen durch das Zimmer schweifen. Die schweren Vorhänge waren zugezogen, und der Gestank von Blut und verbrannten Kräutern hing wie eine schwere, alles erdrückende Wolke in der Luft. Seine Mutter, die Hebamme und die alte Kräuterfrau standen um den Tisch herum, der neben dem blutverschmierten Gebärstuhl stand, doch er verstand nicht, was sie sagten. Als seine Augen *sie* gefunden hatten, hörte und sah er nichts mehr. In dem großen Bett mit den vier Pfosten und dem blauen Samtbaldachin, das an der getäfelten Wand stand, lag regungslos die Liebe seines Lebens.

Man hatte sie mit einem weichen Fellüberwurf zugedeckt und ihre Augen geschlossen. Schweiß bedeckte ihre Stirn und ihre blassen Wangen, doch ihre ebenmäßigen Gesichtzüge waren vollkommen entspannt.

Selbst der Tod kann ihrer Schönheit nichts anhaben, dachte Benedict.

Er setzte sich an ihre Seite und ergriff ihre Hand. Sie war noch immer warm.

»Was habe ich getan, dass du mich so bestrafst?«, murmelte er anklagend. Kannte dieser Gott denn gar kein Erbarmen? Hatten Christiana und er nicht schon mehr als genug in seinem Namen gelitten? Und trotzdem war seine Frau gestorben! Wie sollte er ihren Verlust jemals verwinden? Welchen Sinn hatte sein Leben jetzt noch?

Er wollte sich einfach zu ihr legen, sie im Arm halten und an ihrer Seite sterben. Stattdessen hob er ihre schlaffe Hand an seine Lippen und küsste sie zärtlich.

Die Tränen, die er bis zu diesem Moment zurückgehalten hatte, liefen ihm nun ungehindert über die Wangen.

»Bist du gekommen, um deinen Sohn zu bewundern?«

Benedicts Kopf schnellte in die Höhe, und er starrte erschrocken in zwei leuchtend grüne Augen. Christiana schenkte ihm ein erschöpftes, aber glückliches Lächeln.

»Du ... du lebst?«, flüsterte er heiser. »Du hast mich nicht ... allein gelassen?«

Sie befreite ihre Hand aus seinem verzweifelten Griff und wischte ihm sanft die Tränen von den Wangen.

»Warum sollte ich dich verlassen? Du bist alles, was ich mir je gewünscht habe.«

»Ich hörte diesen furchtbaren Schrei und dachte ...« Überwältigt von seinen Gefühlen brach seine Stimme.

»Dein Sohn hat einen ausgesprochen dicken Schädel«, erklärte sie mit einem zufriedenen Schmunzeln. »Ganz der Vater.«

»Mein Sohn ...« Benedict schüttelt den Kopf, als ob er immer noch nicht begreifen konnte, dass seine Frau am Leben war. Und nicht nur sie, sondern auch ihr gemeinsames Kind!

»Wie soll denn der neue Erbe von Huntington Manor heißen?«, erklang Julias Stimme plötzlich hinter ihm.

Sie trat an das Bett ihrer Schwiegertochter heran und legte ihr behutsam den kräftigen Säugling in die Arme. Christiana küsste ihr Kind liebevoll auf die Wange und reichte das kleine wimmernde Bündel an ihren Gemahl weiter.

»Wie findest du ›Thomas‹?«

Als er die Worte hörte, die für ihn vor langer Zeit alles verändert hatten, huschte ein wissendes Lächeln über sein Gesicht. Er nahm Christiana vorsichtig seinen Sohn aus den Armen, strich ihm voller Ehrfurcht die dunklen Haare aus der Stirn und antwortete: »Thomas Alexander Sebastian. Das klingt gut, nicht wahr?«

Der Kleine ballte die Hände zu winzigen Fäusten und gähnte. Dann schloss er die blauen Augen und kuschelte sich an die Brust seines Vaters.

Voller Stolz legte Benedict den Jungen vorsichtig in die Wiege, die er selbst gebaut hatte, und kehrte zu seiner Frau zurück.

»Ich liebe dich, Christiana«, flüsterte er gerührt.

Sie setzte sich langsam auf, und noch bevor sie die Worte aussprach, las er sie in ihren strahlenden Augen.

»Und ich liebe dich, Benedict.«

In einer Welt voller Hass und Grausamkeiten waren sie einander begegnet.

In einer Welt voller Wunder und Träume hatten sie gelernt, sich zu lieben.

Doch erst hier, in ihrer eigenen Welt, würde sich ihr Schicksal erfüllen …

*»Eine faszinierende Zeitreise, die den Leser an die Seiten heften wird. Ein Muss!«*
***Romantic Times***

Unsterblich, arrogant und sehr sinnlich – Adam Black ist der vollendete Verführer. Er durchstreift Zeiten und Kontinente, getrieben von seiner unersättlichen Begierde – bis ihn ein Fluch seiner Unsterblichkeit beraubt und unsichtbar macht. Hoffnung auf Heilung gibt ihm nur die Frau, die ihn als Einzige sehen kann: die Jurastudentin Gabrielle. Auch sie erliegt seiner unglaublichen Anziehungskraft – und stürzt sich in ein magisches Abenteuer voller Leidenschaft, in eine dunkle Märchenwelt voller Gefahren ...

Karen Marie Moning

**Der unsterbliche Highlander**

Roman
Deutsche Erstausgabe